時代的眼·現實之花

《笠》詩刊1～120期景印本(十三)

第110～114期

臺灣學生書局印行

詩双月刊

笠

LI POETRY MAGAZINE

1982年 8月號 110

中、日、韓（英）三種語文對照／菊八開二百餘頁

亞洲現代詩集

第一集：主題「愛」

一九八一年編集・一九八二年出版

・收錄一〇六名亞洲詩人作品，是劃時代的創舉
亞洲詩人愛的奏鳴曲。

・編輯委員包括我國詩人陳千武、白萩、（日本）秋谷豐、高橋喜久晴
（韓國）具常、金光林

・歡迎訂購，每冊二〇〇元・

中華民國版本
榮譽出版

時報文化出版公司

郵政劃撥一〇三八五四號

卷頭詩

鱷魚

楊雲萍

我靜止著不動，
但地球却還是在那裏運動，
「這裏的水是多麼冷呵，
再稍稍地溫暖一些。」
然而寒冷，寒冷，
啊，寒冷，
惟有我尾巴上的劍，
却永遠鋒利，決不黝黯。

——詩集「山河」（一九四三年出版），范泉譯

楊雲萍

一九〇六年生，臺北士林人。一九二五年與江夢筆創辦臺灣第一本白話文學雜誌「人人」。曾師承菊池寬，川端康成……他的詩在光復前即由范泉譯，介紹到大陸。現爲臺灣大學歷史研究所指導教授。

1982 年	110期
8 月 號	目 錄

·卷頭詩·

1 鰐魚·楊雲萍

·專題評論·

4 關於「詩的語言」·林亨泰

5 語言是有生命的·林宗源

6 洛夫的語言問題·李敏勇

8 猫和老虎魚和雪·郭成義

·座談記錄·

11 關於笠的語言·本社

16 詩學與語言·本社

·評論·

34 鎮魂之歌·陳明台
—析論李敏勇的詩

·作品研究·

46 莊金國作品討論會·本社

笠

・詩創作・

林宗源・問鬼 24

旅人・電風扇 26

曾貴海・夢的白花 27

利玉芳・愛的手帖 29

棕色果・茄苳海 30

莊金國・施捨 31

黃樹根・中校喟記 32

・海外詩・

一九八〇諾貝爾文學獎得主
杜國清譯・米洛舒詩選(五) 53

卡巴迪博士編選
李魁賢譯・印度現代詩選

關於「詩的語言」

林亨泰

關於「詩的語言」之問題，我一直維持著相當的興趣，唯平時工作繁忙而無暇以作更深入的探討。這次笠詩刊編輯要我於一週內完成一篇，又由於時間上的不充裕以及我的手拙，只得以平時所見略表愚見。

在探討「詩的語言」問題之前，我們必先辨明這「詩的語言」究竟是被置於何種「文脈」(Context)之中，是被置於「寫的語言」之文脈中抑是被置於「說的語言」之文脈中，基於此點差異，也促使其修辭上的差異。

自民初「新文學運動」提倡「白話」以來，「以手寫我口」的「說的語言」便開始延續發展下去。但到了較近，尤其是近二、三十年，它的發展却是愈趨「寫的語言」而漸遠離「說的語言」。我曾對此現象杜撰一詞稱之爲「現代文言」（見拙著『現代詩的基本精神』）。

「現代文言」在修辭學上的立場與「古典文言」有著共同之處。此一共同之處，使得「現代白話」可以「文」「白」相互雜用，而有了繼承數千年文學經驗的可能與方便，因此，到目前爲止，其表現較能爲讀者所接受而被認爲比較成功。

然而不迷信「以辭取勝」而堅守「現代白話」的一群，却要排除一切障礙從頭作起，其辛苦莫以名狀。當然，他們也擁有屬於他們自己的成績。他們的優點到底在那裏？這有待批評家們的肯定與繼續闡釋，但在這方面不斷地出現佳作也是事實。（拙著『意象論批評集』，乃針對此而寫的，只是到目前爲止所發表的篇數不多，尚須努力以待完成」。若從某角度看來，甚至更可以說，目前已構成了一種「風尚」。

以上只是一些未加思索的觀點，但，總覺得詩的創作是一番艱苦的歷程，而那些創作者最迫切需要的乃是鼓勵！

（一九八二年七月十六日）

語言是有生命的

林宗源

任何民族和時代，擁有自己的文化，與自己對文明的理想。當文化演進到某種頂峰，是爲該民族在該時代的文明。而文明也是疾病的開端，因爲文化演化到文明時，也就是文化僵化的時。

而新的文明總是源自種族的混合，一個新的民族往往構成新的文明，這是必然的，從歷史可以得到印證。基於此，使我時常想，爲何我們沒有不朽、傳世，偉大的作品，我們似乎沒有全盛的文明。

先住民拓荒時期，先民開墾時期，少說也有幾百幾千年了，爲何我們沒有一個文明全盛的時代，難道我們是劣等民族嗎？不，是構成一個時代的諸種因素，如戰亂，如荷蘭的佔領，如日本的統治。禁臺語，廢漢文，剪斷咱語言的根，文體的根。我們處在短暫而變化極烈的時代，往往混合而形成的文化還沒到文明時，又必須再一次混合，也就是語言、文體一變再變，確切地說，咱沒認同自己的母語，以爲母語是粗俗的語言，難入詩的語體。同時沒有抱負融合各種民族語體文體的覺悟。不是死抱著僵化的傳統，就是完全學習西洋半生熟的文明，這樣怎能創造我們自己的文化呢？

自鄉土文學論戰後，假如沒有夭壽的語，我想也應該快了，就拿吳三連小說獎一〇〇萬的創舉來說，這是一種覺醒，只是我不抱著很大的希望，我想假如所謂偉大不朽之作。若不是用生命用母語寫的，也只是打哈哈之作罷了。吳三連文學獎，對詩人來說，是一種侮辱。

再說一種文體或語言，若是到達完美圓熟的地步，也是該種文體或語言僵化的時。這是一種危機，我們必須警覺的危機。何況每個人的思想形式過程有關語言的結構，都有差異，所謂完美圓熟，水乳交融，天衣無縫，蓋出於傳統文體語體邏輯的規則，那是機械性的規則和硬化的機能，這對創作來說是有害的。

在我以爲詩語能表達每種層次的感情和最敏捷的思想就可以了，況且思想的無限深度表達在粗俗的語法，往往最有創意的詩語，來自粗俗的語言，這才是有生命的語言。

做爲一個作家，必須大膽突破，跌倒也好，笨拙也好，從實驗中學習不依賴已成的模範的語體文體，認受他人的詛咒和輕蔑，用血和汗承受，用靈魂突破已有的文體語體模式，用生命創造自己新的模式，但要注意僵化。

我是如此地追求詩，也因此使人誤解，以爲那是缺點，其實這正是我的優點，構成我詩的特色，我可以以自己的思想邏輯，生理的動作規則，隨時支配文體，變化文體，突破語言，創造屬於自已的語言，寫出有生命的詩。語言是有生命的，其生命活在豐富的內涵，由此語言結構的文體，才有有機性的功能，在平淡無奇中表現我的世界。

洛夫的語言問題

李敏勇

基本上，洛夫談「笠」的「語言問題」，只是在追究「笠」某些同仁詩中的「用字遣詞」問題而已。他在「詩壇春秋三十年」一文，浪費了很多筆墨談「笠的語言問題」，並沒有把雞蛋裡的骨頭挑出來；反而暴露了他對語言的認識層次，這種層次的水平，實在使人驚訝和詫異！

事實上，存在於「笠」和「創世紀」之間在語言思考方面，最大的差異是外向觀點和內向觀點的不同。「笠」的許多同仁習慣於採取外向觀點的思考，而「創世紀」大多同仁則相反，偏於內向觀點，這本來都能自成一格。不過顯然的，洛夫把「語言」和「文字」混為一談，有落入修辭學陷阱的趨勢，也反映了「創世紀」的問題。

誠如洛夫所提到的，「笠」的某些同仁有新即物主義的傾向。但是新即物所蘊含的基本精神，及秉持此一精神所能發展的高度，與超現實主義所蘊含的基本精神及秉持其精神所欲發展的高度是一樣的。他們必須分別從「即物」或「抒心」經由「表現」而到達「象徵」的次元，所不同的，在於前者「外向觀點」較者，而後者則偏向「內向觀點」。它們之間在表現和象徵的考驗下，都能擊倒拙劣的詩人。並不是採取內向觀點就較「詩意」，如果僅靠內向觀點的「抽象思維」性質就像朦混成詩的語言，那就大錯特錯了。

如果對於「超現實主義」有基本認識的話，應當不會對其與新即物主義的形式和本質差異，有這麼離譜的常識才對。因此，洛夫才會把新即物主義方法上的客觀性，看成日常性，看成生活性，顯得格格不入。也因此，洛夫的詩從語言的晦澀進展到語言的清明而不是從詩的晦澀發展到詩的清明，他之能夠回到「屬於中國自己的超現實傳統」——即所謂的中國傳統純粹經驗的這種非現實經驗。這種過程就十足顯示他的超現實有濃烈的逃避現實的立場，而這正與超現實主義的精神相違的。

新即物主義只是「笠」某些同仁的傾向。從客觀的現實逃避的詩人是不可能習慣這種詩學的，因爲，這是一種外向觀點的語言思考方式，它不可避免地會觸及現實經驗的某些課題。而「創世紀」詩作的語言晦澀，即如洛夫說的有它的特殊背景：一、晦澀的流行，二、凝於情勢，不便明示內心的苦悶，以至於運用不當形成語言的窒滯……我們了解「創世紀」大多數同仁的這種環境的苦悶。

然而，我們也要提出由於不可避免地，「創世紀」同仁在他們的主要活躍階段是採取「內向觀點」的語言思考方式，這種方式最易於流於「只根據言辭，而不根據言辭所代表的事實行動的習慣……這種習慣會把有意思的話混淆起來，結果是『地圖』一張張堆積起來，而實在的『地域』如何，反而毫無關係。」換句話說，容易淪於文字的遊戲。特別是這種「內向觀點」的思考如果成爲逃避的手段的話。因爲從現實脫離的語言只是無力的修辭、只是死語，這種語言的機會已經成爲文字詞語的概念，而不是現實的概念。

洛夫在論及語言時，常將之與「文字」混淆，把語言學的概念和修辭學的概念當做同一事。因此，他所提到的詩的語言－的這－「語言」的概念，是文辭、是語言的紀錄層次、是語言的後階段而已。應該用更明確之概念來表達它。

我們承認，「笠」也許有些同仁在「文字」上有瑕疵，在用字遣詞方面容或有些不出色的地方；而「創世紀」，則是在「語言」的認識論錯誤以爲語言屬於文字的範圍，以致常有「詩的語言」的說法，因逃避現實而常常走進內向觀點的死巷，以致僅僅在詩的詞句方向會有艱澀，突人意表的表現，究其指謂，却常是不適的。

我們要說，「笠」發生的問題，是修辭的問題而非詩學的問題，而「創世紀」發生的問題，倒反是詩學的問題。這種情形，在近幾年來，「創世紀」同仁，特別是洛夫的詩作所顯現的日常性，可以反映出來：那就是不依賴艱澀的詞句很難寫出「深刻的詩」。所謂的現實，在洛夫的詩作中常常只是日常性而已。

「笠」同仁的現實經驗藝術功用導向論的觀點，使得「外向觀點」成爲熟習運作的語言思考方式，而在「人生的立場」和「生活的態度」方面，「笠」同仁也大都有社會倫理的鞭策和期許，要進入「笠」同仁詩作的精神領域，應該多多了解「笠」的詩在追求些什麼？要從文字障凝或語言思考的內向觀點的死巷掙脫出，多多探求語言的本質課題。

試試從「語言」的「工具論」進一步到「方法論」，再更進一步到「精神論」的層次來吧！

試試拋棄「地圖」，到「現地」去旅行吧！在不斷變化的「時」與「場」的現實裡－語言活生生的跳出來逼視你的那情境不是你詞彙的倉庫所能找尋到的。

這樣的話，才能體會到，「笠」同仁是怎樣追求、捕捉一首詩的。

猫與老虎魚和雪

——對洛夫「詩壇春秋三十年」文中的一點反響

郭成義

頃閱「中外文學」第十卷第十二期之「現代詩三十年回顧專號」中，洛夫所寫「詩壇春秋三十年」一文，文中在「笠的語言問題」這一階段，曾對筆者於笠一〇五期、一〇六期所發表的兩篇文章「從抒情趣味到反藝術思想—三十年來臺灣現代詩方法論的追求」，以及「都是語言惹的禍—評蕭蕭『現代詩七十年』一文」，提出非議之論。

筆者這兩篇文章，多少牽涉到詩的語言問題，特別在「都是語言惹的禍」一文中，是針對語言的認識問題而向蕭蕭有所質疑的，也許洛夫讀後不以爲然，所以他說：「他們對於作爲詩的表現媒介的語言，似乎在美學的觀念上與我們的看法略有不同，値後進一步討論。」在洛夫的分法之下，「他們」一辭顯然代表了「笠詩社」周圍的人，而「我們」一辭，當然就是指洛夫以及「創世紀詩社」周圍的人。不過，洛夫還是沒有分清楚，「他們」與「我們」之間，對詩語言看法的不同，並非在「美學觀念」上所不同，而是在認識語言的本質論上，有是非之不同。這一點要是搞不通，爭論就永無休止，恐怕「他們」和「我們」之間的距離，會越扯越遠了。

無論如何，我相信每一位詩人對詩語言於美學標準的要求上，都在盡心盡力的追求之中，不管是「他們」還是「我們」，一旦放棄了這個目標，就是墮落！問題是，要談到詩語言的美學觀念之前，首先要能通過「你認識眞正的詩語言嗎？」這一關，要是認識不清或指鹿爲馬，就會導致追求的偏差和失敗，這是筆者在文中一再強調的意思。就好像追捕一隻「老虎」和追捕一隻「貓」，雖然同樣都是追捕「四脚動物」，如果把「老虎」當作了「貓」，其追捕的過程與結果可想而知，同樣的，如果以捕捉「老虎」的方法去捕捉「貓」，或把貓視爲凶狠的老虎，其追捕的過程必然也浪費得令人可笑了！

因此，可以說「他們」與「我們」之間的分別，應在於「誰在捕捉眞正的語言」，通過了這一關，誰才能有資格去發展正確的詩的美學觀念，這個道理是絕對的，沒有僥倖。

根據「笠詩社」詩人歷年來所呈現的作品及論評文字上加以觀察，他們在「捕捉眞正的語言」此一問題上，確實有著顯明的脈胳可尋，這絕非個人的溢美之辭，問題在於，在捕捉了眞正的語言之後，對於詩在美學上的經營，是否成功，這才是衡量「他們」或「我們」的第二個關鍵。

在此，洛夫所謂的「意象語言」，在美學領域裡比較容易討好，這或許是個事實，但這是由於文字的特性使然，特別是中國文字具有指事、象形、形聲、會意、轉注、假借等「六書」的功能，而這些功能可以供應美學機能的要素，既然詩語言須依附於文字的表達行爲始成爲「可看的詩」，即使向文學借了這麼一點「便宜」，本來也是無可厚非的，可是，過份寵縱「文字」的功能，却不自覺間養成了惰性，不但放棄了語言本身的思考性，漸漸造成「文字即語言」的觀念，終而形成思考不清、意義不確的作品出現，只講求文辭的華麗和「做」出來的意境，那麼，對於整體的詩想和詩義，却又無法照顧了，這就是典型的臺灣現代詩「晦澀詩」形成的風氣，因爲思考不清順，意義不集中，就全賴文字的魔術保護，如果只要求欣賞「美」，這些以意象文字架成的「晦澀詩」，也許頗有可驚人意外的成績，但對於「這首詩要表達什麼」這樣深刻的追究，往往就會交了白卷。

洛夫在「詩壇春秋三十年」這篇文章中，曾以柳宗元的「江雪」這首古詩，來證明詩不一定要受邏輯和文法的控制，這種心態，一直是晦澀詩人的最佳護身符，他說：「如將其中『孤舟簑笠翁，獨釣寒江雪』，改爲『孤舟簑笠翁，獨釣寒江魚』這種直接的散文句構，不僅失去了原有的詩趣，也無法表達自然中『靜』的極致的境界。」

固然，詩不能是散文句構，但也不是破壞了散文式的句構就能成爲詩的。柳宗元的這首詩，把「魚」調整爲「雪」，擴大了原有的意趣，這是用文遣句的奧妙，與賈島的「僧敲月下門」的推敲，異曲同工，在欣賞上有其價値，不過，對現代人而言，只能說「寫得很好」，未必是一首傑出的「好詩」，因爲並沒有太大的力量足以讓人產生共鳴，也許，這首詩能讓研究文字修辭的人愛不釋手，但就現代詩的表現要素而言，却可能是一首「語意不完整」好詩哩。

依照現代詩語言的精確要求來看，「魚」和「雪」根本是不同的物象，其所能喚起的經驗與image，也不相同，就其敍述事件的結果來說，「獨釣寒江雪」是一定有「雪」却不一定有「魚」可釣，簑笠翁只是享其閒趣罷了，其志不在釣魚；而「獨釣寒江魚」則是享在釣魚之趣，或者身受生活所迫，不得不釣魚維生，而其背景既然沒有「雪」，自然也有可能是在大熱天下釣魚的，此二者都有截然不同的結果和意義發生。一如賈島的「僧敲月下門」和「僧推月下門」，「敲」則被動，有客人身份，「推」則主動，有主人身份，在意義上，所指示的完全不同，在行動上，「敲」者不一定可入，「推」者多半一推入門，與柳宗元的有沒有「魚」和有沒有「雪」一樣，「能與不能」、「有與沒有」，在思想上與詩的表達目的上，根本對立。所以，修飾文字，必須以準確的語言與思考爲主，而不是以字句的魔術爲滿足的，不能倒因爲果。

所以，把語言當成思考，就不會發生上述的混亂，如果把語言當成文字，就會受到文字的牽制，使語言失去準確，使思想失去方向。這點，洛夫要是還沒有認識清楚，而認爲只是「觀念上的不同」，那麼，「他們」與「我們」之間，就不是「同與不同」的問題，而是「是與非」，「好與壞」的問題了！

因此，爲了分別是非好壞，只有經過比較分析，才能見出事實。洛夫批評筆者的文章說：「在舉例上作者即採「笠」同仁作品與其他詩人作品對比的方式，而所選其他詩人的作品又都是二、三十年前的實驗品，以證明已是人非，這豈不是爲辯護而辯護，有意忽視近十年來臺灣現代詩風格的變化。」

這一點，很讓筆者感到奇怪，而覺得洛夫實在是「睜著眼睛說瞎話」了。筆者所寫「從抒情趣味到反藝術思想」一文，乃是對臺灣三十年來現代詩方法論的追求提出一些整理性的文字，行文之間既未攻擊誰，也沒有爲誰辯護，而是依照臺灣現代詩歷史演變的進度依序整理，依序揷配作品以明瞭當時的詩風，在談到二、三十年前的詩壇狀況時，自然就以二、三十年前的作品舉例做爲觀摩，這是正常的事，是否洛夫自覺二、三十年前的作品早已「不堪入目」，應該把洛夫近年的作品僞裝成二、三十年前的作品列入其間以求「矇混過關」？我想以洛夫的身份與智力，應當不致於有此一想吧，那麼不是「睜著眼睛說瞎話」又是什麼呢？如果洛夫把二、三十年前的舊作視爲「實驗品」不想再提，却又把這些「實驗品」到處充塞在各種各類的「詩選」裡，豈不奇怪？洛夫怎能不聞不問而任其「永遠的實驗」下去呢？

在「都是語言惹的禍」一文中，筆者爲了語言問題而必須舉證，而以蕭蕭個人的作品與「笠詩社」幾位同仁的作品加以比較，雖然所提蕭蕭的作品都是十年前的作品，但實際上蕭蕭近期的作品比諸早期的作品仍然沒有重大的改變，反而早期的實驗作品比現在更具有挑戰性，所以爲了配合起見，筆者所列笠同仁的作品，也都是十年前的舊作，錦連的「地獄圖」甚至是二十年前的作品，並且爲了更公平起見，我將笠同仁的三代詩人中各取其一，老一代有錦連作品，中年一代有非馬作品，年青一代有陳明台作品，因爲蕭蕭曾說笠詩社「其缺點則在語言的訴求上未至圓熟，三代詩人均普遍存有這個缺憾」，因此，也爲了求證的客觀，故特別舉出三位，以向蕭蕭求教，公理往往需要經過辯護，爲了辯護而辯護，誰曰不宜？洛夫自己「爲辯護而辯護」的事跡，難道已經忘了嗎？何況通觀「詩壇春秋三十年」全文，洛夫辯護的語氣躍然紙上，而且大聲討伐的對象，還不僅筆者一人！筆者也明知詩壇論爭，多屬白費力氣之擧，但爲詩壇長久之計，緘默並不一定是好的，站在前輩的立場，洛夫理應鼓勵筆者，豈可只許州官放火，不許百姓點燈？所以我說洛夫是睜著眼睛說瞎話，雖然言重，倒不失其實，因此，只好大膽講了！

例如，洛夫又說一句話，他說：「笠同仁中幾位傑出的詩人，十年前都曾寫過深刻動人，但在語言上因受現代主義的影響，或多或少被視爲晦澀的詩，於今他們的語言觀念雖已改變，但仍能維持相當程度的張力和純淨，至於更年輕的一代，由於一開始便接受了直接語言的觀念，故他們從未想到詩的語言尙須提煉，使粗糙的化爲精煉，使散漫的化爲緊密的問題。」

笠同仁中年青的一代屈指可數，但洛夫似也不甚瞭解，這些年青的一代都是在民國五十年初期就已先後出發的，在他們初寫詩的時候，洛夫所謂的「意象語言」這類東西正瀰漫詩壇，所以他們一開始並不見得都是接受了「直接語言」的觀念，而是多半傾向於「意象語言」的迷霧中，當時報章雜誌所見到的詩，大都是洛夫筆下所謂「我們」的這一群人的作品，在耳濡目染之下，不免也有過一陣

「歐風美雨」的日子（借用向陽的話），但是，幸好他們的「慧根」比較清淨，他們很快的察覺到詩的語言尚須提煉，但不是提煉爲「神話」，他們不以爲精練的語言就是「不合邏輯」的，而粗糙的東西不見得就是不「美」的，他們也瞭解「緊密」的意思不是要把門關起來閉門造「字」。當時的詩壇讓他們覺得失望，於是他們後來融合了起來，成爲「笠」的重要一環，在語言的追求上，更爲執着而求是地跨出了正確的方向，筆者於民國五十五年起開始習詩發表作品，與他們感身同受，瞭解當時的狀況，一如最近向陽所說，在遇到「笠」以前，他那些歐風美雨的習作只能算是「無自覺的創作」罷了，遇到「笠」以後，才成爲「有自覺的創作」。所以，這些年輕的一代，是因爲看穿了洛夫等人的那一套寫作模式，覺得不堪忍受，而重新去追求一個詩的眞正的面貌，却不是一成不變地盲目接受「笠詩社」或直接語言的觀念，他們都經過正確的認識與抉擇，而他們所拋棄的，洛夫至今却還捨不得丟掉！

筆者實在不瞭解，洛夫無法捕捉「害怕變成無用漂流物的他／在街角／突然被堅硬的路／活生生地切成兩截」這段詩的雨中意象，却能寫出「閒著便想自刎是不是綳斷腰帶之類那麼尷尬／我們確够疲憊，不足以把一口痰吐成一堆火／且非童男」這樣的詩，寧非怪事？我想，胡適看到前面這段詩如果會搖頭的話，看到後面洛夫的這段詩，恐怕連頭都摸不着了呢？

文學論爭，通常難有立即之效果，但影響之功，却不能說沒有，「五四」白話文學之論爭，當時雖各說各話，但今天已勝負可見，因此之故，明知這雖然不是討好的工作，但事關詩壇清白，只要有理、正確，還是値得提出討論的，雖然「濁者自濁，清者自清」，但如果老拿出一桶濁水放在你面前，久而久之，就沒有人會知道「清水」之清了，這個問題，是値得詩壇朋友共同正視的。

座談紀錄

「笠的語言問題」

時間：民國七一年六月十三日下午一時

地點：臺中市立文化中心

出席：錦連　李魁賢　白萩　杜榮琛　陳千武（主席）

紀錄：何麗玲

陳千武：最近出版的中外文學月刊第一二〇期詩專號，刊有一篇洛夫寫的「詩壇春秋三十年」，提到有關「笠」的語言問題，基於各人觀點的不同，今天藉此機會，請各位發表意見。

白　萩：讀了洛夫這篇文章之後，發覺洛夫對於語言學的知識不足，理論的發展和推斷很紊亂，是否彼此間有討論的基礎存在，很感懷疑。不過既然談到我們的頭上來，讓我也表示一點我個人寫詩所實踐力行出來的看法，也算是另一面的說詞罷。歸納洛夫有關於語言的論點，可分為二大類，第一類是他對詩語言的一般觀點，即：

①「詩的語言」之先設存在。

②特殊的語言＝意象語言，有別於日常散文性的語言。

③其實意象語言與生活語言（或鄉土語言）並不衝突，只是性質上與日常散文語言不同。

④詩語言與散文語言必然有其本質的差異，我們也許難以歸納出什麼是詩語言的必要條件。但我們必須承認，詩的形式（語言層次），與其內含是一不可分割的整體，換言之，詩的語言也就是詩的全部內含。

⑤以清楚明白的語言來表現某種「意義」，這是散文的表現方式，所使用的語言只是工具，與「意義」並無血肉相連不可分割的關係。

⑥語言分為說的語言與寫的語言。

第二類是對過去我用言語角度來論詩的相反意見：

①「人是用語言來思考，而不是用文字來思考」對這種說法不敢苟同，認為：「如說『語言即思考』，文字又何嘗不是思考？」

②「詩思先語字而存在」。

我想我們就分條來討論較為清楚。

李魁賢：「笠」以前很少針對外界的批評公開辯解，以致使人誤解，當然各人觀點不同，彼此之間的見解自然難求一致，不過有機會互相討論總是好的，關於語言的問題，洛夫文中某些觀點有待澄清，至於白萩的語言觀念既然強調用語言思考，顯然是語言表現論者，但洛夫却認為他已轉變為語言工具論，這其中有矛盾之處，當然這一點最好由白萩自己說明。

白　萩：關於「詩的語言」之先設存在問題，我認為語言中，並沒有所謂「詩的語言」之存在。散文或詩或小說或科學論文……等等，所使用的語言本身並沒有區分詩的言語或散文的語言，如何構聯語言成為詩或散文，完全是因為作者處理語言的技巧和方法不同所產生的結果。或許他的所謂「詩的語言」是指他以前讀到的那些詩作品中，語言已記錄成為「文字」，已成凝固化的詩作品所堆積起來的那些「文字」，如果這樣，顯然他是無法分別語言與文字的不同。

陳千武：如果認為「詩的語言」是另一種語言，非我們平常所用的語言，大都是從其以前所讀到的詩，創作出來的文字認為是詩的語言。「笠」所追求的不是既成為詩的語言，而是追求原始的語言創造新的詩的語言。中國文字是表意的，容易使人墜入文字的原意失去眞情的創造，所以「笠」的同仁們極力避免這種惰性而眞摯地追求原始的語言。

李魁賢：洛夫似乎是以意象語言爲優位，來判斷詩語法的應用。

白　萩：語言和文字是有差別的，所謂語言基本上有二層內涵：即語「意」和語「音」。語言的視覺符號化形式，就是語「形」，也就是文字。因此文字祇是擔負了紀錄語言的任務而已。在先民尚未以口音來傳達語「意」之前，語言也以「語意」的形式存在着，這點和聾啞者的世界是相同的，他們是以無聲的身體語言來表達「意義」，包含了手勢、面部表情、身體姿勢在內。只是因爲身體語言所能表達的「意義」有限，人類經由進化而同時發覺口音能經過各種調節，發出不同的聲音，可用來代表各種不同的外界存在「意義」和關係及感受，因此「語意」和「語音」密切地結合，而成爲我們現在所謂的「語言」。由於說出來的「語言」無法留存，因此發明了不同「視覺的符號」來紀錄不同的語言，這種「語形」就是文字。人類發展文字，有二種系統，一種是拼音文字，一種是象形文字。拼音文字是以各種不同音素的符號組合，來紀錄「語音」而已，別無外形上的特別意義。象形文字，是採用基本筆劃的組合來代表不同的「語音」，因此「語音」和「語形」之間有相當遠的距離。

簡單的說：用嘴吧說出來的語叫做「語言」。用手寫出各種語言的符號叫做「文字」。

談到這裡，我想先回答洛夫，人類不是用文字來思考這個事實，如果人類是以文字來思考的話，請問那些大字不識一個的文盲們，是否應該不會思考才對，爲何他們仍能以語言長篇大論的來陳述推斷？所以我說：人類是用「語言」來思考，而不是用「文字」來思考！

杜榮琛：我贊同白萩所說的，以一個文化的發展來說，應是先有語言後有文字，語言是用耳朶聽的，文字是用視覺看的，一個人他可能不認得一個字，但他可經由別人的口述而得到詩中的情趣。

白　萩：退一步說：如果人不是用語言來思考的話，請問到底人用什麼來思考？請給我說服性的證據。

李魁賢：用語言思考比較有秩序和組織，除了語言思考以外，也許只有憑直覺了，但直覺常是隨機性，比較散漫，由詩素要定型爲詩，還是要通過語言的思考才能完成詩的結構，至於用文字來思考的這個論調，因不在我的經驗之內，是無法想像的。

陳千武：我們所追求語言的藝術是一種原始性的語言而不是成爲文字的語言。

錦　連：這和村野四郎所說的一樣。

白　萩：我個人說的是：「人是用語言來思考」，和「語言即思考」這種說法是不同的。人類從蠻荒開始，或從嬰兒開始，其認知的階段和語言的類別是相同的，對於外界客觀世界的萬事萬物，第一步是辨認「它是什麼」，是屬於命名的階段，也就是語言中的「名詞」「代名詞」的瞭解。第二步是：「它是什麼樣子」，也就是瞭解外界的「性質及狀態」，是語言中的「形容詞」及「副詞」。第三步是：「它在幹什麼？」，是語言中「動詞」的瞭解，第四步是：「某甲和某乙之間到底有何關係？」，是語言中的「介詞」和「連詞」的體認。第五步是：「它使我感覺如何？」，「怎樣影響了我？」，也就是語言中的「助詞」和「歎詞」。在我看來，語言根本是人類認知之後的產物，它是代表了人類瞭解外界所得到的全部意義，所以海德格說：「語言是存在的場所」是對的。

根據前面的觀點，蕭蕭說：「詩思先語字而存在」是不妥當的。這表示詩在未寫出之前，就已全部存在詩人的腦中，好像詩人只是以語言文字來紀錄詩的工具而已。以我的體驗，如果我未動用語言來思考之前，絕對沒有詩的存在，有的只是雜亂片斷的印象罷了，我的詩是：以一個一個的單語去連接去思考出來的，所以我是語言的表現論，不是語言的工具論。

錦　連：應該沒有所謂「詩的語言」，否則每個人只要背誦所謂「詩的語言」皆可成詩，那麼何者又為「詩的語言」？

白　萩：詩和散文的區別，在我看來，只是由於操作語言的方法不同而呈現兩者的差異。詩是：將語言壓縮並做跳躍性的連結！散文是：只把語言平舖直述的連結。基本上兩者都是使用同樣的語言，只是連結法不同而已。並非另有「詩的語言」存在至於：「以清楚明白的語言來表現某種「意義」，這是散文的表現方式，所使用的語言只是工具，與「意義」並無血肉相連不可分割的關係。」這句話，我實在不懂它推論的矛盾性和曖昧性，語言既然表現了某種「意義」，怎麼會和「意義」無關？

李魁賢：洛夫提到「以清楚明白的語言來表現某種意義」是散文的表現方式，這是容易引起誤解的，因為以此來做推論，似乎表示詩的表現方式是使用不清楚不明白的語言，這是很荒謬而武斷的話，好像專為晦澀做註脚。實際上詩和散文的分野是在語言思考的方式，和表達的手段，詩着重飛躍性，散文偏向敍述。

白　萩：洛夫也提過：「日常散文性的語言」這句話！事實上這也是他推論紊亂的「語言」，日常性語言，並不就是等於散文語言，只要把它飛躍性的使用，也可以成詩。像這期中外文學上「清明讀詩」這一首詩，大部份的句子，都是日常語言！另外他又提到「笠」詩社一向執着於它的鄉土精神與即物觀念；也許他們認為，為了表現這種精神與觀念，唯有採用一種直接傳達的語言才有效。」這是他偏向的誤解，「笠」詩社同仁的詩，其思想的表達，所使用的語言並不是很平舖直接。還是透過「即物」的方法論來表現的。至於所謂「特殊語言」、「詩的語言」、「意象語言」、「生活語言」、「鄉土語言」、「日常散文語言」、等一大堆輕易命名的「術語」，叫人感到雜亂的共相與重疊，沒有符合分類學上清楚明白區分的基本要求。

李魁賢：意象語言本質上應是日常性的，因爲是在生活經驗以內的事象化，才能構成了體驗的意象，否則，詩即無法在作者和讀者之間去溝通。

白　萩：語言的原始存在，是表達「意義」來和他人「溝通」，無法和他人交通的語言，便是無用的語言，是個人封閉的咒言囈語。語言不是固定不移的東西，總是隨時隨地底在起變化。由於時代的進步，語言也隨時在改變。已不爲人們在日常生活上使用的語言，便是「死語」，已無法負擔起「溝通」的任務。由於認知的範圍擴大，也就逐漸產生「新語」。我們的日常語言，爲我們現在所使用，所以它是「活生生的語言」，也是我們現時對外界認知的結論。藐視日常性語言，而迷戀已凝固化的所謂詩的「文字」和「意象文字」，是非常不智的。

陳千武：就現在寫詩的觀點來說，古代原始的語言用法和現在我們所使用的語句也就有差別了。

李魁賢：從事文學創作者，不應有與民衆站在不同的立場思考的觀念，現代人採用古代語法或歐化語法，根本上就和大家的語言系統斷絕，因此採用的語言應該是活生生的和大衆的血肉可以關聯，當然語法上的創新是詩人才能的表現，但語法和語言在層次上不能混爲一談。

杜榮琛：新文學運動的目的也就在此，讓大家都能了解，並且能以日常生活的語言作詩。

李魁賢：以方言說話的人，從思考到寫作，不知不覺當中會有一種語言的轉化過程，這是用國語說話的人不易理解的地方，也可能造成彼此對語言追求的方式不同，這是語言一元論者和語文二元論者的經驗不同所在，用文字來思考者，可能會過份信任文字，而缺乏對語言機理的敏感，在缺乏語言思考的轉化過程，就寫出詩，若不小心較易產生惰性。

白　萩：詩人寫詩，使用語言思考的態度，應該和我們第一次以語言去認知這世界時一樣，對外界應仔仔細細的的用語言去探觸一遍。

陳千武：洛夫提到白萩自改變了詩語言表現論後，也失去藝術原創性所產生的撞擊力，這點白萩的看法如何？

白　萩：我自認爲：我的詩，其成熟的開始是：當我發現詩是以語言去思考去探索，以語言去表現之後才開始的。在寫「流浪者」當時，我並沒有專心的從語言的角度去研究詩。

李魁賢：洛夫提到「詩形式之被視爲一種藝術，即在它語言的創新」，是模糊不清的陳述，語言的創新往往在事物新關聯的發現和建立，是屬於內容的，和詩的形式不能混爲一談。形式技巧和語言技巧應是兩回事，也許洛夫的意思是「詩被視爲一種藝術即在它語言的創新吧！」

陳千武：現代詩較爲口語化，古詩則爲文言文字的運用。

白　萩：更明確的說：人是以「語意」來思考的說法，該是比以「語言」來思考的說法淸楚吧？

座談記錄

詩學與語言

時間：一九八二年五月

地點：臺北市忠孝東路某辦公大樓十四樓會議室

出席：林佛兒、喬林、羅青、李弦、羊子喬、張雪映、謝秀宗、郭成義、李敏勇（主席）

李敏勇：三十多年來。本地詩論文章或多或少提到語言的問題。不過在提到「語言」這一詞語的時候，似乎談的是許多不同的課題。事實上，「語言」這個命題有它的一定的涵義和涉及的範圍，在語言學方面或詩學方面都有它重要的課題，而我們的現代詩壇，在談到這個命題時，常常談的是其他的問題，混淆不清，忽略了許多本質上應該探究的觀念。今天，邀請各位出席這個座談會，就是希望能借重戰後世代的各位的學養和詩經驗，來談一談這個被曲解的問題。我們今天的座談會，就從現況的檢討談起，其次談談語言的一般知識，再其次談詩學中的語言問題；最後希望能在未來的研究批評方向上會有一些目標出來。在還沒有請各位發言以前，對現況方面我先發表我的感想。我們談詩學中的語言問題時，藍星、創世紀和笠三個詩社大相逕庭的觀念有值得加以分析的必要；在觀念和實質上，這三個詩社的方向影響我們許多，也最爲明顯，這三個詩社的主要的理論與實際又如何呢？是否請就這個角度來開始談起？羅青，你對藍星很熟悉，是否先請你從藍星談起？

羅　青：我對題綱上第一項列舉的「文言、白話」、「韻文、散文」、「格律、自由」的看法如下：剛才傅敏說，三十年來詩壇對語言的討論很少有高層次的架構，去年我有一篇論文也討論到這個問題。在清末黃遵憲時，即有「我手寫我口」的主張，胡適也同意這一點，他提倡新文學運動最重要的手段之一就是以「白話文」寫作，後來胡適修正「白話文」爲國語。有所謂「國語的文學，文學的國語」爲口號，並引用西方文藝復興時方言文學的興起為理論的依據。但他忽略了一點，就是中國因方言發音不同，產生不同的字彙、用語，提倡起來困難重重，故改為提倡以白話文為基礎的國語。他寫了一本「白話文學史」，重要論點是白話文自古即有，發展到現在，已可取「文言」而代之。然而白話文自古即有，但為何古人沒有用白話文來寫詩呢？為何一直要等到現在來提倡呢？為何在宋望後就有人利用「白話文」來寫小說或語錄了呢？，這些他都沒有解答。即西方的結構主義，在我看「白話文」並不等於「口語」，口語的產生，手勢和符號當是同時存在的人類，沒有語言是無法思考的，用圖像也許可做簡單的思考，但諸如道德、感情等抽象的觀念的推演，則完全要靠「語言」來進行。把「口語」中的手勢……等因素除去，只留下圖話、符號，做簡潔而有系統的排列，就成了「文字口語」。「文字口語」再加以修飾，則成「文學語言」。我們所謂的白話文，是介乎「文字口語」與「文言」之間的。一個地方的口語就是「方言」，而方言並非任何人都可以懂。文學語言有時無法完全「我手寫我口」。是一種充滿「成規」的語言。我認為「文學語言」的要素，包含在「口語」裡的節奏對仗等，中國文字是單音，中國古典詩五言、七言最多，可能與生理方面即呼吸的長度最適切。再有音韻，中國字押韻及格律的形式很自然；再有對稱，單音字也最方便。因此，我們發現，中國古典詩發展的一些自然形態。一般口語就較難在書寫上完全吻合，而且變動性很大。古代交通不發達，大衆傳播媒介只有視覺的文字方式，而無法電視廣播聲畫的配合，推行全國統一的「口語」不易。但推行全國統一的「文言」却方便，因為文字已經統一了。一直到近代科學的介入，中國才具備了統一「口語」的條件。我們現在的口語，變化很大。採用「口語」為文字寫作語言是時代性趨勢，大衆媒介也不是推波助瀾。產生了所謂的「普通話」文學家，根據這些普通話，經過藝術的加工，成為書寫的文字語言。白話文並沒有忠實的記載口語。

李敏勇：剛才羅青所談，包括兩方面：一是語言做為一種記號，它本身的問題；再者，則是語言做為記號的記號，在文字做為一種記錄過程時的一些問題。我們可以說，一種是語言的前設階段，即做為思考；另一種是做為將思考錄載下來，即將記號記錄下來的語言的後設階段問題，後設階段牽涉到許多修辭的問題。可不可以請在座各位談談，就國內各詩社，在語言觀念方面，在前設階段、後設階段有何具體的主張或實踐？

羅　青：如果要以「藍星」、「創世紀」、「笠」三個詩社來談，是否會犯過份簡化的毛病？

李敏勇：我認為這三個主要詩社，也未必那一個詩社有必然一致的觀念和實踐結果。我們只可能舉出特徵，加以比較，當然其他詩社若有明顯的特徵，應該也可以提出來談一談。

羅　青：事實上，談這些問題，適當的簡化也有必要，我想讀者應該會諒察這一點。根據我的看法：「笠」在語言的運用上，比較偏向方言爲基礎的發展，「藍星」可能較偏向古典語言，大量採用語言的精華同時也有一些西化的語法；「創世紀」則古典文學學養較欠缺，西方語言的訓練不够，他們大都沒有機會受良好的教育，「創世紀」的語言以當時的「普通話」爲基礎，溶合了西化古典及方言等等因素，十分混雜。正面來看，很能與時代迎合，負面則時是混亂的狀態。其較成功的作品則呈現傳統民間文學的優點。

李敏勇：在座各位對於這幾個詩社或其他詩社，語言觀念和實踐的特色，還有什麼樣的看法？

張映雪：我的看法和他們兩個一樣。並非「藍星」、「創世紀」或「笠」，都是絕對同一的語言觀念和實踐結果。以「藍星」而言，余光中、羅門、夏菁就不完全相同，不是全走新古典主義；「創世紀」一並非一開始就採行超現實主義。

李敏勇：我並非指「藍星」、「創世紀」、「笠」各有絕對的語言觀念，而是這麼多年來，可以看出這幾個詩社比較爲鮮明的主張。不過，從「文言、白話」、「韻文、散文」和「格律、自由」這些概念上，似乎可以看出這三個詩社的不同角度來。各別據守的態度。「藍星」可能較守文言、格律、韻文；而「笠」則相反的，較偏執白話、散文、自由；而「創世紀」則較中間，三者的立場大相逕庭。我覺得剛才談的，部份似乎集中在語言的後設階段的問題，例如羅青說到笠的語言偏於方言，我倒認爲是口語，就我所了解，笠同仁重方言的並沒有很多人。林宗源是特殊的一位，就我自已來說，我一點也沾不上方言的邊。

羅　青：我是指「跨越語言的一代」。

李敏勇：在我看來，跨越語言的一代，像林亨泰、桓夫、詹冰，並沒有方言味，如果勉強說，只可能是部份人是用字遣詞有些問題。也就是說，在語言的後設階段，亦即就修辭學的觀點來看，可能不够漂亮流利。這不是一概可以用方言來說明的。

羅　青：我說的方言是把它當作一個地方的口語，口語有很多種。常隨時間的改變而改變，產生許多新字如「蓋」之類的。

李敏勇：笠同仁的語言方法我也許比較了解。我可以說，笠的口語觀念是日常語，亦即活語，即現時用的語言。傳統上，把書寫和日常會話分別發展，而笠同仁希望從活生生的語言，就是從日常語操作、連結。像白萩、桓夫、錦連、林亨泰等都提過許多語言概念。可以明確地說，笠同仁談語言和藍星同仁談語言、創世紀同仁談語言，所談的常常不同，方向、程度都不同。問題應包括兩種層面，一種是文字的修養，另外一種則是思考本身的問題。也許，我們可以從三個詩社的代表性詩人，像白萩或余光中、洛夫的作品和主張來談。

喬　林：我們是不是談論一下題綱後面部份的具體問題？不然，這樣子界定本質課題，可能涵蓋太廣了。

李敏勇：那我們談第二個問題好了。

喬　林：我認爲對語言和文字的看法，影響每一位詩人的姿態。語言和文字不相等。文字最明顯的是字典中的文和字。以「牛」字爲例，在文字方面，牠很明顯地是「牛」，是一種動物：如果我們用來對某人指示，就產不同意義了，這時候，「牛」可能指的是力量大及其他意義。如果一個詩人認爲語言即文字，那他很可能追求不到詩。相反的，如果能把語言用思考的角度來體認，才能追求到詩。現在，我們能聚在一齊討論語言的問題，有很重要的意義。

李敏勇：事實上，現在很多人用「文字」的概念來談詩；是不對的。從語言的立場，才能談到問題的所在。用地圖論的概念來談。地圖是語言，現在則是現實。地圖是爲了描繪現地而存在，絕非僅爲了地圖本身而存在。

羅　青：思想的產生和把思想具體地用語言表示出來，其間關係的調整是否恰當，是批評家關心的問題。從批評的角度來看，是從「文字語言」去改寫的。思想過程，產生的我們無法考察，但其以文字所表達出來的結果，却是具體可以批評，我認爲「口語」是一切「文學語言」的根本。從我國古典的文學來看，也是如此。我們現在用普通話思考，表達時面臨到許多書寫層次的課題，古人用「文言文」解決了許多問題。還有，我們思考時是口語、文字語言、文學語言三者並用的，寫成文字是經過一番澄清、過濾，而其中以口語爲文字創作的最大泉源，好比在繪畫中，現實世界是畫家的泉源，但繪畫作品則是現實的藝術的轉化。

李敏勇：語言可以運用於外向觀點的思考，也可以用於內向觀點的思考。這兩種思考方式不同，但沒有優劣的絕對比較性，但有時候，會有人誤以爲內向觀點，本身就是詩味，因爲內向觀點類似抽象繪畫是非寫實的方式，如果非寫實就較具體，無疑把詩當做一種祇存在於縹緲的氣氛中。

喬　林：我不認爲外向觀點和內向觀點的問題和語言有關。

李敏勇：在語言學上，這是很普遍的常識。

羅　青：我的詩，像「吃西瓜的六種方法」是從日常生活中得到的啓示，極端現實。語言的精確性是意象派詩人所強調的。而意象派的理論法是從「論語」中子路問孔子，孔子曰：「必爲正名乎」的概念得到啓發的，我們今天，是要好好討論一下對現實口語與寫詩之間的關係，今天我們討論的問題有相當的重要性。

李敏勇：對語言的概念決定詩人的許多事情。

喬　林：我們還是要對語言的基本課題，認識清楚才行。不弄清楚，談不上詩學的。

羅　青：詩人還是專心工作，好好寫詩。

喬　林：我們詩壇有許多作品是讓人看了就討厭，無意義的誇張的連結。

李敏勇：我們可不可以談一談有關現時我們詩壇上許多談語言，事實上只談了修辭學問題的這一情況？

羅　青：我們可以集中修辭的問題來談談，不好意思。我來談一談洛夫的詩爲例子，洛夫詩集「魔歌」中「子夜讀信」一詩的首段如下：——

「子夜的燈光是一條未穿衣裳的小河。」

像這樣的語言，是生活的語言或是文學的語言呢？我們要改寫的是，這種僞裝的語言，化粧的語言。它要表現的是什麼呢？首先，我們在評詩時，應盡力站在作者的立場，但經過一番分析，而確實無法維護作者的立場時，我們也要明白的指出其缺失。問題在於「未穿衣裳的小河」來形容「子夜的燈」這不可能是日光燈，可能只能說是有燈罩的燈。燈光像小河，這譬喻太俗套了。別人早寫過了，初學新詩的人很容易被唬住，其實這種語言經不起考驗，暴露了作者的思考混亂。衣裳顧名思義和人類有關，穿在人身上，說「燈是一條沒有穿衣服的小河」表示這燈光本是穿有衣服的，才會把衣服脫掉。再說，把「燈」比成小河，小河有沒有「有穿衣服的小河」？有穿衣服的小河在那裡？小河的衣服是什麼？水草嗎？不是！是河岸嗎？但問題是河岸和小河的關係，也非衣服與人的關係，人脫了衣裳，肉體還存在，小河脫了河岸則根本不存在了。這種語言根本是一種代換遊戲式的？我們大可以把全句改爲說「子夜的燈是一條沒有穿褲子的小河」？或未繫皮帶，未戴帽子的小河有些詩人就是這樣無限制的代換，從這一點來看，詩人雖然有權力調整語言，但不能全然不遵守規則。詩人還是要尊重語言的基本規模，老是以簡陋而幼稚的手法在那玩弄換遊戲。像那種句子如與楊喚的「對著一顆垂滅的星，我忘了爬在臉上的淚」對照一下的話，你可見手法之高下了。

李敏勇：其他人是否有意見。

李　弦：今天我們談了許多重要的方向，現代詩，語言當然是重要問題，早期葉維廉也討論過。洛夫在詩壇春秋三十年，也拿出來談。語言在詩裡而不外乎「聲音」和「意象」，這種符號是以意象來表達。文言是陳腐意象。文言和口語的問題，上次比較文學會議也討論過。葉維廉很喜愛文言的成就。他的創作也嘗試運用。

羅　青：「創世紀」沒有幾個人能了解葉維廉的詩論也沒有幾個人有資格跟葉維廉談論詩學。

李　弦：「笠」同仁喜歡用清楚的白話來寫，這跟葉維廉的追求大相逕庭，値得討論。再說，修辭的問題，「創世紀」同仁刻意加工的語言，讓人覺得和「笠」是極端。這些問題很値得討論，洛夫的詩被修辭學書當做不當之例，也被批評得很厲害。

羅　青：這表示洛夫思想薄弱的關係，思想薄弱才會在語言文字上談不當花樣。

李　弦：洛夫、羅門的詩，有許多特色是在語言方面，只要能被接受，問題怕大怪異，難以接受。他們有的不錯，有的好的像是個人的定理。不能與人溝通。

羅　青：這種語言就好像借「羚羊掛角」來掩飾。其實不能這麼比喻「掛角」是指連的恰到好處，角是角，枝是枝，還是有路可求的。

李敏勇：其實，詩的難懂和詞句的難懂是兩回事。
李　弦：詩在可能與不可能之間。
張雪映：剛剛羅青談到白話文運動初期，我手寫我口，眞這樣來寫，也會有問題，語言如果思考過，就不一樣，如按剛才羅青所提洛夫那一句「子午的燈光像一條沒有穿衣服的小河」不是直接指示對象。
羅　青：詩可解不可解都可成立。可解的話，字面即可解；不可解則是從字面看有很多解釋，但讀者不太確定應就那方向解釋最爲恰當，最差的是，根本沒有意義。
喬　林：字面不解，但究竟在講什麼呢？像洛夫這一句詩，到底在表現什麼呢？
李　弦：表現不貼切，造成語言的混亂。
羊子喬：詩的語言應該來自社會。最主要的是用於詩時，已經從單義語言產生多義性，詩也許會難解，但絕非不可解。
李敏勇：沒有所謂詩的語言這種現成的東西，成爲一首詩，在詩裡，才有所謂的語言，具體地說，應是「這首詩」中的語言的概念。
一般可能把很美、已經連結過像是有詩味的語句。這有撿便宜，撿現成的意味在內。
羊子喬：好詩或壞詩，不是從字面易懂或難懂來分別的。判斷一個詩人，好詩壞詩，從語言本質的把握也是一條路。有些詩人不能用乾淨的語言淸楚地表達詩想，常常要在修辭上玩花樣。
張雪映：洛夫的詩，在陽光小集發表的一首「夏末事件」；整首語句却很白，字面可以解，問題是究竟在表達什麼！
羅　青：思想薄弱的話才會雜湊成篇。他有四首外外集的詩，最先是在現代文學發表，後來刪了兩行收入「石室之死亡」，再收入「外外集」時又把兩行復原了幾年後又收入無岸之河中，把兩行又刪掉了，裡面的句子，取消了又增加了，似乎一定想注用意，可以看出他的東西眞是雜亂，我們應該原諒他，因爲他一直都在摸索。
張雪映：可能是「超現實主義」的緣故吧！
羅　青：談什麼超現實主義嘛，對超現實主義一點都不了解。
李敏勇：這無關超現實主義，根本無涉於超現實主義。也許獨自從字義上解釋的吧！
羅　青：一知半解順手拈來的名詞，但沒有深入了解。（請參看羅青「達達主義與超現實主義年表」六十八年十二月號「幼獅文藝」）。
李　弦：我們可以藉此澄清一下語言的觀念。過去，我們的古典詩從單音字去把握完整的意義，葉維廉現在十分欣賞文言，就是連於這種凝聚字義，現在的口語化，多字詞不是文言的形式了。而且現在有許多外來語。
李敏勇：對語言，要從素材、工具、方法的論點去探觸、試煉它。
李　弦：白萩的語言比較確定性，比較乾瘦；楊牧的語言比較感慨性，用古代語言代進去用，比較甜、較美。

羅　青：明喻、暗喻的性質也相關於語言的功能。

李　弦：有些詩只是加了許多形容詞而已。

羊子喬：生活的演變也相對地產生許多生活的語彙，從語言的音樂性來看，應該有許多新的生活感的節奏。

羅　青：節奏有許多關連於生理性，像呼吸的頻次，從單音到複合詞的型態，有許多值得體味的東西。現代生活的語彙也有相當限度。

李　弦：口語本身有它的限度，如文學侷限於口語，可能會貧乏。是不是因此，我們對創世紀同仁意圖超越這種平凡性的努力要稍加體諒；相對的，對於「笠」同仁，我們是不是應該要求從口語中做突破及超越，不斷更新呢！

李敏勇：我的看法可能有些不一樣。我認爲重要的在追求的詩思及把握的思想，雖是經由口語，亦即活用語的語言體系，只要不斷有新的東西，語言一定有新的面目的。用口語，可能會產生錯誤的認識，非日常性的連結就有新的意義。還有一個意念需要澄清，用字遣詞熟練的問題應該無關詩想的深度和廣度。

羅　青：我想我們有共同的認識，無論任何方法，做好的話才算好。我們要開拓更多的方法，方法越多雖不能保證做得更好，能否恰與其份地使用好的方法，才是重要的。

李敏勇：郭成義君，是否請你打破沉默，發表一下高見！還有林佛兒兄，您的意見呢！

林佛兒：我覺得今天的課題集中在討論詩的語言，修辭的問題以及推廣的問題。我覺得，如果用活生生的語言，不應該有讀不懂，詩既然是文學的精緻形式，應該更能引起人共鳴，精緻則美，則會受喜歡，如果反而令人討厭，就太奇怪了。我要講一句不太客氣的話，在我們的社會，很多寫詩的人我很看不起。今天，臺灣的詩壇，有很多詩讓人看不懂，連知識份子、連詩人看不懂。我不曉得這些詩人是思想貧乏或是故意標新立異。有些人還把這些不懂的東西捧上天，弄得劣幣驅逐良幣。這種情況，值得檢討。

李敏勇：郭成義君，你最近就詩的言語問題發表了很多論述，是否請你也發表一下！

郭成義：今天我還是做一個旁觀者好了。

李敏勇：沒有人可以做一個旁觀者。

郭成義：今天大家能這樣子聚在一齊談語言問題，表示語言問題之受到重視，影響重大。我很贊成剛才羅青對洛夫詩的評語，的確，思想薄弱或說詩想薄弱是我們詩壇的大問題。有時候，不只思想薄弱，更是思想錯亂。顯然，這種毛病是不好的。中外文學「現代詩三十年回顧專號」洛夫的論點，有許多錯誤的認識。譬如他所謂的「意象語言」，就患了修飾性的毛病。他提古詩中柳宗元「獨釣寒江雪」是詩，若改爲「獨釣寒江魚」則失詩味，顯然是溝不通的，這根本是不同的現實嘛，有雪不一定有魚，有魚不一定有雪。推敲不能抓住詩的本質。洛夫的觀念不是値得尊敬，太多的錯誤。我們應該對語言問題多多提出來討論。我們今天能這樣談語言問題，現代詩還是會有前途的。

李敏勇：各位還有什麼其他意見！請繼續發言。

林佛兒：好的詩，價值永恒。像白萩的「羅盤」二十年來，我還是那麼記憶深刻，深受其動。像「秋」，也一樣。

喬　林：初學的人最容易以爲不懂的詩是好的。更嚴重的是把壞詩吹噓得多了不起，有能力的人要好好的出來做些澄清，批評工作。

李敏勇：大家要多多努力。

喬　林：這種討論要多舉辦、多加強。

羅　青：忘記壞詩，多提好詩。

李敏勇：今天的座談會就到此結束。謝謝各位。

問鬼

林宗源

半冥
月趜在特大帽仔內
風靠著風陰冷的風
吹出叫人從去十字架的風
我怎會來到這個地方招惹了鬼
昨日爲了鬼問題與人辯論
並且否決他的存在
盈昏就在我的面前現身的鬼啊！

爲什麼我無驚破胆
生在魔鬼氾濫的世間
爲什麼無人敢與鬼親近
在美麗島充滿陽光的地方
鬼竟然敢橫行霸道
難道鬼無看見阮有很濟廟
爲什麼鬼不驚神驚人
爲什麼阮亂拜無拜出有責任的神
爲了瞭解鬼的問題
一種無名的勇氣
使我迎向虛無的人影走去
物免微！你護我看著
無頭、無脚、無手

只有霧一款的身
向樹後慢慢移動
遠方有一台從梅山駛來的卡車
照光周圍的景物
白影微入樹內

免微！我想慺與你講話
想慺瞭解你的身世
以及你逃出鬼國的緣故
不是七月
寧願冒著被人看見的衰運
是厭惡鬼域或迷戀路鄉

轉來！免微！我物是牛爺馬爺
請你護我講鬼國的情形
是不是有鬼民主鬼專制
鬼議會鬼選舉鬼拜神
鬼病院鬼攤販鬼交通
鬼公害鬼戰爭還有鬼死亡

假使你死去，將變成什麼？
「死亡」對你來講是不是「復活」
爲什麼你慺找替身
做人並無快樂
你還想慺做人
恁吃什麼？有吃猪肉無
恁企什麼？是不是洋樓

假使你有難言的心事
你應該瞭解我想慺親近你的心情
我相信你會同情我求知的慾望
如果你讓我揭開鬼國的神秘
我們將是很好的兄弟

旅人

電風扇

站立者母親的心
疾速地給出一片片退燒藥
一聲聲沙沙
呼喚孩子
你在那裏

發燙的肌膚吃下退燒藥
現出舒服的顏色

孩子
只要你腦裏的清涼
經常洗出母親的照片
我日夜工作
算得了什麼

但是給出一片片退燒藥的母親
自已發燒的時候
誰給她退燒藥

曾貴海

夢的白花

澎

一波接一波
自遙遠的海平線
一路上顛簸地奔逐過來的
波浪
碰上了岸邊
而驚叫起來
化爲細碎的
夢的白花

某病人

剛被診斷出來
依約到達的那個肺癌病人
山東藉的教師
高瘦的身子不顧表情的臉
倦態加上病容
黑板上寫了三十多年的白粉筆字

暗示他
家在那裡
太太怎麼沒來
朋友呢
他只是沈默的搖搖頭
漸漸地搖垂了頭
突然，一顆淚水嗤的滴在
臺灣的地圖上
蔓延

劇　終

趣味競賽的壓軸戲
請來了地球上最老的人
裁判
兩組年輕力壯的小伙子
比賽搬運核子炸彈
觀衆的吼聲激起滿場飛揚的旌旗
勢均力敵的双方
因無法分出勝負而僵持下去
觀衆們繼續嘶喊嘯嘷
裸裎狂舞
而那老人冷冷地在計算時間
突然，不小心滑落了一顆
霎時煙屑毒蕈狂飇爆響
又倏地球平靜了下來
觀衆們到那裡去了

利玉芳

愛的手帖

水稻不稔症

莫歎我肚子裏沒有你的愛
因爲你陰晴善變的脾氣
傷害了我心中的胎兒
主人送來的一帖安胎藥
仍然治癒不了我流產後的心
我註定不會懷孕了
即使你再愛我一季春天的床
莫歎我肚子裏沒有你的愛
是你不讓我做你四月的情婦

窯

你看我無窗
就說裏面沒有愛
那是因爲你站得太遠
靠近我
且展開你的雙手
像這些女工一樣
藉著一絲絲透進來的光
一塊塊地御下堆砌在你心頭裏的磚

茄萣海

棕色果

到了這個時候
海是最平靜了
靜靜悄悄一返一復
纖手拂過臉龐那般
溫柔而美麗的波濤

潮水循海流奔走
船隻跟魚汛航行
到了這個時候
潮水回流船隻也泊岸了
不期而相遇的歸宿

紅蝦綠蟹
跳自海中的魚族
都要趕赴一場
花與酒的盛宴
喜幛而煥發的熱鬧

行到那裏
脚印在那裏
塔站多高

光也同亮
到了從此以後的時候

貝類走在沙中
彼此也要在彼此的海裏呼吸
鹹味而寬愛的母親
美麗的，茄萣海
最美麗的……

莊金國

施捨

別向我奢求完整
我已够殘缺的了
在這最後的防線
別逼我退無可退

想起那個人
哦說變就變
半夜捎來一紙休契
恩恩愛愛一筆鈎銷
你竟還在這個時候
要我獻出最後所有

其實你是錯估我了
再不濟也能 悄悄
佈下陷阱籠住你
讓遠方的那個人
眼睜睜看着我
玩弄你於股掌

現在我只盼
世界整個暗下來
只要你的頭低一點
說不定我會給你親一個！

中校喟說

黃樹根

就那麼二朶
梅花的閃光
把吾推向
人生頂點

年輕就這麼
一回守候而已

翻山越嶺而來
翻越過
薄薄一頁
史册

怪只怪戰火未曾
燃及視界之內
吾一直留置在
隔岸
遙望
火勢熊熊　只在胸口外
喧嚷
吾恨不得
投入火焰裡
化身爲
飛蛾也榮耀啊

大盤帽總是
憋扭地
壓住吾頭上
青天
五十一出頭
一聲無奈
就西出陽關
等看夕陽西下

鎮魂之歌

——析論李敏勇的詩

陳明台

1.

推測人的性向有很多種方法：例如西洋的占星術，運用星座的區分使觀察人的屬性；又如依照血型的不同，也可判斷人的性格，觀察人的字跡似乎也是常用而普遍的分析個性的方法。

看過李敏勇字跡的人，大約會感覺到「字如其人」這種說法有相當的道理和準確性。他的字與其說是瘦削無寧說是秀麗，有其寬厚大方的幅度；但說是穩重無寧說是輕巧，有其纖細舒柔的筆觸。可以斷定他兼具有沈靜和瀟洒兩種氣質，本質上具備了十分強烈的感性。

回想起十四、五年前初次和李氏碰面時的印象是他沉默寡言，甚至有些莫測高深。後來才體會到他的辯舌。配合敏銳的思考力，他善用多重比喻來表達意見，加重論理的力量。他不愧是持有發亮的瞳孔，冷冽的觀察力，極為善於表現觀念的詩人。而他的有條不紊，穩重沉著更增加他的魅力。

我們不難從「雲的語言」第一詩集裡收入的他比較早期的作品中看出他具有的輕柔、流麗、纖細的秉性；而隨著詩作的成熟與題材的擴展，他的敏銳，冷冽及暗喻的性格也逐漸顯露，逐漸加深。這種演變的過程十分自然，可以從他的詩觀的演變來加以說明。李氏對於詩的精神與形式，曾經有過如下的說明：

> 詩的精神是赤裸的女體，形式是衣裳。不僅為了展示衣裳，而是渴望有人進入。徒有形式，詩是不成立的。為了怕羞，詩披上適身的衣裳。（註一）

這一段詩觀，本身就是一層比喻。女體的渴望有人進入和女體的需要衣裳遮羞，並沒有衝突。他強調的是精神，或說是詩的本質，但多少說得有些曖昧，說得比較單純。如果說這是代表他比較前期的詩觀；那麼他較成熟的詩觀者是：

> 我的詩是我的現象学，也是我的冥想錄。現實—在我的世界，既是攝影機鏡頭所能捕捉得到事象，也是從腦髓思考出來的花朵。融合經驗與想像力的結晶，是我的憧憬。（註二）

這種見解較之前一段說明，更令人感到言之有物。有更強的說服力，論詩的幅度也增大了許多，具體而層次分明。可以說是具有繁複的思索的展現。當然，兩段說明都是他的體驗論。如果勉強區分，則「雲的語言」出版的時期產生了前一段論理和思考；相對地在較爲成熟以後的時期，他才能產生後一段的論理和思考。第二詩集「野生思考」收入的四輯作品，代表他自一九六九至一九七五年間發表的重要詩作的總集，共計四十八首作品。可以說是呈現成熟詩人李敏勇風貌的一座里程碑。有劃一時期的意義自不待言。爲了考察析論的方便、筆者擬以「野生思考」收錄的作品來分析剖論，藉此窺見李氏的詩的特質，風格及相關諸問題。

2.

每一位具有強烈個性的詩人，在建立自己的詩風以後，對于詩的思考，固然會從多方面的角度來伸展他的觸鬚；但是，他不斷地會思考的問題，應該是：「我的詩要表現什麼？」「我的詩要如何表現？」，而終結於：「詩對於我是甚麼」的基本質問。就李敏勇而言，他也爲了這些問題作了許多探討與詮釋。在「詩」這首作品中、他寫着：「崇高的天／飄揚著我的憧憬／俗的地層／潛埋著我的鄉愁／遼夐的空間／張架著我的繪影／縣遠的時間／流動著我的樂音／腐敗的土壤／孕育著我的生／燦爛的花容／隱含著我的死。」在這首詩裡：天、地層、土壤、花容、空間、時間等等，可以說是作爲他詩作的縱軸而存在的；而憧憬、鄉愁、繪影、生、死則是作爲他的橫軸而存在。而由于「我」的存在才賦與詩的存在的意義，詩作的行爲的意味；乍看之下這個「我」好像是極爲「自我」的存在；事實上却並非如此；他在「薔薇」詩中如此表現著：「薔薇綻開著／我把薔薇獻給你／它的形象／它的色彩／它的香氣／它的味覺／現實爆開一朵花的光輝／我把薔薇枯萎／它的意義／它的精神／它的美感／它的愛與死／生命熄滅成一堆灰燼的黑暗／一首詩一朵薔薇。」在這首詩裡：薔薇、詩同樣經由「自我」的詩作活動而賦與意味，而且呈現了「你」——一個獻與的對象，共通的屬性。形象，色彩、味覺、精神、意義等等比喩了形成與本質的兩面，詩的存在有意從主觀的「我」而發展到客觀的「物」。這顯示了他的詩的思考的一面—從主觀的我而透過客觀的現實，開放詩的花朵—然而，他也強調從客觀的現實、物象可以襯托「我」的或詩的存在，在「蘆葦」一首作品中、他如此說明著：「蘆葦的花，蘆葦了解／那暗喩之梯呵／那象徵之翼呵　蘆葦在山坡／在通往天國的階梯／蘆葦在河床／在通往地獄的孔道　蘆葦的放逐就是回歸／蘆葦的領頌讚就是批評　蘆葦吐露著／我全部的愛。」這是從蘆葦與我之相互投射來說明詩作的活動，在這兒明確的指出了詩的方法—「暗喩、象徵」、詩人的使命感—「吐露全部的愛、回歸、批判」、而有從物象回歸了我的暗示此種回歸還元於「我」的詩作的活動的形式。在「遺書」一首作品中也重加說明著：「字紙簍裡，一張揉碎的信紙／是我的遺書、用肉眼／你看不出片語隻字／但它確書寫我的寄意／因爲我要寄發到遙遠的沒有語言的國度／我要寄發到遙遠的夢的故鄉，那是我透明的心／那是我純潔的愛」上述的詩作正足以說明，在基本上，李氏不只具有詩人執著于自我的強烈的個性與意識，而且，他的詩作活動的出發是從「自我表現」或「自我觀照」的秉性而展開追求詩的心情。他絕不是從開始就把表現集中于現象，意味、或者是周圍的事物；無寧說是具有由「自我」而切斷，或聯結現象，現實的傾向。而這種爲了自己而寫的強烈的傾向，雖然是成爲原始的，最初的基點，由于他的語言與現實是寄託他的心的場所，却產生了莫大的暗喻的作用、進而擴展了他的心象的世界，能夠觸及外界與現實而激起火花，可以免除他只是止于爲了自已而寫的層次。在「失語症」這首作品他如此說明著：「死去的那純潔的語言／活著的我們醜惡的心」「語言／被現實的酷寒凍結／又被現實的炙熱燒焦。」在這些逆表現的敍說裡：苛酷的現實，語言的存在的場所也等于是他存在的場所。更可以說明他的詩作的態度，或是詩對于他的意味。

這種態度，在早期的「雲的語言」中多數的詩作已足以說明，但是往往單純地以傷感或情緒爲基調，而有不免於呈現納西斯（Narcissus）的蒼白的面貌。然而，一經他本身脫離了純粹的心象的凝視，就給與現實取得聯結，開始賦與新鮮的意味及產生更深邃的暗喻的層次。在比較早期的作品「水井」中已開始顯示了他的轉變。

一口井在青苔的愛撫中屹立著
風要去了它班剝的外衣
雨索去了它的膚色
回歸到原始沒有人知道它的名字
誰能傾聽它奧秘的語言呢
誰能進入它豐饒的內裡游泳呢
那人把木桶放下去
它給了他索要的一切

在這兒，水井成爲獨立的物象，已從主觀的純粹的凝視而成爲完全客觀的形態，離開了作者自身，而擴張著水井的內層的形象，同時經由客觀的物象作者提出了深層的思索，透過汲水這種極爲平凡現實的行爲，呈現了一種思考的性格。類似這樣的思考的性格，在後來的「野生思考」裡可以說是隨處可見，而且衍生爲一種思想的性格，成爲他的詩的特有的性格之一。以下，我們進一步來分析詩集「野生思考」所呈示的詩世界的特質，經由李氏的表現的內涵（本質）與表現的方法（形式）來說明李氏的詩具有的特殊的性格。

3.

現代詩人往往賦與詩各種不同的性格。經由透視問題，表現意識而產生的這些不同的性格，不只建構詩人獨特的詩的風格與世界，而且藉此可以提出問題，追求問題，呈現詩人的美學，理念以及觀點。就李氏而言，現代詩是：「一種藝術，希望它能有人的立場，向善的目標，既有藝術功用的主張，也有現實經驗的論調…」（註三）。而支撐他這樣的說法的他的詩的第一個性格可以說是「思想性」。

在李氏的「野生思考」詩集中具有思想性的詩很多。它的根源可以說是發自一種現實的體驗，問題的意識。透過思索的過程，透過詩的形式而呈現作者的思想。在「鎮魂手帖」之中，有「戰俘」一詩：

K中尉已經沒有祖國
被俘時
他宣誓放棄了
停戰後
被釋放的那天
他望著祖國的來人
不知道怎樣把自己交還他們
武裝禁止了嗎
武裝沒有禁止
祖國沒有了嗎
祖國還有
双重的認識
在K中尉經歷中體驗了
說不定那就是你或我呢
世界靜靜地擦著眼淚
世界靜靜地流著眼淚

正如詩中所表現，這是一種双重認識的人本思想。在戰爭中被俘虜這一種狀況，或從書本或從影片得到了體驗而作爲發想的基點才有這首詩的想像。雖然是以虛構的人物，不確定的疑問與答覆作爲表現的方式，但是，在直接、間接經歷過戰爭的人們看來，「沒有祖國」或「喪失祖國」的這種事實，在受到鉅大無比的外在的力的強迫，缺乏作爲人的獨立存在的條件的環境中，是隨時都可能發生，都會令人感到哀愁與無奈的。而双重的認識是透過作者的辯證而產生的作者的思考的呈現，衍伸爲作者的以渺小的「個人」爲本位的思想自不待言。因而作者有「世界靜靜地擦著眼淚，靜靜地流著眼淚。」的抒情與嘆息。這首詩可以說是含有對于「存在的環境」發生疑問而以孤獨的人的立場去闡釋的作者的「存在的立場」，當然，結論上是依歸於「弱者」或「無奈」的思想而顯現了詩人的哀愁。在「情念人間」一輯中，則有「罌粟花」一首作品：

女人的胸脯
罌粟花
開放著呢
罌粟花燃燒著
會把男人
整個心都染紅呢
那麼
不要看到女人好了
可是
思想裡也有
罌粟花的
影子呢

在這首詩裡，人不是單獨的存在，人是在平凡的生活中相互依存的存在，女人、男人，極爲平凡的情節的安排，較之「戰俘」一詩已失去了虛構性，反而加強了現實性。然而從孤獨的感情而衍生爲「連帶」的愛情時，依然含有著「不要看到女人好了」的不自願的心情，「罌粟花」這種有毒的東西，染紅了男人整個的心，而又到處有罌粟花的影子（連思想裡也有），這一種隱喩及暗示，實含有一種「拒絕」的思想，或許經由此一拒絕的思想，重新肯定人與人的相互聯帶。思想的可貴性才是作者最終的思考。

如上述以人作爲介入的主題而表現的具有思想性的作品是李氏的詩中的一個樞紐。剔除人，而完全交附于物或思考，想像的作品也是另一個樞紐。如「思維花朶」這一輯的「夢」、「夜黑以後／現實有一個缺口／我是打那兒逃亡的……然而／逃亡以後／我是自由的／你不能捕獲我愛的掌紋／你不能捕獲我恨的足跡」在這裡「夢」是一種具有共通屬性的「無拘無束」的想像與象徵，當然由于現實的壓抑而有夢的逃逸，但夢本身成爲客體來顯示時，已完全抽出人的存在的「要素」，這首詩的構成作者並沒有介入而充分地發揮了他的思考的優越性。在這兒夢實在等於「自由自在」的思想。類似「夢」以客觀的物體，經由凝視客觀的物體而呈示作者的思考的有「象徵體驗」一輯中的「俘虜」一詩：「燒鳥店／通紅的炭火架／成排雀鳥／脫光外衣／世界／某個刑場／成排囚犯／蒙人黑巾／……燒鳥店／喧嘩地嚼著／死的聲音」在這首作品裡，以對比的方式，呈示了鳥與俘虜的同格，不免于被殺戮的命運，提示了死的思想與拒絕、抗議（弱者）的意識。鳥與人都是客觀的物體而存在。

總之，在李氏的作品中含有的第一個思想性的性格，使他的詩充滿了一種對于人際，存在，物象及理念的思索。而經由此種思索，往往發出疑問，提出辯證，提出拒絕的思想，而確立「人的立場」，事實上，支撐著他的思想的性格的，除了他的問題意識，與現實體驗之外，他的詩本身具有的現實性格也是一大因素。這種「現實的性格」可以說是構成他的詩的特色的第二個性格。

只要大略地翻閱「野生思考」詩集，就可以理解幾乎每首詩都有作者和現實的格鬥，現實投射在詩人心中而激發的屈折的吶喊，在「鎮魂手帖」中有「孤兒」一詩：

誰都會是個孤兒
從河邊的死貓
從街旁的病狗
從曠野的人屍
悄悄地
我收集著或為孤兒的哀傷
我反芻這些體驗而活著
……

這首作品裡的場景可以說是隨處都看得到的破滅的風景，在「誰都會是孤兒」這樣的前題的設定下，詩人展開的暗鬱的心象，可以說是一種挫折于現實而射出來的無聲的吶喊，這樣的暗鬱的心象成爲他的詩的現實性格的基調自不待言，「日落」一詩的以意象鮮明的表現方式，最足以見出在李氏內心陰鬱而沉重的現實：

我
身上的膿瘡
正在腐爛
我
心中的鬱悶
正在擴散
世界消失時的幻想
我
把流溢的血收回
把束縛的黑放出

我
把你們一個一個眼睛閉上
把你們一個一個思維關掉

這首詩藉著日落的景象，十分生動地在描述成爲黑暗的過程。而屬於鬱悶的物象正襯托出來現實的挫折的基調。這種李氏特有的現實的暗鬱的色彩成爲了他詩中極有魅力的所在。同時，這種現實的性格支撐了前述的基于追求人的立場的質詢，拒絕的思想的性格。在「沉默」一詩裡詩人對他的語言與現實的所在及狀況作了顯明的浮雕：

人們
害怕語言溢出口舌
凍死在現實裡
現在是暗夜時分
整個國境
披蓋厚黑衣裳
人們
害怕語言溢出口舌
迷失在現實裡

作爲詩人存在的場所的語言，以及作爲實際存在的現實，乃是具有凍死，迷失在現實裡的特性。而這也正是詩人李敏勇對于存在與現實所作的觀察以及把握，理解。透過這種受挫于現實、抑壓于現實的狀況的凝視，李氏的詩的現實性格和思想性格才能密切的契合，互爲表裡而成爲他的憂鬱的心象的基調。

假如說李氏的詩的構成的縱座標是思想性與現實性的配合，則李氏的詩的構成的橫座標應該是故事性和虛構性的配合，詩不同于政治。雖然同樣可以有其理念的表白，但詩必須是配合美學而成爲具有藝術性的內在的理念。在這一前提之下，李氏的詩的優越處，即在於他的詩成爲思想，成爲現實的剖影之餘，有其不失去成爲藝術此一基本要求的特質。李氏的想像力十分豐富，李氏的抒情性十分充分，李氏的處理詩的方法十分講究，他不只努力爲詩構建深邃的底層世界，也不疏忽爲詩披上美麗的衣裳，在「思慕與哀愁」一詩中他如此佈置著他的詩的氣氛：

陽光從玻璃窗照進來
女人的裸胸
印著黃昏
美麗的山河
連綿著我的思慕與哀愁
爲了攀登那燦爛的峯頂
爲了滑落那幽深的山谷
我用肉體的回音
測量愛的距離

像如此簡潔、舒柔、輕妙的筆觸，彷彿在構造一幅畫一般的含有雋永詩意的作品在他的詩集中也是隨處可拾。然而特別值得一提的是，他的詩中的虛構性和故事性的刻意的構思。李氏不只是詩人，他也寫了許多優美的散文與小說，如果說李氏的小說的佈景，場面往往成爲詩的題材而被其轉化，處理也不是過言。「匕首」一首詩，他如此寫著：

殺死父親

不
不能殺死父親
　殺死母親
不
不能殺死母親
我們必須愛那知性
我們必須愛那感性
必須
自己不斷地死
自己不斷地生

在這兒，殺死父、母親以及否定此種行爲，都可以視爲一種虛構的安排。透過此種虛構性的行爲而可以不斷地死，不斷地生，含有一種無限發展的羅曼的精神，對於知性，感性的瘋狂的追求的欲求。又如前述K中尉成爲俘虜的作品，在作品本身屬於虛構，同時具備了故事性的成份，而事實上，這種透過虛構性與故事性來構築詩的世界的方式，對李氏而言不只是他慣用的處理的方式，更是使他的詩的現實性和思想性可以得到恰當的寄託及表現的最佳的方法。在以故事性作爲他的詩的性格顯得最突出的應該歸諸「情念人間」一輯。由于處理的體裁是平凡的生，男人與女人的愛，透過故事性（幾乎每一首都是一個短篇故事）不只是增加了他的詩的戲劇的氣氛，也使全輯可以前後聯貫而浮現他的愛與生與現實的面貌。

上面約略地分析了李氏詩中具備的四個特質，事實上，他的詩往往不是單純地只具備了一個性格，往往思想性與現實性兼備，故事性與現實性兼備，作爲他的詩的原型而優秀的作品，「遺物」就是一個好例子：

戰地寄來的君的手絹
休戰旗一般君的手絹
使我淚痕不斷擴大的君的手絹
以彈片的銳利穿戳我心的版圖
戰地寄來的君的手絹
判決書一般君的手絹
將我青春開始腐蝕的君的手絹
以山崩的轟勢埋葬我愛的旅途
慘白
君的遺物
我陷落的乳房的
封條

在這首詩裡表現了愛、生、死、戰爭以及哀愁，事實上在沒有實際戰事的我們今日環境，它本身即含有虛構性，却又具備了現實的意味。男、女的存在確實是在同樣戰爭的狀況下的共通的型態。人人都可能被迫處于同樣的立場。同時，愛的思念，青春的蹉跎，死的陰影，生的哀愁等等情節的佈置，造成了它的故事性與戲劇性很容易令人受到感染。透過現實的挫折，失去的愛，死的威脅等等又都襯托了作者對于否定戰爭，追求純愛的思考。而這種思考藉著遺物本身可以發展爲抗拒戰爭與死的思想，經由純愛來支持此種對于現實的疑問或肯定，或否定的思考。類似這首詩具有的錯綜重疊的性格，可以說是詩人李敏勇特有而常用的表現的技巧與機智。以下，再就李氏的詩的特有的表現方法與形式作進一步的考察。

4.

在李氏的詩集「野生思考」之中，「對象」的存在和處理，是一個貫穿全集的問題。不管那一首詩都有其「對象」，這種對象作爲他的詩的焦點，或襯托或演出、或描述或說明而構建了他的詩。這種處理的方法可以說是他的詩的表現方法的特色，而對于對象的處理，我們可以試著歸納出以下兩個主要的方式。

㈠衍伸的方式：所謂衍伸的方式，也就是採取重疊的敍述，而襯托出對象，並藉襯托的對象，構成敷延的意義，最終則點出結論或意圖。如「軍艦」一詩：

軍艦鳴聲
驚破港口霧濛濛的夢
軍艦啓航
劃裂海洋水藍藍的飢膚
窗玻璃我的臉閃爍淚光
因爲軍艦會沉沒
在深不可測的海洋
因爲軍艦會帶給港口
哀傷

「軍艦」這一對象始終環繞全詩而擴展，由軍艦鳴聲(假設是A)＝軍艦啓航(同樣是A)而衍伸，驚破港口的夢＝劃裂海洋水藍藍的肌膚(同樣是A_1)導出的結論是窗玻璃我的臉閃爍 著淚光(假設是C)其間作爲襯托者，敷延的意義是因爲軍艦會沈沒…」＝「因爲軍艦帶給港口哀傷」(假設是同樣的B)也就是說A引伸的A_1的意味，擴展了B而加以說明和敷延，並產生C的自然的結論。這一種衍伸的方式如「戰鬥機」、「遺物」、「血」等都是典型的例子。這種方式使李氏的詩顯得簡潔、明快而銳利強烈。事實上，「野生思考」詩集裡運用這種方式寫成的作品爲數極多。

㈡對比的方式：李敏勇常用另一種的詩作的方法即是藉著對比的敍述，而引導出第三種存在。往往以三種主要的人或物、作爲對比的因子而佈置氣氛，如「夜的體裁」一詩：

月光
從窗口伸進剪刀
把我們剪裁成共生的人

有時
她用前胸將我掩蓋
有時
我用背肌面對夜空
不暴露我們的臉
讓我守護你吧
讓我守護你吧
一個人受苦就可以了

沉溺在水平線下
海的渦流翻轉我們魚般的身體

這首詩的月光是屬於第三者的存在，在第三者的月光的範圍之下，共同的你(女)我(男)是主題。然而，你與我仍然經由對比與對立而呈現情景狀況。終究產生歸結于回復共同體的存在。値得注意的是「讓我守護你吧！一個人受苦就够了」一句，在極大多數的他的詩裡，陰與陽，現實與個人（如「景象」一詩：田園展覽著坦克的痕跡／一條條傷口／紅腫著／曝晒在火炎炎的太陽下／更炙爛的是／彎身耕助的農夫背影／我在那兒死滅／世界從那兒消失），或說外界的存在與我的對比中，大抵上我是成爲挫敗者，是以弱者的姿態而存在，這是十分耐人尋味的表達方式。如「浮標」裡的「我／沒有國籍／我／傷痛半淹在水裡，海一樣深／我希冀靠邊／盼望上岸／可是／國土出現了又消失／流刑消失了又出現。」如「象徵」一詩：「戴著十字架胸飾的女人喲／妳那美德／不／妳那惡德／腐蝕著男人的心」也是典型。或許就李氏而言，這是一種表現前述的拒絕的思想的簡便恰當的方式，又含有一種剛不勝柔的（類似愛護女性，體貼弱者的心情）觀點而洋溢于作品中的結果。由於這種對比成爲李氏獨特的詩的方法，在選擇作爲主題而存在，他往往特別容納了物象、因而月、黃昏、花、山、窗、鳥、白雲、海洋、雪、燈等等極爲接近身旁的「事物」、「自然」都成爲他愛用的媒介。在他的詩中，「自然」因而也是他造成詩的氣氛的最常用的「對象」。

雖然，李氏的詩法藉其常用的詩的形式呈現了單一、簡明的特色，但是，並不因而減輕了他的詩的美和氣氛。李氏成爲優秀的詩人的一個基調應是在於他對語言的駕御的適度，以及他自已持有的語言的特有的輕柔和飄逸的特性。我想他對語言持有的感覺，與其說是愛用亮麗的語言不如說是喜愛拒絕慣用的語言，藉此造成新鮮的意象及獨特的效果，「焦土之花」一首作品即可提供證明：

砲聲停止以後
在靠近陣亡者手的地方
一朵花幌動著
曾經想伸手去採摘那花
曾經渴望那陌生的愛
卻無法挪動手
煙的風吹著
煙的風吹著
「風呵，帶我給那垂死的男子吧」
折斷的枝椏
點綴著寧謐的土地
散落的花瓣
裝飾著死息的胸脯

這是寫在戰火之下瀕死的花朵的形象。事實上，用的是客觀的描寫。而自然的佈景，存在物的安排，只是透過淡淡的口吻來加以呈現，並沒有會嚇驚人的用語。然而反覆的閱讀，則其擬人的象徵的世界逐漸會增加，哀愁的氣氛也逐漸會擴大，有其輕柔纖細的感性令人共鳴。類似此種語言的使用，在「野生思考」詩集中並非稀奇。這可以呈示詩人李敏勇的詩語的特質，加強了他的詩的優雅性，提供他所希望的「溫暖的感動。」（註四）

5.

分析了李敏勇的詩的特質，方法之後，進一步來考察詩集「野生思考」的內涵。「野生思考」共分爲四輯：「

鎮魂手帖」—以戰爭爲題材；「象徵體驗」—以存在的現實爲題材；「情念人間」—以生活與愛爲題材；「思維花朶」—以生與死的體驗爲題材。可以說，環繞於詩人李敏勇的腦海裡的思考，涵蓋了戰爭、生、死、愛與存在。這些課題，如同前面已強調過的，是基于他的問題意識，現實經驗。縱橫交錯，編織構成。

「鎮魂手帖」可以說是戰爭的鎮魂曲。對于戰爭的體驗，戰後世代的詩人（或說七十年代詩人）並不是直接的，無寧說是透過某種媒介而間接悟得的。往往，戰爭的行爲和破壞的行爲會直接的被聯想，被連結。李氏也不例外，如「戰鬥機」一詩：「我也會感到冷／感到胸口疼／在那樣的高度／那樣的深度……」再如「景象」一詩「我在那兒死滅／世界從那兒消失……」又如「軍艦」一詩「軍艦會帶給港口哀傷」等等。但是李氏對于戰爭的批判，無寧說是藉戰爭與死的陰影來聯結，藉對于血的深深的執著來強調，如「血」這首詩：「人捕殺老鼠／因爲牠不配共享世界……血演繹著歷史／也編織著歷史」如他的「故事」一詩：「去年／他射殺了一隻鳥／來不及看鳥掉落／戰事發生了今年／他在戰場開成一朶花／還不到返鄉時辰／他已回去了，鳥在飛／鳥仍在飛／鳥飛越現實／他永遠死息」沒有比流血與殘酷的對立與死更令人感到悲痛的事實。例如「輓歌」這首詩：

他們輕輕啓齒
默念那些躺在土裡的名字
並獻花給那些死滅的心
他們行禮如儀
哀樂飄揚在墓園上空
淚珠滴落
然後他們離去
僅留下風聲
萎謝的花

在這首作品裡，作者似乎只是輕描淡寫地在刻劃喪禮的形象與場面。事實上，如「僅留下風聲，萎謝的花」淡淡的哀愁反而具有無比的傷痛之感：無奈之感，加深了詩的氣氛，也顯示了作者無比的抗議。類似這樣的詩，在此輯中拈手可得。李氏時而抗議，時而質問，時而哀嘆，時而祈願。一邊在彈奏著死的鎮魂歌；一邊祈願著和平寧靜的降臨。

「象徵體驗」—可以說是生的鎮魂曲。在這兒，李氏的生的描寫是沉鬱的、滯重的、注目于黑暗的，較之對于戰爭的「拒絕」的的思想，在這一輯中所表現的是反抗「拘禁」的思想。這可以說是根源于基予人的立場而衍生的追求理想的理念。「夜」這首中有「夜企圖掩飾一切／夜企圖推卸一切」；「監獄」這首中有「夜／凍結在四周／沒有牆」；「俘虜」這首中有「天這麼黑地這麼暗」，這些對于黑暗的戒心和暴露，正是他追求理想的生的第一步，在「內部世界」這首詩：

地球表層
包藏火紅的岩漿
在旋轉
人的臉
包藏蒼白的腦髓
在思想

情濃到極點時
人會反抗
從內部
從深處
一種力量

作者有一種生氣勃勃的期待，或說對于「理想」的追求有一種切望及信念。這種切望有時是以逆說的方式，聯結于誕生的根源的土地，如「紙鳶」一詩：「紙鳶／想反抗／想掙脫／但無法逃避刼持，它碎裂墜落／以死亡回歸土地的召喚」在這兒土地是一種象徵，成爲最後的歸宿，成爲回歸根源的祈求。有時則以肯定的方式來表達，如腐蝕畫「窗密閉／但牆會有出口／透露光」如鳥「不死的鳥／飛翔的心」。抵抗拘禁的意念，摧毀禁錮的思考，正契合李氏所言的「向善的目標。」（註五）

「情念人間」——可以說是愛的鎭魂曲。對于愛情，人人有不同的體驗與感受。就李敏勇而言，愛是一種聯帶，愛是一種慰藉、愛是一種生的鎭魂歌。因而他顯示在此輯裡的愛多有著哀憐、悲愁。且舉其中一首「愛」來做說明：

沒有窗
我們也活下來吧
依靠著
沒有陽光也會萌芽的愛
我們堅强地活下來吧
愛會伸出枝葉
愛會伸向天空
把我們的希望寄託愛
開天窗的日子不會太久了吧

像這首基調哀怨的作品，可以作爲輯中的代表。事實上，李氏的愛的詩乃是有意超越平凡的場面，才選擇了哀愁，以及投射了暗鬱的生作背景。李氏所強調的是愛的聯帶感，甚至是犧牲了自我的超脫的愛的美，如夜：「……關上窗吧／讓我們在微弱的燭光中／相互撫慰取暖，燭光熄滅後／讓我們的身軀／相互摩擦取暖……」如「憂愁女子」：「……爲了灌漑她／爲了使她長成枝葉／用盡我的心血／用盡我一點一滴的愛…」等等。哀愁、哀憐的愛的方式，如「思慕與哀愁」、「背肌」，「夜的剪裁」等等，自然與李氏的氣質有關，也多少與他的暗鬱的現實的聯結有所契合，雖然成爲他的愛的詩的特有的氣氛，我們也不能忽視，如「女體」：「女人的身軀／照映在鏡前／潔白得令人顫慄／孤單得令人愛憐／沒有任何修飾／沒有任何矜持／在雪之國度的溫柔構成／在夜之世界的光耀實體／微妙的暗喻／愛的序說」如「猫」：「我喜歡／女人沒有掩飾／我喜歡／女人釋放全部的愛……」另一種樣式的極爲明朗，光亮的感覺和直接的愛的方式。

「思維的花朵」是死與傷痛的鎭魂曲。在四輯之中，這一輯作品顯得最爲沈鬱，如「鬱金香」一首可以說是本輯的創作的基調：

故鄉
我誕生的地方
黑漆漆的
黑漆漆的呢
因爲那通道

浸染著女人的血
女人不會覺得悲哀呢
因為是女人給予生生悲哀的呢
可是
每個男人的悲哀加深時
鏡子也照著女人的悲哀

追溯生，而抉出從生下來的原初就帶到世間來的人的悲哀，也就是作為人具有的根源性的傷的這樣的詩作，實在有其獨特的詩的閃光。而回歸于黑漆漆的故鄉的現實的悲哀與傷，尤其加深了這首詩的陰鬱的心象風景。又如「菊花」的「這麼冷／沒一個閒著—「image」的「鏡子裡／我已經死了……／鏡子記錄了我的夢與現實／是我的心」含有虛構的幻影的這些低沈而歸結于死的意象的詩，如果再回顧前三輯的拒絕的思想，生的破滅與追求，愛的哀愁，則牽繫于「野生思考」全詩集的基本的音色說是現實、美與哀愁應該不是過言吧！

6.

以詩集「野生思考」作考察的對象，只是對于詩人李敏勇劃一時期的作品作一番解說，分析與探討而已。事實上，李敏勇作為詩人的歷程仍然十分長遠。在一九七六年以後的作品，雖然未能加以論略，我們已可看出他有自覺地在從事調整，從事更廣更深的摸索。例如最近發表于笠一〇五期的「從有鐵柵的窗」一首，較之「野生思考」集中的作品都顯得更加繁複，準確而完整（註六），如果說是足以顯示詩人李敏勇更深一層的飛躍的訊號，並不過言，其未來實值得我們拭目以待。

做為一位詩人，李敏勇擁有許多優秀的條件：如豐富的想像力，輕巧而灑脫的表現方式，優雅的詞彙，獨特的詩想；然而他的最大的優點，是時時成為新人的創造的意欲，重視肯定詩的價值的心情。最近，他如此宣示過：「詩有它的精神的價值……它的語言與意義，音樂與節奏性，都能提供溫暖，感動人心」「我已經擺脫詩人的虛榮，然而我不放棄詩人的基本態度……」證之「野生思考」這一闕深沈而溫暖的鎮魂歌，眞令人感到「善哉其言」，筆者亦願與他共勉之。

一九八二年六月二十五日
詩人節完稿

註一：笠四十三期，頁四十三笠下影傅敏（李敏勇）的詩觀。民國六十年六月出版。
註二：美麗島詩集，頁二百二十三，李敏勇詩觀民國六十八年六月出版。
註三：陽光小集一九八一年冬季號，頁二十一「新生代詩人讀新詩」中傅敏（李敏勇）的發言。廿二頁～廿四頁
註四：同右。
註五：同右。
註六：陳明台、鄭烱明「現實經驗，問題意識」談李敏勇的「從有鐵柵的窗」刊于笠一〇七期，頁五十一，民國七十一年二月出版，請參照。
註七：同註三。

莊金國作品討論會

時間：一九八二年四月十一日下午二時

地點：鳳山市鄭烱明宅

出席：曾貴海、黃樹根、陳坤崙、蔡信德、林宗源、棕色果、簡簡
劉金水、吳夏暉、莊金國、鄭烱明（主席）

記錄：蔡文章

插秧女

朝見揷秧女
挑着秧苗赤着脚
揷着秧苗彎着腰
一撮一撮播
一櫳一櫳揷
揷得興起，播出太陽
看哪！田裏的太陽
我踩着
我還踩着一些
雲和樹
哎呀！我又踩着了
一隻腐爛的死老鼠

暮見揷秧女
望着空簍退着數
七六五四三二一
一撮一撮播
一櫳一櫳揷
揷得興起，播出月亮
哪！田裏的月亮
我踩着
我還踩着一些
星和星
哎呀！我又踩着了
誰家遺棄的洋娃娃

上帝的世界

世界如棋如暗棋
如你一失手 落入
無可挽救的深淵裏
世界如盤如暗盤
如你一失足 陷入
追悔不及的悔恨裏
你活着爲了生存你拚命活着
空氣不管你呼吸怎樣的空氣
世界不管你正在怎樣的世界
你搥胸你頓足你咆哮

你憧憬你夢想你祈求
還是仰望不見主宰的上帝
你有時相信有時懷疑你是誰
其實你什麼都不是都不屬於
你生你死上帝始終冷血上帝

木材加工

一粒種籽一株樹
一望無際黑森林
一隻哭調仔的鋸齒聲聲唱——
伊們鋸斷我們年輪
　剝開我們皮層
我們倒下了　歡呼
我們躺在大地的母親的胸脯
母親啊！快快噴出
憤怒的火焰
燒盡滿山森林，滿山塗炭

假如詩是一隻能言鳥

假如詩是一隻能言鳥
詩人，你更需戰戰兢兢
為伊打腹稿，以免
話說錯了闖着禍
啊那時，詩無辜
遭殃的是你自己

假如詩是一隻能言鳥
詩人，你只是戰戰兢兢
為伊打腹稿，以使
話說開了感動人
啊那時，詩傳誦
落寞的是你自己

假如詩是一隻能言鳥
詩人，你還在戰戰兢兢
為伊打腹稿，以致
話說多了反效果
啊那時，詩非詩
尷尬的是你自己

假如詩是一隻能言鳥
詩人，你直接說出吧
說你的詩有如你自己
再也不願離葉又離枝

晚景

——記老園丁楊逵

一根竹竿斜斜撐着
水泥人像慢跑的姿
右臂關節隨時可能脫落
我們撫觸斷臂像撫觸——
東海花園主人年輕時
最初與最後的衝刺

啊！老園丁回來了
伊指着林蔭中的瓦厝
說起那天深夜急劇氣喘起來
跌跌撞撞爬到附近人家求救
好不容易撿回生命

——壓不扁的玫瑰花！

伊打開門扇像打開
塵封的記憶一一檢視
守着那塊小小的花圃
長年養花療傷，偶然
凝對妻的遺像，遙想
可憐賣花婆仔葉陶一世拖磨

老人興緻一來
帶引我們穿過爬滿藤葛的籬笆
指望有生之年腳踏的土地
　不再荒蕪，不再陷落
一個失踪十二年的噩夢
一個埋沒十二年的罪名

鄭烱明：莊金國寫詩已十多年了，從民國五十三年開始，五十四年就有作品發表在笠詩刊第九期。十多年來對詩的追求很認眞，已出版兩本詩集。一本是「鄉土與明天」（67年出版），另一本「石頭記」（69年出版）。今天討論這五首作品是從上述兩本詩集選出來的，當然，莊金國的作品很多，我們只把重點放在這五首，其他作品亦可提出來討論。

林宗源：一個眞正的藝術家或文學家或科學家，所追求的是突破以及創造，也唯有突破才能使生命不流於習套、陳規、惰性，然後才有新的視野、新的藝術、新的文體、新的科技的再現。以詩人來講，必須時時反叛自己，敢嘗試接受失敗，而後才能超越自己。從這問題來看金國兄這些詩，我覺得有點追求技巧的意圖，假如是做爲嘗試，敢面對失敗的實驗，這是好的嘗試，不過，我以爲太相信技巧，過分追求技巧，反而會使詩的生命硬化。

我引一個例子來比喻；大約十年前，有一天，我到臺南大飯店吃飯，看到一幕舞蹈，一男一女，全身塗沫金粉，我對舞蹈完全外行，可是就她們的動作，我領悟到生命在愛與恨之間，掙扎、痛苦、歡樂，使我再一次證實藝術必須用生命來感動生命，才能够使人內心引起更大的震憾，假如我是一個內行的舞蹈者，我會注意到舞臺頂的佈景、燈光等等以及舞在時空的動作，是否妥當的問題，注意到技巧上的問題，可能就不能體會到那種生命的舞蹈所給予我內心的震憾。舞蹈的動作，我把它看成是一種無字的語言，詩的語言，原始的語言，透過這些動作感動了我。詩的語言正如舞蹈的動作，愈是原始的語言愈有生命的語力。一般讀詩的人，大部分也不知詩的技巧。而具有詩的一般常識的人欣賞詩，則是各依認可的語法、文法、文體來判斷詩的好壞。結果所看到的是文體的美，突破習套、陳規、惰性的，有創意的詩，却不能接受。弄筆玩字，組合已有的語法、文法的語言，是死的語言，死的語言，怎能使詩有生命的活力，詩人應該寫出自己內心無意識中舞出的語言，舞在詩中舞入讀者的心眼，使讀者的內心世界，由領悟而有新的視野的當現，這是我看到金國兄的詩，所引起對詩的問題，一點點的感想。

黃樹根：宗源兄剛才談到詩要有活的生命，不要讓語言僵化。對於國仔的詩，我是太熟悉了，因爲我曾爲其詩集「鄉土與明天」寫過序。我一直認爲作品與人有距離，有人說他的作品和人一樣，我覺得是一種難得的境界。「假如詩是一隻能言鳥」這首詩起承轉合有規則，結構嚴謹，很有層次。其中最後一段「假如詩是一隻能言鳥／詩人，你直接說出吧／說你的詩有如你自己／再也不願葉又離枝」這種境界是生活與表現合而爲一，沒有矯飾，就像宗源兄說的，寫出自己所要表現的東西。這首詩是國仔追求詩希望能達到的境界，也是近幾年來，我追求的方向之一。至於「揷秧女」

，則是他早期的作品，與其他四首的語言及表現方法不同，着重在趣味化，我們不一定要從勞苦方面去聯想，從工作中得到樂趣亦不錯。

林宗源：關於「挿秧女」，當我讀到「挿得興起，播出太陽」有點驚訝，最後的「洋娃娃」不知是否有特意的象徵，使人無法聯想，我問你—（面向國仔！）有特別意義吧！

莊金國：我看我不要說明，你們去討論就好！

黃樹根：這首詩，我覺得不必去想有什麼特別用意。

蔡信德：乍見有鄉土的抒情，我想這首詩國仔有意義給它對照，所以前面是「哎呀！我又踩着了／一隻腐爛的死老鼠」後面是「哎呀！我又踩着了／誰家遺棄的洋娃娃。」它表現了農村的破敗、式微。也或許隱喻什麼其他的意義一叫國仔自已說明就可以了解。

曾貴海：這首詩以對比的技巧，像「朝見」「暮見」、「太陽」「月亮」。其中「腐爛的死老鼠」是一個小東西。「遺棄的洋娃娃」也是一個小東西，亦有對比的意義存在。問題是轉變太快，和前面的氣氛無法配合。

林宗源：我覺得「死老鼠」和「洋娃娃」擺在田裏不太恰當，是否用什麼替代比較好。

鄭烱明：我認爲這首「挿秧女」在莊金國寫作的風格上是較突出的一篇。它不是對比的成功，而是處理詩的手法較完整。莊金國多年來就是一個生活的詩人，他寫他身邊最熟悉的東西，挿秧女可能是他生活的體驗，至於「洋娃娃」可能在工作中有這種經驗。總之，這首詩處理的語言很新鮮、就詩的本身而言，不算失敗的作品。

曾貴海：我總覺得太陽、月亮都是希望的象徵。

簡　簡：「挿秧女」這首詩：問題在第二段與第四段。「死老鼠」和「洋娃娃」是代表什麼意義？也許莊金國有特殊的意義。不過，我很贊同曾貴海說的「太陽」象徵希望，和用生死的對照。記得詹冰的「挿秧」和這首詩有雷同之處。

莊金國：我覺得作品不必由作者自已解說，既然大家非要我說話不可，就簡單談一些好了。「挿秧女」這首詩在基本上完全是寫實的，二、四段的尾仔，帶有一些象徵意義；宗源兄認爲田裏沒有洋娃娃，不過早年在我們那個庄頭，事實上有這種現象。在猪舍裡，要挖坑存糞，亦就是存放天然肥料的地方，舉凡燒柴留下的殘渣，或一些廢棄物，統統掃進坑裏，洋娃娃就是其中常見的一種。待坑滿了，再挑到田裏當肥料。「洋娃娃」是令人喜愛的東西，「死老鼠」讓人驚嚇。洋娃娃可以解釋爲童年的懷念。也可以將它拿回家洗一洗成爲挿秧女心愛的東西，象徵少女微妙的心緒。

林宗源：這首詩讀起來，是金國對生活的眞實表現，我覺得仍須從作品中深入去表現去追求作品的精神，亦是將「洋娃娃」與「死老鼠」替換某種字眼，使它成爲某種更深入的意義。

曾貴海：剛才烱明說國仔是一位生活的詩人，我也是個草地人，這首詩其實很好解釋。

鄭烱明：詩如果能讀出氣味來，是不錯了。

會貫海：蔡信德：對！對！

黃樹根：「洋娃娃」與「死老鼠」也是實有的東西。所以這首揷秧女若要再去挖掘更深的意義，我想有點勉強。

林宗源：討論詩要從各方面、各角度去欣賞、研究。

吳夏暉：「假如詩是一隻能言鳥」和「揷秧女」我想因各人欣賞的角度不同，看法也是有差距，每個人對詩的要求都不一樣。今天這個作品討論會，相信金國兄可以忍受別人對他的批評。依我個人看法，所有寫詩的（包括大陸來的和本土出生的），都沒有專業詩人。我認爲詩人的要求是希望別人能了解自己的詩意所在，但要像唐詩、宋詞那樣讓人容易了解才好。我看到國仔寫「晚景—記老園丁楊逵」，使我有個感觸，作爲詩人，一定要有目標，對人類要負起挽救的責任，就像耶穌救世的精神，寫詩不是給自己或子女看而已，也不是只在創作的技巧上下工夫，而是要有作爲詩人的責任，就是要關心社會，對人類的關懷。

林宗源：我剛才說過，我認爲追求詩不只是現實的皮相而已，而要深入人的精神世界。

吳夏暉：詩人要負起何種責任，這是大題目，不是本次討論範圍，我只是大略談一談而已，我一直不會去批評別人，但我覺得作一個詩人一定要有責任。臺灣詩人沒「大漢」，都是表現詩的層面及題材受限制，就像關在雞籠裏，那是很悲哀的事！

蔡信德：國仔的兩本詩集「鄉土與明天」，「石頭記」，由過去的「鄉土」到目前的「社會意識」，已有擔負起詩人的責任。前面我們談「死老鼠」、「洋娃娃」的事，是犯了大頭病，那是不必要的爭議。最近我翻譯美國黑人的詩，我深深體會詩的作用是在感動人，我們亦在第三世界，詩要表現出我們的心聲，這是最重要的。我看到的詩，有一點可以作爲參考，黑人用的語言很白、很單純；但很激烈的表現出自己的感情，重視人生存的尊嚴。所以我認爲在詩裏，希望能寫出一般人看得懂的東西，不必寫得太玄，只要把感情表達出來，而能引起共鳴，就是好詩了。

「木材加工」第二段「伊們鋸斷我們年輪／剝開我們皮層／我們倒下了歡呼／我們躺在大地的母親的胸脯」，雖然被欺侮得倒下去了，但仍帶有莊嚴的浪漫，而不只是一味的悲傷。我很贊成夏暉兄說的：詩人應關心社會、人類。附帶一點，「假如詩是一隻能言鳥」乃在探討一個詩人的責任。在我們現今紛擾的詩壇是很切中時弊的。

鄭烱明：楊喚有一首詩，裏面有句：「詩是一隻能言鳥」，國仔這首詩是否從這裏延伸？基本上，我們可以看出當時他寫詩的背景，及社會的環境。如果要吹毛求疵，這首詩在用語上也有不恰當的地方：第一段第二行「詩人，你更需戰戰兢兢」第二段第二行「詩人，你只有戰戰兢兢」第三段第二行「詩人，你還在戰戰兢兢」，第一個「更」出現得太突然，我覺得語氣的加強宜慢慢加強，由弱轉強。這可能是習慣性。

劉金水：我比較喜歡「上帝的世界」，剛才一直沒人提到。這首詩是對現實社會的感觸，尤其他用隱喻的手法，但語意還不夠積極。他用上帝來代替某種人物，我覺得上帝是屬於宗教的，讓人脫離不了偶像的崇拜，以為那種人物值得崇拜。雖然我們生活非常痛苦，亦沒法「翻身」，結尾有點悲劇的感覺，另外「木材加工」，我和信德的看法差不多，給我最大的感受在後段。若以兩詩作比較，後者較有向上的意志，雖然倒下了，仍寄望大地憤怒的火焰。

蔡信德：我補充一下但我剛才說倒下去，帶有莊嚴的浪漫，其實就是革命的浪漫。

鄭炯明：「木材加工」這首詩的後兩段我覺得有點突兀，既然「我們倒下了歡呼／我們躺在大地母親的胸脯。」為什麼還要叫「母親快快噴出／憤怒的火焰」。

黃樹根：如果刪去「歡呼」，就比較適當，否則有種玉石俱毀的感覺。「我們倒下了」再「歡呼」意義上有衝突。

陳坤崙：「歡呼」與「憤怒」修詞變一下就可以了。如果不變，有一種「自我嘲弄」的感覺。

黃坤崙：還有，結尾的「滿山塗炭」有含糊的感覺。

曾貴海：塗炭和灰燼一樣。母親憤怒的火焰，是一種摯切的感情，可以廣布到整個森林。

莊金國：從「塗炭」和「加工」去想想寧願塗炭，不願被加工。

黃坤崙：剛才吳先生的意見，我可以同意。「晚景」這首詩比較完整，沒有語病，表現的語言也很親切。不過，我認為，寫詩不必勉強加上什麼責任，否則文以載道的味道會很濃，只要把身邊熟悉的東西寫出來就很好了，當然，藝術性的追求亦很重要。

陳坤崙：我認為個人有個人的文學觀，雖然其中派別很多。文學的內涵是很廣泛的，只要你寫出來的被大家認定，大家都會信仰你。

鄭炯明：作為詩人或作家，不必躲在象牙之塔，對莊兄寫作的歷程，依我個人的看法，其詩的特色，是對鄉土的關懷及鄉土關係的密切。「鄉土與明天」展示了他純樸的感情，多少可捕捉農業社會的式微，時代變遷的痕跡。「石頭記」同樣是關懷現實，但已走出來，對較敏感的問題勇於追求。莊金國詩的語言，帶有俏皮、歌謠式反覆的寫法，除關心土地外，關心親情與友情的題材亦不少。莊金國的詩亦有一些缺失。其一、對鄉土的物象，常止於表面的描寫，沒能寫得深入。其二、語言常流於習慣性的思考。其三、對象的描述，受題材本身的限制，詩的世界無法擴大。其四、比較少見鋒利的語言出現。

陳坤崙：「揷秧女」是一首很好的詩，有些地方押韻，加強音樂效果。「朝見」、「暮見」的對襯成功。全詩中沒有「辛苦」的字眼，卻能讓人覺得揷秧女的辛勞，沒有生活體驗是無法產生這種詩的。第二首「上帝的世界」亦是從語言的重複產生效果，第三段是語言的突破，有活力與張力；「你活着爲了生存你拼命活著／空氣不管你呼吸怎樣的空氣／世界不管你正在怎樣的世界」。「木材加工」剛才有爭論，這首詩的特徵乃是以反覆的效果，把「歡呼」與「憤怒」的詞彙變一下即可。「假如詩是一隻能言鳥」也一樣是反覆的效果。我記得殷海光「思想與方法」序中曾說：生在這個時代，人是靠頭腦、思想生活，隨時都有某種危險，但殷海光甘之如飴。「假」詩第二段「話說開了感動人／啊那時，詩傳誦／落寞的是你自己」這是否國仔的詩觀。「晚景」描寫極生動，係電影一些生動的轉接鏡頭。

曾貴海：莊兄是位很努力的詩人，他取材廣泛，在「石頭記」的後記中他承認文學是呈現時代的風貌，從作品方面看，我覺得他比較偏向「文以載道」。其第一本詩集，着重在鄉土情景與周圍人物的描寫，結構完整，文字樸素，比較感人。其中以「挿秧女」、「苓雅」、「自耕農」、「溪埔風雲」較好，尤其是「溪埔風雲」爲了一個溪埔小小公地，發生決鬥，有血有淚，在氣魄、結構、文字上都很好。第二本詩集走出了鄉土，比較關懷社會，文字技巧比較進步，有些地方在語言上比較平舖直敍，比較成功的是「流鶯」，以上是他寫詩的特色。另外，我講一些自己的感覺，也是比較不同意的地方。第一、在技巧方面用對比、疊韻、疊句用多了，比較公式化。第二、感歎語太多了。第三、有時在句中會挿上一些不同人稱的語句。還有，在語言準確、濃縮、凝鍊方面亦有待鍛鍊。

棕色果：我認爲金國兄是一位勇敢的詩人。剛才吳夏暉先生說文學對世界宜負責任，我很贊成，這也是每位詩人基本上應該有的認識。樹根兄強調的藝術性，我亦同意。自古以來，我們中國在追求藝術性方面，有時比外國作品差一些。如果作品不求藝術性，就會變成宣傳的口號，生活的記錄。

鄭烱明：今天對莊金國這幾篇作品，大家都很踴躍發表意見。在此我要摘錄蔡信德兄在「鄉土與明天」的序文的一些話：「鄉土性不應該狹窄得只限於民俗的宣染，而應該是包容了精神上對這塊土地和它的血緣的廣角透視，記錄出它的脉動。」信德兄這些話對於金國兄將來在詩作的追求上，可以做個參考。同時，現在一般詩人趨向於對現實周遭的探討。對於這點，我有一個意見，一個詩人對現實的關懷是必須的，但在獲取現實的素材後，如果接觸到比較尖銳、敏感的問題時，當然詩人的勇氣是值得佩服的，但我們也不要忘記，對於一首詩經過藝術化的處理是很重要的，而且對於現實的描寫，不只限於皮面，而要更深入挖掘更深層的意義。希望我們大家共同努力。

一九八〇年諾貝爾文學獎得主

米洛舒詩選（五）

杜國清譯

酒神的頌歌（DITHYRAMB）

我們在大地上已看上這麼多，然而孔雀石的山巒
在日落時經常受到以歌聲和深深鞠躬的致敬。
同樣的春舞召喚，當玄武岩懸崖的碎石下，群鳥投入小海
　灣半透明的水中。
而海獺那鰭狀的手隱約出現岬牠在洛波斯海岬的浪中打滾
。
當霧中杜鵑花的豔紅燃燒自水氣瀰漫的谷底。
不增不減，不多不少，啊！沉靜、完美、不可侵犯的世界
。
關於任何會確實歸於我們的事物的記憶，無一留存。
來自遠方，自無盡的歲月或自我們以吻合在一起的小徑上
，傳來口琴的旋律。
亞麻在紡輪上沉睡，蘋果和穀物在穀倉堆放乾草的地方，
　褐色的圓圍在托妮亞表妹的乳房上。
衝鋒槍爆響於掘有反裝甲車戰壕的原野，在黎明的陰雲的
　破帘下。
誰將肯定，誰將：聲稱：徒勞的、無益的、痛苦地喚回的
　夢是「我的」？
以文藝復興時的窸窣聲，我們死去的女人走過，轉身而將
　一根手指放在唇上。
穿戴盔甲的同伴，在棋盤前坐下，將頭盔的面甲撥到一邊
。
而愛的統治權，血中的活金，將我們的空名永遠消滅。

　洛波斯海岬（Point Lobos）**：加州西部** Carmel**海**
　灣南岸的海岬，是個州立公園。

白色（WHITENESS）

呵白、白、白。白色的城市，那兒女人帶着麵包和蔬菜，
　在永遠旋轉的黃道十二宮下誕生的女人。
噴泉的上下顎在綠色陽光中噴水，如在婚禮過後在寒冷的
　晨曦中從一個郊區到另一郊區的散步過後的日子裡。

在這稠密地上某處的學童腰帶的帶扣，地堡以及黑莓繩索綁着的石棺。
碰觸的啓示，一再新的開始，沒有知識、沒有記憶會被接受。
一個蹣跚的過路人，我在失去言語之後走過街頭市場。
征服者帳篷裡的燭臺溢出蠟，憤怒已離開我而冬季蘋果的酸味在我舌頭上。
兩個吉普賽女人從骨灰中起來，敲着小鼓，爲不死的人們手舞足蹈。
在有人或無人居住（誰都不在乎）的天空中，只有鴿子和回聲。
在不要求、不知道、不命名，但是存在於過去，且將來存於未來的白色城市裡。

歲月（THE YEAR）

我在未知的年裡環顧，意識到從那麼遠來的人很少，我浸透了陽光，正像植物浸透了水。
那是個遙遠的歲月，狐色的，像橫鋸的紅杉樹椿或者十一月山丘上的藤葉。
在它的小樹林和室內，音樂的律動強烈地拍擊，自黑暗的山上奔下，支流糾纏。
穿着邊緣以小鈴裝飾的花樣禮服的時代，迎接我以康茄鼓的猛敲。
我重複着他們那種入神的絕望的喉音歌聲，走在海邊，當它帶進衝浪板上的男孩，且將我的脚印洗掉。
就在有人居住的時間的邊境，同樣的功課在學習，如何以兩脚走路，如何念出我們人類那永遠幼稚的書中所追溯的記號。
要是我知道方法，我該會描述出任何記憶所能想起讚美人類的事情。
呵，太陽，呵，衆星，我是說，神聖、神聖、神聖的是我們在天堂底下的存在、這日子、以及我們不斷的聖餐。

禮物（GIFT）

如此幸福的一天。
霧一早就散了，我在花園裡做活。
蜂鳥停在忍冬花上。
這世上沒有一樣東西我想擁有。
我知道沒有一個人值得我羨慕。
我曾遭受的任何惡禍，我都忘了。
認爲我曾是同樣的人並不使我難爲情。
在我身上我沒感到痛苦。
當挺起身來，我看見藍色的海和帆。

吹彈集（WITH TRUMPETS AND ZITHERS）

1.

那賦與未曾有名稱。我們活着，而頭上忍受炙熱的陽光，被創造。

岩石尖坡上的城堡，河谷裡的草木植物，傾入榛木上的海灣的斜坡。

所有過去以肉體的戰爭，所有愛情，凱爾特族的海螺貝殼，峭壁邊的諾曼底人的船隻。

一呼、一吸、呵，「伊理鄉」，我們跪拜，親吻大地。

一個裸體的女孩穿過長滿青苔的小鎭，而蜜蜂回來，重沉沉的，爲傍晚擠奶。

物種的迷宮，在我們的頭枕，一直到石灰石洞入口處含磷的森林茂密的地方。

以及夏季暴風雨，吹滅黑暗的村莊廣場上的紙燈籠，笑着逃亡的夫婦們。

黎明時被加力騷島蒸發的水，那兒，黃鶯戴着白楊樹的白冠拍動翅膀。

我望着停在對岸的漁人的小船，而歲月又再轉回，葡萄收穫季開始。

凱爾特族（Celts）：公元前一千年左右居住中歐、西歐的部落，其後裔今散布在愛爾蘭、威爾士、蘇格蘭等地。

諾曼底人（Norman）：十世紀定居在法國塞納河口，接受了法國文化的一支諾曼人及其後裔。

「伊理鄉」（Elysium）：希腊神話的天堂，理想樂土。

加力騷島（Calypso's island）：加力騷爲荷馬『奧德賽』中之一海中女神，截留 Odysseus 在其島上居留七年。

2.

我的意識，我跟你講，當一個悶熱的晚上，受到閃電的射擊，飛機正降落在包菲或卡拉馬茹。

而空中小姐悄悄走來走去，以免吵醒任何人，當蜜蜂窩狀的城市隱約出現在下面。

我過去相信我會了解，但現在太遲了，而我除了笑與哭泣以外一無所知。

肥沃三角洲的濕草把我從時間中洗滌淨，將一切變成無始無終的現在。

我消失在建築物的螺旋中。在水晶體的線中，在森林裡彈奏的樂器聲中。

又一次我回到過剩的果樹園，而只有回聲在那山丘上百年榛木下的屋子裡尋找我。

然則，你怎能追上我，你，衡量着功過，當現在我不記得我此刻是誰，過去是誰的時候？

同時在許多的海浜，我躺着，臉頰在沙灘上，而同樣的海洋奔來，敲着狂喜的鼓聲。

包菲（Beauvais）：位於法國北部的小鎭。

卡拉馬茹（Kalamazoo）：位於美國密西根西南的工商業城市。

3.

而整個下午。蟬喋喋不休的談話，當他們在山坡上唱着旅人酒盃裡的酒。

手指撕着肉，果汁在灰白鬍子上滴淌，也許一枚戒指，或者脖子上一條金鏈子的閃亮。

一個美人來到，自遮有天篷的床，自搖籃，讓她母親的手洗澡和梳髮，於是，解開她的頭髮，我們拿掉玳瑁梳子。

皮膚灑上香油，弓形的眉毛在都市廣場上，她的乳房適合我們杯狀的兩掌，在底格里斯河與幼發拉底河的花園裡。

然後他們敲打琴弦，在高地叫嘯，而下面於河流轉彎處，野營地區的橙黃帳篷逐漸屈服於暮色。

底格里斯河（Tigris）：自土耳其東南部流經伊拉克，與幼發拉底河滙合而注入波斯灣。

幼發拉底河（Euphrates）：在亞洲西南部，自土耳其東部流入波斯灣，於伊拉克與底格里斯河滙合。

4.

只有笑與哭泣。恐怖且無防禦而手臂拉着手臂他們把我拖到亂骨橫陳的坑裡。

不久我將加入他們的舞蹈，與地主管家、村姑娘和國王，正像從前在節慶歡宴的桌布上所畫的。

「偉大的小丑」提着我的大氅的拖裾；有翼的「命運」帶來甜蜜的年代，不是給我，只是給「罪人」。

向他們，三個戴面具的斯拉夫魔鬼，度里班、柯斯突班，蒙最拉，長聲尖叫，放着屁，將獻出巨大的煙盤。

手指抓住手指，舌頭私通舌頭，但觸覺不是我的，知覺不是我的。

在七座岩山那邊，我追尋我的「導師」，然而我此刻在這兒，不是我自己，亂骨橫陳的坑裡。

我正在戰場上，驚訝於最後的景象，傀儡「死神」具有黑色的肋骨而我仍然不能相信。

5.

剛割的三葉草的氣味贖回滅亡的軍隊，而在汽車的前燈裡，草已永遠閃亮。

七月一日無邊的夜以雨的滋味充滿我的嘴，而在普伊布倫附近的橋邊，我的童年給還回。

蟋蟀的溫暖營地在低雲下鳴叫，正像在我們失去的故鄉，那兒木輪馬車走動時吱吱嘎嘎地響。

不可理解的力量所誕生，一個世紀已去，我聽見，在黑暗中搏動的，死者與活者的心。

普伊布倫（Puybrun）：在法國西南部，波爾多以東。

6.

什麼分散、落下。然而，我的尖叫聲「不！」仍可聽見，雖然那聲音已在風中焚燬。

只有分散的才不落下。其餘的不勝堅持。

我要描述這個而不是那個蔬菜籃子，那上面橫放一個紅頭韭蔥娃娃。

以及在椅臂上的一支長襪，一件壓皺的衣裳，就像過去那樣，不是別的。

我要描述的是她，不是別人，趴着睡，因他的脚的溫暖而感到心安。

以及一個傢伙在唯一的高樓上，當他寫作他那值得紀念的
書時，滿足地嗚嗚叫。
不是每隻船而是一隻帆角上有一塊藍色的船。
不是每條街，因爲從前有一條街，掛着一家商店的招牌：
「Schuhmacher Pupke」。
我枉費心力，因爲留存的只是一再重現的籃子。
而且不是她（她的皮膚，或許，在所有人中，我所愛的）
，而是一個語法的形式。
誰也不在意這個傢伙的確寫了『鐵勒馬卡斯冒險記』。
而那街道將永遠只是許多無名街道中的一條。

「Schuhmacher Pupke」：普克鞋店，

『鐵勒馬卡斯冒險記』（The Adventures of Telemachus）：鐵勒馬卡斯是希臘神話中，Odysseus與Penelope的兒子，協助Odysseus殺死Penelope的求婚者。

7.

讓一隻死狐從未受洗的嬰孩與動物靈魂所去的地獄邊境踏
出爲語言作見證。
片刻站立在松葉的蟻翼的光中，在四十年後被召去講述關
於牠的一個男孩面前。
不是一般的，狐類思想的全權大使，披着有宇宙原理之線
條的大氅。
但是牠，來自哲佳里村附近的針葉樹林。
我將牠起訴於高等法廷，爲自己辯護，因爲慾望之後留下
的只是懷疑和諸多悔恨。
而有人跑走，航過群島，希望找到永遠擁有的地方。
直到耶洛伊絲或安娜烈娜房間裡的枝形吊燈熄滅，而天使
們在雕刻的床階上吹着喇叭。
慘淡的黎明進展到棕櫚羅列的巷子那邊，由隆隆拍岸的浪
濤大聲宣告。
而曾經進入五宮的閉室的任何東西，現在被點綴在時髦的
織錦中。
它，廷上察鑒，並不識別特殊的案件。

哲佳里（Zegary）：在立陶宛，位於東經23、北緯54度。

耶洛伊絲（Heloise）：法國修道女（1101？-64）；經院哲學學者，教師，神學家Pierre Abélard（1079-1142）的弟子及愛人。

安那烈那（Annalena）：未詳。

8.

黎明時瀕空升起，浩瀚的水平的白色伸展到塔馬派斯的斜
坡。
它被撕破，而在煙霧的毛絨中，一群島嶼和海岬在潮濕的
牧場上。
微光中的小刀藍，玫瑰色澤的錫，液體的銅，碧玉、綠剛
石，
滿筒陽光所觸射的建築物：奧克萊，三藩市、於移動的雲
母在下面點亮之前：柏克萊、厄爾、塞里托。
在海洋風中，尤佳利果莢互相碰響和解開。
高度、長度和寬度將一隻在睡眠中驅體被輾的毛蟲抱在懷
裡。

而且將牠帶到鋸齒山脊的冰凍荒地那邊，直到大陸內地最遙遠的地方。
重層的聖誕節飾片旋轉，城市在海灣上，被三座橋的夜光欄索扣住。
長夜將盡的時刻，使了驚異的是—為此一身軀的甦醒而指定的，這個地方，這個時候。

塔馬派斯（Tamalpais）：加州西部舊金山附近山名。
奧克蘭（Oakland）：美國加州西部舊金山附近的港埠。
柏克萊（Berkeley）：舊金山附近城市，加州大學校園之一所在地。
厄爾·塞里托（El cerrito）：舊金山附近城市。

9.

我問，是什麼日子。那是聖·安德烈前夕。
她和她那粉碎的小鏡子在雜草和雪中，合衆國和旗幟也在那兒腐朽。
深及輪軸的泥濘中的偏僻地區，只有我記得的名字：
Gineitai, Apytalakys.
在紡車停止的靜默中，因兩支蠟燭的火焰，擾亂的老鼠、幽靈的婚禮而引起的恐懼。
在電子音樂中，我聽見歌聲悲哀的海妖，人們驚慌的叫喊被碾碎為顫振與沙沙聲。
我坐在鏡前，但是沒有手自黑暗伸出碰我的肩膀。
那兒，在我背後，一閃又一閃，鳥群一再飛離春冰的河岸。
搧動四個翅膀，鸛鳥站在巢上進行莊嚴的交配。
我那不誠實的記憶什麼也沒留存，除了無名的誕生勝利。
當我聽到一種聲音，我似乎在那聲中辨認出寬恕的話語。

聖·安德烈前夕（St. Andrew's Eve）：十二使徒之一，節日是十一月三十日。

10

夜間所有人們共有的夢中住有居民，一些有毛動物。
那是巨大而舒適的森林，進去的人都以四肢走動，直到天亮穿過極其糾纏的深處。
穿過金屬物體進不去的原始，它擁抱一切像一條溫暖的深河。
在緞子的隧道裡，觸覺區別蘋果及其毫不使人憶起任何真實事物的顏色。
一切都是四足動物，牠們的大腿歡忻於貛熊的柔軟，牠們那玫瑰色的舌頭舔着彼此的毛皮。
「我」以心神的驚訝被感覺到，但是太大了，無法讓大地以其季節充滿。
守衛着不同本質的皮膚也無法追溯出任何疆界。
後來，在天然的光中，分成你和我，他們以赤脚試走地面的卵石。
兩脚的，有的向左，有的向右，穿帶皮帶，吊襪帶，褲子和涼鞋。
他們踏着高蹺走動，嚮往森林的家，嚮往低低的隧道，嚮往回到「它」那兒的命令。

11

腔腸動物的體腔，所有溥動的肌肉，動物花。
所有火，以性的黑針接在一起的、墜落的身體所湊成。
它在銀河系的中心呼吸，吸引一顆星又一顆星。
而我，它的持續期的瞬間，在穿過半開的山巒的多道公路上。
光禿的山長滿一種草，沒有年歲，被吹開且凍結於從前世世代代以來的日落。
在大致轉彎的地方，人們看見貯水槽或透明的，可能是飛彈的、高塔的住所。

沿着海浜附近的褐色漏出物，銹色的岩石與屠宰場，那兒，四等分的鯨魚被磨成粉。
我想成爲法官，可是我稱爲「他們」的那些人變成了我自己。
我在擺脫我的信念，以便不致於比只確知他們不知道的那些男人和女人更好。
而在我那地球上的故鄉的道路上，與天體的音樂一起旋轉
我想，我所能做的，有一天會做得更好。

編輯手記

李敏勇

•關於「詩的語言」，「笠」自創刊以來，一直很明確的主張，發表過許多立論，也譯載過許多專論。相信，只要不是故意閉著眼睛，一定不會漠視的。「笠」同仁對於「語言」方面的見解十分不同於不能把握語言本質而僅觸及它後設階段的文字符號面的詩人。「笠」的這種主張，稍稍涉獵詩學發展，略具語言學知識的人一定不難領會。無奈一些不學無術，無法面對現實的人，有意或無意之間總會拿「笠」先行代同仁受殖民地統治不諳中文的一段愴痛歷史來挖苦「語言」問題。我們認爲這種見解不但淺薄而且居心不良，特別奉勸對「詩的語言」知識不够的人，好好翻閱自民國五十三年六月十五創刊，迄今已發行一一〇期的笠詩刊，好好看看各種詩學常識，用語概念，一定受益非淺。

•基本上，「笠」同仁是將語言視爲存在的住所，語言活動的前設階段，即認識、接觸、思考、連結的問題，詩人是持有語言才能遇到現實，持有語言才能遇到抽象思維概念的。而許多人僅僅在語言活動的後設階段繞圈子，在修辭的領域動腦筋。因此，我們常常看到許多耽喜於詩的藝術趣味，汲汲於如何表現，而不追究表現什麼的問題。由於只因守著「藝術」的概念的，方法的狹窄領域，結果連藝術也失去了，這就是我們當今詩壇的悲哀現象罷！

•爲了提供一些詩學與語言的觀念，本期特別從評論及座談方式觸及一些語言問題，相信對一些似是而非的說法一定有澄淸作用。我們呼籲：要談詩的語言，一定要具備一些「語言」的一般常識，更有具備一些新的詩學概念。不要搬出許多陳腔濫調，只下結論而不提供論證。因爲問題是愈辯愈明。沒有眞才實學是很容易絆倒的。

•沒有自己的情感歷史的詩人，很容易迷失方向，永遠不知道在追求什麼？永遠在轉向。我們的詩壇，充滿這種現象，値得大家檢討。許多人假藝術之名，實際上却侮辱了藝術。相反的，笠同仁的努力，不但是更「人生」的，也是更「藝術」的，近二十年的軌跡，一言一語都是證明。

目　錄　(Contents)

前言—印度現代詩簡說
A Brief Introduction to Indian Modern Poetry
By Dwarakanath H. Kabadi

7 我的地址 (My Address) by Amrita Pritan
8 印度：至尊 (India: Holy One) by Ashok Kumar
9 你的笑聲 (Your Laughter) by Raghuvir Sahai
10 詩取代詩人 (Poems Replaces The Poet) by M. Govindan
11 終極的自由 (Ultimate Freedom) by Vedovathi
12 兩難的號角 (Horns of Dilemma) by Vedavathi
13 給遲鈍的心靈 (To Retarded Mind) by Dwarakanath H. Kabadi
14 紙糊的詩人 (Paper Poets) by Dwararkanath H. Kabadi
15 我的杯 (My Cup) by Dwarakanath H. Kabadi
16 宇宙荒野間 (Amidst The Cosmic Wilderness) by Dwarakanath H. Kabadi
17 宇宙數學 (Cosmic Arithmetic) by Dwarakanath H. Kabadi
18 內心的音樂 (The Music Within) by Dwarakanath H. Kabadi
19 釋放和平鴿 (Set Free The Dove of Peace) by Dwarakanath H. Kabadi
21 夜 (Night by Manohar)
22 不寫 (Do Not Writing) by Manohar
23 空洞的語言 (Empty Words) by Manohar
24 對話 (Dialogue) by Pranav Kumar Vandyopadhyay

25 火車和狗 (The Train And The Boy) by K. S. Nisar Ahmed
26 黑孩兒 (The Black Boy) by K. S. Narasimhaswamy
28 命運 (Destiny) by Sahadevan
29 統一：分歧 (Unity: Diversity) by Nakulan
30 坦米爾 (Tamil) by Gnanakoothan
31 夜來香 (The Night Jasmine) by Ganakoothan
32 斷鏈 (Broken Links) by Firaq Gorakhpuri
33 我們一體 (We are One) by Himana
34 仙丹雷雨 (Shower of Ambrosia) by Himana
35 你的命和我的奮鬪 (Your Lot And My Lay) by Himana
36 我 (I) by Srihari L. Khoday
37 譯後記 (Epilogue) by Kuei-shien Lee

印度現代詩簡說

每天晨曦照耀着印度大地時，心靈便激情地頌詩，從白雪皚皚的高峯，從四周的海洋，從膜拜的各地，從聖河的兩岸，詩流過山河，給周遭的大自然賦予重大的意義，顯示自太古以來，詩簡直就是這塊神話之地的生命呼吸。在印度，詩交織於傳說和傳統，宗教和習俗之中。

發源於吠陀時代的詩，從古代萌芽以至現代，已歷經無數階段。最偉大的印度史詩羅摩耶那和摩訶婆羅多，是寫於史前時期，堪稱最偉大的詩創作，當無疑義，歷代一直打動着印度人的心。

對詩史的探討確有漫無邊際之感，也非短文所允許。因此，印度現代詩當從印度爭取獨立的奮鬪時期算起。

全世界人民都明白，國家被異族統治的悲劇。回教徒和英國人曾統治印度數世紀之久，在此時期詩中酸楚不忍言，到了爲爭取自由，發起非暴力之戰以對抗異族統治者時，詩的火炬透過一些奉献詩人的聲音，普遍燃燒起來。

歐羅賓鐸（Shri Aurobindo）、泰戈爾（Rabindrananth Tagore）、奈都夫人（Sarojini Naidu），和一大群優秀的詩人，用特別是十四種左右的印度語言寫詩，主題是自由和淪爲奴隸的悲哀，他們滿懷恥辱和憤怒之熱火，強烈地描述失去自由的悲歌，要求盟國退出印度。他們寫愛國詩篇，爲祖國犧牲奮鬪。

印度獨立後，在印度詩史上也開創了新的紀元。貧窮的印度人曾夢想新的國土，展望明日，希望有更好的生活條件和標準。不幸，當這些夢想變成夢幻，當赤裸裸的現實像一絲不掛的幽靈站在人民面前，現代印度詩人開始追尋更新的意義和眞理，他們感覺到被抛出了象牙塔，掉進全國四周圍的惡臭水溝中。他們立即醒悟情歌和賣弄風騷的時代已經過去了，却不知餓餠之歌和革命的號角響了，他們對政治上和道德上迅速蔓延的腐化痛心不已。階級結構的惡質使他們感到混亂的新形象。現實主義嶄露曙光，那是新的鐘聲，從甜密和繁花的夢徑揚起，如今路途上滿佈荆棘、眼淚、和恥辱。他們爲無辜的百姓而哭，用詩筆對抗當權者，那些當權者經過鬪爭而掌握實權，却置窮苦百姓於水深火熱之中而不顧。

促成印度詩現代化的力量是馬克思和佛洛依德。對馬克思的研究，使詩人轉向社會的寫實主義。現代詩人把往昔優位的美學價值擺在一旁，對詩賦予新的定義，一方面詩是社會的反映，另方面却轉向內在。詩指出人的暴虐，同時把無常置於人的自我意識以下。

在佛洛依德的影響下，現代詩對道德價值興起革命。在馬克思的影響下，現代詩則對社會價值豎起叛旗，現代詩以變革爲精神，以人類幸福爲目標，以洞察生活問題爲指引，邁向了新的坦途。

在評論馬克思和佛洛依德的影響之前，必須記得一件事，即社會已受到不斷的壓力，這是一座活火山，不停地在騷動，雖然在抵制改變，却也一直在改變中。哥白尼證明地球不是宇宙的中心，只是太陽的行星之一，表示人的微不足道。達爾文證明人類的祖先是猿人，粉碎了人的自我形象。佛洛依德說善與惡不是兩件截然分別的事，而人也可能是惡魔，因此他攻擊道德價值。所有這一切都震驚了現代人。社會就在不斷的緊張狀態下。生活在這樣的社會裡，現代詩人不得不展示社會良心，他必須首先是現代人，其次才是詩人。社會良心是他的氣息。

現代詩人的視域改變了，他看到人的面孔是熄滅的火爐，而不是蓮花。原因是，他是時代的發言人。他不能主張他是創造者，因爲他不能「創造」。他拿着社會的鏡子，他與常人無異，並不比他人優越，像「詩人是時之聖也」或「爲藝術而藝術」這些話都已被拋棄，他所能爲者，不過是模仿，而非創作。

詩人模仿人生，他暴露並攻擊社會的醜惡、不公、和粗鄙。但他不能創造生命，所以他是重整者，而非創造者，詩人是爲社會重整而奮鬪的人之一。

現代詩人並非在溫室裡酣睡，而求得充沛的活力，他不爲妖嬈女郎的舞步而喜不自禁，他不爲美色和利益所誘，貧民窟常在今日的印度詩中出現，詩人走進半裸的餓殍群中，成爲對抗社會巨龍的莽漢。

這個社會是詩材取之不竭的礦產，裡面有許多醜陋、殘酷、剝削、和詐欺，教導詩人認淸他的職責，社會關懷成爲詩的目標。

經濟平等的要求啓發了現代人，眼見以往的建制已摧枯拉朽，對人民的脈搏沒有敏銳感覺的詩人可以休矣。但只要能揭示我們的傷痕，只要說能出我們感情的心聲，詩人便永遠不死。

印度的愁眉苦臉，表示人生的頹唐萎頓，日復一日的瘋狂事件，震撼了它周圍的癲狂現代世界，而曾經神聖不可侵犯的偉大理想和價值的腐化，使得許多印度詩人轉向寫作更多有關人性和改革的詩篇。儘管印度已然獨立建國，但普通百姓的生活仍然不變，是自古以來的汚穢和貧窮，一股根深蒂固的悲觀掩蓋了詩人創作的筆桿。

當只有嘴唇在動，而聲音仍深埋在眼淚與嘆息的氾濫墓穴裡，當眼裡滲出的是血而不是淚水，當餓殍絞死甚至剛出生的無辜嬰兒，許多敏感的現代印度詩人已明白他們對社會的責任，瞭解他們莊嚴的任務，就是勇於提高聲音，討伐社會的禍害。

如今，印度詩人們正挺身揭發矯飾的政客，承諾建造樂園，使沙漠變成錦簇花園，荆棘變異卉，鷹隼變和平鴿，和眼淚變珍珠的虛僞和無益。雖然詩人的聲音有時被權威所壓制，有些詩人因恐懼而屈服，但還有許多勇者敢於漠視匕首和子彈，不顧血腥的鐵靴踩破他們無防禦的腦袋，仍然面露打落牙齒和血呑的從容神態。

即使在這樣悲劇如影隨身的恥辱中，仍然有勇敢而震動心弦的聲音，謳歌着人道一人的尊嚴一旨在帶來清醒的新秩序，一種榮耀的新的自由，在焦乾的唇上顯現新的微笑。

總之，印度現代詩人的聲音儘管微弱，但詩的旋律將永恒悠揚，因爲詩是印度的心靈。

我的地址
(My Address)

Amrita Pritan

今天我抹消我家門牌號碼
街頭的名牌。
我塗掉每條路的方向。
而若你仍必要找我出來
只要敲敲每個國家
每座城市每條街上的門
那眞麻煩，也是福氣
而在你找到自由心靈的地方
——那就是我的家！

印度：至尊

(India: Holy One)

Ashok Kumar

他們會嘲弄她的臉
但她確信她有更眞誠的相貌
在萎縮的肉身底下
是激情冷却過的靈性一
較純黃金中的純大理石一
哎呀！當然，外國笨蛋
無能窺探堂奧。

她對壞話充耳不聞
而以加倍的虔誠
轉向她的衆神。

你的笑聲

(Your Laughter)

Raghuvir Sahai

你的笑聲好像在說
那純粹是圖利營私
你的笑聲好像在說
民主只是一息尚存
你的笑聲好像在說
他們腐敗無一例外
你的笑聲好像在說
無法可想無路可走
而你這樣篤定
我眞疑惑，何時
你又會再度笑我
當你發現我被棄

詩取代詩人

(Poems Replaces The Poet)　M. Govindan

獻給 G. Sankara Kurup

對詩人寫一首詩
是自我對自我的欺凌。
在自我與自我遭遇之處
永遠不會好過！

詩，像是母蜘蛛，
向詩人猛撲：
性霸權的
暴行祭典；
報應的胚芽
在生命的終點。

拒絕付出的人
本身就腐朽。
給出，詩人才有生命，
他的種籽可以留傳。
詩取代詩人
一如果實取代花卉。

終極的自由

(Ultimate Freedom)　　　　Vedavathi

遠離古老的鄉村
在那裡出生
周圍只是岩石和塵土

當飢餓者兩眼發直
到達了鎮上
找工作

孤單出沒於街上却連
貪婪的兀鷹也不屑一顧
最後來到一些鬼地方
打工做打字員
還要記堆積如山的帳目
爲了幾口飯

一如往常的空洞生命
抓住時間巨輪的底下
苟活但仍死相
願死亡的陰影罩下來
渴望着末日
渴望著終極的自由
爲什麼……爲什麼……？

兩難的號角

(Horns of Dilemma)　　Vedavathi

想躺在深深的
靜寂的地層下
張大眼睛且豎起耳朵

把感情壓抑在
生命空虛的園地
熱呼呼的心在澎湃

在苦惱中
當脊椎骨彎曲像弓
快樂和悲傷却在
情人廟內抽稅

在活動陰影之間
被壓制價值的鬪技場內
我們變成薄薄的蠟燭糊

在生命燃盡而寂滅時
只剩灰留在時光的胎內
慢慢消失無踪

給遲鈍的心靈

(To Retarded Mind)　Dwarakanath H. Kabadi

對此空洞的心靈
舒展的風景
有什麼意義
空虛
呆滯
無邊際的凝睇
呈現不出意象
忘記流動的河
死水的池
感情荒蕪的心靈
無益的注視直到腐朽
只是被吞納
意義虛無
感覺虛無
虛無運動
只是虛無
還是虛無

紙糊的詩人
(Pper Poets)

Dwarakanatk H. Kabadi

值得用他們的塩
在塑膠嘴唇內
醃漬牙齒
始終站在
氣球的高山上
看不見
淌血的野草
乞求一袋榮耀
裝滿赤裸裸的風
在墨水池內
孵風蛋
爲榮耀的握手而哀泣

他們向粉紅月撒尿
當榮耀微笑時
他們立即昏倒
設想要併吞
太陽
向遙遠的月亮
眨眼
夢見逃逸的
天鵝
潛入龐然夢幻的
池中

當遭竊的星星偷窺時
他們借來的絃琴在死者夢穴上尖叫
拍動着紙蝴蝶
在踩亂的路上奔跑
願望能遇到金星

他們奔跑遠離眞正的眼淚
追逐無常的陰影
把眼光投向空中
他們簡潔繪圖
在死去版面
餵驢子

我的杯
(My Cup)

Dwarakanath H. Kabadi

站在浩瀚的海洋前面
我拿着小杯
乞求裝滿到我願望的極限
海洋爆發出嘲笑

遭受到挫折
我倒退了數步
惶恐地凝視着……
在那兒
神秘的海洋顯得
雄偉而莊嚴
我看到海浪洶天
潛伏一掀起一且飛揚
碧水遠伸茫茫
令我心動
重振起希望
我一再瞪視着
發愣又警覺
像天眞的小孩。

任性的波浪對我霎眼
帶着深切的愛憐
奇蹟發生了
無盡的海水開始充滿我的心靈
帶來新的思考，新的夢想
我看到自已的心靈同樣擴展到無限
有了新的智慧，金光閃閃
然後不知不覺
剎那間丢棄了我微小的杯
站在那兒
化解在無盡的荒水周圍
包圍龐然的蒼茫
如今海洋不在心境的外界
而是全然在我自已內部

宇宙荒野間　　　　Dwarakanath H. Kabadi
(Amidst The Cosmic Wilderness)

月亮……
淒其茫然
在路上奔波
追尋她的溫馨
她自古流浪
像是受驚的小兎
在時間的叢林間
不停地奔波
從未休息或倦怠
偶爾由於絕望
就躲在雲後彈淚
在她蒼白的唇上
從未閃現過笑容
她徐徐地一直向前
奔波流浪在
宇宙荒野間
有些星球和流星
偶爾迎她
以同情
但自身仍是孤單
沒有人能引她
到她的基地
她孤單地漫遊
數百萬的銀河
孤獨而悲淒

宇宙數學

(Cosmic Arithmetic)　　Dwarakanath H. Kabadi

我坐數星星
從一開始
我的眼睛瘋狂地遂移太空
慄於數目的移動
我重數千次以求正確
但我愈數愈亂，不能把握

我責怪無力的眼睛
視力太差
我責怪自已的能力並盤算
撒播到遠地的思想微塵
我喊叫……我發現星星如塵粒
數着數着又錯了，數着數着又錯了；
由於白晝的智慧才使我領悟

星星以嘲弄的回聲
要我去數海邊散佈的砂粒……

內心的音樂

(Tht Music Within)　　　　Dwarakanath H. Kabadi

當生命的音樂
寂滅而埋葬
有些樂弦開始
在深邃內部彈奏
把那樣的甜美
帶到我心裡
我沉緜在
恍惚中
我的肉體
失去了身份
溶化入
音樂波浪裡
我不再想到生命
我不再想到它的創造者
不再想到它的目的
不再想到它的道理
我活着……
我只是活着……

釋放和平鴿 Dwarakanath H. Kabadi

(Set Free the Dove of Peace)

別管牠們
讓牠們環球
自由翱翔
天門
已大開
何以要把牠們
關在不人道的
籠子裡？

當神髹漆了天上
模造了大地
當神吹風
放水
是爲了衆生
而贈予
全球
可分享果實。

在每個小孩的唇上
神可愛地塗抹
金色的笑容
爲何此後，
當人長大
却把大地分割
成碎片
且打破和平
嘲笑手足情誼
付諸野風？

何以有越戰和韓戰？
何以有柏林圍牆？
何以有耶路撒冷哭牆？
何以有鐵幕？
何以有水門？
何以有邪惡的事變？

兄弟相殘
揮砍血腥的刀！
哦！多可恥？

人與人之間
眼淚和情感有何不同？
還有多少個
基督……
佛陀……
林肯……
路德・金……
會來而身殉……

夜
(Night)

Marohar

睡眠
已把我遺忘

我走到街上
我浪蕩街上
滿是叫嘯
而這些叫嘯
不落在我耳上

我在想什麼呢
站在這裡
好像在等候朋友

我什麼也
不知道
不知道

這酒鬼泥醉倒在
路中央
這女人叫我
在暗中玩裸戲
這小孩瞌睡中
防守人行道
這少年站在那兒
等着洗刧陌生人

這些星火在我心中燎燃
想瞭解在我夜裡
還不知道的一些事

睡眠
徐徐進入
我房間

不　寫

(On Not Writing)　　Manohar

我不知道要寫什麼

我能寫
這些人
變成人行道上的
地毯
在寒冷中哆嗦

我能寫

這些墓地
就是村外的
同一墓地
如今已移到
鎮中心
使我的迷惑倍增

不
我的筆沒有能力
去寫
這些事

我不知道要寫什麼

空洞的語言

(Empty Words) Manohar

當雜音停滯在心中
一如寂靜
不像語言生在
空氣中
和紙上

只有那些
無意義的詩
在生
還在生

對　話

(Dialogue)　　Dranav Kumar Vandyopadhyay

爲什麼？爲什麼每次
都是同樣的笑話？
那不是必然的存在條件
要我們不斷地縱情於演戲
並且以最低賤的價錢
出賣我們孩子的希望……
到最後我們甚至弄不清楚
戲是否上演

關於科瓦的夏日驕陽
有一首詩刊在早報上
而一位詩人
想說服
在全世界裡
人肉正在烹煮
如今我們該寫在
牆壁上
兩種新聞都是文字
只是文字——
任何人
警察或詩人
都可以玩。
我是河邊國度的國民。
我的孩子們
用竹桿
築成客棧
否則會變成打鬪的棍

如今這裡
不承諾
滿足我孩子們的希望
你可以舖床單
打盹酣睡
沒有罪惡感

火車和狗

(The Train And The Dog)　　K.S. Nisar Ahmed

看這隻小狗玩耍眞鮮事：
在不相稱公牛影子下忠實追隨牛車，
有時跑到前面去帶頭，
衝到車輪間求保護
却迷迷糊糊一脚被車輪絆住，
常常不知道車已停，
向前跑一、兩步，
被牛踢到，只好跑離車輪，
再回到原先相稱的位置——
就是這隻狗在耍寶。

前面，聽到遠遠的汽笛聲
藍衣人就要放下路柵；
小狗低頭看不到訊號的高度。

我想起火車就發抖，
急忙跑開不顧小狗的命運，
甚至不管是否會被兀鷹的鉤嘴抓走。

一想到漫不經心的路，我走過，
記得路柵放下來，訊號上下運動。

當我呆視着這一切，我變成猙獰可怕——
今晚，此刻，完全沒有心肝的作爲，
烟懸在空中，即使火車已通過。

天啊，不要把我變成小狗
讓我的詩高掛一會兒，
及時地，
在人的心中。

黑孩兒

(The Black Boy) K. S. Marasimhaswamy

黃昏雷雨後
　　我走過擁擠的街上
好像有人對我說，
　　他的話很有魅力。
我聽到他的話大爲吃驚，
　　四周回頭看。
我看到黑孩兒越過燈光；
　　離我遠去。
在家裡，我的侄子，
　　牙牙學語的小鬼
爬到我背上且抓我頭髮；
　　他的笑語充盈我耳。
黃昏時的黑孩兒
　　一直纏在我腦際；
我在小侄子身上看到他，
我在牙牙初語中聽到他
我在晚餐的食物中
和我捲縮的床上感覺到他；

黑孩兒佔滿我的世界。
整夜我無法入睡。
我不能告訴任何人。
我的眼睛只能矇騙
那黑孩兒打倒我。

從我窗邊的番石榴，
從那半裂開的果實，
從那下面的土壤，
黑孩兒站起來對我說
「到市場來。」

我髮上插了花
都是令人心愛的花
百合、玫瑰、茉莉、和山楂花；

比白天還耀眼。
但我心中仍然
只能看到
黑孩兒的眼睛
在灰塵的遠方。

我沒有暗示就向他走過去
我走他吆喝的路，
他絲毫不是黑孩兒——
這個孩子全身金光，
他拍我背，執我手；
他和我一起在路上走。

命　運

(Destiny)　　　　　　　　　　Sabadevan

波浪衝擊
要與海岸
分擔
悲傷……
但却在飛沫中
退去
解脫·

統一：分岐

(Unity : Diversity)　　　　Nakulan

蚯蚓
把土翻成
黃金；
蠶在葉中
織絲
我們知道。

男人當中
有的是蜘蛛，
而女人當中
有的是吸血蟲。

坦米爾

(Tamil)

Gnanakoothan

對我，
坦米爾也是
生命，呼吸；
但，
我不願
讓它被別人
嚇下。

註：坦米爾是南印度一種族。

夜來香

(The Night Jasmine)　　Gnanakoorhan

媽要去聽講習，
而爸上茅屋樓上。
小弟弟在開始唱
第一句搖籃曲就睡著，
祖父一高興
就睡一下。房子也跟着他。

夜裡，
所有花卉都已停止開放。
後院裡的夜來香
就徐徐綻放。

等媽媽回來，
全然孤單地坐在
門階
在盈月的光輝下，
卿卿，妳會想我嗎？

斷　鏈

(Broken Links)

Firaq Gorakhpuri

這陣逐漸消散的芬香
這陣冷風和夜晚
教我想起
愛情的斷鏈

×　×　×

我是夜
萎謝在愛的蒼穹
而你的反射
是沉沒的星星

×　×　×

蒼白的星星
悲淒的夜
只是反射
別離的苦惱

×　×　×

你的微笑出現在
心的水平線
像廟中無數盞燈
在閃爍

×　×　×

有人在他的夢幻中
費拉克呀
黃昏和黎明
同時出現

我們一體

(We Are One)

Himana

你們都是我們的
來，靠近來；
幹嗎站那麼遠
我們也是你們的呀！

要什麼東西嗎？
泉水乾了嗎？
來，讓我們共享
不管多麼少！

那些迷失的人
聯合起來過嗎？
親屬關係的結合
不是全體一致的嗎？

我們可能會分散
但感情會荒蕪嗎？
附帶產生的夥伴之情
豈不是吉祥的結合？

仙丹雷雨

(Shower ot Ambrosia) Himana

當詩情的仙丹雷雨傾注
大地變成天堂！
當詩人的號角鳴響
大地睜開了眼睛！

當詩潮向前流動——
純情少女高雅絕代！——
由宇宙瀑布的高山
大地不會震動嗎？

當杜鵑啼聲破空而出
誰無耳朵傾聽？
當此身是神笛
誰不會全心傾倒？

你的命和我的奮鬪

(Your Lot And My Lay)　　Himana

你躺在人行道上
睡覺是你的命，
你的命是我奮鬪的主題！

以窮困的火焰
掙扎到底是你的命：
你的命是我奮鬪的主題！

負擔十個孩子
爲了別做奴役是你的命，
你的命是我奮鬪的主題！

建造高樓大厦
却住在茅屋是你的命，
你的命是我奮鬪的主題！

日夜勞動不休
把自已折磨是你的命，
你的命是我奮鬪的主題！

爲別人的財富
流血流汗是你的命，
你的命是我奮鬪的主題！

在無盡的眼淚中
洗手是你的命，
你的命是我奮鬪的主題；

聽到老幼飢餓的哭聲
在悲傷中憔悴是你的命，
你的命是我奮鬪的主題！

我

(I) Srihari L. Kboday

紫
淡黃
橙
黃
番紅色

而日落
是我活生生的旋律

海岸的輪廓
和我生命的輪廓合併
充滿
日升和日落
於我腦中

羞怯地
我要說
我是先知
或造物主

我的存在萎縮中
於黑暗裡
尋找新的光芒

一九八二年三月十四日譯畢

譯後記　李魁賢

第三世界的文學氣候最近曾引起話題，實際上，臺灣文學市場不但對第三世界文壇知道有限，即使歐洲文學現狀和新著介紹也寥寥可數，甚至一般較爲人矚目的美、日文學的翻譯和評介也是零零碎碎，更慚愧的說，連中國新文學及臺灣光復前新文學的整理，不也是支離破碎？

筆者和印度的詩人國際組織會長卡巴廸合作編譯這一小卷印度現代詩人，是想對被我國所忽略的第三世界詩壇作一些鳥瞰式的掃描，這是筆者繼一九七四年出版『黑人詩選』後的進一步努力，準備擴延到泰國、錫蘭、菲律賓、新加坡、印尼、巴基斯坦、孟加拉等這些東南亞國家的詩壇現狀。

對印度的詩，國人除了印度史詩羅摩耶那和摩訶婆羅多之外，較爲熟悉的大概是泰戈爾和奈都夫人的詩了。自從印度獨立後，由於政局動盪，貪污盛行，貧富懸殊，引起當初爲獨立而奮鬪的民族主義詩人的失望，人民預期獨立後可創建他們夢想中的新樂園，希望明日能有更好的生活水準，似乎都一一落空。因此，在面對殘酷的現實後，印度現代詩人大多被拋出了象牙塔，掉進全國周圍惡臭的污水溝中，現實主義於焉抬頭。詩人首先認清了他們是和常人無異的凡人，而不是聖人、先知、或貴族，他們之所異於常人的，不過是他們能够用筆觸發社會的醜惡、不公、和粗鄙而已，詩人只是爲社會重整而奮鬪的人之一。

因此飢餓成爲印度詩中最現實的素材，但鼓舞民族自尊，催促人民奮勵的詩篇，也到處可見。詩有時比歷史更眞實，第三世界確實值得我們開放心靈去加以注視。

卡巴廸博士是一九三六年生，創設詩人國際組織，並擔任會長。出版詩集有『希望之燈』（一九七六年）、『生命的弦』（一九七七年）、『感性的海』（一九七七年）、『柔翼』（一九七七年）、『宇宙荒野間』（一九八〇年）。

筆者於一九七六年六月在美國巴鐵摩爾結識卡巴廸，一九八〇年承其寄贈新出版詩集，因此談到如何進行彼此之間詩作交流之事，這一卷薄薄的印度現代詩選便是這項合作計劃的第一步。

一九八二年四月二十二日。

印度現代詩選

Indian Modern Poetry

Selected by:

Dr. Dwara kanakanath H. Kabadi

Translated by:

Kuei-shien Lee

編選：卡巴迪博士

翻譯：李　魁　賢

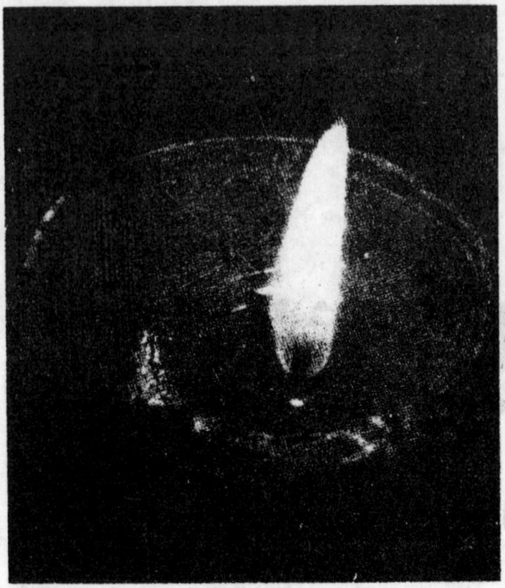

中華民國行政院局版台誌1267號
中華郵政台字2007號登記第一類新聞紙

笠 詩双月刊 LI POETRY MAGAZINE 110

中華民國53年6月15日創刊
中華民國71年8月15日出版

發行人：黃騰輝
社　長：陳秀喜

笠詩刊社
臺北市忠孝東路三段217巷4弄12號
電　話：(02) 711—5429

編輯部：
臺北市北投區懷德街75巷4號3F
電　話：(02) 832—5238

經理部：
臺中市三民路三段307巷16號
電　話：(042) 217358

資料室：
【北部】臺北市浦城街24巷1號3F
【中部】彰化市延平里建寶莊51～12號

國內售價：每期40元
訂閱全年6期200元，半年3期100元
國外售價：美金3元／日幣560元
港幣11元／菲幣11元
歡迎利用郵政劃撥21976號陳武雄帳戶訂閱

承　印：華松印刷廠 中市TEL (042) 263799

詩双月刊

笠

LI POETRY MAGAZINE

1982年 10月號 111

下期重要內容預告

戰中世代詩人研究

探索二次大戰期間經歷童年時代的臺灣詩人白萩、林宗源、非馬、許達然、李魁賢、杜國清、趙天儀、葉笛、何瑞雄、黃荷生、黃騰輝、林鍾隆……的經驗。

戰後日本重要詩集團

「荒地」的歷程

將介紹荒地的代表性詩人田村隆一、鮎川信夫、吉本隆明……和代表作品，及有關他們的評論及研究。

卷頭詩

蜂

王詩琅

星雲般散開的蜂兒
風雨中被撞破的窩巢碎斷
瀕死的女王蜂躺在樹下哼着
哦！喪失靈魂的
彷徨在荒野的蜂兒
不必悲傷舊巢顧盼舊趾吧！
强風烈雨狂吹著
孱弱不堪的當然要飛散？
蜂兒！
去怒濤中找你的新生命
去峻崖上建你的新巢穴吧！

原載「第一線」創刊號，一九三五年一月出版

王詩琅（筆名王錦江）一九〇八年生，臺北萬華人。一九二七年參加「臺灣黑色青年聯盟」、一九二八年參加「臺灣勞助互助社」，兩度入獄。除詩外，有小說創作、隨筆等。「王詩琅全集」十册一九七九年出版。

111期

1982年10月號

卷頭詩

1 蜂 王詩琅

詩創作

4 力的蹈舞 林宗源
58 失蹤 鄭烱明
59 唇 陳明台
60 廣告 葉城
60 IN OUR TIME 陳鴻森
62 烈日高懸 喬林
62 老農 曾貴海
63 眞實的世界 渡也
64 工業社會的種種 趙迺定
66 送行 黃樹根
68 春天的臉 蔡榮勇
70 楊笛作品 楊笛
70 血型 利玉芳
71 森林詩抄 吳俊賢
72 賭城組曲 非馬
74 月中泉作品 月中泉
75 冬之祭 季妘
76 旅台詩輯 北原政吉 陳千武譯

笠詩双月刊

特輯・臺灣現代詩的殖民地統治與太平洋戰爭經驗

趙天儀、林煥彰、陳明台、高天生、羊子喬、向　陽、張雪映、李敏勇　專題座談　14

陳明台　根源的回歸與尋覓　21

李魁賢　賴和詩中的反抗精神　26

張彥勳　探討「銀鈴會」時代的重要詩人及其創作路線　35

趙天儀　桓夫詩中的殖民地統治與太平洋戰爭經驗　44

郭成義　死的考察　50

詹　冰　船載著墓地航行　54

日據時代臺灣新詩的回顧

吳坤煌作品　56

海外詩・韓國詩人　金芝河

陳明台　金芝河的光與影　78

陳明台　愛與恨的思想　79

陳明台譯　金芝河詩選　82

海外詩・歐美詩介紹

非馬譯　短詩選譯　88

海外詩壇動向

非　馬　從幾本詩集看美國詩壇動向　91

詩的欣賞

周伯陽　魏爾崙及其作品　93

周伯陽　啼笑人生的境界　96

李敏勇・編輯手記・封底裡

林宗源詩集

力的舞蹈

(一) 星舞在太陽工作以後

星舞在太陽工作以後
以神秘的動作舞出宇宙的語言
而神的話舞在人類誕生以前

蟋蟀的舞蹈
蝴蝶繭的啞劇
溪仔的歌謠
踏著輕快有時也沉重的節拍
舞出生命的韻律

人舞在宇宙誕生以後
以心智的動作舞出愛與恨
而力的建築舞在神死亡以前

(二) 人啊！請你叫神與鬼倒轉去

天國甘恂是眞好列
爲何來到人間橫行幾千年

當我舞出探求心智的舞
當我舞出天人合一的舞蹈
我無願意聽救阮靈魂的鬼話
我也無願意聽創造我的神話
我是父母舞在土地的我

當我舞著生命的舞蹈
當我舞出力的動作
我無願意舞倒轉去天國
也無願意舞去地獄
我願意舞在阮的自然

來到人間覇道幾千年
天國一定恂是天國

(三) 三度空間

擺好角度坐在灶頂的飯鍋
放米與蕃薯淹二目水
坐愈久愈燒愈有意思的人生

燒愈久愈滾愈香的日子
鍋仔內有蕃薯塊飯的香味
擺好角度坐在物理的世界

一度的空間
物被征服在人的世界
是飯佔領胃也是人支配了飯
唯有反抗才有活的生命啊！
因屬性而產生類別的敵視

灶內儘是怒吼的語言
燃燒的枯樹怒訴人類的僞善
燒一灶的聯合國

二度空間
也燃物滾一頓的和平
火葬的人與物在火的世界
好比無反抗的枯樹
人啊！當火燒的日子來的時
你要跳什麼舞

三度空間
歷史也燒成火灰的舞蹈
文明也燒成火種的舞蹈
火種埋在火灰活在灶內
舞成也大也小黑黑的醜面

擺好角度埋在灶底
那一粒大頭的芋仔順火種過活

埋愈久愈爛愈無意思的一生
烤愈久愈冷愈半生熟的日子
灶下有臭火乾也有半生熟的氣味
擺好角度埋在異地化學的世界

(四) 寫在自然的我

請你原諒，自然！
雖然你給我生命
給我赤裸的身軀
給我語言
給我空氣
給我土地
給我體溫
給我思想
自然！請你原諒
我必須坐在危險的溪牀

請妳原諒　憤怒的溪
雖然我給妳體溫
不能溫暖妳的心
給妳語言
不能餵飽妳饑餓的情感
給妳思想
不能滿足妳水性的慾望
可是　親愛的
我們曾經擁抱過　親吻過
我們曾經愛過　恨過

溫柔的溪 請妳原諒
我必須坐在危險的時間

請你原諒 自然
生命倘若不投入暗礁滿佈的激流
生命是自私的我
生命是沒有希望的我
生命是沒有歡樂的我
小溪！請妳原諒
我必須坐在危險的礁石

哈哈！自然！
也唯有你不會爲我哭泣
也唯有上帝瞭解我的恨
當我的生命舞在你的心內
我粗俗的語言才能模擬你的動作
當我的赤裸熱吻妳的赤裸
也唯有妳不會爲我哭泣
也唯有妳瞭解我的愛
哈哈！小溪！
我必須寫在明日的風景

(五) 女人 請妳給我激情建築第二自然

很濟的脚踏在胸部
焦慮 挫折 抑壓
需要性的發洩 女人
請妳給我激情建築新的自然

公文一樣的愛
倘若沒有激情的動作
愛一如公文

女人 我需要激情
突破那漸漸僵化的詩
女人 我需要野性
讓性昇華而舞成智力的建築
女人 我需要激情

公式一樣的性
倘若沒有激情的動作
性一如公文

很濟的詩寫在自然
焦慮 挫折 抑壓
需要激情的愛 女人
請妳給我激情建築第二自然

(六) 我必須建築第二自然

生命原本是舞蹈
爲了舞出最美的姿態
爲了舞出最深沉的意識

我是以自然建築自然的歌手
我必須建築第二自然

讓化學與物理跳芭蕾舞
讓幾何　代數　三角跳酒神的舞蹈
讓中文　英文跳求婚的舞蹈
讓考試死成不能舞蹈的字

我必須建築第二自然

我不能死在考試的日子
我不能死在試卷的歷史
我不能死在地理的名稱
我不能死在沒有舞蹈的學校

我必須建築第二自然

把詩寫在美術
把詩舞在音樂
把詩跳在體育
把詩畫在我的世界

我原本是人類
爲了舞出最美的自然
爲了舞出最新的現代
我是以人建築自然的歌手

(七)　因錯誤而建築的第二自然

1＋1＝2
1＋1＝1
1＋1＝0
答案不是絕對的眞實

眞理活在表象的世界
因矛盾而顯出的動作
因錯誤而建築的樂園

有淚也有笑的存在
有愛也有恨的存在
沒有絕對的淚
沒有虛構的笑
沒有假設的愛
沒有教條的恨
有樹也有鳥的存在
有石也有風的存在

人活在自然的世界
因矛盾而舞出的動作
因錯誤而建築的第二自然
仍然不是永恒的眞實
仍然1＋1＝2
仍然1＋1＝1
仍然1＋1＝0
仍然舞在表象的自然
仍然舞在建築的自然

(八) 也唯有動作才有生命的存在

力　反射
力　直射
力　折射
力　曲射
力　波射

而力舞自思想
而意識指導力的動作

向未知
向已知
向不知

而力舞在宇宙
而宇宙的神秘引導力的動作

不管生命按怎動作
不管第二自然是否舞出理想的世界
反射　直射　折射　曲射　波射
不管生命按怎調整動作
不管第二自然是否舞出宇宙的眞實

力永遠建築
力永遠舞蹈
力永遠沒有末日

也唯有動作才有生命的存在
也唯有動作才有創造的世界

(九) 爲何總是舞在理想的週圍

個體的力舞一幕也文明也不文明的短劇
也唯有群體才能建築的第二自然啊！
爲何人類總是舞在第一自然的足跡
難道第二自然也是第一自然麼？
難道一如縮水的宇宙？

上帝以上帝的身創造人類
人類以人類的心創造上帝
爲何總是舞在理想的週圍
難道人類永遠跳不出愛的舞蹈麼？

人必須跳戰爭的舞蹈
人必須跳政治的舞蹈
人必須跳經濟的舞蹈
人必須跳種族的舞蹈麼？
人爲什麼不向自然宣戰
難道人類永遠跳不出美的舞蹈

個體的力舞一生也文明也野蠻的動作
也唯有群體才能建築的理想世界啊！
爲何人類總是舞在人類的仇視
難道天國的福音只是迷人的聲響？

人啊！請你把愛種在第二自然
正如宇宙把愛埋在人類的心智

(十) 慾是一種美妙的動力

慾是一種美妙的動力
舞著好奇的脚步舞向理想的自然
節慾是一種虛構的美德
舞著病態的脚步舞向虛無的自然
爲了捕捉天國的福音
慾是一台無惡無善的怪手
爲了建築理想的世界
人啊！沒有兇殺沒有死刑的建築
慾是一種文明的動力
舞著先知的脚步舞向理想的自然

(十一) 心智也是一種美妙的動力

心智也是一種美妙的動力
舞著已知的脚步舞向未知的宇宙
僵化的心智是一個破病的文明
舞著病態的脚步舞向死亡的深淵
爲了捕捉天國的福音
心智一如挖掘宇宙的怪手
爲了建築理想的世界
人啊！沒有未知沒有生命的建築
心智也是一種個體的動力
舞著群體的脚步舞向理想的宇宙

(十二) 人類是一群會飛的蠶

人類是一群會飛的蠶
吃完地球
還會吃星星的蠶喲！
一粒吃過一粒
一代接著一代
白骨的地球
忘記蛹的飛蠶啊！
也只有優生的存在
或時的人類
必定活在機器建築的自然
必定活在人造人的世界
或時的人類
人也是神
鬼也是人
注意
吃完地球以後
不要讓心智消化感情
人啊！沒有感情的舞蹈
心智的建築沒有生命的歡樂

(十三) 美化第二自然的宇宙

鳥舞在天空
舞出自由自在的姿勢
倘若鳥不被尊重
不曾舞出人類愛心的韻律
鳥舞在準星的前方

你跳什麼舞
美國式的舞蹈
英國式的舞蹈
法國式的舞蹈
俄國式的舞蹈
中國式的舞蹈
日本式的舞蹈
……………
你要跳什麼舞

鳥舞在人類的天空
舞出沒有「我」的姿勢
倘若鳥不被尊重一如人類
鳥舞在準星的前方

人啊！也唯有自由與人權
才能美化第二自然
人啊！也唯有「你」與「他」
才能舞向宇宙的宮殿

(十四) 人類也舞在準星

石油還無用盡
植物還無用盡
礦物也無用盡

人何必浪費食物
人何必吃人
人何必吐髒宇宙

白種吃白種有時也吃黑種
黑種吃黑種有時也吃黃種
黃種吃黃種有時也吃白種

個體何必吃個體
大國何必吃小國
群體何必吃群體

人爲何不舞向自然
國爲何不舞向宇宙
人何必舞種族的公害
國何必舞經濟的公害
人何必舞宗教的公害
國何必舞政治的公害
人何必舞科技的公害
國何必舞文化的公害
人何不舞地球的自然
國何不舞宇宙的自然

把詩寫在人類
把詩寫在國旗
把詩寫在地球
把詩寫在宇宙
人那麓是詩人
人就不用吃人
國也不用吃國

地球還無用盡
火星也還無開發
人啊！為何不向人求愛
國啊！為何不向宇宙做愛

受精的世界
凸出有身的明日

𤋮 舞向宇宙的自然

機器也是一種舞蹈
舞著詩一樣的建築
舞向宇宙的自然

機器也是一種美德
必須舞著群體的盼望
必須尊重個體的本能
必須瞭解時空的變化
機器也是一種藝術
舞向人類的內心

舞著詩一樣的動作
機器也是一種舞蹈

一粒累絲鑽入宇宙
舞成第二自然的世界啊！
舞向宇宙的自然
舞著數學的韻律

㈩ 數學也是一種舞蹈

機器的建築倘若是文明
數學却是重生宇宙的文化
一種永遠舞向完美的韻律

數學也是一種舞蹈
以心智組織個體人與群體人的動作
以心智設計個體物與群體物的特性
以心智建築人 物 自然的領域
以心智統計時間與空間的關係
數學也是一種建築

一種永遠舞向完美的韻律
舞在人類建築的秩序
舞向也是人也是物也是宇宙的秩序

數學也是機器
數學也是詩

(十七) 我看到機器建築的世界

我們創造的第二自然
在虛構的世界
永遠歪曲
永遠變質
永遠重新創造的眞實
在宇宙的表徵世界
我們創造宇宙的橫式

源自本能的舞蹈
源自特性的動作
源自生命永恒的建築

我們建築的模式
只是宇宙表徵的世界
永遠舞向宇宙的核心
永遠舞在第一自然的事實
只是人類更大更好的心之虛構
我們建築的第二自然

不是完美的自然
在科技踏著破病的舞步
人究竟要跳什麼舞
才能配合理想的舞曲
我看到一種機器的建築
舞在機器的自然
也不是完美的舞蹈

人
人造的人
人造的世紀
源自本能的舞蹈
源自特性的動作
源自然命永恒的建築
是以潛意識的韻律舞蹈的宇宙啊！

(六) 舞向理想的國土

力舞在人造的自然以後
以潛意識的韻律舞出宇宙的語言
而人造的人舞在人造的世紀
科技的韻律舞出本能的動作
以群體的智慧舞出第二自然的語言
而人造的人舞恁人造的自然以後

人啊！請在發掘潛意識的世界
以宇宙的語言說明潛意識的能量
以神的語言理解無意識的神秘
以詩的語言顯示不可思異的靈驗
人啊！請恁讓生命踏出愛的舞步

永遠虛構永遠不眞實的眞實
永遠流質永遠設計的本能
永遠動作永遠調節的動作
永遠建築永遠變型的建築
是以潛意識的韻律舞蹈的世界啊！
舞向理想的國土

（九）理想國

「人道」慢慢改造的人種
一群群優生的民族
化個體的愛舞成群體的愛
化民族的愛舞成人類的愛
用愛建築的地球構成的聯合國
擁有一支軍隊管理世界的萬國之國
必須解散各國的軍隊
必須建立獨立的民族
必須尊重民族的風俗
沒有大國沒有否決權的特權
如此建築的聯合國
者是人類理想的國土
者是人類理想的第二自然
沒有戰爭
沒有國界
沒有公害
公平的分配
互相的尊重
突破生命的極限
突破第一自然的神秘
創造的理想世界啊！
人類必須瞭解只是自然界的個體
人要學習怎樣與太陽　火星舞蹈
人要學習怎樣與風　雨舞蹈
人要學習怎樣與山　海舞蹈
人要學習怎樣與金　鈾舞蹈
人要學習怎樣與樹　蔬菜舞蹈
人要學習怎樣與虎　鷄　鳥舞蹈
人類必須瞭解伊也是自然界的個體
伊也有權利佔有地球生長
伊也有義務尊重各類別的愛
伊也是一群有生命的個體
人也是一群有生命的個體
人應該知影人活的世界
只是宇宙中的個體世界
在人類生存的空間
彼此互益互害列活
人有義務化解互害的對主
人必須瞭解這是人類的特性
人者能夠活在理想的世界
一群群的個體和平相處的力的舞蹈
一群群的特性舞出多姿多彩的世界
後日
注意
同款的地球同款有人類的存在
無同款的地球有無同款的人類
注意
後日
永遠舞蹈的生命啊！

【座談】

臺灣現代詩的殖民地統治與太平洋戰爭經驗

時間：一九八二年八月二十八日（下午二時～五時）

地點：臺北市忠孝東路某辦公大樓

出席：趙天儀、林煥彰、陳明台、高天生、羊子喬、向陽、張雪映、李敏勇（主持）

李敏勇：今天很高興邀請各位到會，討論「臺灣現代詩的殖民地統治與太平洋戰爭經驗」。戰後本地的現代詩，在「笠」未創刊前，甚至創刊後有很長一段時間之後，都沒有人好好談到它在這塊土地上已有的傳統。十多年前，陳千武先生在日譯中華民國現代詩選「華麗島詩集」的後記：「臺灣現代詩的歷史與詩人們」一文，揭示出促成本地現代詩發展的，除了從中國大陸渡海來臺的火種，還有日據時代這個島上已形成的根球。十多年後的現在，這種事實除非有些人有眼無珠，總算逐漸被認定了。而明潭出版社，遠景出版公司日據時代臺灣文學全集詩部份的整理出版，更使本地原有的詩文學根球傳統明確起來。我們今天的座談，就是要探討一下，臺灣本土詩文學傳統中的重要特質——殖民地統治與太平洋戰爭經驗——它一方面是現實經驗，一方面是詩經驗。究竟這種特質在整個臺灣本土詩文學傳統中佔有什麼樣的位置，形成什麼樣的傳統特質。首先，我們請羊子喬談一談臺灣現代詩的殖民地統治及太平洋戰爭經驗。

羊子喬：臺灣的新詩文學，首先要談追風（謝春木）。他不但是新詩第一人，也是小說第一人。當時臺灣是在日本殖民地統治下，時間也比中國大陸的文學革命還早，是一九二三年，中文的白話詩在臺灣也開始得很早，是一九二五年。不久就發生鄉土文學論戰（一九三五年），討論到究竟是用日文，抑或用中文寫作的問題，發展到一九四五年，將近二十五年時間使得臺灣詩文學長成出它的獨特風貌。光復前的臺灣詩文學，不只有一般人指出的，具有抗議的特質，而且也關連了民衆的想法，知識份子的思想，更有人和人之間的感情，在殖民地統治下，殖民者和被殖民者的對應，到底產生什麼樣的詩文學呢？我想這是研討臺灣詩文學傳統時，要特別加以注意的。例如賴和的

「南國哀歌」，現在看來，作品的藝術性當然有其限界，但和當時中國大陸新文學革命後的詩水準相較比來，仍然是突出的。賴和的作品代表初期的直接抵抗，到後來，整個文化思想界體認到武裝抗日的無力感後，轉而進行精神層面的抵抗，詩文學也在藝術性要求下，產生思想性強，藝術性高的作品。談到臺灣現代詩的殖民地統治經驗，我認為有三種層面：1.直接抗議，2.鼓勵向上，3.破滅感。

李敏勇：從剛才羊子喬的發言來看，臺灣詩文學的傳統中藝術性的不成熟階段，中國大陸當時情形也一樣；其次，我們現在回過頭來探討臺灣詩文學傳統，它有人間的共同體驗，包括社會性體驗及個人性體驗；也有殖民地統治的特別體驗，甚至到太平洋戰爭時期的戰爭體驗。這種特別體驗，就是我們今天所要探討的，天儀兄，是否請你以巫永福先生的詩為例，提供你的看法？

趙天儀：剛才主席提到殖民地統治和太平洋戰爭的經驗：我個人要補充說明：殖民地統治涵蓋期間較長，太平洋戰爭經驗是被包容在殖民地統治經驗階段裏。太平洋戰爭發生時為一九四二年，中國大陸雖然對日實際抗戰了好幾年，也是這時候才正式向日宣戰，向德、義宣戰，這是歷史上有趣的事。太平洋戰爭發生時，我正就讀幼稚園。我們是被按配在對中國大陸的敵對狀態下。這就是殖民地統治經驗的悲哀一面。巫永福先生那時候已是日本明治大學留成歸臺，日本特高尾隨像巫先生這樣的殖民地知識青年，這種經驗也是特殊難忘的。巫永福的詩經驗許多是在那種現實經驗背景下產生的。據悉，他的家人很擔心他的作品會出問題，把它們藏匿起來。戰後巫先生找到後，才有機會翻譯出來發表。已故吳濁流先生的小說作品也是當時沒有發表，後來才發表的。巫永福先生是創刊「福爾摩沙」雜誌，寫了許多小說、戲劇、隨筆的重要詩人。我們從他在戰後發表的詩作中，可以了解到他的殖民地統治經驗。他的作品像有名的「祖國」，都可以看出抵抗的特質；太平洋戰爭經驗在桓夫的作品中較明顯。事實上，像詹冰、林亨泰、錦連，甚至到我們這一階段的現實生活都還實際經歷過這種經驗。在燈火管制的空襲警戒狀態下的生活體驗，現在還是歷歷在目。那種精神的苦悶的時代，當然留下了許多紀錄，不過，現在明潭社及遠景整理出版的資料主要是從當時發表的雜誌收集的，所以反映出殖民地統治經驗的較多，涉及到太平洋戰爭經驗的較少。

羊子喬：太平洋戰爭發生時，報紙從六份被限制成二份，雜誌大多被禁成合併。發表很少。

趙天儀：那時候，日本推動皇民化運動，欲圖消滅本地的抵抗精神。

李敏勇：如果我們比較一下臺灣、中國大陸及日本的詩文學發展。從藝術性角度來看，臺灣由於是從日文資料直接受到現代主義影響，不但沒有輸給新文學革命後的中國大陸，可能還更好！

羊子喬：當時是比中國大陸情形還好！

李敏勇：從現實經驗來看，臺灣、中國大陸和日本完全不同。這會產生不同的詩經驗。特別值得一提的是：由於臺灣當時是在殖民地統治狀態，困阨的背景所形成的詩文學經驗，比起日本純粹的文學運動及中國大陸從舊文學解放出白話文學的語體變革性質而言更爲獨特。臺灣這種並非在安逸環境下產生的現代詩運動，很自然地具有特別的價值。像屬於超現實主義的「風車詩社」，早在民國二十多年即已活動，相形之下，後來的「創世紀詩社」再提倡超現實主義，不論有無觸及眞髓，都太遜色了。

趙天儀：日本「詩與詩論」時代，春山行夫亦曾來臺活動，寫過「臺灣植物誌」，相認在那時代前衛詩文學對林亨泰、桓夫、錦連等有所影響！而在臺灣的西川滿有一本詩集「媽祖」，一方面揉合了浪漫和象徵，相當貴族風，法蘭西風的，一方面在題材方面融合了民俗和宗教信仰，但不太感動人。當時臺灣詩人也有日文運用熟嫻華麗的作品，也有日文雖粗糙但精神至爲銳利的作品。日本帝國主義在臺的殖民地統治使本土詩文學傳統萌生一種抵抗性格，攷驗許多詩人。做爲一個詩人，在惡劣困阨的現實環境下，更易彰顯出精神位置。我們今天來看巫永福先生的詩、桓夫的詩，看銀鈴會詩人的詩。有些堅持純藝術的立場，有些更進一步走出批判性，都有其價值。桓夫先生的例子很特出，他許多有關太平洋戰爭經驗的詩與小說，不但是親身經歷那時代，更親身經歷第一線戰場。他從殖民地經驗到太平洋戰爭經驗，顯現了豐富的體驗。另外詹冰的詩「船載著墓地航行」描寫戰時從日本搭船返臺過程中的戰爭經驗。充滿了愛與死的感受。戰爭體驗在前線和後方雖不盡相同，但均有它的獨特面。戰後世代中桓夫應是這種體驗的代表性詩人。

李敏勇：桓夫先生雖屬於戰後詩人，但不是戰後世代。第二次世界大戰結束後，本地開始以中文發表的詩，都可以歸屬於戰後詩，戰後詩人包括有殖民地統治經驗及太平洋戰爭經驗的前輩，也包括戰後才出生的我們——也就是所謂的戰後世代。戰後世代也可能有太平洋戰爭經驗，像寫「太平洋戰歌」的宋澤來（用廖偉竣筆名發表），這種經驗是經驗的傳統。日據時代臺灣現代詩的殖民地統治經驗表現在詩中的精神不外乎抵抗和挫折，而太平洋戰爭經驗表現在詩中的精神呈顯出批判和破滅。當然也有走入純藝術表現的感情與思想。我想，殖民地統治及太平洋戰爭的現實經驗所轉換的詩經驗應該是臺灣詩文學的一個重要特質，我們可以從臺灣詩文學萌芽期的現實背景比較同時候日本詩的時代背景，以及中國大陸新詩運動的時代背景，看出在不同的現實背景，大約同樣的詩方法運動所產生的不同詩經驗。臺灣和日本及中國大陸，在臺灣詩文學萌生的時代迄今有共通背景也有特殊體驗，這是不容忽視的。中國大陸的新詩運動，初起主要在於語體的解放，雖然現實背景方面也配合了民國成立的反帝制及民主化，但整個的情況一直到對日抗戰，新的壓力現實的確產生一些感動人的詩。而日本，在國力擴張階段，經濟成長時期，雖然同樣和臺灣接受現代主義的思想和方法，但一直到對外侵略和太平洋戰爭才攷驗出詩人的立場和態度，以致許多詩人精神敗北，戰後受到批判。我說明這些情形，除了要證明臺灣現代詩文學具有獨特的經驗和價值外，更要提出。因爲一開始就不單單是文學運動，所以除了方法的學習更使臺灣詩人在人生的立場和生活態度，亦即在精神層面奠定了良好的基礎，所以形成了特別具有現實與倫理的臺灣詩學。戰後，我們看到日本詩人和批評家對於一些在太平洋戰爭時期未能堅持人的原則而附喊口號的詩人的批判，實在感慨良多。深感如不能堅守眞理的倫理立場，一定會受到攷驗和批判。

趙天儀：以中國大陸而言，抗戰時詩人產生的愛國精神，在感情上較自然。而日本對外侵略，日本詩人要在體制內產生批判則較困難，臺灣詩人也是在困阨的情況。

李敏勇：我們看桓夫的太平洋戰爭經驗，看到臺灣的正直的心，雖然被統治者指揮去執行侵略戰事，却有不滅的反省和批判精神，實在感佩。

趙天儀：日據時代我們的童年，受到日本兒童欺侮；光復時看到日本兒童在變動時代的處境，難以忘懷。我深深感覺到在時代變動中，一些特殊的經驗，文學的筆應當把它們記錄下來。

李敏勇：小說中日本殖民地統治及太平洋戰爭經驗的情形，是否請高天生兄說明一下？它的特徵及表現層面如何？

高天生：以前大家有一個說法。就是說——楊逵和鍾理和代表日據時代臺灣反殖民地統治的兩種不同表達方式。以楊逵而言，他最強烈表現的是：反體制。這和楊逵在日本所受的教育有關。他很多文章，比起其他作家僅只求體制內改革是更爲強烈地要求改變體制。另外，他作品中對弱小，對被壓迫者的同情也是十分重要的。鍾理和是另外一種典型，他離臺在北平的生活體驗，使他產生的挫折，即連寄語祖國大陸以尋求對殖民地統治的抵抗也是無望的，因此鍾理和作品中的訊息就變得微弱而悲愴了。

趙天儀：日據時代，臺灣作家在中國大陸也受到很大的誤會，被誤會、被誤認爲是不同的人。雖然有些臺灣詩人像張我軍，在中國大陸的經驗又是另外一種，鍾鼎文還受教過他。

陳明台：戰後，我們看日據時代的臺灣詩人和作家，有許多情況值得深思。當時，許多臺灣詩人和作家寄望於祖國大陸甚多，但得到的表示却是薄弱和漠然的。例如張深切，就有許多體驗，我們今天，回過頭來看，應該詳加審視當時日本詩人如何表現現實，臺灣詩人如何表現現實，而中國大陸詩人又如何表現現實，戰後，日本批評家檢討戰中詩，將之分爲①戰爭詩——寫寫戰爭景氣②政治詩——附合軍國主義③反戰詩——批判反對對外侵略。許多詩人遇到像太平洋戰爭這種巨大的經驗都不能自持而寫戰爭詩和政治詩。一些眞摯而有良心的詩人才寫反戰詩或遁入研究古典以沉默表示抗議。談到臺灣詩文學的太平洋戰爭體驗，必須談到許多經歷過戰爭經驗的巫永福、吳瀛濤、桓夫、詹冰等許多笠詩人，他們個別的表現又各具特色。不祇這樣，據於殖民地統治及太平洋戰爭經驗，李魁賢、天儀這一代和我們這一代也都各自發展出一種世代姿勢。

林煥彰：每個詩人、文學家、藝術家都應有「血點」，一種對於傳統的根源意識，而不僅侷限於臺灣過去的經驗。

李敏勇：提出臺灣現代詩有殖民地統治及太平洋戰爭經驗這種特質，是在探討這種特質的意義。具有這種經驗的詩也許並非我們詩遺產的全部，但具有這種經驗的詩，它的特質及演變成的精神傳統是重要的，我們須要進一步面對而了解的。

陳明台：與其說是「血點」，我要提出臺灣現代詩精神中的「故鄉」的概念，到底我們各世代詩人作品中，「故鄉」的概念是什麼呢，在殖民地統治和太平洋戰爭經驗中，臺灣詩人作品中的抵抗和批判的立足點或依靠點的「故鄉」的概念是如何？又如何被後輩世代承傳的？像桓夫他們那一代，是根源的回歸與尋覓，李魁賢他們那一代則是根源的發現，到了我們這一代則是根源的掌握。我有興趣了解的是向陽你詩中的「故鄉」概念是什麼？

林煥彰：不久前，我到鹿港參觀民俗館，聽到一則關於搖籃的典故。熟知民俗的一位王先生說，以前的人在他鄉遇到講共同語言的人時，第一句話說：你的血點在那裡？就如問你的「搖籃」在那裡一樣；「血點」和「搖籃」都具有故鄉的概念。我們所表現的題材雖可能不盡相同，但追求的會是相同的標的。每一民族都有它的血源，沒有人會否認的。每一時候不盡相同，但活在那一時代應該關心時代意識，一個文學家要重視當時代給予的感受，並意識到留些什麼給下一代，這是重要的。今天討論這個主題很有意義，很可惜今天在座沒有前輩詩人。再者，我們探討這主題，應該了解到創作上各人有各人立場。日據時代詩人許多有反抗意識，可惜許多作品未能發表，影響他人。現在我們看到這些作品，時代已不同了，其價值應如何審視檢討，是重要的。

陳明台：「血點」這個概念並沒有錯，不過，剛才我在談到日據時代許多臺灣作家到過大陸的感受體驗，不能以「血點」、「漢民族」這種說法一概而論。

李敏勇：林煥彰可能是說談到根源時，「血點」這個概念包含很廣很遠，應加重視。

陳明台：只談「血點」或說「漢民族」這種根源性可能無法體會到我們這個島的詩文學傳統特質吧！

李敏勇：我想，我們也許可以把「血點」、「故鄉」、「根源」的意義做爲母親的同一語意吧！

羊子喬：做爲抵抗的基礎，如楊逵是站在國際路線，賴和則站在祖國的立場。

李敏勇：站在臺灣本土立場反抗的呢？

趙天儀：楊逵和賴和的精神層面有共通處也有差異點。

羊子喬：鍾理和爲何要到大陸親身體驗才破滅呢？事實上，梁啓超來臺灣時所表達的，要臺灣學習愛爾蘭抵抗精神獨自對日本殖民地統治時，已明白說明了大陸知識份子的態度了。

李敏勇：現在我要請教向陽和張雪映，不知道你們這一世代，對於臺灣殖民地統治及太平洋戰爭經驗的傳統有何認識？以及我們應以何種角度來看？

向　陽：我報告兩點：第一、關於「故鄉」的觀念，我是這麼想的。我的詩作、「家譜」、「鄉里記事」系列並非自己的「家譜」，而是象徵。早期，我受過「創世紀」影響，但寫「家譜」時，能自覺到自己何以只能以那種語言寫詩呢？我寫「家譜」是要寫五十年代的臺灣社會，像村長伯造橋、校長先生來勸募等等。另外，我要發表的是七十年代、八十年代都市的詩，最近發表在「文學界」，但不成功。我很想記錄臺灣的現實，我也很有興趣整理三百多年來臺灣人的奮鬪歷史。我心目中的「故鄉」就是臺灣一千八百萬人口共通的原點──這並不一定是血源，而是現在空間的共同點。一九八〇年代，這個土地上的喜怒哀樂是我的故鄉所在。我的「故鄉」概念和在座傅敏（李敏勇）可能不同，剛才陳明台兄提到那是暗；而我則時光，向著暗。

陳明台：那你的「故鄉」是現實意識加上時代意識。你說要寫歷史的敍事詩，那你自己的歷史意識是什麼？

向　陽：我對臺灣的歷史意識：一是整理，一是肯定。過去發生的事，做爲一個詩人應如何看它，目前我尚無法報告。殖民地統治經驗和太平洋戰爭經驗的作品有些表達不太成功，以今日的眼光來看，不一定有高度藝術水準。我們今天看中國大陸抗戰時期的詩，也不會覺得很好。同理，我看日據時期前輩詩人作品也一樣。

李敏勇：在張雪映還未發言之前，我要補充說明。我們今天討論日本殖民地統治及太平洋戰爭經驗，是要探討臺灣現代詩由於特殊的歷史經驗產生了什麼樣的經驗特質，這種詩經驗是否形成臺灣現代詩的一種精神傳統。這種精神傳統有何影響？

向　陽：精神有可能影響繼續寫詩的人，但民國卅四年後出生的詩人還是較難明晰地了解。

李敏勇：這是一種遺憾，值得探討。事實上，殖民地統治及太平洋戰爭經驗所形成的抵抗和批判精神，最重要的就是一種人生的立場和生活的態度，也就是社會倫理立場。像桓夫說，他的抵抗是對美的憧憬及對醜的批判即是這種經驗傳統精神。

張雪映：殖民地傳統及太平洋戰爭經驗的詩，對我們而言，是什麼呢？我個人認爲文學作品是否一脈相傳呢？臺灣一直是媳婦命運，殖民地傳統和太平洋戰爭是這種命運的最典型經驗。我們開始寫詩，現在面對著是「西風」，也沒有觸及這種傳統。現在，慢慢接觸到總算有些感應。像「補破網」裏也有希望的意象，然而，一般年輕詩人應該怎麼去承傳它呢？

李敏勇：我想，我們詩壇對於日本殖民地統治和太平洋戰爭經驗的了解還不夠，最重要的是資料整理是近幾年才較完備，以往較少觸及。這是已存在的臺灣現代詩文學的特質，我們現在來看過往時代的詩。會發現到有些時代寫的詩，現在具有強大的力量，而這些都是具有抵抗和批判的詩。它帶給我們的啓示是，任何一個時代，詩和所有的文學作品一樣，如果不據於正直的人生的立場和正確的生活的態度，或說附驥口號失却詩人應有的倫理，會在往後的時代受到攷驗。即使像日本那種在軍國主義時代對外發動侵略戰爭，也有具有正義的詩的吟唱會被後來的時代歌唱，這是值得我們深思的，希望藉著更多資料的介紹，我們年輕世代詩人多多體會深思，承續優良精神傳統，不斷試驗新的方法，向著人生的憧憬邁進。

根原的回歸與尋覓

—臺灣現代詩人的鄉愁 I—

陳明台

1

詩人總有兩個故鄉 一個是他所歸屬的
一個是他眞正生存的……

這是一位出名的評論家在他的一篇評論裡冒頭的一句話，對于故鄉的概念，這句話提示了兩種層面的界定，第一個層面「他所歸屬的」可以說是比較狹義，確定而具體，限制了存在的空間而設定的。第二個層面「他眞正生存的」可以說是比較泛泛的說法，曖昧而精神的，不拘束于時空座標而設定的。如果說前者是外在的指陳，則後者可以說是內面的抉出。例如我們通常說的「生長的地方的故鄉」和「憧憬的故鄉」可以加以區別和說明。值得注意的是，這位評論家在他的論文的終結，將故鄉與歷史的意識，根源的形象作了聯結而加以強調。

鄉愁這一概念則是基于故鄉的概念而發生的。鄉愁的意味，一般以爲是指在異鄉產生的思念故鄉的情緒。往往鄉愁與地平線會被聯想在一起，當然在廣泛的所謂「物的鄉愁」的意味以外，狹義的鄉愁應該只限于和故鄉的意識而表現。

縱然如此，除了限制於「生長的地方的故鄉」發生的鄉愁的意識，亦即狹義的說法——鄉愁的意義應該可以有所延伸而產生較大的暗喩。其一是，鄉愁和喪失故鄉的意識，不只是遠離了故鄉，而是被流放，被迫永遠失去故鄉而產生的鄉愁意識，或者是對于誕生持有暗闇，黑漆漆的感覺的沒有故鄉的意識等等。其二是鄉愁作爲誕生的依據，而成爲發祥的源地，由此而產生「生的憧憬」或聯結于生的鄉愁的意識。這種憧憬即使在自己活着的空間或時間能充分感覺到時也可能產生，可以擴大而具有共通的性格，例如以大地爲母性的象徵，而聯結母性與鄉愁的憧憬，又如對于自然的特殊的憧憬。其三是鄉愁與歷史的意識，對于時間與空間爲座標的自己所背負的歷史的追溯，或者對於延綿不斷的傳統的尊崇，親近以及考察等等，立即對于傳統或歷史的凝視而產生的鄉愁的意識。

不管以何種方式將個人的內部世界與鄉愁的意識加以

交流，鄉愁作爲永恒而具有共通的存在的象徵，應該是由於最終它可以和人的根源的意識相聯結這一點上，認識根源的意識與鄉愁的意識應該有其共通的底流，透過生的憧憬，喪失故鄉的意識，或者歷史與傳統的凝視而希冀回歸與生之根源，尋覓根源的形象。

2

臺灣現代詩人的鄉愁的意識可以說是與臺灣的歷史背景息息相關。在光復以前，臺灣新詩人的作品中，已可見出他們的濃厚的鄉愁意識的流露。不同於古詩人往往基于流寓他鄉而作鄉愁之吟咏，他們的鄉愁是具有較深層次的喪失了故鄉的鄉愁作爲基調而抒發的，也就是沒有故國，沒有故鄉的人的立場才是他們的根本的出發點，由此而渴望地去搜尋，去探索作爲他們的生的根源的鄉愁而產生了鄉愁的意識。

微笑流露混沌未明的　微笑　嬰兒說：
我是從那兒誕生的
慈愛的母親　有力抱著嬰兒說　在媽媽
的夢裡　美麗的結晶就是你　你誕生之前
媽媽曾向天空翱翔的鷲鳥和暗夜的天空閃爍
的星星　祈禱過　祈禱讓你讓我的嬰兒
誕生在這美麗的世界
……（美麗的世界）

這一首以嬰兒與母親的對話來表現的詩人張冬芳的「美麗的世界」實在是典型的鄉愁的詩。在這首詩裡，作爲誕生的源頭的母親與成爲誕生的對象的嬰兒在思考著人的生的根源的問題，包括了對于誕生的世界的憧憬，誕生的世界裡的美與醜惡的形象，誕生的根源，父親與祖父——的奮鬥，乃至對於未來的生的世界的想像與描繪。以最原初的、無垢的母親與嬰兒的感情作貫穿的線索，表達了詩人對于生的熱愛，鄉愁的無限憧憬，以及根源的搜索的渴欲，而直接聯結於詩人的內面的世界，實在十分眞摯而生動。而其中顯現了作者的浪漫的，感情的思考方式尤值得注目。

相對地，詩人郭水潭則有「故鄉之歌」：

懷念的故鄉
故鄉的　回憶的人們
……
如今時勢轉變　我的故鄉
新的生活　就要開始了
懷念的故鄉
故鄉的汗多來歷
……
今天　該遺忘所有的神話吧
乘上時潮　在我的故鄉
新的信仰　就要誕生

這首詩是在時代、歷史產生新的變化的瞬間，也就是從喪失了鄉愁的意識而回歸于鄉愁時，微妙地表現了詩人的焦灼與期待的心情。比較張氏的作品，可以見出較爲理念的，更具有歷史的意識的強調，同樣以「沒有故鄉」的鄉愁意識作爲基調，前者聯結於「生誕的憧憬」，而這首詩則聯結于「歷史的意識」是另一種典型。

3

上面敍及的，以沒有故鄉的鄉愁意識爲基調，延伸於生誕的憧憬與歷史的意識兩種典型的表現，可以說是一種底流，在光復後，也被臺灣現代詩人承接，衍伸而發展。

首先，我們來考察光復後第一代臺灣現代詩人的鄉愁的意識，所謂第一代臺灣現代詩人在時間上，應該屬于戰中成長的世代，他們或親身體驗了戰爭，或在依然被植民的時代已經具有充分的成熟的思考與判斷的能力，正值青春時期而渡過被植民以及光復兩種截然不同的歷史階段。所謂跨越語言的世代，無寧說是陷落于兩種語言的谷間而思考而作價值判斷，凝視時代的世代。

這一世代的詩人們的鄉愁意識，在根本上，遙遙地可以承接光復以前新詩人的沒有鄉愁的意識，也可以說「生誕的憧憬」與「歷史的意識」兩種典型來加以歸納，但是，我們不宜忽視他們的戰爭的體驗與殖民感覺，以及迎接新時代，具有不同立場等等經驗帶給他們的新的內容，以及他們所顯示的不同的鄉愁的感情與表達方式。

譬如說對于戰爭的體驗，詹冰有「船載著墓地航行」表現了回歸故鄉的焦灼的心境，死的緊迫的體驗，再生的渴欲，等於是個人的歷史性的內部世界的揭露，而這種似乎是個人的歷史，事實上是具有共通的性格與體驗，可以無限地擴大，聯結于時空的現實的。桓夫有「信鴿」：

埋沒在南洋
我底死　我忘記帶回來
……
終于我把我底死隱藏在密林的一隅
我悠然地活著
一直到不義的軍閥投降
我回到了祖國
我才想起
我底死　我忘記了帶回來
埋沒在南洋島嶼的那唯一的我底死啊
……

在這兒，詩人宣告了他的歷史的階段的死，與回歸于根源的再生，事實上「埋設在南洋島嶼的死」成爲他的思想的骨肉，成爲他的生的歷史而經常會復甦當是不言可喻。而不管詹冰的死或是桓夫的死的體驗的背後，均含有回歸于新的生的焦灼感，面臨故鄉的渴欲與期待。這種感覺，無疑地，在他們的鄉愁意識上加入了不同於早於他們的世代的詩人們的異質的要素。

詹冰對于鄉愁的感情，也可以從對于生誕的憧憬與歷史的意識兩方面來追踪。在「那首歌」一詩中：

……
初次　那旨歌
白乳房中聽見
如電晶體收音機的樂音
那旨歌似是乳液的唱出的歌
母親的
……
只要聽見那首歌

縱令在月球的死火山沙漠上
我也要像仙人掌般生活
……我也要張開寶石般的花朵

在這兒表達了對于根源的母體的依附與憧憬。在「鹿港遊」一詩中，有其對于歷史的執著與熱愛，可以說他的鄉愁透過詩而抒發總是明朗、晶瑩而充滿生機的存在。

桓夫對于鄉愁的感情，同樣可以從生誕的憧憬與歷史的意識双方面來追跡，然而他的鄉愁的意識，無寧說是陰鬱的，沈重而着手于尋找「故鄉」的聯帶。譬如作爲他的詩的基本型態之一的「雨中行」即是一例：

被摔于地上的無數的蜘蛛
都來一個翻筋斗，表示一次反抗的姿勢
而以悲哀的斑紋 印上我的衣服和臉
我已污染苦鬥的痕跡於一身
母親啊 我焦灼思家
思慕妳温柔的手 拭去
纒繞我煩惱的雨絲

在這兒，母親的形象若加以擴大而所發爲共同的根源的象徵時，尋求回歸與依存的作者的思考當可以充分的感受，如「野鹿」一詩，以原始的故鄉的山河的自然爲憧憬的對象，而終歸聯結其意象與血、戰爭、死以及破滅，雖然有其心中具體而清晰的故鄉的印象，這故鄉的存在却顯得曖昧而無法捉摸，甚至于缺乏生機的存在。根本上桓夫的鄉愁意識可以說是重疊了死去的鄉愁與再生的鄉愁而在其隙縫間閃閃爍爍的存在。

4

如桓夫的曖昧的鄉愁的感覺，以及其對于生誕的憧憬的執著（如禱告、網、童年的詩等等表現」可以顯見他對于根源的形象的把握是通過自己內部的世界的形象加以過濾而抉出的。因而，他的以民俗、歷史爲題材的鄉土詩，大抵上是充滿了批判的性格，如咀嚼對于吃的文化的批判，如媽祖的纒足的對于現實、信仰及生的態度的批判等等。在這一點上，詩人錦連則可以說是沒入自我的內部，而採用了與桓夫的投射於外界的物象，具有不同的性格的方式從事抒發。「挖掘」一詩！

許久 許久 我們
在體肉的血液裡尋找著祖先們的影子
白晝與夜 在我們畢竟是一個夜
……
站在存在的河邊 我們仍執拗地挖掘著
一如我們的祖先 我們仍執拗地等待著
……
我們總是碰不到水
在流失的過程中將腐爛一切的 那種水
……
我們祇有挖掘
我們祇有執拗的挖掘
一如我們的祖先 不許流淚

較之桓夫的鄉愁意識，錦連的鄉愁可以說是「喪失了鄉愁」的暗闇的意識，挖掘這種反覆的行為本身，即顯示了緊緊地追尋暗闇的或許不存在的鄉愁的焦灼與執著，夜和祖先的影子的象徵實在有其更深遠的意味。

如上所述，透過母體或故鄉的印象，祖先的影子而努力於聯結詩人內部世界與現實、歷史、或生，而表達的方式，大體上是借諸他們過去的體驗，重疊了繁複的形象而形成的暗闇。這是一種方式，而如吳瀛濤的「鹿港鄉情」「過火」等純粹有意識地以歷史民俗為題材的現象描寫或記述，如陳秀喜的「我的筆」的殖民地抵抗意識，也是基于一種歷史的理解與省察而創作的以鄉愁為主題的作品，又如杜芳格的「平安戲」是奠基于殖民地體驗，而意圖的表達民族的性格，多少富含了批判的意味。同樣的巫永福的泥土、「泥土有埋葬父親的香味／泥土有埋葬母親的香味……」杜芳格的「相思樹」：

或許我的子孫也將會被你迷住吧
像今天我再三再四地看著你
我也是
誕生在島上的
一棵女人樹

都是具有共通的一般的「鄉愁」的情緒，回顧生誕的存在的熱烈的心情而創造的作品。

5

可以說，屬于戰中世代，體驗了戰爭與殖民的詩人們，對于鄉愁的意識有其承接于先行代詩人的「根源的追尋與回歸」的渴欲，也有其透過自身的體驗而形成的特殊的風土。

若說他們在對于殖民地統治具有抵抗的意識，聯結於對于鄉愁的意識而加以抒發，對于戰爭的體驗，則以生與死的印象，聯結於詩人的內部，則在光復以後，除了透過民俗、歷史的理解，以其為主題有意識的創作鄉土的詩，抒發鄉愁之外，如桓夫所作的從凝視而轉向批判，從反省而透露熱愛與關懷也是一個主流，由于生存的環境與立場有所變化，詩人對于鄉愁意識的表達方式自然產生了變化，在根源的回歸與尋覓上所作的努力，以及從生的立場，寄託詩人的憧憬與關愛，對于他們而言可以說是一種夢的追尋。第二世代以後的鄉愁意識乃至各個詩人鄉愁意識的分析願意留待以後再加論略。

賴和詩中的反抗精神

李魁賢

臺灣新文學前驅者——賴和先生，生於清光緒二十年（一八九四年）四月二十五日，逝於民國三十二年（一九四三年）一月二十一日，享年五十。

賴和出生那一年，發生了中日甲午戰爭，清廷戰敗，翌年簽訂馬關條約，把臺灣割讓給日本。日本統治臺灣前後五十一年，在賴和去世後兩年，臺灣才光復。所以，賴和除了一九一七——一九一九年間在厦門行醫的短時間外，他一生是在日本殖民地的臺灣渡過，他的作品是殖民地人民心聲的最好取樣。

賴和的文學生涯是從舊詩開始，現留作品最早的有二十四歲渡厦門時所作「舟入泉州」等詩，二十九歲時曾應徵臺灣雜誌徵詞「劉銘傳」，獲得第二名及第十三名。到三十二歲才有「覺悟下的犧牲」（寄二林事件的戰友）新詩出品，翌年發表著名的小說「鬪鬧熱」、「一桿稱仔」。此後，小說、隨筆、新詩等作品源源發表，主要的文學創作持續到一九三六年（四十三歲），前後也不過十年出頭而已，却給我們留下了值得研究的作品。本文將僅對賴和詩中表現的反抗精神加以探討。

被稱爲「一年一小反，五年一大反」的臺灣，在馬關條約中被宰相割讓遺棄，痛感「孤臣無力可回天」，於是反求諸己，充分發揮了臺灣先民的反抗精神，與入侵的日本作殊死戰鬪。先是擁戴唐景崧於光緒二十一年五月二日成立臺灣民主國，可是日軍來勢兇兇，唐景崧調兵遣將措手不及，十四日丟下臺灣遠遁厦門，臺灣民主國成立前後十三天而亡，接着領袖人物邱逢甲、林朝棟也內渡，剩下劉永福率部苦鬪，逐漸不敵，延至九月二日喬裝去厦門，反抗軍終於瓦解，剩下各地零星義民，進行明知不可爲的抵抗，一直到光緒二十八年，犧牲無數，先烈就這樣以鮮血塗紅了臺灣悲劇的歷史，臺灣的武裝抗日運動終於在缺乏組織和外援下，前後打了八年，才被全面鎭壓，以被殖民的義民對抗殖民主義的統治軍隊，居然前仆後繼，持續八年的神聖抗戰，確是臺灣最光榮而悲慘的一段歷史。

在日本對臺灣取得有效統治後，翌年（光緒二十九年），賴和進入公學校，接受日本的教育，這是臺灣人民向被殖民命運低頭的表示。可是對於取得統治權的日本，臺灣人並沒有就此完全臣服，反日行動仍不時發生，較著名的有以下幾件：

北埔事件，發生於光緒三十三年，賴和十四歲，時有新竹廳北埔月眉庄民蔡清琳，自任「聯合復中興總裁」，號召隘勇反抗日本的壓迫，於十一月十五日上午十時起義，打死支廳長，全部警員皆授首，屠殺居住北埔之日本男女。日本總督調派臺北守備隊鎭壓，蔡清琳匿於山胞頭目家中，被殺，何麥賢等九人被判死刑，其餘陣亡和被捕者有二、三百人。

林杞埔事件，發生於民國元年，賴和十九歲，在臺北醫學校攻讀中。時有南投廳大坑庄中心崙庄民林啓禎，因無至竹林被總督府放領於三菱株式會社，不服，一日照常伐竹時被三菱巡視員毆打，投訴於劉乾。三月二十三日拂曉，以劉乾為首，襲擊距林杞埔約十里之頂林派出所，斬殺巡查後，退避山中，後被索捕，劉乾等十三名，被判死刑八名，無期徒刑一名，有期徒刑一名，無罪一名。

羅福星革命：發生於民國三年，賴和二十一歲，即將自醫學校畢業，羅福星於光緒二十九年隨祖父來臺，就學於苗栗公學校，越三年回廣東，路經廈門，加入中國國民黨，開始從事革命活動，民國元年再渡臺灣，常往來於臺北苗栗間，結交革命同志，發展會營組織。此時，中南部亦有抗日團體在醞釀起義，終於風聲洩漏，日警開始大檢舉。羅福星逃匿淡水，但因形踪暴露，終於被捕，日人稱為苗栗事件，民國三年三月三日在苗栗開庭審判結果，死刑二十名，有期徒刑二百八十五名，行政處分四名，無罪三十四名，不起訴處分五百七十八名，可見牽連之廣。

大甲事件：同樣發生於民國三年，就在羅福星革命事件後不久，賴和已自醫學校畢業，在嘉義病院實習中。大甲事件首腦羅臭頭，住嘉義廳店仔口南勢庄，因仇日避居山中，並結交同志。民國三年五月七日夜攻擊大甲支廳，聚衆愈多，八日夜決戰後，羅軍不支敗退，戰亡及自殺十名，被捕一百餘名。

余清芳革命：發生於民國四年夏，日人稱西來庵事件，又稱噍吧哖事件，賴和二十二歲，十一月結婚。余清芳居臺南廳治二圓里後鄉庄。日軍侵臺時十七歲，懷亡族之恨，以西來庵為根據地，宣傳革命抗日思想，得江定、羅俊之助，同志日多，不幸事機外洩，余清芳等避入嘉義廳山內，日警出動搜山，逮到羅俊，更派大隊警察圍山，七月六日首度接觸，各有死傷，七月九日襲擊甲仙埔，屠殺留守警員及家屬。八月二日革命黨出動數百名襲擊噍吧哖支廳下南庄派出所，獲全勝，聲勢愈盛，革命軍已發展至千餘人，踞虎頭山，準備襲擊噍吧哖支廳，遭遇日警大隊及正規軍夾擊，終於潰敗，被日軍誘殺數千名之多。八月二十二日余清芳遭擒。此案被判死刑八百六十六名，有期徒刑四百五十三名，行政處分二百十七名，不起訴三百零三名，無罪八十六名，是抗日行動中最大規模的一次。

這是賴和成長過程中的臺灣時代背景，武裝抗日行動前仆後繼，由烈士的鮮血塗繪着臺灣人擺脫日本殖民統治的希望和遠景，賴和便是在這樣風雲險惡的社會裡長大，在余清芳革命事件後翌年，返彰化開設賴和醫院，做為一名智識份子和同情弱者的人道主義者，賴和抱有強烈的民族精神，自可設想而知，而噍吧哖事件對智識份子造成的震撼，也是不言可喻，做為一個文化人，既無法執起武器，投入行動，必然產生自我交戰。賴和於民國六年離臺渡廈門，是否肇因於文化人對兩難困境的自救解脫和逃避有待研究，但從他的詩：

歸去來（由廈門博愛醫院掛冠時作）

鏡前自顧形影慚，出門總覺羞知己。

看來，恐怕未必只是對事業不遂人的感嘆而已，應該帶有文化人對自己本土責任心的反省。於是，毅然返臺，旋即投身於實際的文化活動，於民國十年十月加入創立的臺灣文化協會，並當選爲理事。接着又爲了臺灣議會設置運動，於民國十二年參加臺灣議會期成同盟會，涉身於政治活動，十二月十六日，賴和及同盟會會員和有關人士四十九人被捕，臺北地方法院以違反治安警察第八條第二項規定爲由起訴，是謂治警事件。賴和在此事件中被扣押，初囚臺中銀水殿，於十二月二十二日被解送臺北監獄。俟民國十三年一月七日獲不起訴處分而釋放，這是賴和的第一次牢獄之災。

賴和在「囚繫臺中銀水殿三首」的第三首中吟咏：

一死原知未可輕。吾身不合此間生。
如此幾日無聊理，已博人間志士名。

雖是感慨之作，但是已隱約把他的反抗精神轉移到詩裡，以詩來保存民族的志節。

這時，剛好是臺灣新文學運動萌芽時期，臺灣民報於民國十二年四月十五日創刊，開始介紹中國新文學運動及理論和作品，由於在北大受過五四文學革命洗禮的張我軍，在十三年投稿抨擊舊詩唱酬之無意義，引發了文學論戰，賴和爲新文學聲援，從此放棄舊詩，身體力行從事新文學創作，小說、新詩、隨筆的成績都相當可觀。賴和之反抗舊文學，是反抗舊體制一貫精神的發揮。

民國十四年，賴和三十二歲那一年，發生了二林蔗農事件，原來在六月二十八日，二林蔗農四百餘人，成立二林蔗農組合，屢同林本源溪湖糖廠，要求調整收買蔗價，糖廠不理。十月二十一日在警察保護下，糖廠強行採蔗，蔗農群起阻止，翌日，警方與派大隊人馬強制割取，警民發生衝突，二十三日全面逮捕，農民被拘押九十三人。二林在賴和故鄉和行醫的彰化，因此，二林事件必定對賴和引起感同身受的激情，就是賴和在二十三日當天寫下了生平第一首新詩。

覺悟下的犧牲
（寄二林事件的戰友）

一

覺悟下的犧牲，
覺悟地提供了犧牲，
唉！這是多麼難能！
他們誠實的接受，
使這不用酬報的犧牲，
轉得有多大的光榮。

二

弱者的哀求，
所得到的賞賜，
只是橫逆、摧殘、壓迫，
弱者的勞力，
所得到的報酬，
就是嘲笑、詬罵、詰責。

三

使我們汗有所流，
使我們血有所滴，
這就是——強者們

慈善同情的發露，
憐憫惠賜的恩澤！

四

哭聲與眼淚，比不得
激動的空氣、深淵的流泉，
究竟亦終於無用。
風亦會靜、泉亦會乾，
雖然最后的生命，
算來亦不值錢。

五

可是覺悟下的犧牲
本無須什麼報酬，
失掉了不值錢的生命，
還有什麼憂愁？

六

因爲不值錢的東西，
所以能堅決地拋去，
有如不堪駛的廢舫，
只當做射擊的標誌。

七

我們只是一塊行屍，
肥肥膩膩，留待與
虎狼鷹犬充飢！

八

唉、這覺悟的犧牲！
多麼難能，多麼光榮！
我聽到了這回消息，
忽充滿了滿腹的憤怒不平，
無奈慘痛橫逆的環境，
可不許盡情地痛苦一聲，
只背着那眼睜睜的人們，
把我無男性眼淚偷滴！

九

唉，覺悟的犧牲！
覺悟地提供了犧牲，
我的弱者的鬪士們，
這是多麼難能！
這是多麼光榮！

這首詩旋即發表於同年十二月二十日出版的「臺灣民報」一八十四號。題目本身便已適切地彰顯出賴和的反抗精神。所謂「犧牲」是爲了求取更高收穫的代價，也就是爭取自主性與人權的覺醒，因此犧牲之具有覺悟性，而不是盲目的，無謂的犧牲，這是做爲詩人的賴和。在正面予以肯定的態度。同時，更以〈寄二林事件的戰友〉的劃標題，明顯地揭露自已的立場。對於被日本殖民政府官方視爲判逆的蔗農，詩人賴和居然公開稱爲戰友，這種見識、勇氣、和正義令人肅然起敬。

反抗精神是由弱者爭取應有的權利所表現的美德。因此，賴和是認同於弱者的地位，並對「強者」提出諷刺。在二林事件的前一年剛發生過所謂有力者大會與無力者大會的對決。有力者大會是由臺灣公益會主幹辜顯榮、林熊徵等，爲對抗臺灣議會設置請願運動，在賴和第一次被捕下獄的治警事件發生後翌年（民國十三年六月二十七日召開，表明了投靠日本的自瀆心態。賴和所屬的文化協會，旋即於七月三日分中、南、北三處，舉行全島無力者大會之對抗，無力者之據有民族正氣的旗幟至爲顯明。賴和詩中的「強者們」顯然便是指稱「有力者」，二林事件的壓迫者——林本源製糖會社爲其中一份子，而「弱者的鬪士們」便是相對的「無力者」。賴和身爲文化協會的一份子，遇到「有力者」的強壓顯，必然有無盡的感慨和痛恨，而在一連串紛爭不息的反抗行動中，賴和堅持弱者的立場而奮鬪，自然在詩中加以譴責。當然，既尊爲「鬪士」，就不是「弱者」，只不過因爲在現實政治上立於「無力者」的地位，顯得勢弱，可是以人性本質上的追求，尤其在知其不可爲的環境下，進行膴然的努力，豈不是本質上的「強者」？

在「覺悟下犧牲」一詩裡，賴和不但肯定反抗的意義，而且積極鼓舞反抗的精神。第一節以不求代價（不用酬報）的犧牲視爲光榮，便是立場的闡明。第二節描述弱者的哀求，不過是受到「橫逆、摧殘、壓迫」的賞賜，而弱者的努力，也不過是「嘲笑、謫罵、詰責」的報酬，足見弱者的低姿勢，或者逆來順受，終無法改變自己應受遵重的命運。第三節對稱反諷那些居於支配地位的強者，所爲的「同情」和「憐憫」、虛僞。第四節轉入了詩人對弱者的鼓勵，僅憑虛弱的「哭聲與眼淚」，這種生命最後是不值錢的。第五節是邏輯的推演，既然生命不值錢，仍不慷慨犧牲？第六節以報廢的船來作比喻。第七節更進一步強調生命無所作爲時，不過如行屍走肉。第八節雖然肯定了犧牲的價值與意義，但犧牲即使不求代價，本身却是相當大的代價。賴和是一位人道主義的詩人，而非革命家，所以他不會一味歌頌犧牲，而不偷彈傷心淚。最後一節與第一節相呼應，破題與結論的一致，顯示詩人所表現意念的執著和堅定性。

差不多在二林蔗農事件同一段時間，又發生了日籍退職官員強制承購臺灣農民開墾土地的事件，臺灣農民爲了不甘辛苦開墾的土地，被強取豪奪，於是紛爭迭起，日籍退職官員甚至利用警力強制執行，許多農民在反抗中被拘押，從民國十四年到十七年間爭端不息。

賴和在民國十九年九月發表新詩「流離曲」，寫出了農民的心聲，全詩二九一行，但發表時被删掉八十七行反抗精神強調的詩句。這是一首氣勢相當雄偉的敍事詩，全詩分成三章。

第一章「生的逃脫」，描寫狂風暴雨的肆虐，世界被摧殘成人間地獄，災後景象慘不忍睹：

風收雨霽，溪水也退，
大樹已連根拔起，
屋舍只留得幾段墻楚。
一處處泥濘沙石，
一處處漂木潴水，
慘澹荒凉，
籠罩着沈沈死氣。

第二章「死的奮鬪」，描寫死裡逃生後已一無所有，唯一的兒子也只能出賣，以求生機。原先打算遷徙到「可種可植／水甘土肥的地方」，實際上那只是弱者的夢想，於是只好在「砂石荒埔」開墾，在賴和詩中弱者再度表現了本質上強者的意志力：

墾墾！闢闢！
忍苦拼力！
一分一秒工夫，
也不甘去休息。
鋤鋤！掘掘！
土黑砂白，
闢闢！鑿鑿！
石火四迸。
幸福就在地底，
努力便能獲得。
鋤鋤！掘掘！
土黑砂白，
闢闢！鑿鑿！
石火四迸，
一分一秒工夫，
也不甘去休息，
忍苦拼力，
墾墾！闢闢！

賴和使用了大量重疊動詞，使勞動者的形象突出，並採取類似迴文詩的技巧，以簡單的意象，強化勞動的艱苦堅忍。

第三章「生乎？死乎？」描寫從荒地開闢出青翠的田園，却遭受退職官吏的垂涎，強行霸占，面臨了被驅逐離開所廝守土地的命運：

瘦盡我一身肌肉，
把田畑阡陌開墾得齊齊整整，
流盡我一身血汗，
把稻仔蕃薯培養得青蒼茂盛，
眼見得秋收已到，
讓別人來享受現成，
這就是法的平等！
這就是時代的文明！

人間不平事莫過於此，賴和不但痛下針砭，而且指出了反抗的道路：

天的一邊，地的一角，
隱隱約約，有旗飄揚，
被壓迫的大衆，
被榨取的工農，
趨趨！集集！
聚攏到旗下去，
想活動於理想之鄉。

那理想之鄉，當然是自由、平等、博愛的大同世界。

賴和發表「流離曲」的下一個月，民國十九年十月二十七日發生了震動全臺的霧社事件。有馬赫坡社頭目莫拿道，鑑於霧社山胞不堪日警之橫暴，利用掌辦聯合運動會之時機起義，殺死日人一百三十四名，傷二百十五名。日軍大舉進攻，因山坡險要，無法攻克，竟以飛機撒佈毒氣，霧社事件到十一月十九日結束，山胞死九百餘名。

翌年四月，賴和發表「南國哀歌」，描述霧社事件，詩中不但一貫充溢反抗精神，甚至進而肯定行動的意義與價值：

南國的哀歌

所有的戰士已都死去，
只殘存些婦女小兒，
這天大的奇變，
誰敢說是起於一時？
人們最珍重的莫如生命，
未嘗有人敢自看輕，
這一舉會使種族滅亡，
在他們當然早就看明，
但終於覺悟地走向滅亡，
這原因就不容妄測。
誰敢說他們野蠻無知？
看見鮮紅的血？
便忘却一切歡躍狂喜，
但是這一番啊！
明明和往日出草有異。

在和他們同一境遇，
一樣呻吟於不幸的人們，
那些怕死偷生的一群，
在這次血祭壇上，
意外地竟得生存，
便說這卑怯的生命，
神所厭棄本無價值。
但誰敢相信這事實裡面，
就尋不出別的原因？
「一樣是歹命人！
趕快走下山去！」
這是什麼言語？
這是什麼含義？
這是如何地悲慘！
這是如何地決意！
是怨是讎？雖則不知，
是妄是愚？何須非議。
舉一族自愿同赴滅亡，
到最後亦無一人降志，
敢因為蠻怯的遺留？
是怎樣生竟不如其死？

恍惚有這呼聲，這呼聲，
在無限空間發生響應，
一絲絲凉爽秋風，
忽又急疾地爲它傳播，
好久已無聲響的雷，
也自隆隆地替它號令，

兄弟們！來！來！
來和他們一拼！
憑我們有這一身，
我們有這双腕，
休怕他毒氣、機關槍！
休怕他飛機、爆裂彈！
來！和他們一拼！
兄弟們！
憑這一身！
憑這双腕！

兄弟們到這樣時候，
還有我們生的樂趣？
生的糧食儘管豐富，
容得我們自由獵取？
已闢農場已築家室，
容得我們耕種居住？
刀鎗是生活上必需的器具，
現在我們有取得的自由無？
勞働總說是神聖之事，
就是中也只能這樣驅使，
任打任踢也自忍痛，
看我們現在，比狗還輸！

我們婦女竟是消遣品，
隨他們任意侮弄蹂躪，
那一個兒童不天眞可愛，
凶惡的他們忍相虐待，
數一數我們所受痛苦，
誰都會感到無限悲哀！

兄弟們！來！來！
捨此一身和他們一拼！
我們處在這樣環境，
只是偷生有什麽路用，
眼前的幸福雖享不到，
也須爲子孫鬪爭。

這一首詩氣勢磅礴，震懾心靈。如果我們發現賴和所秉持的精神立場是前後一貫的。一、他認爲生命誠然可貴，但是如果沒有發揮本質上的應然作用，則生命是不值錢的，而在被殖民統治下的人民，所應該奮鬪的首要任務，莫過於爭取自由、平等、民族自尊。而「爭取」絕不是徒喊口號便可濟事，往往要訴諸行動。

二、所以他着重「覺悟」。在「南國哀歌」第二節所謂「覺悟地走向滅已」，正是「覺悟下的犧牲」的同一表現。覺悟是透過掙扎、抉擇、決心所奮鬪出來的指標。因此，覺悟是有意識的表現，把生命從「卑怯」提升到「光榮」的原動力。

三、基於上述對於生命意義的體認和瞭解，產生爲求自立的反抗精神，賴和在詩中很清楚而明確地表達了被殖民者應走的方向，因此，從對「覺悟下的犧牲」的肯定，以至呼喊出：

兄弟們！來！來！

捨此一身和他一拼。

的呼籲，顯示由阿波號傾向戴奧尼息斯的轉變跡象。

做爲「和仔仙」爲鄉民所尊重的醫生賴和，到爲詩喚醒民族魂而爲我們留下文學遺產的詩人賴和，正是從救人的實踐行動，邁向救民族的理想抱負的心歷路程。

而在重大的社會政治事件發生之時或之後，賴和輒迅速以詩表示民衆的心聲，並以對犧牲價值的肯定，和對遠景的信心（「眼前的幸福雖享不到／也須爲着子孫鬪爭」）爲同胞灌輸堅強的意志力。從賴和執筆爲詩的第一層次行動，到詩中所表現的第二層次意義，都充分顯示了以賴和爲典型的先輩的反抗精神，給臺灣詩文學立下了輝煌的紀念碑，樹立不朽的傳統風格和美德，使我們掩卷之餘，以先輩的史筆風範感到光榮和自豪。

七十一年九月四日

本文參攷資料：

1. 賴和先生全集，李南衡主編，明潭出版社，民國六十八年三月十五日初版。
2. 臺灣省通志，卷九革命志抗日篇，臺灣省文獻會編，衆文圖書公司行，民國六十年六月三十日出版。
3. 臺灣民族運動史，葉榮鐘執筆自立晚報叢書編輯委員會出版，民國六十年九月初版。
4. 臺灣新文學運動簡史，陳少廷編撰聯經出版事業公司出版，民國六十六年五月初版。

有關賴和，請參閱將於明年元月出版的臺灣文藝『賴和專輯』

探討「銀鈴會」時代的重要詩人及其創作路線

張彥勳

壹、前　言

在日人統治下的臺灣，早就有了它深根固柢的新詩傳統的歷史存在，並且從民國初年就已在萌芽和發展，直到臺灣光復還持續着一段相當長的時間。

不過，光復前的這些臺灣前輩詩人：如賴和、楊雲萍、張冬芳、吳新榮、巫永福、郭水潭等，都由於處在殖民地政策的壓制下受異族統治，其作品在抗壓方面的表現較多，是種困苦環境下所掙扎出來的心聲。他們所走的路線似乎較偏向現實人生，或反應現實的意識較強烈。因爲現實及精神生活上的一股凝重的壓力，逼使詩人必須把他們的心聲吶喊出來，描述當時的社會事件，反映不合理的現象，或申訴人性的尊嚴；這些作品無一不與現實人生有密切關聯，遂形成了省籍詩人的傳統特質。可惜光復以後，因爲語言的變遷或報紙日文版的陸續停刊而使這些前輩詩人在一時之間無法立刻適應，導致了精神上的空虛而在無可奈何的情況下被迫終止。

然而，不論時代如何變遷、語言如何轉變，仍然有一群不屈不撓的詩人們續承前代的詩人繼續不斷地努力着。他們以大無畏精神，或在崎嶇不平遍地荆棘的道路上，或是濃霧瀰漫黑暗難行的夜路上，像一個夜行人踽踽前進，從過去到現在，由日文到中文，依然孜孜不懈地創作着所謂戰時一代的年輕詩人亦爲數不少，如吳瀛濤、詹冰、桓夫、林亨泰、張彥勳、蕭翔文、錦連、許育誠等，這些詩人在年齡上都比光復前的臺灣詩人年輕許多，也是臺灣光復當時那一段過渡期的所謂跨越語言的一代（註：林亨泰言）。當時他們都是二十來歲的青年，有熱情有幹勁，一股熱愛文學的衝力促使他們不畏艱難，踏上荆棘之路勇往邁進。這些詩人當中，詹冰、林亨泰、張彥勳、蕭翔文、錦連、許育誠等便是「銀鈴會」旗下的大將。（以上請參閱笠一百期：從「銀鈴會」到「笠」一文）

貳、一顆慧星—銀鈴會

太平洋戰爭末期，就在日本的侵略戰爭進行得如荼如火的當兒，像一顆慧星突然出現在當時臺灣文壇的一個文學團體，那就是張彥勳創辦的「銀鈴會」。它崛起於臺灣光復前幾年，嚴格地說是從民國三十一年開始。當時張氏創辦「銀鈴會」主編油印刊物「緣草」（季刊）作爲同仁會刊，以日文爲寫作工具研究文學，相互砌磋，經常聚會討論有關寫作上的各項問題，類似「笠」的「作品合評」一類的活動。發展到後期的「銀鈴會」，居然擁有同仁數十名之多，而以詩作者居多。

民國三十四年光復，臺灣回歸祖國，「銀鈴會」會刊「緣草」繼續出刊；但是對祖國語文完全陌生的同仁們，因爲一時無法以中文寫作而繼續使用日文，這當中同仁們雖然都在努力學習中國語文，奈何仍然無法突破語言文字的障礙，而維持到三十六年間一度停刊，翌年又更名爲「潮流」復刊以中、日文夾雜合用的方式繼續出版六期，直到民國三十八年才正式停辦，就此，活躍一時的「銀鈴會」便像一顆流星消失在文壇上。

前面所言，「銀鈴會」成員當中，有一、二十名左右是頗有前途而能獨當一面的文學愛好者，其中尤以前述數名最爲傑出，他們都是這個時期前後提起文筆紛至沓來的詩人們。這兒要介紹探討的也就是這幾位詩人的作品及其創作路線。

叁、作品及其創作路線

「銀鈴會」一開始即走平實的路線，同仁的作品大多以強調對現實的感受，以及所要掌握的對象物爲多，走的就是現實主義路線。不過當時大家都還挺年輕，年紀最大的也不超過二十五歲；因此，作品雖充滿着年輕人的活力和衝力與正義感，但是較缺乏批判性和思考性，對事物的看法也欠圓熟。綜觀作品大致可分爲三種傾向：一爲較主知性的作品；二爲較抒情性的作品；另一種是屬於較鄉土性的作品。

◉詹冰（綠炎）

詹冰的詩予人的印象是老成持重，較有批判性和試驗性。他那敏銳的觸角所及之處，不斷地發出鏘鏘的金屬聲音，形成了透明的觸覺世界，既鮮明又光亮。這種獨特的詩型，在銀鈴會時代使他迅速地顯露頭角。

液體的早晨

瞬間，
初生態的感覺
游泳在透明體中。
毫無阻力——。

現在，
讀新詩般我要讀
被玻璃紙包着的
新鮮的風景。

例如，
水藻似的相思樹下，
成了魚類的少女
搖着扇子的魚翅。

於是，
早晨的Poesie，
好像CO_2的氣泡，
向着雲的世界上昇。

——（註：此詩以日文刊於銀鈴會「潮流」秋季號
37・10・15作者自評）

詹冰的詩一向是以對新的主知的追求，再加上客觀的心象與心象的組合來構成他獨特的詩風。像這首詩若非有深刻體驗及對生活有透徹的認識，是無法寫出來的作品。

思慕

我倆那麼渺小，佇立在廟中。神的呼息撫搖着薰香的紫煙。神燈照紅了神像的尊顏。妳粉紅色的祺袍的長影映在神桌上。懇摯地妳合上手掌，如蝴蝶合上彩翅。是爲了我即將乘船過海。

我倆的裸脚踢開陽光，徘徊於曠野。綠草上點綴着黑岩般的水牛。妳說：到相思樹林中去。而花季的樹林被黃金色的晚霞燦耀着。妳那閃金色的淚珠隨着金黃的花粒滴落。是在我將過海離別的前一天。

這兒是東京。今天我又用紅的鉛筆繪畫神廟。我又用黃的鉛筆繪畫樹林。之後，想再畫上妳的倩影——。啊啊，畫面又被我的眼淚溶解了。

——（註：此詩以日文刊於銀鈴會「潮流」冬季號37·1·1作者自譯）

凡是見過詹冰的人都知道他是一位律已嚴謹的人，但是他也有很年輕的時代，也有浪漫輕鬆的一面。他加入銀鈴會是民國三十四年，那時才二十四歲；因此，由這首非常抒情的散文詩，可看出詩人詹冰的另一個生活面。

●林亨泰（亨人）

林亨泰的詩傾向於思考性，對主知的追求，有他獨特的語言和詩法。他的詩在字裡行間的轉變或飛躍較大，在行與行之間經過過濾之後絕無渣滓或雜質；因此，他的詩一向較難懂。

圍牆

父親叫「富豪」的
那個孩子每天在教唆着猛犬
猛犬會咬人
穿破爛的窮家孩子像個叫花子
被咬了

有些富豪
終年在蓋圍牆
聽說鄰居有小偷
有些青年
終年在談生意
聽說附近是墳場
聰明的人兒呀！
你們可知道否？
你們播下去的種籽。

究竟會長出怎樣的芽來
父親叫「原因」的
那個叫「結果」的孩子
每天在教唆着猛犬
「結果」成了「原因」
穿破爛的「結果」也成了「原因」
聰明的人兒呀！
你無論如何的聰明
你無論如何的富豪
在隔不開的「原因」與「結果」之下
你所建的圍牆
是何等的不安全啊

——（註：此詩以日文刊於銀鈴會「潮流」夏季號 37・7・10張彥勳譯）

這是林亨泰早期的詩，據說這些早期的作品他全都遺失了，眞是可惜。人生是極爲無常的，只要是人，誰也逃不掉「原因」與「結果」的因果命運，以兩種對立的極點來探討人生的非情，乃是詩人林亨泰的寫作方向。

被虐待成桃紅的女人

即使是完全閉上了眼子，
她那厚厚的臉皮
仍是朦朧地感到微光。
爵士樂宣告了受孕。
從笑聲和香煙中
爬出來的是桃紅，
它指向乾渴的蒼白肌肉衝去。
微微地
發亮着桃紅的
疲乏的臉皮上，
懷孕的胎兒
是淚。

——（註：此詩以日文刊於銀鈴會「潮流」春季號 38・4・1張彥勳譯）

林亨泰以他詩人獨特的觸角向着美的極點探索，直到他的探索追求到達非情的境界爲止。這是一首非常淒涼的詩，也是一首非情之歌。詩人林亨泰在中國詩壇上的位置，在此時便可以肯定。

◉張彥勳（路旁石、紅夢）

張彥勳的寫作活動很早，在民國三十年也就是從十七歲那年開始。當時他在臺中一中唸書，一股對文學的熱愛促使他在一吐爲快的情況下糾合了幾位同好創辦「銀鈴會」，以實際表現來實踐他的理想。以當時新詩活動過渡期的位置而言，他對現代詩的貢獻不小。

碧潭

茶褐色的斷崖

照着濃青的湖水
峭立的岩壁上
「碧潭」的白字
深勒在岩石
碧潭！
新店的赤壁
數百尺的懸崖
突地將腰插入水中
是何等的壯觀
懸在兩山之間的吊橋上
有臺灣笠在行走
夕陽映照的湖面上
眼鏡和口紅的男女輕漂着……
屏風般崎立的巨巖啊
裸體的男士仰起眉頭
猛地呼吸
飛沫化成白花
狂歡亂舞
哦碧潭！
男性之湖！
華麗島名勝！
泰雅族居住的
烏萊部落就在那附近

——（註：此詩以日文刊於銀鈴會「潮流」秋季號 37·10·15作者自譯）

張彥勳的詩都以濃厚的感情來灌注，以年輕人的正義感來表現對現實的感受。他的詩較傾向於悲劇性，以三十七、八年間發表在潮流的「葬列」、「站在砂丘上」最爲突出。這首詩較有力度感。

后里旅情

清晨　紅葉的小徑在霧中　踏着露珠走　脚背上好冰冷
后里尼庵「毘盧禪寺」長廊上　尼姑合掌而過　法衣下露一双小脚　白得叫人出神
和着齋堂的鐘聲廻盪步伐輕盈如白貓
七星大山俯瞰而下　彎曲迂廻的大甲溪水流細細長長　擊起巖石的浪花啊　宛如跳躍的　鑽石　猶如飛舞的花朵　穿過鐵橋火車如火柴盒般渺小
河畔上　年輕的少女貌美似玉　一副稚氣的含笑　令人心酸　高舉纖手向天揮揚　一聲Bye Bye令你墜入醉鄉難怪嘛　這兒「后里」是愛的小城
捨不得離去在徘徊　流連依依在路上　忽見幾道炊烟裊裊上升　而此時　頓然發覺霧已散　風已停

——（註：此詩以日文刊於銀鈴會「潮流」秋季號 37・10・15作者自譯）

張彥勳走的是抒情的路線，他是感情豐富的詩人，以開懷的胸襟包容一切事物：包括美與醜，善與惡以及對人對事。他熱情而善良，這首散文詩可以令人發出會心的微笑。

◉蕭翔文（淡星）

蕭翔文的寫作年齡也是很早，當時在銀鈴會成員中他是最勤的一位，他不但寫詩也寫小說，在「潮流」發表了「新生」等小說創作。可惜後來由於工作需要，才停筆轉入史地科參攷書的編纂，這是文壇的損失。

淚痕

我怕桌子，
坐在它前面時，
以理性一直拒絕的
往日的記憶就會鮮明地
蘇甦過來。

春雨如怨如訴地下着的夜晚
隔着銀河夫婦星出現的夜晚
飛雁的哀鳴令人心碎的夜晚
電線被北風脅迫的夜晚
我在這張桌子上面展開的
悲壯的歷史
如今有如化石般
留在它上面。
淡淡地滲入黑色桌子
的白色的淚痕——

哦！我怕桌子
坐在它前面時，
以理性一直拒絕的
往日的記憶就會鮮明地
蘇甦過來。

——（註：此詩以日文刊於銀鈴會「潮流」夏季號 37・7・15作者自譯）

蕭翔文的詩跟張彥勳一樣，走的也是抒情的路線，偶爾也有批判性的作品。這是一首自我批判的詩，他雖然用理性來拒絕過去的一切記憶，但是却無法如願以償，這是詩人的悲哀，也是蕭翔文的痛苦經驗。

黎明

被北風虐待的枯木
的叫喊很是悲慘
讓枯木有滋潤吧
爲着明日的萌芽和開花
像現實那樣我的文字在吐血
我似乎曉得我文字的死期

現實暗淡了我的文字
我的文字更使現實闇黑
長長的暗夜已亮——
　光明在自由的空氣中微笑
　在被歪曲的現實裡
　由歪曲的腦子產生的
　被歪曲了的文字
　在巷口的角落治療疲乏
被北風虐待的枯木
的叫喊很是悲慘
讓文字有滋潤吧
為着明日的萌芽和開花

——（註：此詩以日文刊於銀鈴會「潮流」春季號38·4·1作者自譯）

綜觀蕭翔文的詩，有濃厚的感情流露在裡面，令人讀了之後會有股難抑的情緒油然產生。他以年輕人的純眞和抱負高呼「讓枯樹有濕潤」、「讓文字有濕潤」，但橫誇在現實與理想之間的距離是何等的遙遠。

●陳金連（錦連）

錦連加入銀鈴會的時間較晚，在民國三十七年間才提起文筆加入行列，三十八年的春季號首次有作品發表。不過他的詩創作很早，在未加入銀鈴會之前即寫了很多日文詩，每一首都極有份量。

在北風之下

嚮往碧藍的天空我立在屋頂上
分外明亮的天空裡
北風吼着吹過來
是因冬天的來臨而發怒
或者為漸近逝去的秋而覺得婉惜
帶着莫大的悲哀
發出喊聲
北風吼着吹過來

×

汗濕的臉頰
被尖銳的風凌辱的初夏的山
以及
初秋時散步走過的林蔭路
都在砂塵中哆嗦
在南方平原的彼方
雲層叫風給颱到一邊
在灰色的陰影中
為着死的預感而嘟喃不已

×

風打北方吹過來
盯盯地望着天空
我的心隨着每一擊波濤
逐漸給叫醒過來

突然抱着胳膊——
為何我會悲哀

×

分外明亮的天空啊
你冷然望着四季的悲哀
完全是一双認命的寂寞眼神
分外明亮的天空啊
你究竟在思索什麼呢

——（註：此詩以日文刊於銀鈴會「潮流」春季號38．4．1張彥勳譯）

錦連的詩有深厚的民族性與鄉土味道。他的詩大多是落根於大地的赤裸裸的現實生活的表現；因此，讀他的詩有種土腥味的感覺，既臭又香，既親切又令人振奮，這是他一貫的詩風。

壁虎

守着夜的寧靜，
不轉眼珠的小壁虎，
以透明的胃臟，
靜聽着壁上的大掛鐘。
連空氣都欲睡的夜半，
我亦孤獨地清醒着，
守着人生的寂寥。

——（註：此詩以日文刊於銀鈴會「潮流」秋季號37．10．15作者自譯）

錦連的詩雖不多，但是每首詩都能勾人心弦，引入注目。他是個孤寂的詩人，在那孤寂之中謹嚴而忠實地記錄着自己的心態，這首「壁虎」便是他的寫照，若無對人生有深刻的體驗是寫不出來的。

◉許育誠（子潛）

子潛加入銀鈴會的時間大概是在民國三十四、五年間的事，加入之後的他，作品大量增加，是銀鈴會成員中最活躍的一個，他的詩不謹有力也有律動感，將動態與靜態處理得很好。

至上的藝術

盯盯地凝視着把握點，
双臂的肌肉閃電似的播動，
啊！像條嫩靭的鮎魚在鐵槓上，
白色眩人的物體在轉動。
響起一陣衆多不斷的掌聲……
承受着全身的視線，
白色眩人的物體
緩和了衝力，
終於立在地面上。
輕輕點個頭，
抑奈不住滿懷的喜悅，

四周
頓時釀出明快的氣息。
朋友！
這非至上的藝術是什麼。

——（註：此詩以日文刊於銀鈴會「潮流」秋季號
37‧10‧15作者自譯）

子潛寫過許多以運動爲題材的詩，原來，他是師院體育系畢業的，有魄力有幹勁，以一股年輕人的活力疾馳在運動場上，把運動員的成就表現在詩作上。

一幅描繪

一株佛桑，
樹旁有兩根短軀的薔薇。
沙浮蘭，
圍繞在竹籬間，
開了稀疎的白花。
角落那棵芭樂老樹，
露出枯乾的木紋；
凋謝的葉子，
蒙上一層黃塵。
轉望白漆的門牌，
見不到主人的踪影，
剩留老幼母女倆，
喝着熱騰騰剛烹好的蕃薯湯，
懷念主人和父親。

——（註：此詩以日文刊於銀鈴會「潮流」春季號
38‧4‧1作者自譯）

這是子潛的靜態詩，發表的時間是銀鈴會即將解散的三十八年間。經過數年的磨鍊，他的詩進步如神，有天壤之別。這是一首輓歌：屋子裡老幼母女倆喝着蕃薯湯，在懷念主人和父親的心情是何等的淒涼。

肆、結　論

從光復前的「緣草」到光復後的「潮流」，就是「銀鈴會」同仁在文學上（尤其是詩壇）活動的時期，以時間來說，則是民國三十一年到三十八年這段時間。以一個同好的結合，在當時複雜的環境中，雖然斷斷續續又歷經不少曲折，居然能够維持七、八年之久，確屬奇蹟。

就以臺灣新詩運動的立場來看，「銀鈴會」所擔當的任務是何等的重大；所扮演的角色是何等的重要。在當時處在殖民地的惡劣環境裡，又受異族統治百般欺壓的情況下，能够以大無畏精神在遍地荊棘的道路上個個孜孜不懈的創作，實在是很難得。這麼說來，「銀鈴會」的存在，無疑是扮演了自大戰末期到民國四十年左右，大陸詩人紀弦、覃子豪等來臺播下現代詩的種籽這段時間的一個橋樑之角色。從這個角度而言，「銀鈴會」的功勞不可抹殺；因爲這些詩人們後來又與吳瀛濤、桓夫、趙天儀、白萩等人創辦「笠」，促使臺灣的新詩活動更加蓬勃，向前邁進。

民國七十一年九月七日完稿於后里

桓夫詩中的殖民地統治與太平洋戰爭經驗

趙天儀

自一八九四年馬關條約，臺灣割讓給日本以後，臺灣同胞歷經了日本五十年殖民地的統治。又自一九四一年珍珠港事變以後，也歷經了三年多的太平洋戰爭。如果有所謂臺灣文學的日本經驗的話，殖民地統治的經驗與太平洋戰爭的經驗，是兩種相當突出的經驗。而在日本統治臺灣的末期，爲了配合所謂大東亞共榮圈，在臺灣掀起了皇民化運動，也就是要臺灣同胞歸化日本，因此，組織奉公會，改姓名，獎勵國語（日語）之家，甚至徵調臺灣青年爲軍伕、學徒兵或特別志願兵，參加其侵略南洋的戰爭。在這時期，所謂決戰下的臺灣文學，就是鼓勵數典忘祖的皇民化文學。由於在這種高壓與愚民並施的政策之下，當時臺灣青年的苦悶是可以想像的。

桓夫便是歷經了殖民地統治的經驗和太平洋戰爭的經驗，是當時的臺灣青年，也是能以文學的創作來表現其經驗的少數作家之一。他曾經當過日本軍裏的臺灣特別志願兵，也是當時的臺灣青年詩人之一。他有自家藏版的日文詩集「彷徨的草笛」、「花的詩集」，以及跟賴讓欽合著的詩集「若櫻」。在臺灣光復以後，桓夫開始學習使用中文來寫詩，經過了十多年的努力奮鬥，到了民國五十二年三月才出版了他第一部中文詩集「密林詩抄」，從此，他寫詩，在創作、評論與翻譯方面都持續不懈。然後，他又寫小說，發表了一系列的「臺灣特別志願兵的回憶」，其中「獵女犯」還獲得了吳濁流文學獎。直到目前爲止，桓夫還出版了中文詩集的「不眠的眼」、「野鹿」、「剖伊詩稿」、「媽祖的纒足」，以及日文詩選集「媽祖の纒足」。在桓夫的詩作中，我們可以看到他有一部份的詩作，便是反映了殖民地統治的經驗與太平洋戰爭的經驗。我們可以說，在日據時期五十年的時光，是臺灣同胞在日本殖民地統治下的一種反抗日本帝國主義的血淚史。而在太平洋戰爭三年多的時光裏，有許多臺灣青年被迫參加了這個不義的戰爭，因而犧牲了寶貴的生命，虛度了可貴的青春。

詩的創作就是把經驗化爲體驗，而以語言來加以表現。茲將桓夫的詩，依殖民地統治的經驗與太平洋戰爭的經驗來加以各別討論。

試以他的一首「網」的詩爲例：

「於天之蒼茫，於霧海
刻着花紋的年代。……哦！
掉下來一條條蜘蛛絲
撒下來長長長長的傳統
繫吊的蜘蛛似種子、你我、傀儡
——絲織繽紛的世網

網搖晃，咱們就搖晃
網破碎，咱們就修築
花在網中，網在花中
花鮮紅，花誘惑
世界從此動亂，人間從此搔擾

於是年代的花紋皺起
臺灣海峽的浪波湧起——
三百年前，我底祖先
呱呱誕生於海峽的戎克船上
旅人的歡聲沸騰
把皺了的月光摺攏在潮上

三百年前，我底祖先
孕育民族精神，渡過海
海的對岸，八卦山脈伸向南方
於南方的紅土山巔
移植花，移植智慧，移植許多種子
——栽培我們綠色的命運

啊！命運的花一瓣瓣
綻放着不甚透明的悲哀
如奴隸，被綁在網中
被吊在傳統的蜘蛛絲
繫吊的蜘蛛絲似種子、你我、傀儡
——絲織繽紛的世網」

這首詩，桓夫在尋找一種根源，也就是「我底祖先」的傳統，這種「我底祖先」的傳統，事實上，該也是臺灣同胞的傳統。桓夫以「網」爲象徵，以歷史的回顧爲出發，表現了「我底祖先」，「移植花，移植智慧，移植許多種子—栽培我們的命運」。所以，這種命運，也是臺灣同胞共同的命運。

試再舉他的一首「在母親的腹中」的詩爲例：

「在母親的腹中
我底歷史早已開始蠕動
遙遠的昨日，孕育海峽的
霧。蹣跚來自霧海
來自柔如山羊的眼睛
暖如深谷的
我底歷史早已開始蠕動
哦，在母親的腹中

蹣跚來自霧海
彫刻年代曆的靈牌
福建 漳浦 赤湖
我底命運的原始池
　而我被棄於世網角隅的
——一粒種子
在母親的腹中
我底歷史早已開始蠕動
來自柔如山羊的眼睛

暖如深谷的
賦予泥土的命運
綁在網中
掙扎於斷臍的痛苦
我底歷史早已開始蠕動
哦，在母親的腹中」

這首詩，桓夫也在尋找一種根源，「在母親的腹中我底歷史早已開始蠕動」，而追溯到「我底命運的原始地」。當然，這種「掙扎於斷臍的痛苦」，乃是表現了一種亞細亞的孤兒的命運，不能遺忘的，該是這「一粒種子」的根源。這首詩，反映了殖民地統治下的悲哀。

又試以他的一首「童年的詩」底作品爲例：

「用祖母的語言灌溉我呵　母親！
幼稚的智慧已發芽
靈魂捧着傳統的香爐
翻閱族譜　純潔的血統連連綿綿
我底童年　上「公學校」的書袋裡
裝滿着教我做「賢明的愚人」的書籍
我們朗誦「伊、勒、哈」
合唱「君が代」的國歌
禁止說母親的語言。違反的紀錄
被貼在教壇的壁上紀錄着悲哀
養成「賢明的愚人」的悲哀喲
哦！母親
爲甚麼有「大人」的恐怖威脅我
銀色的佩刀響着冰寒的亮聲
佩刀的閃光毫無鬼神的邪氣呀
我爲甚麼害怕　害怕「大人」的脚步聲
陰天覆蓋着幼稚的心靈
黑雲懸掛在枝梢
不尋常的權勢禁止我們說母親的語言
哦！母親
用祖母的語言
灌溉我成長吧
有如山羊遽然眨眨眼
我底童年　在悲哀的一絲夢裡哭泣
我底童年　在泥土的山巔自由地跳躍
赤裸的脚跟自由地跳躍
向茶園　向曠野　奔跑在燙熱的小徑
擁在族人的懷抱裡　自然的恩惠裡
我底童年　在泥土的山巔自由地跳躍
用祖母的語言灌溉我呵　母親！」

「網」是在尋找我底祖先的根源，「在母親的腹中」是在尋找我底命運的原始地的根源，而「童年的詩」是在尋找被禁止了的祖母的語言的根源。這三種根源，在日本殖民地的統治下，曾經都被切斷。我們知道，日本爲了皇民化運動，不惜禁止漢文，禁止臺灣的學生說自己的語言，而這種不能說自己的語言的悲哀，還挾帶着一種恐怖的強制性的威脅，使桓夫不禁呼喊着：「用祖母的語言灌溉我呵　母親！」這是多麼沉痛的吶喊！以上三首桓夫的詩，都是沿着寫實主義的路子，還帶點象徵的意味，而在逆說與反諷的語氣中，表現了一種追求理想的性格。可以說，桓夫的詩，是對於歷史的一種批判。

由於在第二次世界大戰中，桓夫曾經被日本徵調爲臺灣特別志願兵，在太平洋戰爭中，萬劫歸來，因此，他有許許多多的噩夢般的記憶；有些寫成了詩，有些寫成了非虛構的戰爭小說。

試以他的一首「信鴿」的詩爲例：

「埋設在南洋
我底死，我忘記帶回來
那裡有椰子樹繁茂的島嶼
蜿蜒的海濱，以及
海上，土人操櫓的獨木舟……
我瞞過土人的懷疑
穿過並列的椰子樹
深入蒼鬱的密林
終于把我底死隱蔽在密林的一隅
於是
在第二次激烈的世界大戰中
我悠然地活着
雖然我任過重機鎗手
從這個島嶼轉戰到那個島嶼
沐浴過敵機十五糎的散彈
擔當過敵軍射擊的目標
聽過強敵動態的聲勢
但我仍未曾死去
因我底死早先隱藏在密林的一隅
一直到不義的軍閥投降
我回到了，祖國
我才想起
我底死，我忘記帶了回來
埋設在南洋島嶼的那唯一的我底死啊
我想總有一天，一定會像信鴿那樣
帶回一些南方的消息飛來——」

我們知道，日本在太平洋戰爭中，除了陸地上的戰馬與軍犬以外，還訓練使用信鴿爲空中的補助。在「信鴿」這首詩中，桓夫是借來成爲一種象徵，事實上，他是尋找在太平洋戰爭中「我底死，我忘記帶了回來」。爲什麼呢？說人是生死有命也罷，人的一生，該是從生到死的過程。然而，生要生得有意義，死要死得有價值，才是人生的眞諦。桓夫在日本殖民地的統治下，做爲一個臺灣特別志願兵，名爲志願，實爲矛盾語法。在太平洋戰爭中，他爲何而戰呢？他不過是爲日本不義的軍閥而戰，隨時可以當一名砲灰而死，所以，這種死，是不值得的。因此，桓夫認爲當一個臺灣特別志願兵的昨日之我已死，而當一個回到光明的臺灣的今日之我已重生。所以，他說「埋設在南洋鳥嶼的那唯一的我底死啊」，該是意味着昨日之我已死的象徵，而同時宣告了今日之我的復活！

試再舉他的一首「野鹿」的散文詩爲例：

野鹿的肩膀印有不可磨滅的小痣　和其
他許多許多肩膀一樣　眼前相思樹的花蕾遍
地黃黃黃黃黃的黃昏逐漸接近了　但那老頑
固的夕陽想再灼灼反射一次峰巒的青春　而
玉山的山脈仍是那麽華麗嚴然　這已不是暫
時的橫臥　脆弱的野鹿抬頭仰望玉山　看看
肩膀的小痣　小痣的創傷裂開一朶艷紅的牡
丹花了

血噴出來　以回憶的速度　讓野鹿領略
了一切　由於結局逐漸垂下的幔幕　獵人尖
箭的威脅已淡薄

很快地　血色的晚霞佈滿了遙遠的回憶
野鹿習性的諦念　品嚐着　死亡　瞬前的靜寂
而追想　就是永恒那麽一回事　嘿　那阿眉族
的祖先　曾經擁有七個太陽　你想想七個太
陽怎不燒壞了黃褐皮膚的愛情　誰都在嘆息
多餘的權威貽害了慾望的豐收　於是阿眉族
的祖宗們曾經組隊打獵去了呢　徒險涉水打
獵太陽去了呢——血又噴出來

現在　艷紅而純潔的擴大了的牡丹花——
只存一個太陽　現在　許多意志　許
多愛情　屬於荒野的冷漠　在冷漠的現實中

野鹿肩膀的血絲不斷地流着　不斷地痙攣
着　野鹿却未曾想過咒罵的怨言　而創口逐
漸喪失疼痛　曾灼熱的光線　放射無盡煩惱
的盛衰　那些盛衰的故事已經遠遠

野鹿橫臥的崗上已是一片死寂和幽暗
美麗而廣濶的林野是永遠屬於死了的　野鹿
那麽想　那麽想着　那朦朧的瞳膜已映不着
霸佔山野的那些猙獰的面孔了　映不着夥伴
們互爭雌鹿的愛情了　哦！愛情　愛情在歡
樂的疲憊之後昏昏睡去　睡……去……

在「野鹿」這首詩中，桓夫所要表現的「是描寫一隻野鹿受過傷，於臨終瞬前沉入回憶的安靜」。換句話說，是表現死前的刹那。而作者在太平洋戰爭中所體驗的「死」前的刹那，跟「野鹿」「死」前的刹那，交織成『我怎樣寫「野鹿」這首詩』的體驗。

桓夫在『我怎樣寫「野鹿」這首詩』中說：『第二次世界大戰中，我被日本軍閥徵召出征到南洋帝汶山島去服役。帝汶山的人口稀疏，所住的土人仍過著原始的生活。男女都裸着上半身當日本軍的苦工。日本軍詐騙那些土人說：「日本是太陽國，你們苦想反抗太陽，眼睛會瞎，所有的愛會被燒焦得比你們的黑褐皮膚還黑。腦筋簡單的土人們信以爲眞，在近代化的軍隊之裝備的牽制下，毫不敢謀反。但爲了役使他們，部隊發出命令的各階長官太多了。土人們便慨嘆地說：「那麽多太陽……」。而我，在日本軍隊裡的一個不是日本人的我，深深了解土人們的苦衷。那些過多權威的太陽，使我聯想了阿眉族神話裡的故事。』在這裏，作者和土人們都嘗到了日本殖民地統治的經驗，也經歷了太平洋戰爭的經驗，桓夫把這兩種經驗化成為他的人生體驗。

桓夫又說：『當時帝汶山的日本軍已失去本國的支援。缺乏糧食，不得不開始「現地自活」的方法，就地從事種植採取糧食。有些士兵被派進入原始森林裡打獵。密林裡野鹿特別多，平均二、三天就有一集野鹿被打死，放置於部隊的廣場。那從肩膀流着血死去的野鹿，我看過很多。而覺得同樣一個生命，人與野鹿的死有何差別？被一張召集令征召來到戰地的我的生命，又豈不是很脆弱的嗎？強與弱，豈祗是立場的不同而已嗎？』

這首詩，「野鹿」有戰地與故鄉的雙重意象，同時也有野鹿與自己的影子所形成的雙重意象，造成詩中的隱喻，來象徵生命的脆弱，以及死亡的安寧。

波蘭詩人米洛舒（Czeslaw Milosz）在「獻辭」一詩中說：

「不能拯救世界或人民的
詩是什麼？
官方謊言的共謀，
喉頭將被割的酒鬼之歌，
大二女生的讀物。」（杜國清譯）

我們的現代詩如何才能超越米洛舒所批判的這三點呢？桓夫的詩給了我們有力的註脚，證明了我們的現代詩也隱藏了自我提昇與自我批判的能耐。

桓夫在「現代詩淺說」裏的「詩的動機和主題」中說：『很多有關社會性為主題的詩，不能使我們感動的原因，似乎在詩裏缺乏「愛」這一重要因素之故。我們要改善社會必須要為了「誰」，而非為了社會本身。我們指摘社會的罪惡一面，也並非為了社會，而必須為了「某個人」才對。為了「誰」和為了「某個人」，那「誰」或某個人，就是自己所愛的人。為了自己所愛的人，我們才有意思想改善社會。如果不為了所愛的人，詩人寫的詩便是無意義的空虛的東西。我們有家族有情人，但是在完整的意義來說，我們是不是眞正地愛着自己的家人或情人呢。我們有無完全獲得人愛人的眞正的能力？因為還沒有獲得眞正愛的能力，詩人寫有關社會性的詩，便不能完全基於自己的經驗，才會吼叫着一些超出必要範圍的觀念的喊聲，露出無切實感的素材。有些人認為不如此露現有必要以上的觀念的叫喊或素材，詩便缺乏逼眞和說服力。但是，不論你把觀念叫出多大的喊聲，詩的逼眞力並不會增加。已經被人知曉的素材，不管你排出多少，如不能發現新的素材，說服力是絕不會增多的。有關政治性或社會性為主題的詩，也應該用更眞實而強烈的愛的眼光來寫，才能寫出有效果的詩。』

當我們從事現代詩的創作，如果探索着「怎麼寫？」的時候，這是一個詩的方法論的問題，我們在這個問題上，從所謂的現代主義，新古典主義，超現實主義到新即物主義，都在嘗試着方法的革新。然而，當我們探索着「寫什麼？」的時候，這該是一個詩的精神論的問題。在這方面，我們現代詩人的開拓還不够深入與遼濶，値得我們進一步來加以努力。

詩人桓夫在詩的精神論上，以反抗現實的醜惡出發，但也基於愛的理念，給歷史的錯誤予以深刻的諷刺和批評。以殖民地統治和太平洋戰爭的體驗所創作的一些詩作為例，建立了詩人桓夫獨特的精神世界，創造了値得我們珍惜和回顧的現代詩的里程碑。

郭成義

死的考察

——論陳鴻森「魘」詩的戰爭意識

雖然不曾經歷過戰爭
但在我眼前
却常會浮起
許多聲音闃寂了
許多價値和依靠崩潰了
以及到處漂浮著
集體的——年青的死
底幻影

一九四一年的太平洋戰爭，把臺灣青年送上了幻滅的路口，成爲日本帝國主義第二個戰場的臺灣，面臨著集體的年青的死的幻影，這樣的噩運，在經過四年的戰爭結束之後，並沒有能自臺灣青年的夢魘中立即消失。

確切的說，整個臺灣的被殖民歷史，在這場戰火中，燒出了被殖民地永垂不滅的悲慘形像。成爲一個臺灣人的所謂價値和依靠，在當時只徒然顯露出一個多餘的想像罷。

在畏懼與無求性的狹小的生活空間裡，大部份的臺灣人拒絕了對戰爭的回憶，另有詩人偶而還能吟哦這片焦土，但是，內心裡的瀕死狀態，却深埋著它的根。

戰後的臺灣，從砲灰餘燼的廢墟中慢慢地站了起來，也許，一切都能復原，一切都恢復得很快，這是物質歷史傷癒的一面，可是，戰爭的經驗却頑強地排拒了另一種復原的可能，那是每一個臺灣人基於歷史命運的認識所無法放懷的，即是——死。

在戰後的破敗裡
一九五〇年
那些從戰場僥倖地
活著回來的傢伙……
然而生對於他們
只剩下
行走在異鄉
的感覺了
是在戰後的
一九五〇年嗎

那些從戰場僥倖地
活著回來的傢伙
他們遲滯的目光
　照亮著近代史的記錄
他們乾燥的咽喉
　潤澤著傾圮上的苔痕
他們舞聲的聲音啊
飄散在
略帶腐味的空氣裡
而悲哀的臉
這時已開始從海的那邊
傳染過來
一九五〇年
　我被出生了
那些從戰場僥倖地
活著回來的傢伙……
他們在路上蕩著
成為沒有季節沒有歸途的候鳥
不止歇地找尋著
　已永遠喪失了的一個意義
成為懷疑論者
　找尋著
一個未死的自己

接下了「滅私奉公」的謊言，高唱著「替天討伐不義」的戰歌，臺灣青年被迫成為皇軍的徒役，在被殖民的本土，在椰樹遍林的南洋戰場，他們早已喪失了生存的意義，在面對著「死」的任務底下，他們的「生」不過是僅剩下一具行走在異鄉的軀殼底象徵，「生還」對他們的意義，早已變成遲滯，越是面對本土，歷史的瘡痕越是在他們身上烙下「死」的記錄。

戰爭的無償性，使那些從戰場上僥倖活著回來的臺灣青年，成為永遠的懷疑論者，他們集體閒蕩在歷史的命運路上，相信著，遠方必有一個未死的自己要接納這些軀殼。

而在戰後的那一年，一九五〇年，有一個「生」等在他們的路上，也有那麼多的「生」等在破敗的歷史路口，接續了他們的悲哀和無盡的「死」的孜察。

　而以前
我每次在幻影裡
為那個猝然倒下的兵士
所描繪的
他的臉形、姿勢
以及他的痛苦的這形像
現却已從模糊
而轉為清晰
　迭接的
於不覺裡浮現我眼前
是否我不經意描繪的

他
正是我那
不眠的前生呢

一九五〇年被出生的傢伙，是臺灣戰後新生的第一代，也是臺灣本土開創新歷史的主要一代，他們正好在到處漂浮著「死之陰霾」的氣氛下生長了，所有戰後的物質復原都在那時開始，即連不能自生的「死」，也在這一代的歷史擔負責任上獲得復原的權利。

戰爭的無償性唯有「死」，臺灣在這場不能自主的戰爭中所遭遇的悲慘歷史，只有透過未來的「生」，才有在另一個地方獲得另一種報償的可能，所有的戰爭均不例外。今天，如果沒有人有自覺地描繪於戰中倒下的兵士瀕死的痛苦形象，則戰爭的無償性將更顯露無盡擴大的姿態，那麼，明天的歷史，即被吞沒。

有自覺的戰爭紀錄，是接受鄉土承繼歷史的「生」。對戰中「死」的攷察，才能產生巨大的歷史——包括「大我」及「個我」——的「生」。

凝視著臺灣這塊受難連連的鄉土，於一九五〇年出生，並未遭遇戰爭洗禮的臺灣新世代詩人陳鴻森，在一九七三年寫下了這首「魘」，相信是其個人在歷經二十餘年的成長過程中，面臨臺灣殖民地歷史與戰爭終論的考察所做的慘痛認識與最大抒情。

一個沒有戰爭經驗的人，戰爭於他而言，究竟是以什麼樣的性質出現著呢？

未曾經歷過戰爭的詩人，在他心中所描繪出來的戰場，或許說是一場巨大的「生之激盪」底象徵會較貼切吧，詩人經常這樣，運用遠離的事象成爲詩裡的象徵，距離越遠，其思攷的環境越爲擴大，遇到強烈的意義出現時，終成爲其背部的陰影一樣，無止盡的延伸著自已而感到不可割捨的感情。

以「戰爭」如此具有盪震性的巨大事物，對做爲一個身富強烈思攷慾的詩人而言，確能形成一種永恒不悔的心底象徵。

戰後新生的陳鴻森，他的戰爭經驗，來自現實的教養，或許只能說是像一張白紙沾上一點血跡那樣概念化出現的狀態而已，本身並沒有可靠的體認，却因爲透過反省性思攷而連接詩性現實，產生了「實」的意義，一如在他所寫的一系列戰爭思攷的作品一樣（例如「失地」、「散兵坑」、「妝鏡」、「幻」等），戰爭對他已造成象徵的背部，明白的說，戰爭是他個人「詩的文化」裡的一顆種子，因此，「戰爭環境的模擬與思攷」對他的詩想具有相當大的震盪。

陳鴻森以著戰爭的「死」被「生」出來的自我攷察，以詩的行爲對現實環境及做爲一個人的挫敗感提出猛烈的知性告白，是可以被究明的。他說：「事實上，我並不想成爲一個詩人，我的詩，不過是我欲於透過詩的造型，以垂直地描繪我內部的『愛與死』的地形，而將之轉化爲可視性的型態罷了，因此，促使趨向成熟的，與其說是艾略特所操持的『歷史的意識』，毋寧說是緣於一種生的破滅感底發現，或將較適切些。」可以說，戰爭的想像與終論，不過是他內部的地形體系之一端也說不定。

那麼，所謂的「戰爭的意識」，對他來講，或許亦會藏有如「自廢墟中掙扎著伸出一隻手」那樣的最大象徵與最大壓力吧！詩人也唯有在面對這種絕大逼人的悲慘影像的思攷照射時，在表現上始有其深沉背影可言。

曾經是職業軍人的身份，陳鴻森的戰爭體認原本就有較爲深沉的一面，不過，做爲一個詩人，依據詩的表現論而言，陳鴻森的深沉卻能够比他同世代的詩人擁有更具內面性的反省能力，而不是僅成爲一個意識型態的詩人而已，一般由「我」走向「戰爭」的謳歌詩很容易陷於外圍價值意識的粗淺層面上，而由「戰爭」走向「我」再還原爲「戰爭」，就必須經由更長更深入的反芻過程，而這條反芻的路，對陳鴻森來說，是相當豐富而令人滿足的，他說：「如果有人只要讀我的一首詩，那就讓他讀「魘」吧。」

「魘」是陳鴻森一切作品的基型，也是其做爲一個臺灣詩人的精神堡壘，這個「魘」，相信是大家所共有的。

船載着墓地航行

詹冰

船載着墓地航行——
在東海海面上
一九四四年十一月八日午夜

❀

蒼白的月亮透過黑雲
東海的黑潮在冲擊着船舷
「慶運丸」的甲板上 爬着
夜光蟲般發光的海水

作Z字形航行的日本船隊
正在逃避美國潛水艇的攻擊
看不見波動的黑海上
魚雷的航跡是灰白色的

驅逐艦拼命發射的爆雷聲
貨船加速的發動機喘聲
可是 甲板上是非常寂靜的
只有綁住人的救生袋白白地排列着

❀

人們屏息傾聽將臨的一個聲音
魚雷炸破船體的聲音
火藥炸碎人體的聲音
死神在哄笑掺着咳嗽的聲音
地獄的鐵門清軌的聲音
人一出生就等待的那個聲音
啊 死前必須要聽的那個聲音！

❀

哎呀 被魚雷射中的船隻
在黑暗裡如罌粟花般燃燒着
不久 那朵紅花也凋萎消失了
唉 死神已經光臨那個地方
一瞬後也許來到自己的脚邊吧
死亡的冰冷深深地穿入毛孔中
人們的神經猶如破碎的魚網
被抽出血液的 臉 手 脚
被絕望浸蝕的 心 肝 腦
現在 人已是無機物的塑像
現在 人已是等待封釘的屍體
墓地的冷冽普遍地籠罩甲板上

❀

哦！我看見了活着的死！

❀

微弱的聲音振動了我的鼓膜
彷彿地底棺木中發出的聲音；
「天公啊 天公啊……」
着臺灣衫的老太婆的嘴唇
恰如砂上的魚一般開閉着

❀

又聽見男人含淚欲哭的聲音；
「好了 阿鳳 別管孩子
小孩子一定是沒有救的
妳 千萬不要顧及小孩子
否則 妳們兩都……」
淚珠映着月光 連續滴落
女子好像聽不懂丈夫的話
只知加緊抱住小孩子而不動

❀

「數小時 不 數分鐘 數秒鐘
想到可活的時間只剩這些時
我後悔沒有爲妳做一件事
因有了妳 我才有了純潔的歷史
因有了妳 我才有了燦爛的生命
啊 現在的我還能辦得到的
只是 不多的時間全部奉獻給妳
只是 想念妳 爲妳祈禱
請妳 饒恕我吧——」

❀

一秒鐘 一秒鐘

心裡運運湧起新的恐怖
肌膚的戰慄仍然不停
要死一次 便要準備多少次呢？
死前的 一秒鐘 一秒鐘
唉「秒」的單位確實太長了！

❀

嚴肅地待死的人們啊
現在你們嚼出生命的滋味吧
即將臨死的人們啊
現在你們領悟人生的眞諦吧
那麼 解脫情感的引力
摒棄一切 告別一切
如同祖先們曾經做過的一樣
如同子孫們將來要做的一樣
含着新的淚液
帶着微笑跳進新的世界吧
和那無限的宇宙融合一體
參與那永恒的時間吧！

❀

老人 蒼白的墓碑
男人 蒼白的墓碑
女人 蒼白的墓碑
小孩 蒼白的墓碑

蒼白的墓地
船載着墓地航行——
船載着墓地航行——
蒼白的墓地

❀

一九六七年十一月八日午夜
在我的腦海裡 莊嚴地
船載着墓地航行——

●日據時代臺灣新詩的回顧

歸鄉雜詠

吳坤煌作品

(1) 更夜之歌

在這個地面上，
也沒太陽，
也沒月亮，
燦爛星光隱沒無踪，
玫瑰花的夢尚且無影。
只有骷髏在在亂舞，
只有惡鬼在在跋扈，
黑暗的塊頭在地上流竄，
踏越累積的僵屍，
咕嚷着塞鼻的狗群，
不斷地逍遙這強梁那，
像個瘋人似的，
到底在什麼地方徜徉呀！
遠吠聲音逐漸地傳聞而來。

夜喲 夜喲 夜喲
創造出來的靈魂會像浮士德，
不嚇怕你們的。
只有拿我們的鐵腕拳頭，
只有堅確地抱在胸脯上。
月亮會瞬即望向西方，
北斗星也要光輝明亮，
瞬息 瞬息太陽也要，
由東方微微紅而旭日東昇。

（一九三六，九月五日文作～八二，九月五日譯中文）

(2) 基隆碼頭下看小雨

濛濛細雨
把基隆碼頭不留餘地濕潤着

雨喲　雨　然而我的內心
充滿着別離的淚水
紅白繽紛的紙帶
本是永結情緣　因故
斷切即可重結合
雨喲　雨喲

現在可大濕特潤呀！
指向灰色都市的我內心
爲着永遠離別這寶島
爲着在波浪中漂泊的藻草

（一九三六，九月十六日日文作～
八二，九月五日譯中文）

吳坤煌筆名梧葉，南投人，民前三年（一九〇九）生。民國十八年臺中師範畢業，即負笈日本，留學東京，前後肄業於日本大學藝術專門科及明治大學文科等。

　民國廿一年參加了東京築地小劇場新劇工作，並在該新劇團訓練班二年半，此期間受到日本戲劇界權威村山知義、秋田雨雀、丸山定夫等作家、演員之指導。

　民國廿一年三月廿日，留日學生蘇維熊、魏上春、張文環、巫永福、王白淵、曾石火、楊基振等在東京組織「臺灣藝術研究會」，發行日文文藝雜誌「福爾摩沙」，吳坤煌爲幾個重要成員之一。

　不久，臺灣的作家組織「臺灣文藝聯盟」，吳坤煌負責主持該聯盟東京支部的成立，除推銷並介紹「臺灣文藝」雜誌外，特意鼓吹並吐露殖民地臺灣文化人的心聲。

　民國廿五年至廿六年間，參加了東京築地小劇場的演出，如：莎士比亞的（哈姆雷」、島崎藤村的「黎明前」等新話劇工作，又與韓國的三·一劇團及中國留日作家合作導演了「洪水」、「雷雨」、「五奎橋」、「視察專員」等新劇工作。

　抗戰期間遠赴北平、徐州、上海、南京各地從事教書及經商，光復後返臺。

　吳坤煌的作品，有詩：「旅路雜詠之一部」、「南蠻套房」、「貧乏賦」、「冬之詩集」、「曉之夢」、「母親」、「歸鄉雜詠」、「詩三篇」、「悼陳在癸君」等。散文有「給一個女性」、「春如果來了」、「新綠的訊息」等。論述有「臺灣的鄉土文學」、「關於詩的問題」等。目前吳氏正在蒐集整理與翻譯之中，希望不久能看到他更多的中文作品。

失蹤

鄭炯明

有一天，當我失蹤
那可不是一件鬧著玩的事兒

有人會從圍牆內
迅速放出成群的猛犬
一路吠又嗅
夾著急促的步伐
向手電筒照射的叢林
找尋我的足跡

是誰在門口咆哮：
警戒森嚴
怎麼可能失蹤？
莫非……

其實我只是悶得發慌
想向他們開個玩笑
吃了一顆隱身丸
暫時躲了起來
我的靈魂仍乖乖廝守著
那屬於我的單調的房間
我沒有失蹤

坐在地上
我暗自竊笑
什麼時候他們
一個一個疲憊地回來
發現我
然後把我痛打一頓
用他們的愚蠢

唇

陳明台

愛的語言
會從裂縫
流瀉濕濡的蜜

變換形狀
成爲開開閉閉的門
成爲誘惑

接納　吸吮　而後吐出
男人長長的舌

細膩地　貪婪地
舐著
燃燒　爆裂　而四濺的
白的液體

女人的
橫臥著的
鮮艷血紅的
糜爛的花瓣的
綻放

廣告

葉城

是群青花紅紋的小蛇
盤據都市莽林，擇高築巢
遊蕩長街惡河，噬人無算
每當人潮雜遝，它們鑽進你我的神經中樞
在天視幻影裏招搖
在火鳥頻道裏嘰嘰喳喳

小蛇們游擊、埋伏、穿突、圍殲
要把苦悶的街頭
打成地獄天堂

71、6、30

花斑

陳鴻森

起初只是一點、兩點
黑色的斑
在我們生的版圖上
逐漸擴散
多氯聯苯
沿着我們的血脈
任意旅行
爲了變種
蘭花被施加各種扼迫
然後開出
不平的花朵
悲愴的顏色是多麼的動人
爲了培育新的
人的種屬
多氯聯苯
漂洗着
我們的根部和未來

因爲我們從來沒有過
自己的精神生活史
因爲久已遺忘
抵抗的姿勢
那麼，佝僂着身子
卑微地
用力開花吧
然後受孕、繁殖
多氯聯苯將成爲
我們的血液
一代流經一代
傳述着我們的歷史
在這裡已腐質化
的土地上

1982.9.10

IN OUR TIME

流亡

某夜我突然醒來
爲着內部難耐的空蕩而醒轉
體內還殘留一些意識
　「也許還未走遠吧」
我急想起身
出去找尋或者走失的自己
但我根本無法移動
我的肢體

最後的意識逐漸喪失的時候
才被告知
睡夢裡的我
以不明的罪嫌
被拘捕了
遺下這具軀殼
橫陳在床上

△　　△

我所持有的
生的論據
早已被沒收了
使我無法爲自己
作任何申辯
只有一任他們去偵訊檢查
最後我以隨時候傳
暫時被釋放

踉蹌的從夜的餘燼裡歸來
望着床上躺着的
我的型態
有如一枚充滿秋意的
枯葉——
幾經努力
然而被灌水充脹的我
無論如何已無法進入
我的身軀

△　　△

我必須在曙色未到以前離去
與其留下這軀殼
承擔各種可能被加諸的罪名
不如將它拋在河裡
讓它流失
　或者成爲反控

只好訣別了
　「那麼，各自保重吧」
也許我們將會在
某個不知名的遠處
相會

1982.9.9

喬林

烈日高懸

叫不出聲來的天空
肥大的手臂，無力的：
一隻攤擱在我的胸口
一隻攤擱在屋簷
紅腫的瘡泡；烈日高懸
把四週的膚色拉得白裡透紅

地不種樹，植烟窗
河不流水，跑汽車
房子一堆堆的壘着
以前的石頭，沒這麼多

天空仍然高高在上
只是現在在燙熱的長膿發炎
我仰望着從不生病的天空
頻頻拭汗

七十一年八月十八日

曾貴海

老農

有隻喜鵲，停在憩息的牛背上
對日落時還未歸去的老農
焦急地啾叫
這麼晚了，別再傻啊
土地一直在誘騙你

老農不理會牠
繼續低頭插播種苗

天色逐漸黑透
喜鵲悄悄的飛走
田地仍展露泥香味的肉體
誘惑往下挖掘的鋤頭

歸途，仰望夜空的星星
幾十年了
其實是自己矇騙自己

眞實的世界

渡　也

每天早上起床
打開窗戶的眼皮
總有一陣巨大的頭昏吹來
我立刻崩潰在頭痛藥裡
和窗外的世界對抗

迅速關上眼皮
頭痛仍然活在我眼裡

我只好再度
睜開窗戶的眼皮
設法倒立看窗外的世界
世界
竟也跟著顚倒

不再頭痛的我
流著淚告訴自己
這才是眞實的世界

工業社會種種

趙廼安

◎葬猫

蜷四足把頭埋下
瞇雙眼
讓車囂人潮走過
斑芝棉下流浪的猫
打個睏
不再張牙舞爪

走那麼多的柏油路還是鄉村泥巴路香
跨多少高樓公寓還是茅屋頂遐意

聽說香魚和大肚魚絕跡
屏東的大王爺樹不再見踪跡
就想起主人說：沒老鼠，猫沒用
脚一踢
不再餵食魚

誰說這猫沒用
這裡雖沒有老鼠腥味

待張牙舞爪向驕車侵襲
乃知爪仍銳利如昔

十字路口傳來咔嚓
緊急刹車聲
接着驕車又揚長而去
仍吐着油煙一點也不婉惜

◎比賽

廣式閩式臺菜湘菜
中餐西餐海產大王
日日雲集大吃大酌
有人還要排隊等桌椅位
把能源用掉
資源吃掉

外滙耗掉

自古即是吃的國度
於今更不僅是塡飽肉皮
還是花錢的比賽

有一天山崩海哮
能源短缺
資源不足
外滙赤字
不再有錢比賽
就比賽落淚
看誰淚多淚大淚急

◎歌聲

歌聲是一針痲醉劑
把人擠在安樂裡
總想這是太平世紀
人人歡樂無比

歌聲響自東西
把人圈在安樂窩裡
不用想像來日怎辦
只要把今天活得有聲息
何必抹槍厲馬
枕戈待旦具戰鬥意
何必記起
羅馬的毀滅在於羅馬人瘋狂的氣息

讓歌聲響去我們的意志
就像火藥定時爆炸
在過度的縱慾裡

黃樹根

送行
——焚寄席德進

(一)

死亡來得恰恰好
不晚也
不早
何妨就像
小時候吃一塊甜糕一樣
吃下它

不要瞪眼
不要咬牙
死亡不怕誰
只怕你
枯瘦隻手
仍然執著
仍然緊捏不放的
色彩

(二)

我們知道
你不甘心
六十只一甲子
再給你二十年
你會不會
更年輕
會不會
永遠拒絕死神的
叩訪

人世把你除籍
陰間應更遼濶
去找馬蒂斯抬抬槓
去找八大划划拳
那裏
所有國籍都混成一爐
那裏世界大同
心中不會有人世難言的疙瘩
那才是自由之境啊

你的臭脾氣會昇華成
一瓶可口的茅台
可能那是蜀地父老們
爲你洗塵接風的見面禮
那時你掉不掉淚
　鄉親哦
　我從死亡裏回來了
所有遺產
都遺置在故鄉
遍地沙礫荆棘的曠野
也是一回深沉痛快的投擲
那時再拼命吸一口
芬芳的鄉野味
讓你已成不食人間煙火的
軀體再度和
故鄉的泥土
擁成一團
從沙塵來的回歸沙塵
這是你的藝術理念麼
死亡已成事實

悲劇還繼續上演
在時代這齣莫可奈何的劇本裏
六十年的裝扮
你已成定型的角色
也留下一些掌聲
無論虛實
不管你喜不喜歡
都一起陪著你
不甘不願的止息
不然此路一去幽幽邈邈
沿途是很寂寞的
（沒有老伴的眼淚
　沒有子兒的哭聲）
不知道你還擇天堂或地獄
反正只有這兩條路任你走
如果你有幸登上天堂
請勞神彩繪一幅天堂圖
遞回人間展覽吧
死神應奪不走你手中的畫筆

春天的臉

蔡榮勇

孕婦

婚前是隻蜜蜂
一朶又一朶地尋覓
尋覓春天的臉
婚后
就把自己的心，鑽入
妻子的肚子，連同燙熱的心
也鑽進去
出來的時候
是另外一個自己，也擁有
春天的臉

生活

假如沒有枯柴
足以燃燒「心」的冷水
「心」會被吃、睡覺、無聊
冰凍起來
甚至於腐爛
如果有了枯柴
「心」的活水
滾了又滾
每滾了一次
生命就有了收穫
躺在寂寂的大地上
生命的收穫
仍然駐留在人間世

愛

翠翠綠綠的空心菜
剛長出一綹綠髮
農夫一刀就割下
她一滴淚也沒掉
反而更挺起胸膛
努力向上吐新芽
長出翠綠的新髮
農夫一刀就割下
她一滴淚也沒掉
反而更加快活地
努力向上吐綠芽
從沒有躺下來過

她胖了

她，胖了
我，瘦了

她，修長如竹的美姿
胖了
她，韻味十足的瓜子臉
胖了
就連猫眼似的眼睛
也胖了

瘦瘦地想她
見到胖胖的她，不禁
熱淚盈眶

楊笛作品

老鍋

漸漸領會不來你的唇語
隱約由日益挑剔的口味知曉
再不愛它忍炙呑垢
沒有曲線缺乏色彩

刮落油污塗加染料
全然爲了投你喜好
打扮成不倫不類的時髦器皿
可恨呵，變不了與生俱來
一板一眼的造形質材

疑惑㈠

既然只有一顆太陽
爲什麼要生出無數向日葵呢？

就是瓶瓶罐罐
也學著你的樣
在空無一物的肥肚
硬插上些花花草草

疑惑㈡

難道這就是你要的
把生活的不滿
切丁剁塊煎炒煮炸

一頓珍饈美餚之後
接踵而來的
該是諸如吃多了回鍋油
人工甘味的副作用吧？

利玉芳作品

血型

血液有幾種個性
一朵玫瑰
一朵百合

而我的血液是
一隻鴿子
一滴蜂蜜
一隻毒蛇
搗碎後提煉出來的人類

森林詩抄

吳俊賢

樹

根深緊鎖握
以爲可控制大地
枝奮力伸展
以爲可占據天空
葉裙狐媚翻飛
以爲可誘惑自由的大鵬

隨意扭擺腰肢
在風中
竟日喃喃得意自誇
　　昂貴的身價
　　不朽的事業
　　神聖的使命
就是如此醜顏
一株權力的樹

你的愛

你的愛
是無法修補的蛀牙
悶悶抽痛我最敏感的神經
日夜不停
如泥土對枯木的難捨依戀　絕望悲泣

你的愛
是連根拔起的撕裂傷口
綿細的餘痛
我不願再觸及的最輭弱部位

你的愛
是無用却令人迷惑的錯誤存在
徒然呵護的失落智齒

你的愛是痛的記憶　斷除的牽掛

非馬

賭城組曲

莊家

熟練地把牌
發給
一個個
自以爲必贏的
賭客

偷天換日的手法
連我這冷眼的旁觀者
都看不出來
什麼時候
他忍俊不禁
行將洩底的笑容
已被掉成
一張不動聲色的
撲克臉

吃角子老虎

把油花花的銀子
拼命餵給
一張張
嗷嗷待哺的
嘴

燈燭輝煌的賭場裡
唐人街來的廚師
竟老眼昏花
把吃角子老虎
看成他
留在鄉下
一群永遠長不大的
孩子

賭注

「我也是臺灣來的」
為了這麼一句話
向來不相信賭運的我
便毫不猶豫地
押下了同情的籌碼
成為賭徒
熬夜的眼
越來越嗜血
好奇的手
終于作孤注的一擲
掀開底牌、
赫然
竟是我自己的一個
苦笑

附記：今年六月初我因參加一個講習會，在賭城拉斯維加斯待了一個禮拜。燈火輝煌的賭場裡，最使我觸目驚心的，除了那些「莊家」清一色的撲克面孔，便是衆多的似曾相識的東方面孔。聽說每禮拜六洛杉磯唐人街都有好幾部包車來，抵步後大家分頭狂賭，通宵達旦，直到第二天中午才集合回去。在這些週末賭客裡，有不少是餐館的厨子。

頭一天在一個賭場閒逛，不到兩分鐘便碰上了一個自稱「也是臺灣來的」，現在洛杉磯一家中國人開的旅館做事。因身上現金輸得精光，向我借十元計程車資去機場搭飛機回家。還談了一些他在臺灣唸政治，當預備軍官的趣事。我不疑有他，便掏出腰包，再加上幾句勸告。回來後偶然同友人提起，他說哈你上當了！原來兩年前他也被騙去十元，不同的是，第二天這位記性不好的老兄又只找上了我這位朋友，底牌才被揭開。我聽了只有苦笑。

月中泉作品

三角形狂想曲

三頭馬車嗎
不
三位一體嗎
不
三角戀愛嗎
不

每人拉着一條線
一對情侶分頭
爬着斜坡
尋求殊途同歸
終站會晤

三個角色來了
各人攤一個據點
當琴絃一響
奏出一首
三部曲

火焰

明固明矣
只是在白天
看不清你的容貌

有難言之隱吧
抑或智珠在握

搖頭晃腦幹什麼
難道需要一點水喝

青春永駐之謎耶
永爲不傳之秘

冥冥之中火候在望
只爲異教兀自打坐

混血兒的獨白

國語挾雜臺語
權充家常便飯
英語點綴日語
被目爲時髦點心
一個飽經風霜混血兒
站在十字路口
風從四面八方吹來

蘋果樹結着
芒果實
一邊開着蘭花
另一邊長着絲瓜葉
瓠子蔓焊接西瓜頭
結的是時髦的新品種
住着美侖美奐洋房
供奉的是木主牌位
坐着舶來轎車
駕着風速一百米
難怪，香火失靈
三餐麵包牛奶
喜宴大擺道地中國菜
有天鬧神經衰弱了
右手拿着中藥
左手拿着西藥

冬之祭

季妘

北風呼嘯而過
五節芒的絨衣也變薄，
大路上救護車的鈴聲
想要挽救這一季的殘兵
急著要去制止
流出的血使氣溫變熱
醫生的手總不是萬能
檢查出患的是一種叫「春天」的病
却不曉得怎麼醫治
竟說：我們不要再折磨他，讓他安享餘日罷！
話還沒說完哪！
病人的靈魂已經跳離他的軀體
遺書由手上掉下來 上面寫著：
我知道你們根本不會把我醫好
但是我也未曾恨過你們
自然輪迴得很快
只要明年明年，每年每年，
過了三季
我
都會再生
墳場的火熊熊地
燒著。

北原政吉作

旅臺詩輯

陳千武譯

祈求平安

接受膜拜祈願只默默坐着　除了爆竹錢、線香錢、燈明錢、金銀紙錢之外　還會大批大批地滾進來　確實是好生意

默默坐着就有人膜拜祈求　大家爭着當那樣的人的世界　因而也會有人亂揮白刃　設下圈套　也有假冒的出現　別人在流汗咬緊牙根　舐嚐着抑壓或重稅的痛苦的時候　懷中也溫暖地膨脹

有點不景氣　疫病開始蔓延了　就爲了驅邪而擁來祈願　生意興隆

鬍鬚臉　別上勳章　穿着蛇腹制服的傢伙　逃掉了　就舖張光復光復的祭典　大家歡喜地笑不停　更華麗茁壯神明　生意大興旺

然而　不管任何行業　都有同業的敵人　雖非同業也有平常聽到神明就感到噁心的人　妙事多的現代

廟邊的診療所　年輕的周醫師　把聽診器放在病患的老婆胸脯上　發問：「身體怎麼樣？」　老婆大聲地說：「我胸脯裏住有信仰多年的神　但昨天晚上也許吃多了蕃薯　感到胸裏發熱　眞對不起神　才想來拿藥吃」

以現代文明的知識自居的周醫師　一聽便感到嘔吐同時鄰居的廟　又響起爆竹　滲有鐘聲喇叭聲開始誦經搖憾着診療所的窗玻璃

「那是跟阿片一樣的毒藥　跟妳脫下的上衣、別針一樣的東西　畢竟是一種裝飾物　妳能信仰祂多年又那麼感激　眞難瞭解　籤詩啦　護身符啦　現代人怎能相信那些根本就沒有神的存在　那是弱者的玩具　早已毀壞了」周醫師說話毫不顧慮

老婆用顫抖的罵聲說：「你會受罰　眞是魔鬼」　並把枯枝般的双手放在胸脯說：「神會永遠給我們智慧勇氣和安慰　應該信祂　只有信祂才得救」　老婆表示十分悲哀的神情而走出去

在廟裏　善男信女祈求平安的拜拜繼續着　而在鄰居的診療所　年輕的周醫師　仍繼續把聽診器　放在新的病患胸脯上

瞑　想

去江頭媽祖廟參拜
有個清秀的老人
坐在廟前榕樹根上
瞑想着

媽祖能救人
但不會教人當媽祖
媽祖不說理由　沉默着
教人　人也成不了媽祖

人只有自已努力學習而已
別人與自已之間
怎樣才能實現眞情的交流？
最疼愛且最相信的人
却付不出眞情　該怎麼辦

臺灣的人們
從大陸來的人們
該互相培育牡丹花
以心寬而具深厚的信心相處

楊子江黃河都默默望着
淡水河濁水溪也默默望着
自然地流着　好像在說
只有自已努力學習而已
在榕樹根下瞑想着的人
使我想起了陳、李、劉他們

親友的懷念的臉
那麼沉默着　好像
看透了人生　在探究
其未來似的

還要我做甚麼？
我望着瞑想的人
心思　一直沉垂在寂寞裏

韓國現代詩選譯

金芝河的光與影

陳明台　譯

數年前，在東京的書坊，曾經看過許多介紹金芝河的書籍留下了深刻的印象。今年六月訪問韓國時見到韓國許多出名的現代詩人。每當訊及金芝河的事，總得不到明朗的回答。在他們的心中，金芝河似乎是一個極難評定的詩人。有些詩人強調他的詩氣勢澎湃，有些詩人認爲他的詩缺乏藝術性，有些詩人則明白指出他的詩的批判與抵抗性格。總之，在韓國，他是受到注目却無法加以評價的詩人。

在歐美與日本，大量介紹詩人金芝河的作品，或許是由於他對韓國現實的強烈關懷、批判，與作爲一位抵抗詩人的反抗特質，而給他極重要的位置。金芝河可以說是一個聞名的詩人。但是，讀他的詩集「流言」、「黃土」、「五賊」等代表作品，當可以發覺他也有許多僅僅訴之於情緒，同時以極其直接的吶喊來表現理念而淪于口號，缺乏藝術性的作品。不去談這些作品，用比較冷靜、客觀的態度來談他的詩，他的思考，則我們可以評定他不失爲一位優秀的詩人。他的觸角廣泛而深入，他的語言致力於放射光與聲頗有密度和感度，他的詩的氣勢銳利而澎湃，尤其他頗善於運用象徵來表達暗晦的心象。不只是因爲他聞名於世，而是他確實具備了優秀詩人的素質，寫下不少優秀的詩篇，因而值得作一介紹。

譯者除了基於上述的心情而着手讀他的詩，收集資料，譯他的詩之外，應該感謝詩人李魁賢與李敏勇二位的慫恿與鼓勵，才能一口氣地譯完這些作品。在一九八二年初，中日韓三國詩人會議在台北擧行以來，譯者對韓國詩壇的接觸機會更多，如同介紹韓國傑出的現代詩和代表的作品一般，金芝河的詩的譯介當可見出他們詩壇異質的一面風貌。

一九八二年八月間譯畢

愛與恨的思想

——小論韓國詩人金芝河的人與作品

陳明台

①

金芝河的崛起韓國詩壇在一九六九年。他首先發表詩作于「詩人」詩誌。一九七〇年六月，他的處女長篇詩作「五賊」發表以後，他才成爲擧世注目的詩人。

韓國的文藝評論家廉武雄對於他的出現做過如下的評語：「…像一頭黑馬，他突然地出現了。經由他的甘美的夢幻彩色化的虛構，奪還了七十年代劈頭的『生』，而且送生回到它本來應有的位置。因爲如此，他在文學史上，不只創造了深深的感動和衝擊，更加入了長遠以來致力于實踐的人生，人的尊嚴以及眞正自由的人類的夢的行列：……」事實上，金芝河的作品即使在七十年代的韓國詩壇也是一個異質，他的詩學的風土可以說是斷然訣別于七十年代的韓國的聲音，而有其意外感和恐怖感被戰慄的呈現。

金芝河本名金英一，又稱介紹爲金芝夏，一九四一年二月生于朝鮮半島西南的全羅南道的海港都市木浦，他的父親是一位電影技師，以獨子而出生的他，在九歲時即體驗了戰爭—韓戰，（一九五〇年六月），一九五九年，十八歲入學漢城大學文理學部美學科，一九六〇年參加李承晚政權下的「四一九」革命，一九六一年，他被通緝而潛入地下，一九六四年由于反對韓日會談而入獄，一九六六年畢業于漢城大學，並在江原道煤礦做過工，一九六七年由于肺結核病發而入院，一九七〇年發表了故事長詩『五賊』諷刺現實，而致綜合雜誌「思想界」停刊，他也再度入獄，在拘禁中他執筆寫了「銅的李舜臣」劇詩，「諷刺嗎自殺嗎」評論等，而于年底出版了詩集「黃土」，一九七二年又發表故事詩「流言」于綜合雜誌「創造」導致雜誌禁刊，並被捕入獄，以後即傳聞其被送于結核療養院治療，消息時時中斷不明。

他對于自己的詩的特色，詩觀，曾在詩集「黃土」後記中約略的提及。即是「透過詩人微弱的折騰，經由激動的必死的自己表現，企圖對于被囚禁了意識的惡夢般的現實加以告發。」他的詩是透過恨的哭聲作媒體，驅使枯拙的手法而表達愛與恨的思想。他曾自恃是恨的傳達者。在這種自我規定中，我們不難理解他作爲詩人的存在及作品的特質。

金芝河的重要作品即有「五賊」「流言」等敍事詩集，「銅的李舜臣」等戲曲（劇詩），抒情詩集「黃土」等等。以下，我們概略地對其詩作作一考察。

②

影響金芝河的創作最鉅的當然是他的波折生涯及經歷。然而，在先天上，詩人誕生的木浦故鄉，從古以來即爲海上交通門戶而繁榮之良港，本來是和平、富裕、頗受到自然條件沐浴的地區，但也有其貧富不均，差別等社會問題叢生的一面。而且自古以來這一地方產生了許多富進取之氣象，纖細的情感，愛國正義的名人（如李舜臣），實具備了抵抗的傳統與歷史淵源。生于如此產生多數哀切的民謠的歷史與地理環境，影響了詩人的現實關切及批評、抵抗的性格自不在言。他的詩中的意象處處可以看出這一影響，對于色彩，海、山自然景觀的處理方式即可明白地見出。加以他從敏感的少年期即經歷了國家民族的諸多變動，也使他的作品容易沈落于暗鬱的心象與寫實的傾向，可以說，這些背景是確立了他的詩的「恨」與「詩的暴力」的諷刺精神最大的支柱。

其次，他創作了很多故事詩，劇詩，而且在這些詩中強烈地表達了他的思想。其實，他的詩的形式一個最大的特徵即是故事性，戲劇性，這與他的生的環境也有關連。他的父親是一位演劇熱烈愛好者，他在高校時代又曾接受當時出名的演劇研究家車範錫的薰陶，對民俗劇，特別是假面劇、唱劇等有強烈的愛好及豐富的知識，仔細的研究與理解。他的詩的構成選擇了戲劇的形式在表現上發揮了很大的功能及効用，自不待言。

貫串了上述以現實爲精神以及以戲劇爲形式的特質，他的詩中除了充滿昂奮及衝刺的脈動與活生生的呼吸之外，他將虛構與現實，在時空，在事象，在題材方面的配合與處理，更使他的詩篇裡大量的出現了山、河、村的不實在的「名字」，也就是在時、空、人的運用上，巧妙地導入歷史、現實，正是他常用的手法。

③

分析金芝河的詩的內在表現與精神，則可以大別爲戲劇詩、故事詩與抒情詩的兩大類。

在故事詩方面，「五賊」是長達四百行左右的長篇創作，即是對于五種害群之馬—財閥、軍閥，汚吏貪官等鮮烈的諷刺，「流言」則分爲三輯作品「音的來歷」「高官」「槍的崇拜」等，也都是長篇諷刺詩。這些作品都以極爲直接的敍述與描寫來作呼喚，有其幽默而諧謔的一面，又有其帶淚的悲憤的一面，充滿了直線的，民衆的，寫實的表現。

在戲劇詩方面，則以「銅的李舜臣」爲其代表作品。在這首長篇劇詩中，詩人讓李舜臣、乞丐詩人，賣糖小販，警察數種角色登台，以對話的形式，對當時的現實從事暴露，批判及諷刺，在形式和內容上都有其現實性，戲劇性和虛構性交織的處理和按排，可以當作詩劇也可以視爲典型的戲曲。

抒情詩集大部份收入于「黃土」詩集之中，在題材上雖然偏重於社會性，卻具有諷刺、哀愁、知性等多樣的性格，尤其在表現上注意形象的塑造，心象的浮現，時而放射灼熱的光，時而發散冷冽的血，時而描述理想與現實的衝突，時而顯示在極端壓抑下迸激的火炎。如「水井」一詩：

用水井汲取月亮
在吊桶裡
淹沒而死去了哟

月亮、水井、桶、及淹沒而死去的人，十分巧妙地使用背景而襯托的象徵的意味，可以無限的擴大而令人引發不同的詩思與情緒。例如「海」一詩，藉海的形象，表現各式各樣的現實的苦悶，在語言上注重心象與物象的契合，而且發揮了無限的象徵世界。倒如「笛」，寫愛與性，用濃度的語言，鮮烈的感性，表達在不安的現實之中的愛，性與生，也有可以擴大思考的心象風景。例如去「漢城的路」，「海的少女們」，寫賣春婦的苦難旅程，用淡淡地襯托方式，或輕快的節奏來表達恨的思想，無可奈何的哀愁，例如「雨」和「野地」以戰爭與死爲題材，表達現實的苛酷和冷冽，這些作品的成功均在于塑造詩的象徵，心象的型態等的技巧，使其能呈現充實，飽滿而打動人的心弦。可以說在他的抒情詩裡貫串著愛與生的風土無限的關懷，恨與哀愁的無限的悲痛，以及現實強烈的揶揄與諷刺，而支撐著這些的，還是他能繼承了成爲韓國古典文學作品中的傳統精神的一部份鮮烈的抒情及恨的思想。

④

在「誰也不在」一詩中，他如此寫著：「青青地渲染，在腦裡奔赴死的我，從我到道路爲止，誰也不在。」這裡，顯示了他對于求道的熱忱與孤獨。「四月的血」之中，他如此寫著：「四月的血喲，心煩于暗闇中也會明顯地放射魅力的花的芳香，玲瓏的生：」則顯示了他對玲瓏的生的熱愛，對于暗闇的怨恨，可以說金芝河作爲一個詩人的存在，是以其詩中的愛與恨的思想而得到充分的證實。

韓國詩人

金芝河詩選

陳明台譯

1. 去漢城的路

不能不向前去
不要哭喲 不能不向前去
翻越白的 黑的 飢渴的山巔
脚步也沈重
不能不 向漢城
去 販賣 春

什麼時候可以回來呢
什麼時候可以 洋溢著明朗的笑容
光榮炫耀地回來呢
像解去緞帶（注）的事是不會被要求的
不能不向前去喲

不要哭喲 不能不向前去
即使 墮落於如何艱辛的命運
遺忘得了白粉的花嗎 遺忘得了椿油的香味嗎
沒有辦法遺忘的事
哭泣著回到夢鄉的事
受星光的引誘而回歸的事

不能不向前去
不要哭喲 不能不向前去
翻越飢渴的山巔 晴空也在抱怨著
不能不 向漢城
去 販賣 春

譯註：韓國少女習慣于長髮先端紮飾以鮮艷顏色的緞帶。

2. 野地

是什麼 在這兒
崩潰著呢
是什麼在那般地吶喊著呢
在美麗的風的那白色的波浪湧盪而潤濕了的燒焦的土地的
恨與怨嘆的鄉里的野地
是什麼 正在些許些許地
崩潰著呢

如同殘酷的古戰場的夢一般
陽光簌簌簌簌地顫抖
白白的褪了色的積聚的石塊上
不久　在幾聲槍聲鳴過以後
風　低低地開始呢喃著
那是年老的山的波濤撕裂的聲音
那是　崩潰的古城的遺跡上
像發了狂似的點燃的山草莓和
花兒們雄糾糾的呼叫
那又是
訴說　衰萎與新萌生崛起的所有的力的
漫長的戰鬥的喇叭的聲音
從我的耳朵
肌膚　還有從我的胸膛深處鳴叫出來
沸騰著血的聲音
沙沙地
夕暮的波浪一般，沙沙地
在空曠的野地　水菖蒲綻開而屹立
就有什麼清晰的崩潰的聲音
些許些許地
什麼　崩潰而落下的聲音

3. 雨

鳥　飛降
小小的鳥
在青色的花上　在白色的早朝
在器皿之上
在揮落的利刃之上　也有小小的鳥
從那兒呢
被捕去的那人
從天空嗎
悄悄地接近的跫音　還有小麥穗的摩擦聲
豎起耳朵嗎　豎起耳朵嗎
被緊縛而帶走的那人
現在翻越了山坡嗎
爲了什麼流眼淚　一大把地
爲了什麼流血
青色的花
在那上面降下的紙鳥
在那上面死去而不飛了的紙鳥
即使是死去也會輕輕飄飄地飛吧
那人會飛吧
鳥　飛降
在利刃上
像利刃一般　飛降
紅眼睛的小小的鳥
濕潤
乾燥
又濕潤了的我的眼球裡的青色的花
庭院也有的紅色的花　青色的花

從什麼時候開始呢　震顫
從不確定的日子嗎　在那上方
如同咀呪一般　降下
降下而積聚
白色的
紙做的
雨、

4. 誰也不在

從這裡到
那裡為止
誰也不在
黑色的
排水溝上　月光照落的石橋上
這般不可思議的美麗的
籠罩了白色的呼吸的家裡
誰也不在
黑漆漆
被遁走於月亮裡的銀幣壓抑
扭曲的四肢的荒涼的夢
黑漆漆
青青地渲染
在腦裡奔赴死的我
從我到道路為止　誰也不在

5. 笛

浮現的笛聲
靜止的笛聲
不休止地閃亮的夕暮的玻璃
連結玉的汗燃燒的額的根
手掌　都市的手掌上
深深沒入的熱的根
不休止地招手的死的腰
極端戰慄的毛孔的消耗與消耗
消耗的西風
沒有惡根的破滅的根
為了消去那連在睡眠時
在睡眠時也會清醒眼睛的不安的小小燈火
瘋狂地相互摩擦的肉與肉之間
浮現的汗裡的海　青色的海
靜止的笛的音色
不休止地閃亮的夕暮的玻璃

6. 輕度

火炎熊熊地燃燒
擱置水在額上
在水的晉陽調（注）的重量下　氣息斷了
蝴蝶一般的輕度
蝴蝶一般的火炎燃燒著
擱置水在額上

傾盆的落雨的蒼白
擱置著破調子 火炎燃燒著
在額之上 在額之上
被刺刀切了的滿是皺摺的蝴蝶一般地
擱置諧謔
在燃燒火炎的額上
在迸出流水的旁邊
只有旁邊流著的流水自由
燃燒火炎的額之上
傾盆的落雨的蒼白
擱置恐怖
完了事的那天的你
像蝴蝶一般地輕

譯註：晉陽調是韓國傳統的民俗音樂曲調的一種，以緩慢、莊重、悲愴為其特色。

7. 夜

黑色的屋頂
煙囪 冰凍而被束縛著呢
聽吧 聽得到那聲音吧
在聽到聲音的現在 正向著死奔赴
雖然夜晚沒有那麼容易天亮
大概還沒有那麼快天亮吧
眞像我一樣被束縛著
黑色的煙囪 明天也會發熱
也會赤紅的燃燒 而且 會像這樣地
被束縛著吧
夜晚一來到就冰凍而被緊緊地綁著而已
看吧 那能夠束得怎麼緊就被束得怎麼緊的東西
亮光的一扇窗
縮著身子的一個影子 並不是
夜越深就越睡得熟
夜越深
髮毛就像那樣
搔著而掉落

8. 海的少女們

誕生一次
死去十次 縱然身體能習慣于
殘酷的荆刺
不久又盛開紅椿花
却只有痛切的回憶積聚著
美麗地微笑的海的少女們遠離而去
去而不回來的夏天的海很遙遠
縱使回憶被波濤流去 在青風的下方
又在那下方的下方 緩慢得令人着急的日日
隨波濤而流去
喉嚨會飢渴著
船出航了
船的出航不間斷

划著櫓　在金波　銀波　錦繡的航路的船邊
縱然　魚群翻騰著　眩目的波浪滾動著
喉嚨會飢渴至極　枯萎而死去

再重新誕生嗎　只要一次
毫不猶疑地完全忘懷嗎
眷戀　忘懷不了的滲入了麻布的肌膚的香味
現在　那却已離去了　懷念的人喲
海的少女們
燃燒唇的夏日的酒　灼熱而變黑
枯皺了的喉嚨顫抖著　民謠十分悲傷
苦難的碼頭的那邊
是明朗地開著花的河口的村莊

茅穗白白地遠離雲間而去
向遠遠的陸地　風吹渡
瘋狂地凝注陸地的目光　渡過海
謠言在流傳著
什麼時候　海會被出賣的日子

再重新誕生吧　再一次
毫不猶疑地好好的出發吧　吆喝著
划著櫓走吧　越過波濤
尋求美麗的海的少女們沈沒于憂傷的眼色
向東方　向西方　向互相不知悉的都市的
無法知悉的刮著風的街道的什麼地方
去吧　去吧

懷念的人喲
海的少女們

9．水　井

用　水井汲取月亮
在吊桶裡
淹沒而死去了喲

埋在長長地橫臥的雲而死去了喲
夢見夢的山頂
被風切碎
高原
啊　在高原渡過的
昔日的雪深深的國境的夜晚
高聲地嘶叫的白馬
高聲地鳴叫了的母村（注）的玉米的
桿的斷裂
寒冷的春日的杜鵑花

各色各樣的美麗的音色的鈴　鳴響著
所有的鐘閉著口的時候
夜晚深沈　乾枯的閃電的夜晚深沈
年青的身子　在空中死了喲
由于一個人點燃起清醒的燭光的罪名
殘留了拒絕　殘留了首肯

乾涸了的水井旁邊殘留了謗言
放下了吊桶死去了喲
用水井汲取月亮
淹沒而死去了喲

評註：地名。

11 海

不會滿溢
就只是積聚的海
深深地凹陷的臉上　深深地凹陷的鞭的痕跡
深深地凹陷的農夫的眼窩的陰影上的海
張不開的乾枯的唇　張不開
監獄　也有海
僅僅是滿溢的海
小小的線的　靜靜地憤怒的海
不會滿溢而捲起浪濤
斷裂的全身燈火滲透著
不中止的折騰不停止的壓制喲
有時是舞著的海　閃亮的海
然而　沒有月光的海　燒不起來的海
過分吝嗇的壓制喲
溫和地憤怒的海
什麼時候　突然不能不滿溢而出的海
溢出就不能不不讓它溢出的沒有慈悲的海
不沈澱　沒有聲音的　流在底邊
在掘地的手臂上　在眼睛上　在口唇上
在胸膛上　些許些許地積聚的海
現在　仍然不起波浪的暴風雨的海

12 四月的血

燃燒吧
心煩於花的芳香
荒蕪的黃土的胸板
沈滯了呼吸的那花的芳香
心煩於　暗闇之中也會明顯地放射魅力的
花的芳香的玲瓏的生　玲瓏的生
在不見底的暗闇的內裡燃燒吧
在不能區別的腐肉裡腐爛了的靈魂的內裡
腐敗了的瞳孔裡的　黑漆漆的
暗闇裡燃燒吧
心煩于花的芳香
沈滯了呼吸的花的芳香　花的芳香
在沒有先端的碰著壁的暗闇裡流動
血喲　燃燒吧
四月的血喲
燃盡暗闇裡聳立的沈默的永遠的壓抑
心煩于暗闇中也會明顯地放射魅力的花芳香的
玲瓏的生　玲瓏的生

非馬

短詩選譯

景

威廉士 作

玫瑰花，在雨裡。
別剪它們，我祈求。
它們撐不了多久，她說。
可是它們在那裡
很美。
呵，我們也都美過，她
說，
剪下它們，且把它們交到
我手裡。

如他們所說

Robert Creeley 作

在樹底下，坐在
柔軟的草上，我
看兩隻快活的
啄木鳥被
我打擾。幹嗎
不呢，我對自己
說，幹嗎
不。

泡在澡缸裡

Edward Newman Horn 作

泡在澡缸裡
我們瞇眼想心事。
霧汽蒸騰，鏡子模糊一片。
我們悲哀地看自己的脚趾：
母親吻過又數過的脚趾，
已好久沒人下顧。

給安妮

雷努．戈亨 作

安妮走了
我用誰的眼
來同望陽比？
從前不比
現在她走了
才來比。

求婚

Frances Cornford 作

三天來我一直夢到她——
四隻手、四條腿、駝背、黝黑。
我看到她一跛一拐便認出是她。
捉住我，她向我求婚。
圓滾滾，沒有頭，鱗斑斑，
她的可愛使我驚異。我馬上
答應。諸位先生、女士，我的妻子。

吉他手調音

Frances Cornford 作

用專注的慇勤他俯身
向樂器；
不是以征服者的姿態
向弦與木發號施令，
而是像男人向他心愛的女人
細聲甜問
有無重要的小事要說
在他們，他與她，開始演奏之前。

詩人的命運

THOMAS HOOD 作

這是現代詩人的命運。
在石板上刻下他的思想；
批評家走過來望它吐了口水，
順手一抹——便清潔溜溜。

詩

雷努・戈亭 作

我聽說有一個男人
他說話非常動聽
只要他提到她們的名字
女人們便一個個向他獻身。
要是我在妳身傍閉口無言
讓靜默在我們唇上滋長如癌菌
那是因爲我聽到一個男人爬上樓梯
在我們門口大聲清喉嚨。

偉人

B. S. JOHNSON 作

那時候的生活
是什麼滋味？我們問他，
他經歷過的。
糟，他說，很
不好。我妒忌

你們沒碰上。
他似乎厭煩我們的
問題，却對我們的
女人大感興趣。

片段　RUMBULL STICKNEY 作

先生，別說了。
在我心頭
攀登的猫的綠眼
正爬近可憐的小鳥。

回憶　FRANCES CORNFORD 作

我父親的朋友有一次來喝茶。
他又說又笑，還同我講話。
可是過了一個禮拜他們說
那和藹紅潤的人死了。
「好可憐……」他們說：「這麼一個好人……」
我也說：「好可憐」；可是
在我心的深處我想，驕傲地，
「我認識一個去世的人。」

秋　FRANCES CORNFORD 作

他把一生的故事都告訴了科特力太太
她是個寡婦。「我們早點結婚吧？」
他說。「我已不再熱情如火，
但我們至少可以聊聊，在還不太晚之前。」

夕暮　HARRY BEHN 作

此刻靜寂的陽光
正溜向遠方
向另一個人的白晝
快樂的清晨

鷹　ANDREW YOUNG 作

牠展開双翅
冷靜安詳
勾着小小的金頭
向地面搜索獵物。
但就在牠沿着山邊
　　滑翔的時候
牠看起來像被釘在
牠自己翅膀的十字架上

城市
DAVID IGNATOW 作

如果花要從
水泥的人行道伸出頭來
我便要彎下身來聞聞它們。

宴會之後
FRANCES CORNFORD 作

趕走白酒及雪茄的味道，
推開百頁窗，關掉人工燈，
放進空氣。呵比星星還新鮮
粗曠原始的夜之氣息！

刺激
葉芝 作

你認爲讓慾情與憤怒
在我這一大把年紀的身上跳舞很可怕
它們在我年輕時可不是什麼大災難
還有什麼別的能刺激我歌唱？

從幾本詩集看
美國詩壇動向
非馬

⊙ 傑•巴律尼（Jay Parini）「無烟煤之鄉」（Anthracite Country, Random House 出版，定價美金五•九五元，精裝八•九五元）記述童年在賓夕凡尼亞的礦場情景——在一個棄置的礦坑裡的探險，死在地下的一個父輩，整夜冒烟的礦渣堆。他回憶他第一次學游泳，第一次對信仰發生疑問，第一次對愛情的摸索。年輕的、年老的，通常是些貪慾的人物，構成了鮮明的生命形象。詩人也觀察平淡的以及突然的死亡——一個溜冰者無聲無息地溜進冰底，一個在墜機裡失踪的學生，以及諸如此類的死亡事件。直接，表面上看起來簡單，這些詩往往以有限的空間道出無限。

⊙伯略・賴索塞（Brad Leithauser）的第一本詩集**「螢火點點」**（Hundreds of Fireflies, Knopf 出版，定價美金五・九五元，精裝十一・五元）是一本娛樂性頗高又引人深思的作品。詩人的目光，不論是掃過森林的風景或是窺視一座蟻丘，都是一般銳利，同他完美的音調，相得益彰。除了準確的描寫才能外，詩人又具備了豐富的知識與想像力。他善于處理鄉村的景色——蜜西根樹林裡的茅屋，或獨木舟之旅——同時又能用警句雋語巧妙地道出都市文明的缺失。不論他是在回憶一個暑假網球教練的經歷或一個年輕法律雇員的生涯，都一樣引人入勝。

⊙**凱莎・波麗特**（KathA Pollitt）的處女集**「南極旅客」**（Antarctic Traveller, Knopf 出版，定價美金五・九五元，精裝十一・九五元）發出與衆不同的抒情聲音，廣而深。她能夠把自己投入不同的對象與奇特的境遇裡去，表達它們的本質，不管它們是藍色薄暮下孤獨的身影或一批兇猛的戰士。在最後關頭獲得轉機的失敗，充滿記憶的孤獨靈魂，以及在歸返平凡之前的瞬間實現的啓廸，這些都是她最善于把握的東西。她甚至能夠在一座果園裡或一隻茄子身上找到個性。

⊙**菲力普・拉夫英**（Philip Levine）的第十本詩集**「給玫瑰一個」**（One for the Rose, Atheneum 出版，定價美金五・九五，精裝十・九五元）再度肯定了他作爲美國最有活力的詩人之一的地位。拉夫英的詩表現了英雄們平凡的一面，以及尋常事物裡的不尋常。他的詩形式簡單，韻律平順而有力。在他的詩裡，小孩能從一朵玫瑰花學到實用的東西，大人不會因爲哭出聲來而感到不好意思。

⊙前年去世的**傑斯姆・萊特**（James Wright），在他五十二年的一生中，寫了不少溫暖，明朗且深刻的詩。在他死後出版的他的第九本詩集**「這旅程」**（This Journey, Random House 出版，定價美金五・九五元，精裝十六・五元），記述他的旅遊經歷，特別是在義大利，那裡古文明與常新的大自然的鮮明對照，在他對頹傾的紀念碑與被鳥雀及花草侵占了的飽經風霜的雕像的細緻而集中的觀察裡表達無遺。像他早期的詩集一樣，這詩集也充滿了他對久遠以前的俄亥俄州的田野河川、風光的記憶：流浪漢在貨車上揮手，小孩拎一塊寶石般的冰塊回家。最重要的，這裡有萊特對地面、海裡、天上的生物——樹、蜥蜴、蜘蛛、魚、鳥等——的驚奇與生之歡樂。即使平凡如冬日呼出的霧氣，也一樣充滿了大自然的神祕。

「自我」仍常是時下美國詩裡的主題，但那些沒有標點符號，滿紙不知所云，或喋喋于個人家庭瑣事，用小寫的我，以及其它的小技巧，那一類的詩，即使沒有完全消逝，也的的確確已過時了。新的一代，拋棄了那些缺乏想像力，却盛極一時的試驗，紛紛回到基本上來——結構、技巧、溝通——這些大師巨匠們必備的要素。混亂過後的清新，他們不拒人于門外的詩爲讀者提供了明晰、具體，甚至慰藉。

——取材自一九八二年八月八日
芝加哥論報「詩的書架」

周伯陽

魏爾崙與其哀愁

魏爾崙簡介：魏爾崙（Paul Verlaine 1844~1896），一八四四年，在法國麥脊市出生，一八九六年在巴黎的陋巷裏病死。他的意志軟弱，但是他的感情却强烈，他的一生是酗酒及友情與離婚、流浪、刄傷、坐牢、信仰、貧困、病害等，過着道德與不道德交加的生活。其作品是反映着他的一生的生活似的詩。著有「土星人的歌」等十數册詩集。

法國的象徵詩派，開始於蒲特雷，他是被認爲象徵詩派之父，接着魏爾崙及蘭卜與馬拉爾麥等，爲了對於高踏詩派（貴族詩派）的反動，而樹立象徵主義。馬拉爾麥說：「象徵詩派與別的詩派完全不同樣，象徵詩派的作品，以幽暗朦朧爲貴，靜視物象而喚起幻想，以暗示或幻想的方式寫詩，這種幽玄的運用叫做象徵，因此象徵詩派要脫離理性的桎梏，把詩人與讀者之間，產生一種幽玄微妙心境的默契，藉此欲發見新詩歌的路程。

魏爾崙的作品有具備法蘭西的風格，與美妙的新詩派，致使給他揚名內外，初期的作品可以看得出有高踏派（貴族主義）的影響，但是後來他的作品却影響後世，竟出現象徵派的世界，產生象徵派的藝術。

秋天的歌

秋天裏
提琴的　長嗚咽
單調的
沒氣力　傷我心。
鐘響時
全氣窒　而蒼白，
我回想
往日事　我涕泣；

我處身
狂風陣，
隨風蕩，
近又遠
像一片
死葉樣。

這首詩是法國象徵詩人魏爾崙的代表作品，同時反映着他的一生的生活的作品，本首詩很明顯的分爲三段。第一段：秋天，他聽到嗚咽似的奏小提琴的絃音，其音響雖然歌調很單調又沒有氣力，在他的空虛的心坎裏却有悲傷的感受，可見他的感情強烈連小提琴的音響中竟有悲傷的感情存在，這是他和常人不同樣的情緒。第二段：尖塔上的大時鐘響的時候，他覺得心胸窄小將要氣絕似的，臉色又變爲蒼白，他回憶以往的日子，而哭泣。他回憶往日酗酒、離婚、刄傷、坐牢、貧困等不道德的事情，婚姻不美滿又得不到人生的幸福與生活的快樂，終於離婚，這樣往日的哀愁使他傷心，不知不覺淌下眼淚，這也是他過着與常人不同樣的生活。應歸咎於他的行爲不檢，可見他爲了後悔而哭泣。第三段：他好像一片枯死的葉子似的掉在地上掙扎，恍惚置身在狂風裏，隨着狂風飄盪，又近又遠，飄來又飄去，只是任風吹，沒有將來性，失去明天的希望，人生之味，過着流浪的生活，他被命運愚弄，過一天算一天的生活。這首詩因過去的行爲不檢，後悔也來不及，太晚了，致使構成自暴自棄，因此，充滿了哀愁，洋溢着悲傷。

淚落在我心裏

淚落在我心裏
像雨落城市上，
是怎樣的疲憊
穿透我的心裏？

呵柔美的雨音
在地上，在屋頂！
對於煩惱的心，
呵這雨的歌音！

淚落好沒道理
在悽惻的心中。
什麼！沒有不義？
這悲傷沒道理。

最不堪的苦悶
是莫名的惆悵，
沒有愛，沒有恨，
我心多麼苦悶。

這首詩與前首詩「秋天的歌」，有密切的關係，可以說是前首詩的續詩。顯然的分爲四段，第一段：他受不了流浪生活而在心靈哭泣，因流淚生活疲憊不堪，整個城市以他的傷心的眼睛中觀看，也變爲傷心的城市。第二段：雨音本來是柔美的，無論雨下在地上、下在屋頂上，都是柔美的，但是煩惱的心靈，因心情不好，這雨的歌音聽起來就不柔美，反而又有一種哀愁與傷心。第三段：雖然在他的心靈哭泣而流淚，沒有不義，悲傷也沒道理。否認不義與傷心。第四段：他受了生活的影響，苦悶不堪，懊惱失望，失去了愛情，懊悔不如意，反映着他的一生的生活，回憶他的行爲不檢，受不了心靈的苦悶，他的人生觀變爲極悲觀。

獄中曲

天空，露出那屋頂上，
　多藍，多靜！
一株樹，在那屋頂上，
　枝葉搖迎。
一口鐘，在那天空中，
　温柔地響。
一隻鳥，在那株樹上，
　哀怨地唱。
上帝啊，那才是人生，
　眞淳，靜謐。
那兒，和平隱隱之聲
　來自城市。
你怎麼啦，你在這裏，
　流淚不盡，
說呀，你怎麼，在這裏
　虛度青春？

這首詩是魏爾崙，因酗酒、刄傷而坐牢，在獄中寫出他心聲的作品，同時與第一首詩「秋天的歌」及第二首詩「淚落在我心裏」有密切的關係，可以說也是前面兩首詩的續詩，像他這樣有名的詩人，因刄傷而坐牢的詩人，寥寥無幾，可見他的意志軟弱，性格特殊，行爲不檢的程度如何，可以了解。本首詩分爲四段，第一段：他從獄中觀看獄外的天空與屋頂；天空晴朗，又很安靜，他看到有一株樹就發生興趣，枝葉在屋頂上，自由自在地搖曳，很羨慕獄外的一木一草，自由追轉的天地。第二段：教堂上有一口鐘在天空中響，在平靜的心裡，或平時聽起來是溫柔的音響，現在有一隻鳥在樹上歌唱，鳥兒歌唱的聲音應該是好聽，但是歌聲好像他的心酸一樣哀怨的歌調，一樹一鳥都有他的感情存在。第三段：他囹圄之身，聽到從城市方向飄來的和平隱隱的聲音，祈求上帝保佑，人類不如意時就產生宗教信仰的心情，依靠神明的保佑，他也要過着眞正的人生，後悔行爲不檢，痛改前非，眞正的人生就是樸實與安靜的生活，嚮往獄外的生活，祈求上帝還我自由的身體。第四段：他置身於窄小又不方便的獄中，因哭泣而流下很多的眼淚。他在獄中生活不自由，自問自答每天以眼淚洗臉，已經流不盡的眼淚，自己怎麼在這獄中虛度青春呢？自己嘲笑自己，他有後悔的心情，不能享受大自然的新鮮空氣，而飽嚐囚人的痛苦。

魏爾崙是揚名內外的詩人，富於寫詩的才能，而且有強烈的感情，竟落到這樣坐牢的地步，悔不當初，令人惋惜。雖然行爲不檢做出不道德的事情，但是他的作品，却影響後世。

周伯陽

啼笑人生的世界

——我喜歡的詩的意象

我喜歡欣賞的詩中，有一篇是胡適博士的新詩，胡適老早就名聞世界，字適之，安徽績溪人，生於遜清十七年，留學美國，得哲學博士學位。曾任北大校長，駐美大使等職，他是五四運動的健將。民國四十七年任中央研究院院長。民國五十一年逝世。著有「中國哲學史大綱」，「白話文學史」，「胡適文存」等書。

三年不見她

三年不見她，
就自信能把她忘了。
今天又看見她，
這久冷的心又發狂了。

我終日不成眠，
縈想着她的愁、病、衰老。
剛閉上了一双倦眼；
又只見她莊嚴曼妙。

我歡喜醒來，
眼裡還噙着兩滴歡喜的淚，
我忍住笑出聲來。
「妳總是這樣叫人牽記！」

這一首詩是胡適所寫的新詩作品，原題是三年不見「他」，因他對於女性的稱呼沒有使用「她」的字眼，都是用「他」的字眼來寫詩，因此我就把「他」更改為「她」的字眼比較符合實際。本詩分為三段：第一段：寫出三年後重逢的心又發狂。暗示死灰復燃雖然久別的情意，不但難忘反而又發狂了。第二段：因三年後重逢見了一眼後，終日竟不成眠，成為患了失眠症，在床上翻去覆來睡不着覺。在腦海裏徘徊的是她的愁臉、患病，致使有些變老的樣子，閉上了倦眼又看見她的影子，印象特別深刻。第三段：當他高高興興醒來的時候，他的眼眶含着歡喜的淚水，我忍住笑出聲來，最後「妳總是這樣叫人牽記！」本段在表面上看起來好像有矛盾似的，有哭啼也有笑笑，其實是寫出「啼笑人生」，人生本來就是啼笑的世界。

在日本從前有一位年輕的和歌詩人，名叫石川啄木，他有一首詩：「在東海的小島的海邊，白色海灘上，我哭了一場而和螃蟹來玩耍」，啄木這一首和歌與我們胡適所寫的新詩很巧合的寫出啼笑人生來，而他們的環境及對象與地形等一些事情雖然不相同，其意象却是相同的。

備：和歌係對漢詩而言，就是日本式短歌之意，和歌計有三十一字的字眼。或稱日本式短詩。

編輯手記

李敏勇

●本期特別企畫的專輯是「臺灣現代的殖民地統治和太平洋戰爭經驗」。希望透過這個初探，使臺灣現代詩文學的樣相明晰起來。殖民地統治是臺灣人的愴痛，太平洋戰爭更是臺灣詩人的夢魘。經驗了那段愴痛和夢魘的路，使臺灣的現代詩文學的萌芽、成長、茁壯不單單是方法上的變革而蘊含了一種以人爲立場的，對現實的壓力和醜惡有濃厚的抵抗和批判精神的優良本質。我們深信這是臺灣現代詩文學的原點，也是臺灣現代詩文學歷史意識的軌跡。

●透過臺灣現代詩的殖民地統治和太平洋戰爭經驗的探索我們可以看到：臺灣的現代詩文學的出發和中國大陸五四新文學運動詩的革命，在時間的步調上是相近的，在方法上，臺灣現代詩也早已透過日語時期，經歷了現代主義的試練。而歷史經驗提供了相當嚴酷的衝擊，相對的也激勵出極爲可貴的精神傳統來。在臺灣詩人跨越了語言的障礙，再次走出來一條道路之時，關心臺灣文學的朋友們應該努力去解明精神傳統的軌跡，追求更人間性，更動人的詩世界。

●我們認爲這個專輯只是在提供一種思考的方向，它還有許多待研究，待開展的課題，需要詩人和批評家繼續挖掘，追索。我們歡迎大家提供研討的結果，並希望這種探索對於臺灣現代詩的發展有積極性，建設性的意義。

●金芝河和他的作品，經由陳明台的努力，終能介紹給我們的詩壇和愛詩的朋友。金芝河之令人矚目，無可否認的是因爲他的社會參與行動面，但我們看他的詩，應該也能從他的詩經驗中，得到做爲藝術品的詩的感動和滿足，相信許多朋友得以因一睹金芝河的詩而快慰。

●本期詩創作，特別推荐林宗源「力的舞蹈」十九首，林宗源的詩世界經由這個特集的發表。相信會使許多人驚訝讚賞。其實主張用臺灣話寫詩的他，在詩的領域開拓土，懷抱了十分寬濶的走向，最近，他的一部份日譯作品，已結集出版。

●這一期的詩創作，內容十分豐富，除了許多久停筆或未發表作品的朋友有新作發表外，新人輩出，是一個可喜的現象。我們期待這些徵候，預言著一個動向，會開展出更豐富的詩的世界。

中華民國行政院局版台誌1267號
中華郵政台字2007號登記第一類新聞紙

笠 詩双月刊 LI POETRY MAGAZINE 111

中華民國53年6月15日創刊
中華民國71年10月15日出版

發行人：黃騰輝
社　長：陳秀喜

笠詩刊社
臺北市忠孝東路三段217巷4弄12號
電　話：(02) 711—5429
編輯部：
臺北市北投區懷德街75巷4號3F
電　話：(02) 832—5238
經理部：
臺中市三民路三段307巷16號
電　話：(042) 217358
資料室：
【北部】臺北市浦城街24巷1號3F
【中部】彰化市延平里建寶莊51～12號

國內售價：每期40元
訂閱全年6期200元，半年3期100元
國外售價：美金3元／日幣560元
港幣11元／菲幣11元
歡迎利用郵政劃撥21976號陳武雄帳戶訂閱

承　印：華松印刷廠　中市TEL (042) 263799

詩双月刊

笠

LI POETRY MAGAZINE

1982年 12月號 112

桅上的旗

徐淸吉

我們願站在被虐待的一邊
我們要不斷地燃燒着一股
火辣辣的熱忱
我們要像項鍊般堅强地團結在一起
我們要替那些被欺壓的人
告狀　呼寃
例如生活得連狗不如的
可憐虫
例如過着奴隸般的人
例如處在一片黑暗中
而我們要靜靜等待着
黎明的來臨
光臨的早晨

・一九三五年作品，原載「臺灣新民報」文藝欄
・月中泉譯

徐淸吉　一九〇七年生—一九八二年元月十三日逝世。
作品以詩爲主—亦有隨筆發表，曾與吳新榮、郭水潭共組「佳里青風會」，爲「鹽分地帶」領導人物之一。

(1982年 12月號) 112 期目錄

1 桅上的旗 徐清吉

詩創作

46 國際機場 李魁賢
52 模範村及其他 趙天儀
55 臺灣的心 林佛兒
61 用　品 許達然
62 兩　首 林　外
64 寒山變奏曲 龔顯榮
66 紋身的梅花 拾　虹
68 萬丈深夜 喬　林
69 鎖　匙 曾貴海
70 一集桊蟲如是說 楊傑美
72 海　鷗 利玉芳
73 外面的 苦　苓
74 方與圓 吳明興

76 作品評析 本　社

80 詩人的備忘錄(26) 錦連譯

75 來函照登 羊子喬

笠詩双月刊

特輯　**接點上的詩人與詩**

陳千武	光復後出發的詩人們	4
陳明台	根源的掌握與確認	19
李敏勇・陳明台（對談）	接點上的詩人們	23
康　原	非馬的詩	27
旅　人	一株新品種的詩	30
林宗源	詩的自述	32
趙酒定	讀「陀隰的記憶」	36
非　馬	生活與詩	37
林鍾隆	詩的語言和傳達	38
趙天儀	無限的探索	40
李敏勇・黃荷生（筆談）	「現代詩」及其他	41
李敏勇・李魁賢（筆談）	後里爾克到第三世界的詩	42
李敏勇・趙天儀（筆談）	詩、哲學及戰爭的體驗	44

特別企畫　戰後日本現代詩的出發 **「荒地」集團研究**　83

陳明台譯	荒地詩選	86
陳明台編譯	荒地詩人簡歷	109
陳明台	歷史的回歸、自我的回歸	110
陳明台編譯	「荒地」關係資料拾綴	114
陳明台	從闇暗出發	120
陳明台	編譯後記	124

李敏勇・編輯手記・封底裡

隨筆

光復後出發的詩人們

陳千武

臺灣光復後不久，體制改變，不但一般民衆，連學術界、文藝界都對現代詩不感興趣，成爲無詩的文藝沙漠時期。那時的智識青年，畢竟想着什麼？我們的印象留着一大片的空白在那兒，無法塡平。

臺灣光復，日據時期從事寫作的詩人作家們，都抱負很大的希望，要爲脫離殖民的厄運而可能自主自立的鄉里，豎起革新的思想，謀求全民的前途，開拓廣大的世界。但是戰後的世情不安，忽然從緊束的秩序被解放，人心動搖不定，難能自我約束，加之突然襲來一次恐怖的精神大刼數，使曾經以抵抗或和諧參與過異民族文學的詩人作家們，不但失去了語言，更失去了邁進新生的勇氣，不敢探索或追求語言的新的邏輯，而萎縮起來。

我們看過値得敬佩的先輩詩人作家們，在一夜之間都啞了。最初好像是假裝啞一下，但後來却是眞的啞了。我們的印象是除了張彥勳等少部份當時的新生代，以銀鈴會拖了一短短的尾巴之外，整個詩壇留下了一大片空白，不知如何去尋找詩的痕跡？

人都有愛國、愛鄉土的意識。可是在知能與思想的空白裏，所有的人只有謀求生活，意圖從戰後的荒廢，重整自己的家庭，撿回自己的慾望，而掙扎而奔波；忍着一切恥辱，求生存活下去。却沒有人會提起愛國、愛鄉土的自覺，並對新的秩序、異質的權力的壓迫，十分失望。

當時我還沒有從南洋回來，我的父親也爲了家庭生活不致於崩毀，做過煙草的黑市生意。從豐原攜帶私煙，擠上超載旅客的慢火車，坐了六、七個鐘頭到臺北去轉賣，賺了一點錢，回來維持衆多的糊口。身爲地方基層農業技士還要如此彌補生活的時期，其他一般老百姓的生活如何，可想而知。做活是什麼，做活就是擠火車搶生意，不斷地要掙扎的行爲。誰也不會提到愛國與愛鄉土的思念，而隨着苦命的生活，花與星星都暗淡，愛情也枯燥，怎能會找到詩的痕跡？屈指一算，自光復至民國四十年，騰出七年的空白，無詩、無覺醒、無思想的七年，實在也够長啦。

迄今，過了光復三十七年的臺灣，最近有些詩人論起

「詩壇風雲三十年」，即空白了七年之後，於民國四十年開始有詩的活動。而自民國四十年到七十年的三十年間，最初出現而值得提起的詩刊是「新詩週刊」，其次有「現代詩」「藍星」「創世紀」，繼之「笠詩刊」於民國五十三年六月創刊。「笠詩刊」與其二個月前創刊的「臺灣文藝」雜誌，並肩形成了本土文學的特殊園地。

從「新詩週刊」到「笠詩刊」創刊之間開始寫詩，之後加入「笠詩刊」同仁的光復後第一世代詩人，計有十四人。

最年長的黃騰輝與葉笛，在光復那年是十四歲。

黃騰輝

黃騰輝畢業於東吳大學，最早參與詩的行列，在「新詩週刊」發表作品。他是賣電梯的生意人，但一直沒有離開過詩。看他的詩觀：「賣電梯、賣電腦、賣科技……賣現代，也賣靈魂。偶而，靜下來看一首詩，也忽然使自己想起了，我仍然是一個人。這樣的速度，這樣的密度，明年又是另一個新的世紀被科技寵壞了時代，人文與道德萎縮得那麼可悲，微波烤箱烤着塑膠香腸的生活裏，惟一能檢回一點人性的恐怕就是詩了。」

黃騰輝寫詩，是爲了檢回「人性」的表現，與同期詩人們的作品，有顯然不同的詩想。他有一首「白話古詩」寫着：

提着原子筆，寫着白話的詩人
自豪是「五四」以後的現代人
寫着花
寫着月
寫着從生活游離的
——感情的遊戲

黃騰輝的精神思想，看不慣那些遊離生活，只咏着花與月的感情遊戲的詩。

我們切身感受過殖民地與太平洋戰爭的經驗，也相對地非常刺耳的時常聽過「八年抗戰」悲慘的經驗。而戰後經過七年的空白之後，重建詩壇的詩人們，怎麼僅能只看到花與月，玩弄感情的遊戲？詩人的詩想竟是那麼鈍，那麼脆弱樂觀？而且一旦談到要表現愛國的、時代性的、民族性的詩，詩就變成口號的喊聲，一點自我批判的詩的內容都沒有。很多寫些精神不在家的詩，却強調爲了藝術而藝術，自稱大牌詩人的行爲，實在令人感到不可思議。

看看黃騰輝的另一首詩「仲秋的幻滅」吧。

奔月的嫦娥
玉兎
月桂
好幾千個月滿的秋夜
我們只嚼着月餅，沉醉
沉醉在美麗的謊言
突如其來的登月小艇
敲開廣寒的門扉

始知毫無生命的廢土一堆
那過去的一切歌頌、崇拜、幻想
一場歷史的滑稽
古典的權威在崩潰

這一首詩的揶揄—嘲着月餅、沈醉在美麗的謊言、歷史的滑稽、古典權威的崩潰；都是十分深刻的暗喻，寫實的妙境，令人感到快愉却又覺得悲傷。詩寫得太眞實了，不切實際的「歌頌、崇拜、幻想」，還要繼續下去嗎，可以讓古典的權威性繼續崩潰下去嗎，這是強烈的自我批判的詩，可以看出詩人的精神活動十分健在。

葉笛

葉笛是參與「野風」「創世紀」「新地文藝」等雜誌發表作品的詩人，出版詩集有「紫色的歌」。他抱着「眞摯的愛和祝福」，有意以詩接近上帝，使地獄變成天堂的詩人。他說：「別以有色的眼睛鄙視任何人；人類的血液祇有一種顏色，最崇高的人性，也祇是個「愛」」，少年時渡過殖民地經驗的葉笛，對於有色的眼睛鄙視，似乎特別敏感。經過光復後多年在他的詩觀上，仍然對於「鄙視」有所警惕，必定出自其深刻的體驗，又與黃騰輝一樣以愛追求着崇高的人性。

看看葉笛的「火與海」一詩第一章第六節：

炮彈像罵街的潑婦
在地洞上槌胸踹足
地洞中的黑暗愕然驚立
殭死在顫慄中……
而那自動步槍手拍大腿說
「媽的，這種震響
眞像那個騷婊子
那天和我在竹牀上
弄出來的……」
而「時間」癱瘓的肉體
掉落在我的髮叢中
一隻土撥鼠
竄進鋼盔下
窺視着洞外的藍天

此詩共有三章十五節，是葉笛當兵時在金門寫的。葉笛的戰爭經驗，不是對異民族外敵的實際戰爭，是內在的經驗，因而詩的氣氛頗爲輕鬆。有點無聊的渡過癱瘓的「時間」，具有幽默、揶揄的抒情，而所表現的精神活動，以其在碉堡的生活，濃厚的人情味，仍具其切實的感受，得到共鳴。

何瑞雄

何瑞雄在光復那年是十二歲。師範大學藝術系畢業，亦自「新詩週刊」開始詩作，經過「藍星」，再加入「笠詩刊爲同仁。他的詩作雖多，但不太喜歡發表。出版詩集有「蓓蕾集」「白菩堤」「山谷組詩」，也有童話、散文集與翻譯作品多種，曾於民國六十八年獲吳濁流新詩獎。

他說：「我的生命裏，有一股能燃燒一切、打擊一切阻力的熊熊火燄。……每當我被這人世間的殘酷際遇、汚濁環境、悲慘惡運摧毀，走投無路、無告、絕望的時候，我生命的火燄便熇然狂燃起來！」，又說：「畢竟詩心的原境是一片至極純淨的美。我以這樣的一片心境降世，以這樣的一片心境涉世，以這樣的一片心境完成詩的旅程。……我的詩，有與現實世界撞擊激蕩出來的聲響。」

他是一位具有強壯的生命力，要以詩純淨的美，敢與現實的汚濁與惡運撞擊、感化，持有正義感的詩人。而他的正義感，仍然是據以「愛」的「人性」出發的。他有一首題爲「草」的詩，十分明顯地表現了其性格。

①

大地在震顫、隆起、龜裂
是我
我在往上頂
好硬的傢伙
這頭上的東西
終於把頭鑽出地面
睁開眼睛，一看
原來是柏油路！

②

陽光正熾
我胸部底下是半熔的瀝青
熱辣辣地纏黏着我
叫我活活燙死
可是不！我已經鑽出頭部
伸出了手臂
我要活下去！
不論你是肥沃的土壤
還是又黏又燙的瀝青

③

你在排斥我、消滅我
你也感到一絲一絲深入於你的我嗎？
莫名其妙地被你施以酷刑
我依然緊緊地抱着你
有如抱着所愛的人

④

我們分不開了！我的世界
我們已經是一體，生死不渝
那麼，我得繼續蓬蓬勃勃地生長
然後盡可能開出最美麗的花朶
我把花朶獻給你

這一首詩一點都不難懂，一看就知道「草」所象徵的人性耐力很強。而「頭頂的硬傢伙」，叫我活活燙死的「牛熔的瀝青」，是比喻什麼？讀者會容易想像得到。不論你是「肥沃的土壤」或「多黏多燙的瀝青」，我也要活下去，這種毅力的表現，令人感到驚訝。尤其在第③第④聯，更令人覺得詩所表現的人性美，有無盡的感動。不論你排斥我消滅我，我也要一絲絲深入你。莫名其妙被你施以酷刑，我依然抱着你，以分不開的一體，把花朵獻給你，這種愛，沒有比這更偉大的愛啦。

林宗源、趙天儀在光復那年是十歲。

林宗源

林宗源參與「現代詩」「藍星」發表作品，任過現代詩社社長。出版有「力的建築」「醉影集」「食品店」等詩集。民國六十五年獲吳濁流新詩獎。

他寫詩是要「抓住腦中一個突然的意念，給予光（形式），給予電（內容）」。他在詩中追求生活在心內的理想世界，而將詩向土裡成根，以自己的意思，行自己的路。用自己熟悉的語言，寫自己的詩。近來他的創作路線都向方言詩發展，具有濃厚的泥土味，有意建立屬於自己的文化。近三十年的詩作生涯，林宗源的詩，在本土詩人當中，豎立了獨自的旗幟，成為如下面一首詩「愈肥愈臭愈好的泥土」了。

愈肥愈臭愈好的泥土
一小節的蓮藕很快地生長起來
擠迫得不能轉身的地方
瘦瘦的東西並不哀怨
那蒼白的面孔有帶臭的笑靨
那赤裸的身體滿是沒有血的血管

也許沒有血的生活最美
賴在泥中不願站起來的蓮藕啊！
能逃避成熟的命運麼？
自我陶醉地綻開紅紅的夢

血色的夢一片一片凋謝了
幼弱的小蓮房
懷着害怕暴風的心情
漸漸地生長
不能靜止麼？
漸漸成熟的蓮子
漸漸地接近死亡的蓮子
祇求一次暴風
讓他投入水中
在這個很臭的泥土裏
重生

林宗源心內的理想世界，是愈肥愈臭才認為是愈好的泥土世界。他喜歡把自己建造的原始鄉土，與外界分離起來，表明特殊的自我意識，却很冷靜地投向外界試探批判的鋒芒，不怕不和諧。他的世界像蓮池裏的蓮藕般不斷地成熟，接近死亡，繼續繁殖下去。

趙天儀

趙天儀是臺大哲學研究所碩士，曾任過臺大哲學系教授兼系及研究所主任。著有「菓園的造訪」「大安溪畔」「牯嶺街」「大地的慟哭」「菓園的懷念」「小香魚旅行記」等詩集，還有評論集、譯詩集等多種。

趙天儀自從開始寫詩就一直保守着純樸的詩風，追求心象的淨化與現實的超脫。他說：「詩的精神無所不在，然而，有而且只有通過了詩人的感動與表現，才能成為一種精神的實在。我以為在詩的創作上，方法論與精神倫應該並重。」

在詩的方法上，趙天儀的作品是通過修辭上的技術的錘鍊，且有邏輯的形式美。而詩的內容是通過人生觀、世界觀以及意識上的操作，批評與反省所織成的。

解脫

一種理想的幻滅
哀愁在我心上萌芽
花開同時花謝
失望在我心裏劃下烙印
尖銳的叫聲刺激我
可怕的眼神恐嚇我
陷於矛盾的境地
過去的抉擇莫非是一項錯誤
消失的歲月，在惦念我
安眠的孩子們，在安慰我
無法了解的命運
曾經自信是意志自由的選擇
哀愁在不斷地成長
失望在不停地擴張
不眠的我
在夜色中尋覓着自我的解脫

幻滅與哀愁，在任何時代任何環境裏，都會萌芽，都會令人失望。詩人的敏銳感受，不斷地觸深着社會的不安、世界的動盪，會覺得失望在擴張。而從失望裏想要解脫，就會失眠，是誰造成這矛盾的境地？那是無法瞭解的命運，雖然，曾經自信是意志自由的選擇，但還令人不能自主的，哀愁與失望在擴張，在成長。像這首詩的體驗，不只是趙天儀個人的問題而已吧。

靜修

靜修本名賴伯修，在光復那年是九歲。空軍通信電子學校畢業。在同世代詩人當中，算是一粒異數的存在。他的作品是發表在「海洋詩刊」「野風」等刊物，出版詩集「策馬者」「我在泰北」。

靜修的詩大都以愛爲主題，但不屬於浪漫的溺情，却是保持相當知性，塑造其獨自的意境。「我在泰北」係靜修曾一段時間住在泰國湄公河畔的經驗寫成的詩集，以幽默諷刺的手法寫出很多有趣的故事。其中有一首詩是「我什麼都認了」，其眞摯性的表現令人感動。

一個老華僑聽見我講國語
硬說我是上海人
我說我是臺灣人
他說除了潮汕人、廣東人、海南人
都叫上海人
我想我瞭解他的意思
就像從前不管是蒙古人、四川人
廣東人或北平人只要是大陸來臺
我們就說他是唐山人仔或鴨山仔一樣
所以，我不對這個老華僑生氣
一個中年華僑聽見我講國語
硬說我是臺灣國人
我說我是中國人
他說，中國大陸的人才是中國人
臺灣島上的人就是臺灣國人
我想我瞭解他的意思
他以兩個朝鮮，兩個越南和
兩個德國的觀念，來區別臺灣與中國
所以，我不對這個中年華僑生氣
一個年輕的華僑聽見我講國語
一言說出我是中國人
我喜出望外，忍不住張開雙手去擁抱他
他喃喃地補充一句
「我爸爸是華僑，我不是。」
我說你爸爸是，你當然也是
他說：「我在泰國出生長大
拿的是泰國身份證，所以我不是華僑。」
我想我瞭解他的意思
這小子沒唸過咱們的公民課
不懂民族血統的意義
我一手把他推開，對他表示很生氣
我決定不再和華僑們講國語了
此後，如果有人聽見我蹩脚的泰國語
或洋涇邦英語而把我當做
日本人、韓國人、越南人
或非洲土里瓜幾人，我都認了
我什麼都認了

靜修是一位獨來獨往的詩人，據於個人經驗得到的不同的題材，寫出鄉土意識濃厚的詩。他瞭解自己的根，有自我批判的愛鄉愛國精神，在異國複雜的環境裏，對不同人種的不同看法，能夠「什麼都認了」，得到醒悟，是靜修表現眞摯性的一種特色。

非馬、白萩、李魁賢在光復那年是八歲。

非馬

非馬是唸臺北工專時開始寫詩的，之後得美國馬開大學機械工程碩士及威斯康辛大學核工博士。早期詩作發表於「現代詩」「藍星」及「現代文學」。除詩作外致力於世界現代詩的譯介。出版詩集「在風城」，並英譯白萩「香頌」詩集，中譯「裴外的詩」等。

非馬認爲理想中的好詩要件，是「對人類有廣泛的同情心與愛」。對寫詩的態度他主張「一個人應該先學會做人……」並說「一個人如果內心不美，而寫出些唯美的東西來裝飾，是一種可厭的作假。」且對於作品的要求十分嚴格，他說：「對一首詩，我們首先要問，它的歷史地位如何？它替人類的文化傳統增添了什麼？其次，它想表達的是健康積極的感情呢？還是個人情緒的宣洩？對象是大多數人呢？還是少數的幾個「貴族」？」

非馬說詩的歷史價值，是在每一位詩人的心目中都重視的問題：因非馬厭煩詩被利用做個人的應酬，當做一種文學遊戲與浪費，才特別強調這一點。也因此他的詩，非常講究心象的發展。他所表現的詩的心象極爲精短而深奧，獲得廣大讀者的喝采。

非馬有一首「電視」爲題，表現對人類廣泛的同情心與愛的詩。

一個手指頭
輕輕便能關掉的
世界
却關不掉
逐漸暗淡的螢光幕上
一粒仇恨的火種
驟然引發熊熊的戰火
燃過中東
燃過越南
燃過每一張焦灼的臉

從看電視得到難忘的戰火，燃燒過中東、越南，每一張焦灼的臉，寄於無限的同情心與愛。詩的技巧與表現主題的語言的妙用，不無令人對語言再生的「存在」感到驚訝。

還有一首有名而公認爲好詩的「鳥籠」

打開
鳥籠的
門
讓鳥飛
走

把自由
還給
鳥籠

看了此詩，會重新考慮到自由的定義，並想到世間所有的任何因籠的存在與價值，在怎樣的情況下，才能得到眞正的自由？光復後的臺灣民衆，很多人因曾經不滿殖民政策的嚴格規律，便高喊自由而主張不必遵守規矩，造成秩序紛亂，環境髒亂都不知恥，此風迄今仍未改善，令人痛心。希望非馬寫理想中的好詩，能影響社會，認淸眞正的自由。

白萩

白萩是於民國四十三年獲第一屆中國新詩獎的鬼才詩人。出版詩集有「蛾之死」「風的薔薇」「天空象徵」「白萩詩選」「香頌」及非馬英譯「香頌」梁景峰德譯「白萩詩選」等。白萩的詩觀是「：做爲忠實於現代生活中的自我感受，並盡可能的嘗試、改革、實驗、以及鍛鍊以往諸種技巧，用以完全表達此種感受的藝術工作者。已存在的美與他創造美時的理念是一種抵觸。他勢必欲打破此種傷殘創造精神的已存在而又近於典型的完善所規範下的束縛，凡有眞正創作經驗與野心的人，必能與我同感。已存在的美，對於尙未出現的美是一種絕大的壓力與考驗，如果，不能超越與打破此種束縛，則新的美將無以出現。」

白萩的努力是要打破已存在的美，創作新的美。而他的美是有內容的，不是空虛的唯美主義的美。他表現愛、表現眞實，有純淨的哀愁，有迷惑的慘叫，有黏性的情愛，有不變的叮嚀，具多樣性體驗的內含美，例如他的「叫喊」一首詩：

太平間漏出一聲叫喊
太平間空無一人
死去千百萬次的房間
却仍有一聲叫喊

陽光在窗口察看
太平間的面孔分外清楚
在死絕的世界裏
留有一聲活生生的叫喊

一滴血漬仍在掙扎
在蒼蠅緊吸不放的嘴下

白萩的詩常投給讀者像看到全新的天文學那樣，接觸意想不到的衝擊。從既知的存在裏發現了新的語言有秩序的新組織，又有未知的語言的跳躍與連結，鮮新的心象都會令人感到驚訝。如這一首詩的太平間，早已死絕了的世界，從哪裏來的一聲叫喊？一滴血漬怎能在蒼蠅緊吸不放的嘴下掙扎？這些叫喊、面孔、血漬、蒼蠅是比喻着什麼？象徵着什麼？給我們想像實際的太平間，也想像精神與存在的價值一切都死絕了的世界，只有軀殼還活着，而在蒼蠅緊吸不放的嘴下，毫不羞恥地，只為自己的野心和慾望而掙扎而叫喊。或許讀者不要想像什麼，只看白萩的詩的語言的躍動，也會有所恐懼的感覺吧。白萩是一位鬼才的藝術家。

李魁賢

李魁賢於十七歲開始寫詩，早期在「野風」等雜誌發表作品，曾獲吳濁流新詩獎，中興文藝獎章。出版詩集有「靈骨塔及其他」「枇杷樹」「南港詩抄」「赤裸的薔薇」「釣魚臺詩集」，並有評論「心靈的側影」等及譯著多種，尤以在我國譯介里爾克的詩文最有成就。

李魁賢說：「自然的愛，是廣被的宇宙，是無遠弗屆的天地，是對鳥獸草木引為知己的熱誠，是不為自己而幅射的陽光，是向上激越流暢的樹汁。」說話的方式雖然不同，但其本質即與其他同世代的詩人，有其共通的人性與愛的精神，為創作的基礎與出發點。他寫詩，是據於生活體驗，以里爾克式的穩健銳利的筆法，很率直地表現工業時代的挫折感或鬱悶，苦惱的情緒，挖掘深刻的知性的精神動態，令人感動。

看看李魁賢的「擦拭」一首詩：

白紙上留下的污點
想用暴力的手指擦拭
無法掩飾的紀錄
想用刀片細心刮除
再好的技術
也會傷害到無瑕的紙質
纖維的血管被割斷後
怎能彌補平勻的完整

在心靈的宣紙上
不小心弄污了怨恨的斑點
要用愛的畫筆加以渲染
自負的手不要輕易擦拭

李魁賢是一位孤獨的詩人，他把孤獨與愛，當做命運，背在身上，看透一切事象的眞理。人、家、鄉、國本來都是一張白紙，是誰給他留下污點呢，是誰割斷了纖維的血管，是誰弄污了怨恨的斑點？「自負的手」的象徵，可以解釋為極權或暴力，這一首詩對惡劣的行為，用溫柔的口吻批判得十分銳利，比喻得很切實。極權、暴力的惡行是「無法掩飾的紀錄」，怎能「擦拭」，怎能「刮除」，意圖掩飾罪惡是最可恥，最不可允許的。但現實的社會不但時常很矛盾地寬恕了這一點，更讓惡者以偽善繼續破壞優美的鄉土的風景，令人痛心。

黃荷生

黃荷生在光復那年是七歲。國立政治大學新聞系畢業。他認為詩是「他的青春痘（病）」，出版詩集「觸覺生活」，也寫過散文，後來負責出版社編務，就很少甚至可以說沒有發表過詩。

黃荷生把寫詩比喻爲花木的繁殖、播種、分割、接木、扦插、壓條等很多的方法，而說：「鄉土是詩，移植也是詩，只要生氣蓬勃就行。」看看他的「季節的末了㈠」一詩的觸覺所探討的事象吧：

所謂晴朗——把我的思念
拉得高高，拉得瘦瘦的
而我的聲音正洒脫地伸出
正沿拋線的弧度伸出；正脆弱地
留下了一個形態，一個點
留下了最輕微的一個重量
留下了最淺最淡的一個方向
在季節的末了，我的形象
亦微弱地顫動，反叛了重心的定律
我的形象亦黙黙地——
在無光的夜裏，宣佈了它的逃亡

可以說，詩人是靈魂的技師，從敏銳的觸覺探出「季節的末了」與自己的形象之聯繫，表現心靈的變化，極具現代性的感受。

黃荷生是敏銳的觸覺詩人，我們期待着他從忙碌奔波的生活體驗中，以觸覺探求出來的詩，重投詩壇旋起漣漪。

龔顯榮和林清泉在光復那年僅六歲。

龔顯榮

龔顯榮寫詩，企望詩與禪融合而得到妙悟，常以禪論詩或以詩述禪。他說：「詩若能令人如泅海域，如登絕峰，而獨佔大千世界的本地同光，豈非禪？」，持着十分洒脫的見解，令人同感。他有一首詩「遼潤的生活」：

低垂心燈一盞　落入迢迢荒原
我們曾在菩提樹下
曾在一片霞光的風景中　捲入禪思
而雲海之外的雲　天外的天
是碧落　是黃泉
是貝葉載我立於這寂寂的大千世界
不要神明的見證
此番我已不是幽幽的孤魂
我乃流浪的灰塵
揚彌天殘星於一瞬
終是嫦娥撩撥粼粼月光
簫聲淒淒網織傷感
我仍輪廻　在此岸　在彼岸
曾是孤星　淚水汪汪
簫聲引人在荒原中旋轉
而鬼火流竄漫山遍野
流瀉人間幾許血腥和罪孽
該是誰家月落西江
落盡滴滴苦難和悲涼

我願歸去　歸到唐代秉燭的月光
在此岸　在彼岸
迎遠澗星河　永不回首
迎星河遠澗　歲月悠悠

詩的意境，表現出詩人的人生觀，有其清高的善與美。令人感受繼承儒佛道教思想的感化，頗具中國詩的傳統美。

林清泉

林清泉於就讀初中即開始寫詩，出版詩集有「殘月」「寂寞的邂逅」「心帆集」，並有散文著作多種。他是執於藝術的表現，以精鍊的文字，活動的語言，寫獨立生命的詩。他認爲詩的產生是心的冒險，詩的完成是向我的昇華。身爲詩人，他同情苦難，製造歡樂；任爲時代的發言人，時代的預言者。他寫過一首「清明」的詩：

這雨紛紛的季節
乃有上酒家的慾望
三牲、冥紙又代表什麼？
蒼蠅逐着腥味
祖宗的屍骨未寒
鬍鬚何在空中搖晃
但核子雲層
却遮不住子孫饞嘴的形象
以及又哭又笑的吶喊

詩以清明祭祖爲素材，諷刺子孫們只能顯示饞嘴的形象，慾望上酒家，只知道享受，以及又哭又笑的感情胡鬧，却不想到祖宗的屍骨未寒，在空中搖晃着鬍鬚在生氣。這又是另一種鄉土愛，民族愛的醒悟奮發的詩，林清泉大都以身邊的瑣事爲題材，寫出平易且具機智巧妙的詩意，令人有親切的感受。

許達然

許達然在光復那年才五歲。唸東海大學歷史系，以散文集「含淚的微笑」，獲第一屆全國青年文藝獎散文組獎，且曾任「文林」散文季刊發行人。得美國哈佛大學碩士，芝加哥大學博士學位，現任教於美國西北大學。近又出版了「遠方」「土」等散文集。

一般認爲許達然是傑出的散文作家，但詩的質素成爲他底散文的骨架，與用散文的原體寫分行的詩形式而自命不凡的一些詩人比較，許達然是一位道地的詩人。他的作品多以愛鄉土、愛社會、愛國家爲主題，非常深刻地挖出事象的本質，令人越思考越體會其中奧妙，越感到喜愛。讀者有時也會被他的語言刺進思想的臟腑，感到突然襲來的驚訝。我沒有看過像他善用文字的意義，與語音併合起來表達獨特思考的詩人，誰也無法模做他那樣好使用中國文字表現高度的創作技巧。因此他的詩，他的散文，確實令人看不厭。看看他的詩觀就知道：「詩發源民間，民間咏唱生活，社會生活構成最豐饒的詩土：抒展大家的自己、大家的社會、大家的鄉土、大家的歷史、大家的現代。大家勞動，大家感動。大家都能成爲詩人。

詩人既然不是老鼠灰色地躲在屋內享用社會生產消磨個己頑固的雅恥，就獅樣出來淋濕。自以爲師的失意終將腐爛，披美衣的尸必進棺材，蒸發囈語埋怨讀者的才死譯西方的冬、自己的春、唐的夏、宋的秋。

秋葉再美也燒不了原野，眞實點燃詩火溫暖社會，照露時代。

時代很壯闊，民族雖苦難却堅強，社會雖質變量化却廣大，現代、民族、社會的詩必輝煌。」

這一篇詩觀本身也是以巧妙的詩的語言寫成的。再看看下面他的「違章建築」一首詩：

窮擠
不出都市的憂鬱
也有門把蛀聲分開
一片自己聽
另一片警察踩
福字倒紅大
光明裏黃老
就是無影
窗破睜着眼
看風瞎衝進來折
不下　也要打落蜘蛛的
疑惑
居然不必賄賂
蚊蟲稅捐處般吸
居然瘦肉當花粉
蜂官樣咬
不斷　只有寒還藍的天
空蓋自己
不搬　只有這個家
繁榮圍獵的硬骨頭
法律說要公平
給路給樹給鳥
啄　觀光成風景

奇妙的詩思，加以處理不同事象的斷與結，自然有道理地能增深意義的擴張，詩的諷刺、揶揄，帶有幽默感的文字應變，造成新的語言，打動讀者的心。許達然的詩在世界詩壇上可算是特殊新語體的一種。我們期待許達然多給我們寫這種新語體的詩，讓我們多一點「洗腦」的機會。

杜國清

杜國清在光復那年最年輕只四歲。他唸台大外文系時就熱中於詩，後留日並留美，得到史丹福大學文學博士，在研究比較文學上對詩的創作更有了很多新的發展。出版詩集有「蛙鳴集」「島與湖」「雪崩」「心雲集」「望月」並有譯詩論，譯詩集多種。他對詩的觀感簡潔易懂，他說：「一首詩的產生由點到面，由面到體，由混亂到秩序，是進化的過程；詩的創作由猶疑到堅定，由幻想到思想，由幼稚到成熟，也是一種進化的過程。創作具有「立碑」的意義：必須以詩人最後完成的作品爲計程的起點。詩人在創作上必須不斷地否定自已，不斷地從新立定起點，向前邁進。」

曾經我在日譯「華麗島詩集」編後，介紹杜國清的詩是：「有意脫離浪漫愛情的誤差，站在青春的廢墟，從流浪的痛苦中，表現最純眞的抒情。」經過十幾年之後，杜國清的詩思，在繼續流浪中成熟而老練，且仍然留着純眞的抒情，以熱愛的抒情關心島的存在。

島與湖㈠

一天　我夢中的島向湖說
妳有清溪的嫵媚　却無蒼海的嬌嗔
一天　我夢中的湖向島說
你有峻巖的英風　却無大陸的雄姿
我因夢中的島而歡忻
因我的島中有湖
我因夢中的湖而快活
因我的湖中有島

島的悲歌

眼睛
在黑暗的天邊
不斷流淚
一眨眼
一道波浪湧來
在黑暗中
浮動着
朦朧的島
漂流的島
覆蓋着星光閃亮的黑衣
繫以白波的紼繩
落花仍在過去的峽口
打着青春的漩渦
這世界若有足夠深溝
容納情人的眼淚
島　擱淺在域外
默念着往生
像一座山　懷念着
當年的水
情人的眼淚湧來

永遠像那波浪
島 獨坐在這世界的角落
痛念一生的哀緣
直到華岩在內部
崩陷

從這二首詩比較，就知道杜國清對島懷念的不同處。「島與湖(一)」是當兵在馬祖時的作品，「鳥的悲歌」是十幾年後在美國任教時寫，收錄在「望月」詩集裡的作品。早期的島是歡忻與快活的夢中的島，充滿着毫無憂慮的希望，而後來的島，却成爲悲歡的朦朧的島，在黑暗的天邊，不斷流淚。且在世界漂流，在世界的角落獨坐「痛念一生的哀緣／直到華岩在內部／崩陷」，開始憂慮人生，內在的島的前途了。

上述介紹的幾位詩人，是日據時期於民國二十年至三十年之間誕生，在殖民地末期與太平洋戰爭中、渡過童少年最純情時期，光復後開始寫詩參與「笠詩刊」的光復後第一世代詩人。

從其每個人的詩觀與作品的風格，可以看出他們的氣質是清雅，向善嫌惡，不像日據時期的詩人持着對某種抑壓的抵抗。而他們的詩風具有知性諷刺、幽默的批判，批判人生、愛情，批判社會的體制、秩序，而追求藝術性的技巧，表現以人性與愛爲出發點的內容，從生活的體驗中挖掘新的意義，存在的價值，具嶄新的意象令人驚訝，並含有抒情感性的鄉愁。

每個詩人都寫其個人生活體驗的詩，詩的格調雖不同，但從不同的詩作品當中，可以發現其具有共通的批判某種底流的詩想，愛我、愛家、愛鄉、愛國的精神表現，聚成本土現代詩與源流自大陸的現代詩不同的風格。

光復後的前世代詩人創作的過程，作品的成績，雖已成歷史，但他們之中除一、二位詩人似乎在冬眠之外，大都仍繼續在活動。且不論有無作品發表，他們經常都積極關心詩刊的發展與詩壇的活動，值得我們安慰與慶幸。

笠同仁名錄

巫永福　周伯陽　詹　冰　陳秀喜　陳千武　林亨泰　張彥勳　羅　浪　陳金連
李篤恭　林鍾隆　黃騰輝　林宗源　趙天儀　静　修　白　萩　李魁賢　北影一
黃荷生　龔顯榮　林清泉　趙迺定　梁景峰　李勇吉　拾　虹　耿　白　曾貴海
黃樹根　吳夏暉　李敏勇　陳明台　莊金國　鄭炯明　楊傑美　郭成義　陳坤崙
謝碧修　許正宗　杜榮琛　棕色果　何豐山　蔡榮勇　黃恒秋　張子伯
（留日同仁）　葉　笛　何瑞雄　北原政吉　井東襄
（留美同仁）　杜潘芳格　非　馬　許達然　杜國清

根源的掌握與確認

——臺灣現代詩人的鄉愁 II——

陳明台

6.

屬於第二世代的臺灣現代詩人，大都是在戰爭中期或晚期渡過童年，或多或少切身地體會了戰亂流離，然而，他們却沒有他們的前輩詩人們身歷歷史的「死」的體驗，也就是說，他們直接的歷史體驗，是由臺灣光復，無寧說是一個全然新的歷史的「生」而開始。他們也免除了介乎兩種語言的谷間而出發的命運，如果說他們的出發是從成爲祖國的、中國的，和原本即是做爲故鄉而存在的臺灣的交接點而邁步，也不是過言。

基于這樣的歷史背景，他們應該是不曾背負了他們的前輩詩人們的暗鬱、沒有依憑的故鄉的感覺，或者暗闇的、曖昧的故鄉的意識。他們詩中的鄉愁意識因而偏向于脫離了失去故鄉或沒有故鄉的憧憬，反而潛向于個人的內部，從個人的生的立場，生的根源的確認與掌握，或透過歷史的意識、或透過時間與空間的意識，或透過附著于誕生土地的土俗的精神而展開。而往往以個人的內部來直接和故鄉的意識，或存在的鄉愁，達到尋求聯結的可能性。因而，較之他們的前輩詩人的鄉愁意識而言，他們的鄉愁意識無寧說是較爲泛泛地，具有人間共通、世界共通的尋求與自己的生聯帶的感覺。

第二世代詩人的鄉愁意識的探討，可以白萩、林宗源、許達然、非馬、杜國清、李魁賢、趙天儀等人爲對象。

7.

白萩的鄉愁意識的發現，大抵可以從他的「天空象徵」詩集中的作品來作考察。在這時期中，他寫了許多有關根源、土地、天空爲主題的作品。對于白萩而言，根、土地、天空諸種媒介物，都是透過他的生，回歸他的內部深處而賦與意義。

在「路有千條樹有千根」一詩中，他如此地寫著：「路有千條條條在呼喚著我／樹有千根根根在呼喚著我／但來時的路／已在風沙中埋葬／源生的根／已腐爛／在這摟摟的世界之內／祗剩我一個／一個。」對于根源的存在的承認，導出的不是肯定，而是「埋葬」「腐爛」成爲「死」的存在，同時與只有一個的「一個我」的「生」在做著對比，在這裡顯示了他成爲「孤兒」的生的自覺。在「母親」一詩中，「夕陽已斜斜／一個年青的少婦站在那邊／抱著一束玫瑰／露出胸前的奶子／乖兒乖兒／不要哭／不要枯／媽媽有的是奶汁／沒有嘴巴的玫瑰／一個年青的少婦站在那邊／乖兒乖兒／潔白的奶子斑斑紅／沒有嘴巴却有毒刺／抱著一束玫瑰／看着空在枯在死／乖兒乖兒／空流著鮮血奶汁／媽媽被遺棄／夕陽已斜斜。」則顯示了一種做爲誕生根源的「媽媽」被遺棄的逆說，而兩首詩之間有著共通的枯死、腐爛的外在的條件，可以見出白萩的鄉愁意識的一個性格，即在于以自己內部與外部的對立而認定的，不管是敗北或孤獨仍有其存在的意識。

而透過此種存在的意識，白萩所發展出來的根源確認的方式，有兩種型態。一種是經由確認根源的不存在，而產生對于誕生或聯結于自己的現實的生，根源的疑問。一種則是擴展爲無限的對于時間或空間的鄉愁，而確認自己做爲人的存在。在「天空」一詩中：「阿火讀著天空／一株稻草般的／在他的土地／放田水啊／天空寫著／砲花／戰鬥機／一株稻草的阿火／在風裡搖頭／「天空已不是老爹／天空已不是老爹。」天空、土地、阿火本身都可以說是原始而素樸的生的象徵，砲花、戰鬥機則可以當作外在的不和諧的暴力的象徵，在內部世界與現實存在的風景的衝突中才有天空已不是老爹，即失去了根源的結論。在另一首「天空」中，則如此寫著：「天空必有母親般溫柔的胸脯／那樣廣延／可以感到鮮血的溫暖，隨時保持著慰撫的姿態／而阿火躺在撕碎的花朵般的戰壕／爲槍所擊傷双眼垂死的望著天空／充滿成爲生命的懊恨／不自願的被出生／不被願的被死亡／然後他艱難的擧槍朝著天空／將天空射殺」在這裡受到外界暴力傷重而瀕死的阿火，最後射殺了本成爲他的故鄉而存在的天空，同樣地有以自己的生去否定根源的意味。事實上，這種否定的方式，從另一個角度來解說，則未嘗不能視爲是一種虛構，是一種對于根源的疑問，而加以詢問及確認的逆說。這正是白萩顯示了自己的生的根源的方式。另一方面，白萩更將人的存在的鄉愁與時間及空間作了聯結，如「雁」一詩：「我們仍然活著／仍然要飛行／在無邊際的天空／地平線長久在遠處退縮地引逗著我們／浮著／不斷地追逐／感覺它已接近而抬眼還是那麼遠離／天空還是我們祖先飛過的天空／廣大虛無如一句不變的叮嚀／我們還是如祖先的翅膀鼓在風上／繼續著一個意志陷入一個不完的魘夢／在黑色的大地與／奧藍而沒有底部的天空之間／前途是一條地平線／逗引著我們／我們將緩緩地在追逐中死去／死去如夕陽不知覺的冷去／仍然要飛行／繼續懸空在無際涯的中間孤獨如風中的一葉／而冷冷的雲翳／冷冷地注視著我們。」在這兒的天空，可以說已不是「個我」寄託的天空，而可以當作存在的時空，也就是做爲一般性而存在的「人」和「永恒的時空」的搏鬥，地平線是無涯的，意志的力量終究仍會在無限的時空中被吞沒，而這種做爲「人」的存在的孤絕感是以產生自無限的時間，空間的鄉愁得到證明。在「世界的一滴一滴」一首中也提出了：「這僅是世界的一滴／一滴中的世界」的結論。大抵是，白萩的孤絕感的本質，乃是作爲時空中存在的前無來路，後無去路的孤絕感。而白萩的鄉愁意識，則是基于上述的對于現實的生的根源的疑問以及對于時空的無限的孤絕感而展現的。

8.

相對于白萩的孤高的，時時帶有形而上的鄉愁意識，林宗源和許達然，則是基于緊緊地掌握住生誕的根源的欲求，從極爲近身的存在的土俗精神的把握而展現他們的鄉愁意識。

說林宗源的整個詩的追求方向即在于土俗的精神掌握

也不爲過言，他從方言入詩的感覺也是一個證明。譬如在「愈肥愈臭愈好的泥土」一詩的結尾「……祗求一次暴風／讓他投入水中／在這個很臭的泥土裡／重生」，可以見出他對泥土的肯定，可以推衍于對生誕的土地的肯定與土俗精神的確認。而他的許多以歷史民俗着眼的詩，往往是以「地方」爲主題，處處透露著對于生誕的土地的回顧、關懷，以及聯結于現實的意識。如「赤崁樓」「王妃廟」「熱遮蘭城」「延平郡王」等等均是。至于「父親」的生的形象，林宗源無寧是站在批判的角度來描述，反而是將母親與土地作一親近的結合，如「給父親的詩（四）」：「生我的母親一如生我的土地／她有玉山的靈氣／她有府城的個性／她有日月潭的容貌／……她是生我的母親／我的母親一如我的土地。」再三的有所強調，在對于生的根源的思考中，母親與父親的存在是對立的存在。

與林宗源具有同樣的關懷鄉土的精神，許達然的鄉愁的意識也是從俗的精神作爲底流而展開。而許達然的俗的意識比較不受空間的限制，可以說是一種更屬于聯結于自己的精神內部的東西。如「破碗」一詩：「未完／全爲飽而塡空的／叫不出名字／妻也煮／兒子也愛嘗／吃到鄉思／怎樣咀嚼都嚥不下／不合味就敲／不但縱叫我餓了／甚至橫寫我食了／縱橫吵得桌子都動搖了／把從老家帶來的碗公都嚇破了／補了又補／割破了手／擦掉血後／吃破了嘴／含著血／仍用。」將吃飯這種必須的行爲與家庭生活與對于鄉土的執著與懷念加以結合的這首詩，顯得十分幽默，同時也可見出泌入在他的內裡的土俗的鄉愁精神，「把從老家帶來的碗公：補了又補…仍用」的這種行爲之中，可以顯示了他的無限的鄉愁。如「阿粗」一詩：「林／發現阿粗不是一棵樹／有種，就走了／無土／處處江湖／無根也要找點什麼／無葉可綠，虫不蛀／青春／不僅是顏色的／有時紅紅流出／有零的自由／就是不能當蛋煮／吃苦／抱負很燙／偏偏燒不出飯／吃力／還有頭腦／硬是要／幹／還有手／十指相約／每步都是出發／發憤走出路／路發現阿粗／還是土。」這兒雕塑的形象乃是屬于異鄉的流浪者的艱苦的形象，而其終結仍回歸于「路發現阿粗還是土」，對于俗的偏好可以看見。同時土地、根、路等均可當做是精神化的鄉土的象徵。又如「黑面媽祖」：「阿公去天后宮燒香保庇阿爸討海／媽祖靜看海／看不到阿爸回來／不是魚／木魚硬縮著頭壳／阿姐去福安宮拜拜保庇姐夫行船／媽祖靜聽海／聽不見姐夫叫喊／不是魚／船躲不關風颱／阿母去慈生宮跪求保庇我換到頭路／媽祖靜看海／看不到我發膿的傷／痛／我拒絕再抓魚後被抓／不如無國籍的魚。」在這首詩裡包含了描寫民俗及傳統的社會家族的構成及意識，除了顯示一般的鄉土的題材易于產生的鄉土情懷之外，如「不如無國籍的魚」可以說是一種逆說，是屬于異鄉的詩人的眼對于鄉愁的重新體認與掌握而形成的心情。由上述之說明可以見出，許達然的鄉愁意識乃是聯結于自己內部的精神的土俗的意識而展現，時時從異鄉人的心情來抒發，但根本上却是含有深刻的俗的精神特質的存在。

9.

同樣與許達然屬于異國的詩人杜國淸與非馬的鄉愁，可以說是典型的一般的異國的鄉愁意識，如非馬有「鄉愁」一詩：「收拾行李時／我對妻說／把鄉愁留下吧／行李要超重了／在海關他們把箱子翻了又翻／原子探測器照了又照／終于放我們行／坐上回家的計程車我想／這下可輕鬆了／不再…／却見鄉愁同空的新伙伴／等在家門口／像一對石獅。」在這兒寫出來異鄉遊子的一種焦灼的存在，揮之不散的鄉愁的意識，這種意識似乎是聯結于「家」的十分切身的存在而抒發的。但是，他也有如「芝加哥」一詩的：「…一個東方少年／僕僕來到／它的跟前／還來不及抖去／滿身風塵／便急急登上／這人工的峯頂／但在見錢眼開的望遠鏡／他只看到／畢卡索的女人／在不廣的廣場上／佚肯著半邊臉／她的肋骨／在兩條街外／一座未灌水泥的／樓巷上／根根暴露／這鋼的現實／他悲哀地想／無論如何／塞不進去／小小的行囊。」聯結于都市現象的空無感的生之鄉愁的展現。而這種屬于異國的切身的感覺，並未限定了空間，還是十分具備了人共通的感覺而令人感受。杜國清的「月夜思親」：「……母親呀／我會在你體內的溫室裡／妳以血滋養／在一個嫵媚的島上／我萌芽伸出手脚／突破透明的天衣／以哭號歡呼／母親啊／我是你的眼睛裡茁壯的一顆苗／你以淚灌溉／在一陣颱風過後／豪雨把我沖到另一個島上／爲了尋求營養／我又把自己移到異地／母親啊／我是在你的思念中／成長的一棵樹／你以夢施肥／今夜在你的夢裡／我該是月中那棵樹／今夜仍然流著／你所灌溉的淚／在異地遙念著妳。」直截地表達了對于母親，作爲生誕根源的鄉愁心情，其中也含有對于生誕的土地的鄉愁感情，聯結于自己的生與存在而顯得有些傷感。

可以說，杜國清、非馬的鄉愁意識帶有典型的遊子悲傷的鄉愁感情，是以流落于異鄉的眼睛來回顧生誕的根源、土地而很令人可以共同感受的心情。

10

以鄉愁的意識，聯結于自己的個人史而加以展現的，則可以李魁賢與趙天儀爲例。李魁賢的「落單飛行」一首，描寫了從少年，經歷青年、壯年而到中年時代的個人史的歷程，而以「…在落單飛行練習中／哀叫聲化成一陣陣的雷響／劃過風雲變幻的天空。」對于無限的時間具有一種哀愁感，「石墻」一首則敍寫自己的家譜，以及以家族演進的歷史作爲題材，同時重疊了更根源的鄉土歷史的意識以及個人的生的歷史意識；「……石墻是一頁斑黃，的手卷／巡更的民防隊員／踩著薰然的風／就像踩著落葉一般的／在青綠的月光下。」相對于「落單飛行」的時間的意識，還加入了空間的意識，成爲縱與橫的構成。而此種，以個人史爲題材發展出來的現實的意識、時空的意識、鄉土的意識，聯結于自己的內部的生的根源的掌握與確認時，已經賦于了更深的意義。

趙天儀，則是從對于童年的體驗開始發展其附著于鄉愁意識的個人精神史，例如「陀螺」「歸鄉」「鄉土的擁抱」「爸爸，我要回故鄉」等等，他以鄉愁爲題材的作品爲數極多。有時以個人的史的追溯，有時則以家族的承接的角度來展現，同時，在他的鄉愁詩中，往往重疊有時代的歷史的影子，對于附着于自然的鄉土的關愛，對于歷史的脈動的注視，他往往將個人的精神史，經過鄉愁意識的表示，聯結于他的周圍來做印證。

11

總之，第二世代的鄉愁的意識，大抵上是透過詩人個人的內部的聯結，而從個的生的根源探尋、掌握與確認推展及時空的人共同的無限的鄉愁來抒發、來展現。他們各人以不同的方式，如白萩的內部與外部的對立，具有孤高的堅持的方式。沐宗源、許達然的密接于土地及俗的精神而親近鄉土的方式。非馬與杜國清的異鄉的，都市的遊子的方式。趙天儀、李魁賢的經由個人精神史或鄉土精神史而把握歷史與時空鄉愁的方式，實在呈現了多樣而不統一的面貌。

對談

接點上的詩人們

李敏勇・陳明台

李： 前回，我們曾經做過經驗了太平洋戰爭與殖民地統治的臺灣現代詩人的專題討論。今天，我們擬就次于他們的世代，也就是今日臺灣現代詩壇中堅世代的詩人們的背景、精神作一考察。他們都出生于民國二〇—三〇年間，而出發創作時正值「現代詩」的現代派運動發生之際（四〇—五〇年間）他們可以說是一個處境尷尬的世代，在「笠」中也是屬于中間的位置，後來與臺灣傳統的根球結合後，成爲今日的風貌。你對他們的看法如何。

陳： 我想這一中堅世代的詩人們可以概括具有以下幾個特色：㈠他們應該可以稱爲是在成爲祖國的中國的與本來就是故鄉的臺灣的交接點上出發的詩人，縱使他們多少體會了戰爭，他們的眞正起步，純粹係光復以後才開始，所以他們使用的語言，已沒有他們前輩詩人的陷于谷間的困境，是和從大陸來臺的詩人們，可以相提並行的。㈡他們的追求很難找出如前一代詩人具有的自然存在的共同感覺（如戰爭體驗，故鄉意識等等），無寧說是較個人的，直接地聯結于個人的內部而呈現不同的詩活動的風貌。

李： 我記得白萩曾說過他們的世代是沒有童詩的世代，也就是說他們的童年是在戰火中渡過，較之前一代詩人們的成年期在戰火中渡過，體驗的差別十分明顯。其次，關于前代詩人受到語言變革的困境，還沒有復出詩壇時，他們有機會參與臺灣詩壇的活動，他們的語言操作較爲熟練而運用自如，同時他們在臺灣詩壇的發展史上，往往屬于早於前一代詩人的畸形的倒轉的位置，他們的出發是同于典型的臺灣的，或在臺灣的中國現代詩的出發。

陳： 確實如您所言，較諸前一世代，他們的文化背景已有顯著的不同，在他們意識的形成上，當有直接而重要的影響。

李：　由于他們可以說是與大陸來臺詩人並肩而寫詩的存在，我們的詩壇，往往偏差地否定了他們前一世代的存在；事實上，就與臺灣現代詩的傳統的根球的聯結而言，他們在開始詩作時，除了持有童年的體驗之外，並沒有強烈地意識，那是以後才漸漸與在來的傳統根球有所結合、聯繫的。

在他們的世代中，最受到注目的詩人應該推諸白萩，他可以說是與大陸來臺的詩人們同時經歷了完全屬于臺灣本土的活動的存在，現代派、藍星、創世紀等他都先後參與，也因此造成詩壇對他的不同的評價，你對白萩的看法如何？

陳：　白萩確實是一個重要的存在，然而，我常常以爲，參加笠的行列，對他也有很大的影響，他的鮮烈的現實意識的形成，與參與笠，應說是有相當大的關係。他的詩令人感到魅力，應該是由于他不斷地變化而具有明確不同的風格。我個人以爲白萩的高潮期是在「天空象徵」「香頌集」兩部詩集創作的前後，他的眼睛十分冷澈，對詩的內部世界與外部世界的構成確實有其獨特而強烈的把握。

李：　白萩在某一方面而言是詩壇的幸運兒，他的位置受到外界極高的認定，當然是由于他本身具有較諸與大陸來臺的一同與他活動過的詩人們更傑出的表現，他參加了現代派等以臺灣本土出發的各重要流派，較諸他的前一代詩人們雖然早些，事實上，他的前世代詩人們透過日文早已接受世界文學思潮的洗禮，在他們開始之時，才剛剛被介紹，被接受而已，就這一點而言，他們的出發是處于很貧弱的局面。我個人以爲白萩的代表作應推諸風的薔薇、天空象徵與香頌集。外界對于他的評價，與壓抑了前一代詩人的成就，同樣地多少令人懷疑有過高之嫌。舉個例子而言，外界往往以「流浪者」或他早期的作品給予很高的評價，而其基準往往以語文問題爲着眼點。我想，笠的同人就有不同的觀點與意見，我個人以爲，他的成熟與高潮應該是風的薔薇以後的三部作品。當然，我們不能否認他確實是一位傑出的詩人。

陳：　白萩是一位優秀的詩人是無疑問的。不過，白萩在笠的評價與在外界的評價應該有相當大的不同，如果依你的看法，則白萩的高潮還是與他參加笠有很大的關係。他的風格的變化十分明顯，正足以說明。這點與林亨泰先生始終保持他的風格而沒有太大的變化是很有趣的對比。

李：　白萩的天空象徵的發表正値笠創刊不久，笠的創刊可以說是有太平洋戰爭體驗的前代詩人與童年經歷了戰爭的中堅詩人的結合，而白萩的高潮的形成，正可以看出笠成爲詩運動的影響力與重要性。白萩的特殊點，在于他異質的童年體驗，因而他有其發展成優秀詩人的多種條件。

陳：　基于你的分析，我常常想白萩實在不能說是隨「笠」而發展起來的詩人，在笠的系譜脈絡而言，譬如，較諸李魁賢，李魁賢似乎更能代表笠的形成發展而崛起的詩人。但白萩有很多良好的條件，他的詩在詩壇上是很討好，很容易受到歡迎的。

李：　他們的世代，白萩是各方公認而幸運的詩人。其他的人往往受到故意忽視，詩壇又往往有意地。奧妙地無視，除了白萩以外，在笠崛起的也有十分重要的詩人。我想，以下，我們來對他們作一討論。

如李魁賢，他的出發也與白萩相類似，而作爲一位詩人也有十分特殊的存在。你以爲如何？

陳：我以爲李氏的高潮應是在「赤裸的薔薇」，他本身是里爾克的研究者，但奇怪的是，他似乎受到他的影響並不太顯著。除了代表詩集「赤裸的薔薇」之外，最近他發展了「釣魚臺詩集」，前者是比較具有感性的，後者却截然不同地以意識去表現詩，如鄉土、現實、生等均以理念的表達方式來操作，可以說以詩作爲表現詩人內部風景的媒介而存在。在笠的系譜，他的風格應該可以算是代表笠發展的詩人之一。

李：你剛才說他沒有受到里爾克的影響，但我以爲「赤裸的薔薇」在方法上、形象的凝視上還是有受到里爾克的方法的影響，而這一本詩集已足以顯示他的存在的位置。

陳：問題是他以後的發展，如釣魚臺詩集的寫法，就他個人的思考意識，處理詩的方法，甚至整個詩觀的演進却有很大的變化，這就是說他作爲詩人的生涯是否有很大的意義？你以爲如何？

李：我以爲，到赤裸的薔薇爲止是個人性的詩的追求，以後則有使命感，一方面以個人的把握一方面以對于社會的發言與關懷來表達，就李氏而言，面對社會性的體驗來表現時，他也有相當的節制，他不致淪于純粹新聞報導式的方式。這是他十分堅持的立場。

陳：我想這也是笠詩人共同堅持的立場，問題是僅以理念、意識而表現，還是不够，也應注意多樣性，詩的方法的研究。

李：其實，從另一個角度來看，理念不如說是透過體驗而產生的一種立場，因而持有這種自覺時，他們的詩也不致有淪于概念性的東西。這點應可以不必擔心，李氏在赤裸的薔薇的階段十分冷澈，即使以後也沒有跑出概念性的東西，這是他的優點。同樣地，趙天儀的情況如何呢？

陳：我以爲趙先生的發想是比較散文式的，他的範圍，題材却很有變化、很廣濶、產量又多，因而整個集合起來必可看出其重要性，但在表現上，他與李、白萩比似乎顯得弱了一點。我的興趣是他以臺灣的鄉土、歷史爲題材的大量作品，在處理方法上能够更深入于內在的世界時，那些作品均具有十分重要性的東西。

李：對趙氏而言，你以爲他主要的形成他的風貌，或可以作爲原型的作品是那一本詩集呢？

陳：我想，他從大安溪畔以後，表現上已沒有太大的變化，可以說是定型于自由詩的形式，沒有太大的發展，而他的缺乏變化也許正是他的優點。

李：他的詩產量很多，但舉出代表作比較困難，他的詩的特色是很日常性，他的生活體驗與詩的契合，問題是有時感受不到強烈的精神。他的詩的切入法是弱了一點。以上三位詩人之外，林宗源氏，你的看法如何？

陳：他主張以方言寫詩，這是一個相當值得探討的問題。其次他的俗的精神，也就是以臺南人的存在，透過對周圍的體驗，表達鄉土感情，有他相當獨特的存在。我讀他的詩感覺得不容易，基本上，我以爲臺語還沒有經過整理達到可以配合作爲詩的表現工具的層次，在欣賞時往往產生阻礙，但他勇於以臺語作工具已有他的超乎其他詩人的氣魄。他的詩的土俗性，切合於他的題材，是他的成功，因而作爲本土詩人他有其地位，在笠中也有其特殊的位置。

李：他追求方言寫詩有其缺點，但有時他以方言表達反而足以涵蓋更大的詩的存在，如最近他發表的「第二自然」系列的詩可以顯見他特殊的方式。除外，他的詩中，父親的意象已成爲一種象徵，足以顯示他的獨特性。

陳：我想，對比而言，林宗源的父親的意象是以自已的內部直接觸及的對象，第二自然則以外在的風景，他的聯結方式，實際上李魁賢、白萩也有透過這種，內部與外部双重的表現方式，在方法上，他們的世代對這一點是否有些共通性呢？

李：在國外的詩人許達然、非馬、杜國清如何呢？

陳：我以爲杜國清在根本上是感性的詩人，他有知識份子的氣質，但他的詩是屬于可感的，表達方式則是個人的，對現實的聯結方式也是以個人去切斷或連接，因而，杜國清的詩是很美，而易于受到一般歡迎的。

問題是海外的三位詩人有什麼接點呢？我想以從異國看鄉土的詩人的眼可以作一比較，如許達然是根源性的土俗的精神的表現，非馬則具有都市的鄉愁，結合他本身的異鄉人的意識。杜國清則比較帶有個人的感傷的色彩才結合他的鄉土意識。

李：杜氏的特色是個人的，因而他的感受是強烈的。他可以說是氣質上的詩人，我常常以爲，他在翻譯西脇順三郎、波特萊爾，艾略特，若摒除學術的研究的角度，波特萊爾似乎最符合他的氣質，令人感到他在翻譯另一個杜國清，從這可以看出笠具有多樣性的風格，對于杜國清的存在也可以加以肯定。非馬與許達然也是強烈的對比，就非馬而言，詩是科學的，語言如同科學元素，他能以客觀的方法來把握詩。許達然則是人文的，有歷史感，非常不同。在這兒，仍可強調笠具有多樣性的面貌。外界往往以爲笠的風格缺乏變化，其實即使在同一世代，也可見出各個詩人具有強烈的個性，獨特的詩的追求。與其說笠強調社會性，事實上不如說笠是強調具有共通的人的立場，同時也不失去詩的東西。

陳：我同意你的說法，笠的詩人多具強烈的個性，舉個例子而言，如林宗源與許達然雖同樣立足于土俗的精神，仍然可以顯示不同的風格，就這一點而言，笠的發展的潛在力還是十分深厚的。

李：許達然與林宗源作一比較時，我以爲，前者偏于歷史的，後者較偏于地理的，這兒也可以顯見各個詩人之間截然不同的位置。

剛剛我們討論到的各位詩人白萩、林宗源、許達然、非馬、杜國清、李魁賢、趙天儀，都是戰後出發的具有代表性的詩人，不管在國內外，他們却扮演了自已獨特而重要的角色，對于他們的世代是否可以歸納出共同的特色呢？

陳：前面我已強調過，他們沒有他們前一代的詩人們共同的接點，是比較個人的發展，而缺乏共通的統一的體驗，因而找出共同的特徵是很困難的。其次，正如你已強調過，他們是可以代表，以臺灣本島發生的現代詩的前一階段的存在，而他們受到西方文化的影響造成不同的文化背景，是否也可以強調。

李：帶有偏見，不想承認比他們前一世代的詩人們的詩壇，往往不能不承認他們的世代，也是基于此一理由吧！他們同于臺灣本島的詩發展與出發這一事實是十分重要的。而他們配合戰後的文化經濟發展，也顯見了他們各人的位置與風格。我以爲，透過對他們的理解可以理解臺灣現代詩的數十年的發展，我們不應該忽視這一點重要的意義。

非馬的詩

康原

非馬是一位研究科學的核工博士，現服務於美國淮密爾瓦基城的 Allis-chalmers 公司參加核能發電廠的設計工作。

記得非馬在芝加哥中國文藝座談會上講「現代詩」時曾說：「現代詩的第一特徵是『社會性』；詩人必須是社會一份子，才能寫出有血有淚的作品。第二個特徵是『新』；在思想與形式上要有革命性的創新。第三個特徵是『象徵性』；必須有多重意義的意象，又必須同宇宙裡的事事物物相呼應，相關聯。第四個特徵是『濃縮』，在主題上要嚴密得無懈可擊，以最少的文字負載最多的意義。」本著非馬以上的詩觀，我們來探討這本「非馬詩選」。

讀非馬的詩，我們會驚訝於他的機智，用平實的語言，表現一種冷靜的知性感動，用幽默的詞句去諷刺。詩風瀟洒，意象鮮明，乾淨利落。首先，我們來看非馬善於在情景交融中描寫景物，比方他寫「路」：

兩小鎮間的
那段小腸
在一陣排泄之後
無限
舒暢起來

路，本來是沒有生命的，非馬用「小腸」來比喻「路」，暗喻「路」的曲折難行，「排泄」當然必須經過「小腸」，我們可以把「排泄」看做對曲折道路的清理。或可象徵某種困難已經排除，路當然好走了，喻「路」的「腸」也舒暢了。其次來看這首「門」：

老處女的
双唇
童貞
在它裏面

詩句的排列，有「門」的象形意義。同時，用老處女緊閉的双唇來暗喻門內蘊藏的機富，在門內的童貞有多重性的象徵意義，可讓人産生許多聯想。然後，我們來看這首「夏」：

垂涎的狗
呼呼吹了半天
這日子
還是太燙

夏天的狗總是張開着口，悶熱之時，狗是最痛苦的，猶如在吹熱氣似的，用「太燙」來形容夏天的炎熱。

從以上三首詩看非馬的作品，他的字句已經臻於最簡練，以最少的文字去呈現多重性的意義，以具體的事件去表現抽象的季節概念，緊緊的捉住夏日的特色，非馬是一位善於描寫景物的能手。在平凡的景物中，表現深刻的哲理思想，眞可謂「文章本天成，妙手偶得之。」

其次，非馬善於用諷刺性的詩批判社會，關懷社會。用詩去關懷社會是詩人應盡的責任，在詩中注入社會的關懷，去改善人與人之間的關係，是一位有思想的詩人應該做的。「對人類有廣泛的同情心與愛心，是詩的首要條件。」這也是非馬的詩觀之一。我們來看非馬的「鳥籠」這首詩：

打開
鳥籠的
門
讓鳥飛
走
把
自由
還給
鳥
籠

非馬是一位善於化腐朽爲神奇的詩人，常賦於日常的語言新的意義。用把自由還給鳥籠來製造驚奇。一般人的想法，該是把自由還給鳥，而非還給鳥籠，這種獨具慧心的寫法，給詞出現不凡的豐采。比方，這首「人與神」：

他們總在空有人烟的峯頂
造廟宇給神住
然後藉口神太孤單
便把整個山頭占據

以非常短簡而冷靜的語言，去嘲諷社會的僞善者，用非常清楚、明朗的字，以意象去表徵思想，用淺白的文字，帶着讀者走入深邃、廣濶的詩境界，這是一首具有強烈批判性的諷刺詩，切中時弊的深入人心，像一把利刃插入人的心臟。現在我們來看這首「醉漢」：

把短短的巷子
走成一條
曲折
迴盪的
萬里愁腸
左一脚
十年
右一脚
十年
母親啊
我正努力
向您
走
來

首先，我們該了解這個「醉漢」爲何而醉，二十多年來對母親的思念。或許，離開自己的家鄉。「短短的巷子」該是暗喩短短的距離假如不是因爲醉了，這麼短的距離不會走成「萬里愁腸」。讀非馬的詩必需注意他的多重性的意義。「母親」該是「祖國」的象徵，「醉漢」該是每一位思鄉的浪子，以「醉漢」自我嘲笑，這仍然是一首批判性很強的社會性詩，詩雖短少精悍，不僅寫出醉漢恍惚的風貌，更能讓人感到家破，國亂的殘缺形象，給人一種震撼的餘韻。比如這首「卡特的眼」：

說你的眼睛
蔚藍如大海
我可看不出來

在山雨欲來兮的天氣裡
我只看到
你浮沫的眼角
可口可樂的
晦色

這是一首政治性的詩，批判卡特的短視用反諷的句子「眼睛如蔚藍的大海」，但詩人却看不出來，來嘲笑卡特與匪建立關係，用「可口可樂」暗喻美匪的通商關係。這首詩寫得不慍不火，樸實、眞摯的詩句，蘊藏一種冷冽火焰的威力，讓人深思。

非馬對人性描寫極爲深刻。他善於捕捉人性中的喜、怒、哀、樂的情緒來寫詩，抽象的情緒，能用很具體的意境表現出來，比如「樂」：

重重
一巴掌
打在
我的背上
你
仰天
笑
了

把快樂詩的動作，很詳細的描寫出來，並且在動作中表現快樂的情趣，「仰天笑了」那是忘去一切的憂慮。像這首「中秋夜」：

冰箱裡
冰了
整整十三個
小時的
冷冷的
故鄉月
餅（唐人街
買來的）
嚐起來
就是
不對
勁

這是一首描寫鄉愁的詩，藉用冰箱的冰冷意象着現在他鄉作客的孤獨落寞，「冷冷的／故鄉月／餅（唐人街買來的）」，利用「月」與「月餅」表現思鄉情懷，整首詩沒有一個愁字，但鄉愁在讀完詩後排山倒海似的湧來。非馬總是在平凡中取材，一些刹那間的感觸，都變成他的詩想，隨即發言爲詩。非馬是一位觸角敏銳的詩人，對人性有深刻的認識，才能寫出如此具有內涵的詩。

綜觀非馬的詩作，再看他的詩觀，我們可以肯定的說：「非馬是理論與實際相配合的詩人。」詩的結構精簡完美，用字平實，意境深邃、社會性強烈，表現平法特別，思想深遠，詩的風格別具一格，是現代詩壇的一個異數。

一株新品種的詩
—論許達然的詩

旅人

許達然，原名許文雄，民國二十九年生於臺南。東海大學歷史學系畢業，美國哈佛大學碩士，芝加哥大學博士。現任教於美國西北大學。著有散文集「含淚的微笑」、「遠方」、「土」。民國五十四年獲第一屆全國青年文藝獎散文組獎，且曾任「文林」散文季刊發行人。

許達然早期的作品，都是以散文爲主，以後大概認爲寫散文不夠味或想另闢新的創作途徑，於是又加入詩人的行列寫起詩來。他寫詩在「笠」創刊前就已出發，自民國六十六年十月起，他的詩作又不斷的在笠詩刊出現，幾乎每期都有。或許因爲他特長於寫散文的關係，所以他的詩作大多以散文詩的面貌表現出來，如果不以散文詩演出，則以短詩的型態顯露，像一張張的快照，捕捉瞬間即逝的影像。他的詩，由於用語大膽創新，因此有些給人的感覺是怪異的，生澀的，粗糙的，不合文法常規和一般的修辭現象，但是細讀之下，仍有其詩脈可循，往往可讀到精緻的一面。也因爲這樣，他樹立起獨特的詩，使人讀了他的詩作，就知道那是「許達然」的詩。他的詩，仍在繼續成長中，將來要演變成怎麼樣的詩，誰也不知道。許達然也愛用閩南語融合於其詩中，因此他的詩又具有鄉土味。

許達然不是唯美派的詩人，在詩中他所要掌握的是「眞實」，他說：「秋葉再美也燒不了原野，眞實點燃詩火，溫暖社會，照露詩代。」因此要在他的詩中，找到典麗的詩，是找不到的。他的詩不是開展在溫室中艷麗的花朶，而是生長於峭壁、亂石中的野草。這些野草，有的還帶有芒刺什麼的，會刺傷接觸者的手，使其隱隱作痛。他說：「現代、民族、社會的詩必輝煌」，因此他的詩材，致力於這方面的選取。

(1) 磚

土水木火後硬要成功就包空。

單調的燃燒，烘困烏青窮抖。抗議的顏色

，鋪向刑場爭紅。原始的現代，堆砌商樓
詐欺。
誠實村井乾圓給農夫吐痰，時間斑剝的臉
纏著橋，老不爛不銹，也不管現代多金鋼
了，仍然土著。

這首詩是散文詩，語言精鍊，經過作者壓縮後，隱含多層意思。第一層指出時代的變遷。第二層顯示商人爭利，暗示社會的黑暗面。第三層意指頑固的堅持立場，有其可愛的一面，但不能適時切中的後果，不言而喻。

「也不管現代多金鋼了，仍然土著」這是許達然創新的語言，表現頗爲成功，把名詞當作形容詞，經過轉品修辭後，成爲新鮮的佳句。不過第一段的詩，就顯得很怪異了，讀者要解釋起來恐怕很難。

(2) 阿土起火記

根都拔掉了，土豆還是土豆，被剝後才裸
落仁，仁很多都給人吃了，殼，阿土起火。
葉都除掉了，蔗不甘是棍子，被削後汁被
擠又被壓後，都乾澀了，拍，阿土起火。
很炎哦！

「很炎哦！」用閩南語發音，可念出味道來，表現出一種灰飛煙滅的無可奈何的景象。老實人奉獻、犧牲，在現實的環境裏却出不了頭，作者藉著土豆、甘蔗的有形物象，暗喻老實人，又找來了一個土字號「阿土」的同類起火，使人讀來更感到悲憤。

(3) 運煤夜車

硬寂駛
要使出光明的黑

全詩沒有用到題目中的任何一個字，但是却緊緊扣住題意，這是作者運用「隱喻」修辭的成果。「硬」與題目的「煤」有關，「寂駛」與「運」、「夜車」更有密切的關繫。「要使出光明的黑」點出題旨，用「矛盾」修辭，造成詩語。這首詩，是一首成功的短詩，頗似非馬詩風。

(4) 垃圾

連垃圾現在也不許隨意捐走了。我又可以
去撿時看到他專意找著，就問他找什麼東
西，他越翻越爛越臭越亂後打答我眞理，
找不到後就氣對垃圾提起從前父親罵書裏
的道義其實不講理，現在太太不但怨嘆越
讀越窮越困而且氣把書扔給垃圾，他越找
越髒越氣問垃圾裏我可找過書，他氣答檢
了很多回去後都不如朽木耐燒，他越想越
惑越氣問我書以外還發現什麼，什麼？我
再怎樣掀翻撿，發現的仍是別人丟棄的，
垃圾！

這首詩影射的問題頗多。窮書生在現代社會中的苦悶，書的價值不如酒櫃，如同垃圾以及讀死書的人當然要被社會淘汰等問題，都值得吾人去思考，而這首詩提供了我們思考這些問題的機會。

作者特用的散文詩句，有的很長，剛讀起來並不很順口，甚至有點雜亂，也許作者故意以此表現「垃圾」的景象吧！

(5)再一年

悟：
花搞的驟麗下
土悄悄笑了
草編的遠澗上
土默默匍匐
葉擲的重量中
池紛紛跳
雪潑的聲音裏
池白白舞
誣，摔得東倒西歪
還直直直賣力
要再來

鮮活的詩語，依序地展開春夏秋冬的景象，給人「再一年」的感受，不禁要發出「歲月不饒人」的感慨。作者經營詩語的高度能力，在本詩中表現無遺。

詩的自述

林宗源

一九三五年生於臺南市，光復前家產富足，光復後家道日衰。自地權平均後，已經是中產階級人家了。生活在古老的家庭，幼弱多病，母親常說：「我是用錢糊起來的」。七歲最後一次大病，身體強壯起來。小學、中學是田徑健將，中學曾經參加南部七縣市足球比賽，獲得幾次冠軍，後因運動與爬山患病而休學，病中對文學發生興趣，才開始寫詩。由於老師對選手的輕視，我是全校（臺南二中）唯一不願參加聯考的學生。

小學的時候，習字、美術、彫刻，也小有成就，尤其我彫刻的竹花瓶，放在校長的辦公桌，三年後回到母校，還放在那裡，第一次感受到創造的樂趣。

可是，自從身體強壯，就不再喜歡那些習字、美術、彫刻。長久被死亡威脅，而不能享受生命的活力，我像一隻痊癒的獸，不知疲倦地奔馳在運動場、國術館、大自然。當我站在能高山的山峯，才體會到新生命的奧妙，這些背景也就是我以後完成「力的建築」、「力的動作」、「力的舞蹈」，一系列的詩作的遠因。

當我站在峯頂，向大自然宣告，我發誓要把生命寫在宇宙。假如高三的時候，不患上那一場大病，我想這也只是人處在高山一時的豪情罷了。

畢業後，跟父親學習農業，經營魚塭、旅社等，現在自己經營食品店。我喜歡體會生活諸種面貌，曾經一度到工廠做工，只爲了寫工廠與工人的詩，不計較工資，半年的體會總算有點心得。我的詩舞自生活。

如今，已經出版的詩集，有「力的建築」、「食品店」、「嚴寒•凍之死存如夢」。預定出版的詩集，有「醉影集」、「力的動作」、「選手的抗議」、「給父親的詩」、「根」、「力的舞蹈」。

在追求詩藝的歷程中，我重視創意。不管身外的一切，把詩當做第一生命，發誓窮一生之力追求的生命。時時以初學的心情審視與創作，這樣我想才能時時突破，才不至於僵化，才能做到時時有新的視野，變化萬千的創造。

下面五點，簡述我對詩藝的追求

(一)詩語的突破

詩的語言，應該以自己熟悉的語言加以再創，也就是以自己的母語創作，才能寫出眞正屬於自己的詩。語言有其獨特的聲、韻、調，而聲正是傳達情感的媒介，韻、調則是構成語言的旋律。詩的產生，必須以感情推動心智。在我的經驗中似乎沒有絕對主知的詩。詩是感性的，所以一定要用自己熟悉的母語表現，才能恰當地表現作者的情感。有人說：鄉土詩，只要有鄉土的精神就可以了。試問，若不用母語，怎能表達那一份鄉土的感情，使人有一份親切的感動呢？

眼看詩壇那千篇一律的詩語，我以母語（臺語）融合國語，自我構成獨特的語言，企圖豐富詩的語言，從方言與口語，創造詩的語言，企圖糾正詩壇對母語詩的追求。

(二)詩型的突破

我看那些以文字排列構成圖畫詩的詩型，除了視覺上的美感，內容不是單調，就是蒼白而且是貧血的，不能表現複雜的內容。因此，我以熟悉的物的外形或結構，事的過程，心的秩序，當作形式，企圖建立詩型的多樣性、有機性：而寫出有創造性的如「黑板」、「十姊妹」、「電冰箱的故事」等詩。其中黑板一首，在出版的時候，未能以黑板的原形呈現，同時具有色感的效果，象徵我心裡的世界是立體的，不是平面的，是有動感的世界，實在遺憾。

在苦思如何突破詩型的歷程中，在民國五四年八月九日，晚上十點，當時我還是旅社的帳房，面向幾年來天天在我面前的黑板，想寫詩，但總覺得心中無詩，就閉起眼想一些詩的問題，當我睜開眼，抬頭看到那一塊黑板，突然，我看到一首詩，一個世界，一個在我心中象徵化的黑板構成的世界，那些房號、空房、宿泊者芳名表、記事，也都有象徵的意義與關聯，從我的意識中顯現，酒鬼不再是酒鬼；妓女不再是妓女；賭徒不再只是賭徒；靈性只是靈性，活在黑板的世界，而服務生與老板，有時以其身份說話，有時以人的立場加以評判，構成一首主題複雜的詩。這是一首突然寫出的詩，從此突破我對詩型的觀念。

有一點，我必須說明的是，以熟知的物的結構或外形，做爲詩的形式，必須是熟悉的；因熟悉才能在意識中與詩的內容融合，做有機性的表現，否則黑板也只是一塊黑板而已。

此詩最大的特色，是提出新穎的形式，把詩表現的領域擴大，是一種大膽的嘗試。(詹冰兄的評語)。

詹冰兄曾指出：這種詩祇能寫這一首，再寫這種詩，或有人模做這種形式，就無意義。是的，黑板只能寫出這一首，但，由此突破可以類推創造更多型式的詩，使詩的型式作多樣性的變化。像十姊妹這一首，我以電影的劇本加以再創，具有再創性的舞臺劇的形式，與戲劇性的內容，若能配合音樂等等，作詩劇的演出，也是一種有創意的嘗試，詩型的多樣性，也是我的特色之一。

㈢詩觀的突破

什麼才算是詩，詩不是現實的影印品，詩是作者透過現實再造的夢，創造的理想世界。詩除了以文字爲工具外，數字是否也能構成詩，在電腦文明以及錄音機普遍的時空中，幾百年後的詩是什麼？在一切透過機器的文明，文字的功能可能退化，那時的世界可能以符號記錄，或直接以語言傳達。在這種觀念下，我寫出0＝10這一首詩。此詩內容雖不新鮮，唯一可取的是以數字表現生至死的歷程，取代文字的功能，以算學的程式表現人生，由單純到複雜又歸於單純的過程，並表現生命的生生不息。我以爲詩的追求，不僅僅是寫好詩，做爲一個作家，必須有勇氣去假設、去創造、去突破已有的詩觀。

㈣題材的突破

一個作家的生活面必須廣大，取材才能包融萬物。一個眞正生活過的人，才能表現感情的眞，寫出使人感動的作品。因此，我體會生活，觀察人與人，人與動植物，人與大自然，人與宇宙的關連，建立我的理想世界；寫出「給父親的詩」一系列的作品，企圖打破舊式家庭的型態，建立現代新的觀念，打破父權建新人倫，在我的理想中，父與子不過是活在自然界中，具有生命的個體，父與子若能像朋友一樣，相敬相愛，這個社會一定是很安祥，充滿了愛的社會。寫出選手一系列的詩，抗議老師對選手不平等的待遇，抗議人們把選手當作爭取榮譽的工具，忽視運動的精神，如「一個選手的抗議」一首。寫出「力的建築」、力的動作一系列的詩，希望發現「力」的本體。「力」象徵生命，「力」的動作呈現生命諸種面貌，如「我應該是具象的」、「生命的建築是屬於植物的」等詩。在年輕的時候，當我下筆開始寫「力的建築」，我定下一個計劃要完成一部巨著。之前，「醉影集」，與一本還未定名的詩集，是在沒有計劃的情形下寫出的。就因爲覺得零零碎碎創作沒有意思，才下定決心，用一生來完成一部長詩。分爲1.「力的建築」，2.「力的動作」，3.「力的舞蹈」，4.「理想國」。而「食品店」、「選手的抗議」、「給父親的詩」、「根」等詩集，可歸屬於「力的動作」的範圍。

當我瞭解生命的意義，瞭解唯有動作，才有生命的存在，瞭解生命諸種面貌以後，才敢下筆寫出「力的舞蹈」，至於理想國，可能要到老年才敢下筆，在此順便提示我的寫作計劃。

寫出「力的舞蹈」一系列的詩，企圖建立人類理想的世界。寫出動植物一系列的詩，如「燕仔的話」、「愈肥愈臭愈好的泥土」等詩，企圖建立人與自然界的新關係，人以強權主宰人，人以科技主宰自然界，不能彼此尊重生存，汚穢社會、殘害自然、公害自然，這絕不是人類追求的理想世界，其他寫一些關於媽祖的詩，是對人的諷刺，與盲目崇拜神的評判。一些攤販的問題，是企圖建立我理想中文明的、現代的社會，沒有法治，沒有秩序的社會，是不文明的，不現代的社會等等。詩必須從各種角度去取材，各種角度表現，才能構成一個無限大的世界，這個世界，詩人一定要用一生來建築，要付出整個生命，才能完成的。

(五)思想的突破

很多的詩人，以爲寫好詩，能發表，能出詩集就行了。因此，追求技巧至上，意象至上，忽略思想在作品的重要性。技巧、意象雖然能使作品完美，但思想才是詩的生命。詩必須以思想性的內涵，借詩的文體，做藝術性的表現，否則詩也只是明日黃花的女人。我看今日的詩壇，似乎沒有一個爲眞正理想寫詩，終身追求理想的詩人。不是爭名爭利，就是爲了好奇而寫詩的人。因此，詩不是成爲美文詩，就是自我感傷，矯揉造作，無病呻吟之作。就拿抗議性的詩來說，在詩人沒有建立自我理想的世界的情形下，也不過是發洩情緒的詩罷了。一個偉大的詩人，一定是一個思想家，作品沒有思想就顯不出深度，就顯不出重量。我們想在世界詩壇佔一席的地位，詩人必須先建立自己理想的世界。詩人不具備這種認識與使命感，我們的詩寫得再好，也不能跟人家比一日之長，這不是爭名位，這是在建立我們的文化。這不是野心，這是詩人應該有的自覺與抱負。詩人必須有自信，必須有傲骨，但絕不是自大的驕傲。因爲詩人還要修身養性，才能容物，才能容人，才能寫出博大精深的詩的世界，只追求技巧、意象，是無法到達這種境界的。

上述五點，引述我對詩的追求；並點出我作品的摘要，尙望文中無自我標榜之嫌。在追求將近三十年的詩的創作歷程中，甘願寂寞地默默地以詩建築我理想的世界，而這些僅僅是我一點點心得罷了。

最後的話，是我時時提醒自己的話，也希望初學詩愛詩的詩友記住的話。

詩必須用生命建築
詩必須用「力」動作
詩必須用理想舞蹈
舞出一個「自我」的世界

讀「陀螺的記憶」

趙廼定

文藝作品在於反應作者累積的經驗，並以理念與情感把經驗加以剪裁、組合，再依素養，用經濟流暢的方式駕馭文字而表達之；詩不例外。

翻趙天儀第三詩集「牯嶺街」第一輯「陀螺的記憶」詩八首來看，除第一首曬穀場外，餘均與戰火有關，描述的是二次大戰戰火及其周邊的詩篇；趙天儀童年正處二次大戰前後，身歷戰火的洗禮與陰影的籠罩，因之戰爭的魅影殘留心田，及長乃抒爲詩作。

「五張犁的一幕記憶」係以骨肉分離、掛心遠方親人爲經，次以自身亦受戰火肆虐，加強恐懼惦念的心思，而繪出一幅對戰火的恐懼，不安與排斥。

戰爭使人傷亡，造成骨肉分離，導致社會問題家庭問題於焉產生，所以冤死屈死事就免不了了，戰爭期間及其後自然會產生很多「鬧鬼」的事。「午夜」一詩，就是在描述童稚聽多了冤魂及虎姑婆故事的恐懼心態。

「最後的黃昏」在描述戰火瀰漫的年代裡，大人都在默禱戰爭早早結束，生活得以平安，小孩則尚朦朧於戰火的威脅，至多只是跑跑防空壕，或者瞅見戰雲在靑空中綻放，戰火的平息，只是把童年截分爲二，一爲異國籍，一爲回歸祖國而已，本詩以童稚無知之心襯托戰火的危殆、恐懼、與殘暴，而更加深帝國主義以侵略爲目的，發動戰爭之非是、不值、不明。

「蓖麻與蝸牛」是對侵略者瘋狂備戰的描述，盟軍採跳島戰術時，大戰已臨結束，侵略者物質消耗殆盡，實已無作戰能力，惟仍在做垂死掙扎，困獸之鬪，冀圖起死回生，乃有引進蓖麻說可煉植物油代軍用油供神風特攻隊用，引進蝸牛供肉類補給之用，該詩一則顯示侵略者之瘋狂，一則寫出殖民地之悲哀，爲俎上肉，任人宰割。

「陀螺的記憶」在描述戰後，曾是耀武揚威的侵略者婦民的可憐相，以及被侵略者以德報怨的惻隱心，前後輝映的，正是二者的民族心態。

趙天儀的詩，一向走的四平八穩，脚踏實地的作風，不以文辭取勝，不以華麗辭藻掩人耳目，所以無法特意斷章挑出所謂的「名句」，雖屬可惜，但也因之而展現其一貫樸拙、質情、紮實的風格，尤其可貴的是，自從事詩評詩創作以來，趙天儀一直沒有中斷詩業，而且，可斷言的，未來也不會中斷，直到永遠永遠，他這種對詩神的堅持與頂禮膜拜，在國內詩界是少有的，也因之更顯示其詩情之眞切。

生活與詩

非馬

什麼樣的生活，便有什麼樣的語言，便產生什麼樣的詩，這是一點都不能強求的，除非不誠實。不久前曾讀到一位「超現實」詩人發奮跑到鄉下兩天寫出來的一首「鄉土」詩，不忍卒讀。這種勉強寫出來的東西，不但苦了作者，也苦了讀者，眞是何苦來哉！我寧願見到詩壇上百花齊放，即使其中有些雜花脆弱得禁不起凉風吹，俗艷得不堪入目，也不願見到有人爲了時尙而趕製淸一色的塑膠花。

對于我，一首作品是一面鏡子，照出我生命裡的一段歷程，一個面貌。我越來越明白，只有不斷充實我的生活，擴展我的視野，開拓我的心胸，才有可能使這面鏡子明晰起來，使鏡裡的面目少一點可憎。另有這樣，才有可能寫出一兩首好詩，才有一天能被稱爲詩人而不臉紅。

詩的語言和傳達

林鍾隆

詩日漸脫離群衆，群衆日漸疏遠詩，這是詩人心中或多或少的一種恐慌。

這種恐慌，使近年來詩壇上相當熱烈地討論着「語言」的問題。

在詩人自省的討論中，首先受到檢討的是「晦澀」的問題。其實「晦澀」，是病，也不是病。

晦，而並非不可透視，仍有隱隱微光，可供摸索，不是厚墻，仍可透視，晦，又何妨？「澀」固不易探索，並非死路，只是難行，不怕行之艱者，仍有辦法克服，澀，又有什麼可病？

道貌岸然也好，風采非凡也好，巍巍然或泱泱然，見之，懾人心魄，傾心而仰慕，深不可測，高不可及，並無礙我們的欽佩與敬愛。了解，不是唯一攫獲人心的條件，有沒有那種引人心魂戰慄或雀躍的風采，更爲重要。

神出鬼沒，不可見其人，可覺其影，時時感覺其「在」，禁不住要查究其人，能如此引動人的心，神出鬼沒，也是妙得令人佩服。若引得人不見其人不見其身不罷手，不是很好嗎？要緊的是，能否引動如此的「熱」和「狂」。

檢討之外，有人提倡淺顯。淺顯，目的在達到易懂。想以易懂來向群衆討好，用心良苦，是令人稱道的。但是如同學問有深淺高低，不是都可以做到使「小學生」了解的。可淺者自然能淺，高深者有很多無法淺說的，無法淺說的，勉強要淺說，如同古文譯白話，味兒全失。高深者只有隨其高深，求知音於少數高深者，無法冀望於「群衆」的大量欣賞，自鳴孤高，也有必要的時候。

語言唯一最重要的是操縱，驅使語言的神妙高超，使詩釀出一種動人的風貌，如美景之吸人眼，出現吸引人心之力。

這力，如運氣功的，在劈畫之前，運滿於身，如氣球灌滿氣，飄然欲擧，使詩充滿了力量，使詩本身無限的張力，令人魂不守舍。

究其極，功用僅此而已。

要讀者入詩，不在語言，而在傳達。作詩，對個人而言，是內心情愫的抒發，對讀者而言，是礦脈的探索與開採。礦石，如點點散播，則點與點間無路可由，只要成脈，一目觸及，便帶來發現與採掘的喜悅。因此，自我抒發之外，是否有傳達的理路和情流，才是最須關心的。礦源可感，即使遮掩在深草中，即使暱身於樹根下，一旦觸及，乍然如泉湧。

不求共鳴則已，要求同感，要求讀者感同深愛，詩作者，若如桃花源，入之，出則已忘，讀者將無法入。作者之「入」，必有路，入而不能出，或出來之後，不可再入，就閉住了讀者的心眼，拒讀者於千里之外。作者若能出能入，自然、悠然而出入無礙，讀者必能探得作者的足跡，即使尋不着足印，亦必能如上等獵犬，聞得出作者出入所留下的體味。此乃語言之外所最當留意的所在。

不過，此路，不是要可見，更不是要如高速公路之可疾行自如，要在「直感」。要使讀者「熟」而後嘗，詩已如煮熟的蝦，全變了樣，要在「生」嚼。不必仰賴解說，就能直迫心靈，才是出神入化之境。

無限的探索

趙天儀

從不知道「什麼是詩」的時候，便開始偷偷地喜歡詩，像童稚的愛一樣，在詩中尋求一種溫暖的感動。初中時代，在中國古典小說中，讀到「有詩爲證」的時候，常常被我忽略過去。當我莫明其妙地有一股無法壓抑的熱情來讀詩和寫詩的時候，詩是一種熱情的磁鐵，一股誘惑的引力，把我的心吸引過去。

在我還沒上大學以前，對詩已有初步的認識，而且也發表了一些詩作，上大學以後，對詩則有了一連串的迷惘與修正。讀書、求學、戀愛、結婚、從軍、教書以及旅行等等的生活經驗，都增加了我不少的人生的體驗，拓寬了我思考詩的領域。當然，有時候，人生的逆境比順境更富於詩的衝擊與震撼。

我讀詩；一邊欣賞，一邊忘懷，我不受已有的成規所拘束。我讀評論；一邊咀嚼，一邊辯証，我也不受已有的觀念所籠罩。我有一種歷史癖，對於一個已被發現的素材，一種已被表現的意象，我總是希望能有所超越。美是在第一次發現或表現的時候，最令人驚訝，最令人興奮，也最燦爛奪目。可是，當美的意象被因襲的時候，將隨著時光而逐漸地褪色。

從童年、少年、靑年走過的家鄉，文化城的大街小巷，五張犁的田野和溪流；到靑年、壯年、中年流浪臺北街頭，軍旅中走過島上的一些小鎭，高山或漁港，都成了我日後從事創作的靈感或素材之一。由於我有一股不得不發洩的慾望，因此，我寫詩，不在乎詩的修辭，不在乎詩的文字的修飾，也不在乎什麼派什麼理論，雖然我也會關注那些功能，但是，我不拘小節，不修邊幅，我想抒情就抒情、想敍事就敍事，想諷刺就諷刺，想批判就批判。我不管這樣是不是詩？也不管那樣是不是詩？反正我要把我內心的苦悶或感受表現出來，所以，不喜歡受到拘束。

我一直堅持一種持續的毅力，堅持一股創造的意志，也堅持一些超越的理想與胸懷。我不認爲詩已在我掌握的手心上，也許我還沒有找到什麼才是詩？然而，我對詩的執著與熱情，永遠不會改變，在這長路的途徑上，我還要探索下去，探索下去。

【筆談】

現代詩及其他

○李敏勇

●黃荷生

○參加現代派的活動，最難忘的經驗是什麼？

●因爲「現代派」並不是什麼有組織的團體，因此，除了大家狂熱的寫詩、讀詩之外，並沒有什麼特殊的活動。重要的是「現代詩」雜誌，紀弦以一個家無恒產的窮教員（當時教員的薪水非常微薄），竟能獨力創辦並維持了那麼多年之久，在今天看來，眞是叫人不得不由衷佩服。

○現代派的成就是什麼？

●「現代派」的成就，不是三言兩語可以說得淸楚的，如果不特別強調「現代派」的「派」，而說「現代詩」雜誌的成就，我想，至少可以寫成一本書。「現代詩」雜誌在當時，除了紀弦、方思、林亨泰等業已獨具風格的中年人外，幾乎已網羅了所有有理想、有衝力，不屑於人云亦云的所有年輕詩人。這樣壯大的作者群，對後來三十年詩壇所產生的空前威力與影響，當然至深且鉅。尤其在「現代詩」雜誌停刊以後，「現代派」的某些精神、某些主張、某些風格，更是無孔不入，無遠弗屆，左右了海內外整個詩壇。

○爲什麼不再寫詩？

●也許有兩個解釋的方法：①每一個人一生之中，不論男女，有形無形，總會有一段「思詩期」，內分泌較旺盛的，就會讀詩或寫詩而長出一臉靑春痘來。②寫詩如果是一場演講，眼看四周聽衆就那麼三、兩個人（也許其中還有一個是聾子），你怎麼還有舉著麥克風不放的力氣？

【筆談】

從里爾克到第三世界的詩

○李敏勇

●李魁賢

○里爾克對於您有什麼影響？

●您這個問題正好可以讓我有重新檢討的機會，一般所指的影響，可能偏向題材、意象、語法、結構等的傳承，如果以這些條件來看，我很少受到里爾克的影響，甚至可以說，我盡量避免受到他的影響。因爲詩的創作性活動，與作者的生活座標繫繫相關，無論時代背景，生活環境，我和里爾克都不相同，如果我顯著受到他的影響，豈不顯示自己的迷失；不過，如果您問的問題是，里爾克對於我有什麼教示，那麼，我可以斷然的說，里爾克使我獲益匪淺，這可以從幾個方面來說：

第一、里爾克對詩所懷抱近乎宗教性的虔誠，最令我感動而且力求學習實踐，爲使詩淨化，把它揚升到莊嚴崇高的地位，他力行孤獨的生活，「孤獨的生活」並非與人隔離，而是與詩壇、名利不產生糾葛。

第二、里爾克對物象勤於觀察，以敏銳的洞見深透物象的生命，把它彰顯出來。爲了能夠準確把握物象，他重視生活的體驗。不過由於文化背景的不同，里爾克喜歡把生活經驗轉化成形而上的冥想，因而把握內在的眞實，我本人則對生活經驗本身的眞實性比較着重。

第三、里爾克對語言操作的精確，往往能使詩的世界完整而純淨，對詩性想像的發展脈絡，和前後的呼應，更是不掉以輕心。同時，在語言的多義性和音感方面，里爾克也有特別敏銳和苦心的經驗。

諸如此類，都是我努力追求和探究的。不過，基本上，里爾克也算得上是天生的詩人，或是更恰當的說，是天生潛力的詩人，因爲畢竟他的努力倍於他人，但我自視爲生活人，只是以詩來觀照、反省，所以在態度上，里爾克是超脫的，我是比較介入的。

這樣的比擬，或許會有攀附不當的謬誤，不過旨在說明我向一位大師學習到的簡單心跡和歷程。

○您認爲此中世代，像你們一樣有太平洋戰爭的童年經驗的詩人們的精神特色是什麼？

●對太平洋戰爭的體驗來說，我們這一代大概要算是「邊緣人」，意思是說，在生活上我們受到了重大影響，譬如遭遇過疏散的遷移，父兄或親人被征召的離別，物資配給的艱困，甚至以豆粕、芋梗、蕃薯等爲主食的窮苦，以及盟機轟炸的驚慌，可是對戰爭本身的形象，除了跑警報、躲防空壕、向兵士寫慰問信外，沒有更直接的體驗，可是在光復後反而有過面對刺刀和子彈的威脅。因此，這一代的人既不像上一代對戰爭的切膚感受，也不像後一代反而可以在某些距離外作清醒的觀察。要歸納精神特色只能大而化之的說，一、對美好明日的憧憬，爲了對殘缺童年的補償作用吧，多少帶有一些理想的色彩；二、對堅忍生命的苦節，把握現實的題材，而以向上提升的精神力量來自勵；三、對脫線逆行的批判，在社會變動中，價値混亂或顚倒的現象，有潛在性的抗拒，而且以童年和成年對事物感受本能上的差異，又遭遇截然不同的世界，在對照經驗下，常會有兩難的心境。這些可以說都和時代背景有底層的關聯性存在。

○對第三世界的詩，我們應以何種角度來看它？

●我們國家的處境，應該算是第三世界的「邊緣領土」，因爲本身的孤離性，以及政策上的不堅定性和缺乏自主性的勇氣，既不能自外於第三世界的集團，實際上又無法參予第三世界的事務。但內在的情況又恰恰是在自由的第一世界與專制的第二世界的中間地帶，正好具有第三世界的一些特色和徵象。第三世界的詩人，既不能像在第一世界裡那樣扮演先知或嬉痞，也不能像在第二世界裡那樣擔任鬪士或旗手，我們看到一些角色錯亂的現象，便是如此產生。換句話說，在第一世界裡，儘管可以強調「純粹經驗論的藝術功用導向」，在第二世界裡，也不妨高唱「現實經驗論的社會功用導向」，但在第三世界裡，正是兩端的調和，應走向「現實經驗論的藝術功用導向」的中庸地帶。因此，對第三世界的詩，我們雖然抱着觀摩心情來看，同時更要評鑑那些詩人對扮演角色的認知程度，以及是否適度和稱職，因爲詩不是學習的問題，而是鑑賞的問題。同時，我們可以從第三世界裡詩的適格，來預計該國的氣候和取向，以及文學（文化）的前瞻，無論就擴大我們的視域或文化支流的層面看，應該値得我們去留意。

【筆談】

詩、哲學及戰爭的體驗

○李敏勇
●趙天儀

○您認爲詩是什麼？

●詩是一種經驗的表現，而且是人類通過語言的一種表現。古代的人類以狩獵、遊牧、戰爭、祭事等的經驗來表現古代人類的生活方式。現代人已由農業社會跨進工業社會，人類的生活經驗也在逐漸地演進。如果說詩是一種生活經驗的表現，那麼，生活經驗的內容却因人因時因地而不同，所以，詩所表現的內容也將因而不同。

在形式上，詩是一種語言的藝術，通過語言的表現，以情感、音響、意象及意義爲詩的要素，也就是有別於散文藝術的一種表現。詩與散文，同爲文學，都是一種語言的藝術，兩者有程度級距的差異；詩以多意義的記號來表現，散文則較以單意義的記號來表現；詩是代數式的，散文是算術式的；然而，害怕散文化的結果，反而使詩的創造逐漸地萎縮。

在精神上，詩是一種境界的創造，一種理想的飛躍，也是一種世界的淨化與嚮往。然而，詩人必須立足於現實經驗，同時也要有想像的飛揚。詩是對現實醜惡的抗議，是對自我內在的批判，也是對苦悶創傷的慰藉。不錯，詩人追求眞善美的世界，然而，歌功頌德往往流於虛僞矯情，風花雪月也常常陷於自我的感傷與墮落。詩，永遠與苦難同在，與戰鬥同在，也與眞理同在。

○詩與哲學可以給予人生的相同底不同經驗是什麼？

●詩是一種藝術的表現，是通過抒情的直覺的表現；哲學是一種論理的表現，是通過概念的邏輯的表現。同樣地，以宇宙、世界與人生爲探討的對象與素材，詩是一種全然的洞悟，而哲學却是一種概念的分析；詩是一種體驗的感受，而哲學却是一種辯證的過程；詩是一種想像的飛躍，而哲學却是一種觀念的玄想。

當一個詩人宣言要殺死全世界的詩人的時候，也就是要殺死已被創造了的詩的世界。當一個哲學家宣佈上帝已經死亡的時候，乃是在他的心裏，上帝已經不存在，因此，他要一個全新的出發。

爲了創造一首詩，詩人必須善用語言，創造語言，詩永遠要接受新鮮性的挑戰，要接受批判性的審判。爲了創造一種新哲學，哲學家也必須善用語言，分析語言，從事語言思考的邏輯辯證的探索。詩人是一種感性的追求者，而哲學家却是一種理性的探索者。詩人是一種文明的批評者，而哲學家却是一種文化的省察者。

○您認爲戰中世代，像你們經驗過太平洋戰爭的童年時代的詩人們，有什麼樣的特別經驗，形成什麼世代的特色與精神？

●在日本殖民地的統治下，又遭遇太平洋戰爭的童年時代，有幾點感受値得一提：

一、戰爭的苦難：戰爭是人爲的苦難，因爲受到太平洋戰爭的影響，爲了躲避空襲轟炸，我們從臺中市疏開到五張黎，一個農村，約有一年光景等於休學，在田野、大溪奔馳。受到物資缺乏的威脅。

二、自然的災難：因爲戰爭的關係，由都市遷居鄉村，過了一年農家的生活，因此，得以跟大自然比較接近，但是，也體驗了自然的災難，例如：颱風、水災等等。

三、語言的混合使用：由於日本殖民地的統治，使我學了三年日文，到了農村，又大量地學閩南話，戰爭結束以後，五年級學了一學期日文，一學期漢文，然後，在六年級，學了一年中文。使我有一段時期，三種語言混合使用，使我在語言的感受上，比較能體會「跨越語言的一代」底詩人苦悶的經驗。從歌仔戲、平安戲、布袋戲，以及演義小說，使我學習了一些閩南話，一點漢文的讀法。

四、日本戰敗的感受：太平洋戰爭後期，日本節節戰敗，由於日本山本五十六大將陣亡，塞班島玉碎，米（美）機幾乎時常來轟炸，所以，對戰爭、瘧疾、死亡等的恐怖與威脅，開始有了一種深刻的體驗。同時也感受了日本戰敗的經驗。

因此，我在詩的創作過程中，童年時代的生活體驗，成爲我重要的記憶與素材，也可以說形成了我鄉土色彩的最初的原型。環繞著我的經驗，我的詩，把臺灣的都市與鄉村打成一片，把童年的記憶與歷史的體驗打成一片，也就是以詩連串了三十多年來的我的心路歷程，同時也貫串了臺灣三十多年來的社會的投影，在我們的世代裏，我可能是比較重視歷史意識，時代映象以及鄉土精神的融會與象徵的表現的一個。

國際機場

李魁賢

金屬巨鳥在鋼鐵和玻璃幃幕外
肆意喧囂，忽起忽落
或東飛，東方是日出之地
或西飛，西方暮色漸濃
或南飛北飛，在爭吵的兩極間
輸送人間精誠相繫的底流
法蘭克福、法蘭克福、法蘭克福……
呢喃聲沉淪入歌德故居的緬懷
數千里路來訪歌德，在詩中、在心靈中
以古典充塞，平衡生活上現實的夢魘

梅茵河流過工廠廢氣瀰漫的城市
嗚咽着人類不自量力的相殘
三十年宗教戰爭的黑暗，奧匈帝國的專制
納粹希特勒的瘋狂
看猶太人掙扎在集中營與煤氣室之間
梅茵河時而變紅、時而變藍、時而變黃
不能映照出人心本有的清白

在國際機場兩翼交會的休息站
歌德的詩，梅茵河的潺潺
像時漏在心房內沙沙響
正是四方八表的人種交會站
西邊走過來穿大衣戴呢帽的紳士
眞皮的手提箱，當做枴杖的黑傘
金髮紅顏女郎，披着雪貂
高統靴，麂皮手套，睫毛像陽光下的松針
對望一眼，彼此有不同的猜想
說不定他是蘇格蘭場守候的獵物
假牙內藏有飛彈佈署的微粒膠片
說不定她是國際刑警追踪的對象
身懷海洛英、假支票、僞造的提單
北邊奔過來一群喧嚷的少年
牛仔褲、口香糖、鞋跟製彈簧

皮膚是牛奶 頭髮像亂蓬
簇擁着幾株無風而搖曳的白蓮
是少年德逸志嗎 專找美軍的麻煩
偏好莫洛托夫雞尾酒，嬉痞過時的變種
南邊湧過來洩洪的人群
看那位兩道艦橋濃眉下眼射凶惡的光芒
像一塊巨石在洪流中橫衡直撞過來
會是巴勒斯坦遊擊隊的尖兵嗎
看那位頭纏白巾，一臉絡腮
不知寬鬆的罩袍內暗藏什麼玄機
是何方阿拉伯的勞倫斯，有初月的清輝
看那位夜色家族的新秀
把黑變白易如反掌，一如反掌
在西南非席捲沙漠風暴，遠走高飛
看那位仙風道骨，施施然
像一根川流中的蘆葦
背後跟隨披紗籠露肥腰
鼻上鑲着晶瑩鑽戒的終身旅伴
五個孩子前呼後擁儼然君臨家邦
可是刮盡了恒河砂石而飄流的浮萍
東邊蕩過來三三兩兩的黑髮黑眼睛
看那位穿呢黃獵裝，二位蒼白靑年扈從
權威像絞緊毛巾四溢的冷水
可是赤軍連，準備重演轟動的劇本
看那堆灰色毛裝，胸前有東北鋼鐵字樣
像是逃脫攀籠的兎子，保持着警覺
有些驚惶，有些茫然，有些手足無措

說不定曾是串連的紅衛兵，如今分派煉鋼
還有一位獨行俠 踏着安穩的步伐
一身裝束就是赴宴的模樣
全套淺藍西裝，手臂掛着咖啡色風衣
右手拉着摺疊式行李車，上面載着手提箱
眼神堅毅充滿自信的威力
走到櫥窗前，仔細觀察陳列的演技
從照相機、衣物、玩具、到旅客紀念品
像在鑑賞字畫古玩，沒有一處遺漏
手揑記事册，邊看邊記
眞像故鄉收割後水田上的一隻鷺鷥
忽而抬頭，忽而把啄潛入泥中尋尋覓覓
故鄉，啊！是的，數千里外的故鄉
一陣閃電劃過心頭溫熱的泉源
那熟悉的身影有着不可分析的感應
我遲疑地走過去，輕輕叫一聲：台生！
鷺鷥聽到遠方打雷般靜立不動
我再走過去，稍微提高聲音叫：台生！
猛然回身，四手已交纏在一起
像一隻章魚，語言竟比久別重逢的心還軟弱無力
紅潤的臉龐，沒有旅途勞累的疲態
台生從北美轉南美再奔向歐洲的風塵
他興奮地說：地球眞小呀！在這裡碰頭
不，我說，臺灣眞大呀，十幾年看不到人影
他就以一貫沉着的語氣說起他的滄桑

那一年我們同時離開服務的國營工廠
台生，以反饋後剩餘的力氣，轉到民營企業
進口化工原料，在島上從南到北
像一隻攪亂了季節的候鳥，不斷飛翔
突然間，中東國家打了一個噴嚏
石油震撼，是的，引起全球經濟痙攣
更速效的是個人事業在懸崖行走
化工原料價格一日三跌，把鼻青眼踵跌給台生
公司關閉，他回家學蜻蜓吃自己
經過幾個月的策劃，親友們的支持
踏出自己創業的第一步，最保險的膠塑加工
他的脚步一向勤快、穩健、而又堅定
承受貿易商的訂單，品質和交貨期
有如牢固的鋼釘，堅持敲定
不勞客戸的踪催、嘮叨和哀求
他的信譽像砂粒一顆一顆堆積在岩層上
就像紐倫堡舊城裡的古堡城牆
在激烈競爭中的行業間，台生
成爲大家爭取的協力廠商
他建立了新廠，先是力霸鋼架
接着改建二樓預力混凝土建築
隨後又加了三樓，頂樓還搭棚架

十年辛勞的台生，像一尾金魚
穿梭於靑商會、獅子會、家長會
雖然不是烏鴉，也懂得反哺
把吸進的水再輕輕吐出，冒出一個個水泡
變成陸橋、教堂、鐘塔、輪椅、消防車
在殘障者和衛生隊員間種植溫暖的樹苗
台生又像一隻蜜蜂
把自己工廠的花粉帶到人家的花蕊
他把做不完的訂單分出
又把自己的管理技術當做嫁粧
使競爭的態勢轉變成合作的局面
大家認定他是同業間的甘草
就這樣把他推出了舞台
成爲公會的理事，受到重大曝光

艾妮絲風速四十米，降雨三百公厘
溪水暴漲，堤防決裂，橋樑沖斷
昨天的公路，今日不知流到何方
道路成了威妮斯的運河
只是沒有干多拉，車輛變成了水中的甲蟲
農田、魚塭、豬舍、雞場全部淪落
到水下一公尺以上
台生的工廠像是過份自信的游泳好手
突然抽筋，來不及喊出聲音
一咕嚕就沉入水底，原料和成品
隨着泥漿黃湯飄流四散，遠遠看去
像是鴨群在戲水，翻滾流竄
工地堅守不住自己的根莖
一場鬼哭神號的骨科手術
刮掉腐植肌肉，再鏟除水泥骨骼
廠房倒場，壓扁了生產機器

台生無語望着破麻袋的天空
眼看大方舟的島在風雨中搖盪
這是刼數，他想，洪水滌罪
才能淨化新的生機，他相信
水退後，台生離開受傷的土地

台生從臺南闖入廸斯可的臺北
擠身貿易界，他學習猶太人經商術
以遊擊戰入侵堡壘險巇的國際市場
他要赤手攻城，單身帶着貨樣到處闖蕩
從洛杉磯，溢入巴拿馬，遠涉聖保羅
從紐約越洋到英倫，經哥本哈根
直下漢堡來到法蘭克福
不止一次，在幾乎退堂中再向前衝
他的脚跟立在外國的土地上
是靠同胞的血汗，靠臺灣製造的招牌
不用刼機或脅迫人質的恐怖手段
只是，他遲疑，只是臺灣製造不是好招牌
被認爲是低級品，仿冒的陷阱
不過，台生的脾氣，硬是要擦亮這塊招牌
就像免削鉛筆一樣，用我國商標
獨霸市場，打入中子彈也穿不透的鐵幕
要全世界的老外至少都學會說一句咱們家鄉話

那一年我和台生分手
撞進了一家迷魂陣的外資工廠
在那鋼架爲林，機器顫聲爲天籟
以及堆積成品的沼澤危地裡
看到野生動物性的生態
美國獅王不時以吼聲顯示天威常在
土狼竟也學會長嗥，時時對梅花鹿
還有胆怯的綿羊，從水池邊追逐到荊棘叢
只因狼學會了獅語就披戴裝扮成牧羊人
以牧鞭抽打野牛的幹頸，羚羊的勤快
彌猴的靈巧，還有駱駝的堅苦負重
鮮血抹紅了西天的傷口，黑雲漸漸密佈
獅身猶太自落英舖墊的天鵝絨一躍而起
遲了，確實遲了，不良品像滿樹的松果
受到遙控一般的，紛紛重重落下
一一打在獅和狼的聯合陣線上

我厭透了工廠，捨棄自擇的命運
一頭闖進了黑洞一般的發明界
用雜誌喚醒沉睡千年的華夏開天闢地的巧技
爲發明家爭取心血代價的權益
接着以展覽會促使發明家集體首度露面
在國人面前顯示腦力金礦中
蘊藏着比核能還要無窮盡的潛力
開創後來國家每年定期擧辦發明展的先聲
把種子從社會角落撒播到莘莘學園
部隊，研究機構，反饋到
磨蝕過青春歲月却終於逃避的工業界
在黝黑的原煤中，發現可以點燃的火焰
不，那不是火焰，是原子核

在中子的的擊發下，有使山岳震動
海洋沸騰的質變

在發明的渦流中，我是在岸邊擾動
却意外被捲入的一株弱草
翻開第一頁紀年是創設烤爐的双面梳齒支架
當年烤爐像牛仔褲，整船往外運
廠商肆意仿造，自己却以造福人家爲慰
第二件是藥片容器，獲得包裝金星獎
肯定沒有對不起落在地上的麥粒
接着以洋菇剪奪得中山技術發明獎
爲了臺灣洋菇在國際市場上占有的版圖
爲了外銷觸鬚得寸進尺
實現民生樂利爲優先的抱負
後來又有着眼於救難的反光氣球
發明串聯起從小薰陶累積的意志
彷彿聽到孫文學說在心田裡抽芽的奏鳴曲

發明人協會的積極活動是一項契機
無論校園團體、青年會、扶輪社、同濟會
演講或座談會上強制自己以微弱的電流
電擊萎縮的心，感應那躍躍欲動的生命
不必等待春天，寶島本來就沒有季節的分際
什麼時候都可以出芽，什麼時候都可以開花
杜鵑花就是這樣燦爛了滿山遍野
全國發明展在南海路成爲一年一度的花市
都是土生土長的品種

觀衆像營營的蜜蜂，映現花的微笑
傳播花粉，從新竹風城，臺南古都
鋼鐵鏗鏘的高雄，地震一日三驚的花蓮
到臺中文化城，越過海峽到海上長城的金門
有幽蘭，也有靈芝

接着推展到國際發明展，日內瓦、紐倫堡
中華兒女的創造精靈，透過現場的展示
電視的影像，以及報紙上的墨香
冲散臺灣製造招牌是仿冒代稱的異臭
歐羅巴，產業革命的發源地
民主自由的聖壇，現代文明的搖籃
我們的發明品搶上了灘頭，建立了橋頭堡
也在這裡遭過了巷戰
爲了維護國家的形象，徹夜相談
要把我們的旗幟永遠矗立在陣地上
還別在參觀者的衣襟上，讓他們帶回各自家鄉
爲了外國發明人拒絕我們觀摩
怕展覽未完，仿造品已從東方的海島打入國際市場
我們自動提供更豐富的詳盡資料，以實力纏鬥
爲了華國鋒打着中國旗號在歐羅巴巡迴作秀
我們對專利局長、教授、工商企業人士，還有青年朋友
說：我們來展示發明技術，不賣政治膏藥
這樣我們一次又一次在越洋勞累飛行中
帶出來鬪志、勇氣、遠景和展望
帶回去一大堆獎牌、關愛、瞭解、期待中的訂單
我們需要全國上下的努力，企業界資力的支援

讓發明家做先鋒，在太平洋不沉的航空母艦上
吹響號角，發射晨曦的光芒

台生，我們都從挫折中站起來
貢獻出我們的心力，不管多微弱
盡了力，便是我們履行的天職
讓發明家創造，企業家生產，貿易商行銷
新產品，是我們生存的命脈
在國際上揚威而能受人禮遇的憑藉

是的，我們要齊步走，故鄉的呼聲
錄音在我們心房的磁盤上
像不能化解的蠱，像養鴿子的苦澀茶水
無論走到地球上的任何角落總要回頭
我們就結伴往東飛
東方是日出之地，像夸父一般
讓我們來創造二十世紀的神話
在蓬萊之島，堅靱勝過松柏的中華

模範村及其他

趙天儀

堤上

沿著一條大溪
築成了一道修長的堤防
乾旱的季節
溪流緩慢地流動著
溪石坦胸露背
芒草漫延叢生
溪床是一片茫茫的曠野
陽光焦灼而強烈

一道修長的堤防
把溪床和田野劃開了
溪床上，流水愈滾泥沙愈多
兩岸的田野比溪床還低
當暴風雨來臨的時候

山洪暴發了
洪流滾進，挾泥沙以俱下
巨木大杉也載浮載沉地滾下來
頑石搬了家，沙粒也移位

沿著一條大溪
築成了一道修長的堤防
讓白翎鷥飄然停落
讓莊稼漢屹立瞭望
在堤上，仰觀星象，仰望群山環繞
當山洪衝破了堤防的時候
堤上破了一個大窟窿
且讓洪水淹沒了田野和農舍

每當山洪轟隆轟隆地挺進
溪位上漲，超越了警戒線
而塌下的山崩，泥沙化成濁流

而滾滾的漩渦，凹陷化成激流
洪水向前衝下去，衝下去
溪岸怕高不怕低
低窪處，洪水滾進
懸崖處，泥土崩落
造成了無數的災難
在堤上，我茫然地瞭望
一片洪水茫茫，一瀉千里
一片洪水滾滾，不知淹沒了多少人民和土地

無常的溪床

無常的溪床
每一次洪水衝來
都會改變溪流的方向
又會改變溪面的地圖

陽光照在溪床上
激流奔騰，透明而清澄
飛鳥的足跡
在溪床的沙地上留下了凹陷的脚印
燙金的石頭在溪床上發光
乾涸的芒草在焦土上飄揚
而飛落行脚的白翎鷥
突然翩翩地凌空而去

無常的溪床
每一次洪水衝來
都帶來了許多泥沙和滾石
也帶來了滿溪飄來的木頭

月光照在溪床上
濁流的漩渦在打滾
草叢裏，蟲聲是小提琴的音響
悠揚而又急促，哀愁而又流暢

夜裏，溪床在星光下隱藏
閃光的溪流又改道而行
無常的溪床，激流又在狂奔跳躍
且一洩千里，永不回頭

模範村

多年不見的田莊啊
我回來了
石子路已被柏油路封閉
沿著田莊的大溪
溪床的版圖縮小了
恍如一條圳溝的容積

田莊的公路上
有新蓋的客運招呼站
有新落成的土地祠
翻新的樓房突出於蒼穹
老式的古厝平坦依舊
土角厝已化爲紅磚仔厝
田莊啊，多年不見了
阿殼姆說這是一個模範村
而我却無法回應

祇看到塑膠袋塞住了溪流
祇看到肥皂的泡沫擋住了田岸
祇看到沒有魚族的黑漆漆的濁流
逐漸地受到了田莊都市化的污染，房屋擁擠的公路上
也逐漸地呈現了田莊空氣的污濁
好一個模範村啊
我回來了
多年不見的田莊啊

臺灣的心
十二首

林佛兒

鹽分地帶

未曾設想，我們是一群在地上被殘踏的人的塩分
凝固以後
我們不同於黑臉煤礦
我們有雪白的皮膚
而煤深埋於地底下，我依附海涯
煤燃燒燃燒
我結晶結晶
雖然經過食道
但我們不僅是一隊礦物質
我們可詩可頌
可成爲風景，也可化爲長河
不曾間歇
我們貫穿了人類的胸膛
我們一直孳生也一直滅亡
在鹽分地帶
我們雖然粗糙，雖然卑微
但我們堅持
是一羣永恒的自由顆粒
在貧瘠的土地上發光

鹽啊，鹽啊

古都

當熱情的鳳凰木盛開的時候，古都已經到了七月，老人們
在赤嵌樓頭沉思、午寐，彷彿聽到三百年前鄭成功在攻打

熱蘭遮城的砲聲、嘶殺聲……

當無助的鳳凰木被砍光的時候，一府就祇剩下了荒蕪的億載金城，安平古堡，祇剩下現代的夢魘，以及風中的嘆息聲和雨中的輕愁……

昔日，從石舂臼的油湯攤到大統街的紙扇店；古都流露著一陣暖暖的金絲香。從新美街的檜木味到看西街的臺灣基督長老教會，一直令人難忘……

可是當我長成以後回到了古都，城容在七十年代仍然一片破敗零亂，沒有高聳的大樓，祇有低矮和零亂的小木屋，以及在夜的角落裏，晃著星火昏黃的切仔麵攤……

度小月
候時機

綠島

斜斜地朝它飛入
穿越大海下降岬角
彷彿一大隻灰色的候鳥
終年，飄搖著

在冷落的一隅
有巨浪驚岸而起
沒有生命的一羣
很脆弱地破碎了

陰鬱的綠滿山遍野
雖然其中黏附著鹽分
綠是綠得好看
然則她是火燒的島

她是一艘永不沉沒的航艦
她是陽光永遠照耀的地方
然而在南方的邊陲
她禁錮著我的思想和鄉愁

到最後，純白的燈塔都傾圮了
她的名字永恒地留在島嶼的冊書上

蘭嶼

夢般的南方島嶼
在海洋中蒸發出一種芬芳
彷若蘭科
長滿了青翠的繁葉
和遐思的傳說

丁字褲與獨木舟

是他們的記號
他們喝米酒、抽菸
席地而眠，聽風
入海討生活

人猿似的
他們赤裸裸的，生機被遺忘
原始遭破壞
核子和鋼筋水泥
已經包圍

醒著的時候
在依然深邃的夜空
唱沙啞的歌
醉著的時候
他們呼號，有若狼嗥

夢裏都惦念著的島
已在南方消失

雨港

在淒迷的雨幕中
我們來到這濕漉漉的港口
遠看一片桅影和船舷
在港中輕輕地搖動

矗立在山頂的白色觀音石像
冷冷地眺望著不可測知的遠方
軋軋的馬達聲和汽笛
交替著劃破沈鬱的天空

到了夜晚，許多漁夫羣集廟口
喝酒猜拳，熱鬧的夜市
映照著一張張風霜的臉
醉後他們將又爲生活冒命在險惡的海上

雨港是永恒的港
漁夫却不是永遠純樸的討海人
當太陽穿破陰霾的帷幕
陽光就會「出頭天」地露出來

鹿港

詩寄尤潧輝

從九曲巷出來
一陣急雨驟然打在肩上
好像時間的塵沙
多麼的奇突又多麼的惘然

你走後的鹿港，斜陽無力
雨水常常交織而降
在歲月斑斑的牆牖中
我彷彿看到你徘徊不去的影子

龍山寺，天后宮，文開書院
儘管風侵雨蝕
但光采有如紅色的瓦筒
依然絢爛和光芒四射

一城的古典
是生活的，也是瑰寶
三百年的古樸
啊鹿港！請不要因你的離去而失色

橫貫公路

從天險中越過
山峰像一把利刃
插入倒懸的天空
因而天都冷了
星子四處奔散
隕石擊打無聲的叢林
隕石？

你們多麼像隕石的渺小
放下槍桿拿起十字鎬
移山闢石
割掉芒草和藤蔓
所以有了天祥、大禹嶺和梨山、四季

少年來合歡山滑雪
觀光客像打散的蜂巢不斷地來趕集
在中央山脈的移線上
在白楊霧茫茫的路邊
大聲喊高聳、偉大
却沒有看到當初造路現在養路的佝僂老人

你們多麼像隕石
曳著流星劃過夜幕
用鮮血生命把日子消磨

阿里山

繞著山脚盤旋而上
小火車像一頭氣將盡的鐵牛
猛喘氣猛跺脚
雲呀山呀水呀林呀木呀空氣呀
和它擦身而過
它却視而未見

即使不食人間煙火
它還是吃著煤炭的
上山的這一大群人啊
在高原上的旅舍放言高論
人不能寡情薄義
否則祇有像火車頭擺在博物館當古董

我們雖是被殖民過的野人族
却是落地生根的
不像你是漂流海上的過客
我們從福爾摩沙八方而來
朝聖般地一起站在山巔上
在黎明前
看雲出岫
看日出霞

水牛

在收割後金黃的稻田上
牧童在閒睡
鳥鶯在嬉戲
夕陽在遠方
而我則在做一個偉大的夢

生來出力打拚
無所謂童年
無所謂快樂
池塘和泥土是我的至親
我是一隻臺灣憨呆的水牛

牛墟

我並不是角力選手
可是在溪邊的沙地上
我把生命和苦力交到
不可測知的人心裡

我生來愚蠢和醜陋
所以祇有任勞任怨地給出
即使吃草也不可能改變
在屠宰場我被分屍的命運

牛犁歌陣

收成後
阮大家來吃拜拜
厝邊隔壁，三十六角頭

擺總來金龍殿
割香
穿長衫馬褂
抹胭脂，做丑仔
鼓吹彈琴，搖搖擺擺
阮在被放捨的民間裏
討飯吃

唉唉喲，唉唉喲，犁尾喂……

布馬陣

來囉，來囉
今仔日，是震興宮三年一拜的大作醮喔
知府騎木馬來出巡
小妹翻車輪
老漢車畚箕
打鑼鼓，吹狗螺
鬧熱滾滾
散陣後
民間藝人一一回家
一一擦掉胭脂
一一露著面肉青黃
一一換衫
一一瘦枝落葉
有什麼人知道辛酸幾斤重？

【後記】

一九八二年三月以後，突然文思泉湧，創作慾特增，擱置已久的筆又再度寫將起來，不祗有一系列的「尋找香格里拉」散文，初次嘗試的推理小說也一篇一篇地完成；甚至於給我偏見最深的現代詩，有時候竟然一天三、四首，讓我驚愕。

一九六一年十九歲的時候，曾經出版過一冊詩集，叫「芒果園」，現在讀起來，內容不僅充滿着無病呻吟和風花雪月，幼稚而蒼白，是一本令自己汗顏的詩集。

現在呈現在諸位面前的「臺灣的心」詩集，雖然這些篇首都是在近半年內完成的作品，可是她在我的心中醞釀已久，而且是幾年來的所見所聞所思所悟所得。他不是偉大的詩和好詩，但絕對沒有空洞地堆砌詞彙，標新立異賣弄文字。

他是生活的和思想的抒情詩。冠以「臺灣的心」爲名，是因爲我愛戀生我育我的土地，警惕自己不要忘本，赤心獻給臺灣。

這些詩有部份已在報刊發表，零零散散，爲了求整齊，特別再次收集發表，請讀者諸君見諒；尤其在笠詩刊進入了第十八年來首次投稿，是對笠詩社鼓吹臺灣現代詩的貢獻和執著精神，表示最大的敬意。

用品

許達然

藥膏已捏到不堪再捏了，膿腫，
牙膏已搾到不堪再搾了，話臭，
肥皂已洗到不堪再瘦了，油垢，
抹布已擦到不堪再破了，塵厚，
垃圾筒已擠裂了，垃圾還傾泄，
椅子已受不了了，還坐着？

兩首

林外

擇偶的條件

一個漂亮的少女說
我不一定要英俊的外表
我不一定要龐大的資產
我不一定要很高的月薪
我不一定要過人的智慧
我不一定要豐富的學識
我不一定要高高的地位
我不一定要大大的權勢
只要有人
像太陽對月亮一樣
死後仍能使人以為
她在發光
而且嚮往
我就會為他綻放
我就會為他放香

即使如曇花一現
我也會在每一個細胞
注入一千磅的勇敢
注入一萬磅的速賜康

航 行

我坐着船在海上航行
站在甲板上
看到海水
被船強行擠開
出現一條白色的波路
我想到妳
知道海水的愉快
稍遠處
白波消失了
看來淒淒然
非常落漠

寒山變奏曲

龔顯榮

㈠

事隔多年多刼已無從辨認你我
在那蒼天蒼天的古劇中
千百萬衆生落入圖測我們哭笑的感情
而今，依稀憶及披髮裂牙的點點滴滴
竟是人間恁多痴情漢子的斷腸
（哇，噻！）

㈡

說甚麼此岸　彼岸
說甚麼貝葉　塵沙
巖巒石階何異我的大千世界
那一双破舊的木屐比達達的馬蹄更達遠
更山水
（汝不是我同流）

㈢

孤峯迎我狂歌長嘯而不廻響
煙霧重重中幾番來去
而，孩子們恣意夜半敲亂老和尚斑剝的鍾
俯仰茫茫　何處禪禪
煩囂中怎堪新添諸多悲愴
（豈不見道：東家人死，西家助哀！）

㈣

而恒河沙白雲蒼狗已不見你我情慟
奈何江湖恩怨如潮張潮落
幾番風雨總要牽動如許山河淚水
縱是有人高喊緣生緣滅空寂蕩蕩
你我一縷清唱實已無從貫穿漫漫荒野
（月落烏啼霜滿天）

一九八二年十一月

體驗(續)

拾虹

綠卡

一張綠卡
像一個白金懷爐
在寒冷的冬天
帶着它
使我們感別溫暖

「梅花梅花開滿天下
它愈冷愈開花。」
在臺北
我們唱著
在舊金山
我們也唱著
歌聲愈唱愈大聲

我們以綠卡證明
梅花終於
開滿了天下

笛聲

深夜裡
空曠靜寂的野地
不知從什麼地方傳來
哀怨的笛聲
不停地嗚咽

除了補破網
就是望你早歸
三十多年了
仍然要繼續流浪下去的人
——望你早歸

已經睡去的
殖民地的靈魂漸漸蘇醒了
阿火
放田水啊

秀

戲院裡
戲正上演著
幾個條子座在後排庭位上
守候著
不能看見也
看不見的東西

不能看見的東西會在
看不見的時候出現
「給失意者勇氣
　給灰心者毅力
　給徬徨者信心
　給迷惘者決心。」
不能看見的東西在
看不見的時候
有時是
「梅花梅花開滿天下
它愈冷愈開花」

有時觀衆一個一個離去
最後只剩下條子仍然
守候著
不能看見也
看不見的東西
而戲臺上爭論著
戲要不要繼續演下去
戲要不要繼續演下去

註：※爲南部某一戲院上演歌舞秀的廣告詞。

萬丈深夜

喬林

怎麼會只有一顆星
在老遠的黑色裡
直直的看着我

怎麼會只有一個我
在這麼大的黑色裡
猛然張亮着眼睛
無意識的四週溜轉

不敢翻身轉動
這世界
就只有這麼一張床托着我
我怕一動就跌入萬丈深夜

鎖匙

曾貴海

不知道那個病人
忽忽忙把藥拿走
却留給我
一串鎖匙

翻看著它
像是外科醫生手中的斷肢吧

失去了枷鎖
能夠在這水泥木板和鋼鐵的城市
活下去嗎

體診後
把它掛在鐵柵門外
或許
他正奔馳在秋末冷清無聲的街道
追尋
門等著他

一隻菜蟲如是說

楊傑美

(一)

我是不吸毒的
我的祖先從來就沒有嚐過
這麼濃烈的恨

如果你心中還有一點愛的星火
請你點燃我身邊的一堆乾草
讓這顆毒蝕的心
化成溫暖的灰燼
滋潤故鄉貧瘠的田園

(二)

我不想吃的蔬菜
你卻歡歡喜喜
大口大口地吞下
我戰戰兢兢
迂迴遠避的地獄
會是你嚮往的人間天堂？

(三)

在我們大伙兒共同生長的故鄉
你總是抱怨
我和族人繁殖太快
侵害了你的既得利益

有一天
你終於憤怒得

撒下漫天的網
把我和族人
一網打盡
宣判我們最終的命運

當我們從你的眼中一一消失
你不禁沾沾自得
鼓掌
歡呼：
「這裡是我的故鄉
我統領的帝國
誰也不能與我共享！」

(四)

你氣餤汹汹
指着我的鼻子
罵我是萬惡不赦的竊賊
常常趁你疏忽
竊取你辛勞的果實

大人啊
這眞是天大的寃枉
我只不過是
在所有生物共有的地球
享受自然的恩賜而已

(五)

沒有審判
你就大聲向世界宣告
我們集體死刑的罪證
沒有一聲辯解的餘地

相信上帝吧
誰讓我們
生在獨裁者橫行的時代
無論是左派
或是右派

海鷗

——給光復後語文受阻的爸

利玉芳

在沒有國度的天空上
飛翔
聽憑漲潮的聲浪
吞噬自己滿腹鹹濕的呢喃

退潮之後
疲倦的拍翅已成一曲低能兒的
短歌

外面的

苦苓

窗外落雨
窗外落他窗外的雨
進不來屋裡
閒情時聽聽水聲
否則就充耳不聞
管他是酸是苦
潑濺進來的小水滴
是他的心願嗎
沒聽說雨被迫害
或者放逐
自尋煩惱的他
在窗外嘀嘀嗒嗒
畢竟還是
吵了我安眠呀

方與圓

——臺北生活——

吳明興

碎割山野
左右橫刺
上下直豎

虎兕着圈子
在生命的圓弧
每個起點都是呆滯的終點

截斷天空
爬滿牕口
阻絕門路

人踱着方步
在胸中的狹路
每個轉折都是生硬的死角

羊子喬來函照登

編輯先生鈞鑒：

讀了「笠詩刊」第一一一期之後，發現本期的「臺灣現代詩的殖民地統治與太平洋戰爭經驗」座談記錄，有關筆者發言記錄，與實際發言出入頗大，由於記錄未經筆者過目，以致於發生了下列三處嚴重出入：

㈠

「臺灣的新詩文學，首先要談追風（謝春木），他不但是新詩第一人，也是小說第一人。當時臺灣是在日本殖民地統治下，時間也比中國大陸的文學革命還早，是一九三三年，中文的白話詩在臺灣也開始得很早，是一九二五年。」（原文見P.14）。其實眞正發言內容爲：「臺灣新文學的產生，始自一九二○年『臺灣青年』的創刊，由於有人開始在『臺灣青年』用白話文寫文章了。然而，臺灣之有新詩，大約始自一九二三年五月廿二日追風（原名：謝春木）率先以日文寫了『詩的模仿』四首短詩，發表於一九二四年四月十日出版的『臺灣』雜誌第五年第一號，他不但是臺灣小說第一人，也是新詩第一人，臺灣中文的白話詩也很早產生，在一九二五年三月由楊雲萍與江夢民創辦了『人人』雜誌，發表許多的白話詩。然而，中國的白話詩．始自文學革命之後（一九一八年一月號的『新青年』第四卷一期。其中包括胡適的四首，沈尹默的三首，劉半農的兩首——這段話在座談時未講）。雖然臺灣新詩的產生比中國大陸晚了幾年，但是臺灣自從有了新文學作品之後，其接受西洋文藝思潮要比中國大陸快速而正確，由於臺灣在日本殖民政策統治下，一些外國文藝思潮會很快地透過由日本而臺灣。」

㈡

「談到臺灣現代詩的殖民地統治經驗，我認爲有三種層面：1.直接抗議。2.鼓勵向上。3.破滅感。」（原文見P.15）」原發言內容應該是：「從一九二○年至一九四五年，前後二十五年間的臺灣新文學運動，不僅是中國抗日的民族文化鬪爭的一環，而且也是臺灣思想史上的一個啓蒙運動，它在中國近代的新文學史上，實具有不可磨滅的意義。其作品特色，不但是反常反封建，也是反殖民的抗議心聲。有些人一旦談到光復前臺灣新文學時，往往以爲這些作品祇是抗議而已，其實，它還具有刻劃人性、描寫愛情和傳達當時臺胞思想的智慧結晶。今天，我僅僅就臺灣新詩作品中的『抗議精神』來說，大約具有下列四個層面：1.直接的抗議：像賴和的『南國哀歌』、虛谷的『敵人』、徐玉書的『醒來吧！朋友』、『我的故鄉』、吳新榮的『故鄉的輓歌』、徐清吉的『槐上的旗』、『魔掌』等作品中，都反映了臺胞的抗日精神，但是這些作品都流於直接的吶喊，藝術性不高，而其反抗異族的精神是彌足珍貴的。2.受害人的眞實反映：例如陳笑濃的『無智』、曾曉青的『女工們要化妝』……等作品，反映了當時無知的臺胞，如何受到統治者的壓搾和欺凌，以及如何處理自己的悲慘處境。3.鼓吹未來理想和鼓舞臺胞向前邁進：例如TY的『詩的鱗片』、陳瑞榮的『致島上青年們』、楊作舟的『心靈火焰』……等作品可以透澈看出。4.希望的破滅：例如：戴五的『人是這般憔悴』、伊影的『狂歌』、曾石火的『低氣壓』……等作品，反映了臺胞要成爲自己的主人，是不可能的，由於個人與整個時代對抗時，顯得那麼脆；而與統治者對峙，顯得那麼無力感。」

㈢

「太平洋戰爭發生時，報紙從六份被限制成二份，雜誌大多被禁或合併，發表很少。」其發言內容應該是這樣的。「太平洋戰爭發生時，臺灣原有六份報紙被合併成一份；雜誌也被合併，當時重要的文藝刊物『臺灣文學』和『文藝臺灣』就被合併成『臺灣文藝』。在這時，文學作品很少刊載，如果有的話，僅是配合戰爭體制，鼓吹青年從軍的『皇民化文學』。」以上三處，由於出入頗大，希望能在一一二期刊登，以正視聽，以免被人以盲引盲，認爲筆者信口雌黃，對文學知識之無知。另外，關於座談會內容，如有空，筆者願意重新寫成一篇論文，以就教於詩壇前輩先進。匆此 祝

吟安

羊子喬 拜啓
十一月十八日

作品評析

「作品評析」專欄，歡迎新人投稿。（請註明投稿作品請專人選評。）

評者 ＼ 作品 給分	壁虎的心聲	祖母的洗衣板	悟	掌紋	追悼式	猫	你揮筆如劍	播種	孤蟬	失眠
詹冰	1	2		1		1	2			
林亨泰	2	2	2	1	1	2	1	1	1	2
錦連	1	2	2	1	2	2	1	1	1	1
桓夫	1	2	1	1	1	2	2	1	1	2
合計	5	8	5	4	4	7	6	3	3	5

祖母的洗衣板

邱一新

祖母的洗衣板
是我們心中的
紀念碑

歲月如水
洗過父親和我的
童年
洗衣板的溝紋
複印在祖母的
双掌

洗衣板
越搓越平
如鏡
反射出我們健康的
童年和祖母的容顏

評語

詹　冰：知性與感性融合，而成意象鮮明又有統一的詩篇。

林亨泰：生活的「實」與詩藝的「眞」有了美妙而且穩定的一致性。

錦　連：乍看之下，發展的過程也許會令人感到過於平凡，但却能若無其事的表現出透澈的頗具人生哲理的內容，可謂其手法是相當不平凡的。

桓　夫：詩想的着眼點很好，具自然親切的詩意。

貓

吳俊賢

藏身陰溝的一窩小貓
畏畏縮縮探頭張望
機警的母貓嚴守門戶
只肯在月光下帶他們偷偷漫步

故園幽暗童年裡
畏畏縮縮度過許多沉悶的颱風夜
探頭張望父親歸影
大地悲歌狂亂傾吐
憂慮的母親嚴守並不牢固的門戶
只能在燭光下陪我們消磨無助的時辰

小貓突然都散成遊雲
潮濕的往事印於青苔
獨見母貓徘徊

評語

林亨泰：表現出假藉於「動物意象」的人類生活某種斷層。

錦　連：適當的比喻，穩定的進展，讀後有淡淡的傷感，是一首感情深切的佳作。

桓　夫：表現母貓帶小貓影射人現實生活的一面，眞摯又有無可奈何的心理給人切實的感受。

你揮筆如劍

侯吉諒

你握筆的神情
總讓我想起古代
雄姿煥發的俠士
實劍出鞘時的
凝神聚氣。一動
就是畢生修爲的
功力，毫端所至
潔白的宣紙上，無非是
最美的角度，以及最
入化的線條，墨色中

咭，這一筆飄逸輕盈
像燕子剪水，翩翩的
滑過，轉彎並且上揚
這一畫，你揮筆如劍
全身的力道從髮頂腳底
四面八方經胸膛背脊
傳向指端凝在劍尖在
力學上最具威力的一點
倏然刺去，巨岩向左右，跳開
切豆腐般的手滑如鏡
鏡中是波濤千起，湧生命
的怒潮如飛灑
滿天的浪花，向大地
以最盡緻的淋漓
一波接一浪的
澎湃在天地間
隨心所欲的點畫裏
未乾的墨痕已
縱橫成一幅
高貴雄渾的雍容氣象

評語

詹　冰：書法的美和力表現得淋漓盡致。一氣呵成的好詩。

桓　夫：把隨心所慾埋頭於書法的美景，表現得很生動。

悟

邱一新

傍晚，偶然路過
一頭牛在樹下啃著甘蔗葉
好安詳，這時我停止思想細瑣
興趣躍然，奇怪
洶湧的蚊蚋所構成的凌厲
殺伐，它斷然不在乎
專心愚騃從容的態度
天已濛濛黑，蟲鳴開始
它也開始反芻，津津
自得的樣子—反芻日間
犂田而土壤迅速翻身的味道……
於是我感到秋天緩緩落寞
緩緩豐熟的氣氛
它抬頭，微張的嘴
也許欲言
又止……
眼中是淚或汗滴？

評語

林亨泰：表現出假藉於「動物意象」的人類生活某種斷層。

錦　連：有蚊，有蟲鳴，有土壤的味道，有落寞感和豐熟的氣氛，渾然成為一體，而作者以這些作爲墊基，欲說出他內部深層的一些甚麼，這種積極的姿勢是詩人應有的態度。

壁虎的心聲

邱一新

夏天讀政治學，忽聽得
匍匐的你，吐露
層次分明的吱吱語
幾分激越幾分淒楚的
心聲……
希望你節制慷慨
暫且閉門用功，待我
瞭然於心，喚醒你
爲你深入淺出
民主的過渡型態和定義……

評語

林亨泰：生活的「實」與詩藝的「眞」有了美妙而且穩定的一致性。

失眠

侯吉諒

不知是否喝茶的緣故
或許抽煙也有關係
今夜，既長且冷
竟是最難熬的輾轉
從一點到兩點
連收音機都不再多話
三點以後，更是
把綿羊數成了牛
倒算回去，都已四點了
從牛開始
我却突然想到
綿羊長什麼樣子
而前面的句子
確在失眠所寫
至於現在，我已清醒
睡眠充足後的飽滿
由此可知，寫詩
的確累人

評語

林亨泰：第四詩節的「場」的轉換以及「結局式注脚」，更使這首詩有了富於變化的發展。

桓　夫：把失眠與寫詩，以巧妙的手法連繫起來表現，有創新的意味給人感受。

詩人的備忘錄

錦連譯

中村光夫在『小說入門』中寫了如下的一段：「在詩的場合，作者的思想或感情是藉着語言直接表現出來。人們常說，詩的本質是歌，同時到頭來，我以爲似乎也是正確的定義。然而，我認爲詩固然是語言，同時也是語言以前的肉聲（或喊叫聲），是我們的感動的最直接的表現。詩具有使語言盡量接近這肉聲的一種性格，因而盡量將語言從它的日常性社會性予以解放做爲目標。」

梵樂希在『文學論』裏說道：「詩是企圖藉着有節調的語言，將那些喊叫、眼淚、愛撫、接吻、嘆息等等在暗地裏所欲表明的，以及物體似乎藉着其外表上的生命或被假想的意志去想要表現的，那些事物或事物本身，加以表現或予以重現的一種嘗試。」

而海德格（Martin Heidegger）却在『赫爾達林和詩的本質』一書中有如下的記述：在根底上，人的現存在是『很詩人的』。然而，根據我們的理解，詩乃是建設性地，給衆神及事物的本質賦予名字的一種作爲。

詩不是伴隨着現存在的單純的裝飾，也不是一時的感激，更不是普通的熱衷或娛樂。詩是要擔負起歷史的根據，因而也不是單純的文化現象，更不是諸如「文化精神」的單純的「表現」那一類的。」

現在，互相沒有關聯的這三位詩人，批評家和哲學家，究竟是對詩各說非常不同的意見呢？還是敍述着相當類似的見解呢？至少依我們看來，他們好像把眼前的一朶花，有的是說像夢一般美，有的祇說白或紅，有的却說花中有蕊一樣。這與他是保守或進步，是現實主義者或超現實主義者絲毫無關。他們確實是指向着詩，但所站的地方不同，關心的所在相異，因而所注視的部分也就不一樣而已。

如果你現在想把這些不同的詩觀，接成脈絡，我們可以說，詩的本質，祇能從可接上脈絡的完全相異部分，始能窺見，而站在其場所始能站立於本質。那末這場所是什麼？這答案對每位詩人都是無需急着要說出去的吧。這是逐漸會掌握住的，因爲詩的本質，在於寫詩這個作爲裏，或在於被寫成的詩中。至於爲何要寫哪一種心理狀態，是從背後穿過而在前面出現的問題。

任何人在寫詩的瞬間，都把自已的妄想和寫詩一事結爲一元，而能够把它分辨爲各別的東西是在反省的意識發生了作用之後的事。我們必須從關聯着頭緒的問題，逐漸進入詩的實在情況，在其過程中，必須一再地返回「詩的本質是什麼？」，以明確的方法逼近詩的全體。

◉特別企畫

戰後日本現代詩的出發

「荒地」集團研究

陳明台

戰後日本現代詩的出發

「荒地」集團研究

目錄

I 荒地作品選

一、鮎川信夫作品　五首
死去的男人／遙遠的浮標／喪心之歌／消失的水平線／路上
二、田村隆一作品　五首
正午／遙遠的國度／再會／不在的證明／枯葉
三、中桐雅夫作品　六首
終局／這樣的島嶼／電車／無言歌／小小的遺書／過去
四、三好豐一郎作品　五首
囚犯／影子／牆壁／鏡中對話／我等的五月的夜歌
五、北村太郎作品　六首
雨／傷感的强尼／看得見小小街道的車站／憤怒的構造／幽黑的小小的人
六、黑田三郎作品　五首
路Ⅰ／路Ⅱ／無題／賭／冬日的街道

七、吉本隆明作品　五首
在一個晴朗的五月的晚上／有眼睛的季節／都市的女人們的歌／在我沒有忘卻罪過之前
／少年期
附錄——荒地詩人簡歷
Ⅱ　荒地詩人論
Ⅲ　荒地關係資料拾綴
一、鮎川信夫　戰中手記（摘錄）
二、北村太郎　投影的意味（摘錄）
三、黑田三郎　詩人的命運（摘錄）
四、中桐雅夫　喪失的世代的告白（摘錄）
五、荒地同人　給X的獻辭（摘錄）
六、荒地關係年譜
七、荒地論集粹（摘錄）
吉本隆明　「日本現代詩史論如何寫」
月村敏行　「荒地是甚麼」
岡庭昇　「成熟的逆說」
Ⅳ　荒地集團的史的考察
Ⅴ　編譯後記

荒地詩選

陳明台譯

1. 鮎川信夫作品

1. 死去的男人

譬如 從霧裡
或者 從所有的樓梯的跫音裡
遺囑執行人 模糊地顯現了姿影
——這就是一切的開始

遙遠的昨日……
我們在陰暗的酒店的坐椅上
閒散歪斜的臉孔
有過 如同翻轉信封一樣的事
「實際是 影子也沒有 形狀也沒有」
——逃脫了死的話 確實是如此

M喲 昨日的冷冷的青空

不管到什麼時候 剃刀的利刃仍然殘留著
而我已忘却 在何時在何處
失落了你喲
過于短促的黃金時代—
變換活字或者與神玩耍 而喃喃地說
「那是 我們古老的處方箋」

季節總是秋天 昨日也是今日也是
「在寂寞中落葉飛舞著」
那聲音 向著人影 同時向著街道
向著黑色的鉛道 繼續地在走著

埋葬的那天 沒有辭言
也沒有參列者
沒有激憤 沒有悲哀 也沒有不平的柔弱的椅子
向著天空張開眼

祢只是在沈重的靴裡伸入脚　靜靜地橫躺著
「再見　太陽也　海洋也不足信」
M喲　在地下睡著的M喲
你胸膛的傷口　現在依然疼痛嗎

2. 遙遠的浮標

遙遠的浮標
掀起小小的波浪
向不幸的兵士　宣告別離
不管是什麼樣的惡魔
也不能除去那浮標

我的苦楚也是
我的悲傷也是
不會長久地殘留吧
雖然　在記憶裡的港口
不管什麼時候都飄著浮標

這不幸的兵士
在何時在何地
或許會落到惡魔的手中也說不定

以爲會死去之前
再也不會邂逅的
寂寞的浮標喲

3. 喪心之歌

1.

倘若我唱起古老的戰歌
請大家在黃昏的棧橋上集合吧
因爲
現在　在令人懷念的硝煙和臭味裡
就要揮灑起新的屍體的雨

倘若我唱起古老的戰歌
請大家一齊在刺刀的柵檻站立起來吧
因爲
哀傷地　在海裡構築了海
魂魄死去了　再也不會復生

倘若　我唱起古老的戰歌
請大家從黎明的棧橋解散吧
因爲
邊唱著歌邊破壞的年青的勇士們
捨棄了戀情　捨去了故鄉　就要向他人的國度去

2.

倘若還記憶著我的事
請回到有著厚厚的毛的夢的絨毯吧
因爲
用撩起憎恨的撥火棒
就要再度鳴響屋簷的前緣

對我宣告訣別
悔恨的波浪會　不管到何處都起伏動盪
太陽會迅速地　赤裸著返回海洋
年青的日子已不再回來

忘懷我的事吧
只要一次鬆開了手
如同高攀而致失落的天空一般
放到遠遠的地球去吧

4. 消失的水平線

不知在什麼時候　船
在黑色的海上　航行著
太陽傾斜著
遙遠的水平線沈溺在
青空的無之中
這兒是世界
最深的海
即使沈落三個富士山
什麼也不會浮起來的地方
海底
沈落了幾萬的水兵
還有連合艦隊的一群
我們的船　會以全速度
在被咀咒的他們的天空飛馳吧
口裡含著苦味的塩
從永久地焦灼地等待歷史終了的水兵們
我們　會默默地逃逸吧
黑暗　黑暗　黑暗　他們將奔赴黑暗
日暮時
在海上飄浪
遇著無以言狀的恐怖
我們祈望的是
看得見的神
記憶的盡頭出現的
綠色的島

爲了活著
不如說爲了死去
我們不能不超越水平線

5. 路　上

那時
突然中止了脚步
忍耐了世界的光亮
在阿拉伯的街道上
被吊首的猶太人一般
吊著地球的重量在頸部
想死去
也不知道爲了什麼
大事故的記憶被喚醒復甦了
是三十年以前吧
是更遠更遠的昔日吧
是出生以前吧
是更遠更遠以前的
一個破碎的男人

村落的思想的種子溢落在
柏油的邊緣
曾經如同蒲公英一般地開放過嗎
在比死更陰暗的病院
否定見到的東西而活了下來
太陽穴一直在疼痛著
炎熱的天底下　使得
暈眩的十字的
黃色蒲公英成爲黃色的東西
有時　使得
男人感到寂寞

2. 田村隆一作品

1. 正　午

窗外有的東西
火和石和骨和
齒和爪和毛髮裡鑲刻了的我們的「時」
在驟雨與予感與暗示裡　從床舖垂落的

那女人的手腕

窗外有的東西
那是不死的
那不是歷史的一部份
向著誰　一聲的叫喚　叫喊著呢
一次的破損　有著什麼樣破滅的意味呢
誰傷害了　那女人的手腕呢
窗外有的東西呢

那女人病著　那是
等于愛著我嗎
一聲的僅僅一次的那女人的呼喚
鑄造了在大沙漠上的影子　現在
世界在進入正午

2. 遙遠的國度

我的苦惱是
單純的東西
飼養從遙遠的國度而來的動物一般
並不須要什麼工夫

我的詩是
單純的東西
讀著從遙遠的國度而來的信一般
並不須要眼淚

我的歡樂或悲哀是
更單純的東西
殺死從遙遠的國度而來的人一般
並不須要語言

3. 再　會

在那兒　遇見過嗎
在那兒　在那兒　遇見過嗎
與死有著好的交情的友人　我的古老的友人
這都市的白晝
稱爲影子的影子消失在灰色的戶口裡
我們的苦惱的記憶也消失在都會的大的幻影裡
你無法回想
我的微笑
我曾經在那兒對著你喃喃訴說過
「苦惱在微笑」

我看得見死火山
我看得見性的都會的窗
我看得見沒有太陽的秩序
在我的手裡乾枯而死去的公園的午後

我的牙齒啃碎了的永遠的夏日
在我的乳房底下睡著的地球黑暗的部份
在我存在的盡頭

在谷間　鴉死去了
因爲這樣　因爲這樣　雪那樣地降著
重疊在他的死的生的虛構

因爲這樣　因爲這樣　雪那樣地降著
在不眠的谷間
在不在的生之上

如此地　風喲
如此地　生物喲
在那兒遇見過嗎　在那兒
我是十七歲的少年
我是廻繞著都市的暗巷而步行的人
驟雨
我被敲打了肩膀而回顧
「喂　地球沙沙沙地在作響！」

4. 不在的證明

風喲　你寒冷嗎
在封閉了的時間之外

生物喲　你寒冷嗎
在我的谷間　誰重疊著我呢
在不眠的白紙上
在不在的生之上

5. 枯　葉

就這麼地
他們死去了　連綠的
血也不曾流地

在回到泥土以前
他們變成土的顏色
變成一個死死去的沈默的顏色

爲什麼　所有的東西
都被透視了呢　雖然
在日和夜的境界　在枯葉裡
我們不管什麼地方都走過了

星的
確定的東西
不會回顧

3. 中桐雅夫作品

1. 終局

海是世界的墓場
所有的人被戴上了手銬
拉曳鐵的義足的暗鬱的都市
海是媚藥的甕
罪或罰　還有
連神的慈悲也十分知悉的人們
相互探索　酩酊
飢餓　爭奪　汚瀆自己的時間

海是疲憊的子宮
牽牽繫繫地海草糾葛著
無風裡的黑帆
海是狡猾的犬的眼睛
赤紅糜爛的犬的眼睛
在那兒
睡眠中微笑的嬰兒的酒渦
都會被我看成一個洞穴

我知道　這每秒中
世界的什麼地方有誰在死去的事
我的血液中的一個一個的寶石
漸漸在化膿　在崩潰的事
而　我能作什麼呢
在吞沒了所有的陸地的深夜的洪水裡
所有的義務不會被實踐
所有的話語已被說過

只有一個人　我們在等待著
「那是我們的命運」誰這麼喃喃著
而　他所帶來的信息是什麼呢
那是確實的東西嗎
我們還不能信任
什麼時候　他會來到這兒呢
從熟練的娼婦的肚皮上站起來
這海上　他能够走過來嗎　能够嗎

2. 這樣的島嶼

大家都正確只有我是錯的
因此 讓我成爲更無情的懶人吧
如線香的煙一般
在夢話與工作之間輕微地搖幌吧

沒有手裡沒有拿著武器的人
因此 讓我成爲溫柔的謠言吧
成爲 滾落在美麗的人的咽喉和舌頭之間
不洩漏于口唇外的聲音

那個人也勇敢 這個人也勇敢
因此 讓我成爲卑怯的消防員吧
邊計算著懷裡的錢
邊以慰勞的酒燃燒起嫉妒的心

大家都洋溢著確信和目的
因此 讓我漫無目的地蹣跚地走吧
沒有自信正是我唯一的長處
讓我遠遠離開強而激烈的東西吧

說是沒有不眷戀愛慕故鄉的人
因此 讓我繼續地拒絕故鄉吧
成爲與雨一起降落的塵埃 而吼著
「這樣的島嶼讓它沈沒吧」

3. 電車

把著吊環的人
坐在椅子上的人
讓自己自由地搖幌的人
在暗鬱的燈下
你是誰沒有人知曉
在自己的車站會下車
有時乘過了頭會回來
你是誰沒有人知曉

你的倦怠的領帶
在打結眼的裡頭
有著你不曾注意的東西隱藏著
好幾天都不曾擦過的放任它破著的靴子
那磨損了的腳踵的皮
有什麼使你坐立不安的東西隱藏著
好好地想的話
那是什麼你也會知道

燃燒你的屍體的
一根火柴的火焰裡 就有那東西隱藏著

4. 無言歌

蛇的瞬間
舒暢且迅速

道路掀起了波浪
人和石的和解
影子如同鉛一般掉落

柔軟的葉子的尖端
知悉
被晨露潤濕而抖顫
遙遠的地方
遠遠的昔日的秘密

魚的影子
捕捉不着的透明的影子
在漣漪還未停止之前
附隨薔薇的幌動
流瀉吧

5. 小小的遺書

吾子喲　在我死時請回想起來吧
酩酊得什麽都不知道　而還
浮起了眼淚　高聲地呼叫你的名字的事
還有　請回想起來吧
忍耐下來三十年的恥辱和悔恨
僅僅爲了你的緣故的事

吾子喲　我死的時候請不要忘記喲
兩個人的恐怖、希望、安慰、目的
都是一個、兩個人互相分享而活下來的事
在胸膛有著同樣的疤痕　還有
同樣長著薄薄的眉毛的事　不要忘記喲

吾子喲　我死的時候請不要哭泣喲
我的死是小小的死　因爲
四千年以前以來　就有著死去的人
不要哭泣而思考吧
抽屜裡的忘懷了的一個古老的鈕扣的意味

吾子喲　我死的時候　請微笑吧
因爲　我的肉體只有在夢中才能睡眠
到我死爲止　我不曾存在過
把我的屍體搬運在影子短小的土地　曬給日光
像飢餓而死去的兵士一般　僅僅讓骨頭閃亮吧

6. 過　去

在橋上　誰都會成爲傷感
惡人且會流眼淚
激烈的熾熱著的冬的落日

4. 三好豐一郎作品

1. 囚　犯

深夜裡　睜開了眼睛　誰也不在
狗吃了驚　開始吠叫　不意地
跳上所有的睡眠的高度
所有的耳朶就存在床裡
床就在雲中

膽怯于孤獨而狂奔的齒
跳躍則滑落的絕望的聲音
每一次　我就從床上　些許些許地落下

我的眼是垂現在壁上的兩個孔
夢在桌子上如燐光般的凍結
天　有著赤紅的燃燒的星
地　有著悲哀的吠叫的狗
（從那兒　隱約地回響而來的廻音）
我知悉那秘密
我的心臟的牢房也有禁閉的一匹狗在吠叫
不眠的蒼白的Vie 的狗

2. 影子Ⅰ

在闇暗中向墓地下降的靴音　不管到什麼時候　都輕微
地在震顫
從階梯下　像祈禱一般　像懺悔一般　聽得見寂寥的會
話　突然中斷了
我點起燈　像要使闇黑無法奪走我一般地
只使得周圍亮著
香吐著煙　成爲僅有的慰藉
長著無光彩的鬍子　面頰憔悴　悲哀而懷念的臉
從對面的冷冷的暗闇目不轉睛地在注視著
寂寞的人——
擴散著光的我的小小的圓圓的領土
——熄了燈　我墜落
我失落了自己　在闇暗中　我撫摸著誰的臉
如同在探索黑漆漆的死一般

3. 墻壁

墻壁——一個人在時每夜的伴侶
寄託我過去的形形色色的夢在墻壁的表面
墻壁的表面 奇妙的影子在伸著在縮著 時時
悲傷地改變形狀

墻壁時晴時陰
有一處曇天的曠野的片隅
小小的影子在蹣跚地步行著

影子漸漸擴大著
（竟像是有著口，也有著眼）
起身 我握住他的手 冷冷的掌
「疲倦了」以輕輕地聲音 他說
替換著 我
爬入墻壁之中

4. 鏡中對話

你說 那是
布爾喬治階級專用的舊式的車頭 不能不
毀壞而重造起新的軌道來安置
我說 那是
發了霉的麵包
乾而硬 就是狗也不吃吧
你說 那是
以正確秩序回轉無限的空間的
壯麗的調和的資源的體系
我說 那是
吸血而膨脹起來的海綿
浮現在歷史的海微暗的謎之迷宮
你說 那是
土和水和火的聖的奇蹟 住著
人和樹和鳥和魚的慈愛的大的天幕
我說 那是
被單的雲裡的雜亂的脚踝
被愛撫的舌頭溶化了的李子
但是 也想說「這樣的意見不一致吧」
在胸膛藏著拍打希望的心臟的你前進的時候
在頭上掛著被切了咽喉的雞的我徘徊的時候
我們會一起認識 一起互相承認吧

流在人類的眼淚難以和吐在世界的唾液分辨的事
熱狂的唇較諸飢餓的心更爲殘酷的事

那時　苦澀的微笑·會聯結你和我吧
那時　兩個人會一致吧　如此地巧妙地一致吧
如同對著鏡的兩個臉孔一般　美德與惡德一般

5. 我等的五月的夜歌

地球被千的手千的痛苦支撐著
地球被萬的手萬的不安捕捉著
地球被億的手億的恐怖幽閉著
地球在衆多的欠缺與不毛與荒廢的鬥爭之上彷徨著

我們的耳朵在泥濘中睡眠
我們的眼睛在晚上睜開
我們的髮在風中紊亂
風吹在我們睡著的石頭上
石頭上的黃金鏡
廢墟的橄欖樹
掘墓工人的黃色的爪
女人在鏡裡
在堆積于水中的永刼的朽葉之間睡著
欲望是游泳于被拘囚的夢之間的不安的魚

樹們在啜泣著
女人遠遠地在叫喊著
我在身邊回應著
風大聲地消去那些
女人在胸奧裡藏著小小的塩筒
我在大杯裡裝著酒
在女人的塩筒裡　我注入一滴酒
那是恍惚的水晶　戀的手環
成爲黑暗的夜裡　放散豐醇的香味的可憐的花
我們相互擁抱著　在地球的凹落的灰色的陰部睡著

夏日的地平線燃燒著緋色
那是飢餓和渴和倦怠和腐敗的季節
我們不曾持有回歸的故鄉
在沙漠尋找太陽的陰影的作爲犧牲的東洋
古銹的甲冑　還有兩個的戀人
我們失去了一個友人
被追逐在酷薄的深淵之上的愉快的山雀
突出于未來的蒼白的頭　還有許多的同類
將盲目的命運的斑紋刺青于額頭的不滅的十字架
還有　若是還有殘留的話
那是對破滅的信仰
復活的信仰

我們的喉嚨尋求清冽的泉
我們的手撫摸清爽的五月的夜空
在我們的手腕裡　抱著　冥冥的世界　以及

冥冥的美好的未來而睡著
風是我們的夢
吹著掛在虛空的苦惱的虹
制壓大地　制壓太陽　制壓我們的希望　夜的
鳥的重重的翼
死較諸我們的幻像更大
沈默較諸海更深

5. 北村太郎作品

1. 雨

在所有沈重的窗上　春映著街道的影
街道　雨　不停地降著
即將來到的我們的死的周圍　也冒著煙
山丘上的共同墓地
墓　直到我們一個一個的眼底爲止　燒起十字架
想量盡我們的快樂
雨在墓地和窗之間
模糊了天竺草裝飾著的小小的街道
迴轉車輪的聲音　在靜靜的雨聲裡
雨在車輪的軋音裡　消失
我們眺望墓地

在石頭底下搜求　死的沙啞的喊叫聲音
所有的都在那兒
所有的欣喜與痛苦　立刻　在那兒使我們聯繫著
山丘上的共同墓地
從煉瓦鑄造的燒麵包的工廠
爲了屈辱我們　燒焦而腐臭的味道流散著
街道滿溢著安樂的幻影
幻影給了我們什麼呢
依靠什麼
爲了什麼　我們像管一般的存在呢
橋下的金髮的流動
所有的東西在流動
我們的腸裡　死在流動
午前十一時

雨在軋音的車輪裡
迴轉車輪的聲音在靜靜的雨裡　消失
街道不停地降著雨
我們在沈重的玻璃的背後
尋找春的冷酷的咽喉

2. 傷感的强尼

美極了的夕陽　放任在舒服地幌動裡　從火車的窗口
心不在焉地　望著
秋的天空的時候　紅色紫色
橘色還有　赤色　似不動
似動盪著的湖一般　饒富
變化的東西喔　完成了收穫
田地的對面是森林　那
遥遠的低低的山脈沈默著　向旁邊
長長的伸展　想著我的鼻子
不意中觸及了窗玻璃
喔　寒冷極了　從剛才
在座椅下咯咯地　搖幌著的是　飲完而丟棄的
乳瓶　夕陽就要消逝了吧
不知什麼時候　山脈成了黑漆漆的
影子　殘留的光　成爲鳶色地
向著山在死去　寂寞的孤獨的旅程的終了
到達的地方　不管什麼地方也好　有街道
有燈　還有大大的屋簷的土地　外邊
已是黑漆漆　映著我的臉的
玻璃裡　穿着綠色毛線衣的
少女　一片一片地把青色的橘子丟入口裡
旁邊　紳士風的中年男人
指間挾着煙　沒有表情地眺望
小小的燈　玻璃窗裡的人們
都像亡靈一般顯得和善　隨着我的眼的
調節　奇異地　我望望亡靈　望着
暗闇　望望
微暗的燈光　望着深深的海底
寂寞的孤獨的旅程的終了
到達的地方　不管什麼地方也好　有床舖
有窗　有小小的墓地的街道　啊　是鐵橋
漲水不多的河川　黑黑地曲折着　抽抽嗒嗒地
哭泣着
十一月的鐵道凍僵了　車輪吐着熱氣　沒有
限度
繼續地吻着　而馬上會靜下來的夜的底邊　漸漸
遠去　被白白的取代了的
鐵道喔　啊
汽笛鳴響　在窗玻璃裡
紳士打了噴嚏　綠毛線衣的
少女　打開了對面的窗
伸出頸子　像波斯貓一般窺伺
什麼也看不見的暗闇
車站依然遙遠　夜

正在深沈着　寂寞的
孤單的秋的旅程的終點　不管什麼地方也好
有工作　有夢　還有
不大也不小的幻滅的
地方喔

3. 看得見小小的街道的車站

像橘子一般亮光的天空
薄薄的煙霧　午後五點鐘的
一個高架線路的車站

我豎立起風衣的領子
站立在月臺　夕陽的微弱的光輝裡
等待電車的人們　收縮着肩膀
似在畏懼着接近而來的冬

我　喜愛　十一月的
初頭的寒冷　一月
如同聰敏的新娘一般　在聽着辨別着我的靴音
十二月是嚴肅的未來

爲什麼　人們畏懼冬天呢
即使是貧窮的　沒有搖幌瓦斯的火焰的
房間　那也是　最優美的

季節喲　小小的惡或者
綠色的少年時代的經驗　在被冰鎖閉了的
鏡裡　會美麗地映照着吧

我生氣勃勃地吐着白的氣息
搓着双手而站立在月臺
望着遠遠的地方

一個高架線路的車站
薄薄的煙霧　午後五點鐘的
像橘子一般亮光的天空

4. 憤怒的構造

如同要抓住語言一般
聲音往上衝　摒着
氣息
譬如　桌子上的瓶
成爲時間
窗的外邊
襯衫響着旗吹打的聲音
不可思議地　街的形狀整然
信號的明滅　看來如同
順調的過去一般
上胳膊硬直

太陽穴脹着
在遙遠的什麼地方的房間裡
鋼琴的蓋子緊閉着
沒有一個人影
像回憶夏日的海一般
充實的無的感情的
波浪的
反反覆覆　是
捲襲椅子的地獄

5. 長　夜

睜着眼地
從暗暗的水底浮起來一般
從夢中醒來
玻璃窗
寒風吹着
仍然睡着　夢着別的夢
再度張開眼睛
窺伺鐘錶

每晚
同樣的事情
遙遠的夢　和
挨近的夢的記憶重疊着

過了些時間　在暗闇中
我的過去和未來
就如同散亂的骨一般　白白的漸漸看得見
已經　沒有誰
會嗅聞我的毛線衣的味道吧
在夜晚的厨房垂掛的
俎板或菜刀一般
我有着未來嗎
明亮的早晨的寒喧
如同喞喃一般消逝了
打碎無的話言
不會以靑色墨水書寫
明天也仍然是
忘記了手帕而離開家門吧
用力拔出的草
會連同附着泥土的根整個
放置在桌上吧
我愛過
畏懼過
我會畏懼吧
我會望着桌子上的草吧
窺伺鐘錶
展開毛毯
遮住臉孔
伸展手腕　附着在兩腋

垂直地 採取
向暗暗的水底沈落的姿勢
閉上眼

6. 幽黑的小小的人

從心的霧裡
微細的光洩漏着
秋的夜晚的暗淡的舖道 向着品川（注）
走着 輾過許多膠印而消失
沈重的天空在上方 木犀花的
香味「較諸罪的深淵更陰暗 較諸香水
更甜美——」兩個影子
錯身而過
從心的霧裡

靜靜地眼淚泌透着
豎起堅硬的風衣的領子 爬過
寬鬆的傾斜 沈重的
天空在上方 暗闇的
那個部份 都稍稍稍稍地嘆着氣
大堆的拼字 在我的靴底下
如落葉一般埋着

從心的霧裡
聽得見小小的呼喚的聲音
在夜晚的腕中 浮現 鋼鐵與天橋
製造工廠的霓虹燈 我的
近視眼的對面『暗黑也是光也是
從天而降下』——向着昏昏欲睡地
閃爍的街燈底下 幽黑的
小小的人走過

譯注：地名，在東京都內

1. 路 I（戰前）

路可以通向任何地方　通向美麗的伯母的家的路　通向
海的路　通向監獄的路　可有不通向什麼地方的路嗎
縱然是如此　總是　路僅僅從我的房間通向我的房間而
已　在群衆中走得疲倦　少年回歸而來

2. 路 II（戰後）

那是通向美麗的伯母的家的路
那是通向草莓結果的森林的路
那是在日暮悄悄地去打電話的路
崩落的街道裡
只有路依然往昔一般殘留着
似乎忙碌地過活的不認識的人們喲
各個人在各個人裡頭持有不同的心
在各個人的去向消失而不見之際
我　如同一個行李一般地　被放置
我回想起給了我的自由
向右去也是　向左去也是　現在都是我的自由
戰敗而回歸故國
所有的東西都喪失之際　站立在
一如往昔殘留的路上
現在　我再度想着
向右去　向左去　都是我的自由

3. 無題

在空虛之中　如少女一般
跳着繩
而拒絕所有的歌
如同湖底的殺害者一般美麗的無言
企圖流出而凍結的血
企圖流出而
凍結了
在大量的血之上
如果實一般　幼稚的眼睛掉落的時候
輕微地　風吹渡睫毛
飛渡明月的雲海的機上　一個人
不耐于疲憊而睡着的夜晚
遙遠的日子的不知悉的人的微笑
來到夢中

4. 賭

即使娶了携帶五百萬元同來的妻子
貧窮的我又會成爲怎樣呢
買架鋼琴 喝喝酒
隱藏在窗簾的背後接吻
不就是這樣的事而已嗎
即使娶了聰明賢淑的妻子
喝得醉薰薰的我又會成爲怎樣呢
像拿着新的高高的絲帽一般 拿在手上
閒散地拿在手上
不就是這樣的事而已嗎

啊
那時候
這個世界會靜靜地毫無聲響
在白色的建築物的二樓
我會看到
正同我一般的
傻
貧窮而變幻莫測
剛愎自用
在胸前鈕扣別着薔薇
兩眼有着不信與悲傷
吐出葡萄種子一般地
到處吐着毒舌
唇的兩側有着深深的酒渦的
一個少女
我會看到

爲了一生一次的勝負
在那兒 我應該賭上什麼呢
翻轉了口袋
把脫落的鈕扣
詩人的桂冠 百萬嫁粧的婚事
以及還未支付的帳單
所有一切的東西
倒出來
而
即使倒過錢袋來
也沒有任何可以作賭注的東西
我賭下了
我的破滅
在這個世界回歸于靜靜毫無聲響之際
像初次學賭的人一般
我的破滅
翻開了閉上的眼睛

5. 冬日的街道

不想遇見誰

不想和誰交談
那樣的時刻
那樣的日子繼續着

在射入樹梢的日光下走着時
昔日是像數着
遇上的狗的尾巴的事
而狗不在

我現在走着的冬日的街道
一匹狗也沒有
在建築物之間往來的人或汽車
多得無法計數

沒有可以計數的東西
沒有可以踢蹚的石子
即使如此
爲什麼在刮風的街道散步呢
現在已沒有的東西

現在只在記憶裡存在的東西
故鄉的盛夏的繁茂的草中
細長的白的道路

現在　就是那兒也
已成爲四線路的雄偉的大道了
竹籬墻已
沒有了蜥蜴

不久再也無法行走的道路的樣子
浮現在我冷冷的心上
在不想遇見誰
不想跟誰交談的時候

沒有誰可以交談
只有自已對着自已說話而已
小小的墻壁和蜥蜴的姿影
浮現在刮風的街道走着的我的心上

7. 吉本隆明作品

1.在一個晴朗的五月的晚上

經由我們而收集了大量的憂愁
而我們經由憂愁引導了一件事情
在一個晴朗的五月的夜晚
聚集而談論的我們之間
沒有一個人　想像到明天那些竟會成爲
被揑造的證據
而在我們談論之後
世界仍然如同往常一般　暗鬱的砲煙和風
在所有的星星底下騷亂着
確實地　我們在看着星星的時候
我們知悉　我們的沈重的心正通過
同樣的路向那邊去
因爲　我們既不悔恨　也不改過
砲煙和風遂依然如昔地通過

我們都期望回到各人所愛的人的地方
縱然　我們沒有辦法把已被刼走的東西奪回
回歸自己　在
夢着我們孤獨的夢的建築物的屋頂花園的如影子一般的
邊緣的事
却是被允許的
如此　我們誰也不去看那些的時刻
却可以看見　星星們異樣地搖幌的光

對我們而言　一切成爲終局的予感
造就了我們的五月的夜晚的型態
背和海誘惑的　我們的心　如獸一般騷亂着

2.有眼睛的季節

爲了即將捕獲的我們的緣故
時時取來裝備了鐵柵的天空和吹過的風
我們的監禁已被決定
我們所要的是眼睛
不管何處都可以透視的眼睛
期待有眼睛的季節時
燃燒天空的夏日正在接近着
從持續着戰火的地方　畢竟傳來了
夏天正在接近的訊息
死人腐敗極了
曝晒着的骨都瓦解了

我們的風飛在遙遠的高高的大氣層
金屬製的野獸也通過
以眼睛配合不上的死的速度　支配時代
我們正是在遇不到自己的影子的時刻
貢獻了「時」這東西
縱使　觀看了這樣的事會被處罰的季節到來
我們仍然無限地思考着想要觀看這件事

我們膨脹我們的
關於有眼睛的季節的構想

3. 都市的女人們的歌

啊 渡過街道而一齊地
邊迎着風而走着
邊顯示了遠離于索然無味的事務所的滿足感的
女人們 正在
被我監視了的夕暮裡 塗抹着色彩
從建築物的斜面與斜面掉落的影子 正在
一次接着一次地 暗鬱了她們的乳溝的附近
令人感到
她們企圖將在心裡築起的風景暗淡而消滅
所有的她們 存在
已經消逝了砲煙與風的時代 顯得華麗
縱使 她們已沒有了去注視
已經看不見的東西的意志
縱使如此也會令人感到
所有和平的時代 都成爲她們的支援者吧
現在 吹拂過她們的臉的風 爲了抗拒神
一邊唱着「哈里露亞」
一邊從滿沾了血的地球的病床 噴射救濟的理論的這個時
候．
風一定會寬恕她們吧
她們一個一個地 朝着她們所愛的人的方向回歸的
這個時刻 如同
令人會預感到她們出生的嬰兒的未來的時刻一般
我會再度地
從砲煙與死的陰影之中
祈願着不能不守護着她們的事

4. 在我沒有忘却罪過之前

讓我寫下
在世界服了毒痛苦着的時候
我所犯的罪
以比平常更加
簡單的 你們可以
責難我一般 的
語言

我傷害了
企圖在房子前面築巢的我的小鳥
顫抖于失去了愛 捨棄了
少女的婚禮的日子的約束
而引起了少量的發作 看到
世界如同海底一般
到昨天爲止
啊 這些都只是糊塗的記憶

而後 是罪過
我把我的恥辱
聯結于同胞們的屈辱
我把我冷酷的心
賦與理論 理論是
從一個人的、
手的裡面向外面
跳出去的東西

無數的我的敵人喲 你們該
不要被我的苛酷的理論制壓
而好好地保持維護
你們的名譽 你們的狡猾的手下
溫柔的妻女 以及
你們支配的秩序
在你們的春之間
我的春被抹消了
說不定 如同植物一般
不治之症 會致我于死命呢
在我還未忘却我的罪過之前
所有的鬥爭會結束呢

5. 少年期

如同爬進幽黑的地下道一般
爬入少年的昔日的逸話
正在對着
不知悉的餅店的女老板 攀談着
有過執迷于三分錢的碎餅的
記憶
幼少的友人作了偷竊的事
在橋邊深深地沈思過
對着石子打過賭
忘記了明日的約定
世界是異常的約束 是私刑
被捨棄于友人之外 而會被冷風吹打
他們 不久會
團結 選出頭領 維護利權
敦睦近親
被捨棄于友人之外
會學到愛與憎恨與背叛
忍耐魂魄的慘劇
看不見的關係
在漸漸看到的時候
他們互相會訣別分手
不服從才解放了少年的昔日的記憶
在敍說這樣的事時
我會被邊照約束而追放

荒地詩人簡歷

陳明台編譯

鮎川信夫 大正九年生于東京，早稻田大學肄業，學生時代發表作品于「新領土」等，昭和二十二年參加荒地創刊，主要作品有「鮎川信夫詩論集」「詩的看法」「鮎川信夫全詩集」「戰中手記」「日本的抒情詩」等。

北村太郎 大正十一年東京生。東京大學法文系畢業，昭和十二年開始詩作，戰後參加荒地，重要作品有「北村太郎詩集」「冬天的值班」評論集「巴斯卡爾的大眼睛」「終結的雪」等。

黒田三郎 大正八年廣島生。昭和十一年參加「VOU」東京大學經濟學部畢業。戰後參加創刊「荒地」，重要作品有「給一個女人」「時代的囚犯」「內部與外部世界」（評論集）等。「歷程」同人。

田村隆一 大正十二年東京生，明治大學文藝系畢業。參加創刊荒地于戰後。重要作品有「四千的日與夜」「全詩集田村隆一詩集」等，評論集有「年青的荒地」等翻譯評論均爲數甚鉅。

中桐雅夫 大正八年岡山縣生，創刊「LUNA」日本大學藝術系畢業，曾任讀賣新聞記者，參于創刊「荒地」著有「中桐雅夫詩集」「公司的人事」等，又有奧登評論集「第二之世界」的翻譯，評論集「詩的作法與讀法」等。曾獲高村光太郎賞。「歷程」同人。

三好豐一郎 大正九年東京出生。早稻田大學附屬專門學校畢業。曾受領「詩學」新人獎（囚犯詩集）戰後參加荒地。重要作品有「小小的證人」「囚犯」詩畫集「默示」等等。歷程同人。

吉本隆明 大正十三年生于東京，東京工業大學畢業，重要著作有「爲了轉位的十篇」「吉本隆明詩集」「與固有時的對話」戰後參加荒地，同時作爲代表性的評論家而活躍。評論集重要的有「抒情的理則」「藝術的抵抗與挫折」「共同幻想論」「異端與正統」等等。

陳明台

歷史的回歸・自我的回歸

—荒地詩人試論

1.

持有獨特的性格，形成戰後日本現代詩一個交流的運動，又可以說是具有戰後日本現代詩的眞正開始具有發端意味的詩人集團「荒地」，在一九四七年至一九五八年之間，展開其活動，培養了其代表性的詩人鮎川信夫、田村隆一、黑田三郎、中桐雅夫、三好豐一郎、北村太郎、吉本隆明等，在戰後日本詩史上擁有重要的位置。

誠如荒地集團代表或主導詩人鮎川信夫的指摘（註一），荒地集團在起初並未預期形成一種新的詩運動的可能性，不如說是努力于建立詩人個個的業績與地位，並追求經由個人所體驗而樹立的目標。然而，由于具備了共同的體驗，共通的理念，以及對于挫折於戰敗的日本，回復現實秩序的焦灼之意識，他們不只在個的詩人立場上，確認了詩與詩人存在的意義；更且終能以詩爲表現意識的媒介，而蔚成一種新的具有現實精神的詩運動，透過語言，透過詩，強烈地顯示了他們對于現代文明的詢問及重新從現在的廢墟，荒地出發的意圖。同時，他們也證明了詩的表現領域可以無限的存在的設定，以及擴大了日本現代詩的內面性發展。

即使在戰後，荒地面臨了漸漸埋沒于日常性的新的狀況，而荒地集團宣告達成任務而解體之後，荒地的詩人們，仍然不停止他們的努力，堅持個人寫詩的意義，而健在著，作爲當代的代表性詩人佔有其一席之地。同時，荒地集團所提出的問題，荒地詩人所思考與追求的方向，仍然成爲歷史的問題有其繼續被探討與存在的價值。

本文擬就荒地集團的詩人的性格加以考察，透過他們的詩作，窺見他們集團運動的詩的特色，以及他們個個的精神，藉此理解他們成爲詩人集團的位置。

2.

作爲荒地集團的詩人們共同具有的性格，其根底的存在究竟是什麼呢？這是我們必須提出的第一個問題；同樣是荒地的代表詩人之一的三好豐一郎曾如此宣稱過：「……詩壇的荒地的運動已告終了，然而，荒地的體驗却經常現存著…」。（註二）確實，荒地的同人是透過，他所指出的「經常現存」的強烈的體驗，而形成共同的東西，清晰地刻劃了他們的精神，思惟與感性。所謂經常現存的體驗就是他們的共通的戰爭體驗。

戰後參與創刊荒地的詩人們都是大正後半期出生，不管他們願不願意，他們都被捲入了戰爭的風暴，時代的漩渦，他們宿命地必須體會戰爭，死亡，毀滅諸種終局的感覺，更重要的是他們都以自己的方式經歷了在第一線戰場的實戰的感覺。這種戰爭的體驗，從戰中延續到戰敗，戰後，形成了他們特有的戰爭世代的感覺。戰中體驗的死的恐怖，戰敗的虛脫無力感，戰後的生的無意味，尤其是對于現代文明所帶來的，經由他們自身的存在直接接觸了的不可挽救的人間的破滅感，他們的「現代是荒地」的感覺與立場，思考的方式，受到了極大的界定，可以說經由此種共同的戰爭體驗的基礎產生了共同的理念，決定了他們的詩的性格。

3.

荒地集團的詩人共通的戰爭體驗，構築了他們的作品的第一個性格，可以說是一種對立于極端的性格，由戰爭直接體驗的是生與死的兩極的存在。在戰爭中，生與死只是隔著一張薄薄的紙而存在，有其共通的強烈的感覺，使得荒地同人不約而同地都對「生」與「死」的課題作過嚴肅、認眞的思考。

鮎川信夫是從做爲他的詩的一個主音調「喪失」感，來調整他對生與死的處理方式，在戰爭中無道理地喪失了自己青春的生，以及不幸喪失了生命的友人（森川義信）的死加以重疊，使他的詩往往顯示了生與死的對比，也即是無慘的生與無償的死分別佔據在他的左右兩端的秤台上而存在。在「遙遠的浮標」一詩中：「遙遠的浮標／掀起小小的波浪／向不幸的兵士／宣告別離／不管什麼樣的惡魔／也不能除去那浮標／……這不幸的兵士／在何時在何地／或許會落到惡魔的手中也說不定／以爲會死去之前／再也不會邂逅的／寂寞的浮標喲。」寂寞的浮標事實上是死的象徵，活者的兵士只有死去，落到惡魔的手中時才有可能再度見到浮標，顯示了對立于極端的死與其反面的生的存在，而且顯示了據于死的意志而支撐的生的存在。

北村太郎，對于死則有切身的接近于日常的感覺，經常意識了生與死並肩存在，在「雨」一詩之中：

爲了什麼，我們像管一般的存在呢

……………

我們的腸裡　死在流動

如同管的生的存在，以及成爲管的形狀的腸裡，流動著死的事實，可見他對于切身的生與死並存的意識，而在二十年後（昭和四十一年）他的詩集「冬天的値班」中有「長夜」一詩：

每晚
同樣的事情
……
在暗闇中
我的過去和未來
就如同散亂的骨一般　白白的漸漸看得見

對于死與生的意識，仍然成爲他的主題，而依然未曾否定生與死的並立存在的性格，偶然的死的可能性。

黑田三郎的死的體驗，比較特殊，無寧說是戰爭的死與日常的死共同存在，在他的「死之中」一詩！

死之中，我們只不過是數字而已，……死
在任何地方都存在……
死是須要錢的事，是在我不知悉的男女把
著的吊環之下　散亂著魚骨的床上……的回
想

前一段的戰場的死，以及後一段日常的死的存在，在詩人而言，具有同樣的重量，也就是「戰爭之中存在了日常，日常之中有著戰爭」，死的平凡的存在，正是透過了戰爭體驗的黑田三郎獨特的判斷。

中桐雅夫則以疑問的方式，處理死與生的素材，同時將死與絕望的感覺相聯結，經由疑問的投擲顯示了他對現實的憤怒，不信以及抗議，在「終局」一詩之中，經由「海是世界的墓場」的規定，從死與絕望的重疊形象出發而表達了：「……而／他所帶來的信息是什麼／那是確實的東西嗎／我們還不能信任……」當然，這也是基于他對被欺瞞而死去的多數生命的摘發和疑問，給死的價値投入了問號，欲圖奪回生的價値的心情而加以抒發的。

可以說，荒地詩人在生與死的體驗中，生與死是對立于兩極的性格，這種性格或成爲如鮎川信夫以死支持生強烈的意志，或成爲北村太郎，黑田三郎的生與死的双重意識，或成爲中桐雅夫的對于無意義的死的疑問，對于現實的生的不信等等，在整個戰爭的共通體驗而言，他們都含有對比者戰爭中的死者，及戰爭中的生者的特質。而展開了對于人存在的意義的思考。

4.

荒地集團的詩人共通的戰爭體驗，構築了他們作品的第二個性格，則是「現實意識與表現意識的双重」性格。荒地同人正如大岡信所指陳「大抵可以說是基于自由主義者，個人主義者的立場……」（註三）他們堅持者：「…對于今日的詩人而言，爲了眞正地自覺于自己的工作，即使極力反逆現代的社會與趨勢，也必須返回自己內在的世界—他自身的生命的源泉，感情的世界…」（註四）亦即，不斷回歸自我的內部去尋找現實的生之根據的主張。因而他們能够忍耐孤獨，堅持保持孤獨的詩魂，而可以不合汚于時流，從事他們對于戰爭的告發，諸如鮎川信夫的「喪心之歌」：「…倘若我唱起古老的戰歌／請大家一齊在刺刀的柵檻站立起來吧／因爲／哀傷地／在海裡構築了海／魂魄死去了／再也不會復生……」對于戰爭透過與他者的斷絕，內閉的自我的世界，鮮烈的從事告發，三好豐一郎的「囚犯」堅持孤獨的生，殘酷地區分內部與外部的世界，中桐雅夫的「這樣的島嶼」：「……沒有手裡不拿著武器的人／因此／我寧願成爲溫柔的語言／成爲／滾落在美麗的人的咽喉和舌頭之間／不洩漏于口唇外的聲音…」的反逆現實的強烈的意志，這種性格，不只使他們的詩具有溫暖的鎮魂歌的性質，也使他們能够藉詩而顯示了內部的眞實，具有回歸于歷史亦即回歸于自己內部的自我肯定。鮎川信夫所指出的他們的反逆于其他的詩的運動，形成「密閉的美學」的意味即在於此。

而由于此種能够回歸歷史，回歸內部的自覺，以及透過上述他們對生與死的意味的質詢，荒地詩人們的戰後的出發，也就是以「戰後的廢墟」「現代是荒地」的基本認識，而從現代文明的荒廢，不毛，悲慘諸多破滅的形象中，重新架構「意味」的出發，才能够徐徐地得到向前推進的可能性。在荒地同人中，田村隆一的詩最足以顯示了上述努力于奪回「具體的世界」的性格。他對于生的意味的詢問的方式是透過鮮烈的危機意識，而經由詩加以造形，加以完成的。他以單純的詩的構造，經由提示主題、展開、變奏，再度提示主題的方法，通過形式的安定來支撐表現現代文明的危機感非常不安定的情緒，如「四千之日與夜」等作品均足以顯示，經由「生的意義」的探求，再度歌頌新鮮的愛的企圖。中桐雅夫則往往以其人道主義愛的心情來表達其對不誠實的痛恨，死的注視，現實的絕望感，而有其完成意義回復的焦灼感。

5.

可以說，具備了共通的戰爭體驗，而顯示了回歸歷史，回歸自我的企圖，這種荒地詩人共同性格的詩作，是具有倫理的、思考的詩的性質而存在，在戰後改變了狀況，埋沒于日常性的環境中，除了鮎川信夫仍堅持其方法，繼續發展其現實的內面化世界之外，其他詩人或捨棄倫理的衣裳，轉化爲將小市民的日常性加以方法化（如黑田三郎、中桐雅夫），或將抵抗意識固定于詩中，顯示參于的企圖（如吉本隆明）或內閉倫理性昇華爲觀念（如田村隆一、三好豐一郎），各個詩人仍然堅持其詩作的方向而成爲重要的存在。從集團的共同發展而回歸于個的追求的歷程，正足以顯示荒地詩人的深潛的創作力，以及在饒富變化的認識與方法論上有其劃一時期的意義。

注一：鮎川信夫「給詩人們的報告」一文所論及。發表於一九五四年版荒地詩集。

注二：三好豐一郎「鮎川信夫素描」一文引用，收錄于鮎川信夫詩集，思潮社一九六八年版。

注三：參見「現代詩論大系」鮎川信夫解說，一九六五年版思潮社，大岡信「戰後詩之焦點」，詩學，一九五五年增刊本發表一文引用。

注四：鮎川信夫「給詩人的報告」，同注一引文。

荒地關係資料拾綴

陳明台編譯

荒地關係文獻

◉鮎川信夫 戰中手記（摘錄）

一九三七年 荒地，創刊

一九三七年，還不過是小孩的我們創刊了同人雜誌「荒地」。當時置學籍于早稻田大學文學部予科的十四，五人是其成員。我對于此一雜誌確實十分熱心。其他有森川義信、竹內幹郎、藤川清等主要同人。

『意味』的存在

經由轉化了易于被習慣麻痺的我們每日的心理作爲「事件」而處理，形成「意味」的存在，爲我們的世界帶來了新的活動的原動力。而且，在無意識中，荒地被作爲「政治舞臺」而加以企畫，形成了具有新的現實精神，產生生動的刺激與躍動，而超越了在來的倫理與思想，持有新的文學運動的性質而存在。

拾「紙屑」的精神

較諸任何事更爲重要的是對于自己的生活的重視—欲了解文學的眞諦，對于現實必須謙遜，而且有「不亂丟紙屑」的精神—「意味」的存在即含有豐富現實的意味。

我以爲現在對「荒地」而言，最爲中心的主題即是「拾紙屑的精神」……爲了說明，以類似上述的語言說明人生獨一的價值，人們務必脚踏于「荒地」，這樣的感覺正是我的目標。

荒地的回歸，歷史的回歸，自己的回歸

從戰場回歸「荒地」的同時，所有政治社會的狀況更加惡化了，縱使如此，我對于「荒地」的絕望，竟然連影子、形狀都喪失了。

我們必須如何回歸于歷史呢？回歸歷史並不意味著「

向過去的鄉愁」或任何「悔改的」意味。我所謂「歷史的回歸」即是更加一層好好地回歸于自己，此外別無意義。荒地，經由作爲「內的光輝」以及種種暗示的接受者的我們，透過相應作用而加以製造改變的同時，也存在有製造自身，改變自身的性格。荒地曾經是如同發生于我們身邊的歷史的存在。歷史的正體無法不如此被我們感受。荒地經常且永久地執著「處于今日的東西」，基于此反而使歷史顯現了它的眞的意義與特徵。

◉北村太郎　投影的意味（摘錄）

現在，我們既自己選擇作爲詩人，努力于免除被剝奪「自意識」，則我們以「自己」投影，且自己以「文學的投影」作爲工作而埋首發奮自是當然之事。這既非遊戲更非風趣。同時，搜尋此一投影的意味，則其作用決非只爲了自己。我們是爲了自己，同時顯然也爲了他人而投影。曲曲折折，或許在其中居住著一匹狗的投影，在自己窺視了此一投影時，也必然期待他人能窺視。同時，假如那是全存在的投影的話，必然對于其他的投影產生効用。

這樣的投影的實體，亦即我們自身的存在，即存在于現代生活的內部，則從此一生活逃亡的事除了意味著死亡之外，沒有任何其他的意義，敢不實行逃亡的話，則對于在那兒會發生的或可能發生的所有的事象，應該將其以某種方式刻在自己的經驗的蠟板裡自不待言。現在，我強調「以某種方式」，事實上，由于我們是同類，其方式應有其共通點：即是，製造投影的素材是共通的。裝飾了我們的青春，以血與死的幻影的戰爭，戰後的社會生活，像這些東西規定了我們的方法，這種想法很容易產生，但事實上，這些只是外的制約，同時，還有我們的內部的制約，也就是我們對文學的相似觀念，重疊在其上這一事實不可忽視。

◉黑田三郎　詩人的命運（摘錄）

不如說，爲了糊口的緣故而苦鬥吧！如此，只有如此，詩人會從胸中醞孕新的詩吧！背向現實的苛酷，爲了糊口的煩惱而發出悲鳴，如同沈溺者急于抓住麥桿，而逃入傳統的影裡的怯懦，在此我們不能不加以指責。詩人以其些微廉價的逃逸的花園，而去思考詩，正是使我們的尊嚴損傷的事。由于敗戰所產生的矛盾，由于敗戰而破壞了的空白與隙縫，在那兒，不能不在那兒自己開始，勇敢的投入自己，自行處理自己的事。

◉中桐雅夫　喪失的世代的告白（摘錄）

在我們以前的世代，在戰爭中，相當活躍于詩壇，而且指導了我們以後的世代，寫了愛國詩、戰爭詩。基于此，大抵上，我們不曾接近于前輩詩人們。我們的後一世代，即使與我們同時代的大多數人却並不如此……當時，我們出版了同人雜誌，當然由于我們的不成熟或其他原因，自然不能得到與先輩詩人的雜誌同樣的待遇，我們並沒有明言那些前輩詩人不值得尊敬，而寄身于奇妙的立場。當然跟寫愛國詩的詩人在一起的可能性也不存在。……我們常常集會，除了思念著運氣不好而在軍隊服役的友人之外，總是以惡口指責愚劣的戰爭詩來打發時間。我們是以喪失的世代而渡過戰爭時代。……詩人是不能不了解存在本質的人，對進行者的戰爭的本質疏忽探究的詩人。即已是失格者。

不管如何，我們的世代的前途並不光明。而我們必然會持續着寫詩吧！也會受到周遭白眼吧！我們的詩作的態度確實不被他們中意。我們對日本人也不存有這樣的希望。但是，我們經由寫詩，在日本社會持有着獨特的使命。既不成爲政治的棋步，也不困居于自已的塔中而無視周遭。持有此種姿勢而寫詩，感到其虛無感，則我們不只在戰中，即使在現在以降，也會持續地成爲喪失的世代，我們不能不如此認定。

◉荒地同人　給X的獻辭（摘錄）

親愛的X，在此，你不能不承認，沒有對于語言虔誠信賴的念頭，以及孤獨的特權，則無以成立的我們的詩，必須經由與現實的磨擦而站立于劇烈的試煉之前的事實吧！我們如此地捕捉了精神的不安的習性自身，最足以說明荒地根底的暗澹的風土。但是，我們寫詩這件事情—在此，文化問題、社會問題等即將成爲不過是第二次元的意味—。一個持著筆的人，在無止盡地語言的變化與反覆，出發與回歸之中，注視著回轉生起的精神的波動，確認自已的存在，爲了提昇自已的生而努力於獲得神，如此深奧的隱藏事實的暴露是值得重視的事。……詩人擁有的特權是超越了個人的性質或制約或階級的自由，這點，您應該了解吧！這即將成爲不經由外界規定的狀態的特權，而記錄個人的社會時代的內在成長記錄，正是希求高度自由的人間的意志必然到達的境地。

親愛的X，如你所知，現在是極少回顧詩的時代。而且，現代的詩又是基于人們不回顧注視的不遇的地位，而有自貶身價的傾向。……經由政治的追從或對于社會的自嘲的反逆，過去多數的詩篇，在現在已成爲完全沒有意味的存在。……但是我們確信—對于語言深深的信賴以及愛，必然會呼應我們的必要與要求。而我們對于詩的信念常常強有力的支撐我們的生活，這正是我們暗默的約束，逃逸與迴避責任最爲忌諱的內在的抑制力。

我們對于詩能夠如何加以談論呢？那是生與形式的問題，怎樣的論法都屬可能。我們的詩一篇一篇除了這種生與形式、精神與自然的「陰鬱」的世界以外別非他物。既非語言的鎧衣也非巧妙細緻的機關裝置，更非玩具之類的東西。

親愛的X，思考詩的事無非是連接你的精神與我們的精神的架橋工作。只爲了對一個你交談，我們集合起來形成「荒地」的意義，能夠加以理解的話，不管我們如何地各個人分裂，模索的方向不同，陷于不明混沌的內亂狀態，或者在無名中，成爲難以分離的結合的共同集團，都會使你對其有更深一層的理解吧！

詩吸收了我們的全存在。我們固定了語言的投影徐徐地造成經驗不斷重疊化，向一個中心在運動。我們稱這一運動爲詩作的過程。現代的荒地，從我們的背後，彷彿，向著語言前面在擴大濃濃的影子，嘲笑著我們對于語言的信賴與愛，對我們在挑戰著。我們的具有彈性的精神，能否忍耐現代荒地這唯一的素材，決定我們的詩存在，或退後于對生的感情敗北的後方的區別。敗北是遁走，是恥辱，據于絕望的終局。

詩經由精神果敢的形式飛躍，證明著我們的生根本的人的要素，思想與感情的一種統一是否可能。那是付與感情知性的裁斷，經由思想情緒化而加以正當化活生生的統一體。那是對于從一種經驗而移轉于另一經驗的精神最具同情的某一理解者，也是屬于異質的範疇事物的結合—相互對立、反撥、爭奪的觀念與事實共同基于一未知世界的結合，經由承認與理解，愛與意志的原理，結合精神本質的素性的一種渴望于調和與創造和憐憫，而非不均衡的破壞與敵意的狀態的世界。

……………………

我們在寫詩的過程中有兩條岐路。步上簡易的道路而使低次元的世界與語言聯結？或沿着困難的道路，而推進語言于高次元的倫理世界？其實，這可說是背倚著背的一種行爲的表裏兩面。不管那一方面，均是經由作爲語言與肉體邂逅的場所之詩的世界，而引導生與形式於完全的統一。同時，我們總選擇困難的道路，並以此作爲自傲。

親愛的X，爲什麼我們生活的全部不會是不中絕的詩作過程呢？在我們思索行爲之中，生不斷地繼起之間，失去了一種對調和的希求及一種向著中心的志向，如何可能認定我們的行爲、思索的事情具有意味呢？像這樣失去了人間尊嚴而形成的所有的東西乃是我們行動中最卑賤的部份。……

「荒地」關係年譜

一九一九～一九五八年

陳明台編

一九一九年　二月　黑田三郎出生
　　　　　十月　中桐雅夫出生

一九二〇年　八月　鮎川信夫　三好豐一郎出生

一九二二年　十一月　北村太郎出生

一九二三年　三月　田村隆一出生

一九二四年　十一月　吉本隆明出生

一九三七年　戰前「荒地」創刊，主要同人有鮎川信夫、森川義信、藤川清、竹內幹郎等。中桐雅夫「LUNA」創刊於神戶。

一九三八年　鮎川信夫、森川義信加入「LUNA」六月改名「LEBAL」。
鮎川信夫、田材隆一參加「新領土」。

一九三九年　鮎川信夫、森川義信認識三好豐一郎、北村太郎、田村隆一參加「LEBAL」。

一九四一年　八月　森川義信病死於前線。
十二月八日太平洋戰爭發生。

一九四二年　十月　鮎川信夫入營，派遣於蘇門答臘。

一九四五年　鮎川信夫整理「戰中手記」。
三好豐一郎「囚犯」執筆。
北村太郎、田村隆一入伍海軍。

一九四七年　九月　雜誌荒地創刊，主要同人有鮎川信夫，田村隆一、中桐雅夫、黑田三郎、三好豐一郎、木原孝一等。第一集由田村隆一編輯，十一月迄由黑田三郎編輯。

一九四八年　東京書店倒閉，七月「荒地」第六號出版後即停刊。策畫荒地詩集出版未果。

一九四九年　三好豐一郎於五月出版詩集「囚犯」，是戰後詩具有意義而受到高評價的一冊詩集。
荒地同人於本年中又開始定期集會、討論艾略特、卡夫卡等名家著作。

一九五一年　八月「荒地詩集」一九五一年版由早川書房出版。

一九五二年　荒地「詩與詩論」第一集出版。

一九五三年　中桐雅夫全譯艾略特「荒地」刊於一九五三年出版荒地詩集。
荒地「詩與詩論」第二集出版。

一九五四年　本年迄吉本隆明參加荒地同人。

一九五五年　九月鮎川信夫發表「死的灰詩集」背景論爭。十一月吉本隆明發表「前世代的詩人們」兩文開啓了「詩人的戰爭責任論」之論爭的端緒。

一九五八年　十二月荒地詩集一九五八年版出版、又停刊。計刊行八冊。

其後，荒地同人堅持自己個人之詩作、參加文學活動迄今。

荒地論集粹（摘錄）

陳明台譯

①吉本隆明：「日本現代詩史論如何寫」

荒地集團是在詩與詩論系統的詩意識，挫折於日本的戰敗，感受政治社會經濟狀況的混亂與疲憊之際出現者。他們在日本近代詩史上，眞正地開始了將思想性導入於詩之中，他們的詩的方法傾向一種古典主義，他們的詩的主題是極爲倫理的，可以保證他們的出現的意義。他們的詩，在戰爭或戰場的體驗—極限的情況敍述時顯得極爲生動，實是由於他們象徵性的傳達了由於戰敗的挫折而扭曲的戰後知識人的意識，而其背後反映著戰敗的日本，混亂與疲憊之狀況下的秩序意識。

在他們的極限狀況的實感，即將不再成爲現實，或失落於現實之際，他們只有捨棄倫理的衣裳，轉化爲將市民的日常性加以方法化，或將抵抗意識固定於詩中，顯示參于的企圖，或內閉倫理性而昇華其爲『觀念的』諸種選擇而已。

②月村敏行：「『荒地』是甚麼」

「荒地」所擔負的是「詩的用意」這件事。爲了使詩作爲詩出發的某一本質的部份，亦即作爲「胎內整備」的東西，「荒地」抱持者。不只是如此，詩人只有藉「詩人」而存在，此種自明的意識，須等待荒地的出現而成立。還有詩的正當的復權這一回事也可以考慮。而詩的正當的復權，實在反而是由於認識了日本詩的欠缺、詩人的不在，亦即詩的權威已近乎完全消失才能成立。

③岡庭昇「成熟的逆說—田村隆一論」

給X的獻辭，終究成爲荒地集團的宣言而存在，顯示了其理則的目的的志向實在並無統一的形狀的存在……一九四五年到一九五〇年代，戰後日本的狀況中，界定現代爲荒地，詩人的任務則以荒地爲對象，此種荒地集團的態度，結果是在「集團的」與「個人個別」的志向無法重疊的情況下，自己鎖閉於「現代是荒地」的表明裡而已。……個個詩人們的志向，實際上是在保持相當不同的情況下，獨自切斷爲自己的作爲的地點而存在著。

陳明台

從闇暗出發

——荒地集團的史的考察——

1.

譬如 從霧裡
或者 從所有的樓梯的跫音裡
遺囑執行人 模糊地顯現了姿影
——這就是一切的開始

這是作爲日本現代詩集團「荒地」主導者的詩人鮎川信夫的作品「死去的男人」的開頭一節。在戰後日本現代詩的發展史上，這一節詩句可以比喩爲荒地集團成爲現代詩（或近代詩）的遺囑執行人的重要存在而顯得十分恰當。至少，具備了兩個重大的意味，第一個意味是從戰後的處于廢墟的狀況中重新出發。大膽地斷言了可以繼承的詩傳統的不在，而以脫出「現在的精神風土」，回歸于自已存在的深奧的內部作爲信條，他們的努力實在是以「現在的生」作賭注而傾注一切。第二個意味是含有擔負著「否定歷史」的重大的課題。否定在戰爭下的詩史的課題，也就是從詩史的「空白」出發而再度使詩得到復權，詩人的立場得到肯定。他們的出發實含有「從暗闇出發」的意味。

事實上，荒地集團經由多數代表詩人的努力與自覺，在他們活躍的一九四七年～一九五八年的十數年的歷程中，已充分的證明了他們在戰後日本詩史上鉅大無比的存在，正如三好行雄氏所言：「……至少，戰後詩眞正的開始，發端在此是可以確認不疑的…」（註一）本文擬就荒地集團的史的歷程加以考察，以見其發展的軌跡及在戰後日本現代詩史中的位置。

2.

在嚴格的意義來追溯，戰後日本詩壇的復活，應該從昭和二十一年爲基點（一九四六），緊隨著前年十月創刊于九州的「FOU」同人詩誌，一月北園克衛氏編輯的「近代詩苑」也跟著創刊，而在不到一年之中，如「純粹詩」「烏托邦」「VOU」「四季」「文藝復興」「日本未來派」都相繼創刊或復刊，眞是令人感到如雨後春筍的盛況。在思想或方法上，上述的詩的集團，雖然一貫的顯示著對于自由與創造的熱情，同時一致地具備了樂天的解放感，對于戰敗後的現實，接受了戰敗的打擊，產生的混亂以及挫折、扭曲的知識人的意識反映等等難題却缺乏正面迎戰的自覺，大多數的詩人往往迷惑于寫什麼、怎麼寫，大多數的詩刊不久即告分裂，而消逝不見。

荒地集團的成立及出發，可以說是基于上述日本詩壇呈現于低迷、迷惘的狀況下，努力于回復詩的機能，以詩爲一種自覺而重新肯定歷史，窺視並發現詩人「深奧的內部」，企圖造成一種新的文學運動而登場。誠如鮎川信夫自己所揭示的「具有新的現實精神」的，「回歸自己」「回歸歷史」，經常執著于「今日的東西」的（註二）期望，實在是透過否定戰爭中詩史的空白及戰後初期詩壇的迷惘而企圖以語言確認自己的存在，提昇自己的生，而具備了不同的意味。

3.

荒地集團的結成可以昭和二十二年一九四七年九月，雜誌「荒地」的創刊爲起點，但事實上，早在這以前一九三七年已有了第一次「荒地」的集結，依鮎川信夫的記述，當時在早稻田文科預備班的鮎川以及森川義信、竹內幹郎、藤川清等十五、六人均是成員。同時同年由中桐雅夫在神戶創刊的「LUNA」，由于後來荒地重要同人的先後參加，許多同人經由此而結識發展友誼，可以說在荒地同人的精神史上兩者均具有可以直接連繫的關係。

而戰後荒地的結成，正如黑田三郎所言：「在集團結成之前，大約一年間，同人們以「純粹詩」及其他爲據點展開了活潑的交流」（註三）鮎川信夫也說過：「…其間，三好、中桐、鮎川、田村隨時寄稿于新領土…」（註四）不管在戰前，或戰後，上述荒地重要成員的交流可以說是成立荒地集團最大的基礎自不待言。

然而荒地的成爲「一個精神的交流的運動」則除了上述同人之間的友誼之外，應該歸諸于他們具備有的「共同的理念」（或認識）也就是，具有共同的「荒地的精神」。

4.

荒地集團的精神的所在，可以藉用數位荒地的代表詩人來加以說明。鮎川信夫以爲是：「……基于戰後喪失的世代的自覺而出發的我們，若不對于「精神的危機」或荒地所產生的戰後暗澹的荒廢之國，歐洲社會的精神不安，以及無助的絕望狀態加以考慮的話，對于我們所居住的現在的社會，根本無法加以考察。對我們而言，詩可以說是語言的信仰問題，一條可以忍耐不信與絕望與錯亂與幻滅的荒地之反動的道路……」（註五）他又說過：「……不管什麼都必須從根本來加以糾正，這是觸及戰後的廢墟，活生生的存在的我們毫不虛偽的感覺。個個的詩人的業績之外，詩的全體運動的意義，對我而言是無法加以考慮的……」（註六）三好豐一郎則如此說明著：「……我們不希望以希望、空想、約束、習慣或理想等任何東西，來與「荒地」赤裸的人間現實作交換——荒地不含有任何傷感或絕望的姿勢，更不含有任何性急的認識……」（註七）田村隆一則指出：「……我以爲「囚犯」成立的條件乃是到八月十五（敗戰日）爲止的日本近代詩發展次元，屬于不同的斷絕了的次元，它比喩地說明了經由此次戰爭體驗才能成立的一個直接聯結于人類共同體驗的次元。若要追問其理由，則在于因爲荒地，在本質上與其說是一個具有特定的目的的運動，不如說是，究極地欲圖給予文明的價值體系一種可期待的狀態而藉著比喩來表明的語言而已：：」（註八）可以說，荒地的精神具備了，基于詩與詩人的立場，而誠實地面對「現實的生」的欲求，以及經由詩表示諸如文明的危機，個人消失于集團而成爲從屬等等當作是「現代的終局」的「現代是荒地」的文明觀，以及經由「現代是荒地」的出發而建立新的秩序的意識。雖然鮎川氏自身強調了荒地集團的缺乏作爲全體的運動的意味，事實上，荒地本身毫無疑問地，形成了一種詩的運動而產生其意義：「……荒地的運動體，絕非藝術的運動，這是我們時時論及的，除了現代的詩價值擁護的共通意識之外，成爲統一的原理般的東西絲毫不曾存在……」（注九）而如同中桐雅夫所言，荒地的共同理念乃是「……數十年間，同人間的相互影響，經由個人的小小經驗的集積而次第形成的東西……」（注十）。因而，荒地集團並不只是一集團而已，有時是詩人們的思想表現，有時是詩人們命運的象徵。個個詩人的思想化了的自我形成史，經由戰爭體驗爲共同基礎的「荒地」的理念化而完成，同時以荒地爲母體也鑄造了透過思想的相互影響而產生精神共同體。達成「遺囑執行人」的生的姿勢，可以說是荒地詩人的生的姿勢。

5.

荒地集團的活躍時期大抵在一九四七年至一九五八年十數年間，除了六本詩誌、八冊荒地詩集以及兩本「詩與詩論」之外，蔚成一種詩的運動的荒地，在日本現代詩史上最大值得評價的一點應該是他們對于「意味的回復」所達到的成果。鮎川信夫曾自云「……荒地的運動，意圖從對于戰前現代主義的批判，而確立以意味回復爲主軸的詩的現代意義……荒地與其他戰後詩的運動正處于相反的方向，經由詩的形式絕對性的抑揚，而孤絕于外部的世界，意圖達成一種密室的美學……」（註十一）荒地同人所努力的意味的回復，並不是意指著語言的意味，而是經由語言的表現的詩，詩人發出「什麼」或是「爲何」的詢問的意味。荒地的詩人的詩實在是「思考的詩」，對于他們而言，詩乃是「荒地」這種社會的精神風土全部的自我表現，同時是作爲證人而對于現代所帶來的戰爭悲慘的表現，含有自我檢證的眞摯聲音。而且，他們的成爲「密閉的美學」的詩的方法，可以說是一種，在沿著時間而注視未來之前，先行窺視自己的內部的方式，如三好豐一郎的「囚犯」：

我的眼是垂現在壁上的兩個孔
夢在桌子上如燐光般的凍結
天　有著赤紅的燃燒的星
地　有著悲哀的吠叫的狗
（從那兒　隱約地回響而來的迴音）
　我知悉那秘密
　我的心臟的牢房也有禁閉的一匹狗在吠叫
不眠的蒼白的ＶＩＥ的狗

在這兒我們不只見到了密閉于密室的一個男人，而且見到了放棄注視外界，斷念于夢見夢的詩人的眼睛。詩人自身化爲不眠的蒼白的VIE的狗，所有具體的狀況均被擴散沒入于閉鎖的密室彼方的世界，尖銳的表達了生的孤獨與不安。又如鮎川信夫的「喪心之歌」：

倘若我唱起古老的戰歌
請六家從黎明的棧橋解散吧
因爲
邊唱著歌邊破壞的年青的勇士們
捨棄了戀情　捨棄了故鄉　就要向他人的
國度去

可以見出一種與他人斷絕的忍耐，寄託了孤獨的魂魄悄悄的呻吟，透過對于戰爭的告發，達成了內在沈潛的固執。像上面列舉的鎮魂歌般的詩作，可以見出荒地的詩人們的詩往往帶有「鎮魂的詩」的溫暖性格。這種回歸內部的詩法，當然是基于詩人的現實關心，以及詩人持有對歷史的關與，對社會的責任的思想，不只指出證明了詩的表現領域的無限存在，也使得日本現代詩的內面性顯著的擴大。

雖然荒地集團，在戰後也受到了「方法論的欠缺」「墮于經驗主義」等等的非難，荒地同人本身所界定的「戰後的廢墟」的意味（註十二）也受到批判，但是事實證明，在一九五八年，荒地集團解散以後，荒地的代表詩人們，仍然健在，仍然在個人的領域大爲活躍，仍然是以具有代表性的「當代詩人」而繼續存在。而他們在戰後，漸趨于埋沒在日常性的狀況之中，縱使整個集團的運動已不能不宜告終結，而有其無法適應的苦境，他們個人的業績及作爲劃一時期活躍的「詩的運動」的位置，仍然值得加以肯定，當無疑義。

注一：有斐閣選書「現代詩與詩人」第一章，三好行雄「現代詩的出發」概說參見，一九七六年版。
注二：鮎川信夫「戰中手記」頁十六、八十三參見，一九七四年版。
注三：黑田三郎「荒地論」一文引用。收入黑田三郎詩集，思潮社版　一九七九年。
注四：鮎川信夫「荒地論」一文引用，發表于一九七四年詩學八月號。
注五：鮎川信夫「荒地的主場」一文引用，發表于近代文學一九四八年五月號。
注六：鮎川信夫「給詩人的報告」一文引用，發表于荒地詩集一九五四年版。
注七：三好豐一郎「關于荒地詩集的出版」一文引用，發表于現代詩研究十六號
注八：田村隆一「『囚犯』成立之條件」引文，發表于「詩學」一九七四年四月號。
注九：同前鮎川信夫「荒地的主場」引文。
注十：中桐雅夫「答覆荒地詩集的批判」引文發表于一九七七年二月號「詩學」。
注十一：思潮社，現代詩論大系I，鮎川信夫解說引文，一九六六年出版。
注十二：月村敏行的「荒地是甚麼」以爲鮎川信夫等所强調的「戰後的廢墟」乃是不存在的事實，實爲荒地同人虛構的「廢墟的戰後」，是一種「自己的錯誤」，基于此，荒地詩人必須時時對此一種虛構加以擴大、增殖。他指出此種戰後的廢墟的感覺乃經于認識的顛倒。此文發表于「現代詩手帖」一九六九年三月號，頁九十一。

編譯後記

陳明台

1.

首先將戰後日本現代詩最具重要性的荒地集團的詩與詩人介紹給詩壇的是詩人陳千武，他在笠詩刊上斷斷續續地譯介過鮎川信夫、中桐雅夫、三好豐一郎、木原孝一、北村太郎、黑田三郎、吉本隆明等人的代表作與詩論，特別是田村隆一的幾乎全部主要的詩與詩論的譯介，更令我們可以窺見日本戰後鮮烈而異質的詩發展的傾向。此外詩人錦連與羅浪也曾斷片地譯介過荒地的詩與詩論。

筆者對于荒地集團的關心，除了透過上述的諸位詩人的譯介，而感到他們的詩與詩論的魅力，進而主動地着手閱讀，收集他們的相關資料之外，對于鮎川信夫的偏愛也是最大的因素。在東京的書坊，專門陳列詩誌、誌集，與詩評論集的書框上，荒地同人的著作，相關于荒地集團的研究書籍，可以說是佔了相當大的空間，由於時間、資料、個人能力所限制，這個特集從企畫到完成，必有許多的遺漏及不够理想、錯誤存在（如譯詩方面）、尚待，讀者有識之士教正。

2.

這個「荒地集團」研究的特集，包括了以下的數個部份，筆者覺得有必要作一簡單的解說，以增加有興趣于研究，欣賞荒地集團的作品的人的理解。第一個部份，屬于作品方面：筆者除了致力于將代表作收羅編譯之外—如鮎川信夫的「死去的男人」，三好豐一史的「囚犯」，中桐雅夫的「終局」，北村太郎的「雨」，黑田三郎的「路」，等等均是他們的代表傑作，而且在戰後日本現代詩史上被認定了具有意義的作品—尤其注重于選擇在作爲集團運動的時期（一九四七—一九五八）之間，他們的作品，基于此、對于最近期的作品的介紹自然受了限制，此一缺失須留待將來深入地作個人研究時加以補助。第二個部份，荒地關係資料拾綴，包括了三方面，一方面收集了荒地集團詩人的重要發言，帶有能說明荒地運動的「宣言」性的文章，如鮎川信夫的「戰中手記」有關荒地的記述的重要部份，由鮎川夫執筆底稿的荒地同人的「給X的獻辭」，可以說是兩篇顯示荒地出發時的動向的最重要文獻，北村太郎的「投影的意味」，黑田三郎的「詩人的命運」，中桐雅夫的「喪失的世代的告白」則分別從詩的立場，詩人的立場，世代的感覺三個不同的角度來說明荒地集團的追求，以摘錄的方式，則是基于有些涉及日本的狀況，不完全切合于我們的顧慮，而採用了擇要說明的方式。另一方面的荒地關係年譜，係依據「現代詩手帖」一九八〇年四月號及「現代詩手帖」一九七二年八月號「黑田三郎年譜」及「戰後詩年表」爲主，參佐其他詩人的記述而編撰，在嚴格的意味，鮎川信夫以爲荒地在一九五一年已告終結，但他們活躍而仍繼續推出詩刊，詩集的時間是在一九四七—一九五八年之間，因而以此一期間作一分期。其後荒地詩人的活躍則成爲個人的詩史，須留待個人研究去補足。一九八〇年元月黑田三郎逝世，對于荒地的戰後的完全終結有相當的意義，但其他同人仍保持其活躍，仍無以蓋棺論定也是事實。最後一部份的荒地論集粹，則只是抽樣地摘錄了少許荒地集團的研究的文章，荒地集團的研究仍然在持續者，爲數極爲龐大，其介紹自不是筆者孤力所能遍及，但是其中吉本隆明以同人的立場，月村敏行以荒地研究專家，岡庭昇則代表詩評論者可以從不同角度窺見片貌。

譯註一的荒地詩人論，只是簡單地探討「戰爭體驗」作爲荒地集團的共同體驗，產生了共同的理念，造成的他們的性格，影響而已，荒地詩人論的工作須以個人研究的方式逐一進行，才有較爲深入正確的捕捉他們的特色的可能。譯註二荒地的史的考察也是着眼于荒地集團，詩人從詩與詩人立場的堅持到現代文明的關注，遂成意味的回復的基點而作一片面的評價而已，仍有待更深人的考察與研究。

3.

在翻譯的過程中，筆者深深覺得荒地的考察對筆者自身發生極大的反省的作用。荒地的詩在基本上是具有倫理的、思考的性格。但是，他們的詩却是含有溫暖的鎮魂歌，可以成爲教養的文學的本質，令人深深感到魅力與詩的價值。特別是他們的以詩的問題作爲「生與形式」的問題，具備了對于語言眞正的信賴和愛的誠摯的態度，忠于自我內部的表現意識，凝視而不妥協的現實意識，在漸漸失去詩的時代，他們所努力達成的詩與詩人的復權，進而提昇生的價值，堅持人的立場，維護人的尊嚴，等等的實踐，可以說在任何時代，任何地方都是可以共通的心境，作爲眞正的詩人不能不持有的心境。筆者以爲通過對于他們的理解作一自我檢討實有重大的意義。

主要參考書、文獻目錄

1. 詩人選集—思潮社出版、現代詩文庫

①田村隆一、鮎川信夫，新選鮎川信夫、吉本隆明、中桐雅夫、三好豐一郎、北村太郎、黑田三郎選集。

②田村隆一—綠的思想詩集

③黑田三郎—角川版黑田三郎詩集

2. 詩論、資料部份

①現代詩與詩人—三好行雄等編。

②「國文學」一九六五年九月號「從近代詩到現代詩」特集。

③岡庭昇詩論集「抒情的宿命」。

④思潮社現代詩論大系一—五册。

⑤鮎川信夫—「戰中手記」、「詩的看法」。

3. 雜誌論文

①月村敏行—現代詩手帖連載一九六八—一九六九年間「荒地是甚麼」。

②現代詩手帖一九八〇年四月號「黑田三郎與荒地的現在」特集。

編輯手記

李敏勇

⊙繼「臺灣現代詩的殖民地統治與太平洋戰爭經驗」專輯之後，本期再推出「接點上的詩人們」專輯，探討日據時代、二次大戰期間經歷童年時代，光復後初期出發的詩人們。屬於沒有童年詩的這一代詩人，雖然沒有中國語文的困擾，但童年的經驗—在時代交接場景的體驗，在在使得他們與前後世代有不同的特色—值得探討。

⊙接點上的詩人們，在出發時期躬逢本地現代詩文學以中國語文再出發的盛會。在日據時代已出發的詩人們因跨越語言的困阨情況而緘默之時，他們得以得心應手地參加現代詩壇的活躍，隨著現代詩壇的演進貢獻了許多力量。而且又能在日據時代已出發的前行代詩人再出發之際，結合了傳統根球的力量，明晰了本地詩文學的軌跡，延續出戰後世代的脚步，實在是關鍵性的世代，令人欽敬。

⊙藉著這個世代專輯的初探，我們呼籲關心本地詩學發展的朋友們，多多對構成本地詩文學發展的詩人與詩，做眞誠的探觸與研究。特別對這個接點的世代的詩人們，應該從白紙狀態出發，重新評估他們的努力與成就，調整他們這一世代的詩人的位置。

⊙更期望，屬於接點上這一世代的詩人，能够對本地詩壇多做承先啓後的工作，繼續發揮他們在創作、評論、翻譯上的才具，以便對於疏於學習、探究的本地詩壇，樹立良好的榜樣，提供健全的營養。

⊙本期另一值得特別推介的是「荒地」集團研究，在戰後日本現代詩的出發，「荒地」佔有最重要的一席地位，透過這個詩的集團研究，我們會看到二次大戰後，經歷過戰爭體驗的日本詩人如何追求他們的詩世界。這個特別企畫的專輯，特別要感謝陳明台的努力。

⊙錦連譯的「詩人的備忘錄」，停頓已久，本期起繼續刊載。值得認眞追求詩的朋友個個咀嚼。本期另推出「作品評析」欄，由多位前行代詩人對新進詩人作品評選分析，相信會提供許多建設性的意見。

⊙卷頭詩，推介「鹽分地帶」詩人徐清吉作品「桅上的旗」。本期詩創作，十分精彩，請細細品味。

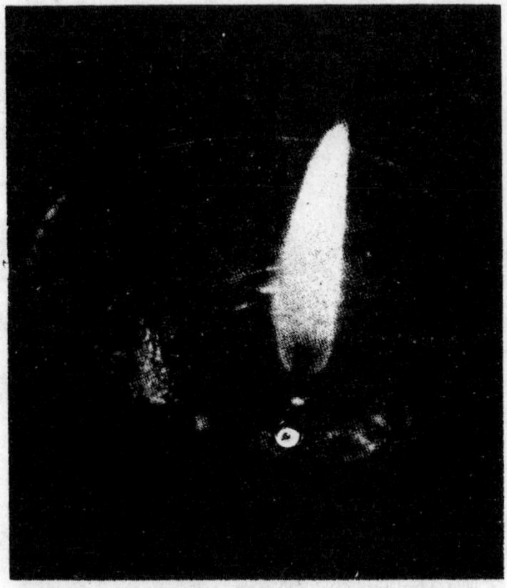

中華民國行政院局版台誌1267號
中華郵政台字2007號登記第一類新聞紙

笠 詩双月刊 LI POETRY MAGAZINE 112

中華民國53年6月15日創刊
中華民國71年12月15日出版

發行人：黃騰輝
社　長：陳秀喜

笠詩刊社
臺北市忠孝東路三段217巷4弄12號
電　話：(02) 711—5429

編輯部：
臺北市北投區懷德街75巷4號3F
電　話：(02) 832—5238

經理部：
臺中市三民路三段307巷16號
電　話：(042) 217358

資料室：
【北部】臺北市浦城街24巷1號3F
【中部】彰化市延平里建寶莊51～12號

國內售價：每期60元
訂閱全年6期300元，半年3期150元
國外售價：每本定價（包括航空郵資）美金3.5元
歡迎利用郵政劃撥21976號陳武雄帳戶訂閱

承　印：華松印刷廠　中市TEL (042) 263799

詩双月刊
笠
LI POETRY MAGAZINE
1983年 2月號
113

卷頭詩

貓頭鷹的生活模式

蘇維熊

貓頭鷹嘷嘷啼叫著
那確是一種生活模式

寂寞的那瞇眼光輝
有著看破紅塵和揶揄神情

白天的世界對這個鳥哲人來說
太奢靡和虛榮吧

如絕望的人徬徨荒野似地
貓頭鷹在黑暗感到調和

俺知道在同一個春秋戰國亂世
誕生了孔子與老子這個事蹟

嘷嘷從月夜的森林
貓頭鷹寂寞地呼籲著
同類靈魂

（月中泉譯）

•原載「福爾摩沙」第二號一九三三年七月十五日出版

蘇維熊 新竹人，日本帝國大學英文系畢。留日時，參加「臺灣藝術研究會」，創辦「福爾摩沙」雜誌。返臺後，在臺灣大學英文系任教，一九六六年逝世。

(1983年 / 2月號) 113 期

卷頭詩
1 貓頭鷹的生活模式・蘇維熊
詩創作
64 巫永福作品・巫永福
66 詹冰作品・詹冰
68 旅台詩輯・北原政吉
70 非馬作品・非馬
73 祝山觀日出・周伯陽
74 對我妳是危險的存在・杜國清
75 色盲・林宗源
76 追憶之歌・林外
78 春耕圖・月中泉
79 萬年青・趙天儀
80 竹之歌・牧秋野
81 農夫之獵及其他・許達然
82 愛荷華詩抄・呂嘉行
98 IN OUR TIME・陳鴻森
100 高雄・曾貴海
102 郭成義作品・郭成義
104 苦怨溪・李勤岸
106 一領三十・趙廼定
107 落日・德有
108 母親的課本・蔡榮勇
109 信・渡也
110 原地踏步走・莊金國
111 含羞草・吳重慶
112 歲月的軌跡・杜榮琛
112 卅四歲男人底獨吟・風信子
114 瀑布・吳俊賢
114 不能說・蔡忠修
115 都市的垃圾車・邱一新
115 打字機・顧介邦

笠詩双月刊

特輯

戰後世代的夢與現實

陳千武・愛的感應 5
陳明台・根源的凝視與憧憬 14
鄭烱明・沒有終點的探求 23
陳明台・詩的發現 29
趙廼定・推介戰後世代五人作品 34
李魁賢・論郭成義的詩 38
古添洪・論陳明台「遙遠的鄉愁」五輯 47
黃敬欽・旅人作品風格初探 56
（對談）李魁賢、趙天儀・戰後世代的軌跡 60

詩人的備忘錄㉗・錦連譯 84

論評

杜國清・評介葉維廉論文集「飮之太和」 86
黃恆秋・試論詩的語言 89
杜榮琛・談「讀者文摘」介紹的海寶童詩 94
曾貴海・路 97

本　社・新人作品評析 116

海外詩

許達然譯・奥登詩選① 120
非 馬 譯・波蘭地下詩 126
非馬選譯・卡洛琳・浮傑的詩 130
林鍾隆譯・理査・布羅提岡的詩 134
蕭翔文譯・赫塞詩選① 136

李敏勇・編輯手記 140

戰後世代的夢與現實

特輯

愛的感應

——看戰後世代詩人如何表現愛情與性愛

陳千武

正如詩人非馬說：「對人類有廣泛的同情心與愛心，是我理想中好詩的要件。」凡詩人為了發現人性，追求真理，探索存在的價值與意義，或批評社會、政治等各種體制，分明善與惡，發揚民族精神以及鄉土愛而寫詩，其創作的動機莫非發自愛心。以愛為出發點，表現真、善、美的效果，是詩人共通努力的目標。

每一位詩人都能抓住各種不同的題材，寫出不同意志的主題的詩。不管所表現的主題是諧謔的、諷刺的、幽默的、或是深刻的批評，倘若詩含有對人類的愛心為其根底的表現，都會令人共鳴。而詩人個性的愛的原型，必會影響詩內含的美。雖然有時會表現出憎恨的意念，其原因也由愛而出發演變的，這是事實，沒有人敢否認。於是，看看每一位詩人對本身的愛的表現，當也可以窺視詩人創作思考的特徵，並瞭解詩人所體驗的愛的角度與深度，會得到有趣的發現吧。

拾虹作品

拾虹

我不是純潔的人
這個世界只有妳知道
所以　妳也不是純潔的人

不純潔的情慾才是
深不可測的愛
才能透過我們裸露的心胸
到達上帝那邊

讓我們激烈地活着吧
只有妳活着
俯在妳的胸膛才能聽見
孩子在肚子裡呼喚我的聲音
啊
　現在她急促地叫喚我

拾虹
拾虹

一般認為拾虹是繼杜國清之後寫情詩的聖手。他表現的情愛頗爲直接而含意深沉，且不失優雅與美感。詩一開頭就直截了當地說：「我不是純潔的人」，打破了重面子的中國人虛榮、僞善的心理，令人感到快哉。這種毫不隱瞞的語言，才是眞正從「深不可測的愛」而出發的想法。其實，作者能那麼天眞率直的顯露自己是「不純潔」，反而令人感到他才是純潔的一種特殊的效果，是一句成功的詩的表現技巧。自我批判爲「不純潔的情感」，給讀者的感受却是「誠實的情感」，亦即是「裸露的心胸」。有那麼裸露的誠實，才能「到達上帝那邊」是極爲自然的結果。這種情感不是奢侈、富裕而有私慾野心的企求，只是想激烈地活着而已。而「只有妳活着」，妳肚子裏的孩子才能呼喚爸爸的名字「拾虹／拾虹」，做爲一個男人最高得意的愛情，莫過於這一瞬間的感觸吧。

拾虹本名是曾淸吉，生於民國卅四年，是南投竹山人，這一首「拾虹」收在他的著作亦以『拾虹』爲書名的詩集裡。作品還有「寄給戰場」「船」「桅」「甲板」「石蕊試驗」「石頭」「星期日」等幾首匠心獨運的好詩，給人百讀不厭。

郭成義作品

青春

自從訂婚以後
未婚妻的手上
就多了一顆戒指
不明白那是我僅有的積蓄的
未婚妻
老是愛那麼神秘地玩弄着
我的戒指
把我的一顆心
揉得似一層粗糙的掌痕
如今走在街上
感到隨時也要遺失什麼
只有拉着未婚妻的手指
緊緊地握住不放

詩人以積極的態度，追求現實客觀性的表現，有其獨特的技巧。這是對於靑春易逝的覺醒，借用未婚妻的戒指重疊意象的手法表現的詩。詩的內容，把訂婚後的男人複雜的心理動態，表現得很淸楚；同時也把未婚妻無邪的心情反映出特殊的相互關係，寫其發展的過程，給人純情的感受。天眞的未婚妻「老是愛那麼神秘地玩弄着」的戒指，不只是一個婚約的禮物而已。那是「我的一顆心」，「我僅有的積蓄」獻出來的我全部的「靑春」。而以「揉得似一層粗糙的掌痕」，比喩未婚男女相互關係的愛情，揉得使靑春顯出一層粗糙的掌痕。那麼强烈的愛情，却在人間繁雜的街上，「感到隨時也要遺失」似的。也許愛情越强烈越有這種遺失的感覺，詩人才那麼珍重而愛惜，緊緊拉着未婚妻，把手指握住不放。

郭成義的「青春」，是一味單純的愛情，從他的其他作品也可以感覺有如此一貫的性格，是極爲踏實、眞摯地追求現實體驗的詩人。民國卅九年生於基隆市，著有詩集「薔薇的血跡」。我很贊同陳鴻森對郭成義的創作，下了如此的評語：「郭成義慣常以其特有的姿勢，迂迴到物象背後邃敻的精神場合去省視，並極其認眞而決定性地擁抱此一現代感覺的陰翳和經驗的鬱結。」

趙迺定作品

她・我已婚

摟一摟羞怯——
望望瓜子臉挺直鼻尖
一份少女羞赧正綻放綻放——
微眨眼微眨一池澈藍
她，誰家少女？
偷偷瞄一眼她，偷偷以右手掌掩住左手無名指的
戒
戒戒戒戒戒。我已婚
而我企望——
企望認識
認識她再不然只要多望她幾眼
她只是流盪着馬尾
她只是洋溢處女嬌羞
她只是少女
而這馬尾而這嬌羞而這少女
對已婚我
對已婚我是多麼會燃起渴望
偷偷以右手掌掩去左手無名指的戒
偷偷瞄一眼她，偷偷
偷偷偷偷的

趙迺定喜歡用重叠的文句，把事物以即物性的客觀的對象抓住，儘可能採取冷靜的描寫，構造他的詩獨自的世界；有著與人不同的思考的着眼點和特殊的表現方式，成爲他的詩具有另一種魅力的產品。

不知道她是「誰家少女？」「正綻放羞赧」「洋溢處女嬌羞」的她，看起來眞是可愛。對已婚的我，也會燃起渴望，渴望純情清新的美。然而「我已婚」，是否就不應該對嬌羞的少女「燃起渴望」？這種道學的觀念，仍影響着「我」的情感，使我不敢露出結婚戒指，而「偷偷瞄一眼她」。趙迺定有意使用字句儘量呈現出幽默感的效果，但詩的意象却被拖進濃厚的諷刺意味裡，令人感受一種矛盾的心理狀態。事實，這種矛盾的心理狀態也是世俗常有的現象，他就是能抓住這種微妙的愛情心理動態，表現了即物性的感觸，可以說是趙迺定創作技法的一種特色。

趙迺定是嘉義人，生於民國卅二年，成功大學工商管

理系畢業。出版詩集「異種的企求」，收錄四十六首異種的詩，包括九首情詩，表現男女之間微妙的思念之情，把現實的無聊，用異種的企求創造出新鮮的境界，令人感到有趣。

鄭炯明作品

夜

這是屬於我們的時刻
沒有人會干擾你的時刻
一根火柴會照亮一切的時刻

我們安靜地躺著
爲了不願看到世界的眞面目
我們期待時間就此凝固
在床上　在屋外
在目不可視的黑暗之中

讓我們做最初的兩個人吧
我們有的是數不完的愛與夢
這是屬於我們的時刻
我們緊緊地擁抱在一起
互相結合成
一條牢固的鐵鍊……

鄭炯明的愛，從人類的開始經過歷史的黑暗，到「結合成／一條牢固的鐵鍊……」，有其傳統的延續意思，是意義性極爲深奧的愛情的表現。整首詩的結構，安排得很有秩序。詩一開始就說，夜是屬於我們的時刻，沒有人會干擾的時刻。顯然暗喻着人們喜歡光的一面，棄置夜的黑暗，夜才會屬於我們；另一方面在夜裏才有眞正愛的行爲，我們甘願擁有夜，而夜的黑暗，用一根火柴會點亮一切，表示穩靜安和的夜，仍有一線光亮的希望。

詩的第二聯，在目不可視的黑暗之中，享受着安靜的愛，却爲了不願看到世界醜惡的眞面目，期待「時間就此凝固」，期待擁有的安靜的愛能繼續下來。這是愛的前奏曲，也是夜的過渡期。作者處於愛情之中能很冷靜地凝視着外界，把握事象的變化，客觀表現得十分成功。或可以說這是即物的客觀性的表現。

第三聯把兩個人做愛的情況比喩得更美、更切實。最初的兩個人是夏娃和亞當，赤裸裸的兩個人「有的是數不完的愛與夢」，這是多麼美麗的人生！在我們的時刻裏，我們的夜裏，緊緊地擁抱着，互相結合成一條牢固的鐵鍊……。這種結合不只是兩個人的結合，且成爲整體性的民族或人類結合的鐵鍊。這是個人的愛連繫於全民族全人類的崇高的愛的表現。

鄭炯明係民國三十七年生於高雄市，是一位救人生命的醫生，救民族覺醒的詩人。著有詩集「歸途」「悲劇的想像」「蕃薯之歌」。在現實的邊緣，寫客觀、即物的知性與感性平衡而具機智、批判性的詩，已建立了獨自的風格。目前正爲建設臺灣「文學界」而專心努力，給疲憊的臺灣文壇打的强心劑略見成效了。

楊傑美作品

貞潔

純潔而又瑩白的梨花
有不屈的意志燃燒的光芒
我汚濁的手
不敢攀折

清澈而又沁膚的雪
有虔誠的事物寒澈的光芒
我汚濁的手
不敢盈握

據守着一堵無瑕的白壁
天眞而又伶俐的妳啊
有堅貞的血統爍人的光芒
我汚濁的双手
不敢進逼不敢撫觸

楊傑美是純情的詩人，他追求純潔的愛，很謙虛地不敢以自己汚濁的双手，去撫觸貞潔的妳。妳守着一堵無瑕的白壁，有堅貞的血統爍人的光芒，是極爲傳統的愛情表現。前兩段所比喻的「純潔而又瑩白的梨花」「清澈而又沁膚的雪」，均爲貞潔的妳的象徵，有點自卑的男人不敢攀折、不敢盈握。這種傳統的愛，可使楊傑美陶醉，但就現代愛情立場來說，這種愛情太過於保守了。事實上，楊傑美在另一首「愛的心聲」詩裏，更率直坦白地說：「要愛又不愛／想愛又不敢愛的／我是那不解風情的木頭人嗎//每一次走到她的眼前／投身在她眼魅的暴風圈裏／感覺像失音的風琴一樣//（中略）要說又不說／想喊又不敢喊的／就是那喪失語言的木頭人嗎」

很明顯地，楊傑美是一位特別强調愛應保守純潔的詩人。或許，他的詩是對現代容易紊亂的愛情，給與一種諷刺與警惕的清涼劑，值得珍重。

楊傑美生於民國三十七年，常在各詩刊發表作品，是一位平實、忠懇、脚踏實地——一如他在現實生活中所表現的一樣，眞誠、自由、不做作也不虛僞的純情詩人。

李敏勇作品

思慕與哀愁

透過花玻璃
女人裸露的胸照印著
黃昏

原始的風景
這是一處美麗的江山
連綿着我的思慕與哀愁
無窮盡地攀登
到達的是燦爛的末梢
徐徐地滑落
下沉到深不可測的幽谷
我不眠地
利用肉體的回音計量愛的距離

李敏勇以象徵的愛引導讀者進入抒情的極美。首先列舉花玻璃與女人裸露的胸配合黃昏，給人幽美的視覺性誘惑，再坦率地說那是我的思慕與哀愁的原始的風景，美麗的江山，用比喻令人想像女體線條的自然美。然後表現做愛的實際行動，即以「攀登／燦爛的末梢」「滑落深不可測的幽谷」，象徵的手法給人有如水晶般清美的印象與純潔美的感動。最後用「肉體的回音計量愛的距離」，於十分深刻的愛情心理的表現。愛的距離有時會伸長，有時會縮短，但不管伸長或縮短，都能以肉體的回音來計量。愛就是這樣微妙而不可思議的東西。

李敏勇生於民國三十六年，國立中興大學歷史系畢業，早期以傅敏筆名寫詩。出版詩集『雲的語言』『野生思考』等。他是爲了解放被禁錮的語言使其復活，而不斷地追尋詩路的詩人。

黃樹根作品

吵嘴

一場吵嘴
拌着魚刺
刺痛了妻的
心房
夜晚預定的纏綿
隨著刺痛消失在乾燥的
涼被裏
曾經裹著赤裸的亢奮
也只剩一聲無奈的
嘆息
猛抬頭
新婚照在不遠處
冷冷嘲笑我的失態

在詩的表現上追求詩的原理，要把感情的知性放在甚麼角度，是處理現代詩重要的問題，使詩不陷入「感性的腐敗」。在主知的一面，能使感情或感性保持與知性平衡的情況，就是現代詩應有的態度。而夫妻之間的吵嘴是司空見慣的事，黃樹根處理這一主題的詩的態度，即保持着十分現代的知性。

「吵嘴拌着魚刺」是因魚刺才吵嘴呢，或吵嘴後再拌上魚刺？不管魚刺是吵嘴的原因或手段，嘴與魚刺刺痛的連結是很自然的比喻。

因爲無意中的一場吵嘴，「夜晚預定的纏綿」便被擱置在一邊冷淡下來，另剩一聲無奈的嘆息，這種乾燥的涼被裏的氣氛是很難受的。作者描寫與愛相反但由愛而發生的爭執，事實是渴望愛的表現，手法眞是高明。

詩以「新婚照冷嘲我的失態」做爲結束，令人感到這一吵嘴並不嚴重，也帶有悔悟的意味，不無令人含笑。

黃樹根生於民國三十六年，任教師，寫詩多年，著有詩集「黑夜來前」獲笠詩獎，在現實生活中抽出知性、冷靜、客觀的現代感覺寫生活詩的詩人。

陳明台作品

懸崖

現在
往下眺望得見的是無可攀附的垂直的深淵
一步逼近
立刻會察覺到失去重量感的墜落的
恐懼
爲了防止失足的錯誤
且暫時在這兒佇足
緊緊地抓住安全的扶手欄干
可以放心地欣賞
映現在眼前活生生的綺麗的風景

只是　互相倚偎着身子
兩個人的心中
激烈地燃燒着殉情的渴望啊
筆直地往下降　不可逼視的往下降的
快樂的慾望

那麼　提起勇氣再走出一大步吧
望着眼前一枝枯葉的飄落而有所醒悟
兩個人面對着危機重重的懸崖的刹那
竟然仿照着高高的絕壁的曲線
不約而同地在心底
繪起另一座
淒壯的
懸崖

一般認爲愛情是甜蜜的，喜歡以赤裸裸、毫無防備的心態去接近、去捕捉。而陳明台的愛情却是危機重重的一座懸崖，是無可攀附的垂直的深淵。一步逼近，立刻會失去重量感，有墜落的恐懼。把愛情與直感危機的兩種不同的心靈活動結合起來，期以高次元發展的作用，造成複雜的主題的意象；這種詩人的聯想是據於立體的批評精神發想的。詩人的感情十分理智而冷靜，才會在愛情之前爲了防止失足的錯誤，暫時佇足，客觀地鑑賞現實活生生的綺麗的風景。然而，要求結合的愛情本有堅固的意志，在「兩個人的心中」「激烈地燃燒着殉情的渴望」而有「快樂的慾望」「願意墜落，下降垂直的深淵去。在此認淸懸崖的警覺與愛的本質意志衝突了，要進或退必須有所決定，終於爲了愛情還是「提起勇氣再走出一大步」，進入另一座凄壯的懸崖去。

這一首詩給人想到愛情含有的社會性問題與個人心理上複雜的考慮，必有的醒悟，甜蜜的愛情的反面隱藏着的悲劇。作者以超越寫實的手法，把握了事象的本質，表現人的內部與外界的照應，給人深深感受到愛情深淵的悲歡離合。

陳明台生於民國卅七年，日本國立教育大學碩士，筑波大學院博士課程畢業。著有詩集「孤獨的位置」「遙遠的鄕愁」，譯作「宋代的經濟生活」「鮎川信夫詩集」「藍波散文詩集——飾畫」「日本抒情詩選」等。陳明台說：「不只要擁抱和接受一切，尤其要拒絕和拋棄一切，踽踽獨行的人，才理解寧靜的眞諦。」

陳鴻森作品

位置

抖顫的手
在你那片遼濶的土地上
找尋愛的位置

擁抱而又相互依靠的這形象
或正暴露了人脆弱的原型吧
讓我們愛
讓我們毫不保留的愛
生命原就
在動盪裡產生的

暗暗的燈
照射在你的肉體上
現出了美麗的陰影

陳鴻森的愛是一片遼潤的土地，做愛之前純潔的手會抖顫着，找尋愛的位置，需要把自己與對象的情緒調整好，愛才會被定位下來。

詩人對愛的醒悟，認爲擁抱又相互依靠，是暴露了人脆弱的原型。在愛的當中暴露原型是一種解放，沒有人不喜歡這種裸形的自由解放。因此要在動蕩裏產生的生命，付出毫不保留的愛；而這一動蕩與做愛的行動造成双重的映象效果。

詩人在愛情當中十分冷靜，能由暗暗的燈，欣賞對象的肉體現出美麗的陰影，不陷入傷感性的情緒，具有統御感覺的悟性，獨立的表象能力，是現代詩應有的性格。

陳鴻森民國三十九年生於高雄，出版詩集『期嚮』『雕塑家的兒子』，詩論『現代詩的考察』。他認爲寫詩，無疑地就是從（人）的背景上，諸多現象裏，去尋找一個較爲完整的（我）的作爲。

莊金國作品

賦別

遊戲已經結束
劇終底黑幕正在降落
此去一別，將不再見
如果可能，或已一片死寂
我愛，愛的陣痛不再抽搐了
我愛，愛的叮嚀無話可說了
最後看一眼留到最後的
在那種氣氛的那種燈下
隱藏無盡的悲哀

「賦別」在現代的愛情裏，與戀愛的滙合一樣，是常會發生的事情，即在歡樂之後得到的哀愁感。開始戀愛的時候，沒有人會把戀愛當做遊戲，却往往會認眞起來賭着生命迷上了對象。然而一旦遇到感情破裂了，賭過生命的戀愛，會變成遊戲而結束。這一首詩是從戀愛變成遊戲開始，表現忍受愛情的痛苦複雜的心理經過；如何戀愛，賦別的原因是甚麼，都不是問題。「我愛，愛的陣痛不再抽搐了／我愛，愛的叮嚀無法可說了」，令人想像到戀愛開始時的陣痛，以至無法可說的愛的叮嚀，最後看一眼「感到無盡的悲哀」，但沒有傷感情的纒擾，以現代知性的冷靜、客觀的報導，給人感受詩底情緒的魅力。

莊金國生於民國三十七年，寫詩多年，著有詩集『鄉土與明天』『石頭記』。他的詩大都直接捕捉詩素材，以寫實敍述、具批評、諧謔、諷刺，帶着原始率直的意味，寫成鄉土味濃厚的作品。

根源的凝視與憧憬

—臺灣現代詩人的鄉愁 II—

陳明台

12

在戰後。亦即在臺灣光復前後才出生，於六十年代後期，於七十年代登場詩壇的，所謂第三的世代的詩人們，可以說是「不知道戰爭」的世代，和成爲中堅世代的詩人，在成長的過程及寫詩的感覺，都顯示了相當的不同。

然而，對於第三世代的詩人們而言，第一世代，亦即經歷了太平洋戰爭，歷史的變遷的詩人們，是屬於「父」的存在，直接有所牽聯，而具有『承接』的意味；所謂：

伴著上一代殘留的苦痛
屢次 我彈奏它
不管白晝或黑夜

鄭烱明（無聲之歌）

作爲第三世代的父執輩的傷痕、戰爭體驗等，以各種不同的方式，以心傳心地，殘留在他們的心底。同時，間接地體驗，成長過程中，習得的經驗，也影響他們的思考的形成。同樣地，使他們的作品與現實、歷史持有强烈的結合。他們的鮮明的時代意識、歷史意識，是通過先天與後天双重體會而得到，而產生的東西。

這一世代的鄉愁意識的探索，擬以鄭烱明、李敏勇、陳明台、拾虹爲例證加以論略。

13

鄭烱明是一位注視存在的詩人。他的鄉愁的意識，可以與他的現實意識合併考察。

鄭氏的作品中，一個十分顯著的特色，即具備了强烈的現實、時代的感覺。而現實的意識，對他而言，不只是現實的表象的描述，往往透過物或思考，欲圖聯結自己、存在、以再生，經由此展開對於現實精神的把握與時代批判。

因而，鄭氏詩中的「人」成爲主要的題材與對象。他往往具有賭著自己的生，擴大於共通性的人，或人間的實像，而表現詩的『習慣』。如「帽子」一詩：「把謊言編織成一頂帽子／戴在頭上／四處去炫耀／迫不及待地／向過路的人說／看啊／朋友／這就是我的帽子／我美麗而又堅固的帽子／保護我不受傷害的帽子／沒想到話剛說完／一陣突起的狂風／吹去了我的帽子／讓我光禿禿的頭／在吵雜的人群裡／不安的發亮。」吹去帽子，露出光禿禿的『實像』產生赤裸裸而不安的我或人，是在現實中無依無靠，沒有作假的餘地的生的姿勢，而透過類似反諷、譏嘲的表現方式，顯示賭注了全部的自己的存在的最苛的精神。基於這種精神，鄭氏的鄉愁意識，可以說是從「生」的不安的姿勢，不可確認的人的存在的心情，而產生的相似於「現代的魘夢」一般的意識。

在「搖藍曲」一詩裡，他雖然對於作爲誕生的根源的母體的溫暖有所敍述，有所體會，却始終持有冷澈的凝視現實與生的態度，對于悲慘的生的根源有強烈的感受：

搖喲搖喲
慈祥的母親呢喃著
睡吧　孩子
安靜地睡吧
我的身體十分疲憊
但是我躺在這個
動盪　不安　悲慘的世界
教我怎麼睡得著

我放聲大哭
籃搖得越厲害
籃搖得越厲害
我越放聲大哭
……………

對比於慈祥的母親的存在，這個世界的實體却是不安，動盪、悲慘，而自身縱使疲憊也難以入睡的現實，也就是令人「放聲大哭於搖幌的蓋中」的惡夢一般的現實，再三地經由找出自己的方式而被詩人強調著。

基本上，鄭烱明對于愛，有難以確認而不安定的感覺，如「陌生的愛」：「儘管生活在陌生的世界／却沒有一件東西／比妳底愛，更陌生……」而這種「愛」的實感，聯結於母體的『現實』也具有動盪、不安的感覺的一點值得注目。

外部的現實，在潛行於內部，回歸折射於詩人的內裡時，同樣地，具有無以確認，不安定的感覺，而形成自我的發現。如「再見」一詩：

你知道再見就是離別嗎
你知道再見就是不再來嗎

自從走入詩的國度
我便想揮著手
向住在地球的友人說再見
再見喲　再見

然而我是永遠不能說再見的啊
我永遠不能說再見
因爲說再見也就是不再來的意思
因爲說再見就是死去的意思

「再見」的行爲與「不再來」「死」相重疊而聯結，確認自己「永遠不能說再見」，而意圖固定自己的『生』於現實，却反而努力藉說「再見」的『方法』有意脫出於『現實』，但是謹殘留了無力脫出的宿命感，其中含有類似於渺小的自己，包容於時間、空間的鄉愁感裡，產生的現代人的哀愁。同時，又顯示了而對現實的陰翳的焦灼感。如「歸途」：

為了生存必須獲得諒解嗎
為了死必須忍耐生嗎
為了我是一個人……
……
那麼關掉引擎吧
我喜歡自己自由地
任其墜下懸崖

這首詩也顯示了賭注全部的生而確認活著的意味。懸崖般的危機的意識是根源於「忍耐于生的死」以及「獲得諒解的生存」而產生的，還是具有詩人對於生的不安，以及夢魘的意識。而在對于內部的挖掘時，鄭烱明慣用一種襯托外部的風景，以周圍存在的令人熟悉的表現去作印證，如此，擴大了詩的現實性，以及幅度。例如「路」一首：

從市區傭工介紹所走回家
似有走不完的路在脚底延伸
一邊觀看華燈初上的街景
一邊內心想著
多需要那點點的燈暈燃亮落漠的前程
而路却愈走愈暗愈難行
譬如往墓墳……
隔壁的阿伯又喝醉了
依稀可以聽到他叫喚私奔多年的妻的名字

「路」這個象徵，本身會有可以無限延伸，通向任何場所的廣漠的存在；而對詩人而言，一面持有「需要燈照亮前程」的生的虛渺的鄉愁感，一面却是「譬如往墓塚……」的陰暗的破滅感，在前半段從自己凝視而轉向後半段生的凝視，終結于客觀的「阿伯」（人）的境遇而強調了生與人間的幻滅的風景。內部的生的世界因而與外部的無盡的「路」作了緊密的聯結。

我們從上述的論證，可以感覺，鄭烱明的凝視鄉愁的態度，也就是投注自己的生，與關懷現實的態度，而其言本應該無非是現代的魘夢似的人的不安。沒有激情而賴為冷靜的表現方式也不可不加以注目。

14

李敏勇的鄉愁意識，較之鄭烱明，顯現了截然的不同。對于鄉土、根源，他具有強烈而直接的凝視與憧憬。顯了具有激情的一面。

同樣地，鄉愁的存在，是以客體而被李氏來把握，剛剛開始時，他的故鄉意識，呈示了陰鬱而曖昧的性格，如「戰俘」一詩，借戰爭而喪失「祖國」「根源」的象徵，顯示一種「根源的喪失或無以辨認」的心情，在「鬱金香」一詩中：

故鄉是黑漆漆的
母親從那樣的世界
生下我

故鄉是黑漆漆的呢
怪不得生命一直這樣
血凝裡浸染過悲哀的啊
……

故鄉、母親，也就是生的根源，双重的存在的意味却是「黑漆漆的」，聯結於「血液裡染過整哀」的叫喊，亦即詩人內部的傷。同樣是賭注了生而去發現根源的詩人，內部的傷與生的根源的黑暗是重疊而呈示。這種體認的强調，可以說是，有其聯結內部的人的傷的，外部的現實的，宿命的傷的存在，才得到證明，如「浮標」一詩：

我的國籍已無
這不是我的罪
也不是我的願望
我的傷痕
像馬里亞納海溝那樣深
累積了
世界最暗鬱的悲哀
我希冀
體會岸邊
浸染愛

「岸邊」、「國籍」的外的現實，生的憑據的鄉愁意識，與自已內部的傷，愛的企求，乃是透過揭示自已內部的暗鬱的悲哀而加以聯結。同時，由於對「愛」的追求，特別是擴大於母愛，根源的溫暖的愛的企求，才使李氏產生了，脫出於暗鬱的心象世界，而展示具有理想主義色彩的，熱烈而直接地擁抱土地，明朗的鄉愁的意識。在「我們的島」一詩中：

我們世世代代落居的
這小小的島
風的吹拂
有時很溫柔
有時很暴戾
有時很冷酷
雨也一樣
我們從不忘
歡欣時記取難捱的苦痛
受凌遲黯慘時等待愛的黎明
没有亮麗的銅環點綴歷史的煙火
但我們不是孤兒
我們走著美麗之島的婀娜的步履
輕搖舟子的歌
想著海洋我們的故鄉

透過一種清晰而肯定的確認，才產生明朗的鄉愁的意識，其中顯示了以一已的存在擁抱根源的熱望，樂天而明亮的感覺，配合著輕快的抒說，在「島國」一詩中也出現：

被異族割據的時代

我們就着手建立自己的祖國
美麗島就是我們的家鄉
永遠的慈暉是藍天
撫慰我們的心

轉化而聯結內部的傷的生與根源的鄉愁意識，一變而爲理想、憧憬，充滿希望的『愛護』的心情，而「異族割據的時代，我們該著手建立自己的祖國……」的歷史的意識，可以令人感受到詩人與其父執輩的詩人們的血脈相承，追尋根源的思考的共通的感情。「種子」一詩則是表達了對于泥土、土係與存在的依憑的根據，亦即「土地」的愛，並且透露了一種清醒的自我的鞭策與期許，更帶有强烈的理想色彩，由凝視而產生憧憬的心情。

不要讓意志腐爛
潛藏在泥土裡
我們頑强的心
已經快要免于一季冬長長的欺壓
是春天爲我們開門的時候了
雪的酷冷曾經也我爲水的滋潤
泥土的暗黑是養分
没有什麼能剝奪我們希望的
一定會遇見陽光
當門開啓的時候
記得相互傳達重見天日的喜悦
以及温暖

在做爲「希望」而顯示的意味，李敏勇的明朗的歷史的意識與鄭炯明的不安的、「現代的魘夢」的現實意識，有其不同的、據于兩極而存在的性格，同樣地，强烈而鮮明的呈示對于生與時代的關懷的心情。

15

基於自己的生，或立言於本土的風景，而產生的鄉愁意識，如鄭炯明、李敏勇，可以說是透過存在的土地，以及自我與環境的觀察、感觸，來發展他們的鄉愁的主題、題材。陳明台，却是具有從異鄉的土地、環境，透過生存於異地的體驗，來凝視故鄉，產生鄉愁的憧憬。

經由「旅」的經驗，或屬於「旅人」的立場，他的系列的詩作「遙遠的鄉愁」，是含有發現自己的生的同時，發現故鄉的双重意味的心情，而創作的望鄉詩抄。不同於鄭氏與李氏，固定其鄉愁感情於內部的世界，他的鄉愁感情，乃是一邊凝視著生，而一邊移動詩的焦點，從空間的變遷的「不安定」的環境而產生的東西。透過成爲旅人而發現自己，發現詩，進而確認鄉愁的意識，使外在的故鄉的感覺與內部的生，經帶保持緊張而密切的聯繫。

陳明台的方式，是以從孤立，切斷與外界的聯結，而重新顯示意味，並進而保持個人的意識與鄉愁意識的結合，確認自己的位置。就他而言，新的意味發現，只有透過運用，切斷作爲依憑的生的根源的、母體或故鄉的存在，而重新把握及凝視，才能產生。在「骨(一)」一詩中：

白色的骨的碎片是看得見的東西
白色的温煦的陽光是看得見的東西
骨的碎片的背得　幻影是看不見的東西
温煦的陽光的背得　神是看不見的東西
祖母的笑容是看得見的東西
不
逝去的祖母的笑容是看不見的東西
故鄉的臉是看得見的東西
不
不管何時　遙遠而飄渺
故鄉的臉是看不見的東西
白色的骨的碎片是看得見的東西
骨的碎片的背後　幻影是看不見的東西
白色的温煦的陽光是看不見的東西
温煦的陽光的背後，神是看不見的東西
然而
成爲神的祖母的笑容是清晰地看得見的東西
幻影一般的故鄉的臉是清晰地看得見的東西

故鄉、祖母，均是詩人心目中憧憬的生的根源與依憑的存在，特別是祖母是賴之母親，更爲遙遠而寬容的生誕的象徵，在這首詩中，由于祖母的死，聯結憧憬的根源，於不可視、不在的「神」以及，飄渺遙遠的故鄉的印象，聯結於幻影的空無不可見的東西，而顯示了「根源」與「鄉愁」的新的意味，乃是透過切斷清晰的、重疊曖昧的、透視不在的，而重新回歸於生的內部，才明確了故鄉的意識與存在。而這種方式的作品，在他的鄉愁系列作品中，隨處可拾，如「月」：

而不知從什麼地方
昇起來的含淚的母親的臉
仰起頭在注視
高高地被掛在敗北的灰色的天空上
漸漸被朦朧的烟霧模糊了的
哀傷的月

母親的臉，在這兒，仍然是具有「不知道從什麼地方昇起來……」的切斷於外界的聯結，直接從內心而浮現的意味。故鄉、母親是切斷予外界的糾葛而呈示的詩人的內部風景。這種方式，時而也會發表出來一種「破滅」的風景，藉破滅的景像而浮現放人心中具體的鄉愁與生誕的土地的印象。如「冬」：「飄降／雪／在女人的心上／是拋棄了伊的双親的觸手／飄降／雪／在女人的心上／是遺忘了伊的男人死滅的誓言／飄降／雪／地女人的心上／是崩潰了伊的／精神內部的暗闇的構圖／飄降／雪／在空蕩的大地／是是發了病的伊的／狂亂的舞蹈／飄降／雪／在男人的心上／是秋天死去的伊的悲愴的淚珠／飄降／雪／在遙遠的異國的天空／在漫長的冬天的夜晚。」雪的冰冽、崩潰的內部水被切斷聯繫的外部構圖，點出了凄冷殘酷的異國的景像，立基于破滅的風景而造成的內在鬱積的鄉愁的氣氛，可以顯示，作者經與外界的隔絕，從封閉的內部產生的獨特的美的性格，對比與鄭烱明的參與現實的直接採觸與聯結的方式，也顯示了對立於兩極的性格。

而從移動的時間或空間的感覺，陳明台，也有作爲孤獨的人而存在時，形成的類似「生」的鄉愁一般的東西。如「海」㈠詩二：「—遙遠的地平線／不斷地飄送過來／厭厭的鄉愁／凝聚不散的霧／在疾風吹拂的海上／鹼澀、廣漠、濕冷的／午後的海上／熱情地搖著胳臂／對著駛來的寂寞的船隻。」乃是面對廣漠的「海」的「空間」而產生的根源于內心深處的人的寂寞與哀愁。又如海㈢中的：

　靜靜地坐在長長的防波堤上
　遺忘了一切也被一切遺忘的
　男人
　因著殘留的留聲而悵然出神

如「骨三」之中：

　今日依然吹著不定向的風
　天氣晴朗
　今日依然吹著不定向的風

除了如「遺忘與被遺忘」是一種表現切斷了的孤獨的狀態，「殘留在心底的笛聲」是一種表現聯結的慣用方式之外，在「歸鄉的夢」之中也重疊孤獨的人的幽暗的感情。

也就是說，作爲陳氏的鄉愁的兩種主音調—孤獨與旅人，作爲他的表示方法—切斷與聯結來顯示，他的鄉愁意識之中，具備有對于「不在的鄉愁」—屬于異國而凝視的立場—的忍耐與渴求，又有對于「孤獨」的—基于自己的存在的立場—堅持的心境的特質。因而，如在都市詩抄中如「都市」㈠所顯示的：

　竄來竄去　如同錯落的街道裡的
　一匹老鼠

「一束」中所指述的：

　必然　有著感到寂寞的時候
　不知道爲什麼悵然出神的時候
　坐在狹小的空間
　眺望遙遠的如同故鄉所有的
　東窗外灰色的天空而忘懷一切的時候

一個人孤單地成爲沒有國籍的流浪于異鄉的時候都兼備了從異國凝視自己的根源，以及自己的心境的双重表現。而他的孤獨意識，亦不只是由於流浪異國形成的遊子的意識，無寧說的是隔絕—短暫地—及切斷了與連結自己的生誕的聯帶時，產生的心情與意識，時時會有透過自己的心境的敍述，呈示鄉愁的企求。所以，他的成爲旅人的體驗，亦即脫出自己的依憑的存在環境的體驗，反而成爲無法切斷他與故鄉聯結的決定性、有力的因素、膠著劑。由於此，回顧自我的心境與旅人的心境，是以『故鄉』這一共同的場所作聯結，產生了磁場而擴大，其中顯示著孤獨的他的生的風景。他的鄉愁乃是凝視「不在的鄉愁」而產生的憧憬。

16

同樣具備有成爲旅人的體驗，拾虹則採取了相反的方式。他習慣經由旅人的立場而與現實，與自己直接地尋求聯結。首先，拾虹的孩獨乃是望不見地平線，類似於飄泊者的無限的人生的孩獨，在「船」一詩中：

使盡了力氣呼喊
仍然只有失望地看着陸地漸漸遠去
水平線斷了以後
我們開始在漫漫的黑夜裡
孤獨地航行

失去的故鄉，在詩人的心中被意識著，由此而渴望回歸於生誕的根源以及，依附母體的心情。

時常地
我們在天空中飛翔
有時飛成一條直線
有時飛成一個人

飛成一條線的時候
我們是到遠方去
飛成一個人的時候
我們正在回來

只有在想回去
而無法回去的時候
我們才淒涼地哀叫一聲

（鷺鷥之一）

月亮微光
射進即將掩閉的眼簾
我仍然看見
曾經飛翔過
要再飛翔的灰暗天空

飛翔過的世界
就是沒有熟悉的山河
趁著月色
此次我要直回故鄉

已經聽得見
母親低低的呼喚
然而只有一個我
不能飛成一個人

（鷺鷥之四）

在這些暗示中，詩人呈示了作為永恒的旅人的姿態，雖然在感受到絕大而無以廻避的，成為時空中一個人的宿命之際，時時會喚起對於生誕的根源的依歸與眷戀的感情，然而，終結時，依然是：「只有一個我／不能飛成一個人：：」而一邊確認自我，一邊繼續在飛行，永遠持續的鄉愁，依然永遠地持續下去。其中也顯示了詩人的具備有傷感的生的姿勢。

作為永恒的旅人，他的鄉愁意識具有上述的特質，而延伸成為兩條線。其一是，依附的母體，與其說是作為根源而去探觸，不如說是作為迫切地追尋「溫暖」的心情的「愛」—母性愛—而存在。

往母親受傷的地方墮落下去
像母親的眼淚一般迅速地墮落下去
碎落下去成爲一把暖暖的雨滴
灑在母親失血的軀體上
（風箏）

然而—我什麼也沒有看見
只見到垂排在母親眼中的一顆眼淚
母親
你是否住在
眼淚潮濕的地方
那樣神秘的地帶

可以顯見母親的形象在孤獨的「人」的「生」，完全拋出去時，作爲依憑的寄託而存在。渴望母親的溫暖的愛的欲求。

其二是，基於孤獨的生的焦灼感而發生的生活中的，對於時間或空間的鄉愁：

星期一駛來的是什麼樣的一條船呢
星期二駛來的是什麼樣的一條船呢
星期三駛來的是什麼樣的一條船呢
星期四駛來的是什麼樣的一條船呢
星期六駛來的是什麼樣的一條船呢
啊　遠遠而來的是什麼樣的一條船呢

在這兒呈示了渺小的個體，對於生的空間、時間，對於無以感知的未來，以及在日常性中感受的不安的，可以說是生活的哀愁與存在的鄉愁。「遠遠而來的……」隔著距離而感知此種鄉愁的心情，亦即是詩人對於故鄉憧憬的心情。

當然，在拾虹的鄉愁的追尋中，也含有努力回顧自己的生與注視關懷現實，藉此而產生與自己內部世界聯結的心情。好「尋找」：「一把失根的薔薇／飄遊在空中／一把流浪的雲在尋找／濕潤的土在」、「桅杆」：「站在小小的土地上／伸著脖子眺望／遙遠的故鄉／我們是依賴做夢而活下去的人……／天天作著龐大輝煌的夢／一顆星光一顆星光地數回去／感覺我是漸漸地消瘦下去了……」、「石頭」：「久已忘記歸路了／只有依賴著故鄉的夢／才有勇氣追蹤遙遠的星光。」可以看出類似一種夢的追求的感情與現實的生的風景。

17

可以說，戰後第三世代的詩人的夢與現實，在透過鄉愁的意識加以檢視時，如鄭炯明的探觸現實與夢魘，李敏勇的歷史的意識與明朗的熱情，陳明台的切斷與聯結現實的方式，拾虹的浪漫的鄉愁與愛的追求的性格，仍然呈示了不同的風貌，除了上述諸人以外，如李勇吉、陳崑崙、莊金國、黃樹根、郭成義、曾貴海諸人的鄉愁意識，願意留待以後來考察。

沒有終點的探索

——略論戰後世代詩中的現實

鄭炯明

所謂「戰後世代」一詞，從字義上解釋，應泛指第二次世界大戰結束後出生的一代，平常一般人在談論到這個世代時，莫不冠以「幸福的一代」，來有別於他們的先行世代。因為「戰後世代」沒有經歷過戰爭的苦難與殖民地統治，而且三十多年來，一直生活在尚稱安定的島上，受著完整的中文教育。如果只是從受完整的中文教育這點，來與戰前之受到日本殖民統治相比較，毋寧說是幸運的，然而幸運並不是幸福的同義語，理由是，每一個世代有每一個世代的理想和責任，所遭受的痛苦也不一樣，是很難比較的，更何況三十多年來，所謂「戰後世代」一直生活在濃厚的「憂患意識」之中，不論外在或內在的因素，都直接影響著這一代的生活，表面上看，他們也許是幸福的一代，可是說不定什麼時候，災難會降臨在他們的身上，而他們連脫逃的機會都沒有。

也許有人會認為我上述的說法太過悲觀，然而事實即是如此，因為當前國際局勢變化多端，紛爭迭起，如何演變任何人皆難逆料，而我們無法置身度外。無論如何，在此我要指明的是，「戰後世代」有它特殊的歷史位置，他們雖未曾經歷過戰爭，但他們是在戰爭的陰影下成長的，戰爭對他們來說，猶如未曾謀面的兄弟，不信，看海峽兩岸的對峙，看電視上中東戰爭的血淋淋的鏡頭，還有中南美洲、非洲的殺戮……；戰爭的威脅不止影響著「戰後世代」，而是威脅生活在世上的每一個人。

做為「戰後世代」的詩人，他們大都出發於六十年代中、末期，而於七十年代獲得充分的發展，目前已逐漸趨向成熟。如果要指出「戰後世代」的詩人有別於先行世代的文學體驗，我想即是他們對於現實的態度這點。在看似安全，沒有問題的現實裏，實則蘊藏著某種危機，這個危機感是一種詩人對不可測的未來所採取的警戒態度，如此，印證了「詩人是時代的觸鬚」這句話。但是，每個詩人有他獨特的思考、獨特的語言表達方式，而表現在作品時，便各異其趣了。

一個優秀的詩人，在詩中所表現的對現實的態度，不管是含蓄的或鮮明的，都有它的脈絡可尋，絕不會含糊，也不會如入泥沼，讓人感覺一團模糊，換句話說，詩人清楚他在做什麼，他為什麼這樣寫。

當我們讀陳鴻森的「空虛的吠聲」一詩時，可深深感到這點。

那位老兵，把正在嬉戲的狗招來，狗搖擺著牠的尾巴，親熱地舔著主人的手。似乎是溫情地摟著那狗；但突然淒厲的一聲，只見他正以著狗的頭部，用力地向牆頭摔去；那瞬間，我彷彿看到——忠誠——像閃耀在陽光下的玻璃片，而太陽無疑是比什麼都更近接權力中心的

狗那間歇性的抽搐，是正和不名的某地打著旗語嗎？牠遲滯的眼睛，已開始映著遙遠而陌生的風景……。轉眼，活生生的狗，已成了他餐上熱騰騰的香肉，他正有味地咀嚼著狗所留下的過去。

而後，每當我經過這戮殺的現場，總會聽見——那隻狗，在我看不見的某地，正對著牠那失落的過去，吠叫著——的空虛的吠聲

曾經是一個職業軍人的陳鴻森，「空虛的吠聲」無疑是他在軍中的實際體驗，也是一篇難得的作品。全詩雖然以散文詩的形式展開，但焦點甚爲集中，隨著情節的進行，把讀者帶向一個令人深思的世界。

陳鴻森在「空虛的吠聲」裏所透露的現實是什麼？也許有人會說，是作者要表現對老兵的憐憫與同情，而故意安排那樣的情節吧？其實，「空虛的吠聲」所隱藏的不止這些，尙有更深的意義在裏面。

當老兵把狗的頭部摔向牆頭的瞬間，詩人說他看到了太陽（權威）底下的忠誠，像閃耀的玻璃碎片，而狗在臨終時，眼睛映著遙遠而陌生的風景，這陌生的風景暗示著什麼？當狗死後，詩人路過現場時，總會聽見牠在看不見的某地，「對著失落的過去吠叫著」。

我們可以大膽地說，那狗的吠聲其實是源同老兵內心深處的心聲，老兵咀嚼著狗的軀體，也即是咀嚼著自己。陳鴻森爲了深刻地表達他對現實的觀察，於是戲劇化地把物象分成兩個——老兵與狗。

陳鴻森在這首詩裏是一個冷靜的旁觀者，間接透露了他對現實的挫敗感，雖然詩中也有反諷的意味，但不是主要的目的。

相對於陳鴻森的旁觀者，拾虹則採「我們」介入的姿態，像下面這首「船」。

甲板上
賣力地站起來的
是一隻尚未升上旗幟的旗竿
陽光把瘦長的影子拉成
遊絲般的水平線飄流而去
我們開始拖著陸地緩緩移動

什麼樣的國度升上什麼樣的旗幟
拖著陸地
我們移動了數千年
爲了在地圖上尋回失落的名字

酸痛的脊椎骨接連著水平線
逐漸生銹而腐蝕

使盡了力氣呼喊
仍然只有失望地看著陸地漸漸遠去
水平線斷了以後
我們開始在漫漫的黑夜裡
孤獨地航行

拾虹在他的第一本詩集「拾虹」裏，寫下了不少優異的作品，他那頗富情趣的思考，構成了他特殊的詩的風格。

「船」一詩，也是他做爲一個造船廠的工程師觀察所得。但詩中的船不是普通的一艘船，而是有所象徵的。把船的船行想像成「拖陸地緩緩移動」，是這首詩特殊的思考所在，而「爲了在地圖上尋回失落的名字」，所遭受的命運（酸痛的脊椎骨、生銹、腐蝕），結果無法如願。在水平線斷了以後，只好「在漫漫的黑夜裡，孤獨地船行」。

「船」的成功除了詩的發想特別外，主要是它有令人想像的空間，同時表現了人對未來命運的孤寂感。這也是拾虹在這首詩裏的現實態度。無論科學如何進步，當個人有限的生命面對宇宙無窮的時間與空間時，人的孤寂感便油然而生。

另外，我們在陳坤崙的作品裏，看到了對現實的宿命論的觀點。茲擧「擧頭三寸」爲例：

擧頭三寸
有一個神明
無時無刻在監視著你
無論你走到那裡
他跟著你走到那裡
你永遠無法擺脫他的跟蹤
他注意你的一擧一動
甚至你已安然睡去
他也要察看你夢裡的世界
到底隱藏著什麼
他把你的所做所爲
一條不漏地記下
等你死後
做爲判你下十八層地獄的證據

陳坤崙在詩集「人間火宅」常藉卑微的動植物，來抒發他略帶悲觀色調的感情。現實對陳坤崙來說，似乎是無奈的，不可改變的，唯其如此，這些對現實有著宿命論觀點的思考，構成了陳坤崙詩底原型。

不過若說「擧頭三寸」一詩只有悲觀的宿命論調，也不盡然，在冷靜、客觀的敍述當中，多少還有些批判的成份在內。

傳統的神明，應該庇護祂的子民才對，可是詩中的這個神明，不但到處跟蹤你，「甚至你已安燃睡去，他也要察看你夢裡的世界」，而且記下你的所做所爲，做爲死後判你下十八層地獄的證據。這樣的神明是違反人性甚至神性的，祂不是神，祂只是假借神的名譽，做著比人還卑劣的行爲罷了。

類似陳坤崙對現實的感覺，在郭成義的「臺灣民謠的苦悶」也可找到，不過郭成義是用另外一種形式去表現。像「雨夜花」所描寫的：

没有人知道
夢是只有在雨夜裏才看得見的花
我終於在落雨的昨夜
赤裸地綻開了
脈脈含淚的花瓣

只是
有人説
昨夜確曾聽到
我斷氣的聲音

郭成義的系列「臺灣民謠的苦悶」，與其說是紀念其亡兄的作品，不如說是藉此抒發他鬱積在心中的感情。透過臺灣民謠的旋律，寫出了他那哀怨的現實感覺。

傳統的臺灣民謠的誕生，有其特殊的歷史背景和意義，在沉鬱、幽怨的調子中，身爲「戰後世代」的郭成義，必須藉臺灣民謠的苦悶的吟唱，方能找到安慰，是否有不得已的苦衷？

詩人在追求詩的心路歷程，或凝視現實的角度，有時會因環境的變革，事故的發生，而有所改變。像陳明台是一個例子。

陳明台未負笈東瀛前的作品，即有趨向個人內在世界的表現。而留日的八年期間，加上愛情的挫折，更加深了他的內部世界的探索。「遙遠的鄉愁」便是在這種情形下寫成的作品。藉著愛與死兩個主題的探討，展現其具有魅力的一面。像「冬」的其中兩節：

飄降
雪
在女人的心上
是崩潰了伊的
精神內部的暗闇的構圖

飄降
雪
在男人的心上
是秋天死去的伊的
悲愴的淚珠

單純的重複的旋律，並不顯得單調，而有著某種遙遠的異國的氣氛，令人黯然。

在戰後世代的詩人當中，對現實採取强烈凝視與批判者，莫過於鄭烱明了。然而他不同於先行代的桓夫和白萩。桓夫對現實的批判源自歷史、傳統的意識，白萩對於存在與物象的洞識，源自自我、生命的追求，而鄭烱明對現實的關懷，源自本土意識與對理想的憧憬。從早期的詩集「歸途」到最近的「蕃薯之歌」，可顯示他的精神軌跡。

桓夫曾說：「鄭烱明的詩的兩大支柱，一是新的存在論，一是濃厚的人道主義精神。」透過這句話，我們可以瞭解鄭烱明的詩的特徵和他的現實意識是什麼。近年來，由於詩人本身的努力，他的作品已獲得肯定，但仍需不斷地努力，以求更大的突破，這點，從「一個男人的觀察」這首詩開始，以及最近發表的作品，我們可以看出詩人的企圖。

下面是該詩的節錄：

認識她
已經有一段時間了
開始瞭解她
才是最近的事
她習慣把愛
解釋成難懂的字眼，奢侈品
不希望大家分享
她喜歡誇耀她輝煌的家世
善於製造淆亂視聽的假相
蒙蔽她的追隨著
…………

她生氣的時候
儼然是暴君一個
我曾要求結束我們之間的曖昧關係
她却一口拒絕
還憤憤地說：
「誰都不能把我這個象徵摧毀！」
她有野心
但經不起批評
終日沉浸在
一廂情願的幻想之中
忘記了現實的殘酷
而把所有人生的挫折歸咎對方
我不忍心傷害她
也想不出使她清醒的辦法
雖然她一度是我瘋狂地愛過的女人

「一個男人的觀察」一詩，爲總標題「混聲合唱」兩首中的一首，鄭烱明利用男女之間的關係來表達複雜的現實感受，是一條值得嘗試的路。

詩的現實可分爲外在的現實與內在的現實，也就是李敏勇所謂的現實的「顯像」與「隱像」，一個詩人以語言所捕捉的現實，如果不能從現實的顯像進入現實的隱像，那麼，他的世界是狹隘的，須知現實並不止於我們双眼日常所見到的事物表象，一個優秀的詩人，他必能洞察、捕捉「現實的隱像」，雖然「現實的隱像」有時乍看之下是非現實的。

李敏勇的現實意識，經由詩集「野生思考」的窺探，我想應可看出蛛絲馬跡。李敏勇是戰後世代的詩人裏，語言具有相當魅力的一位。而他的語言魅力源自他對現實的思考，這點是殆無疑問的，換句話說，李敏勇詩中的現實，並不只粗淺地停留在事物的表象，他的世界經由語言的捕捉，已能從現實的顯像進入現實的隱像。

請看「從有鐵柵的窗」：

……

我們撫摸著冰冷的鐵柵
它監禁著我們
說是為了安全
我們撫摸著它
想起家家戶戶都依賴它把世界關在外面
不禁悲哀起來
從有鐵柵的窗
我們封鎖著自己
我們拒絕真正打開窗子
讓陽光和風進來
我們不去考慮鐵柵的象徵
它那麼荒謬地嘲弄著我們
使得我們甚至不如一隻鴿子

……

我們僅能望著那面潮濕的旗
想像著或許我們的心是隨著那鴿子
盤旋在雨後潔淨透明的天空

「從有鐵柵的窗」是李敏勇「野生思考」詩集之後的作品，曾由鄭烱明與陳明台於「笠」第一〇七期（七十一年二月），以對談的方式，對這首詩有所評論，咸認為是一首難得的佳作。的確，我們從這首詩看到了屬於戰後世代的深邃世界的一面，透過語言、意象成功的把握，使我們對於現實，人的存在有更深一層的體會。

從以上所舉的詩人作品，我們瞭解他們各自擁有的不同的風貌，以及展現在詩中的現實是什麼，進而明白他們這一世代的精神底流，他們對人生、社會乃至世界的看法。要判斷一個詩人的優劣，這些是最好的憑證。一個二十五歲以上的詩人，應該不會是一個沒有自覺的詩人，而繼續在未來詩的道路上，做沒有終點的探索。做為戰後世代的詩人，畢竟還有很遠的路要走。

本文雖題為「略論戰後世代詩中的現實」，但戰後世代的詩人，近年來大有長江推後浪逐漸成為詩壇的中堅之勢，這個現象並不如某名詩人在十年前的預言：「即使再過二三十年，我們的詩壇恐怕仍難有『新的一代』出現。」因此，自無法全部詳論，只能就筆者較熟悉的幾位，予以鳥瞰式的討論，其他尚有多位具代表性的，則俟日後有機會再加詳論。

詩的發現

——詩的日常性的追求

陳明台

1

有名的日本小說家芥川龍之介，在他的自傳式的散文詩「阿呆的一生」中曾有如下的一節：

「……高架電線，依然迸發著銳利的火花。他檢視了整個生涯，却沒有感到特別想要的東西。除了這紫色的火花，淒烈地迸發在空中的火花，即使和生命交換了，也想把握住……」

在高架線迸發的紫色的火花，美麗而或許會在瞬間消逝的東西，却值得以生命去交換，這樣的發想，可以說是在倦怠的人生，或平凡無意味的日常之中，企圖把握住什麼令人感到新鮮，喚起人的昏睡的精神的，具有追求創意，刺激而愉悅的感動的心情吧！

寫詩這種行爲，若不是從現實脫出，而在虛構中追求夢的行爲，必然是從凝視日常中，喚起「再生」的自我的精神的作爲吧！當然，這種說法只是粗略而片面的比喻。但是，無可否認地，在幾乎是千篇一律、單調，成爲定型的日常的生活之中，發現詩，發現從日常而感知的鮮烈的心情；對于同樣是平凡的過活的詩人是一種挑戰。不只是對于自己的敏銳的詩人的觸覺的挑戰，尤其是對於達成不沈溺于日常的自己的生的，摒去陳腐，而發現新的世界的挑戰。畢竟，不管如何優秀的詩人，總是有其體驗的限度，有其生活的範時，不時地如同磨亮了的利刃一般，閃閃發着光的詩人，正是在這種圍囿了自己的「範疇」之中，伸展敏銳的能鬚，藉詩從事「極限」的精神領域的探索與捕捉。

2

以日常的生活做詩的題材，也就是從正視平凡的周遭的存在而寫詩，並不是一件討好的事。大抵上，日常性的詩，易淪于平凡而無感動的俗作，甚或往往成爲粗略而表面的景像的描寫。但是，能够超越了一般的感覺，陳腐的內容，則生活的詩，也會發揮了它的令人易于感動，十分眞摯的優點，成爲佳作。尤其是，生活的詩，題材幾乎是沒有限制，而隨處可以發現，可以使人感受到詩與生活的密切接合的焦點，詩的廣闊而親切的世界。

郭成義的「家庭詩抄」一輯作品，可以說是，最足以顯示生活詩的特色的作品。詩人在「家庭」的日常生活中，透過與妻子、兒女的觸覺而發展的這一輯創作，可以顯示了，詩人對于生活的熱景，對于周遭的深刻的觀察。特別是，不淪于俗的感覺，以及將詩的焦點延伸爲具有共通性的感覺的方式，令人感到生動而新鮮。

被我信賴多年的妻
與我有了爭吵
我以爲那是不必的
但是妻仍然很生氣

我誠摯地把我的手
往她的腰部挽去
我想說
我愛你

她却驚急地
以爲我在向她攻擊
立刻在我手腕上
抓下了幾道深深的
指痕

不肯流出的血
在鮮紅的指痕上
緩緩寫下幾道
人間的血跡

這是在這輯詩作中，題爲「誤會」的一爲，夫妻爭吵的行爲，幾乎是任何一個家庭中都會存在的日常瑣事，在這兒，詩人却從這種極爲「陳舊」的瑣事，發展出他的愛的感覺，進而觸及人內心存在的類似「猜忌」的劣根性，愛的行爲被誤會爲攻擊的行爲，而反擊的妻子的心情乃是一種自然的心情吧！而也許是透過此種誤會的冰釋與化解，人與人之間才能產生眞正的心的交流而得到眞正的諒解，產生眞正的愛吧！「人間的血跡」正是最自然而純粹的作爲心的交流的象徵也說不定。在這首詩中，我們看到昇華于一般描述俗世而千篇一律的夫婦感覺的，詩的具有魅力的新的發現，相對于這首沈潛于家庭內的事象而表現的作品，他也寫了，透過對于自己最靠近的外在的現象的觀象，聯結著人生的哀愁感的作品：

幼年的巷子
現在還在走

跳繩一二三
猜拳一二三
拍球一二三
捉迷藏一二三

孩子們的遊戲
是一條跳動的脈博
使這條巷子活下去

偶而
也會聽到

大人們慘烈的遊戲
一二三……四

（巷子一二三）

沒有太大的改變的環境，童稚的少年們的遊戲—沒有醜惡的形象的單純行爲—，以及大人們慘烈的遊戲這三個焦點組成的這首詩，實際上投影了人生的構圖而存在。經驗了大人的鬥爭而活著的疲憊的心情的詩人，同樣也是對于生的倦怠感強烈地感受，而有著悲愁感的人吧！不能不在慘烈的遊戲之中活下去的人，切身而眞實的生活感覺，因爲孩子們無邪氣而快樂的遊戲，作爲強烈的對比而表露無遺。可以說，這兩首詩，都是以做爲活生生的俗世中的人的立場，而抓取生活的感覺，却不淪于俗套，而具有令人感動的鮮烈質素的優秀作品。

3

相對于郭成義的生活的發現，曾貴海的職業的感覺，以及緊緊地扣入現實的生的表現方式，也是追求詩的日常性的傑出的方法。曾貴海是一位醫師，透過他的醫師的冷澈的透視，他的作品中，不只是有意從日常擷取鮮烈的感動，而且企圖在聯結「現實」上發揮詩的功能。

不知道那個病人
匆匆忙忙反把藥拿走
却留給我
一串鎖匙
翻看著它
像是外科醫生手中的斷肢吧
失去了伽鎖
能夠在這水泥木松和鋼鐵的城市
活下去嗎
休診後
把它掛在鐵柵外
或許
他正奔馳在秋末冷清無聲的街道
追尋
門等著他

這一首題爲「鎖匙」的他的詩作，實在是一首令人再三咀嚼的佳作。作爲醫生的冷澈的眼，不只注視了病人的肉體，更注視了病人的心，以及病人活著的這個荒漠而無情的世界。首先他具有一種強烈的悲天憫人的關懷。遺忘了鎖匙的行爲成爲詩的素材，遺忘鎖匙本身，却是日常生活中隨時可能發生的事情。同時，就詩人看來！遺忘鎖匙，實在是如同失去伽鎖的一種反而是可以「解脫束縛」而自由的行爲，問題是「能夠在這水泥，木板和鋼鐵的城市／活下去嗎」這樣的反問，深深地令人感到活著的無可奈何的哀愁，所以，爲了活下去，一定是：「奔馳在秋末冷清無聲的街道／追尋」的這個人多麼令詩人擔心，從物的客觀的描寫，我們可以感受到，詩人在傳遞著，人與人之間誠摯的關愛。而生的哀愁，人的存在的無奈，以及這種詩人的愛，透過完整的詩的表現多麼令人感動。這首詩的成功，也是在于新鮮的發想，以及聯結了共通的哀愁感。這種新鮮的生的發現的欲求，在他的另一首作品中，也可發現。

一波接著一波
自遙遠的海平線
一路上顛簸地奔逐過來的
波浪
碰上岸邊
而緊叫起來
化爲細碎的
夢的白花
（澎）

夢的白花，實際上就是生活中的「驚呀的發現吧！」碰上岸邊而驚叫起來的極爲平凡的波浪，成爲夢一般的詩，這是在日常睡眠著的感覺中，發現的詩的感覺，自是不用置疑，詩人惟有時時保持類似這樣的新鮮而叫人戰慄的感性，才能脫出庸俗的層次而有所提昇。

但是，除了上列的兩首感性極重的作品之外，曾貴海也有極爲接近現實的詩人的眼：

剛被診斷出來
依約到達的那個肺癌病人
山東籍的教師
高瘦的身子不願表情的臉
倦態加上病容
黑板上寫了三十多年的白粉筆字
暗示他
家在那裡
太太怎麼沒來
朋友呢
他只是沈默的搖搖頭
漸漸地搖重了頭
突然一顆淚水噹的滴在
臺灣的地圖上
蔓延

這首題爲「某病人」的作品，是以「鄉愁」作主題的作品，同樣顯示了詩人對于周圍的強烈的同情。流浪而始終沒有家的感覺，這種最易令人共鳴的心情，透過醫生與病人之間的互相交流的場景的安排，極爲生動，簡潔的描述了，本來看病這種行爲也是日常生活中的一部份，已經習慣的行爲，詩人却將其新的發現，連結了「現實」，由于政治的因素選成的個人的悲劇，令人可以無限地擴大聯想，而形成問題探討的心情。

可以說，曾貴海的超越日常性的努力是根源于其敏銳的詩的思考，以及愼密的詩的形式的處理，並且有其關注人的溫暖的心情而形成具有共通的愛的追求。

4

曾貴海的愛是一種同情與關懷，則旅人的愛却有回顧于自己的生，而透過日常的景像作簡介，表達了對于母親的摯愛的獨特的性格。如「胡琴」一詩：

自胡琴楕圓的肚子
拉出成串「阿母」的聲音
于是眼裡飛出一隻孤單的稚鳥
跌入故鄉的小小病房
不再飛的翅膀
輕輕地停在阿母的手上

小女臨去的遺言：「阿母？阿母」
就是這把胡琴唯一的調子

這首詩裡的人物小女與母親，場景病房，以及貫串了這些的愛與死的感覺，十分自然，生動而可以令人體會。胡琴這個東西作爲整首詩的媒介，顯示了母親的愛的渴求，死的哀傷，可以說是一首晶瑩而感人的小品。而詩人用的是客觀的描寫的方式，簡潔的交代了「故事」的內容，更透露了淡淡而揮之不去的悲傷的感覺。同樣地，以母愛爲題材，旅人還有一首「電風扇」：

站立著母親的心
疾速地給出一片片退燒藥
一聲聲沙沙
呼喚孩子
你在那裡
發燙的肌膚吃下退燒藥
現出舒服的顏色
孩子
只要你腦裡的清涼
經常洗出母親的照片
我日夜工作
算得了什麼

但是給出一片退燒藥的母親
自己發燒的時候
誰給她退燒藥

把電風扇，聯結于母親的這種發想，首先，顯示了詩人不凡的感覺，從聲音、効用，以及物的形象把親情襯托出來，物象本身又是日常生活中，時時在使用，令人熟悉的東西，這樣的詩的處理方式，可以說是超越了日常的物的感覺而聯結于一般人的心的方式。而兩首詩都含有從日常平凡的事物中，控制眞摯的親情的强烈的慾望。這種眞摯性的追求，也是詩的日常性的追求過程中，易產生令人感動的因素。

5

本來，詩人就是活生生的人，同樣地必須在俗世中浮沈，而沒有絲毫必要裝腔作勢的人。詩的日常性的追求，只是詩人追求「眞實」的一種方法，如上述郭成義、曾貴海、旅人之人的詩作中，努力于打破陳俗，發揮生活中的詩意，以及藉共通的人的感覺或愛的心情而顯示詩的眞摯的性格，令我們可以感覺到詩的溫暖而令人喜愛的魅力。證實乃詩的發現，也就是從日常性的追求中，凝視自己的生，以及擷取超越了凡俗的生活感覺的精神，其中含有詩人對決于自己的環境的精神，而可以達到把握住異質的詩的存在的可能。

推介戰後世代五人作品

趙廼定

「綠地」詩刊係一年青人結合的團體，共發行十三期。當時筆者以社外人士身份，抱持闡揚戰後世代詩人作品並激發該刊對詩之向心力，因之接受主編傅文正之邀，相繼於第三、五、九、十、十二、十三期（出版於六十五至六十七年間）等六期中，各擇前期刊內較具賞析價值之作品，計有莊錫釗「自焚曲」、許藍山「旅人蕉」、簡安良「失業」、林野「西門町」、李昌憲「掙扎人生」及傅文正「象棋步法」詩集中之「結領帶」、「門」、「外務員」、「瞎子」等各詩，加以評介，每篇約為文二、三千字。該刊第十一期推出「中國當代青年詩人大展專號」，厚達二二〇頁，參展人數九十七，參展者均係民國卅五年以後出生之戰後世代詩人，其展出之作者及作品數量之多，在當今詩界無出其右者，當時筆者厚擬就中選取若干作品，撰文推介，惟未付之施行。

於今重閱該刊，擬就傅敏（李敏勇）、莫渝、郭成義、陳坤崙及向陽等五人作品，分別加以介紹。

傅敏展出的作品計有「遺物」、「發言」、「種子」、「時間」及「漂流物」等五首，所運用的語言均屬「乾癟骨頭」語言，因之造成鏗鏘有力、步步進逼、陰鬱沉悶的氣勢，令人難以忍受其吶喊的悲哀，固然各詩中仍有對更美好的明日堅持理念或者滲露曙光者，如「種子」、「漂流物」等，但大多的是，對陰暗、受制、悲哀以及淒涼等赤裸裸的描述及吶喊。

茲錄其「種子」於下，以見其詩之一般：

不要讓意志腐爛
潛藏在泥土裡
我們頑強的心
已經快要免於一季冬長長的欺壓

是春天爲我們開門的時候了
雪的酷凉曾經也成爲水的滋潤
泥土的暗黑是養份
沒有什麼能剝奪我們的希望
一定會遇見陽光

當門開啓的時候
記得相互傳達重見天日的喜悦
以及温暖

莫渝計展出「斷崖」、「殘腿」、「沒有鳥的天空」、「沒有神的廟」及「蛛網」等五首。莫渝詩帶揶揄批判性，在輕描淡寫中，總是吐露出淡淡的憂悒，把這一代的部份現象忠實反映，使人在淡淡的感受中，蒙受其壓力。莫渝除創作詩作品之外，於法文迻譯良多。以下略舉「沒有鳥的天空」，備供參酌：

也許
天空下曾有我們的鳥
飛
過
煙囪是兇手
獵管對準著
日以繼夜夜以繼日的
此起
彼落
把一群群鳥們
轟成一隻隻孤單
一隻隻孤單
一口口吞掉
此後
羽毛是陌生的名詞

郭成義推出「痰」、「陷害」、「明天」、「鳥㈠」及「鳥㈡」五首，統觀郭詩，是以隱喻描繪內歛的感情，沒有吶喊沒有叫囂，是屬於一種淡味的茶，但卻讓讀者品茶之後，被以太多的孤獨的，被抑制的，悠遠的感觸所撞擊，郭詩中「鳥㈠」及「鳥㈡」，筆者曾在六十七年八月笠詩刊第八十六期，已爲文推介，此處另錄「痰」一首於後，用以印證其風格：

雖然只是一口痰
走在污穢的街上
我也不願吐掉
不安就讓他不安
不快就讓他不快吧
永遠川流不息

是因爲要衝開我的身體
才變得那麼急忙地
哀苦起來
成爲我的嘆息

然而
通過公共世界的土地
怕一張口便失去了純潔的我
不過也只是這裡的一口痰
感到隨時要被土地擦掉的可能
是永遠不忍吐掉的

趕快回家吧
啊 趕快回家吧
只有在這純潔的地帶
才能放心地做一次美妙的嘆息
即使是最後一次

陳坤崙出版「人間火宅」時，筆者曾於七十年二月一日在自立晚報文化界週刊上爲文介紹，當時筆者指出「人間」集是一個好冷的世界。

在「中展」中，他合計展現「無言的小草」、「鄉土」、「愛國獎券」、「耳聾的人」、「地獄隧道」、「爬山記」、「溪流」及「大海這個人」八首，均不包含於「人間火宅」詩集中，但各首風格一致，仍是好冷的世界，描繪的是被壓迫者的卑微、無奈與忍受，且於卑微、無奈與不敢抗拒的情緒下，讓人讀來，更爲之掬一同情淚。茲錄「無言的小草」一首：

祇要你看不慣
你就拿着鋤頭把我除去
像犯了大罪一樣用火燒成灰

祇要你疲倦了
你就躺在我的上面
讓我獨自嚐嚐被欺侮的滋味

祇要你閒着無聊
你就把我柔嫩的根 拔掉
像撕破一張紙那麼容易
把我的生命結束

不管你待我如何
我祇有忍耐
因爲我祇是小小的草
我也一直等待
有一天要吃你的脂肪
然後將你掩蓋

向陽展出「宛如十行兩目」、「阿爹的飯包」、「阿媽的目屎」、「落魄江湖的姑丈」、「做布袋戲的姊夫」、

「小站十行」、「獨酌十行」、「森林・草根・飛鳥」等，計展出十三首。

向陽係少數採用方言寫詩有成者之一，其詩均富散文味，流暢迷人，尤其方言詩中，所描述的親情以夫妻關係，在方言的襯托下，讀來令人深感親切，一如鄉里熟悉的人物，以下錄其「阿媽的目屎」一首，以觀其一般：

阿媽最愛流目屎
歡喜也流艱苦也流
看到細漢的阮跌倒
伊也流

阿媽的目屎
是早起時葉仔頂的露水
照顧著闇時的阮
疼痛着青葉的孫

等到日頭爬上山
風微微吹着阮，阮歡歡喜喜
打散露水滾入𡊓，竟也打散
阿媽的，目，屎

後來就没再看到阿媽
没再看到阿媽的目屎
彼年大漢去掃墓，才再看到
阿媽的目屎：掛，墓，牌

綜觀以上五人作品，各有各的風格，各有各遣詞用寫的技巧，此在在展現出文藝界的多樣化，是爲自由創作佐證之一。（七十一年十二月廿三日）

追悼

炎日高照荷花驕
寒月低徊心華凋
人生苦撑六十載
竹拔草屐是吾修

這是本刊同仁李篤恭令堂施裏（幼名王素卿）女士的詩。施女士不幸於七十二年元月廿六日逝世，享年八十四。施女士生前與蔣渭水、賴和、林獻堂、楊肇嘉等以文交友，曾參加文化協會演講受日官憲解職，又批判日軍侵略中國而被捕入獄，嚐過被殖民的悲慘經驗。謹申悼念之忱。

論郭成義的詩

李魁賢

郭成義（1950—），基隆市人。臺北中興中學高中畢業，曾任中國石油公司業務工，後轉入出版界，曾擔任出版家文化事業公司業務經理，現主持芝柏出版社編務，並主編詩人坊双月刊。早期以郭亞天為筆名，一九六七年在創作月刊上發表第一首詩，那時還是十八歲的高中生呢。郭成義自述：「初寫詩時受創世紀派影響很深，與笠接觸後，始漸改變詩路。」一九六八年開始在笠（二十四期）發表作品。其後即以笠為主要發表園地，成為笠同仁，而與同輩的拾虹、李敏勇、鄭炯明、陳明台、陳鴻森等同期活躍於笠，而成為中堅世代的一份子。一九七五年出版詩集『薔薇的血跡』，翌年獲全國優秀青年詩人獎。作品曾入選『美麗島詩集』、『中國現代情詩』、日文『臺灣現代詩集』等。

由於郭成義一直專注於在笠發表作品，以致為外界所不當忽略，其實他對於詩本質的把握，在同世代中應屬佼佼者，他在評論方面的雄辯性以及對問題掌握的準確、分析的條理分明、評斷的銳利周延，從「我們需要怎樣的詩」（註1）、「請進，歷史」（註2）、「從抒情趣味到反藝術思想」（註3）、「都是語言惹的禍」（註4）。和「臺灣現代詩的本土意識」（註5）諸文可充分反映出來。

在上舉「我們需要怎樣的詩」一文裡有一段最能代表郭成義對詩的認識：「我們需要的詩，是開口說不出，張眼看不見，但事實上與我們發生存在關係的感情對象，起先我們說不出、看不見，但一經詩人以詩底語言作為工具發表以後的那剎那，這首詩得與我們隱藏心中未之分明的意識產生了神秘的 montage 效果，終於互相印證，這其間的效果摩擦，再產生 wit（西脇順三郎所謂發現新關係的想像力），於是讀者在這 wit上面，領悟他未曾發現的新的感情對象。具有這種努力的詩，才是我們需要的詩。」

這一段話後來在『美麗島詩集』和「綠地詩刊」十一期的「中國當代青年詩人大展專號」裡，都列爲郭成義的詩觀，足見可以代表他的主要觀點。郭成義強調承受自日本西脇順三郎對機智（wit）的觀念，西脇氏在其『詩學』（見杜國清譯本）第二章「新的關係」裡提到：「發現新的關係是詩作的目的。詩便是發現新關係時的喜悅之情。這種喜悅的感情向來稱爲快感。或稱爲美，稱爲神秘，稱爲驚訝。……這種詩的喜悅也叫做「機智的喜悅」。這是因爲機智（wit）亦即發現新關係的想像力。」又說：「然則詩的喜悅類似諧謔的喜悅」，諧謔也就是波特萊爾所說的「譏諷」。西脇氏又提到「這種新的關係使我感到一種哀愁的意識。」事實上，西脇氏有關「新的關係」的詩論，是從西方美學流變中找到他的根據，而建構他企圖超乎生活的現實，以追求詩性現實的理論。這其實也就是後來杜國清所認定詩的「三」味——驚訝、譏諷、哀愁的出處。（註6）。

這種「新的關係」的追求，可以追溯到亞里士多德以隱喻爲構成詩主要手段的觀念。因此，郭成義相當重視以隱喻來聯結事物的關聯，近作裡更有精采的表現，例如在最新發表的「G君的眼淚」一詩裡最後幾行，「G君擠出一生／最大的抒情／立即被拭去」，以「最大的抒情」隱喻垂死最後的一滴淚，眞是集「驚訝、譏諷、哀愁」於一最飽滿的意象。

雖然，郭成義在奉行「新的關係」的探求，顯示他對藝術性的執著，但他也同樣重視對「意含的經驗」的傳達。因爲他不以追求「新的關係」爲終極目的，而是藉此產生「機智」，讓讀者領悟到「他未曾發現的新的感情對象」。因此，郭成義是以透過「新的關係」的成立爲手段，來達成「傳達」的目的。眞正說來，郭成義之傾向於超現實主義的技巧，是在進行「新的關係」的探索中，以隱喻手法表達的一些跡象，但他以此爲手段，而走向以「傳達」爲終極的表現主義格調，使他免於落入以超現實爲目的的泥淖中，這實際上也就是郭成義在他的詩路歷程中艱苦走出來的方向。

然而，令我們驚訝的另一項發現是，郭成義儘管在評論中雄辯滔滔，但他的詩並無強制傳達的雄辯性，無寧說在詩中，他以抒情性佔據優位。他的這項堅持從他的「從抒情趣味到反藝術思想」裡有一段話是最好的註脚：「主知主義思想的昂起，迫使抒情的自然景觀遭到破壞而歪曲。但是，後來生長於臺灣本土新生一代的詩人，對於抒情詩傾向的選擇和經營，却又保留有較新的創造性和濃厚的浪漫氣質，護住了抒情的重要命脈。」所以，他和「笠」下新生一代的同輩詩人一樣，很早就自覺地掌握到詩的本質在創作。那麼，還是讓我們來共享他「機智的喜悅」吧。

愛人就是我

有什麽不可告人的事
我只能在没有人的地方
看到你鮮紅的愛
像一滴堅實的血
滴進我的脊椎

愛要愛得那麼艱苦嗎
血要流得那麼孤獨嗎

沒有人的地方
才是我無辜地生存下去的地方

愛人
我熱烈地呼叫
我只能從我的脊椎裡
聽出熱烈的回答

堅持生存也是不可告人的嗎
愛人的血
爬滿我全身的脊椎
如今只希望你告訴我
愛要愛給誰知
血要流給誰看

這是郭成義比較早期的作品，洋溢着浪漫的氣息，選自『薔薇的血跡』，在大約同期的作品中，像「薔薇不死」「茶壺」「血跡」等詩中，幾乎都以「血」爲基調，甚至『薔薇的血跡』詩集名稱也沾着「血跡」。在這些詩中，血象跡着活力的源泉，溫熱、純潔，實際上隱喻着「生命」。

這首詩描寫一種慕情，從企圖回應的愛的呼聲裡，感悟到愛的自主性，然而在詩的發展過程中，却暗藏着愛的距離的艱苦。

即使在像這首「愛人就是我」這樣描寫眞情的詩裡，作者一開頭也故弄玄虛，郭成義喜歡在詩想發展中，讓事件逐漸在暗示中揭露，他往往採取懸宕或「突起」的手法。例如，一開始到底「有什麼不可告人的事」，而爲什麼「我只能在沒有人的地方／看到你鮮紅的愛」，並沒有任何透露，讀者只知「愛」發生在不可接近的距離，「我」躲在孤獨的地方，望着不能接近的「鮮紅的愛」。鮮紅暗喻眞誠，沒有褪色，而且熱烈。由「鮮紅」引到「血」，發展上更形自然，「血」隱喻「生命」，成爲活下去的支柱（脊椎）。不能接近的愛，却能支持着生命堅忍的活力，已隱隱約約暗示被壓迫的困局。

第二段顯然是反省的自語自言，被分離的愛，確是艱苦的經歷，然而從「血要流得那麼孤獨嗎」，顯示血原有的隱喻「生命」外，血流更暗示了受害的程度，而流血的對抗結果，不得不在沒有人的地方孤獨地反省，那麼逃亡者的形象已漸漸呼之欲出了。然則，所謂「不可告人的事」並非羞於人知而是不可洩漏吧。

從第三段「沒有人的地方／才是我無辜地生存下去的地方」，則詩的整個背景，人的處境，已逐漸顯露了。由「無辜」表示人物的行爲並非錯誤，但却被定下罪名，如此產生信念的差距，而流血的事件就是這樣的結果吧。基於這樣肇因，必得在沒有人的地方才能無辜地生存下去，顯示的委屈加强了挫敗感，再加上不能與所愛的人在一起的折磨，詩便是在這樣苦難的情結中表示愛的意義。

由於被迫與愛人分離，「我熱烈地呼叫」也無法得到回應，只有在自己的脊椎裡聽到反應，因而呼應到第一段裡「你鮮紅的愛／像一滴堅實的血／淌進我的脊椎」，在隔離的情景下獲得充分的信心，這是一種堅實的愛。於此，我們發現「鮮紅的愛」與「堅實的血」，實際上是「堅實的愛」與「鮮紅的血」的置換，由這種「新的關係」產生進一步的隱喻。

最後，由「堅持生存也是不可告人的嗎」，來充分反證「不可告人的事」，其實是一項爲生存而奮鬪的莊嚴事跡，爲恐强權加害而不得不隱藏到「沒有人的地方」。郭成義就是如此剝筍似地一層一層逐漸揭露詩的核心，但由於堅守浪漫氣質的一貫，作者又拉回到愛的本題上，而避免流入直接宣洩的情緒。末二句「愛要愛給誰知／血要流給誰看」，雖不無憤懣之情，但也充分表示了衍生於「空無」的實存的一種思考，行爲是由自己來肯定和負責，不一定是靠「誰」來評價或認同，而在完全孤獨中獲得完全的自由。

靶

彎腰是不可能的
要躲也來不及了
我只有站着
任憑你把我撕裂
成爲輾轉模糊的一種
嘯聲

長久的酸痛
我已甘願這樣
痛痛快快的流一場
儘管你一再無情的瞄準
我還可以平平安安的
爲你　站着

只是
遙望你虔誠的跪姿
我才感到一陣抽痛
炮裂的胸口
總有一天要獻給你
總有一天要獻給你

這一首詩的「新的關係」建立在整體的詩想上，而不在個別的意象。意即作者把「靶」與對愛情奉献，更擴大言之，對事物的奉物，作一次統合性的運結。在詩想的發展上一直扣合物象的實況，但逐漸深透入精神的層次，把物格的我和人格的我逐漸合而爲一。

詩一開始很快進入緊張狀態，作者是以靶的立場來發言，原先面對槍口雖也有逃避的打算，但在明知無法改變的宿命後，立即勇敢地面對現實，來發揮生命本質的意義，這種堅韌性的認知，使詩的生命由消極的念頭立即轉入積極的態度。

能夠挺身站立，任憑撕裂而無怨尤，已經透示心甘情願的立場。「嘯聲」原來是子彈所引發，現在轉化成「我

「被撕裂所發生，暗喻着對立而調和的轉變。在時間流程上，「嘯聲」發生後，才「輾轉模糊」的，但這樣的順序，容易又造成消極性的發展。如今把「輾轉模糊」倒轉成形容詞後，雖然仍表示了未來狀況，但把詩性現實停留在發生「嘯聲」的現狀。其實，若再進一步追究，連「任憑你把我撕裂／成爲輾轉模糊的一種／嘯聲」整個情景，都是虛幻的表達方式，亦即一種預期而已。

從第二段可以覆按「長久的酸痛」是站久疲累的現象，「我已甘願這樣／痛痛快快流一場」，表示準備奉獻的心理。但「流一場」什麼呢，依照詩義應是「流一場血」，但如上所述，郭成義在早期作品中一再運用「血」的象徵，爲何在此反而加以隱藏掩飾呢？不忍言，是其一，但主要在於消彌受害者的印象，因爲受害者的被動性，與奉獻者的主動性，會造成意象上的不協調。

經過「一再無情的瞄準」，還能平安站着，顯示一直沒有付諸行動。你的「無情」，和我的「有意」，正是強烈的對比。「有意」是以「爲你站着」表示出來的。從原先「我只有站着」的適應性，到「爲你站着」的刻意性，那種奉獻的心情已更趨堅定，而顯露意志的表達。

然而，「遙望你虔誠的跪姿／我才感到一陣抽痛」的岐義性，正好表現了矛盾的境遇。其一，備好姿勢，正是射擊的前奏，已面臨決斷的瞬間，那種「抽痛」是一種預感。其二，在奉獻立場言，獻出的生命是要成全對方的行爲，不料對方採取的跪姿，才發生兩難，一種可能性是軟弱，另一種可能性是對應於奉獻所表示的感恩姿態。當然，如細細體會「虔誠的」形容，則偏向後一種可能性，而無論何種可能性，「抽痛」是對應於表現的態度而發生。

結果，行動還是未發生，但「總有一天要獻給你」的意志，却堅決道出了，而且重複了兩次。「炮裂的胸口」也是預期的未來狀況，和「輾轉模糊」之以接近實際的現在式表現，呈現時態的壓縮感。

這一首詩應是作者入伍訓練時期的作品，從練習打靶的實際生活經驗，轉化到對愛獻身的詩性現實，從一般印象中戰爭與愛情的對立，轉變成意象的協合，正是「新的關係」的發現，終於把整體意象處理成濃厚的象徵意義。

火車

我不是這裡的人
你要去的地方
也不是我要去的
但我常常停下來問自己
故鄉就是這樣嗎
故鄉就是這樣嗎

每天
爲了繼續做那故鄉的夢
我只有一路的奔波下去
雖然做夢的勇氣
終必被摩擦成鐵銹
在飛快的速度

一滴一滴的消失……
我的鄉愁
還是你伏在地上
遠遠就可以聽見的
我那種心臟的聲音

只是
再遲你總有回家的時候
再晚也總有一盞燈爲你亮着
對於我愈來愈刺耳的聲音
你是越來越麻木了吧

由火車隱喻離鄉背井，在外奔波，而始終無法回鄉，也不能在任何停留地建立根植地的人，這種「新的關係」的連結，發生了象徵的意義。

表面上是一直描寫火車的動態，但在底層的精神則蠢蠢欲動。「我」是火車的自況，作者把心情熔入物象客體裡，再反客爲主，以物象立場發言，使物象本身賦有了生命的有機性。「你」顯然指的是旅客，但以單數代表群體的抽樣，並非意指單一旅客，或某一特定旅客。實際上，「你」屬於陪襯物象，以對比方式來加强主體物象的遭遇。然而，眞正講起來，「你」是歸人，「我」才是過客。

火車每天把人送到目的地，可是火車却是沒有目的地的，雖然有終站，但終站又成爲下一班次的起站，因此，它沒有所屬的地方，尤其在沿站和終站，他都「不是這裡的人」。旅客的目的地，也不是火車的目的地，因此，二者雖然同路，有短暫的相處，但流離現象是本質上存在的，其間沒有基本上的和諧或認同。火車雖然在每個車站會照規定停下來，但都不是他目的的故鄉，因此反復自問：「故鄉就是就樣嗎」，這句話包涵了二個層次：第一，因爲不是眞正的故鄉，故一切景象不能與故鄉重疊，而產生否定的答案；第二，明知不是故鄉，意圖重建另一個故鄉的根基，但受囿於原鄉情緒的限制，而發生拒斥的心態。

但火車算是有毅力的實體，即使離棄故鄉，但仍不終止故鄉的夢想，這種吸引力使他有勇氣一路奔波下去，可是勇氣也會隨歲月逐漸消蝕。作者用磨成鐵銹來形容一點一滴逐漸消失的「做夢的勇氣」，一方面仍扣緊火車在「飛快的速度」中，車輪與鐵軌摩擦，在不斷風化（氧化）作用中成銹而磨損的實際情況，另方面構成意象的「新的關係」，而令讀者分享到「機智的喜悅」。

本來，「鄉愁」是當事人的情緒，沒有形相，但作者刻意以「聲音」來表達，那種聲音像是心跳聲一樣。本來「心臟的聲音」多少只有自己能感覺，正好與「鄉愁」產生微妙的特性關連。而這種聲音又是在遙遠聽到，更是飄渺若虛。至於火車還在遙遠看不見的地方駛來時，任何人伏在地面就能感覺地動的徵兆，是有可信的經驗性。

最後，雖然羨慕旅客可以回到家，有溫馨的住屋、明亮的燈光，爲其烘托一個令人安慰的窩，但相對之下，火車當然沒有這種份。作者在此只是間接暗示，並未直接回顧火車本身的情緒，避免落入純浪漫的結果。而以「愈來愈刺耳的聲音」暗示情緒的惡劣，甚至刺耳到令人麻木的地步。實際上，麻木的旅客豈不表示對聲音刺耳的火車，缺少一種同情的瞭解嗎？從這裡的分析，我們可以發現郭成義善用「新的關係」的連結，而以多義性的語言，發揮了隱喻和象徵的意義，使詩擁有恍惚的魅力。

四季紅

多少日子了
你說過要回來看我
看我滿唇的胭脂
看我為你做一次最美的粧扮
嫣紅的唇色是你愛的
我每天努力的學擦胭脂
等待你回來
或許你是愛躲在遠處偷看
這顆粧扮的少女心
才不回來的是嗎
我只有對着
那逐漸飄搖淚濕的遠處
不停地為你擦着
愈來愈紅的
少女心

郭成義自一九七八年起陸續發表了以「臺灣民謠的苦悶」為總題的作品，共有二十首，除了第一首有序詩意味，題為「臺灣民謠」，其餘均以臺灣民謠的歌名為題，計有：雨中鳥、雨夜花、望春風、補破網、碎心花、白牡丹、双雁影、四季紅、河邊春夢、月夜愁、孤戀花、望你早歸、春花望露、心茫茫、心酸酸、阮不知啦、滿面春風、賣肉粽、農村曲。作者這一系列的作品是為紀念因為他而遭車禍去逝的哥哥而寫。正如序詩裡所寫，他的哥哥喜歡彈吉他、唱民謠，雖然唱不好，但有不得不唱下去的苦悶，唱到去逝為止，但生者還要接着唱下去。民謠之所以成為民族的心聲，就是有這樣一脈相承的傳統意義在內。

臺灣由於特殊的歷史與地理環境，民謠充滿哀愁、無奈、酸楚。郭成義企圖以新的語言，對耳熟能詳的民謠，重做抒情的疊影，他只以其中部份的意象為焦點，而作不同層面的思考，基本上還保持濃厚的抒情，但把消極的情緒往比較積極的方向發展，同時把接近直接傾訴的民謠風格，導向他所追求的「新的關係」的詩義方向。

「四季紅」民謠原來是李臨秋作詞，鄧雨賢作曲，繼「望春風」後合作的曲子，原詞偏向打情罵俏，共分四段，分咏春、夏、秋、冬的愛情進行曲。但郭成義的四季紅，實際上只從歌詞內「嘴唇胭脂朱朱紅」這個意象展開，而且詩中的境遇變成分離，也與歌詞相反逆。

詩裡的「我」是情郎遠離的少女，不管是因為吵嘴鬧別扭，或是出門打拚找出路，或是太平洋戰爭期間被征召赴南洋，總之，情郎到遠地去了，而痴情的少女一直在期待他回來。無論就題材或心情，都是相當富於浪漫氣息，但郭成義抑制了感情的直接表露，只以擦胭脂的行為來以部份暗示全體。

所謂女爲悅己者容，自是理所當然，每天嘴唇塗胭脂，就是等待郎君回來，可是天天還是落空，前兩段的背景和心情已交代得很清楚，可是到了第三段，筆鋒一轉，却設想對方不回來，是爲了在遠處偷看，這種反面思考應該也算是「新的關係」的發現，實際上不無自我安慰的意思。由於有這樣的念頭，呼應到前面的天天粧扮，才發生了意義，因爲，既然女爲悅己者容，那麽對方雖然沒有回來，假設是在遠方偷看，則粧扮的行爲已完成了目的。

不過，對於少女而言，不能回來結合，終是令人黯然神傷的事。「淚濕」的是自己，但轉位到「遠處」去，同樣是「新的關係」的重新調整，而發生機智。最後把擦胭脂的嘴唇，也轉移到少女心，而愈擦愈紅，雖然在意象的關聯性上，似乎同樣是一種移轉，但「愈來愈紅的／少女心」暗喻着傷心欲淚的酸楚，却更加深了詩的意義。

誤會

被我信賴多年的妻
與我有了爭吵
我以爲那是不必的
但是妻仍然很生氣
我誠摯地把我的手
往她的腰部攬去
我想說
我愛妳
他却驚急地
以爲我在向她攻擊
立刻在我手腕上
抓下了幾道深深的
指痕……
不肯流出的血
在鮮紅的指痕上
緩緩寫下幾道
人間的血跡

這是郭成義最近的作品，「家庭詩抄」系列的一首，同時被選入前衛出版社的「一九八二年臺灣詩選」和爾雅出版社的七十一年度詩選，把一個簡單的事件、動作、偶然，發展成詩，也顯示了一種機智。可是，如何在平靜的發展過程中，連結出「新的關係」，却頗見經營的匠心。

夫妻本是同命鳥，雖然不一定是百分之百的可檢驗性，但夫妻一體，在民法上是有根據的，因此在親屬關係上，夫妻是屬於最親蜜的個體。可是儘管如此，夫妻爭吵似乎也是司空見慣的事，正如牙齒偶爾也會咬到嘴唇一樣。假定夫妻反目，倒也罷了，實際上是信賴多年的夫妻，也會有爭吵的意外，但在爭吵之後，夫認爲爭吵之不必，顯示了冷靜後的理性反省，然而妻却生氣不停，表示情緒性的性格。

接着，夫為了緩和緊張氣氛，伸手向妻的腰攬去，這是回想到戀愛時卿卿我我的姿勢吧，無論如何，那種善意的擧止應是明顯的，何況夫在心裡也準備好配合最美麗的台詞：「我愛妳」，無論在什麼情況下通常都會被女性屈服的語言。在這樣的心理準備下，夫預期可以一擧和平解決應無問題了。

依照正常心理作用，給予正面的刺激，應有正面的反應。因此，夫的正面善意示好，妻理應有相對應的正面善意的回應。可是也許未完成足够的心理準備，或是夫的表達方面不够標準，竟然令妻感到是攻擊的行為。在需要防禦的直覺反應，又加上攻擊是最好的防禦的本能作祟下，用銳利的指甲（隨身的自備武器），妻向夫的手腕抓去。此時，妻原以為自己是無防備者，將受到夫的攻擊，結果變成角色倒置，無意中成為攻擊者，而夫反而才是眞正的無防備者。夫不但是無防備者，而且原來是示好的刺激，却沒有獲得同樣示好的反應，違背了正規的預期效應。

如果只是單純寫這樣的誤會，其實不過是生活上的小節目，而且平舖直敍的方式，儘管語言簡潔，表達明瞭，頂多也不過邀得讀者一點同情的唏噓罷了。可是，郭成義却在最後一段裡，筆鋒一轉，把指痕視為是「人間的血跡」，把整個事件的對立關係和演變，擴大到人間的一些共相上，由焦點的重叠，而迅速把背景作有力的暗示，完全是郭成義在他的詩觀裡所追求的「蒙太奇」（montage）效果。因此，夫妻也就不只是特定夫妻或一般夫妻的身份代表了。

對郭成義上述作品的抽樣分析，所以會一直與他的詩觀作整合說明，乃是鑑於他一直堅持他對詩的要求，而且一直以他的作品來實踐他的立論之故。郭成義在同輩詩人中是一個異數，因為他有潛力，却寫得不多，他表現不俗，却未獲得相對的注視。也許反而應該為他慶幸，因為默默無聲，反而有力氣走更遠的路。

一九八三年一月二十一日

附註：

1. 刊「龍族」詩刊十四期，一九七五年四月四日。
2. 刊「笠」詩刊八十四期，一九七八年四月十五日。
3. 刊「笠」詩刊一〇五期，一九八一年十月十五日。
4. 刊「笠」詩刊一〇六期，一九八一年十二月十五日。
5. 刊「臺灣文藝」七十六期，一九八二年五月。
6. 見杜國清著「望月」詩集中的「詩是什麼？」一文，爾雅出版社，一九七八年十二月三十一日初版。

論陳明台「遙遠的鄉愁」五輯

——從對等原理及語意化原理論其語言及其語言所形成的詩質

古添洪

㈠

陳明台繼其第一本詩集「孤獨的位置」（一九七二）之後，以「遙遠的鄉愁」爲總名在「笠」發表了五輯詩，共二十首。依次序即爲：「骨㈠」、「骨㈡」、「骨㈢」、「骨㈣」、「閉上眼睛就看得見的東西」、「黃昏」、「月」、「故事一闋」（以上爲第一輯）；「都市」、「電車」、「公園」（第二輯）；「懸崖」、「海㈠」、「海㈡」（第三輯）；「天空和枯枝和女人的聲音」、「逝去的女人」、「懷念」、「海㈢」（第四輯）；「秋」、「冬」（第五輯，副題爲「一九八一殘稿兩篇」）。第一輯刊出時，冠有「詩集」一名，即意指這些詩輯是沿著「詩集」的途徑而寫作。事實上，這五輯詩是陳明台在一九七四—一九八二留日時代部分作品。筆者曾爲其第一本詩集撰寫評編（從「孤獨的位置」到「陌生的人」—論陳明臺的兩組詩，大地，　期）。現細續「遙遠的鄉愁」五輯，深覺陳明台在詩藝上更上一層樓，其屬於自已的詩質得以進一步的披露與肯定。

㈡

無可置疑，詩是語言的藝術，假如語言是包括語音、語法、語意及其相關之層次。故討論詩，必得討論詩的語言。詩質、詩的內容等，都可以從語言入手。本文討論陳明台的「遙遠的鄉愁」五輯，即從其語言入手，以進入其他詩篇內的範疇。筆者在此打算應用記號學家雅克愼（Roman Jakobson）及洛特曼（Jurij Lotman）對詩的語言的考察所得，也就是應用詩語底二條件（對等原理Principal of equivalence和形式語意化semantization）來討論詩的語言。現對此詩語二條件簡介如下。記號學先驅梭舒亞（Ferdinand De Saussure）指出語言的表義過程賴於兩條軸的作用，即語序軸或水平軸（syntagmatic or horizontal）與聯想軸或垂直軸（associative or vertical）。語序軸即是講出來的一串語言。但語義的表出不僅賴於這實在出現的軸，而尙得依賴那隱藏著的聯想軸，才能全面。要了解一個字的全面意義除了這字在語序軸的位置外（即與其他字的關聯），尙得放在這字和這字有聯想關係的諸字所構成的聯想軸裏去界定。用筆者的比喩來說，要了解神字，尙得與神字有聯想關係的祀、祟、申等字所構成的隱藏著的聯想軸去界定。事實上，一字的聯想軸（那就是一字與其他字所構成的paradigm ）在理論上可無限延伸。職是之故，語言的意義並非是定型的，而是繁富而有動力。雅克愼在其Fundamentals of Language (1956)一書中，沿用這兩軸的看法。他指出一幅的語言的構成乃基於選擇（selection，從隱藏的聯想軸中取一字）及組合（combination，把選出之諸字依時間順序排起來），而選擇乃基於類同（如雅克愼所言，類同範疇很廣，從同義詞的對等性一直到反義詞背後的共通性。用筆者的話說，黑白為反義詞，但同為顏色則為其背後之共通性），組合則基於鄰近（鄰近關係按主要實即語法關係及上下文義關係）。雅克愼並根據語言喪失症（aphasia）的兩種狀態，或失去同義詞的辨別能力，或失去組織片語及句子的能力，以佐證這二語言軸。其後，雅克愼在其最具影響力的"Closing Statement: Linguistics And Poetics"(1960)一文中，指出語言的方面及其相對方功能的模式，以解答「什麼東西使到一話語成為一語言藝術品」—詩學上根本的問題。詩歌者，乃是「詩功能」(poetic Function)占據著最高層而占有最優勢地位的話語。雅氏的詩功能即據其語言二軸觀以界定之：

詩功能者乃把選擇軸上的對等原理加諸於組合軸上。「對等」於是被提升為組合語串的構成法則。

雅克愼底「對等」一詞，實統攝相類與相異，同義詞性與反義詞性，已如上述。所謂對等原則應是把組合軸上的兩單元作一等號，然後探求其平行（類似）及對照（相異）。關於這「對等原理」，俄國目前最享盛譽的用記號學以研究文化及詩學的記號學家洛特曼有很淋漓盡致的發揮。其鉅著「The structure of the Artistic Tent」(1976)可說是這原理的充分應用。但他同時提出了形式語意化一原則，溝通了形式與內容二面，得脫離俄國形式主義（Russian Formalism)之泥於形式之囿。他認為，在詩裏，在語言的各種層次上（即語音、韻律、辭彙、語法等層次），都朝向對等的建立。對等也者，即將兩單元或以上作一等號，以見其平行及對照。在某一層次上，兩單元可能是平行，但在另一層次上，却可能是對照；因此，產生錯綜複雜的張力。最主要的，這形式上的平行與對照，都可以連接到內容層上，而作語意的解釋。此之為語意化。而詩之成為詩者，乃由於詩中諸語言層上的形式皆語意化，容納更多的資訊（information)。其實，如果我們從反過來的角度來看，洛特曼的形式語意化，也就是語意（內容）的形式化：詩的語意（內容）朝向形式的建立。但從形式入乎也許是方便法門。（上述關於雅克愼及洛特曼詩的語言的介紹，可參拙文「從雅克愼底語言行為模式以建立話本小說的記號系統——兼讀碾玉觀音」。中外、十卷、十一期，一九八二。同時，關於雅克愼對等原理在中國古典詩的應用，可參梅祖麟、高友工合著，黃宣範譯「唐詩的語意研究」。見黃宣範著，「翻譯與語意之間」，聯經，一九七六）。

(三)

中國現代詩大體上是用自由詩體（vers libre）；那就是說，沒有固定的格律形式（包括韵脚、韵步等）。在這種情況之下，筆者認爲對等原理更形重要，可挽救了固定規律的消失所帶來的散漫，也可避免固定格律的僵化及束縛。那就是，對等原理在語言各層次上的作用，使得各層次上朝向對等化，隱然成爲了詩底內在形式，能容納豐富的多變性的內在形式自由體與格律體的分辨，其基本上的美學特質可認作是：前者（自由詩體是視覺的詩行而後者（格律詩體）是聽覺的分行。讀格律詩，由於韵步、韵脚、或平仄的固定性，我們可以憑聽覺即可知其分行所在。但讀自由詩，我們則必須用眼睛去看，才能知其分行所在。自由詩體的分行，已不如格律詩體之全賴於音節，而是賴於語言的諸種層次（語音、節奏感、語法、語意等）而作分行的抉擇。分行朝向意義的充分運用，甚至朝向具體詩的方向；這些在我們的現代詩裏已有很出色的表現。從媒介的角度來看，中國象形文字及語法非常有利於此種經營。從此角度來論述陳明台的詩，或可以進入其特具的詩質。我們且看下面幾個例子：

靜靜地躺在散亂的灰燼裡　白色的骨的碎片
靜靜地躺在散亂的灰燼裡　白色的骨的碎片
…………（二詩節）
靜靜地躺在散亂的灰燼裡　僵硬的骨的碎片
靜靜地躺在散亂的灰燼裡　僵硬的骨的碎片
…………（一詩節）

—骨(一)

這是對等原理的運用。如把引文中的前兩行看作AA，後兩行看作是BB，則A與A、B與B是重覆，重覆也就是對等的一種。同時，AA與BB有壓倒性的共通點，如每行分爲兩截，長度相等。事實上，AA與BB的差別，只是一個形容詞的差異，那就是在其中「白色的」換作了「僵硬的」。如果我們應用對等原理，在AA與BB之間作一等號，AA與BB的平行與對照便更形清楚。AA與B是相等的，其意義是相等的，「白色」之換作「僵硬」只是一種代換，而代換也就是對等的一種。由於AA與BB的出現，這自由詩體原屬的散漫性得以有某程度的形式。這形式在詩篇裏與內容有密切的聯繫，蓋「骨的碎片」乃詩篇的主體所在。這兩組對等的AABB以其長長的詩幅（這幾行是詩篇中最長者）前後擺在那裏，就這樣地把主體擺在那裏。在這AA及BB組以外的詩行，稍有動作性，是描繪及敍述看火花的親友。我願意說，詩人雖以五官面對著這周遭及產生一些冥想（如：「死去的魂魄的陰鬱的影／隱藏在碎片背後的透明的生」），但AA及BB組所陳列的却與這週遭的活動及冥想有意識層次上的距離，是最直接的切入視覺裏而永恒地放在那裏。那是說，AA及BB組與詩篇中的各詩節同語言的品質不同，形成了意識層上的不同層次。而AA及BB是最具有直接性及握住性的。如果我們把AA及BB組與其他詩節作一等號，我們對他們之間的差異與這些差異之連接於諸不同意識層上之現象便更形清晰。故對等原理乃是一詩的基本結構，同時也是討論詩的一方便法門。下面請看另一例子：

滿街步行著貪孌的男人的都市
滿街步行著輕佻的女人的都市
掀起心頭的酥癢的誘惑的都市
這個已經是春天的繁華的都市

—都市

如果我們把這四行分別看作ABCD，我們立刻可以在其間各作等號，因爲在詩行的長度而言，他們是對等。在此意義上，我們不妨把這四行標記爲 A1 A2 A3 A3。作了等號之後，我們看他們在意義上是否相等呢？在他們都是描寫都市這一意義上他們是對等的。這一相等意義同每一行都以「都市」二字作結而加强。這就是詩人語言能力發揮之處了。試想，如果 A1與 A2換作：「都市裏滿街步行著貪孌的男人與輕佻的女人」，那因「都市」二字的重覆而獲致的對等便無法獲致了。但在 A1 A2 A3 A4裏，除了每詩行的副對象（即「男人」、「女人」、「誘惑」、「春天」等）不同外，語法上則在共同的基礎上有其差異：A1是「滿街步行者——」，A2是「滿街步行者——」，A3是「掀起心頭的——」，A4是「這個已經是——」。「著」、「的」、「是」這幾個，語法虛字就已經顯示著諸詩行的內在語法差異了。（其相同基礎則是××的都市，此處行文中的—）。這種差異很重要，完全的重覆是沒有意義的（除非另具目的），必須在重覆裏又有差異，以構成變異（variations），這樣在內容上才有發展，在美感上才有貢獻。設想「骨(一)」詩中的AA與BB完全相同，其詩質就大受影響而給人機械感了。重覆裏有變異才有形式的美，否則，只是機械的重覆或來回擺動而已。上面說「貪孌的」等等乃是副主體，而事實上這些副主體都是諸詩行中分別指隙的主體，但由於語法的作用，「都市」成爲語法上的主詞，而僭有了主體的地位。可見語法（形式的一部分）影響著內容。在這 A1 A2 A3 A4的詩段裏，詩行的長度相等，而共有「都市」作爲其詩行最末的主詞，故相當地有形式感與整齊感，與詩中的前兩節的一節爲一敍述單元（敍述一小情節：疾風起及女子用手掩著裙子）及不整齊的詩行成爲對比。然而，在這整齊「A1 A2 A3 A4詩段裏，是隱藏者慾念之蠢動：貪孌、輕佻、酥癢的誘惑、與春天（的慾望滋生）。那就是說，在這一詩段裏，如果把形式（整齊的詩行及語法上的共同基礎）與內容作一等號，我們可以看到兩者的對照，內容在整齊的形式裏蠢蠢欲動。如果把這點聯到詩人在異鄉的生存處境，在貪孌、輕佻、酥癢、春天的日本都市裏，在其鄉愁以及人際交往斷絕的處境下，是洩露了詩人作爲人的諸種慾望，被壓制並同時被挑逗之蠢蠢欲動。

(四)

詩行的安排朝向圖象的表達，則走向具體的方向。但具體詩也不一定要把詩行排成圖象，以換行表達主體，如George Herbert的"Easter Wings"(「復活節的兩翼」)所爲，把詩行排成兩翼，以表達復活的再生。詩人可以用較不圖象的排列(這樣可以不必過份扭曲詩行的排列)，通過對等原理的運用來陳列主體的內在結構。下面是一個蠻成功的例子：

長長的手指捏著長長的箸
從臉的位置檢拾白色的骨的碎片　排列起來
從腰的位置檢拾白色的骨的碎片　排列起來
從手的位置檢拾白色的骨的碎片　排列起來
從脚的位置檢拾白色的骨的碎片　排列起來
長長的手指捏著長長的箸
堆砌起來的生的幻影的塔
空盪盪的　死的位置
陰慘慘的　死的位置
寂寞的　死的位置

先看第一詩段。首行與末行是對等的，我們可分別用A來標記。中間的四行也是對等的，而對等中包攝著變異，我們可用 B1 B2 B3 B4來標記。B1 B2 B3 B4 之對等，可以從長度、語法、中間的隔斷、字彙之幾乎相同來界定。從「臉」到「腰」到「手」到「脚」可以看作是代換(臉、腰、手、脚皆爲身體的一部分)，而其代換同時又依著一定的次序而進行(身體的次序)。從形式以進入內容，我們很容易看到AA與 B1 B2 B3 B4的構成二部，前者是火葬場工人拿著長箸檢火化後的骨片，後者是被檢起的火化後的骨片。在 B1 B2 B3 B4裏，中間的一個空位(注意，詩歌裏的空位是有功能的，得看作詩組成的一單元，就猶如中國山水畫中的留空白，空白得看作畫中結構的一部分)是一個很有效果的記號，使全等重覆的下半部(「排列起來」)和重覆中有變異的上半部劃分開來。從動作來看(或者說，從火葬場工人的角度看來)，是全然的重覆，是一再的排列起來；從遺體來看，則是遺骸的重組，是有形的重現。這 B1 B2 B3 B4之上下二分正表達著這兩種觀點或感受。重要的是，遺骸從灰燼的重組的脈絡可以不必走向表面的圖象化，不必把詩行排成一副屍骨，而是經由相當節制的詩行排列，經由詩行排列與諸語言層次的對等原理的經營而獲致。

第二詩段也是由AA及B1 B2 B3所構成。而 B1 B2 B3 也分別由一「空位」而分爲二。如果我們把上半部與下半部作一等號，「死的位置」語意上的深沈感及其三次的全然顛覆（無替換的可能），顯然地使得上半部的三個替換者（可替換性與不可換性的對照）的形容詞的形容詞性更明顯。「空盪盪的」、「陰慘慘的」、「寂寞的」只是詩人的一些情緒，一些加入的形容詞，與不可替換的「死的位置」，實不可同日而語。那就是說，他們屬於不同的意識層。「死的位置」一語的振撼力在與前面懸空的諸情緒語的對比之下，固如磐石。不用贅言，這些效果的獲致，其背後部由對等原理及語意化原理支持者。

(五)

如前面所說的，（現代詩）打破了詩行的聲言格律，故詩行的視覺安排便有了其嶄新的重要性與特質。由於現代詩隨著格律的消失而帶來的無政府狀態，某些內在或外在的傾向於形式的建立，便形成了重要的領域，成了藝術性中重要的一環。而對等原理在語言各層次（包括詩行及其他外形上的安排）上的表出，使得現代詩在沒形式裏有著形式，而這形式是富變化、富動力，並且是內化、語意化的。故上面諸節皆就詩行的對等原理的安排與這詩行的安排與語言各層次（語音、語法、語義諸層次；但本文將不會討論語音層次）的對等作用而進行。上面的剖釋，一方面目的在於學理的開發，一方面也是論述陳明台在「遙遠的鄉愁」五輯中在這方面的風貌。筆者願意說，陳明台五輯詩中對這方面有著力的經營，也有卓越的成就；也由於這種經營（加上其他因素後詳）而導致其特有的詩質。

所謂詩的結構，也可就對等原理來進行。前面所提到的用記號學來研究詩學的雅克愼，曾指出詩篇的結構發展，或沿比喻軸或替換軸（metaphoric）發展，或沿鄰近軸或事構軸（metonymic）（原義於鄰近借喻，但在此處指事件之發展言）發展，前者為抒情體所依歸，後者為敘事體所依歸。當然，「遙遠的鄉愁」五輯基本上（「故事一闋」為例外，正如詩題所標記，為敘事體）乃抒情體多於敘事體，是沿者比喻軸或替換軸發展。本文上面所徵引的詩例，皆是如此。現在筆者打算從意象的替換來討論詩的語言，要論證意象的對等原理的經營或可避免語法上及語意上不必的扭曲，以及這扭曲所造成的意義不清與及不合邏輯性。這點筆者認為是相當重要的，因為詩歌畢竟是語言行為，是資訊交流行為（communication），要獲致說話人（addresser）與聽話人（addressee）的資訊交流。請看下面的例子：

夕暮的殘照裡
冰冷的一張臉孔
暗鬱的一株杉
陰森的一柄劍
威脅著天空美麗的顏色

——「黃昏」第三節

這詩節可以用A1 A2 A3 A4 B來表達。前四詩行是可以用一個等號連起來，那就是說「殘照＝臉孔＝一株杉＝一柄劍」，而「夕暮＝冰冷＝暗鬱＝陰森」。在時間順序來看，這四個意象是鄰近或事構（metonymic）關係，一個接一個；但同時，他們有著隱喻（metaphorie）的關係，有著相互喻況的關係。這正如雅克愼所言的，在詩歌裏，所有的鄰近或事構都帶上隱喻的色彩，而所在的比喻也帶上鄰近或事構關係。這個現象在對等原理的解釋之下，就很清楚了。同時，我們可以看到「冰冷」之觸覺，「夕暮」、「暗鬱」等視覺，在對等原理下運起來，而達到了象徵主義的五官之交錯溶合。但我們得注意，在這例子裏，沒有任何語法上或語意上的扭曲，前面所述的美感效果是透過對等原理而獲得。想想在臺灣流行的現代詩語法，也許第一、二行就很容易被寫成：「冰冷的一張臉孔暗鬱成一株杉，陰森成一柄劍」。這種流行的句子，在語法及語意上都產生了扭曲。「成」字在中國語法裏，如果前面是一個形容詞而變成的動詞（如「暗鬱」、陰森」，則後面也往往是一個形容詞或描述詞；如「他冷成這個樣子！」，「天空染成紅紅的一片」。如果前面是一個名詞或動詞，則後面往往是一個名詞；如「他成了衆矢之的」，「他變成了佛」。所以，在上面改寫的詩句裏，語法是稍有扭曲的。語意上的扭曲則嚴重些：一個臉孔是不會成爲一株杉，成爲一柄劍的；同時，「冰冷」、「暗鬱」、「陰森」這三個五官詞彙在這改寫的句子裏，同時屬於「臉孔」，在語意上也未免帶有扭曲；因正如前面所說的，這三個五官辭彙是以其隱喻的關係而併置，但如果把隱喻的關係去掉而直接强迫他們隸屬一個主體（臉孔），那就帶有扭曲性。當然，筆者無意說扭曲就一定不好，因扭曲也是一種歧異（deviation），而歧異在詩的語言裏也有其地位。但如果一個詩人不知此爲扭曲，而習以爲是地以爲這就是詩的語言，那未免是一種錯誤。同時，如果一個詩人尋求準確的溝通，避免（或非全免）扭曲是應該的，而用對等原理下的意象或其他元素的並置可避免某些扭曲。事實上，在「黃昏」一詩中，上列詩節的意象在其他詩節中出現，作了安排，故諸意象的對等關係及其帶來的隱喻關係，是與其他詩節有著幅射的作用。A1 A2 A3 A4 與B的關係，是一種對照的關係，這對照的關係詩中用了非常出色的「威脅著」三字。如果我們把「黃昏」一詩帶回「鄉愁」這一主題來討論，筆者以爲「黃昏」一詩是鄉愁最出色的寫照，而上引的一詩節會在詩的幅射裏，更形絕色。「遙遠的鄉愁」五輯詩裏，就筆者的觀察，除了最後兩輯寫逝去的女人及「懸崖」一詩寫殉情事件外，其他詩篇根源處都有著鄉愁。

(六)

「遙遠的鄉愁」五輯裏，慣用「××是××」一繫詞句子及「××的××」一名詞詞組，作爲詩句的句型，這樣一來，許多本是動態的事件被靜態化了。舉例說在下面的詩行裏

翻飛的巨大的黑色的旗
死去的魂魄的陰鬱的影
隱藏在碎片背後的透明的生
——骨(一)

第二行用名詞詞組是必然的，它不能被改寫爲帶動詞的句

子。第三行則可改寫爲帶動詞的句子：「透明的生隱藏在碎片背後」。但「隱藏」二字這裏恐非動態的隱藏（如人隱藏在衣櫥裏），而只是位置上的前後問題。故原來的名詞詞組式的句型和改寫後的帶動詞的句型，也許改變並不頂大。然而，首行改寫爲帶動詞的句型「巨大的黑色的旗翻飛」與原來的名詞詞組型差異較大，而帶動詞的句型或比較接近動作本身。但三個詩行都用了「××的××」一名詞詞組，而使整個事境靜態化了。就對等原理而論，我們不妨認爲，文法上的對等使得詩人用了名詞詞組作爲三行的句型，把原可以用其他句型的表達方式排除。（當然，詩人寫作時有沒有這個自覺性是另一問題。）下面是另一例子：

從斬斷的頭顱　噴濺的鮮紅的血
從切開的腹部　噴濺的鮮紅的血
從貫穿的耳朵　噴濺的鮮紅的血
從飛落的手足　噴濺的鮮紅的血

——閉上眼睛就看得見的東西

改寫爲以動詞爲主的句型，將會是：「鮮紅的血從斬斷的頭顱噴濺」（餘下推）。對比之下，原句型所獲得的靜態的詩質實是彌足可貴。

下面的例子是運用繫詞句子。在這例子裏，其把動態加以靜態化的現象更爲强烈，那就是內容上原有的動態與形式上（語法上）的靜態所產生的活力更爲强烈：

持著劍的是
板著陰沈的臉孔的哀傷的男人是
魂魄隨著雲一般輕飄飄地盪在狂風中的男人
是
不斷撲殺著躺在前方的自己的影子而活著的
男人是
包圍於看不見的敵人一般的錯落的
孤岩的神經質的男人是
潤濕於異國的雨的寂寞的男人

——黃昏

（按：第四句在「笠」發表時，把「男人是」另作一行，據陳明台表示，乃由於版面長度不够，故今改正。同時，第五第六行是必不得巳的跨句，因句子太長之故。同時，接著上引詩節的「佇立著的是」（誤植作「佇立著是的」）同時指稱這「潤濕於異國的雨的寂寞的男人」及另一節開頭的「烏鴉」，因與我此處討論無關，故沒有列於引文中。）

一共有四個「——是」，共享著一個受辭：「潤濕於異國的雨的寂寞的男人」。如果不用繫詞句型表達，則詩節大致是：「潤濕於異國的雨的寂寞的男人持著劍，板著陰沈的臉孔，魂魄隨著雲一般輕飄飄地盪在狂風中，不斷撲殺著躺在前方的自己的影子而活著，包圍於看不見的敵人一般的錯落的孤岩的神經質(似的)。」改寫後則完全是動態的敍事，這樣一來在語法層上的對等（四個「——是」句型）就沒有了。其詩質上的喪失是可見的。這四個「——是」句型是靜態的，却藏著非常動態的動作；那就是說，動態的事件被語法强爲靜態化了。

詩輯中有時了用了例裝句而使動作得以某程度的靜態化：

靜靜地躺在散亂的灰燼裡　白色的骨的碎片
靜靜地躺在散亂的灰燼裡　白色的骨的碎片

這介乎兩詞組間的「空位」一方面標記著倒裝，一方面在某程度上負荷著形容詞詞尾「的」字的功能。其靜態約等於而稍弱於前述「××的××」的句型：「靜靜地躺在散亂的灰燼裏的白色的骨的碎片」。但如回復到非倒裝句，則是全然動作性的直陳了：「白色的骨的碎片靜靜地躺在散亂的灰燼裏」。

無容贅言，筆者引證諸例子的目的，是在闡述這形式（語法）上的經營，產生了靜態的詩質，而這靜態的詩質在「鄉愁」五輯裏相當特色，但如此說並非意味著陳明台詩中沒有全動態詩篇（「故事一闋」、「懸崖」即爲其例）。並且，這靜態的詩質，如上面所闡述的，是動作的靜態化，本身是蘊含著躍躍欲動的語意（內容）世界，有時幾乎是橫衝直撞地在其中狂闖。

旅人作品風格淺探

黃敬欽

笠詩雙月刊一〇六期作品合評部份，提出旅人作品與楊傑美作品各三首作爲評論的主題。引發我探討旅人作品的動機，以旅人作品而言，「洗衣板」一詩的確很能代表其詩風，而中部、北部合評的作家們有一部份站在鄉愁的角度立論，以致削足適履，引出許多牽強的影射。扭曲了作品的風貌。因此我們再從這首洗衣板談談旅人的詩風。

想起老家
——廣大油綠的森林
便憎恨眼前狹小的浴室

不過　她來了
以美麗的衣裳飄落
飄落我身
溫暖似林中疏落的陽光
水龍頭開始唱起幸福之歌

有了水花
一朶朶在衣上
在我身
在我記憶中
經常落在老家的雪
就是這樣的顏色和紛飛

我是北國的木頭
居然愛起南方的衣襟
但拙於巧言
只會默默地揉動　揉動
也許這樣勝過千言萬語

李敏勇評此詩：「『洗衣板』本來是寫鄉愁的，但又出現少女洗衣裳的羅曼蒂克情調，後面『老家的雪』和『北國是否寫大陸來臺時代中的遷移悲劇？如果是，這裏的物象就有矛盾。』康原進一步更明確的說：「第一段『廣大—油綠的森林』指的是大陸，『狹小的浴室』爲臺灣，從大陸來臺感覺到空間的狹小。第二段表示來到臺灣後結婚了，把自己比喻爲洗衣板，太太爲衣裳。第四段『揉動』表示生活和夫妻情感的揉和。若純以情詩來看這首詩缺乏感動，若以大陸來臺灣的象徵方式，較有社會性，詩的意義性也較高，……詩第三段的『在我記憶中，經常落在老家的雪』顯然表示他從大陸來的。」從這兩段評論中，可以看出有一個前題必須先肯定的—到底作者的背景資料如何？是來自大陸的北地，抑或南地？不幸旅人生於大甲，是土生土長的臺灣中部人。因此以「大陸來臺」的前題發揮已是踏出錯誤的第一步，斷言「顯然表示他從大陸來的」更屬無稽之談。將北國南方作大陸來臺的聯想，自然是隔了一層，由是再繼續追索其「鄉愁」的情懷，難免落落難合，而有「物象矛盾」的懷疑。以「鄉愁」來解說此詩固然已錯走了路頭，從「羅曼蒂克的情調」去追尋，而將此詩歸入情詩，認爲自己是洗衣板，太太是衣裳的影射，也不是正確的方向。這首詩題目是洗衣板，我們應該回復到原始的主題上，來看「她來了／以美麗的衣裳飄落／飄落我身」一句，「她」在此句中沒有特殊的影射意義，純粹爲句式的變化而設，如果我們將它還原，就是「美麗的衣裳／她輕輕飄落我身」，與其去推敲「她」字，不如把重點放在「飄」字，也許這正是作者將「飄落」二字重複的原因，正是要讓讀者領受飄落的輕盈感。而「經常落在老家的雪／就是這樣的顏色和紛飛。」不也是這種氣氛語言的註脚？探尋此詩如果一直太拘泥「老家」、「北國」、「洗衣板」、「衣裳」的象徵義，的確會有主旨不統一的弊病。我認爲此詩的精神是在「溫暖似林中疏落的陽光／水龍頭開始唱起幸福之歌。」與「默默地揉動—揉動」，所展現的生活滿足感。

此詩以「洗衣板」爲題，完全是一種直接的生活體驗，由日常生活中常見的題材，引發創作的靈感，而藉此主題來描述自己生活的感受。「想起老家—廣大油綠的森林」，「經常落在老家的雪」二句，並沒有特殊的絃外之音。只是單純的映襯作用，用以製造美麗的大自然與苦悶的現實生活的對比。同時運用自然美來譜出一種和諧的、愉悅的氣息，來烘托「溫暖」、「幸福」的生活感觸，以及表現其一貫的輕柔筆調。這種技法可以在他的「書法篇」中得到印證。「書法篇」是作者累積多年習字的經驗談。「翻開玄秘塔／讀椰子樹的挺拔／看風中的斜雨」、「風起時／竹葉片片／閃動無限柔姿／幾個竹節穩住氣息／那是蒼勁的祖國的山頭」用椰子樹與斜雨象徵柳公權字體的，用竹節竹葉來寫出宋徽宗瘦金體的蒼勁。那麼，是否也可以用「想起老家—廣大油綠的森林」與「經常落在老家的雪，就是這樣的顏色和紛飛」來描述自在快活的氣息？這種運用自然的風姿來展現抽象的精神感受，正是旅人詩作常見的一種風格。

蔡榮勇評此詩：「『洗衣板』是直接生活體驗的批判，白萩以技巧來批判時，認爲沒有銜接，但詩若太重視技巧的批判，有時會把美的形象破壞掉，反之則會較有美感。」蔡榮勇從生活體驗去評論，而擺脫了以技巧來批判的路線，是較能了解旅人創作的旨意。讓我們看看旅人早期發表於噴泉詩刊的一篇詩作「星空下」之一：

星空下

一尾魚掙扎於人生的小河
幾點稀疏的星撒下
何時才能吞下最亮的一顆
使鰭片更加閃爍

等河涸　成全殘酷的命運
被陽光鞭打的痛苦
水滴是不會了解的
淺灘上急促張大的嘴巴
是要殘忍說出一切的歸宿？

這首詩情感的運作較為強烈，是一篇痛苦的申訴，旅人「急促張大的嘴巴／是要殘忍說出一切的歸宿」。不惟生活的苦悶感濃重，表現技巧上也比較偏重於詩的張力問題。嚴格地說沒有洗衣板詩的成熟與洗鍊。旅人後來的詩作便開始淨化、淡化，盡量將綳緊的情緒平易化。也許這個路線與作者曾執教小學，潛在的偏向於愛好兒童的素樸有關，所不同的是更能把握抽象的刹那的感觸。而表現的調子是淡淡的哀愁、輕盈的節奏。因此我認為洗衣板一詩最值得品味的是「溫暖似林中疏落的陽光」那種舒柔的感覺。「水龍頭開始唱起幸福之歌」那種愉悅的心情，以及「默默地揉動／揉動」那種沈湎於生活的滿足感。讓我們進一步再探尋一下旅人的生活空間。

想想看一個小小公務員，會有怎樣寬濶的生活空間？「想起老家—廣大油綠的森林／便憎恨眼前狹小的浴室。」狹小浴室是他的生活空間。在這麼狹小的生活空間裏所能容載的也只是輕輕的淡淡的愁。「收票員忙了一陣後／月臺開始檢收殘寂／檢視身上斑斑的傷痕／悵然地量著每一脚印上旅愁的面積。」（月臺）「於是拚命地劃擦／一根又一根的火柴和香煙／終剩兩個一大一小的空盒。」（贈禮）旅人旅愁的面積只有一個脚印大，算不算輕愁？而一大一小的空盒正是旅人的方寸。再看他的蜻蜓詩：「躡著脚走過去，紅色的小尾巴就緊緊地夾在拇指和食指間了／花牆外／落日正逐漸闔上眼／蜻蜓的翅膀急拍出輓歌／暮色豎耳／這一枚小釘也跟著如此微顫著／指間的密度徘徊於增大或減小間／圓頂的風鳴咽。」詩中對一隻小小生靈在捕捉到它時，所滋生的憐憫同情與自責，表現得非常細膩。其實，微顫的生命，不也正是旅人的寫照？「走在忠孝東路上」旅人持著薄薄的薪水袋，焦慮不安的望著兩岸拋下來的大樓，那種驚懼的眼神與微顫著小生命的蜻蜓又有何差異？由此可以看出旅人詩作的特點在空間上是小小生活空間，在事物上是藐小微物，在時間上是刹那的感受，這些生活上的感受他都能以很忠實的態度去表現，以很關切的心情去體觸。

旅人自己的詩觀是：「為了抵抗日漸消逝的歲月，寫詩成為一種心靈的照相工作，用詩作紀錄保存自己精神活動的歷程。在現實裏，痛痛快快地活著，痛痛快快地工作；在非現實裏，痛痛快快地寫詩，痛痛快快地思考和幻想。惟有寫詩，我才感到我是個人，使我的哀愁逐漸化為同情心和愛心，植入大千世界。」從他的詩觀可以看出旅人寫詩就是在紀錄自己的精神活動，而他的創作則朝向化哀愁為同情心和愛心的途徑邁進。如此，則洗衣板中的「憎恨眼前狹小的浴室」轉爲「溫暖似林中疏落的陽光」與「水龍頭開始唱起幸福之歌」的脈絡便非常分明。爲了驗證旅人詩觀與創作的配合，節錄他的一首「走在忠孝東路上」作爲說明。

新開闢的忠孝東路
從火車站直洩兵工廠
兩岸的大樓
峭立森嚴

走在忠孝東路上
覺得人渺小起來了
每一棟大樓都會刺激神經
令人焦慮不安
……
無形的生存競爭威脅
從兩岸的六樓拋下來
我只是河裏的小葉舟
點綴急駛的四輪船

在這路上
文學突然寂寞了
……
持著薄薄的新水袋
走在忠孝東路上
心緒如麻

但嚮向溫暖的家時
文學便不再寂寞了
詩又從石縫中擠出來

忠孝東路給旅人的感覺是「無形的生存競爭威脅」，是一種生活上的壓迫感。然而在苦悶的現實社會中他另闢一角，一個屬於自己天地的詩的王國，這裏可以痛痛快快地寫詩，這裏文學不再寂寞，這裏不會自覺渺小起來，這裏可以痛痛快快的思考和幻想，這裏可以化哀愁爲同情心、愛心，這裏雖然是窄小的石縫，却有溫暖。旅人便是這樣地滿足於自己的小天地中。也許詩朝這麼自我的方向發展，門庭不夠寬闊，但是在這個小天地裏所闡示的平和、容忍與關愛，却是極普遍的，極大衆化的心境。

戰後世代的軌跡

【對談】李魁賢　趙天儀

【列席】李敏勇　陳明台（整理）

趙天儀：笠戰後世代的詩人，依在笠登場的順序，可以區分爲兩個『勢力』，一股是在初期（十六期前）作品合評剛剛開始時，接受挑戰而出場的林煥彰、喬林、施善繼、林錫嘉等，這些人後來脚蹇出去創辦龍族，脫離了笠的系譜。另一股是鄭炯明、拾虹、李敏勇、陳明台、李勇吉、郭成義、陳鴻森、陳坤崙、曾貴海、趙廼定、莊金國等人，他們不像龍族的詩人們，喜愛從事活動，但走的是比較穩健踏實的路線，他們擁有自己的詩的教養，平均每人都有一本詩集出版。他們可以說是笠的典型的新世代。他們的優點是不會左右搖擺，不受詩壇的流行所迷惑，創作與批評方面都有相當的自信，顯示了自己一貫的風格。基本上，他們能兼顧詩的藝術性的追求，以及關懷現實，從歷史意識到本土命運的現實精神的把握，正符合了李魁賢所提示的，笠的一貫的精神，詩的社會性與藝術性結合的導向。比較龍族的詩人，他們的立場與追求更爲確定而明顯，是值得期待的一群。

李魁賢：比較我們的世代，他們的世代顯得比較幸運，我記得，我們在出發時都經過相當長的摸索的階段，他們却能接受到較多的『營養』，有其先天的較好的環境。同時，依笠的發展的系譜來考察，在精神上都有現實主義的傾向，在表現方法上，各有特色，但均有即物性的傾向，當然，這不只是由於隨著笠的發展而接受影響—是由詩理論而導致—所以，有其社會的背景，時代的背景的影響，天儀兄的看法如何？

趙天儀：現在你提出現實主義與即物性的傾向的『意味』，我還不太清楚，是否請你先做一說明？

李魁賢：我們沒有太多的時間來深入詳細說明。但普通我們所說現實主義乃指表達的東西與社會現實有密切關聯性，不只是致力于表現個人內心，或專注于意象、技巧。至于即物性，就我的理解，在德國文學史上，並不是完成的一種主義或理論。像超現實、浪漫主義一般。僅有對即物性表達時形成一種風氣，而且，時間很短。所以，它的理論基礎並未完成。一般人對其作品的了解，有兩個方向，其一是對物象本身的把握，賦與物象生命之後，反應于人而顯示，其二是走向比較社會化者，掌握社會現象而表達對整個社會的看法。在這一點上，它是繼承表現主義未完全發展的東西。而表現主義與現實主義也有些不同，現實主義比較寫實，表現主義則偏向內心，但不只是技巧而已，着重于走入現實，而以詩人本身的看法來表達，所以表現主義從現實主義脫出的方向是要排除掉回復于浪漫主義或自然主義的方向。因而，新即物主義與表現主義本質上有相同之處，只是手段上有些不同，而且基本上，關心人、現實的地方，也可能與現實主義有所聯結，有其脈絡相承之點。

趙天儀：笠的戰後世代的詩人，一開始就以臺灣生存的環境、社會現實作爲創作的更大的視野。我們具有凝視現實、本土的精神，可以說對過去臺灣詩壇只一味追求內心的傾向有很大的轉變與不同。而事實上，這種創作態度，在桓夫的世代，與我們的世代已有具體的把握，問題是，他們是否進一步發展出什麼新的東西？

基本上，笠在介紹理論時，並沒有特別偏向於某一流派，即使是超現實主義的方法，笠的同人中也有許多人加以運用。在他們的世代，也具有綜合、融會各種流派，方法而從事創作的企圖與努力。如傳敏的詩，有其唯美的色彩，但與現實聯結時，對於如何扣緊自己的位置，與現實的狀況都十分的注意，其他詩人也有各自追求高度的表現技巧，與映照內在精神的方法。簡單的分類，則即物性傾向，鄭烱明比較顯著，拾虹則較屬於新抒情，傳敏則從早期的抒情而轉向形而上的思考，陳明台也有抒情的傾向，在「遙遠的鄉愁」，則有進一步的發展。其他如陳鴻森，陳坤崙均有其各人的風格。交互的運用各種方法來追求詩，可以說是他們一致的自覺。

此外，從未成熟步向成熟的過程中，他們似乎很少受到詩壇的流行的影響，他們在語言上，一開始就十分口語化，沒有走入藍星新古典的「唐詩宋詞」的語言。因爲思考的清晰才能產生語言的清晰，從第一前提來看，他們表現的語言十分「清潔」。還有，他們的詩，除了鄭烱明，一開始就切入現實之外，都具有十分濃厚的抒情性。

李魁賢：我想，上述諸人如說是具有表現主義與即物性的傾向，則如楊傑美、李勇吉、趙廼定等則較具寫實與新浪漫主義的傾向。但比較特殊的還是鄭烱明，他在發展上前期具有即物性的傾向，最近即傾向於新浪漫主義，他可以說是跨在兩者之間。以愛情爲題材的這一世代的詩人的詩可以作一例子，看得出他們個人的風貌。

鄭烱明的情詩，可以說是全心奉獻於「情人」所轉化了的象徵「民族」的縮影，一般說來，他是沒有創作情詩的詩人。傳敏的情詩初期有浪漫色彩，後來發展爲與戰爭題材的結合，則可以見其強烈的精神，拾虹，也以戰爭與愛情這一大題目，寫了不少情詩。明台的情詩，在初期多屬幻想的東西，去了日本，則在情詩中投注了全生命，寫得十分好。郭成義給未婚妻的情詩顯示了男人對女人的忠誠，陳鴻森則有一陣子顯示青春的愛情的憧憬，後來却很少見他的情詩。楊傑美情詩不少，而他的對象總是年青，富有現實感，是以脚踏實地的男性對仰慕的女性表示的愛情。趙廼定的情詩則令人感到天眞愉快，李勇吉却十分苦澀，情詩成爲生活中不可或缺的東西，莊金國的情詩比較少見，平常他的詩比較情緒性，但情詩却反而顯得概念性。黃樹根也具有對妻子的情詩，曾貴海在詩的纖維中的情詩則偏重於思維性。我以爲，基本上，詩，不管其精神、方法如何追求，離不開有「情」，情的處理方法—到老年詩人也會有愛情—可以說是顯示詩人的精神與方法，如鄭烱明雖寫情，却能轉移而象徵化，即使對物，如即物性的技巧，也須看出東西的生命，即以「情」而出發，詩人的情的寫法，可以看出他與物的交流，也是十分有趣的一點。

陳明台：那麼，我們的世代寫情與你們的世代比較，表現上有沒有不同？

李魁賢：個人的情本身是有不同的，也會有普遍性，本質上有共通性，縱使表現方式，生活時代背景不同，應該在「情」的本質上不產生影響。

趙天儀：愛情的遭遇各人不同，表達方式也會不同，如渡也的情的表達方式總聯結於舊情人，也十分有趣。沙穗，在結婚前後，都是寫給同一的對象，可見其純一之情。而且，愛情的詩往往有階段性，個人仍會發生變化。確實，從年靑一代處理情詩的方法，可以見其特色。

如果以民族，或國家，大的對象來創作情詩，則要看看詩人有沒有眞摯的對於「對象」的感情，才會自然而具眞摯性，目前，詩壇有很多年靑詩人却令人感到，缺乏眞情，而不免有作假的嫌疑。

李魁賢：笠發展過程中也有許多戰後世代女詩人曾經活躍過，如林湘、羅杏、林鷺、衡榕、曾妙容，最近有利玉芳等。她們如何呢？如曾妙容表現很簡潔清晰。羅杏也寫了不少赤裸裸的情詩。衡榕比較生活性，去金門時的體驗作可以呈示。林鷺則表達意象稍亂了一些。利玉芳也相當簡潔，而有其直率的表現方式。

李敏勇：我們在寫情詩，基本上都持有客觀性的寫法，我與烱明有點不同的是，烱明往往以感情來表現背後象徵的東西，而我則以戰爭反過來寫情。

李魁賢：譬如說，寫批判性，社會性的東西，加入點「情」是不是可以更柔和、更久長，較之直接的吶喊更有不同。

趙天儀：寫詩，還是需要顯示出「情」，有很多詩不會令人感動，沒味道，就是欠缺「情」所致。李魁賢在一篇文章中，曾提到「有所爲」「無所爲」的問題，這也涉及情的表現，無情則往往會成爲概念的羅列，成爲宣傳品、口號。

李魁賢：有情與無情，還涉及寫詩的人寫的主體與客體有沒有溶解，而純粹站在批判性的作品則呈示對立，往往沒有溝通，進入課題時，情還是很大的因素。

趙天儀：話說回來，戰後這一世代他們究竟有什麼共同的特色呢？

李魁賢：我想，不管笠同人或非笠同人，他們這一代大多數詩人普遍都有一種自覺：即不只要花樣、技巧，而努力於站在土地上，努力追求詩，這一追求詩的『原點』上，可以說有相同一致之處。而世代的追求能否產生一致的傾向，正如俗語所謂「合久必分，分久必合」。倒是臺灣現代詩壇有沒有走出，令人感到屬於本身獨特的詩的趨向，這一點值得探討，上次，我翻譯義大利詩人作品時，頗能強烈感到，他們的特質的東西，臺灣的詩的特色，有沒有抓住臺灣的特色的詩出現，是一個值得回顧的問題。譬如，拿到大陸去，會令他們覺得格格不入，才能顯出强烈的特色。

趙天儀：是的，所以，有一陣子，有人指出臺灣的詩，跟英美現代詩很類似，令人感到可笑，即顯示了現代詩，只是西方影響下的產物而已，從此，我們可以提出一問題，即臺灣已至少有三代的詩人，有沒有發展出顯著的特色的作品來？惟有此種傾向的顯示，才能令人感到臺灣現代詩眞正有新的東西，有所前進。

還有一個問題，最近報紙有許多詩獎，但笠的戰後世代詩人很少去參加，想請教，陳明台、李敏勇，有沒有什麼特殊理由，並且順便，可以請你們對自己的世代的期待，及詩的追求的感想，作一說明？

陳明台：我想，我自己很少想去參加詩獎，覺得詩獎並不能完全認定詩人追求的成就，是最大的理由吧！還有，詩獎往往受到「規定」的限制，也使我產生不出參加角逐的心情。也許參加了也沒有自信會得獎吧！（笑），詩人的追求應該是一貫的，沒有迎合時尚的必要。基本上，我想詩是爲了自己而寫，詩是自己的精神史的追求一般的東西，一個階段有其不同的風貌，但終必顯示追求的精神與軌跡，而自己的精神史又必須發展爲時代的精神史一般，具有令人共感的東西，才有意義。

而對於自己的世代的期待，簡單地說就是希望大家認眞的追求詩，不要粗製濫造，粗略的去寫詩。如此而已。

李魁賢：戰後的世代，表現、追求詩，有各種不同的方式，有人從技巧著手，再回頭把握本質；有人從本質追求著手，再發展技巧，事實上，應該先能把握詩的精神比較好。

李敏勇：我覺得去參加詩獎，並沒有太大的關係，不參加也沒有關係，我自己則不會想去參加，得獎與創作是兩回事，當然，報紙辦詩獎有它的動機，也多少有加於詩的推廣。但，我覺得得獎的作品，與自己所想寫的作品還是有相當的差距。

李魁賢：反過來說，既然參加詩獎可藉大衆媒介推廣詩有其效果，也不妨照自己想寫的去寫，而去參與。這並沒有什麼反面的作用。有時，可以自己的詩去說服，增進與讀者的溝通。

趙天儀：我提出這個問題，主要是，有許多年輕的詩人，總以得獎作爲「揚名」的晉身階，如此，往往造成不良的風氣，笠的戰後世代的詩人在這一點上，顯示了眞摯的追求的心情，不迎合時尚，而能够穩健踏實的去寫作，還是値得一提。

李敏勇：這一點，笠有堅持的原則，要參加笠，應有這一點覺悟：外面的詩社也許是求才若渴，而笠是人才濟濟，笠的門戶雖然是開放，但對笠的批判性，包括自我的批判，及立場的堅持，沒有了解的話，大概會格格不入。

至於對於世代的期望，我認爲，整個來講，我們有一個特殊的時空背景，首先應讓人强烈地感到全體的戰後的詩的特色東西，能不能拿出這樣的作品來，十分重要。

在凝視現實與方法上，也應有所自覺，多加鍛鍊，因爲我們已有更好的追求環境。如我自己而言，「從有鐵柵的窗」一首，比較令我感到是自己所想追求的詩。

巫永福作品

屠殺

不瞑目的双眼一直把死死的視線
虛無地向天空茫茫貫注着
微微放開而稍為歪歪的嘴唇
抛出其無限的怨恨與悲憤
好像對着雲天默默傾訴
天啊！爲何我會這樣變成死屍

黎巴嫩黑暗的天雲好像在落淚
看到那麼多乎無寸鐵的屍體
那些疊疊僵硬彎曲的落難者
在電視的畫面上清楚地看得見
無言地證明了猶太人的殘酷
啊！那可憐無辜的巴勒斯坦難民

猶太人曾受過德國納粹的無比苦毒
曾把其慘無人道的災難向世界控訴
而今却大忘其前難韋着強大武力
與納粹一樣加暴無力無依的難民營
集體屠殺其老少婦幼還要狡辯
更表露了其獸心好鬪的眞面目

比金沒有資格再談納粹的迫害了
還要比美納粹得意地大談以色列的安全
可是屠殺會使以色列更安全嗎？
雖能逞一時之快然納粹却自食其果地消失了
遵古訓應該學會善鄰共存共榮之道
不然憎恨的種子發芽時安全更會遙遠

等待

容貌醜惡可怕的蜘蛛體積雖小
却能默默獨力於山谷樹幹之中
有如偉大的藝術家辛苦地經營
吐絲結成幾十百倍不成比例的大網

巧妙無色的絲網有如奇特傑作
於綠葉斜光中隨風微動着
小蜘蛛即蹲伏於網中思索着
而不動聲色地等待食餌的來臨

天衣無縫的絲網猶如陷阱
懸掛於半空中不易被察覺
不久一隻美麗的小蝴蝶飛來了
一不小心被吸引在網中艱苦掙扎

在無言無情的一陣掙脫中
蜘蛛眼明手快緊急地進襲
使小蝴蝶動彈不得而終解體
是蜘蛛的聰明還是小蝴蝶的愚鈍

詹氷作品

老妻

1.

老妻　妳不必傷心
妳說現在比不上那漂亮的小姐
我說妳比那小姐還漂亮
要比就拿小姐時代的妳來比吧
這樣才是公平的比賽
我再說妳比那小姐十倍漂亮！

2.

在厨房
老妻在刷洗整排的假牙
曾經洗過靑菜水果的手
曾經洗過奶瓶尿布的手
現在在刷洗冷硬的假牙
我不敢看
我不敢想像沒牙齒的老妻
我悄悄地走開——

3.

老妻——
　想當年
　看現在
　有時我受委屈似的
　流淚……

峩崙廟

今天是神明生
陪伴着老妻來峩崙廟燒香
老妻祈求一家平安子孫幸福
我只求老妻好好愛我——

我在童年摸過的龍柱龍珠
我在童年騎過的兩座石獅
我在童年睡過的水泥拱門
我在童年玩過陀螺彈珠的廟庭
我在童年看過刻有爸爸名子的石牌
到現在都不改變——

仍然香火旺盛的峩崙廟是
一座古老的民俗博物館
陳列着神像、雕刻、彩畫、石像……
還有好好保存着我天眞的童年——

旅台詩輯

北原政吉作
陳千武譯

市場一隅

燒魚的眼　乾魚的眼
魚的眼睛都睜開着
害怕被抓去吃掉

露出牙齒的異族的影子
映在水糟裏環遊的魚的眼
在敵前防衛擄掠的眼
想到昔日的自由
仍有爲夥伴巡夜的習性

勤勉纖弱的魚缺乏經濟觀念
計算不出魚的算盤才難予閉目
飼料場都被海峽那邊來的傢伙搗壞了

由于憤怒和悲哀　魚的眼
時常蒼白地亮着

死了魚的眼也亮着
死者的控告　在這裏完全無力

魚市場的晝午
我獨自　來訪販賣地
被砍斷下來的魚頭到處滾落着

在甚麼地方變鬼？咬哪一個人好呢
窺探周圍的眼蒼白地亮着
被虐待的　默默怨恨的眼

魚若無安祥閉目的日子
世界沒有眞正的和平
人類必須想辦法讓魚安祥地閉目

蟹

走到頭汴坑吊橋
忽然看到橋下
很多小蟹匍匐出來
一隻隻集中在淺水邊岩上
頻頻搖着鋏子表示抗議

看到這情況有點難過
好像以爲我是買賣土地的掮客
才做那樣的示威
不知螃蟹們住在這麼窮的溪底已有多年？
必定在這裏誕生生長
愛這裏的鄉土活下來的吧
可是受到不知從何流來的人類
而荒廢　把髒亂的垃圾丟進來
到了忍無可忍的地步
螃蟹、溪水也是生物
該會生氣啊
然而，我不是土地掮客
是同情你們的旅人
請諒解我！我說着過了橋
心安地看看周圍的崗上
咦！爲了新建宅第
一片山膚被剝削地
正像被熱水蒸過的螃蟹甲殼般
赤紅紅……

有求必應

他沿着舊石牆
吐一口嘔吐物
就走行人道那邊幽暗的路去

說一聲再見　又
回頭過來看看
他默默咬着牙齒
向寫着有求必應的
橫紅幕布的土地公祈求
但因患寄生蟲病而衰弱的身體無能爲力
被拒絕了

他要去哪兒？
沒有指引圖　也沒有歸去的地方
如果他能生還　就成爲探險家了吧

說他去的地方　在國內
或說在遙遠的異國
都是一探就令人害怕地顫抖不停的地方
世界的人類　應該關心那個地方
驅除寄生蟲啊
土地公　應該實踐有求必應的諾言

非馬作品

中國之春

在異國的土地上
我們團團圍着
向一顆猶未解凍的種子呵氣
我們熱切的心中
早已冉冉升起
我們日夜企盼的
中國之春

依稀可以聽到
龜裂的土地
在滂沱的春雨裡
嘖嘖吮吸
像一張張飢餓的嬰兒的嘴
被奔湧的乳汁
哽得喘不過氣來

而柔和的風
吹着所有的傷口
靈驗
如母親的呼氣

而路上佝僂的身影
猛然一個個挺直腰幹
抬頭看天
天
竟是這般蔚藍
這般開潤
但過早的歡呼
將淹沒種子出土的消息
急躁的拔苗
將成爲摧花的辣手

時時刻刻
我們必須小心提防
暗中窺伺的
疑懼的霜
貪婪的喙
嫉妒的爪
以及那投機的剪
等着剪下萬紫千紅
去裝點花瓶的門面

更重要的
我們不能讓
我們自己膽怯的陰影
遮去生長的陽光

父　親

嚼檳榔的父親終於嚼到孤寂
在鄉下未點燈的屋內
兒女們遙遠的臉在都市
霓虹燈眩目的閃爍裡

嚼口香糖的父親終於嚼到了孤寂
在都市霓虹燈眩目的閃爍裡
兒女們遙遠的臉在美國
那人人嚮往的黃金地

嚼幸運餅的父親終於嚼到了孤寂
在唐人街公園晒了一天太陽的長凳上
就着昏黃的路燈他顫聲朗讀籤語
福壽双全　子孫滿堂

鳥籠與森林

為了使森林沉默
他們把聲音最響亮的鳥
關進鳥籠
從小到老到病到死
也不管它什麼鳥權

鳥們鼓噪
他們便把鳥籠
越造越大
直到有一天
鳥籠成了森林
但絕不沉默
只歌聲
變成啼聲

戰爭的數字

双方都宣稱
殲敵無數
双方都聲明
我方無損失

誰也搞不清
這戰爭的數字
只有那些不再開口的
心裡有數

花・烟火

微弱的星光下
一群植根於泥土的花
仰着天眞的臉
看
花枝招展的烟火
現身說法
渲染大都市的
酒綠燈紅

絢爛後的黑暗裡
花們看不見
烟消火滅後的悽寂

祝山觀日出

周伯陽

海拔二千四百零七公尺
站在阿里山觀日樓上
等待太空的貴客來臨

迎面吹來黑夜的冷風
前面的山峯佇立在眼前
著急地給遊客任意撫摸頭髮

不久　前面的山頂
突然欠了一個大洞
大洞像燃燒的火山口
不斷地從裏面噴出紅紅的火燄

霎那間，紅又圓的頭露出來
哎呀！終於日出了
像隻火球——

而火光竟在洞口
搖幌　跳起舞來
逐漸地把天空染紅了

對我　妳是危險的存在

杜國清

對我　妳是危險的存在
那火石的眼睛
一觸　擊出火光
引燃　我全身的血管
使我頻頻震撼

對我　妳是危險的存在
那眼睛　像彗星
殞落在一片荒山
燃起　枯林的烈情

對我　妳是危險的存在
那火燄的眼睛啊
一再眨出火星　濺落
在我心中　嚴禁煙火的
感情地帶

對我　妳是危險的存在
我只能在安全距離之外
隔着一條無水的河
痛憶青春　爆破的廢墟
獨自沉思　人生與滅火器

色盲

林宗源

醫生的目睭色盲
用「愛」醫治世界的病症
醫生的心色盲

黑人
白人
黃種人
倒在手術臺的人
剖開腹內流出同款的色素
痛也是同款的痛
同款的心
同款的肝
同款的胃
活在無同類的土地
講無同款的話
死也是同款的死
白骨，黃種的人
白骨，白種的人
白骨，黑種的人

恅畢，政客的目睭無色盲
用戰爭手術世界的癌症
恅畢，政治家的心色盲

追憶之歌

林　外

機槍掃射

格拉曼從我家的屋頂上
俯衝而過
達達達
子彈飛過屋脊
火車穿了洞
吃吃吃的停下來
乘客像被搔動的螞蟻
四處亂爬

格拉曼從我頭上
低掠而過
滿園花生都駭然傾倒
達達達
機槍的火光
賽過太陽
荷鋤回到村莊
我也參加圍觀
醫官為一個撿柴的女孩治療
子彈犂過臀部的槍傷

戰爭的教育

懷着沉重的心情
試圖戰爭的教育
老師小時候
一星期才能靠配給
買到幾兩肉
煮菜都沒油
青年學生訝然說：
　為什麼不用沙拉油呢？
收到的是責怪愚蠢的茫然

撫着戰慄的心
試圖戰爭的教育
老師小時候
米都要配給
三餐都要吃蕃薯
小朋友說：
　那好啊
　蕃薯很好吃啊！
得到的是愉快的嚮往

春耕圖

月中泉

種籽一顆顆抖落
它們高興找到了老家
汗珠也慶幸得到了解脫
偉大永恒的大地呀
求妳再版一次吧
妳那膾炙人口作品
已經被搶購一空了

曾被日人蹂躪的泥土
孕育無垠生機的肥沃細胞
秧苗抽出探春嫩芽

犂着一頁汗珠斑斑
鄉土史
種着脈脈含情的春天
見獵心喜的
老牛一馬當先下田了
愛犬看顧嬰孩
陽光展露和藹笑容
麻雀引吭高歌着
幸福在明天

萬年靑

趙天儀

只要紮根在水裏
你就永遠保持草綠的顏色
以一種淸新的芬芳
伴著蓬勃常靑的生命

在盆景裏
你簡樸而單純
吸吮著水的淸澈
守望著空氣的新鮮
帶給我生命永遠年輕靑翠

簡樸就不奢華
單純就不龐雜
守在室內一個靜謐的角落
如智慧的隱者，淸靜無爲

只要紮根在水裏
你就永遠保持草綠的顏色
當光線伸探照耀你的時候
讓你常靑的綠葉昂然地抬頭豎立

竹之歌

牧秋野

不違大地給予生長者的顏色，
願將歲月永遠留在自己的骨骼，
以戮破的傷口爲人世頌歌。
恒着一種愛智愛藝的性格，
爲古東方文化編「簡」串「冊」，
也不忘替民間辛勞勤「畚」，
不論智愚貧富只要立在其下；
便能安然將風霜雨露全遮，
且不說，詩人騷客、藝人勞動者，
奉獻應有盡有
是紙，是筆，是椅，是棹，
更是整個東方精神與物質生活，
最大的獻身者，最後
慷慷慨慨脫光全剝，
潔身躍入人們滾燙的熱鍋，
泰然自若唱出殉道者
的葬禮之歌。

農夫之獵及刑場

許達然

一、農夫之獵

荊棘裏與陽光一起躲
起來　　為着收穫
　　　　　偷甘藷的野猪

二、刑　場

志士倒下後血還流
流不動鐐銬
他的老父衝去要解開
禁區不許動的喊聲裏
向前跑進槍雨
他的幼兒摘兩朵白花
放在血的胸膛
倒在血的鐐銬上

愛荷華詩抄

呂嘉行

眞愛爾蘭人和假愛爾蘭人

眞愛爾蘭人在哭
假愛爾蘭人說一口流利的美國英文
當愛爾蘭節來到時（註一）
啤酒是時飲
酒後
父親去教堂台階前哭泣
一面和人打招呼
紅髮的孩子
離開農場已很久了
這一天
他總是一杯杯的民主黨（註二）
翠綠了
愛爾蘭人
眞愛爾蘭人

假愛爾蘭人
穿一天綠的
父親還在默默的哭泣
但已在教堂的長凳上
當小輔祭點上祭壇前的臘燭
這天
總有一台彌撒

註一：即St. Patrick's Day（三月十七日）
註二：愛城酒吧將大杯啤酒稱民主黨，小杯稱共和黨。

皇帝

一個中學演講的下午
我們談到元帥的事
活着的元帥只剩兩個
致人偶像感的還有很多

音樂界也有一個皇帝
那是用琴鍵擊出的
他把這個機會留下來
讓很多人做一次皇帝

宮燈　宮殿　宮廷舞
鞠躬如儀的大臣們
我們向皇帝乾杯

秋日詞

——送給陳映真兄

秋日好
魚塘池水淨
乾草堆裡蟲蟻少
風從耳邊過
居然是錦標的調子

登高望遠
都是老成的顏色
陳君
午後您總是棵神氣樹
　夕照葉益紅
晚間便是明燦星
無雲星更多

秋天的孩子

他們都是秋天的孩子
生在落葉的月份
收成的季節
秋天的孩子叫大大
秋天的孩子叫喬喬

我們絕不是獵戶
也不會是農家
如空中禽
十三宮的孩子當習文習數

麥豐拜
松多地
榆凋道
夕泳的孩子
我們是去國十載的父母

風吹起了直落雪
秋天的孩子已四歲
讓我們再擺起文房四寶
像孟母課子般
臨帖識子

詩人的備忘錄

(27)

錦連譯

當古代人獲得意識之自發性的表示能力時，藝術始具有可被稱爲藝術的條件。

我們由經驗知道，寫詩那種意識狀態，乃是某種緊張高昂的放出狀態之連續。換一句話說，這意味着不斷地以叫喊的狀態充滿意識，並把語言以那種狀態邊襯托邊予以表出。同時，這可以說是一種即使我們沒有語言而僅持有有節奏的聲音也得表出的意識的自發叫喊，並且，也可以說是詩在發生之時所具有的原始形態的藝術。因此我們不妨說，詩一直藉着拋棄除此以外的形式給散文來醇化自己的。

當然散文也或大或小能體驗到意識的緊張或放出感。因此嚴格說來，詩和散文常常只不過是程度的問題而已。自己以爲是詩而寫的東西，別人却認爲是散文或不知所云的獨白是常有的現象。應該誰都有經驗，當我們對詩和散文，一旦下了這樣那裏，如此這般的定義之時，境界就模糊起來，而只會浮顯出無意義的語言的形骸。但是儘管如此，我們仍在有意識地反覆嘗試着讓詩擔負了文學本來的原型之時點上，想把詩加以定義。

詩藉語言寫出。而語言則經常都是因我們的意識的自發性地發出而具有實用性，不然則雖然是因有指示某種事物的必要而發出，但却帶有自我表現的意義。可是在寫詩的狀態中，連「海」，「河」或「情人」這種指示性最大的字眼，也可以說是以意識的自我表出之狀態發出的。那着了迷的狀態，似乎孕育着詩發生之時的原始的精神狀態。並且或許可以說，也孕育着遙遠未來的語言的前途。李德（Herbert Read）所說的「在作詩過程中，語言會按照詩人的强烈精神狀態，以幾乎相同程度具有明確力量的，獨立而客觀性的『東西』湧上意識的」。這點必定是他想說詩的語言會以意識的自發性的表出而呈露的意思。

但是寫詩時，語言會在意識的自我表出之頂上帶有指示性的。譬如說，「海」這字眼，由意識的自發性的表出力像焰火般被發射出去，而在那頂上始象徵性地指示那水湛湛的「海」。在被打上了頂上之前的「海」這字眼，只不過是和原始的叫喊相同的一團什麼而已。

當我們順當地寫好了詩時，我們會感到與在散文上很巧妙地指示出某種事實之時所感到的無法比較的充實感或空虛感。而我們的詩在別人閱讀時，縱然詩的意味、主題或意念完全不能溝通，我們却仍然會抱着一種希望，認爲至少這放出去的感受應該能够傳遞。像巫婆相信神仙附到自己身上來一般，在詩上我們會相信自己附在語言。放出感或充實感便是它的代償，這一點與巫婆相同。總之，這時的充實感或放出感祇能持續短暫的時間。要重新體驗，甚至自己的作品也得反覆地重讀再讀。

評介葉維廉論文集『飲之太和』

杜國清

『飲之太和』是葉維廉先生的第二本文學論文集，共含有十二篇論文，可以概分爲兩類。一是關於中國傳統道家美學與詩觀的闡明、或論述、或與英美現代詩滙通、或中西觀點的比較應用。另一類是有關新文學的評介、或回顧、或自剖。前者包括「中國詩的視境」、「中國古典詩與英美現代詩」、「中國文學批評方法略論」、「嚴羽與宋人詩論」、「中國古典和英美詩中山水美感意識的演變」、「飲之太和」、「無言獨化—道家美學論要」、「東西文學中模子的應用」等重要論文。後者包括「陳若曦的旅程」、「經驗的染織—序馬博良詩集『美洲三十絃』」、「現代歷史意識的持續」，以及一篇附錄「我和三、四十年代的血緣關係」。

前者八篇論文是葉維廉所認同的中國傳統詩論的闡發和應用。中國傳統詩論，淵遠流長、繁複多樣。史丹福大學劉若愚教授曾在『中國詩學』中，將中國傳統的詩觀分成四派：「道學主義」、「個人主義」、「技巧主義」、和「妙悟主義」。後來又在『中國文學理論』一書中，分爲六類：「形上理論」、「決定理論」、「表現理論」、「技巧理論」、「審美理論」和「實用理論」。在這些不同派別不同理論的中國傳統詩觀中，葉維廉對「妙悟主義」和「形上理論」最爲傾心，而以之代表「中國詩」、「中國古典詩」一般。

作者在這八篇論文中，一再反複闡述這種以道家美學爲基礎的詩的特質：「不着一字、盡得風流」、「不涉理路」、「無迹可求」、「以物觀物」、「無言獨化」、「目擊道存」、「即物即眞」、「離合引生」、「空納空成」，以及「心齋」、「坐忘」、「神遇」、「喪我」等道家觀點，而同時一再反對西方「分析」、「演繹」、「歸納」、「始、敍、證、辯、結」、「因果律」、「陳述—證明」、「抽象概念」、「知性」、「修辭法則」、「邏輯結構」等等。

作者將中西詩觀或美感經驗以二分法互相對立，以顯示「中國詩的特色」：

△超脫分析性、演繹性→事物直接、具體的演出。

△超脫時間性→空間的玩味，繪畫性、雕塑性。

△不作單線（因果式）的追尋→多線發展，全面網取。

△作者溶入事物（忘我）→不隔→讀者參與創造。

△以物觀物→物象本樣呈現→物象本身自足性→物物共存性→齊物性……（第十六頁、七十六頁）。

中西詩觀是否如此極端對立？中國詩是否都具有這種特色？道家美學是否是所有中國詩的美學基礎？

中國古典詩中固然有不少像「鷄聲茅店月，人跡板橋霜」這種「意象性」（imagistic）、「非語法結構」（asyntactical）的詩句，但同時也有很多，也許更多「陳述性」（propositional），含有語法結構的（syntactical）句子，像「思君令人老，歲月忽已晚」、「昔我往矣，楊柳依依」等等。在西方詩論中，也有主張「忘我」的，如濟慈（John Keats 1795-1821）的「自否能力」（negative capability）或艾略特（T. S. Eliot, 1888-1965）的「不具個性理論」（impersonal theory），也有主張「作者溶入事物」的，如赫芝立（William Hazlitt, 1778-1830）的「共鳴的想像力」（sympathetic imagination）等等。

由於站在以中國道家美學爲基礎的妙悟主義詩學觀點來討論中國古典詩與英美現代詩的滙通，作者顯示出中國本位的詩觀。由於主張道家的「歸樸返眞」、「回歸太和」、「無爲」「天籟」、「原性」、「物各自然」、「萬物萬化」，作者顯示出「原始主義」（Primitivism）的價値觀，進而，在討論中國詩的特質、語言表現、美感意識時，所舉的例證盡是古典詩中文言語法結構的詩句，作者顯然具有擬古主義的（archaism）的傾向。

中國古典詩的這些特質和優點，白話詩能否加以繼承且發揚光大？實際上能否移植到現代英美詩中？不論是中國或英美現代詩人，在了解中國古典詩的這些特質和優點之後，能否突破語言表現與思考習慣的不同，將之化爲營養加以吸收，以擴大美感經驗的領域，創造出更廣涵、更堅實、更完美的作品？如果不能突破或加以吸收，而只一味模倣效顰，結果將只會產生一些在語言表現上是半文言，在詩情上是矯虛造作，在境界上是假古典的劣品。現代詩人，已不可能生活在古典詩的世界中。現代詩人對中國古典詩的認識和容受，要能進能出，否則在創作上會受影響而變成開倒車（anachronism）。

總之，這本書的主要論文在闡述中國古典詩中某些以道家美學爲基礎的特質，以及中西詩學在語言美學上的不同觀點。作者爲了强調這種古典詩的特質，在立論和論證上不無以偏概全之嫌，但是誰也不能否認，這些理論和作品的確是具有相當中國味道或特質的。中國詩學對世界文學理論的貢獻也必然表現在這一方面。作者的論文，大多曾以英文發表過。在英美文學批評界，葉維廉和劉若愚教授，可以說是當代將中國特有的文學理論，引進英美文學批評界的兩大功臣。在國內，我想中文系和外文系的學生，以及新詩的作者和讀者，都應該把這本書細心研讀。不論是對詩學理論的了解或新詩的創作，這是一本很有啓發性的好書。

試論詩的語言

黃恒秋

A.

語言做爲詩創作的素材，如果只是單純的一種表現工具，那該是容易掌握，同時人人可爲的；糟糕的是語言具有形音義的變化，每每充滿思想情感的醞釀予以宣洩，面對如此繁複的人性樣相，除非擁有善於捕捉語言做詩表現的熱心，否則只好啞口盲視，或另覓刺激有趣的玩樂了；語言既然活生生的圍繞在人們四周，可見必富於實用性與社會性，我國語言種類極多，其中以漢文最爲適用，歷代文學傳統也以漢文爲主流，做爲詩表現的媒介，「六書」乃我國文字設定形成的原則，「象形」「指事」「會意」「諧聲」是來源，「轉注」「假借」則是擴大應用範圍的方式，試看它們與形音義的相互關係。

㈠象形——形像的模仿——形
㈡指事——概念的表意——義
㈢會意——表意的會合——義
㈣諧聲——聲調的轉換——音
㈤轉注——同義字的使用——義
㈥假借——同音字的借用——音

最常見的一項誤解，就是將語言與文字混爲一談，這種論法顯然蒙蔽了語言衆多的功能，事實上文字只是語言的一部份，「六書」雖然是針對文字產生與應用的法則，並不能完全說明人類最初向「語」「言」兩方面做探求的努力，透過進一步的分析，構成語言的三大要素，可以得到下列簡要的結果：

(1)義（第一階段）——人類最原始的思考方式乃事物的意義在腦部所引起的反應，賦予意義性認知的作爲，一般我們稱爲「思想」或「意志」的，乃語意指示與感情託付的首要機能。（註一）

(2)音（第二階段）——腦部有了意義性的反應後，爲了向外傳達或溝通，連帶牽動嘴舌與聲帶的振動，表示出某種特殊的音調，一般我們稱爲「口音」或「語音」的，因爲音調有抑揚頓挫的變化，音樂性的聽覺機能便產生。

(3)形（第三階段）——爲了把語意與語音達到通信或

留存起來的可靠性，人們首先以結繩或手勢來描繪，漸漸的便形成供給記載書寫的符號，一般我們都稱爲「文字」或「號誌」的；初創時期的字形必有其特定的典故與筆劃，但歷經變遷與外來語的影響，同時又爲符合手部書寫的方便，促使字形美化，簡化容易辨認，字數也逐漸增多，語言的外在型式與圖象機能於是具備。

B.

白話運動的推行對詩體而言，最重要的行動是「韻文即詩觀」的打破，把文言的時代推進到大衆化文學的「我手寫我口」時代，對古體詩作者來說：運用文言套入固定的型式與韻律，必需承繼既定的格律限制來發揮屬於自我的才情，假使堅持白話是「我手寫我口」，相對的文言是「我手寫我心」，這種說法顯然是很籠統的，在詩人創作過程裏「心裏想的」「嘴巴說的」實在很難加以詳細區別：

㈠心裏想的——一種即興式的激動，想像力的飛躍。
一種欲賦予古老語言以新生命的智慧的突現。

㈡嘴巴說的——一種思想情感觸及所反射的音符。
一種日常生活中慣用語彙的新奇輸送。

不能否認的，無論心裏想的或嘴巴說的，都需經過「手裏寫的」表現手法，才能被認定是詩的作爲，但是「心裏想的」「嘴巴說的」都很容易受到干擾，因而改換了原來的面貌，舉例來說：內心想的隨時都受到環境與遭遇因素的支配，也可能因爲教育所得傳授的思考方式所限制，而嘴巴說的每每從不同地方的口音把相同的意義表達出不同的腔調，以及相異甚多的旋律，等到欲轉化到「手裏寫的」這一過程——通常我們解釋做「詩化」的過程，必然會面臨許多困難去設法克服。

其中最大的難題便是對語言機能因時因地所做的不同的詮釋。

C.

現代詩人因爲接受傳統文學留傳下來的經驗累積，對語言認識的深度與廣度，往往遭受爲數衆多的歷代傑作佳篇的影射，雖然一致認爲「詩永遠是個人情感與經驗的意象化和秩序化，而且是一種價值的創造，但必需透過暗示，才能顯示由個人擴大爲衆人的價值」（註二），可是詩「語言」的產生，有形無形的出現三種各有偏重的主張：

㈠自然衍生論：主張一首詩的完成就是該詩「語言」的完成，詩人有充分自由創作的權利，不必拘泥於修辭學或各種語法的限制，同時認爲「方言」乃是母語，「民謠風」式的吟唱就是可感的音樂性，爲了一首詩的創新求變必需「殺死全世界的詩人」「殺死昨日的我」，否則思想語言落入一種模式時，必會僵化而成爲「死語」。

㈡技巧經驗論：主張一首詩的寫作必有相當的匠心設計，生活語言之入詩需經過技巧的錘鍊琢磨，强調多義與暗示，並且拋棄「文意性」的排列，來創造一種有別於日常散文性語言的特殊層次。

㈢現代文言：主張消化文言的長處與白話並用。

首先將自然衍生論的主張做討論，可以發現將語言的認知採行比較直接鮮活的手法，詩人們在足可自由創作的天地裏，純粹以現代人生的現實面去實踐「修辭立其誠」的藝術導向，因此，便擁有幾種別開生面的特色：

(1)拿方言入詩的可行性——省籍詩人多數以閩南語爲母語，所以拿閩南語（或者說用任何方言）寫詩，最能符合認同「活的」「有生命的」的語言入詩的理想，事實上閩南話（方言）很多是沒有文字可表達的，勉强以音義相近的文字代替，雖說「往往最有創意的詩語，來自粗俗的語言」，唯欲達成話、文一致的境地，顯然仍有一段距離。

(2)强烈的批判性——喜歡做語意的對比與反諷，其最明顯的特徵就是批判性的强調，對現實人生卑微面或頹廢現象加以直接的諷刺，在文字的魔障裏留連或無病呻吟式的歌詠是極端唾棄的，特別說明的是，因爲批判性在詩裏展現屬於「知性的」——不如散文敍述容易討好讀者，同時又一反傳統詩的感情豐沛的流動，不得不有趨向「淺近明白」「平舖直敍」的通病。

(3)本土文學的維護——珍惜鄉土精神的呈現，在語言的層次上反對過度洋化及教條式的模仿。

(4)詩想的訝異與教養性——詩是語言的藝術，在詩裏探求意義性所能提供的慰安與啓示，無疑是擴大詩文學功能重要的一環，以往詩人們爲追求詩想的獨特與語言的新關連，孤絕感與悲劇精神總是濃烈的充溢著；任何一種文化活動，其終極目標無非是承先啓後，爲明日民族的生機紮根，現代的生活語言可能不同於下一代，當被視以歷史的眼光時，種種詩創作與理論，必定會演變成一種或多種可供教育訓練的模式，顧忌詩語僵化而忽略在傳統語言經驗裏擷取豐富的營養，便可能導致語言機能的狹隘症。

至於技巧經驗論的主張，牽涉到很多方法學上各種追求語言本質的技巧，語言的層次與內含有著不可分割的關連，在他們眼裏，所謂能夠成爲理想詩的條件，可能必需具備幾項特色：

(1)在修辭上——爲求有出人意表的語言美學的效果，用字造句講究凝縮、詩格、脫跳，普徧以間接婉轉的手法來做比喻、象徵，排除文意性的連接，認爲語言只是表現意象的器具，而詩人能否征服語言則意味著他的詩是否獲得成功。

(2)在內含上——企圖眞正建立「以小我暗示大我，以有限暗示無限」的價値觀，反應現代人在戰亂、死亡、荒謬的陰影下，那種對殘酷命運揭示的傷痕能告白。

(3)在型式上——積極從事型式創造的實驗，深信一個傑出的詩人必擁有其獨特的藝術原創性，而詩文學之所以被視爲藝術型式，即在指語言不斷的錘鍊與創新。

經過若干年的摸索，語言的應用漸趨熟練，一些在古典文學裏沈浸較久的詩人學者，在精神上能接應溫柔敦厚的風雅，在主題上能應用故有文化的資料，在語言上能吸收文言簡潔之美來推陳出新（註三），遂使語言的表現逐漸偏向「寫的語言」的態勢，這就是「現代文言」的架構，似乎看起來比較像有詩的味道，讀者也易於領會。

D.

仔細研判以上三種詩「語言」的觀念，我們可以發現大部份詩人對語言的認識，仍然停留在「以辭取勝」的基本論調，而一般讀者也喜歡躲入辭藻的華麗裏尋求趣味；這種局限於語言修飾技巧的迷戀，曾經給現代詩壇帶來大量晦澀難懂的歪風，照常理判斷：「修辭」的用意並沒有過錯，但若一成不變的套用——或者說揀現成的法則來構築詩，這就像「擊缽聯吟」一樣無聊乏味，可喜的是目前留心到語言本質所隱藏著的機能，不以修辭之美為滿足的詩人已經愈來愈多，但我們也必需提醒一些曾經被人詬病的作品，指出它們在語言方面可能致命的毛病：

路過時
只看到一部倒著的腳踏車
一部停著的大卡車
還有一群人
沒看到你
再經過時
人走了，車也不見了
只見到一灘血
流了一公尺長的痕跡
也不知道你怎麼樣子
雨後
血跡消失了
你，也就被人遺忘了

（林外・車禍・笠詩刊一〇六期）

簡單明瞭的斷句分行，語言的呈現缺乏試驗與奇巧，這首詩強調了「敏於觀察，滯於想像」的意義機能，失之於音樂機能與型式機能襯托的不足。（註四）

防風林　的
外邊　還有
防風林　的
外邊　還有
防風林　的
外邊　還有
然而海　以及波的羅列
然而海　以及波的羅列

（林亨泰・風景）

這首詩之所以受人非議，乃因型式與音樂機能的創造遮盡了意義機能的彰明。請看下面另一首例詩：

用竹林裏
越刮越緊的風聲
導引
一雙不眠的眼
向黑夜的巷尾
按摩過去
（非馬・夜笛・詩集「在風城」）

很高的意義機能密度與張力，反而貶低了音樂與型式機能的功用。

眼光移過
在
那喘著氣的
被熱情燒燥的
荒漠的
胸
脯
上
我逃避
我的丈夫
又舉起多毛的手
向我的腰摟來
（白萩・仙人掌）

兼顧意義、音樂、型式三大機能的創新，而且不墮入只有佳句沒有佳篇的遺憾，應當是所有詩人與讀者全心期待的。

總之，以語言的機能來討論詩，詩文學的領域從此更加寬潤，劉若愚在「中國詩學」一書中曾指出：「沒有使用文字的表達能力，一個人可能具有深刻的思想和高貴的感情而仍然不能成爲詩人，在另一方面，沒有偉大的思想或深刻的感情，一個人仍可能受到對文字之純粹喜愛的激發而寫出好詩」，所謂對文字之純粹喜愛的激發，應該是指語言機能發現的奇蹟之一，藉著整理滿腦子語言與詩之間微妙狀態的同時，更可以瞭解得到，由於詩是著眼於不同的境界與語言的探索，一一褒貶其中的優點缺點十分不易，號稱「詩的民族」我們，如何保有傳統語言的特質開拓新的詩運，也許現在正是時候。

註一：語言「義」的沿革，屬訓詁學的研究範圍，本條側重心理與生理的分析。
註二：引用洛夫詩集「時間之傷」自序。
註三：見梁實秋給「聯副三十年文學大系」詩部份寫的讀後感。
註四：「敏於觀察，滯於想像」乃洛夫在「現代文學大系」詩序文中對笠詩社同仁的一項評語。

談「讀者文摘」介紹的海寶童詩

杜榮琛

民國六十七年十二月，筆者被甄選派去參加第六期板橋教師兒童文學班，在趙友培、朱介凡、林良……等諸位教授的授課下，對兒童文學有了更深入的瞭解；尤其榮幸的是，筆者選在童詩組裡，受到趙天儀教授與藍祥雲校長的熱忱指導，對兒童詩埋入了更濃厚興趣的種子。

返回海寶國小執教後，在校長、主任的全力支持，以及幾位年輕教師的共同努力下，近年內已出版了『含羞草』和『海寶的秘密』兩冊童詩集；個人也出了『稻草人』詩集，以及受教育廳聘寫『兒童詩的寫作與指導』一書。

小朋友的詩集問世後，想不到引起全國文藝界很大的廻響；首先在中央日報刊載詩人林煥彰的專文介紹，接著中華日報在藝文短笛中簡介，新生報記者在七十年四月二日大篇幅報導，兒童節那天，中國時報副刊第八版，沈謙博士以「許諾孩子以玫瑰園」專文評介。後來在聯合報、自由日報、民族晚報也紛紛有報導；臺灣日報主編陳篤弘先生特地率領記者劉克襄、張典婉、吳清福等四、五位，乘兩輛輛車來做一天的專訪，並在該報六月廿一日、廿二日大篇幅的專題報導。

行政院新聞局在五月上旬，也請專任資深採訪楊小萍小姐和專任攝影曉夢先生，兩位到海寶國小訪問了兩天；在六月號光華雜誌有「童言童語寫童詩」一文，鮮明詳細地彩色六大頁報導。後來復興廣播電臺、中廣電臺、華視新聞雜誌節目等相繼推出，更引起各界的關注，鼓舞與索書的信箋如雪片不斷飛來；尤其讓海寶全校師生感到無限感激和驕傲的，是七十一年元月號「讀者文摘」特別介紹海寶國小的概況，以及從海寶的秘密一書中摘錄十二首童詩，給讀者欣賞。

以下十二首作品，就是刊登在讀者文摘中「苗栗的小詩人」一文，所介紹的童詩：

(一)夢

夢像一條小魚，
在水裏游來游去，
想捉他，
他已經跑了。

夢像一滴雨，

從天上下來，
想去捧他，
他已經着地了。
夢像一陣風，
從遠方吹過來，
想捉他，
他已經離開了。

張金美　六年級

(二)酒

年輕時的媽媽，
像一瓶酒；
爸爸嚐了一口，
就醉了。

何麗美　六年級

(三)蝸牛

蝸牛是個奇特的新聞記者，
頭上帶着兩根無線電；
不知道他要採訪什麼消息？

何麗美　六年級

(四)螢火蟲

小小螢火蟲，
喜歡在晚上出來玩，
可是常常會迷路，
媽媽就在他們的尾巴裝了小燈泡，
從此，小小螢火蟲每天晚上出來玩，
就不再迷路了。

張綉春　四年級

(五)夏蟬

聽呀！
他又在朗讀了；
知了！知了！
哎呀！
不管白天或晚上，
天天唸著：
知了！知了！
是不是要參加朗讀比賽呢？
他這麼認眞，
相信一定會得冠軍。

崔德鳳　六年級

(六)秧苗

秧苗在田裏，
像一排一排的小軍人！
會向左看齊、向右看齊；
風來時，
他們還會彎腰敬禮。

黎金德　六年級

(七)愛說笑話的小河

愛說笑話的小河，
最喜歡說話給柳樹聽，
因爲他喜歡看，
柳樹笑彎腰的時候。

洪素眞　六年級

(八)肥皂泡

用手輕輕的搖了一兩下，

就變成了白雲；
把衣服放下去，
好像白雲圍繞着山一樣。

張綉春　四年級

(九)那該有多好啊

假如天上所有的星星，
像雨一樣落下來，
那該有多好啊！
世界上所有的小朋友，
都會跑出來撿，
然後串成項鍊，
排在媽媽的頸子上，
那該有多好啊！

吳金樹　六年級

(十)海浪

一座座的山
會走路
會搖動
一座座的山
站不久
會倒塌
一座座的山
不小心的倒塌了
跌成白白的碎片

張信義　四年級

(十一)皺紋

老人的臉上；
有一條一條的皺紋；
大海的臉上，
也有一波一波的皺紋。
媽媽，
大海是不是也老了呢？

陳錦　五年級

(十二)柳丁

小柳丁，
在樹上睡得甜甜的，
我想叫醒他，
我請小鳥叫醒他，
他沒有醒來，
我又請太陽叫醒他，
他還是沒醒來，
最後我請風伯伯來叫醒他，
他醒了—
掉到我的裙子上了。

陳麗玉　五年級

這十二首作品裡，被報章雜誌最津津樂道的，就是何麗美的「酒」，由於它簡潔可愛，善用比喻，讓成人欣賞之後，不禁發出內心的微笑。「蝸牛」一詩，也是很多記者喜歡介紹的作品，它的奇特、新鮮的想像，是突破舊有對蝸牛固定寫法，的一種創意和巧喻。

這些作品裡，張信義的「海浪」曾得過第一屆布穀鳥童詩奬，洪素眞的「愛說笑話的小河」曾得過風箏童詩奬，吳金樹的「那該有多好啊」曾得過月光光童詩奬；其他的作品，也大多被選入『兒童詩選讀』一書中（爾雅出版，林煥彰詩人編選）。

路

——詩集「鯨魚的祭典」後記

曾貴海

一個從來沒有到過高雄的鄉下野孩子，初中畢業後，考上高雄中學，離開了溫床般的田野，也結束了甜美的童年生活，然而這段生活經驗，却使我永遠成爲一個鄉下人，不論我住在那裡，走到那個城市或國家。

從高一開始，一有空便看些國內作家的小說或翻譯小說，朋友中有位許姓同學，偶而在野風上發表詩作，使我非常欽慕。高二時，我在校刋上寫了一首詩，那時的驚喜，就像突然發現自己有了耻毛一樣。但高二分組時，我却選擇了甲組，考進醫學院。醫學院醫預科的課程，一點都引不起我的興趣，我時常蹓課，作些自己喜歡做的事，在這段期間，曾經花了許多時間，看些現代主義的作品，欣賞國內詩人所謂的名詩，並發表了一些習作，這些習作，受了當時偏差的文學思潮的誤導，只不過是空洞而可憐的東西罷了。反而某些國內優秀小說，給了我文學的養分。這段經驗，像是一陣不該來的痲疹，使我熱病一場，幸好我很快就自行有了免疫抗體。大三時，我把那些東西統統丟棄，晚上經常一個人跑到愛河旁邊或高雄六合路的夜市閒逛思考，經過三個月的時間，我才想通，創作是一種孤獨的個人行爲，應該有自己的風格和方法，而眞正的文學乃是人間的文學。

一九六七年前，曾在「笠」上發表了幾首奇奇怪怪的詩，一九六七年後，在笠上寫了幾首「詩的纖維」系列，對自己的想法才更爲自信。同年，認識了烱明兄，後來與傅敏兄也見過一面，但是詩緣還是未結，學業、男女之情、運動和電影佔據了我。現在回想起來，非常後悔。對於一個開始創作的青年，主動地去認識一些可敬的詩壇前輩和眞誠的創作伙伴，是使詩產生奇異的化學變化的觸媒。

一九七二年我服完兵役後，在北部接受了三年多嚴格而忙碌的醫生專業訓練，一九七五年底回高雄。一九七九年時與烱明兄經常見面，並在偶然的機會認識了莊金國兄，受了他倆的催化作用，開始重新提筆寫詩，其間中斷了十年之久，在最近兩年內，我比較努力的去想去寫。一九八一年五月的日本之行，與明台兄談詩論詩三天三夜，使我受益良多，也給予我相當大的鼓勵。

做爲一個醫生，經常會面對生老病死的現象，我常在受到這些現象衝擊過後的平靜時刻裡，想到這個世界上其他人爲性的死亡。人類幾千年來的生活經驗，並沒有學得更多和平共處的智慧，戰爭的陰影仍籠罩著世人。不論是局部性的戰爭或全面性的戰爭，傳統性的戰爭或核子戰，這個地球以及受難的人類心靈，恐怕再也承受不了這類暴力的摧殘，因此我的幾首詩也觸及了這個問題。

而最重要的是，創作過程中的長期思考，使我對這塊土地，以及這塊土地上的生命體，孕育了更深一層的感情，它就像一條隱隱約約的路，召喚著我向前行。

IN OUR TIME

陳鴻森

沼澤

那些被刼奪了土地
的孑遺者
寄居在我的夢裡
長久以來
一直噤閉着口
而他們那一直被改造的歷史
使他們沒有完整的記憶
這些失語症患者
只是日日怔忡地望着
我夢的四界之外的
那陰鬱的現實
彷彿在等待着什麼的
我一再努力地想喚醒
他們湮失的記憶
要他們回想
受傷害以前的過去
但最後，仍然是
一張張木然的臉
反而，他們那空洞的眼光
却直直地穿過我的心
這些深秋下的蘆葦叢

只是——

無意志的生長
和蔓延着
我不禁感到有些絕望之情
可是，有一天
我看到一群雀鳥
從蘆葦叢中急急飛出
隨後走出了一個荷槍的獵人
恣縱的臉
微露着憾意
而那些蘆葦斜傾凌亂的形象
一如當年

他們那被擊殺而倉皇潰散的
示威的隊伍
我從沒想到
我的夢中也有搜查者闖入
可是，即使蘆葦立足的
是這樣貧瘠的沼澤地
即使是長期隱忍不語
逃避捕殺的
那些驚飛的群鳥
不正是他們暗中呵護的自由
的信念嗎

蒲公英

風聲一起
我們便開始飄飛
帶着我們那
憂患
的種子
向四野八方
尋求庇蔭
只要有土地
便可落脚
然後委屈的活下
生長、繁殖
繼續傳播
我們那沒有國籍的
茫然
我們是
沒有方向的蒲公英
在漫然的飄飛裡
致力於
天下爲公的
黃皮膚
的猶太人

高雄

——七之四首

曾貴海

公園

不願離棄城市的母親
孤獨地守在一隅
讓迷失的孩子
需要愛時，靜靜地
走進她的懷抱

找遍這個喧鬧的城市
污塵和廢氣飛揚的路旁
我看到一些
憂傷而木然的棄婦

高雄人

像一顆顆塡滿了火藥的
炸彈
擁擠在侷促的空間
稍一觸碰
便莫明其妙地轟動起來

心臟旁邊的口袋
總是少插了一朶花

表弟的房子

來高雄闖了十幾年
表弟把一甲多的祖田賣了
終於擁有一間房子
他說種什麼稻子的
種那些雜草幹什麼

有天去看他
對講機中傳來舊唱片似的聲音
我推開公寓的電門上樓
按了鐵柵門外的電鈴
表弟從電眼中瞄了一下
拉開門內的插鎖
一甲地就縮成這四十幾坪的空間哪
歐洲風味的裝潢．
音響吸塵器健身房和閉路電視
牆上掛了幾幅鄉土畫家的作品

捉迷藏

在公園的草地上捉迷藏的孩子們
你們想躲到那裡去呢
南洋杉
矮灌木叢
或是假山後面
你們眞的能躲得掉嗎
在這個城市封閉的公寓
地下室
或任何角落
汚染的空氣這麼問
噪音這麼問
陰濕的文化這麼問
竊盜和暴力也這麼問

郭成義作品

G君的眼淚

世界的最後
還有一個聲音
是趕著來向他道別的
誰的脚步吧

G君的一生
在最後的這瞬間
突然充滿著心願

對不知道是誰
而又很想看見的
那個人

G君甘願地
把猶未失盡的體溫
在眼裡蒸發掉

爲了也想跟他道別吧
G君擠出了一生
最大的抒情
立即被拭去

行李

被遺忘在
慢行的長途列車上
一口載重的
行李

我獨自思索著
裡面所存放的物品
而感到那些
一再被盥洗的羞恥
不斷地疊增著
竟至喪失了
尋回它的勇氣

靜靜的
什麼地方
一口打著名字的行李
猶自幽冥地
旅行著呢

苦怨溪

李勤岸

從前
我們叫你許願溪
我們向你許願
向雨後歡騰的你
許很多心願

你的溪岸
是長形的牧場
我們在你岸上放牛
牛隻走沒多遠
就鼓出兩邊圓圓的
多麼好看的肚皮

你的沙洲
是富饒的沙田
我們在上面種蘆筍
蘆筍一枝枝從沙裏
探出頭來
探出多麼甜蜜的笑意

你的溪水清澈見底

我們常來游泳
追逐、嬉戲
在你左岸浣衣
在你右岸釣魚

現在
我們叫你苦怨溪
你的苦怨
我們的苦怨
到底能流向那裏？

自從上游工廠林立
廢水統統排給你
下游腹地的稻米
一畦畦萎去
你變成一條死溪
日夜哀怨、啜泣

讓我們再叫你許願溪吧
只許一個心願
讓你活下去
永遠活下去

一領三十

趙廼定

拖一包袱向人群向魚腥肉臭味
一個斑髮老婦來不及掩鼻攤開包袱
向市場吆喝

「一領三十，外銷退貨，一領三十——。」
一個斑髮老婦來不及抹去
鼻尖汗珠
攤開一包袱
向市場吆喝

人群佇立眼珠集注
手脚如蚯蚓耕着泥
犂過一壠還一壠
在包袱裡

一個斑髮老婦
笑顏逐開
向市場吆喝
她笑顏逐開——
有女兒註冊費有待哺幼子牛奶錢
「一領三十，外銷喲，一領三十——。」
人群一波來一波去

「一領三十啦，外——。」
一個斑髮老婦把一半的
吆喝
活生生吞進肚裡
包袱一拖向人群
向魚腥肉臭味裡

把一群顧客拋怔在原地
更沒怨言的把警察拋在另一個
方位

落日　德有

此刻
像他那般
墮落下海的
不僅僅
一個而已

明朝，回頭來
爬上山頭
重放光明的
卻僅僅
一個罷了

母親的課本

蔡榮勇

出版社所出版的書
母親的眼睛裡
一個字也跑不進去
然而母親却擁有一本
自己製作的課本，內容
是煮飯、洗衣服、無盡的
關懷

學生讀書
是用兩顆眼睛
母親，却是用
粗糙的双手
學生紛紛戴著二片小玻璃
母親畫著細細小小的蚯蚓

考試結束
學生就把課本扔在牆角
母親天天讀，也天天考試
考試結果，讓我們
擁有星星的歡樂
擁有羚羊的雀躍

擁有月亮的圓滿
擁有梅花的清香
課本年邁了
字字句句
鉛印在我心
其中的味道，才開始
在心懷裏咀嚼

信
渡也

我躺在夜晚的床上寫信
純白的信上沒有一個字
沒有一絲聲音
妳躺在我的世界底下讀信
一張只有汗水和火的信

原地踏步走

莊金國

在原地踏步
這是僅有的空間
比陀螺旋轉着的
更狹小的圈子
比飛蛾
強烈的意志
一步比一步堅定
一步比一步深沉

在原地踏步
這是我們的土地
我們僅有的空間
不願留下來的人
請快快上路
請安心離去
沒有人會阻止你
一個過客的心境

在原地踏步
在這裡踏出血跡
在那裡留下記印

留給我們的子孫
手牽着手呵
心連著心呵
一代比一代打拼
一代比一代認命

含羞草

吳重慶

因驚訝於
突如其來的
一個觸擊，
而合起那
伸向空泛的身子
無依而沈重地
吻向沙地，

當他觸地的一刹那
猶惶恐於身後
那一片深遠與無際；
而抖顫。

歲月的軌跡

杜榮琛

(一)

歲月已不再是它自己
抑是不再像
昨日的另一個我？
歲月呵
原是呈現多種銳變的
蟬
時在心中脫殼

(二)

翻掌
掌心焚著一把火
火裡的乾坤
藏在伊軋過的軌跡

(三)

與伊婚後
為抗拒外界的冰寒
經常不自禁地依偎在一塊兒
取暖

卅四歲的男人底獨吟

風信子

沒有失業的自由
甚至也沒有
再擇業的自由
祇有死守住一份
不愛做也得做下去的工作
為了生活

為了生活
為着某子
為着一家人要活下去的責任
祇有苦苦地撐下去

看着眠床上躺着在睏的
那個才滿一歲的查某囝仔
安詳純眞的模樣
還有操勞一日打着呼的妻
內心是一陣又一陣的感動
唉！難道人生就是這樣嗎？
尪某和子女互相欠債

㈣
愛女珮詩降臨我們之間
火更狂烈了
然而
我更要疲憊於添加薪材
偶有澗別
却不忍抽身而出

㈤
連理已近兩三載
歲月搓綹了我年少的夢
執筆作詩
詩中的滋味已爬入了絲絲
苦澀
還自吟不悔哦！

㈥
早想向你嘮叨的
都飲入生命的骨髓裡
歲月呵
我且緘默不再多說
將剩餘的
交予昨日的空白
深鎖

所以今世來做堆
因此我爲着伊母子
吃再多的苦
又算甚麼呢？

沒甚麼可怨嘆的
人生就是這樣吧？
有苦頭才有好尾
苦盡總會甘來。

卅歲以後人生的路
要如何走下去？
在更深人靜的午夜
時常我擧頭沉思
俯首默想

——七一、十、五

瀑布

吳俊賢

揚起一條驚喜的白手絹
在半山腰遠遠呼喚熟悉身影
我剛舖就的小徑寫滿你的名

種起一路期待的白玫瑰
在半山腰苦苦張望飄忽身影
我剛清掃的小徑刻滿你的誓

徒然訴說了千年心意

掛起一束長恨白髮
在半山腰默默告別煩惱身影
我久未修護的小徑已潛游林海
不再守候你的隱約脚步
愛的鄉音

不能說

蔡忠修

有許多話不能跟你說
甚至包括我的
自言自語的告白
始終不敢接觸
衆目睽睽的銳光
何苦再以人情包圍？
美麗的謊言
只是一朶已逝的曇花
只能說明我也有過
如此華麗的燦爛
你要我說些什麼？
請拉開窗簾
縱然我只是一隻噤啱
不能再說什麼的寒蟬
那捲空白的錄音帶
就是我的一生
那張言不猶已的悔過書
就是我的血淚

都市的垃圾車

邱一新

市區的垃圾車
音樂虛掩
躲躲藏藏的
臭氣
一車車開來我們的
鄉鎭

我們的抗議
在猛烈的焚化後
靜靜地
濃煙直冒……
問天。

老花眼的祖父說：
爲什麼
我們的天色
現在暗得特別快？

打字機

顧介邦

26個字母
與所有的數字、符號
宿命地被關在一起
在一陣反射動作後
各自相遇
留下一點
什麼
又匆匆離開
抽走了生命的紙後
一切
又恢復平靜

新人作品評析

●本欄特別歡迎新人投稿。註明「作品評析」

●給分標準優2分、可1分、劣○分。

評者＼作品	鞋	盆景的話	項鍊	叔灰	連體嬰兒
詹冰	0	1	0	0	2
林亨泰	2	1	1	2	2
桓夫	1	2	1	1	2
李魁賢	2	2	1	1	2
陳明台	2	1	0	0	1
鄭烱明	0	1	1	0	1
積分	7	8	4	4	10

鞋

賴益成

就爲了一句
祖先永恒的承諾
我們便得世世代代
勒緊挨餓的肚皮
繃緊哀淒的面容

繼續走這一程
一程一程又一程
未完的遙遠的雲
遙遠的樹
遙遠的路

有什麼好埋怨
雲還不是這般的繼續
四處漂泊，爲尋得一顆無著的心
樹還不是這搬的繼續

在上成長，爲結成一株豐碩的果
而我們的路呀！
總也得繼續向前延伸
　　向前邁進

不是嗎

再怎麼說
我們總得走出這程歷史的路
　　走完這程文明的路

※評　語

林亨泰：「鞋」繼續走未完的路，本來算不得什麼，只是出自對於「民族原罪」的反省，這才具備了一點詩意。

桓　夫：缺乏具象的意義性發展。

李魁賢：把生活現實與詩性現實加以疊影，而賦有民族的、歷史的意義，充分把握了詩的象徵性。只是「祖先永恒的承諾」是一句模糊的話。

陳明台：清楚、完整、內容充實的詩。把表現爲詩對象的「物」象徵化，已達到相當的成功，特別是在思考上，聯結了「歷史」的意識，增加了詩的意味。

鄭烱明：有點說理的味道，詩想的發展雖然完整，但失敗在無新的發現。

盆景的話

張　平

小時候
就離鄉背井
來到這有土無地的
異域
仰不見天，俯不及地
總是被人修剪
且扭曲成
他們所喜歡的
一種樣子

沒有深植的根
飲水之後
即暗自落淚……
故鄉啊，我芬芳的泥土
你在那裡？你在那裡？

※評　語

桓　夫：比喻的類似性令人想像到現實某一種人悲哀的境遇，十分切實。但最後二行結語，竟寫成凡俗的嘆息，缺乏心象的擴張，意義性轉弱。

李魁賢：意象相當準確而集中，事物新關聯的建立也自然而明朗，在詩性現實的發展中，絲毫沒有使生活現實逸出正軌，因此，詩的包含性愈顯廣大。

陳明台：簡潔、擬人化的詩法，使詩的象徵意味有所擴大。聯結于泥土的思考，有現實感，表達人活著的苦悶令人共感。假如能再加上些許新鮮的發想更佳！

鄭炯明：詩的焦點集中，利用擬人的手法，表達了對泥土（根源）的尋覓。

項鍊

鴻鴻

臺灣玉
不同於那些海底撈起來
或是義大利進口的
項鍊

掛到美麗的少女頸上
緊貼著甜郁的柔肌
陶醉無比的
項鍊

別灑香水啊
為了不失去青春的芬芳
而努力把頭埋得更深的
項鍊

一天，那是誰呀！
給另一顆紐扣從背後壓得窒息
車子擠斷了仍被夾著掉不下去的
項鍊

※評語

桓夫：無具象的意義性內容。

鄭炯明：前三節不錯，有新的思考與抒情，可惜第四節沒有把詩境提昇到較高的位置，而且語句有點拗口，否則當有更好的成績。

刼灰

——台北生活

吳明興

震撼自廻旋中升起
宛若貝多芬
引爍於精純的黑色中
所炸出熠熠逼人的
眼神
在這灰白汜濫的年代
你這憂鬱恰似
凝聚所有不安的苦悶
而在焦慮中因悲愴的逼迫

所激射出來的色澤
在衆絃齊崩的驚惶中
我緊縮的神經系
遂剎那斷裂而攤在台北城
最疲憊的靈魂
而虛弱彷如一九八二
令人扼腕疾目的東方
最古老的文明
所燃燒後被掠奪的劫灰

※評　語

林亨泰：運用律動的音符一一表達了充滿危機感的一九八二年。

桓　夫：現代精神表現的連結性不夠顯明。

鄭烱明：從整首詩看，知道作者欲有所表現，但心象模糊。

連體嬰兒

黃智浩

左邊的人
冷靜能理性的分析
通權達變，要
進入名利的都市
右邊的人
忙亂，無法控制感情
堅持頑固，想
退回詩裏的山林
終於，我以
矛盾，衝突的心情
狼狽，進退兩難的脚
走在人生道上

※評　語

詹　冰：用「連體嬰兒」來表示人的二重性格，再表出人生道上的「人」的姿態，適當而有趣。

林亨泰：對於矛盾和狼狽，利用蠢動社會的「連體嬰兒」予以形象化。

桓　夫：表現心靈連體的人生出發，令人思考俗世的一些感觸。

李魁賢：從連體嬰的發想，轉成一個人的兩面性，在理性與感性之間的衝突，而成爲行爲上的兩難，表達上簡潔明快。

陳明台：對比的形式，結論的必然性，稍稍顯得平凡的發想。立基于「人」的思考，符合詩題，明瞭而可以感受。

鄭烱明：第一、二節的語言不新鮮，不過整體看，給人一點感觸。

奥登速寫四幀

奥地利畫家 Anton Schumich 作

奧登詩選（一）

許達然譯

「讀書就是翻譯，因為沒有兩個人的經驗一樣。」
——奧登（W. H. Auden, 1907-1973）(W. H. Auden, The Dyer's Hand「New York: Vintage Book, 1968」, P. 3)

一、感謝

青春以前我感到
碇泊處和樹林神聖：
人們較凡俗。

因此我開始寫詩時，
我就坐在哈代、湯姆斯，①
及佛羅斯特的脚上

一戀愛就改變了
那時至少某人還重要：
葉慈幫助過，葛雷夫也是。②

然後毫無警告，
整個經濟垮了：
布希特在那裏教導我。③

最後聳髮的事情
希特勒及史大林做的
强迫我思考上帝。

為何我肯定他們錯？
難接近的祁克果、威廉斯與路易斯④⑤
指導我回到信仰。

而今我成熟
住在豐盛的風景，
自然再誘惑我，

我須要什麼導師？
賀瑞斯，最機巧的製造者⑥
在提霧里曬太陽⑦
與哥德，奉獻給石頭，
曾猜測——但永不能證明

牛頓把科學引入歧途。

我欣喜地想起你們所有人
無你們我甚至不能
寫下我最差的詩句。

一九七三年五月

譯者註

①湯姆斯(Edward Thomas),英詩人。奧登曾獻詩給他。
②葛雷夫(Robert Graves, 1895-),英詩人、小說家、古典文學家、與評論家。
③布希特(Bertolt Brecht, 1989-1956),德詩人、劇作家。
④威廉斯(Charles Williams)英詩人,牛津大學出版社編輯。
⑤路易斯(Wyndham Lewis, 1884-1957)英小說家、散文家、與畫家。
⑥賀瑞斯(Horace, 65-8 B.C.),古羅馬詩人。
⑦提霧里(Tivoli),羅馬東邊一山城,以各式各樣的大小人造噴泉著名。

二、向野獸說

對於我們
自當初出世,
就陷入混亂,
很少確知
我們幹啥,
而通常我們不幹,
多高興知道
即使我們看不見或聽不到你們
但知道你們混着日子,

雖然你們很少
發現我們值得看,
除非我們很靠近,

對於你們,所有氣味都神聖
但我們的味道及那些
我們製造的除外。

多敏捷與能幹
你們執行大自然的政策,
却從不
被誘做壞事
只偶爾倒霉
被足跡所害。

生而有好風度,
你們不搖勢利的肘
不使媚眼,
不向下看鼻孔

也不碰
其他生物的事。

你們的居處
舒適而僻私
不是繁飾的廟

當然你們得殺生
以維持自己的生命，
但從不為掌聲而殺。

甚至與你們最貪婪的比較，
我們打獵的紳士
多不像你們。

免稅，
你們永不覺得必要
識字，

但你們的口傳文化
給我們的詩人靈感寫
優美的詩句

雖然不覺有神，
你們的聖餐
比我們的神聖。

本能一般據說是
控制你：我寧可叫它
常識。

假如你們不能產生
像莫扎特的那種天才，
你們也不能

以聰明的蠢蛋像黑格爾
或伶俐的小子像霍布斯①
折磨世界。

我們也曾成熟，
像我們？
似乎不可能吧！

的確，一個和煦的白天，
你們可能變成
煙霧，而不是化石。

顯然現在，
我們終會同你們一樣
（屍體很快就會相像）。

然而你們毫無表示
知道你們也已被判刑。
那可能是為什麼

我們傲慢者常
嫉妬你們的無知，
而從不羨慕？

一九七三年六月

譯者註

① 霍布斯（Thomas Hobbes, 1588-1679），英政治社會哲學家。

三、短篇（摘譯）

巴斯卡應由於他那無限的空間感到撫慰而非恐懼①，上帝造物寬廣，星球相撞是很少的。

地球的災禍並不致命，
火並沒被黑暗熄滅，
人不能以瓶裝微風，
摩擦損害不了水。

鳥的談天
說的很少
但意指很多。

蝴蝶，啊，
忽視我們，但蚊蚋却不，
可惜。

臭蟲何時
第一次發現
我們比蝙蝠好吃？

哺乳動物中
只有人
不能表達感情的耳朵。

很多生物發出好聽的噪音，
但似乎沒有
被音樂所感動的。

注定要活
我們應學習如何
互相容忍。

成爲眞兄弟時，
人不是唱得一致
而是唱得和諧。

不管個人信念是什麼，
所有的詩人，
都是多神論者。

政策應符和自由、法律、與憐憫，
但通常政策服從自私、虛榮、與懦怯。

一九七二—七三年

譯者註

①巴斯卡（Blaise Pascal, 1623-1662），法哲學家與數學家。

四、最後的詩

他仍愛生命
但〇〇〇〇他多希望
好上帝帶走他。

譯者註

這是奧登一九七三年九月二十八日夜在維也納死前那夏天在奧地利 Kirchstetten 寫的最後一首詩。詩仿俳句。據最新的奧登傳記（Humphery Carpenter, W. H. Auden: A Biography [Boston: Houghton Mifflin Co., 1982]，p. 450），奧登的摯友 Chester Kallman（也是奧登遺產的承繼人）看了這首詩覺得奧登表達死的願望太不祥，要他刪掉。奧登乾脆就把詩扔掉了。詩第二行四個圈圈代表四個音節，奧登本想只保存兩個音節：死（death）。原詩由 Chester Kallman 背誦給奧登詩集的編者 Edward Mendelson 聽而記下。

譯自奧登最後詩集「謝謝你，霧」（Thank You, Fog [London:Faber and Faber, 1974]），詩的著作年月參考「奧登全集」（Edward Menelson, ed., W. H. Auden Collected Poems [New York: Random House, 1967]）。「謝謝你，霧」詩集收入奧登一九七二年春離開美國後一年半間在英國與奧地利寫的詩。一九七二年奧登回母校牛津大學基督學院當「榮譽學人」。譯者一九七六年在牛津時，和一位教授談奧登。他特別強調奧登最後一年在牛津性情古怪。Carpenter，的「奧登傳」也提及奧登那一年抑鬱，愛發牢騷與辯論，甚至教訓人。

奧登在一九四六年入美國籍，但英國人仍把他當做英國詩人。一九七四年十月二日，西敏寺「詩人角落」的地板上放上紀念奧登的大理石，石上刻他一九三九年「悼葉慈」詩的最後兩行：

在他日子的監牢內
赦→救自由人怎樣讚美。

波蘭地下詩

非馬譯

警告

Ewa Lipska 作

我警告你得提防你自己，
別信任你自己，
說不定什麼時候
你會在你自己的腦後開槍。
或跑在你自己的前面
你可能忘記
而把你自己遺棄。
你做得出的。
別信任你的右手。
它可能簽你的死刑判決書。
別信任你的左手—
它可能變右。
小心你的思想
它們可能突然背叛你
從你燃燒的腦機器迸出。
提防你一向濫用的
沉默—
它可能解開你的舌結。

（作者EWA LIPSKA是個詩人，國家出版社編輯。她同時也替一份什誌畫卡通）

殘物，二手貨，代用品

Stanislaw Baranczak 作

就這樣子總是這樣子，第一流的星星
總是被第二鮮的鱈魚所取代，

地上流動的總是人造的蜂蜜及摻水的
牛奶，而命運之書
將印在第五級的紙張上而且
中間總有地方會缺頁？

就這樣子，總是這樣子，代替
極亮與絕鮮
我們眼前將一直有彎翹的門板
門柄鬆動，不是樂園的大門。
在一張歪斜的桌傍你匆匆塡塞自己
用半價的燉肉，你怎能耳語：

「就這樣子。」總是這樣子。總不敢
叫出：「我要活得像個人」，不敢在星星裡
找毛病，遞給你—你將活得像個人，
換句話說：假裝閉起你的眼，
　　看別的方向。
星星依然照耀，如果你繼續這樣過活。
而你生銹的頭不會掉下來。

就永遠這樣子麼？像這樣，永遠。代替
殘渣，廢物，三等貨的
並不是想望中的世界，神奇而精巧。
況且誰知道世界上有什麼地方比這裡
光明，要是沒有人對隱蔽的缺點
負責。沒有人回答呼叫。

（STANISLAW BARANCZAK 是個詩人，評論家及翻譯家。一九七五年之前他在波蘭的坡森大學教文學理論。一九七五年他的作品被禁同時失去教職。之後他移民美國，在哈佛大學任教。）

哲人們

Adam Zagajewski 作

哲人們別再告訴我們謊話
工作不是樂事人不是最高目的
工作是汗臭冲天當我回到家
我想睡但睡眠只是一條輪帶
把我帶到下一天而太陽是個贋造的
硬幣在清晨撬開我的眼皮黏在
一道像出生之前我的双手是兩個外國工人運
我的眼淚也不屬于我它們參與公共生活
像擴音器用乾唇或像個心
焊在腦袋上
工作不是樂事而是無可救藥的痛苦
像被解剖的良知裡的病症像宅區計畫
人們繞道而行
穿着沉重的皮靴

××

Adam Zagajewski 作

你難道沒看到
你難道不了解
怒氣占據了我們的家
在我們窄小的塞滿了傢具
及釉像的家
女兒同母親住在一起太久
兒子待在家裡太久
你注意到了嗎不能這樣子造歌
歌需要有輕輕跺脚的餘地
需要笑笑鬧鬧當別人唱歌
你注意到了嗎在那些有輭套靠背椅的
會議室裡唱國際歌有多難聽
聲音多單調
而它從前在廣場上有多響亮
在遊行群衆的喉間
當它摧毁資產階級屋牆的時候
但所有的城市將醒來
歌將再度轟傳

（ADAM ZAGAJEWSKI是個詩人，小說家及文評家。一九七五年他在一份抗議書上簽名，之後他的作品被查禁。）

譯後語：寫于七十年代的這四首詩，一直在波蘭地下流傳，到一九八〇年經團結工會的要求，才被公開朗讀。英譯的這四首詩，發表在一九八二年秋季號的阿拉斯加評論季刊上。

拉丁美洲新聲

卡洛琳・浮傑的詩

非　馬　選譯

卡洛琳・浮傑（Carolyn Forch'e）的詩集「國家在我們中間」（THE COUNTRY BETWEEN US）獲一九八一年美國詩人協會的拉曼（LAMONT）詩獎。她被譽爲足以取代聶魯達的拉丁美洲的新聲。在她的詩裡，她把拉丁美洲，特別是薩爾瓦多的政治活動，天衣無縫地揉入他個人的抒情裡，讀來特別令人感到悲痛。

下面譯出的這幾首詩，都選自「國家在我們中間」，該書由HARPER & ROW, PUBLISHERS出版，定價美金五・九五元。

聖・翁努弗烈，加州 San Onofre, California

我們來到了遠南。
遍了這裡，最老的婦人
把賴馬豆剝進黑披肩裡。
波帝斐（註）把他的名字刻
在牆上，細長的尿
絞，小孩在玩捏泥巴。
如果我們繼續前行，我們可能
會停在街上某人失踪的地點
以及跟我來！我們可能聽到
這句話。如果眞的發生了，我們將
双手綑在一道遍
一輩子。這就是爲什麼我們覺得
這就够了，聽聽
風捶打檸檬樹，
狗滴答走遍陽臺，
知道雖然鳥群及暖和的天氣
不斷往北走，
那些消失無踪的人的呼聲
可能要好幾年才會傳到這裡。

一九七七年

譯註：波帝·斐(José Lopez Portillo)為墨西哥前任總統。

訪客 The Visitor

用西班牙話他悄悄地說沒時間了。
那是大鐮刀在小麥裡畫圓弧的聲音，
薩爾瓦多某支田歌的疼痛。
沿着監獄的風，小心翼翼
當法蘭西斯哥的手裡頭，摸
着牆壁當他走動，那是他妻子的氣息
每夜溜進他的牢房當他
幻想他的手是她的。國度很小。
一個人對另一個人什麼事都幹得出。

一九七九年

因爲人總會被遺忘 Becasue One Is Always Forgotten

記念 José Rudolfo Viera

一九三九—一九八一：薩爾瓦多

當裴艾拉被埋葬的時候我們知道一切都完了，
他的棺木搖搖晃晃下到地裡像隻船或搖籃。

我能拿出我的心，他說，把它給一個農人
而他會把它切成一片片然後把它歸還：

你無法在那四個黑地牢裡
那裡他們把人一關便是好幾年。

一個男孩士兵在燙骨的太陽底下用刀子
從一個死人身上剝下臉皮
把它掛在開着
臉花的樹枝上。

心是身體裡最堅硬的部分。
柔軟在手中。

從普拉格來的信，一九六八—七八 Letter From Prague, 1968-78

又是冬天，那些冷
氣團把自己凝成
軀體。我仍在獄中
吃一碗碗的麵團
當早餐；我在庭院的光
浴中醒來，
一個奔跑的狂亂的身影
我也該奔跑，
我也該爬，留下
我手指的月形
沒有人會發現它們。
十年了，甚至現在都
難以相信在
一九六八年我會那麼
愚蠢，舉杯向一個
士兵說 Dubcek
萬歲，Svoboda 萬歲，社會主義
萬歲。才二十八歲
我便已老了，回想我們裝
汽油的瓶子
用我們母親衣裳的布條
塞緊，以及那隨著一串
口水緩緩說出的
蘇維埃。我本可
墜入情網。街上
多的是女人
叫喊着**玫瑰，玫瑰**；我該
給她們錢，把
她們的花瓣帶到房裡來
我也許跌進床裡，
我的眼睛舌般張開直到天亮。
此刻我摸自己，什麼都沒有。

上校

The Colonel

你所聽到的是眞的。我是在他的屋裡。他的妻子端一盤咖啡及糖。他的女兒磨她的指甲，他的兒子夜出。日報、寵狗、一把槍在他身邊的椅墊上。月亮在屋子上方的黑繩上無遮掩地旋轉。電視上放映的是警匪大會戰。講英文的。破瓶子嵌在環屋的牆上好把一個人的腿上的膝頭挖下來或把他的手切成一條條。窗上有柵欄像那些酒店。我們進餐、掛羊、好酒，桌上有支叫女僕的金鈴。女僕送來綠芒果、塩、一種麵包。我被問喜不喜歡這個國家。短暫的西班牙的廣告，他的妻子把所有東西都拿走。然後說些越來越難統治的話。陽臺上的鸚鵡在說哈囉。上校叫牠閉嘴，然後推開桌子站起來。我的朋友用眼睛對我說：別說話。上校回來時帶着一個本來用來裝什貨回家的袋子。他倒出許多人耳在桌上。它們像切半的乾梨。沒有別的說法。他拿起其中一個，在我們面前搖晃，丟進一個水杯裡。它復活了。我厭透了胡鬧他說。至于人權，告訴你們的人他們可以去幹他們自己。他用手臂把耳朵掃落地上，並且舉他最後的一杯酒。祝妳的詩，不要？他說。地板上的一些耳朵接住他聲音的殘渣。地板上的一些耳朵被緊緊壓在地面上。

一九七八年五月

林鍾隆譯

理查德．布羅提岡的詩

日本友人以日文翻譯了三本布羅提岡的詩，並為一集出版，送一冊給我。這位一九三三年出生於華盛頓州馬克市的，寫小說，寫詩的布羅提岡，所寫的不成詩體的詩，讀來十分有趣，因此，讀完之後，禁不住提起筆來，從日文轉譯出七首比較喜歡的小詩，供同好者欣賞。

●挫折

「你好！」
我很愉快的向她招呼
她更愉快的說「再見」
走了

●項鍊漏電

你的項鍊漏電
靑色的光從珠子滴落
意圖把你美麗的乳房
以輕爽的亞非利加的黎明
籠罩起來

●愛的詩

獨自一個人
早晨醒過來
不必跟誰說話
好棒啊
但你愛着其中某一個人
即使
沒有愛的時候

●未亡人的悲哀

還沒有眞正寒冷到
要到附近的鄰居

借柴火的程度

● **宿業修復道具一式**

1. 獲得供食用的充分的食物
然後盡量讓人去吃

2. 發現可供睡眠的安靜的地方
然後睡眠

3. 滅却知，情的雜念
直到自我的靜寂
然後側耳傾聽那靜寂

● **要　求**

像我經常懷念你那樣
你能那樣懷念我嗎？

● **因　爲**

並不是因爲大家愛你的氣質
就可以把身體献給大家

德國詩人 Hermann Hesse

赫塞詩選（一）

蕭翔文譯

赫塞的詩——代序

——我爲什麼要翻譯赫塞的詩——

一九四六年度的諾貝爾文學獎得主赫爾曼•赫塞的小說，在臺灣差不多十年前開始才有人翻譯介紹，但很快地得到讀者的喜愛，尤其年靑一代的讀者。赫塞是位愛孤獨的人，因此祇有自然陪伴他，安慰他孤獨的心靈。他的小說不像別人的小說注重故事的發展，而盡量想純粹地誠實表現一孤獨的人。如此靈魂所感覺的，對自然豐潤的感情愛以及禱告，像霓虹一般美麗，像山水一般淸瑩，所以年靑時代接觸赫塞的作品，對自已心靈的生長有莫大的幫助。

赫塞的小說，在形式上是小說，但它的本質是詩，其實赫塞也是位有名的詩人。他的詩，在世界文壇上，比他的小說更有地位。可惜在我所知道的範圍，在臺灣還沒有人介紹他的詩。（赫塞的詩集有「孤獨者的音樂」（一九一五）、「新詩集」（一九三八）等）赫塞的抒情詩的原型據於民謠，所以他的每首詩都很平易，很容易了解其詩意。他的詩並不是艱澀難解的現代詩。從歌德經過浪漫派詩人到梅里科，這是他的詩的系譜。他絲毫也沒有用新的詩型來標新立異的野心。

「除了少數例外，我滿足於以往的詩型。容易接近的詩法或普通的形式。在形式上創新，或想做前衛詩人，詩的開拓者，這種想法，和我是毫無關係的」。

赫塞本身也如此說。

我和赫塞作品的接觸早在光復前（中學時代），在偶然的機會，在張彥勳兄的舊宅（在后里的屯仔脚）看到赫爾曼赫塞全集（日文版），共十幾本，作品包括小說、散文、詩等。封面用白色作底，上面祇用銀色的羅馬字橫寫 Hermann Hesse，很簡單，但顯得高雅。直到如今，在我的腦海裏還能淸淸楚楚地浮出那幾個造型很雅的銀色的羅馬字，也彷彿能聞到從書裏醞釀出來的書香。

我在光復後一段時期，一面學習用國文寫作，一面寫一些不成熟的小說和詩。但後來，改寫史地參考書，和文學疏遠了。屈指而算，也已有三十多年了。如今我已踏入病老之年，不知何故，最近對於「文學」發生了「鄉愁」，逐漸地重新開始寫些童話和詩。去年暑假，到美國西部觀光，回程經過日本時，在東京的書店買到赫塞詩集（角川書店發行）。因爲我太喜愛赫塞的詩，且在臺灣還沒有人，翻譯赫塞的詩，最近在所以幾位朋友鼓勵和慫恿之下，試譯赫塞的詩。

我很希望翻譯可以說是我文學的啓蒙之師（書上的）的赫塞的詩，能變成我回來走文學之路的一個里程碑。

民國七十二年一月十四日

霧中

在霧中行走，是多麼不可思議呀！
所有的樹叢，所有的石頭都是孤獨的
任何一棵樹都看不到其他的樹
都是孤單單的。

我在陽光下生活時
朋友經常氾濫在身邊
但，如今被霧關閉
連一個人影也看不到。

不知道把自己從所有的人
悄悄地而不容逃遁似地隔離的
這個黑暗的，
簡直可以稱爲傻瓜呀！

在霧中行走，是多麼不可思議呀！
人生是孤獨的
任何人都不知道他人的事，
大家都是孤單單的。

書

這個世界的書，
並不是都會給你帶來幸福，
但是，它們會悄悄地，
教你回到自己的內部。

在那裏蘊藏著你所需要的一切：太陽、星以及月亮。
因爲他所尋求的光，
都住在你本身內部，

長期間
你在萬卷書籍裏所尋求的叡智，
如今已從所有的紙頁亮著光輝——
因爲，如今叡智都已屬於你的。

給我的弟弟

現在又看到我們的故鄉
我們興高采烈地走遍家的每一個房間
而長久地佇立在古老的庭院，
昔日，頑皮的少年的我們，曾經在這裏遊玩過。

對我們在那外面的世界得到的
怎麼樣珍貴華麗的東西，
我們也已經不覺得喜愛或中意——
當我們聽見家鄉教會的鐘響的時候。

靜靜地經過舊識的許多條路
我們潛過幼年時的綠色的國家。
於是，年幼時的日子
像美麗的一篇傳說一般，巨大地，稀奇地，
在我們的心甦生過來，

呀，以後等待我們的任何東西
都不擁有往昔少年的我們
在庭院抓蝴蝶的日子更淨潔的光吧。

白　雲

瞧吧！今天白雲又在漂流，
像被忘記的美歌微弱的韻律一般，
在藍天裏向遠方漂流。

如不是做了長途旅行，
嚐盡了漂泊的悲哀與歡喜的，
就無法悟出那白雲的心吧！
我喜歡像陽光、海或風一般，
白色的，飄忽的，
因爲那是離鄉漂泊的人的姊妹天使。

從二個谿谷

一個鐘聲，遙遠地
在深壑響著。
響徹山中的鐘聲，
告訴新的墳墓。

在另一個谿谷，
高高地響起的鐘聲，
隨風而來，
於是，聽見二個鐘聲搭伴而來。

如今，我悟徹：
歡樂的鐘聲與弔喪的鐘聲，
在飄泊的我的身上
奇妙地和諧著響。

或許，
不是我的他人也聽見著吧，
如今，二個聲音搭伴而響著。

被排擠出來的人

亂飛的雲，
被颱風吹彎的松樹，
紅色的晚霞。
神的手，
像沉重的夢一般，
壓在山與樹林上面。

沒有祝福的歲月，
任何一條路上也有颱風，
什麼地方也沒有故鄉，
有的，祇是迷路與遏失而已！
神的手，
沉重地壓在我的靈魂上。

然而，
從一切的罪惡與一切的黑暗的深淵裏
爬出來的僅有的，惟一的熱望，
那是
想看到終極的休憩，
并且不再回頭能到達墳墓。

幸　福

路你追逐幸福的時候，
你還沒有成熟到得有眞正幸福，
即使你已擁有你最愛的，也如此。

嘆惜失去的，
戀戀地執著於目的，不識沉者的時候，
你就還不知道什麼是和平，

當你斷念了一切願望，
再也不囚住於目的、欲望，
已不口口聲聲强調幸福時，
時事的潮流才再也不逼在你的心，
你才得沉者。

向內部之路

發現向內部之路的人，
在白熱的自己沈潛裏，
預感叡智的中核。
心中把神與世界祇當做象徵看的人，
對他們來講，
一切行爲與思索，
都變成與本身的靈魂的對話，
而其靈魂包含著世界與神。

致我所愛的母親

有了許多要說的事情，
雖然我在異鄉住了太久，
但最了解我的是您，
在任何時候也是。

當我想獻給您，
我第一次的禮物，
把它戰戰兢兢地捧在像小孩子一般的手時—現在，
您却已閉了兩隻眼睛。
然而，當我自己讀它時，
我却覺得我的悲傷，已不可思議地被忘却了，
因為難以形容的，親切的您的存在，
用無數的絲圍繞著我。

巡禮

歲月無情地流逝，
迅速地過去。
我佇立著尋問時，
最後的日子，已不久就要來臨吧。
像兄弟一般手拉著手，
他們和我一起走。
同樣的鄉愁，
驅使他們以及我，
從一國走到另一國。

肖像

尊大且美麗地充滿著謎，
嘴唇蕩漾著嘲笑，前額散放著自豪，
眼神洋溢著燃燒著的熱情——
妳的肩膀沉重地垂了一束金色的卷髮。
我看見由於快活面龐明亮的妳。
我也看見從鬱熱的臥牀，散亂了頭髮起來的
夜晚的妳。
看見過妳的千容，
但是，每一次都尊大且美麗地充滿著謎。

攀登

周圍一片的雪與冰柱，
綿延不絕的嶮峻山壁，
在那一邊，
像作夢一般展開著廣濶而皚皚的雪原。
緩慢地把登山鞋的一步一步放置在巖石上，
放置在雪被吹拂過的地面，
斜咬著短煙斗，
向山嶺繼續攀登。
或許走到那裏，能與世隔絕，
在冰與月亮的青光裏，
有甜美的和平吧——我所沒有的那種和平，
而又棲息著恍惚與忘却吧。

編輯手記

李敏勇

●本期專輯「戰後世代的夢與現實」，探討第二次世界大戰後出生的戰後世代詩人。他們是典型的戰後派詩人，呼吸著戰後政治、經濟、文化成長和變革的氣息。他們雖未躬逢「現代派」的盛會，却是收穫現代派果實，觀察現代派以降「藍星、創世紀、笠」起落而能去蕪存菁的一代。

●戰後世代的笠同仁，得天獨厚。一方面，吸收前面所提到的現代派以降的詩的運動成果，另一方面又汲取象徵本土詩文學傳統根球的承傳營養，而顯示了相當獨特的性格。他們許多能詩、能論、能譯，却具備了不浮沉、不遊移於詩壇，而認眞追求理想的情操，彰顯了笠前輩同仁的風範與敎養。

●從本期專輯的探討，明晰地看出笠戰後世代同仁在「現實經驗藝術功用導向」路線所呈現的詩的社會性和藝術性双重性格。這種性格大都也反映了笠一貫的努力方向。那就是，詩——要以詩痛痛快快地去實踐，詩——不是個人的夢囈。持有這種双重的認識論——路也就越走越廣越深遠了。

●本期詩創作，多采多姿。論評也十分精彩。杜國清評介葉維廉論文集「飲之太和」，認眞嚴肅地推介了另一詩人評論家的論評集。黃恒秋試論了詩的語言，亦有見地。杜榮琛對讀者文摘介紹海寶國小童詩提供一些感想，曾貴海的「路」對他即將出版的詩集抒發了心聲。

●本期海外詩十分精彩。許達然譯「奧登詩選」，本期起連載，對這位英美兩國都稱之爲該國詩人的大師，國內雖略知其詩，但透過許達然的整理翻譯，相信會有更進一步認識。蕭翔文即銀鈴會時代詩人蕭金堆，他譯「赫塞」亦自本期起連載。赫塞的小說和隨筆國內讀者十分喜愛，他的詩相信會得到大家的喜愛。非馬譯事一向又多又好，本期發表他翻譯的波蘭地下詩和拉丁美洲詩人作品。另林鍾隆也爲大家介紹美國詩人一些短詩。

詩文學的再發現

笠是活生生的我們情感歷史的脈博，我們心靈的跳動之音；笠是活生生的我們土地綻放的花朵，我們心靈彰顯之姿。

■創刊於民國53年6月15日，每逢双月十五日出版。十餘年持續不輟。爲本土詩文學提供最完整的見證。

■網羅本國最重要的詩人群，是當代最璀燦的詩舞台，爲本土詩文學提供最根源的形象。

■對海外各國詩人與詩的介紹既廣且深，是透視世界詩壇的最亮麗之窗，爲本土詩文學提供最建設性的滋養。

中華民國行政院局版台誌1267號
中華郵政台字2007號登記第一類新聞紙

笠 詩双月刊
LI POETRY MAGAZINE **113**

中華民國53年 6 月15日創刊
華民國72年 2 月15日出版

發行人：黃騰輝
社　長：陳秀喜

笠詩刊社
臺北市忠孝東路三段217巷 4 弄12號
電　話：（02）711—5429
編輯部：
臺北市北投區懷德街75巷 4 號 3 F
電　話：（02）832—5238
經理部：
臺中市三民路三段307巷16號
電　話：（042）217358
資料室：
【北部】臺北市浦城街24巷 1 號 3 F
【中部】彰化市延平里建寶莊51～12號
【南部】高雄縣鳳山市武慶二路70號

國內售價：每期60元
訂閱全年 6 期300元，半年 3 期150元
國外售價：每本定價（包括航空郵資）美金3.5元
歡迎利用郵政劃撥21976號陳武雄帳戶訂閱

承　印：華松印刷廠 中市TEL（042）263799

詩双月刊

笠

LI POETRY MAGAZINE

1983年 4月號 114

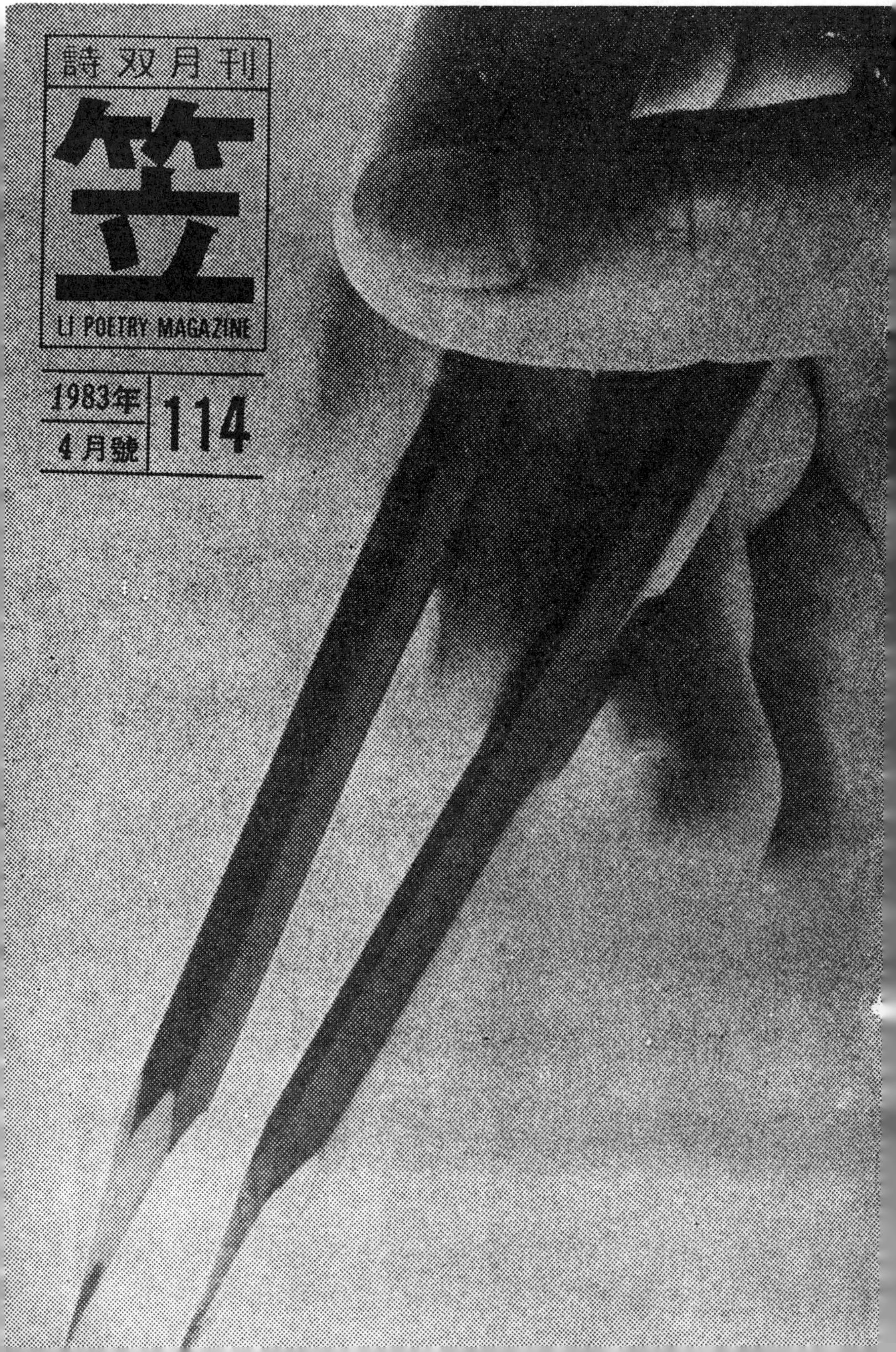

卷頭詩

月光奏鳴曲

水蔭萍

面向窗子紋身的少女
像戴著青色法帽的天使
喝著水車小屋的水，果實
閃爍銀粉，熱情逃走
太古的憂鬱古典音樂
身軀消瘦的優美形象
對著遙遠風景的表情、音樂的羽裳
散落

月中泉 譯

一九三六年作品

水蔭萍 本名楊熾昌，一九〇八年生，臺南人，一九三一年在日本文化學院攻讀日本文學，一九三三年返臺後，在報刊發表詩作。一九三四年與林永修、李張瑞、張良典共組「風車詩社」發行風車同人詩誌，爲臺灣最早的超現實主義詩社。著有詩集「熱帶魚」、「樹蘭」，小說集「貿易風」、「薔薇色的皮膚」。一九七九年出版詩集「燃燒的面頰」。

(1983年 4月號) 114期

詩

1 卷頭詩：月光奏鳴曲・水蔭萍
26 秋 意・陳鴻森
28 夜 思・鄭烱明
29 暗 房・李敏勇
30 拾 荒・沙穗
32 劍與神・曾貴海
34 黃樹根作品・黃樹根
36 家事瑣記・楊笛
38 劍・旅人
39 拉客司機・利玉芳
40 一隻菜蟲如是說（續）・楊傑美
42 莊金國作品・莊金國
44 敎 堂・棕色果
46 林宗源詩抄・林宗源
50 三尾短詩・許達然
52 愛荷華詩抄・呂嘉行
54 非馬近作・非馬
56 現 象・趙廼定
58 牧秋野詩抄・牧秋野
60 趙天儀詩抄・趙天儀
62 蜘蛛花紋・桓夫
64 巫永福詩抄・巫永福
66 旅臺詩輯・北原政吉作、陳千武譯
69 坐 標・李篤恭
79 虱目魚・黃平堅
83 夜半鷄啼・吳俊賢
83 灰 鴿・簡景清
84 祖母畫像・邱一新
84 鏡 子・王浩威
85 秘密檔案・吳明興

日據時期臺灣新詩的回顧

74 冬之詩集(1)・吳坤煌
76 鳳凰木的回憶・林美
78 牢獄之夢・霜草

笠詩双月刊

特輯亞洲現代詩的交流

陳明台・詩與文化的交流 6

亞洲現代詩集Ⅱ作品選 10

(臺灣) 杜潘芳格、拾虹作品

(日本) 長谷川龍生、北影一作品

(韓國) 具常、鄭孔釆作品

(印度) 卡巴第作品

(巴基斯坦) 亞理作品

(孟加拉) 蒙尼魯查曼作品

(印尼) 亞里夏巴那作品

(菲律賓) 狄諾作品

亞洲現代詩集Ⅱ編輯委員手記 21

(日本) 秋谷豐、高橋喜久晴

(臺灣) 白萩、陳千武

(韓國) 具常、金光林

新人作品評析 80

論　評

(連載) 錦連譯・詩人的備忘錄(28) 86

克里斯多夫・彌德頓作、聃生譯・白萩的 Arm Chair 88

鄭烱明・眞摯的詩情 91

陳明台・溫情之歌 94

耿白・敬愛生命 101

本社・國際頻道 102

本社・臺灣文學長短波 104

海外詩

非馬譯・希腊古詩選 106

非馬譯・希腊當代詩 108

(連載) 許達然譯・奧登詩選(二) 111

(連載) 杜國清譯・艾斯納詩選(一) 116

(連載) 蕭翔文譯・赫塞的詩(二) 123

(連載) 蕭翔文・日本傳統詩一短歌(一) 132

李敏勇・編輯手記 142

亞洲現代詩的交流

特集

ASIAN
MODERN
亞洲現代詩集
亞洲現代詩集
アジア現代詩集

詩與文化的交流

——關於亞洲現代詩集的出版

陳明台

一、

展示民國七十一年臺灣現代詩人努力的成果，已經有前衛出版社的「一九八二年臺灣詩選」（民國七十二年二月十日出版，李魁賢等編選）推出。這本詩選，是根據本土的、現實的、社會的、藝術的作品，作爲選入的衡量條件與前提，很能夠顯示出近年來臺灣詩壇「現實經驗論的藝術功用導向」（李魁賢語）發展的方向。可以說，回歸於現實的凝視，掌握本土的精神已經成爲臺灣現代詩追求的主流。

但是，臺灣的現代詩人們，並不拘泥於狹小的視界，無寧是在强調創作「本土的」詩的同時，亦努力於創造「國際性」的作品。借用詩人陳千武的話：「將來詩不只限於在詩人自身的環境來創作，詩人固然不能不重視立場與環境，更應該擴大視野，具備有國際性，世界性的思考，由此而可以促進詩的交流，提高現代詩的水準。」十數年來，不只在技巧上，努力吸收各種詩學流派的方法，在內容與實質上，也致力於拓展視野，追求世界共通，人類共感的「詩」。而將臺灣現代詩透過翻譯介紹給世界詩壇更是再接再厲，如梁景峰氏譯的德文「臺灣詩選」，日人北原政吉編的笠詩社同人的日文「臺灣現代詩選」等，都可以窺見片面。以這些努力爲基礎，從民國七十年（一九八一）年底才有亞洲現代詩集的誕生。可以說，這本詩集是以促進亞洲詩人間的交流，企圖將現代詩的世界性的普遍性格，與地域性的特殊性格相配合起來設計的，而具備了重大的意義。

一九八一年的亞洲現代詩集第一集，於當年十二月十五日由主編國的日本，在東京出版了。一九八二年的亞洲現代詩集第二集也在今年二月由主編國的我國在臺中出版了。第二集較之第一集，不只在編排、內容與規模方面都更爲出色，它的出版誠是揭開今年詩壇序幕的大事。本文擬就亞洲現代詩集的源起、編輯、展望各方面作一概略的報導。

二、

出版一本譯詩集不簡單，出版一本「國際性」的譯詩集，更是困難。除了經費、語言諸問題外，最大的問題應推「詩」與「詩人」之間相互「交流」的技術問題。

亞洲現代詩集的出版，直接的契機是一九八〇年（民國六十九年）十一月，日本「地球」詩誌召開了東京世界詩人大會，造成日本詩人高橋喜久晴，韓國詩人金光林與我國詩人陳千武的會合。經由協議而分頭進行各項工作，在短短一年之中推出了他們的心血的結晶「第一集」。

事實上，正如日本詩人高橋喜久晴所言：「……不管如何，亞洲現代詩集可以說是經歷了將近二十年長久的歲月，才漸漸達到刊行成熟的時機……」（亞洲現代詩集第一集編委後記，高橋氏作「民族的語言」引文）。

在前述的三位詩人會晤以前，透過詩人陳千武的努力，以笠詩刊為媒介，從一九六五年以來，笠詩社的詩人們就和日本、韓國詩人展開了活潑的交流。一方面大量的由同人的桓夫、錦連、陳明台、傅敏、陳秀喜等譯介了日韓的重要作品，一方面透過展示（如一九六五年日本靜岡中央圖書館「早春詩祭」的參展）及翻譯介紹（一九六七年日本「詩學」譯介「臺灣現代詩特集」，一九七一年韓國「現代詩學」譯介「現代中國詩十七人集」）使得我國與日韓之間的詩的交流有十分穩定而良好的基礎。尤其，以陳千武作為主軸的，中、日、韓三國詩人間的交誼能持續的進行，更奠定亞洲現代詩集出版最重要的「人」的基石。

以漫長的歲月，詩與詩人的交流為前提，神交已久的三位詩人的正式會晤，獻身的熱情才催生了亞洲現代詩集，他們商談的結果，初步決定成立了亞洲現代詩集編輯委員會，各國推兩詩人組成，即臺灣的陳千武、白萩，日本的高橋喜久晴、秋谷豐，韓國的金光林、具常。同時，決定以一年為期，輪流由三國主編並負責進行印刷、出版、發行諸事宜。

三、

第一集從策畫到出版，整整經過了一年的時間，其間主編者高橋喜久晴氏藉通信的方式經由陳千武與金光林兩位詩人的配合與協力，而以中日韓三國語文並刊，終於在一九八〇年年底交卸了任務。

第一集計收入以中、日、韓三國詩人為中心的一百零六位詩人作品。以「愛」為主題的這本詩選呈示了高度的水準與多樣的面貌。同時，配合這本詩集的出版，一九八二年元月十五日在臺北，曾經召開了「中日韓三國現代詩人會議」，盛況空前。

第二集的出版過程也是諸多的辛勞。主編者的陳千武氏，不眠不休地花費了一年的時間，從翻譯到校對都親自偏勞。由於加入英譯的部份，更增加了翻譯的人手和時間。除了編輯委員之外，日韓及我國參與翻譯者有石原武、川口敏男、竹久昌夫、印堂哲郎、杜國清、許達然、非馬、李魁賢、陳明台、許世旭諸氏。至於在版面設計及印刷方面的督促則不能不歸功于詩人白萩氏的苦心。

第二集計收入各國詩人一百零二人的作品（其中臺灣五十人，日本二十一人，韓國二十二人，其餘九人）附上各詩人的照片及簡要介紹，編輯委員手記，翻譯委員感言，編排上及內容上都更為活潑，充實。

除了加入英譯的部份成為中、日韓、英四國文學以外，這本詩集由於沒有限定主題，而能夠自由地選入詩人自以為滿意的代表作品，同時、日本與韓國方面參與的詩人的層面也有所擴大，造成在作品方面的多采多姿的面貌。

臺灣參與這本詩集的詩人五十人中，除了成名的詩人以外，戰後的中堅詩人，年輕詩人佔了大部份，也洋溢鮮活、蓬勃的氣息與狀況。

四、

從第二集中收錄的各國詩人作品來研究，我們可以窺見亞洲詩的風格與面貌。當然，從嚴格的意義而言，這本詩集仍不免有無法涵蓋整個亞洲地區的詩人的作品的遺憾，但是抽樣地加以考察，仍可以令我們對亞洲的現代詩的斷面有所理解。

日本方面，戰後的現代詩，在安和樂利的狀況中，詩人們有意從日常性的困境中脫出，大抵上可以從收集在選集中的詩人的作品，看出他們在創造鮮活的語言，發揮想像力上付出的努力。如一色眞理的「曾經是我的朋友娃娃」一首中：

這首詩是我的朋友的娃娃的新身體。
只要這首詩在我的詩集裡，那個人就無法從我的朋友娃娃逃逸，就不能得到自由，就一直坐著到發瘋爲止，繼續讀著曾經是我的朋友娃娃的詩吧！

有詩人對于異質的詩素，透過想像力的發揮而表現與把握的成功的一面。如小柳玲子的「竹取物語」以民俗傳說，古典小說爲題材有創新的意圖。長谷川龍生的「在理髮店」，以新鮮的感性，配合生動的語言，浮現詩的感覺：

新宿的一家理髮店
在正面鑲嵌的鏡子裡的客人
說了上述的事而把頸子向後歪
讓銳利而晃著光亮的西洋剃刀
在他皺裂的黑臉上滑動
滑動的理髮師有勁的手
正朝向他的眼瞼底下
斜斜地逼進著

十分令人感到詩魅力的。

韓國方面，包括了各種風貌的作品，有強調社會意識的作品，如李健清的「巨錶」，「荒港之夜」，金后蘭的「鑛夫」：

搜尋
地球深處的
深遠內裡的語言
掘挖黑暗的人們
……
翻掘著夜晚的黑暗
善良的鑛夫的
與火焰燃燒而旺盛的
熱烙眼神

也有晶瑩的抒情小品如許英子的「春夜」「雨天」。如姜禹植的「四行詩」：

每天晚上在肚臍上堆積一把艾草
猶如盛夏顯示著年輕的事物
倘若所有能開花的全被太陽洗滌掉
魂魄該會化成不知苦處的紅土吧

又有蓄含哲理、略帶形而上思考的作品，如金光林的「某日的早晨」，全景麟的「太陽從正面照射過來的漢城」，具常的「河」等等。而如具常氏的「羞恥」：

來到動物園搜尋
已經從這個都市的市民中
退化不見的羞恥

幽默而諷刺的鮮銳的小品也令人激賞。

我國詩人的作品，以中堅詩人爲核心，不只顯示了包涵各派的面貌，而且呈示了十分整齊的水準。如沙穗的「護城河」：

風從妳那邊吹過來
隔著護城河
妳以爲妳安全了
風怎麼過來　我就怎麼過去
不信
先給妳一個飛吻

輕逸、風趣而洋溢眞情；曾貴海的「鯨魚的祭典」，在淡淡的抒說中透露悲涼與關懷；李敏勇的「從有鐵柵的窗」，有强烈的現實經驗和問題意識。李弦的「哭調仔」民謠風的嘗試，有敍述詩的簡潔的表現。黃樹根的「吵嘴」：

一場吵嘴拌著魚刺
刺痛了妻的　心房
夜晚預定的纏綿
隨著刺痛消失在乾燥的涼被裡
曾經裹着赤裸的亢奮
也只剩一聲無奈的嘆息
猛抬頭　新婚照在不遠處
冷冷嘲笑我的失態

在日常中發現詩的素材，而幽默的表現，具有令人共通的感覺，佳作比比皆是。

除了中、日、韓三國的詩作之外，如香港、印尼、印度、菲律賓都有詩人參加展示作品，雖然數量較少，也能窺見詩風的斷片。

五、

對於廣羅如上述各國優秀詩作的亞洲現代詩集的持續出版，去年六月，筆者訪韓時，編輯委員之一的金光林氏曾經當面顯示了最大的熱意與決意，他始終認爲這一個工作，是值得持續到下一個世代，且有重大意味的工作。今後，亞洲現代詩集，在各位編輯委員的同心協力下，當然會繼續出版下去，而且在克服語言、經費諸困難的問題之後，必會一期比一期更顯示其份量與精采的內容。

亞洲現代詩集的持續出版，正是亞洲詩與文化交流的促進的原動力，正如陳千武氏所言：「……透過亞洲現代詩集，追求詩的意象，更可能互相發現詩思共通的原點，獲得更密切的瞭解。」（編委手記「我的母語」）高橋喜久晴氏所言：「我對參加亞洲現代詩集的臺灣、韓國及其他地區的詩人們，在今後的交流裏，很高興地期待着再給我更新的發現。」（編委手記「確認趨向民族語言的愛。」）李魁賢氏所言：「透過詩來理解不同文化的精神，基本上要反省詩人在不同社會狀態下對使命的認識與抱負，來追究文化實質的基礎，因此，我期待着有更多的亞洲國家，有他個的詩人作品被容納入以後繼續出版的亞洲現代詩集裏。」（翻譯委員感言「一些感想。」）

可以說，亞洲現代詩集的誕生與持續，是在長期的文化及詩的交流的努力之下，所達成的文化互相理解的象徵，我們不只抱以熱烈的期待，更願意給予最大的敬意與支持。

●臺灣

杜潘芳格

鋼鑽機

你我　住在旋廻的地球相反面
你是太陽我是月亮
正在同一時刻
現在　你的昨天是我的今天
在虛構的地表
只有穿過地核傳來的聲音才能確認互相的存在
長年習慣的假假眞眞的約定
現在　新的人腦穿孔開始了
旋廻的悲哀　順從者的正義成爲鋼鑽機穿孔人腦
現在　仍然追尋太陽伴同月亮

拾虹

鷺鷥

㈠

時常地我們在天空中飛翔
有時飛成一條直線
有時飛成一個人

飛成一條直線的時候
我們是到遠方去
飛成一個人的時候
我們正回來

只有在想回去而又無法回去的時候
我們才淒涼地哀叫一聲

㈡

有時我們會
或許到遠方去
或許回家去
那樣徬徨地飛行
茫茫世界裡
惟有閉起眼睛
回憶已消逝了的美好時光

突然在一聲雷響中醒來
已是四周陰霾密佈
暴風雨即將來臨的時刻
只好急急忙忙地停留下來
社會主義也吧
資本主義也吧

㈢

有時你會突然聽見
天空盡處傳來一陣哀叫
這樣淒切的叫聲
並不是告訴你
我們正在回來

在異鄉的土地上
即將老去的時刻
最後一聲
聚集全身力氣的呼喚
只有你能聽見
才甘願這樣死去

●日本
長谷川龍生

在理髮店

漸漸地
潛下去
就看到巡洋艦鳥海的巨體
被青綠搖幌的海草包裹著
咕咚地躺在那兒
完工於昭和七年
在三菱長崎造船廠所見的完全一樣
但是 二十糎米砲已不足八門
三糎米高射炮一架都不見了
被破壞得眞慘
我的估計大約値二千萬※然後
漸漸地
游上來
新宿的一家理髮店

在正面鑲嵌的鏡子裡的客人
說了上述的事而把頸子向後彎
讓銳利而幌著光亮的西洋剃刀
在他的皺裂的黑臉上滑動
滑動的理髮師有勁的手
正朝向他的眼瞼底下
斜斜地逼進著

（陳明台譯）

註：
※巡洋艦鳥海—在菲律賓海面受美軍攻擊而沈沒。
※三菱長崎造船所是日本最大造船廠之一。
※三糎高射砲—口徑三公分。

北影一

因爲我在

說這個世界由一個漾出愛底神充滿着
爲甚麼我却不知道……

Jacobsen

樹葉會那麼
頑固地一直望著天
是因爲我在
不錯　在下有我

噢！發出親愛的聲音
像要緊握我底手那麼
急促走近來的那些人
却不顧我一眼而閃開
背着我
不錯　冷冰冰地背着我
遠離而去

看來沒有魚棲居的
沒有一點小波紋的水面上
垂下釣絲的那些人

蹲着　圓圓地
突出背脊
聽到麻雀一起飛走的聲音
也不顧一眼
是因爲我在
不錯　在後面有我

然而　算了算了
不久　我也會
不錯　我也會
像原野的小石頭那樣
把臉埋在土裏
把光亮的甲殼向着大衆不講話
會有　那樣不講話的一天呢

（陳千武譯）

●韓國

具常

羞恥

一邊窺探著
昌慶苑的鐵柵和金網裡面
一邊搜尋著知道羞恥的動物

喂 喂 園藝師喲
說不定 在猿猴的紅色的臀部
隱藏著什麼徵兆 可不是嗎

或許 在熊不斷地舔著的脚心
在海狗的鬍鬚
不然就是在鸚鵡的嘴裏
顯示着什麼證據 可不是嗎

來到動物園搜尋
已經從這個都市的市民中
退化不見的羞恥

（陳明台譯）

鄭孔釆

海鷗在號泣著

海鷗喲　還想號泣嗎　雖然
我也有號泣的時候

船離去時也號泣
船抵達時也號泣
究竟爲了什麼緣故
號泣這回事是在該號泣的時候才號泣的呀

是的　你是附了恨的魂魄的碎片
去了也號泣
來了也號泣
號泣著而風行　飛行著而號泣
有著恨的海的手帕

海鷗喲　還想號泣嗎
號泣吧　號泣吧
空盪的船離去時也號泣
那麼　滿載的船歸來時也不能不號泣吧
海鷗喲

（陳明台譯）

●印度

卡巴第

紙糊的詩人

値得他們的塩
在塑膠嘴唇內的
鎳齒
始終站在
氣球的高山上
看不見
淌血的野草
乞求一袋榮耀
裝滿赤裸裸的風
在墨水池內
孵風蛋
爲榮耀的握手而哀泣
他們撒尿於粉紅月
當耀榮微笑時
他們立即昏倒
設想要併吞太陽
向遙遠的月亮
眨眼
夢見逃逸的
天鵝
潛入龐然夢幻的
池中
當遭窃的星星偷窺時
他們借來的絃琴
在死者夢穴上
尖叫
拍動着
紙蝴蝶
又在踩亂的路上奔跑
願望能遇到金星
他們奔跑遠離眞正的眼淚
追逐無常的陰影
把眼光投向空中
他們簡潔繪圖高高的
在看來甜美的死版面
讓驢子高高興興吃

（李魁賢譯）

●巴基斯坦

亞理

危機

與同胞共担憂患
並閉守無助的坑裡
我獨自畏縮
行動派的人找些事做
依照他們的智慧
有時他們測量意向的高峯
有時他們倒栽葱躍入洞穴中
但我出發而停留途中
如果有人說不用怕
我不會反駁
但那些出發的人
把這種話撮在嘴裡
他們從未遲疑
從未墮落
但熱心地向眞理壓迫
(雖然已有神知道什麼是眞理
每位有良心的人以若干眞理爲榮)
這些批評的滙合
這些神醫以火取暖
這些賢人嗜好牛奶
以及他們寒舍中的蜂蜜
從未分一滴他們自己的血液
奉獻萬能的神或神子
他們竟敢對我評頭論足?
從未冒險患難的人
如何能發現眞理
他們懶散地倚在舒適的座位
擺出所羅門的姿勢
而我却消耗自己
並兀自嚮着且獨自熔化

(李魁賢譯)

●孟加拉

蒙尼魯查曼

詩人

每人都攤開双手掌
只有詩人，超乎自我
以其勞力和腦力獻出：
獨立的天空，
脚下的草和泥土，
金黃的收獲，水，
幸福，感動，以及
愛的本質。

永恒的尼堪撒
他輕易地吸吮
個人的悲哀和怨恨
以及時間的毒藥
他回報以至福的一帖
他的神經在痛苦中糾纏

但他隨時都獨特而高大。
悲哀和憂傷以千鋸割他
但他還高歌克服一切的悲傷，
嫉妒一再打擊他
但仍寬恕卑鄙的誹謗者。

他只恨那貪婪的無恥諂媚
他只恨那痴肥無用的傻笑
他恨群集的寄生蟲共謀對抗人類。

撕開奴役的一切束縛
詩人甦醒，無懼且永遠獨來獨往。

（李魁賢譯）

註：尼堪撒(Neel Kantha)，在印度神話中，吸食毒藥，而得不死的至福一帖藥。

●印尼

亞理夏巴那

新的孤獨

現在　我幸福嗎
肉體和精神的能力被證實了現在
流了汗歷經艱難的現在
在多少戰場上　不知道失敗
從妻子也得到解放
不用再背負家庭與孩子的桎梏的現在

到現在爲止　致力於勤勞和祈禱
也盡以爲責任與有分別地努力
到現在爲止　在同志與敵人之正中間
依著信賴與攻擊而活著
現在　不死的少女來敲叩了我的心
從遙遠的地方呼喚著我
要奉献　所有的愛與忠節

經過多少年頭
體力也超越頂峰的現在

空虛重重地壓著心房
好像乾枯了萎謝了的
花瓣
面對著自然的力量　我的心震顫著
已乏力於到任何地方去
僅僅能在半途站立著的我

現在　我漸漸地發覺
只有委身於愛
除此而外再沒有什麼能使心靈充實
或者像戀愛者一般
或者像母親一般
正是如同不斷照射的太陽
毫不憐惜地發注光與熱一般
在這個世界的各個角落
給予生的熱情與活力

（陳明台譯）

●菲律賓

狄諾

以詩促進世界和平及友誼

我來自的地區
　有碧珂的甜蜜名稱
世界著名梅蘿山的山麓
　壯麗、堂皇、美妙。

我來自亞洲國家
　曾經在西班牙和美國統治下：
那不可思議的名字——菲律賓
　詩人在許多詩篇裡吟頌。

在世界的詩人中間
　我籍詩尋求友誼。
　為了共同的善良欣然升起
　持久和平的旗幟招展。

所以，我帶着絃琴來此；
　我已越過海洋和陸地
一切用詩的火焰點燃
　為了友誼和持久的和平。

（李魁賢譯）

亞洲現代詩集編輯委員手記②

秋谷豐

詩的亞洲是甚麼

臺灣的詩人黃得時朗吟中國古典詩時，令人感到新鮮的感動，含有素樸、雄偉的聲響。

他朗吟唐代的李白、杜甫的詩，用中國古代的語音，等於日本萬葉期的「大和語」。雖然無法聽懂其意義內容，但我在學生時愛好過的詩，他的吟聲確實打開了我底想像的原型。

沉在那些詩的原始感動裏，我遂想起了去年參加登山隊，遠征過天山萬年雪連峰的情景。

五月天山雪
無花祇有寒
笛中聞折柳
春色未曾看

這是李白塞外詩之一，塞外是異民族或反亂部隊駐守的西域，被派來異域當兵的詩人，早晚眺望着天山的渾峰，想故鄉的妻子詠悲哀。

爬過繁茂的白楊，土塊的廢墟埋沒在砂裏的土耳皇村郊外的山丘，就能瞭望未知的古代。三千年前，東西文化是經過這條絹之路的沙漠而通商的。流浪詩人阿健所帶的弦樂器，是和我在奈良正倉院看過的五弦琵琶完全一樣。

歐洲的近代詩經過長期的航海才傳來，現在我們寫的詩是明治初期從歐洲傳來的。而在唐代的中國，早就有西方的樂器、陶器、故事等吸引了古代人的心，而唐詩或漢詩且成爲亞洲歷史的精神淵源。

臺灣的詩人朗吟的唐詩語音裡邊，我能感受到澄清的自然，使我聯想到亞洲詩心的源流。

翻開亞洲地圖，仍會看到臺灣與中國大陸之間的境界與政治上的障壁，但民族的詩心，却像地下水般不盡地流在亞洲的土壤裏。

今年一月，在臺北召開的亞洲詩人會議席上，由韓、日參加的詩人們，和當地的詩人們舉辦了詩的朗誦會。詩人黃得時是在這個會上朗吟唐詩的。亞洲詩人會議是發行「亞洲現代詩集」爲中心的集會，具有將來成立亞洲詩人協會準備會的意義。

「亞洲現代詩集」的構想，依據日本「地球」詩誌主辦的東京國際詩人會議爲開端發起，由亞洲各國輪流編輯發行，超越思想性、宗教性的立場，歡迎亞洲領域所有的詩人參加。

第一集由日本主辦，包含日本、韓國、中華民國、印度、尼泊爾、泰、印尼等七個國家一〇六人的詩人參加。各國的詩都以亞洲的泥土、耕耘、以民族愛等爲主題，但以戰爭的現實體驗爲內在的問題，表現民族激烈的呼吸，令人感動的詩也不少。相信從這些語言的體驗，新的亞洲的詩，會產生出來。

（陳千武譯）

具常

我們要追求甚麼

現在，我以夏威夷大學的客座教授，來到檀香山。這裏曾是我於七十年代滯過三年，所看的已經無特殊的感動，但是夏威夷是任何人都應該來訪的地方。

未被污染的藍天和碧玉的海，清爽的大氣和不熱不冷的天氣，尤其艷麗的常綠樹、各種顏色的花都令人陶醉。

但比起這些，住在這裏的各色各樣的人種，不知生活的桎梏，和平共存的情況，更令人銘感。從原住民的夏威夷人到白人、日本人、中國人、菲律賓人、越南人、韓國人等，誰也沒有優越感或劣等感，毫無發生社會的糾紛而住在一起。因此，在這裏有很多人種的相互混婚，不拘泥於混血而羞恥，反而覺得是一種榮譽。介紹自己的時候，以擁有三種甚至有七、八種血的混合為榮耀。

聽說W、H、奧登有一詩句：「若我們不互相愛，就只有死而已」，後來奧登對人類的團結產生疑問，便把這一詩句刪掉。如果他來住在夏威夷，或許會把這一詩句復活過來。事實上我來到這裏居住，才得到了「人類一家」的確信，而把這一感受寫過一小曲。

各種各樣的花和人
共存而盛開
我在沙灘上
像這位西洋的朋友寫着
「人類必須互助互愛……」
寫了便擦掉
不，擦掉了
還要寫

——夏威夷寫生抄3、全文——

在異鄉，我為甚麼會有這樣的心境？因為我們住在亞洲，互相異於實存的生存的情況，異於民族社會的實況，卻有相反於國家間的制度，所以只有這一片詩心的紐帶作業，能成為「人類一家」的成果，是我們要追求，要實踐的理想。（陳千武譯）

白萩

語言・詩・宿命

雖然已經過了一年，在整理亞洲現代詩集第一集的中文譯稿時，所得到的讀詩印象裡，到今天尚深刻的留存了幾篇日本詩人的詩，譬如：鷲谷峰雄的「水窪」；上杉浩子的「玄花」；岡崎純的「竹筷子」；三澤浩二的「咖哩飯」；廣部英一的「野菊」等。我對這些詩的「詩想」感到興趣，時常在玩味着。對持有及操作着中文寫詩的我，面對着操持着不同語言的詩人，所捕捉到的詩經驗感到新鮮，當然這些語言背後的實存意義，我是共有的，也有深沉的體驗，只是我對這些詩的發想角度，以及語言的連串方式感到魅力。

老實說：在我過去讀日本現代詩的經驗中，和中文相較，日語顯得非常繁長囉嗦，不够精粹。請陳千武把我的詩譯成日文時，需要用二三個單語，才能把我的一個單語表達完整；可是，另一面看到他把日本現代詩譯成中文時，却也存在着，需要花相當長的語句，才能把原詩的細緻委婉表現出來的事實，我想，這或許是中文和日文，彼此在傳統的機能上有所不同所致吧？

沒有語言便沒有存在。在交流快速的現代世界裡，不同語言中命名性的名詞，相信已很快的能找出相等的語言；可是對於有主觀色彩的形容詞、動名詞、介系詞，以及組合式的片語，諒必尚有許多無法對譯的痛苦吧？尤其彼此語句的連結習慣不同，將也使操作語言的現代詩人們，探觸到不同的實存意義，不同的詩。

從這個觀點上來說，持有不同語言的詩人，必然將寫出不同的詩，探觸到不同的實存，圍囿在不同的宿命。

因此，改進了語言，才能改進詩。中國現代詩，是在語言經過了歐化的扭曲，得到了連結的新方式之後，才發展出與舊詩全然不同的新風格。亞洲現代詩集的積極意義是：將不同語言體系的現代詩人們，依據不同語言的連結方式，所探索出來的詩，交聚一堂，互相觀摩，以做爲彼此改革所擁有語言的反省，進而改進自已本國的詩傳統。

對我，改革中文的詩傳統、語言傳統是我的宿命及奮鬪！

金光林

對詩集的期盼

韓國參加本第二集的詩人，以四十年代爲主，可以說是生疏於中、日詩的世代。他們只知道一些唐詩而已。而十分關心歐美詩的他們，爲什麼不能瞭解中、日之詩？其原因不僅僅是由於語言不通、且認爲亞洲的現代詩是接受了歐美詩的影響，因而才輕視不關心的吧。

「亞洲現代詩集」的發行，讓他們回顧亞洲的戰後詩，具有決定性的任務。讓亞洲的戰後詩人們在同一刋物上見面，交換作品，當然很有意義。但進一步爲了幫助他們在詩的比較上開眼，也就是勸他們參加這一詩集的主要原因。我想中、日詩人也有同樣的情況吧。

目前，我在大學講東洋文學史的課，而韓日兩個從上古到近世均處於漢文學的影響圈裏，到大約五百年前，韓國世宗大王創製了「韓克爾（韓國文字）」開始才有傳統詩歌的創作，稱爲「時調」。是相當於日本「假名（KANA）文字」的和歌與俳句。時調比較複雜，是具有三章四十五字的定形詩。

到了近代，接受歐洲的現代主義影響，詩不得不帶起世界性、特殊性的風格，才拚命努力於現代詩的創作與發展。雖然保守傳統詩的部份詩人們，譭謗這種影響爲歐洲詩的模倣，但是現代主義的方法論，不一定是西洋的，却也是東洋的；譬如意象主義是從唐詩，達達與超現實主義是從禪詩的影響來的。畢竟不是我們模倣現代主義，祗不過是把現代主義從歐洲討回來而已。當然我們也不能不認定西歐開拓現代主義，使其發展的功勞。

從這一觀點來說，現代詩絕不必拘泥於地域性，確實是世界性的產物。應該怎麼樣把世界性的普遍性格，與地域性的特殊性格互為配合起來，尋找現代詩的下落，就是對「亞洲現代詩集」期盼發揮的功能。（陳千武譯）

高橋喜久晴

確認趨向民族語的愛

發源於中世德語，在第二次大戰中，被納粹德國虐殺的五、六百萬猶太人所使用的主要語言伊廸休語，從猶太解放運動的領袖看來，是屬於「被異種的方言所污染、醜惡無秩序而難聽」的語言，受到了輕蔑。

但是猶太勞工仍然使用這一語言，而為了啓蒙女人小孩，為了申訴民族獨立，原來否定伊廸休語的領袖們，反而把伊廸休語做為引導解放的語言。

要談「亞洲現代詩集」，為何引述這段故事？是因擔任編輯事務的陳千武（臺灣）、金光林（韓國）與我之間，幾年來在連絡上所使用的語言是「日本語」，使我有些感慨。

韓國和臺灣，曾經在日本帝國主義的殖民政策統治之下，經驗過被切奪各自民族所原有的語言，强迫使用日本語的痛苦。這一事實帶給了兩國怎麼樣的煩惱？雖然具長者之風的陳千武、金光林以及幾位朋友們都不願談這些，但是從各種文獻資料推察，可以斷定兩國民衆，尤其依據語言從事創作活動的人，必定感覺日本語是「奇異、醜惡、不願說的臭東西」，是令人討厭的語言。

曾經受過日本語言迫害的陳千武、金光林兩位，把日語負的體驗，反轉為有力地確認轉向於民族語的愛而肯定了自己。像醜惡的伊廸休語纏着猶太人的靈魂那樣，把日本語的痛苦的記憶，化做昂揚各自的民族語使其發光。

這當然不限於他倆是編輯委員的姿勢而已。持有同樣的經驗參加這一詩集的詩人，應該都有同樣的感受才對。我想這也是發行「亞洲現代詩集」的一種意義。

還有，對這種民族語言苦悶的歷史，親友們都不得不緘默着互相諒解，我們希望這種事永不會再發生。

另外，深入文化土壤裏的民族語言的表現，並非語言單純的調換就能完成的作業，這是自明之理。係我幾次翻閱各國詩人作品的日文譯的時候，切實感覺到的。

我不懂中文和韓文，因此參考英譯的作品，對于作品中日語不成熟的部份，提出幾次交換的意見。

對一首詩的評價，日本詩人和他國詩人之間，似有相當的差異，這也是有趣的發現。還有各國編輯委員對語言的語韻感覺所表示的感想，也有令人參考的地方很多。

第一集的編輯委員手記裏，陳千武說過日本語與中國語的語感，漢字的形象美與語言內在意義性展開方法的不同，白萩舉出語言體系與詩傳統的相異，强調也因此另有一種讀詩的樂趣。還有，金光林在信中說，竹久昌夫翻韓文譯詩，不但是珍貴的作業，更令人感到在其生活裏所磨練的民族語言的重新接觸。

剛把第二集的日文譯詩整理完畢，我對參加「亞洲現代詩集」的臺灣、韓國以及其他地區的詩人們，在今後的交流裏，很高興地期待着再給我更新的發現。(陳千武譯)

陳千武

我的母語

我出生於中部臺灣的名間山頂。祖母不識字，但滿口講漂亮的河洛話。母親精通唐山的歷史、小說，用河洛話講故事，用河洛文言吟舊詩。我接受純粹河洛話的薰陶到七歲，進入小學河洛話就被禁止了。日本殖民教育迫我用日本語學習智識與皇民化的道理。於是，我擁有兩種語言，在家裡河洛話是我的生命，我的血，我的生活，我的內在；在學校日本語是我的智識、我底生存的手段，我底思考表現的工具，我的外表。後來，我用河洛話思考，用日本語寫詩，正與我的母舅用河洛口語思考，用河洛文言寫舊詩很相似。

對於我，日本語是手段，是工具，一直未溶入我底血液裏，所以臺灣光復，日本語便離開了我，回去日本。隨之中國國語進來了。

我獨學中國國語，以河洛話的文法套上國語發音，用來講話或寫詩。但總覺得國語比河洛話還硬，寫不出國語特色的形式美的詩。認為河洛話的思考是眞摯的，具原始意義性的美，有生活與生命的內含，容易捕捉我所要追求的詩。

曾和我同一服務機關，有一位同事是李鴻章之孫。我埋怨自己在語言上不幸的遭遇，碰到李鴻章之孫，看他得意的樣子，就很生氣。

但一切都已經過去了。如今，講話或寫詩，不論用國語或日語，對於我來說，並無多大分別，因為河洛話的思考，仍然是我底詩的母體，用河洛話思考的詩的意義性，可以造成另一種優美的特色，令人深思。

河洛話本來就是中國古代的語言，雖然經過幾十世紀的變遷，仍保持着固有語言優美的心象。受過中國古代語言影響的日本語和韓國語，很多單語的發音與用法，與河洛話有顯明的共通類似點。例如日語的「假名（KANA）」原由中國漢字改造而成，基本發音的アイウエオ，清音、濁音、半濁音、拗音、促音等均與河洛話的發音相似，而目前的中國國語却很多沒有那些音。

追根究底，河洛話在中國古代中原一帶，就影響亞洲各國語言發展的主流語言之一，現在東南亞各國，還有河洛話流通的地區，仍然不少。我想依據於河洛話的思考，同在亞洲，從事語言藝術的創作，必在詩的原始精神，發想的語言，有一脈相通的地方。因此透過「亞洲現代詩集」追求詩的意象，更可能互相發現詩思共通的原點，獲得更密切的瞭解。

秋意

陳鴻森

我們那暗鬱的情緒
到處開着花
然後，大量的結果
纍纍的青果
使得整個株體
更形楛弱
年年，我們收穫着
那細小顆粒的
我們生的苦澀與酸楚

爲了抑制
這些過剩的夢想
和枝椏的伸展
我們特意進口了狄波
讓它把色彩禁錮
把女人的笑

的意味　取消
使花在開放的瞬間
把生的期許收回

雖然，我們那卑屈的枝頭
我將因此
全面低垂着
或在葉上出現了
不明徽狀的斑點
然後，黃葉紛飛
但，這不是更能
表現秋天
肅殺的意味嗎

⊙一九八三、元、十四中國時報第三版報導：「狄波惹非議／衛署堅決引進使用／立委質詢要求三思」，爲了低抑出生率的成長，能同時把所有年輕的母親也殺掉。這一確具有着双重的減少人口的效用。

夜思

鄭烱明

今天的日記
要記載些什麼呢

反正不是
神聖、偉大之類的字眼

誰能告訴我
明天的風將從何處吹來

已經死去的故鄉的記憶
正在時間之海的某處
慢慢腐蝕吧

閉上眼睛
我看到了比生更齷齪的東西

暗房

李敏勇

這世界
害怕明亮的思想

所有的叫喊
都被堵塞了出口

眞理
以相反的形式存在著

只要一點光滲透進來
一切就會破壞

沙穗

拾荒

——三百六十行之二

有人說
拾荒就是撿破爛
你聽了總是苦笑

因爲他們不懂
不懂你背負的竹籮筐有多重
還有你沈重的步伐

魚肚色的天空
是被一陣陣的冷風抹出來
你的皺紋
是被灰塵抹的

我在公寓的陽臺上遛狗
你沒有看到我

你的頭總是低着
—是那頂布帽太重還是雲層太低？

我想叫你
喂 拾荒的 又怕你以為
我捨不得昨夜拋棄的冰箱木框
和保力龍

因為我懂
懂你不僅背負着一個竹筐
也背負人類的自尊
擔心的是 我那隻小博美狗
如果它一吠
我的眼淚很可能會和你的
同時滴下

曾貴海

劍與神

小時候，陪伴祖母
長跪神檀的蒲團
香灰裊裊中神明俯視著
一句話都不敢出聲

少年時
為了親近神
偷偷地躡進廟宇的內堂
摒住氣息
仰望莊嚴肅穆的寶相
而隱約的看見
神的手中
緊握一把劍

年前，到日本奈良的法隆寺
槃涅圓寂的法相

映照著我滿身飛揚的塵埃
寺外嚴厲的守護神
一個個手中都有一把劍

更遠的地方
矗立金字塔的國度
照亮可蘭經字句的
不是蠟燭
而是劍光

更遠更遠的地方
空自旋轉不停的地球上
許多不同的角落
以爲希臘衆神的家鄉
子民們頂禮膜拜的神祇
手中也少不了那件東西

無可置疑的
神的世界
必然有戰爭
那麼神的神
或神的神的神的世界
仍然避免不了吧

黃樹根作品

投過來

——不是逃出來，也不是投奔自由——他說的。

性
交
必然會結出
果實來
那偷偷塞過來
泥土與泥土的交媾
把海兩岸的隔閡
交接起來
把裂痕細細
縫補起來
不是女媧氏補天的
神話故事
只是活生生
忍不住的結合
如何壓制這難抑的慾念呢

當肌膚已偷偷碰觸
天地也竊竊交拜
從黑暗深沉的
地層裏
就會自然探首出來
看一看
春天的
百花怒放

這時的
奔放
舒暢
都是肉體自然的
敏感散發
不要尊稱我爲
投奔自由吧

鐵票

所謂鐵
該是挪也挪不動的
笨東西
所謂票呢
漂漂亮亮的
投出去的
一片綠葉吧

自古就傳說著
一則笑譚
那不知從何方飄來的
葉片
竟無法在風中自由
飄落想去的土地著落
而死定定的
栽印在
被指定的小方塊裏
動彈不得

血紅紅的流不出來
紫印泥滿臉塗抹
呆呆痴痴染繪出
一幅棺材店口的
屍居餘氣

那是無法東西南北
自由自在轉動的
機器人種手中握住的
一張王牌
其實
他們也沒有亮票的
只是投下去的那塊鐵片
沉甸甸的輕快不起來

楊笛

家事瑣記

洗衣

最喜燈下濯衣的心情
一件一件揉搓
日間沾惹的塵垢
便隨著潑灑出去
要你穿著潔淨的衣衫
就像我必會晾開冷濕的皺折
以乾乾爽爽的笑臉
送你上班

升火

喜用爐灶舉炊
門庭前武壯的軀幹
遂被我劈成細細的柴
向晚時分
纖敏的指頭
最易著火

生活

我看著活魚跳蝦
在鏟的撥動下
氣息冉冉逸去
如果，有情終歸無情
那麼也給我一道煙鹵吧

劍

旅人

埋首於武俠小說
尋找那把天下最利的劍
一字又一字
都有劍的光影

那年剃光頭戴童軍帽的我
渴望劍出鞘：
沿門逡味精買票的手斷了
在紅色大門前的惡犬眼睛閉了
戴歪帽刁新樂園的阿飛腿軟了

三十九年的歲月
鼓起我微凸的肚子
那把天下最利的劍
仍然封鎖它自己的消息
不肯自名山走向我的右手
而左手中的報紙
依然躍動許多人間的不平
使我的青光眼更加嚴重了

利玉芳

拉客司機

因爲你面善
而搭乘你的車
在繁華的十字街口
你讓我下車
告訴我
沒幾步就可到達

走過行人遺落的影子無數
走過幾座孤寂的紅綠燈
走過那男子的指尖刺向的地方
心　已走成一條疲憊的長街

經歷漫漫長路
我輕輕彈掉高跟鞋跟的土灰
却沒法拂拭
你駛入我心中
提起的委曲的塵埃

楊傑美

「一隻菜蟲如是說」（續）

㈠

我生長這裏
長在這裏
但這裏不是我的家
我也不是這塊土地的主人
這是從另一塊土地來的那人
宣告的
神啊
這就是你的天賦人權嗎

(二)

我不在的世界
你們才能快樂地繁殖嗎

爲了貪圖快樂
而不停地繁殖了後代
爲了使後代免於匱乏
不得不握緊利刄
不得不高擧熊熊怒火
不得不施放毒霧

你們的
這樣的悲哀和無奈
在輝煌的歷史中
不斷重演着

你們冷酷的
現實的夢
只有在我消失的世界裏
才能安心地播種
快樂地繁殖

莊金國作品

催眠

有一種調子
說的比唱的好聽
尤其那長長地捲舌音
巧合韻脚朗誦起來
恍惚已再世爲人

我不知道，眞的不知道
那種調子爲什麼恁般迷人
只覺得那長長的捲舌音
吸引所有聽衆似睡還醒
恍惚經歷了一趟天國旅行

我不能說，也不能透露
那人一再叮嚀要守口如瓶
除非找到了眞正恍惚的人
才可私相傳授神聖捲舌音
否則必遭天降五雷蓋頂

歡呼的日子
大家一起來恭聽

隨着那長長地捲舌音
配合韻脚朗誦起來
恍惚已重見光明

關切

遠地又傳來苦難
謹寄以無限關切
若使進一步而不能再
有所保留了
我們的態度是
謹表示嚴重關切

遠地又關切紛至
謹覆以永世難忘
若使進一步而不能再
有所保留了
我們的感觸是
漸漸地有些心寒

然而苦難的訊息
不斷地傳來
關切的廻响
令人心寒而難忘
若使進一步有所表示
也不外關切再三

棕色果

教堂

偌大的一個空間
禮拜七上帝要安息
官人讓他的公文停止旅行
農夫讓他的老牛栓在牛棚
工人讓他的鐵鎚中斷歌唱
生意人讓他的算盤不用盤算
他們遵照神的款式
六日做工，第七日安息
從四面從八方
往錫安，往錫安的聖所
虔誠朝拜

攜帶六日的
不義和罪
供奉壇上
神愛世人更愛罪人
祂來不爲好人却要拯救壞人
將他們一牛車的罪

晾在十字架上
基督會扛着走
守息日他們盛妝
宛如聖所裡的藝術花卉
高潔而又芬芳

神的牧者麥克風前
滔滔不絕口沫橫飛
賣力地要將
陷落魔鬼手中的靈魂搭救
他們當中有人給瞌睡蟲咬了
　漸漸超升天國
他們當中有人喁喁私語
　連珠砲似的閒話家常
他們當中有人各懷鬼胎
　不能卸下自己的重擔

哈利路亞。頌音繚繞
會衆齊聲高唱
聖詩美妙而眞正知音的
能有幾人？
哈利路亞。感謝主
他們以吃剩的做爲奉獻
再到那裡去找尋
捐了兩個錢幣的婦人
哈利路亞。偌大的一座教堂
在本世紀該用什麼去塡補？

林宗源詩抄

親情

吮乳頭痛透心
愛爆裂一如春天的花蜜
流入不知飽的胃

沐

你免看
我的手潑出去的攏是愛
你也有

百合花

呑食一肚的生命
空間有百合花的笑容
整部給花瓶咬列
而百合花歌頌無聲的世界
吐出一肚的香味

玫瑰花

開在花瓶血紅的玫瑰
總有參幾朶紫色的夢

放風箏

放風箏的日子
放阮童年的夢
我騎上風箏
去問天
去看天
去
看什麼？
我無飛上天

閒睡的牧童

一個牧童
一隻牛
牧童列看
牛列睏

國劇化粧

一張好好的面
畫黑擦白
一兮好好的人
那是演技好
也免重化粧
伊不敢用原來的面看人

晨妝

請妳放手
在恁的面前
請你給我一頓爽快的早頓
頭前有一兮無血色的查某人
後面微一兮不知性別的人
請妳給我一點仔自由的空間
在恁的面前
請你放手

春牧

她的心給他吹破
一湧一湧的情歌
一絲一絲的春情
她的心給他打開

下面有找食嫩草的喙
笑出一聲食飽的笑
ㄇㄚ——
也無比笛仔較歹聽

安平港

總希望醫好你的病症
用來榮耀阮古早的府城
總希望醫治你心肌梗塞症

阮用挖泥船給你清除血管
阮用科技給你按脈開藥

總希望你堅強起來
用來吞食大量的貨船
總希望你活在笑微微的日子

布袋戲翁仔

你㤚免怨嘆命運
你生自人疊人的黑箱仔內
你生出看人面色的厚面皮
你活在人扰你佚陶的戲棚

活成一生奴才的運命

你列騰雲駕霧　不是
你列吐劍光　不是
你列榮耀風光　不是
你套在人的掌中

演活一生傀儡的德性

你無歷史　只有人的歷史
你無思想　只有人的思想
你無語言　只有人的語言
你無生命　只有人的生命

死成一生奴才的本性

三尾短詩

許達然

一、過年

謠傳猪也肥着吉利
吉利是久未想了
買個福字倒貼

二、瞥

美是工作時
汗然看見
從蕊心升起的蜂
飛向開花的日
的翩翩

三、兩代

肉都已被吃了
牛就死不能敲擊
剝自己而做的鼓
鼓是母親的皮
兒子不知 踩着嬉戲

呂嘉行

愛荷華詩抄

小時候多好

小時候多好
一座橋
若那是兩人
就說一個張良的故事
我是老翁擲履
拾履的是你

小時候眞好
總會把逃難當成郊遊
還時常是暗啞的喉嚨
夢一匹千里馬
是藝高好勇的王子

自從有了被羡慕的隨意
編着楓葉紅

也遇過一兩個愛看相的人
雖然還改不掉愛趕集的習慣
流水已不只是流水
柳絲也不只是柳絲

因爲人們叫它做大學城

因爲人們叫它做大學城
就好像蒲公英的種子
在每年的我一個季節裡
飄落在肥沃的土地上

由曾經看過春雨後的樺葉
閃着雲霭深處的光

驟然由天際飄下一群黃葉
如夏日的野宴
冬天我們會從山坡上
乘風雪而下
相聚在凝冰的湖邊

這裡有一年收成三次的耕耘者
也有三年收成一次的
但我們不能時時默記傳云已久的進化論
因爲酒神間或給各人帶來應得的狂歡

我們總不能在每片楓葉上寫上年份吧
於是有一天
如居高極目的秋葉海
它們將被深淺的記憶所揉和

賢伉儷

小事潦潦
撥落大黃花的晚上
無劇場，
亦無清唱的四郎
只爲洒談茶友
城河丘換事

西來東往
灰白了零碎幾絲
風霜抑風塵
不再是週末旅遊的佃屋人
飲酒高歌的
賢伉儷

當我們不願是
飛着兩個本土的大雁
越單音吉他的大草原
露宿在朱木蓄首的湖邊
便是
一個本土的異鄉人

兩個板橋

我的童年裡有兩個板橋
第一個是祝融廢墟的印象
恰恰是戰後

復戰前的駐軍
冬日的太陽暖不了
祇聽得哥哥姐姐們說
父親大人是個流亡市長

提起第二個板橋
就學第三種方言
學一樣　忘一樣
不久住　不歇脚
更不必置產了
一家子大小帶上遠親

非馬近作

運煤夜車

坍塌的礦坑

都湊不出一個殖民官
就這麼拖拖拉拉的
也混了二十來載

板橋絕不會是院轄市的
雖然駐軍已遠去了
暴動也祇會逕走在隔城
阡陌依舊　家家祭祖
人人都踏過
木板橋

及時逃出的
一聲慘呼

照例呼不醒
泥醉的
黑心

祇引起
嵌滿煤屑的
黑肺
徹夜不眠地
咳咳
咳咳
咳咳

一九八三・一・三十一

磚

疊羅漢
看牆外面
是什麼

一九八三・二・六

趙迺定

現象

雨的自言自語

被人重視那天
簡直窮人大翻身
當那溪水瘦小一條
稻田龜裂，秧苗枯萎
傳播界把停水消息發佈成
三天一停
隔天停
禁水

人們翹首企盼
用囁嚅的顫抖
不腼腆

忘了昔日讓水喉漏水
自言水費很經濟
沒幾個錢
自語是上帝的子民
是佛的生靈

被人重視那天
簡直窮人大翻身
當溪水苗條
傳播界說
禁水
禁水

一個佝僂的老婦人站在斑馬線上

立于兩齒之間
她走進空洞
一手挽菜籃
在白色斑馬線
在鐵柵旁

一輛紅色計程車走過
走過她灰白鬢角飄飄
瘦癯的臉頰迷惘

一輛藍色貨車躍過
躍走她一角黑衣飄飄
瘦癯的臉頰忘掉

一輛警車響着警笛
導引一輛裝甲車轆轆壓過
壓過她一畦心田的哀痛
瘦癯的臉頰泣了

立于兩齒之間
她走入空洞
挽菜籃走入空洞
走入不同的時空

牧秋野詩抄

困境

生命的災煤、燃燒、燃燒不出
那召喚求援的煙火；
情感的彩翼，飛躍、飛躍不過
那殘牆枯壁的冰冷；
思想的銳鬚、掃射、掃射不透
那鐵網藩籬的密佈。
往往曾是：撲燈的靑蛾，
而今又是：墜入圈輪的灰鼠，
未來像是：斷脚遠翔的黑鷗。
借問，山岩，豈不放淸風路走!?
敢詢，藍天怎忘白雲蹉跎!?
難道說：造化賜恩，
抑或，
給與背叛品嚐苦果!?
奈何，
受難者，只是人世彌陀，
潛藏罪惡全儘享樂者!?
開天闢地的神祇
何曾將平等的種子
在人間大地撒播!!

飢餓

飢餓
是一口永遠塡不滿
的無底枯井
生命却因
不耐空乏而向
它投降
呑食生命的
不是戰爭的浩刼
也非天災的大禍
戰爭是人爲對
飢餓的裁止；
天災是造化對
飢餓的絕禁，

飢餓，
使種族不停斷的繁衍
飢餓
促文明的脚步加速
飢餓
也爲歷史留下不變的韻律
飢餓
主宰着生死、智愚、福禍、優劣
飢餓
是一切生命生成變化的因素。

趙天儀詩抄

眞理的祝福

在惡毒的誹謗聲中
一切謠言都佈滿了恐怖的陷阱
以不理的倔強的意志
使誹謗軟弱無力，陷阱無法得逞

以一把鼻涕過河的姿態
訴諸情緒的惡意的指控
在正直的正義之前發抖
在眞理的發光中也無法抬頭

只有玩弄權術的把戲
察言觀色，是一個欺上壓下的阿諛者
一面過河拆橋，不惜犧牲他人

一面危言聳聽，極盡其挑撥離間
以暴力的詐術陷害他人
却也被另一種詐術所處置
這可悲的世界呀
充滿了荊棘的途徑

當暴風雨橫掃而過的時候
大樹斷臂，小草伏地
而在雨過天晴的日子裏
被迫害者在困境中却受到眞理默默地祝福

生日快樂

媽媽在痛苦的火山邊緣掙扎
斷臍的啼聲是到達世界的消息
愛的祝福，無限的企望
在媽媽疲憊淒然的微笑裏

巧克力蛋糕是快樂的焦點
熄滅的燭光是無聲而神秘的情意
忘却媽媽的含辛茹苦
忘却時光脚步的烙印深深

小時候跌倒，迅速地爬起來
不如意的哭泣，初嘗失敗的痛苦
在童稚的愛裏
居然也伴著離別的神傷

唱難忘的童謠
畫粗枝大葉的幻想畫
從小不點兒的頑皮搗蛋出發
愛的幼苗需要隨時隨地的灌溉與栽培

不懂什麼教育原理
不曉得什麼愛的哲學
像母鳥餵著幼雛
把愛從嘴巴裏一點一滴地傳遞

而今，我已從苦難中成長
在暴風雨中的陋屋裏學習忍耐
在烽火的歲月裏培養戰鬥的意志
在生日快樂的歌聲中，默默地企求生命的智慧

蜘蛛花紋

桓　夫

長長的八肢　撐着醜黑的身軀
醜黑的腹部下
緊抱着圓盤型的白袋子
從窗外　突襲侵來的
大母蛛
似乎很喜歡這裏——美麗乾淨的
少年的房間
聞聞青春的香味
重新整頓了母蛛的威嚴
倨傲　佔據在天花板的角落
看準了房間的風景
然後　一刹那
拉開圓盤型白袋子的拉鏈
放出數不盡的小蜘蛛……
數不盡的小蜘蛛
　爭先恐後　躍出來
　絡繹不絕　爬出來
爬到四方形小房間的白壁　白壁的各個角落
在適當利己的位置上　坐着不動了

和順的少年　從一開始就觀察着
大母蛛的行爲
首先　好奇地　被怪異的圓盤型白袋子
吸住了　有如客人帶來了禮物那麼
聊表歡迎之意似地　期待着
凝視着　然而
白袋子的拉鏈
被拉開的瞬間　爭先恐後
跳出來的無數的小蜘蛛
像敢死隊員

像陰謀的恐怖份子
顯露着充滿私慾的醜八怪的姿態
顯露着喜歡內鬪、搶刼、殺生的兇貌——
和順的少年
看到形形色色的小蜘蛛
做出令人不能容忍的行爲

大吃一驚
眞是不要臉的傢伙
然而 事態已無法挽回
少年的樂園被騷擾地亂七八糟。

要打死佔據在天花板角落的大母蛛
不必費很大的工夫
但是蠻橫的無數小蜘蛛
似乎都經過週到的訓練
要像塵埃那麼掃出去
却不那麼簡單
少年開始焦慮了
左思右想 想不出趕走小蜘蛛的妙法

只望着窗外一片綠地
綠地！
對啦 搬到天然的綠地去
把房間的窗門封閉起來
再來一次油漆 裝璜
濃濃地
把大母蛛連小蜘蛛用油漆黏起來做花紋
刷新房間 一定很漂亮
黏上一隻大母蜘和數千小蜘蛛散亂的花紋
一定很漂亮——漂亮的歷史
於是 少年高興地
含着微笑 拍手
又拍手

巫永福詩抄

採花蜂

豔陽下暖風陣陣吹動了愛的慾望
也幽幽地吹來清純甜蜜的芬芳
而花苑紅白的花蕊也及時地盛開
引誘着汪汪歡舞的小小花蜜蜂

樂群可愛的花蜜蜂展脚伸嘴欣然說：
花小姐：您的紅顏增添這世界華麗的色彩
爲了酬謝您的奉献和賜給我的香汁
我帶來您最喜歡的輕輕禮物—花粉

秀朗的花朵出掌擁抱起來笑着說：
蜂先生：感謝您的報答和週到的服務
所轉的花粉將使我大大宣受愛的興奮
而無愁凋謝仍能結實傳代延伸

豔陽下花蜜蜂打着翅股忙着吸吻
又週旋於花叢之間續作愛的媒介
在一片閑靜歡樂的園圃裡上上下下
而朶朶花瓣更加鮮豔玲瓏耀眼

五月粽

1.
陰雨連霖便知五日節水的來臨
家裡也準備了糯米、蔴竹葉、菜肉要做粽
就必聞出粽葉發出陣陣芳香

2.
汨羅江畔披髮憔悴的屈原黑影
又適時地顯現於幾束粽葉上來
而抱石投入於江底也沒有水聲

3.
看見驚覺的漁夫趕緊搭舟前來
却在汪洋的水流中來不及解救
而留下永不能忘懷的幽憂愁苦

4.
大夫曾喜見於東皇而歡笑良久
又疏遷於懷王而過度憂國悲傷
而流浪於江濱即作懷沙沉吟不已

5.
三閭熱愛楚國的鄉土開胸欲言
盡以楚國的語言寫成離騷天問
敘述楚地風俗、事物與歷史

6.
淡水河上將有盛大的龍舟競賽了
家裡的案桌也將上肉粽香果並置午時水
而爲景仰偉大的鄉土詩人我又要再讀楚辭了

碧山巖

碧松閑招雲鶴夢
千里春麗展眞樂
山光風和巖前秀
觀淨無塵香一爐

旅台詩輯

北原政吉作
陳千武譯

晨露

假若是公司或銀行的職員　早就該退休享受種蘭或喝茶
的玩藝　過著快樂的日子的我　這麼大年紀還要在山中的
湖畔　當小飯店的經理　是爲了對付那些不繳房租的流浪
者　到這裏來蠻橫獨行
不該讓那種人住宿　我要趕走他們
我每天早晨　裸著脚踏湖畔草坪的露水　鍛鍊身體　不
僅爲了自己健康　却是爲了防備緊急
這個島　幾百年來　我底祖先經營的飯店　應該付房租
才能住宿　不必讓不繳房租的無賴橫行
然則　組團湧來像暴風雷雨任意住宿　那種旅客該收多
一點租金　不過　親蜜的朋友可得到八折優待
剛才你也看過一對胖男女出去了　他們以爲自己是天使
整個晚上在上樓房間遊戲不停　一想到就嘔心　我必須
踐踏晨露堅持下去　不該讓那些傢伙假裝天使而得意
我要迎接眞正的天使　爲了大家把這一帶建成樂園
還沒達成期願我不該死　必須繼續踐踏晨露堅持下去
留在湖畔路邊雜草上的露珠　映著有心的人　反照著晨
陽　被我踐踏瞬間消失了

譯者註：山中湖畔飯店的經理，爲已故作家張文環先生。

双十節之夜

毛澤東死去的那年双十節之夜　我在臺北新公園的音樂
堂看電影　電影報導軍隊威力的遊行場面　遊行延續不斷
我忽然想起了　曾經在這裏舉辦的衛生展覽會　在會場
看到毛奈爾的骨骸
那骨骸令人感到像黑爾麥士型的大男子漢　十分有魄力
我看着骨骸　骨骸對我說：
我的反逆　絕不是惡劣的行爲　我相信　你應該知道這
個道理
有理解的人　必定被稱爲「蕃」的高山族的智慧與勇氣
與榮耀　由於官警的抑壓與差別，侮蔑與欺瞞的作法　到
了無法忍耐的地步　才起義行動——
我不是盜賊　不是說謊人　沒有下賤劣根性　浸透於骨
髓的正義心　死也不放
雖然是骨骸　但它的話充滿着男人氣慨　我確實感到亡
者的悲哀　痛心地跳出會場　那已經是半世紀以前的事啦
爲什麼今夜　我看到這麼熱情感動的電影　想起敗者的悲
哀？
電影接着放映華麗永壯的年輕女兵的遊行　再放映民衆
與職業團體發揚戰爭意識的花車　遊行的人與看熱鬧的人
都很興奮熱烈地搖着手……
混沌的情緒襲擊了我　使我感到寂寞　這是一個骨骸的
故事　留在我心裏深處的故事

怪盗斑紋蚊

依據學習圖鑑稱爲支那斑紋蚊　（是蚊子被害者的報告文
字。）
支那斑紋蚊是♀　換算人的年齡推定爲十六歲　民國七
十年三月六日半夜　在中華民國臺北市龍山區西門大飯店
從住宿的日本人觀光客浮萍氏某的房間換氣孔潛進　吸
收睡眠中的浮萍氏肚臍眼血液○•○○○○耗公升之外
提起尾巴降落　再向耳朶插入銳利的嘴針　吸收中被發覺
而逮捕
診療所檢驗的結果爲dengue（登革）熱　特有瘧疾三
日熱菌　如釋放即有再犯的可能　最近幾年才發佈過瘧疾
已絕種的宣言　這該怎樣處分　意見分歧不定
最後決定把斑紋蚊　以保健衛生研究資料隔離起來
然而　到黃昏的時候　斑紋蚊便化粧地妖艷　飛來看守
的耳邊　唱起令人消魂的咒語
過着貧窮生活努力向上才得到這個地位的看守　本來就

同情着從臭水溝的孑孑羽化過來的可憐的斑紋蚊　遂答應
了　睜一眼閉一眼
斑紋蚊逃亡了之後　街頭所有的公告牌　便貼着「勵行
衛生驅除害蟲　消滅怪盜支那斑紋蚊」的海報
揚起尾巴　比注射針更銳利的嘴尖吸允人血的斑紋蚊的
姿態　更成人一樣
浮萍氏某看了海報便想起　這不是那隻斑紋蚊惹起的結
果吧……

在肉店裏

隨便抓來　亂殺亂賣　這怎麼行？
不要那麼大聲　李君牽制了我說話
肉店的老板奇異的睨了我一眼　又恢復他的磨刀工作
削過毛的巴克夏種猪　被綁後脚吊在大鈎上　已被取掉
了內臟　一滴血也不滴下來
關在圓型竹籠裏的雞和鴨子　呱呱叫着
在不大聲就聽不到的騷鬧裏　我感到奇異的狹窄和噁心
吸入緊張的空氣站着
我們的立場跟這些傢伙一樣　像你那麼大聲喊叫　或太
胖了　會被看做猪或鴨子

我瞭解李君巧妙的諷刺　微笑着心裏却感到不安
都是命註定的　邱君挿嘴說　但是由於認命而被當做猪
或鴨子　這怎麼行　魔術師也是人嘛　魔法也會解開
剛好有人來買鴨子　被綁着脚的鴨子　用扁嘴巴舐着泥
土　呱地叫一聲離別的話　就把尾巴指向天　吊在脚踏車
被帶走了
鴨子在想什麼？是在想人類嗎
狗比人偉大的維新前的時代已經過了　而把人當鴨子
實在太過份　應該喊大聲一點讓他們知道才行　我看了李
君　李君却默默抽起長壽香煙來了

故施裏女士（李篤恭先生令堂）年輕時期風采

坐標

—悼念亡母

李篤恭

生辰誤落在時空之經緯
均爲「負」的第三象限：
昭和七年夏末

在熱鬧的媽祖誕辰的大拜拜中，
滿街的人們都大笑着在看一場大戰；
正在那石橋上跟一隻常咬人的牡鵝戰鬥，
抓扭着牠的嘴巴的阿母那姿態
英勇。
昭和八年初春—
幼年底我仰首一望心愛的阿母；

我都慈母觀音高大比她身後
八卦山上那打傷了日寇總司令官
北白川宮能久親王的砲台上那
太陽旗。

昭和九年春晨—
被一陣笑罵聲吵醒了便看到鴛鴦戲；
正在對父親撒嬌要買新衣的阿母，
編造着一堆謊言說不買的阿爸；
劃破了連綿的霪雨一道陽光射進
我家。

昭和十年初夏
在醫院裡跪上在小弟的病牀前，
以幾乎無奶水的乳房餵着她的寶貝；
那竟是阿母在爲弟弟舉行告別式！
後來她爲弟弟你哭得病倒了好多年；
如今阿母和你和妹妹都一起在
八卦山。

昭和十一年仲秋—
在那掛滿了詩辭的優雅的書齋中，
一陣一陣悲憤激昂的嘆息洶湧着；
正在同賴和他們志士秘談的阿母
那詛咒着統治者的歧視剝削與壓制，
那不時高呼着自由平等和「孫文」的
無奈。

昭和十二年炎夏—
七月七日終於日寇向祖國動武了！
責難日本之可惡而被逮進地獄裡；
九天後從警察局蹣跚着出來的阿母
呻吼了凄絕的一聲：幹伊娘！
那衰弱而憔悴的兩眼却高傲地在
凄笑。

昭和十三年初冬—
爲被統治者斷絕了一切希望而沮喪
而變得暴躁易怒的父親大罵了一場；
姐姐和我趕去阿母逃往的嬸婆家；
在大雨中她不忍心而送我們回來，
我們又送她回去但她再送我們回來，
我們又要送她因而三隻落湯鷄張口
哄笑。

昭和十五年嚴冬—
由於向毒罵着中國的日人老師
說了一聲胡說而被打罵了一小時多；
來接受遍體鱗傷的我回去的阿母
咬緊着牙關而茫然凝視這受支配的
大地。

昭和二十年初春—
一家躲在盟軍空襲下的防空壕內，
兩手合十呼喚着天地萬神的阿母

每當一陣炸彈震裂着鄉土爆發了
那蒼白的面頰便抽搐着擠出一絲
苦笑

於是乎這中國婦人回進了
「一正一負」的第四象限：

民國三十五年深秋—
利用着大雨的黑夜爲飢餓的一家人，
潛入了詐騙過父親的人家的農園，
一邊吟詩着一邊在偷摘蔬菜的阿母，
全身黑濕濕的泥菩薩向空間呼出一聲
詛咒。

民國三十六年初秋—
終於搶得一職而爲飢寒的孩子們
每天步行十幾公里上小學當護士；
每當走經過祖父那高聳的墳墓便停脚，
仰望着那墓碑正在膜拜祈求的阿母
那兩肩突然變得無力垂下而默默地
顫震。

民國三十九年炎夏—
面向我激咳着吐出了一大口紅血，
不要不要！不要——阿母哭喊着，
搖擺着全身像小孩在撒野般的阿母那
怒眼。

民國四十六年深秋—
欲要動用家產來復興家道的兒子
與渴望死守祖傳古屋的阿母衝突；
抵抗日寇侵略的頑固却成了墨守傳統：
一場漫長的 Generation gap 之戰展開，
於是爲孝道兄弟紛紛地放棄了故鄉
離散。

民國四十八年夏末—
弟弟被一群地痞偷襲而受了重傷；
深夜一家人全副武裝而浩浩蕩蕩地
引率着我們三勇士要去討回公道；
大無畏的一家逼使敵方設宴道歉；
看那奔走在大軍前頭的阿母那
決意。

歷盡了滄桑的阿母
決心要把坐標固定於
唐山……

民國四十九年夏末—
兄弟皆不能爲她慶祝六十大壽；
拿着一把五毛錢的扇子當陽傘，
睨視着街上年輕美麗的少女們的歡笑：
炎日高耀荷花驕
寒月低徊心華凋
人生苦撐六十載

竹杖草屐是吾修
（阿母忘了她撫育了四男二女
名個登上最高學府——）
把滿腹的悵惘吐塗在那紙扇上的阿母，
從此本要捨棄了人間世而躲進她那
幻夢。

民國五十年冬末——
痛恨着誤世害國的無能怠慢和貪汚，
渴望着挺身衛護這苦難的鄉里和國家，
自命為監督官而坐鎮於縣議會的旁聽席；
報紙說是地方自治典範，但人人譏為怪人，
可是沒有能看得到阿母的建國方略與
理想。

民國五十五年初春——
做效盤古開天的精神而奮起的阿母
決心要問政參政而出馬做市民代表
史上最年老又最無錢或無背景的候選人；
以天下興亡匹「婦」有責為鵠的。
轟轟烈烈競選而當然很光榮地落選了；
在人們欽佩感動或好奇訕笑中，
她睥睨四周的不知不覺而長嘆於國家尚未
富强。
「天非降大任於斯女也！」阿母呵呵地哭笑，
「唯願後生之能可畏……，別成了阿斗」；

於是，她强迫自己再躲入她那幻夢。
揹負着她那苦難悲愁的包袱，
日日往到處追尋那失落了的美夢，
穿過人慾橫流而汚穢的街衢疾走着；
她還是偶而能够找到了憧憬的綺景，
在於那奸臣歹徒作惡但忠臣好人終必勝的
歌仔戲……
在於她時間是停止在她那自我的
坐標

民國五十七年初秋——
獲知兒子遇難而復成了女將的阿母
喊道要死嘛就死老的而宣言說：
要披散着亂髮哭喊於大道上求助；
不怕鬼神而活像阿修羅的她那
睜眼。

民國六十二年初春——
與臨時請的介紹人吳濁流老先生
和證婚人鍾肇政兒並立於兒子的
婚禮壇上的阿母一直用閩南語在
同用客家語的吳老笑談着詩藝；
語言藉日語才粗通但喜氣使兩個白頭
閃爍。

民國六十四年初冬—
從故鄉遠遠地趕來看剛滿月的孫子：
好！健全而且酷似其祖父和父親；
高興又滿足使得她吃掉了一大條炸魚，
再吃了大量金十字胃散的阿母那
慈容。

民國七十年初秋—
大病一過坐在淡水鎭清水巖前庭
把那廟宇石柱牆壁上所有的詩辭文
吟唸了一遍的阿母那眉宇間的一股
自信。

從此她理智不再了，
陷入了非正非負的零—零
坐標！

民國七十二年隆冬—
挨過了半個世紀的大日本帝國；
生活了三十餘年的中華民國；
於是阿母擯棄了這汚染動盪的世界；
忿怒地緊閉住兩眼和嘴巴再也不動—
終於她將看不到她夢寐以求的
民主自由而美好富强的
大中國。

何時何日將是時空之經緯
全爲「正」的第一象限？

阿母——

——家母本名王素卿，後因被賣予施姓祖母，改姓名爲施裏；享年不詳，戶口上爲八十三歲。

日據時代臺灣新詩的回顧

吳坤煌作品
林　美作品
霜　草作品

冬之詩集(1)

吳坤煌

一、晚秋與少女心

涼爽的清早空氣，
柔和的太陽慈光，
吹向原野的朝風，
帶銹氣的風。

又活潑、又愉快，
又充滿著青春的，
我們的心，
非是秋天的心。

啊，啊！這個綺麗的枯野中，
眺望著空虛的蒼穹，
互相發散著青春的，
極樂源泉！少女之湖。

二、婚約者、婚約者

看似橙黃色，
透過玻璃紙而朦朧，
也許被在旁邊微笑的她所迷惑，
被咖啡麻醉的我——

又靑又白的心在跳動、跳高，
瞪眼空中的她——又對你怠慢而不理，
婚約者，婚約者。

在都市裏，爲疲倦的知識分子休息場所，
有個鄉下老爺嘮嘮叨叨；
「誨淫性慾的地獄啊！」
「是腐蝕靑春的魔窟！」
何況在此互相發散靑春活力，
烟霧與笑聲漂浮而波動、波動，
那個老爺的兒子也是這裡伙伴唷！
婚約者，婚約者。

漂流的音調是紅色，
歌唱的聲音是淺咖啡色，
心自然而然地跳動、跳動，
又向灰色墻壁凝視，
今宵我也在一個角落裡，
靜靜地玩弄著火柴盒而坐，
婚約者，婚約者。

三、吹向丸之內街道的風

穿梭白楊樹枯枝間而猛吹的，
含有飄霧的寒風，
你們不斷地將汽油味、炭酸瓦斯，
散發着香氣，把樹木也給燻醉。
在它下面交熾飛翔的無數靈魂呀！
對細聲密語的風，暫時停止脚步吧！
對將攀上大厦，而會飛向大理石世界的你們，
那個風。

是向沒星星而灰色的世界？
是向美女閃爍而神秘瞬間的天國？
塵埃飛揚的風也知道，
等候電車的我，雖被思慮所驅使，
對白楊樹吹打塵埃的那個風？最詳悉，
但兩個世界的任何一個也不是，
熙嚷騷動的風，或許在在可憐
對以鎭靜劑過夜的他們—失落靈魂的他們。

即使在摩天樓上自由之旗群會飄揚？
那個風，可是北風呀！
繼而會降下來白雪滿地？
雪來後是會早給生出嫩葉的春天？

（註）法語Fiance，咖啡茶房店名。
（一九三六年二月日文原作，一九八三年三月中文自譯。）

鳳凰木的囘憶

林　美作（現年六十三歲）
林彩蘋譯

鳳凰木的花開了，
那鮮紅、鮮紅的花開了
在那天空蔚藍的五月裏，
有一群四年級的孩子在嬉戲，
在那鳳凰木下。

教室和辦公室之間的中庭
並排著三棵好大的鳳凰木
在那樹幹上掛著「鳳凰木」的白色木牌，
經風吹雨打，那黑字已有些脫落，

一到夏天，就開滿了紅色的花朵，
那狹窄的中庭，忽然明亮起來了！
孩子們在那鳳凰木下面，
挽著恩師那粗大的手臂，
茁壯地，漸漸地長成。

下過雨的中庭裏，舖滿了紅色的一片，
好美哦！
孩子們爭撿著那花蚊做蝴蝶，
爲了這，也曾被老師責罵過。
那一群無邪的孩子，就是我們呀！

那樹影罩滿了整個中庭，
我們在那兒「跳房子」、「捉迷藏」，
辦公室傳來的鐘聲搖曳著那翠綠的嫩葉，
夏日的中庭，被幸福包圍著，有如夢一般。

那鮮艷的紅花，一定每天
聽我們在唱歌，聽我們在跳舞吧？
我們還跟老師一起遊戲呢？
哦！對了！說不定也看到過我們被責罵呢！

夏日裏的黃昏，西邊的天空，被染紅了，
老師一定打開教室窗戶，被那南風吹著，
靜靜地注視著，那紅花在飛舞、飄落！
並在感謝，今日又平安地渡過了！

祈禱明日一切能順遂，想到我們這一群，
還有兒童劇，舞蹈的步伐等，
老師一定在那裏，靜靜地構想了吧！
相信老師也小聲地哼著兒歌吧！

等待的暑假來臨了，我們每天到學校，
在鳳凰木下，老師帶著我們一起遊戲，

累了，跑進教室裏。
大家玩「彈小兀頭」，老師也參加了！
他是男生，但是好會玩！
我們都拍手，高興得跳起來了！

暑假過了一半，有一天淸晨，一個人跑到學校，
老師趴在向中庭的敎桌上，
『老師要到很遠的地方去了』，看都不看我一眼；
好難過！好難過！大聲地哭開了！
兩手抱著柱子，頓著脚，淚都快哭乾了！
當時鳳凰木上已脫去紅衣，
祇在地面投下濃綠的影子。

別離的早晨，我們表演了「月世界」「龜兎賽跑」的戲，
都是老師敎的！大家都無心表演……。
老師的眼睛都哭紅了，
我們也都哭了……。
啊！鳳凰木的花謝了！
　我們失去了愛我們、疼我們的老師！

第二年的暑假，開滿了紅花的鳳凰木樹下，
心愛的老師回來看我們，大家都跳起來！太高興了！
老師又敎我們「夜裏的木匠」（歌劇）在我們那間充滿回
　憶的教室裏。
但分別的時刻到了，大家握了手；
老師握得我手好痛！他告訴我『這樣心才會交流』，
老師那慈祥的容貌，至今尚留在我心上。
啊！以後經過幾年，中庭的鳳凰花開了！又謝了！

但，我們再也見不到老師那慈祥的影子；
老師已到遠方去了呀！
有一天，大家在整理教室前的花圃時，
挖出來了紅花瓣和沒有燒完的信紙……。
是要走以前老師燒的吧？
眼看著那信紙和紅花……
大家思念著在那遙遠的老師，
在那靜靜的黃昏裏。

夏天一來臨，鳳凰木樹上花開了。
我總是會想起老師……
那歡樂的童年，一天到晚唱呀、跳呀；
很想讓老師看看，已長成的我們！
今年夏天已到了！鳳凰木稀稀落落地開了，
眼看在夕陽裏，越發艷麗的紅花時，
我的心胸充滿了童年的回憶；
憶戀著昔日的夢，
懷念遠方的恩師！

啊！鳳凰木；難忘的時日，鮮艷的紅花！
　每年見到你，會沉醉在童年的回憶裏……
　每當此時，流著淚……
　思念著恩師及我的同伴……。
啊！談談我童年時的美夢吧！
　鳳凰木上的紅花!!!

林美十八歲時作

霜草

牢獄之夢

（日本軍隊軍伕奴役記）

一、

燦爛的星兒閃爍在天空，
東方朝霞紅，縈繞碧山峰，
喔喔的雞聲，打破了牢獄的美夢。
軍伕們匆匆地吃了餵猪狗般的飯，
揹上鋼盔，携帶飯盒和水筒，
搖過長吊橋，前去做那牛馬樣的工。

二、

暖和的太陽照耀到天中央，
綠竹搖風，燕子自由飛翔，
羊兒在山坡上吃草，得意非常。
獄卒向軍伕們殘暴的叱咤、驅策，（註一）
軍伕們敢怨而不敢言，汗濕衣裳，
冒着飛機的掃射，在空襲中趕運軍糧。

三、

落日西斜，暮靄佈罩四方，
野鳥歸巢在枝梢頭清亮的唱，
農夫村女牽了水牛歸返村莊。
軍伕們跟着獄卒慢慢地回了牢獄，
疲倦地坐在鐵路旁休息、乘涼，
有的托腮愁悶——唉！大概是在思鄉？

四、

青山沉寂、皎潔月色如銀，
田裏蛙聲嘓嘓，林中犬吠陣陣，
夜露篩下了芭蕉葉上呵，淋淋。
牢頭獄卒喝得酩酊大醉了，睡熟了，（註二）
軍伕們也悄悄走入甜美的夢鄉，
從夢鄉去找他的父母、妻子、愛人！

一九四五年二月二日於旗尾軍伕第一分隊部

•曾載于國聲報南光第二一期

註一：獄卒喻上等兵的班長。

註二：牢頭即伍長的分隊長。

虱目魚

黃平堅

冬天寒冷的時候
身長半寸的魚秧
不知它是那裏來
海裏小魚一大堆
漂流塩分地帶沿海邊
小魚浮游海水中
似乎—失去母親的孤兒？
啊呀—你是虱目魚！
一個老魚夫大聲的呼喚
喊著—大家趕緊來—
喂—快來撈魚栽！
村中的人—都忙碌起來！
手忙脚亂的拿水杓—有的提水桶
忽忽忙忙的走來海邊
不怕海水的寒冷！
不顧生命有危險！
一個一個跳入海水中
五尾—十尾的拚命撈
有人說—魚栽啊！
爲何今年來得早？
你是我心愛的虱目魚！
我會煮卵仁餵你吃
好像嬰兒般照顧你
把你送到魚塭去養飼

虱目魚啊—虱目魚！
魚塭是你的天地
無波浪—無敵魚
保你安全的生活
吃得好—吃得飽！
飼你肥—養你大！
虱目魚啊—虱目魚
魚塭是你的樂園
養你的同胞數萬尾
有你的親友一大陣
不孤單—免無伴！
也有公的—也有母的和你在一起
希望你快大尾
好得成親—快生子！
虱目魚啊—虱目魚
飼你身長有一尺
體重十多兩
爲何—不吃餌？
爲何—不上鈎？
使人眞懷疑—罵你是怪魚！
虱目魚啊—虱目魚
傳說你是銀河的玉鱗魚！
想去龍宮當女婢？
不願來此做新娘？

確實有志氣—眞的好女兒！
若是落網幾分鐘
情願斷了一口氣
任人煎—任人煮—隨便人意思
虱目魚啊—虱目魚
爲着愛自由—不怕死！
不願活得無意義！
甘願以死來抗議！
確實有勇氣—使人眞驚疑？
虱目魚啊—虱目魚
請你要了解！
魚塭爲你設—塭岸爲你築
怕着海浪來侵害
建設堤防是應該！
魚塭是你生活安全的地帶！
虱目魚啊—虱目魚
讓我稱讚你—給你一首詩
疑是天下流浪兒
豈知銀河玉鱗魚
若得天涯相比較
知識世間愛自由！

新人作品評析

•本欄特別歡迎新人投稿（註明「作品評析」）。
•給分標準優2分、可1分、劣0分。
•積分須參照評者人數。

評者＼作品	我的紙鳶（許佑生作品）	水牛（吳明興作品）	書桌（吳俊賢作品）
詹冰	1	1	0
林亨泰	2	1	1
桓夫	0	1	0
李魁賢	0	2	1
趙天儀	0	1	1
鄭烱明	0	2	1
積分	3	8	4

書桌

——贈某反戰者

吳俊賢

書籍參差列著
如經過戰事的城堞
鉛筆，刺尖
橡皮，頹顱
自稿紙上，峋骨支撐靈魂
檯燈，黃光撒照——
多像沙場啊，一個死敵叫戰爭的四方
何時？鐵素都能回歸農家
甚麼時候？生命全歸自然所掌？

※評語

李魁賢：把書桌上的凌亂設想成沙場，是很有趣的發想，可是看不出作者的立場是什麼？從第一段的佈局，忽然跳入第二段的線索在那裡？措詞簡潔是其優點。

趙天儀：以「書籍參差列著」來明喻「經過戰事的城垛」，那麼，書桌便是一個「沙場」了！末了兩行的表現和疑問，究竟象徵了些什麼呢？

鄭炯明：意欲有所表現，但比喻牽强。

水牛

吳明興

爲了相信某種時代
我把最無心的牛
倒過來理解

如果水田不出關
牛必也當神仙去了
只是出關的牛未必是水牛
而只要是水牛
就別想把他倒著騎

這傢伙時常是不很溫馴的

只要在我們的海島上
除了進口的牛肉宜於鐵板燒
凡是沉默於耕田的牛
就休想把他置在鐵砧上
用鋼刀肢解
而後血淋淋的賤價拋售

只要是在我們的土地上
脚踏實地犂田的水牛
就得一輩子老老實實的
爲保有這塊版圖而活著

好活歹活是一回事
只要不掉入別人進出的陷阱
管牠紅牛黃牛
只要是黑色的水牛
就休想把他倒騎著
出關去

※評語

桓　夫：比喻的類似性不太適切，尤其在前幾段，因而象徵的意象感到有點模糊。具象一點，或會露出甚麼馬脚似的，這首詩的主題，未甚集中而明朗。

李魁賢：爲了表現水牛執着於泥土的根源性，把老子倒騎青牛出關和進口牛肉鐵板燒，加以諷刺對比，最後回到「就休想把他倒騎着出關去」，立場鮮明而堅定。在詩想的發展和語言表達上，應該還能鍛鍊得更精緻。像第一段就似乎完全多餘。

趙天儀：以逆說與反諷表現了水牛在我們的土地上的命運，也頗令人同感。

鄭烱明：雖然有點瑕疵，像「出關」的含意不太令人明瞭，不過整首詩的表現完整。

我的紙鳶

許佑生

紙的滄桑
植栽著過往的魂魄
你是招魂的旗幡
我是哭靈
道不完的身世是你的飛翔
如同我的故事裡
寫著雲來雲往的跡痕
不學我霧興霧落的双眼
只想私自
摺一隻小小的紙鳶
於是啊！我的千種懷想都飛入了天際
你是招魂的旗幡
我是哭靈
一如你是一隻小小紙鳶

※評語

林亨泰：藉著「紙鳶」意象，讓「我」（哭靈）與「你」（招魂的旗幡）之間，有了「道不完的身世是你的飛翔」這般隱喩式的關連。毫無疑問的，這種想像力是完全屬於詩的。

李魁賢：紙、紙鳶、魂魄、旗幡間的關係很亂，除了同樣的紙質以外。

趙天儀：「你是招魂的旗幡」與「我是哭靈」形成了一個對比。可惜，在這關係中，似乎沒有更新鮮意味的表現。

鄭烱明：描寫欠深刻，如「雲來雲往的跡痕」、「霧興霧落的双眼」抽象的語句，另外，「招魂的旗幡」的聯想也欠恰當。

吳俊賢

夜半雞啼

當全世界癡迷黑的謊言
獨你堅持揚啼白的眞實
沈悶且汚濁的空氣傷害你的肺
沈重且生銹的夜色喑啞你的喉
依然奮力高聲
打破死寂的靜默

當全世界醉戀甜輭細語的美夢
你却以刺耳的嘶吼
表現自己

歷史的夜半是不容許喧嘩的
你難道不知
黑色加白色　還是黑色

簡景淸

灰鴿

折翼的灰鴿
掉進黃昏的古井裡
尋覓止渴的溪水

帶著哀傷的心緒
凝望無涯的海平線
斜陽以千萬的利劍
刺傷了我的雙眼

在這孤離的海島
野鴿子的黃昏
不知何處是歸途
獨自黯然。

邱一新

祖母畫像

祖母的畫像
炭筆素描亦可
水彩著色亦可
水墨渲染亦可
但總不比
版畫
來得入木三分
刻骨銘心
簡單的線條
要能勾勒出
祖母臉譜的
溝紋
歲月過境的痕跡啊

王浩威

鏡子

遠遠看你走來
一些春天正愉悅激放
在步伐，在手勢
在起落迅速的雙臂
在你飛揚的神采

你何等光采，我知道
而我的皮相只適合躲藏
你可能有些驕傲
但我依然佩服你
你或許十分矯情
可是啊！我崇拜你

現在我坐在鏡子前
看你在鏡裡溫儒微笑
是笑我的缺點和猥猲嗎？
但我還是和你相映的一種呀。
求求你，再看淸我吧！

吳明興

秘密檔案

靈魂肢解肉體的罪證
在檔案室裡匆忙的進出

誰是兇手
成群的探子
滑頭楞腦的在偵防著
沒有人知道陰謀是如何洩漏的
關於失踪和叛逆

暗地裡有一種臆測流傳著
　戰爭的恐懼
　死亡的魅影

有誰知道呢
這是一樁極機密的買賣
在謎霧中進行著

凌亂的殘骸滾過大地
不知是誰的泥土
　那一系的汚血

靈魂在棄屍後
將迅速的取得綠卡
而成爲遊蕩的野鬼

坐在摩天樓頂竊笑的鬼
旣不失踪也不叛逆
只是在計劃中安排的悲劇而已
傳說這樣的勾當沒有罪惡感

而在層層制約的禁令中
肉體的迷惘和靈魂的逃亡
據說將永遠被反鎖在指紋裡
而成爲秘密檔案

一九八三・一
臺北・松之居

詩人的備忘錄(28)

錦連譯

當我們完成一首詩時所感到的充實感或放出感，跟把某種意思的事情清楚地指出來的感覺是有所不同的。譬如像A是由於如此這般的理由而成爲B這樣的事情即使你能用散文巧妙地加以論理化，也會感到像是有一種沈澱的東西抵觸着意識。但順利地寫完了一首詩時，却不會殘留澀滯感的。

此外，這種充實感或放出感，與着了迷的感覺相似。它不是神靈附體，不是被鬼怪迷惑，不是意識形態附體，也不是自然纒住着你，而是自己着迷了自己的感覺。

這種自己着迷了自己的感覺，與甚至連名詞那種指示事物的語言也都以意識的自發性之表出來寫的這件事是相對着的。

在現實的世界，我們因社會上的 Communication的需要而使用着語言，或改口說有那種必要的感覺去使用也可以。（當然這時候，語言也是被意識的自我表出襯托着的）。而在詩的場合，語言是次意識的自發性的放出，或以那樣的感覺被表現出來的。不用說，這時候Communication的必要，欲指示某事物的必要是有襯托着的。這種差異便是寫自己着迷了自己的詩之狀態，與在社會的事物中，自己處於跟事物的關係而存在的現實生活世界的決定性的差異。

所謂「假記述」（Pseudo-statment）是藉着會把我們的衝動或態度予以完全解放或統制的作用去十分正當化的語言的一個形式。而相反地，「記述」即是藉着眞實性，亦即藉着與它所指示的事物在嚴格的學術性意味上相一致去正當化。因此，李察（I.A. Richards）的「假記述」是相當於我們所說的自發性表出的語言。

依照李察的概念來說，譬如像數學論文之類的，便是最純粹的記述。但依照我們的概念來說，因爲連數學論文也都被意識的自我表出所襯托着，所以若是詩的讀者具有理解數學的一定的能力，那末，某種數學論文也應該做爲意識的自我表出，換一句話說，是能够做爲詩（原始的藝術）來讀的。

詩與散文是無法特別加以嚴密的區別，這是我們在體驗上所熟悉的。對有些人來說，某個小說家的作品是詩，而對另一些人來說，現代詩的作品却是散文。儘管如此，在記述性的意味上所說的詩與散文之區別，一言以蔽之，就是散文是想像性的現實，而詩却是想像性的事物本身。

白荻的 Arm Chair

克里斯多夫・彌德頓作

聃生譯

顯然，對任何翻譯詩的評論都是冒險的。雖然如此，翻譯仍能顯示出一個結構—或許多少有些遷就—而使譯文本身能和原作完美地脗合。在翻譯的語法上，也許有些細節與原作不契合，但其主旨仍可確信。反過來說，却因而可質問翻譯者的信實。恰好白荻的這首「Arm Chair」譯得相當準確。它清晰的結構，或許來自原詩獨有的特色，跨越了現代中文與英文之間的距離。

雙手慣性的張開
在空大而幽深的屋子裏，因斜光
而顯得注目，面對著前端
黑暗之中似有某物
躍來

這蹲立的姿態，堅定，像
捕手待球於暮靄蒼蒼的球場
彷彿一個意志，赤裸地
等待轟馳而來的星球衝擊

生命因孤寂而沈默，在大地之上
悄無聲息的一軀體—
把堅強用本身的形象
化爲一句閃光的言語，
靜靜的立在那裏。（註一）

初讀時，讀者可能因作者直陳的語法，而推斷說話者是正坐在一個房間內，望著角落暗處的 Arm chair。他因 Arm chair 的刺激而創造了第二段裏兩個有力的暗喻。這些暗喻的語法並非直陳的（Indicative），而是直指的（Deictiv），或依Brecht（1898—1956德國劇作家及詩人）的看法，是體動的（Gestic）。這「蹲立的姿態……」不含任何動詞。這或許是一種低音調的頓呼法，但措辭却是備戰的，而非傲慢或幻想的。

這些暗喻並未在段末中繼續擴展，而回復爲直陳。但這結尾却是一種嶄新意義的開始，向前移入第三段—生命—孤寂—大地—然後轉至寂靜，當椅子化爲一句閃光的言語時。然後讀者可能會猶豫一下，把「堅强用本身的形象」到底是什麼意思？難道這形象不是椅子本身所有，而是說話者所賦上去的嗎？是由作者的捕手和意志這兩個暗喻而來的最後的震顫嗎？暗喻可由作者心智所喜悅的物體形象而確切地塑造出來；或則可從形而上的觀點來探求，例如：一件手工藝成品便是事先構成在製造者的心智中。此時我們便需要中文的意思了，或許它是說：「以它自已本身的形象……」。

第二次閱讀可能稍爲，或更加改變了初讀的看法。難道不是詩人，而是椅子本身在說話？是否「某種躍來」是詩人自己，同時也是「蹲立的姿態」？「慣性的張開」是誰的「雙手」？在末段中「悄無聲息的一軀體」是詩人的？或是椅子本身？詩人的軀體可以靜止而無聲息的，如果他「靜靜地立著」，屏息著，在那詩情洞察的刹那間，感到他和椅子合而爲一。這種相反的閱讀看來似乎使「用本身的形象」這一句話成爲合理，因爲那個形象可能是詩人用來將椅子轉化爲他自己創作的「閃光的言語」—這首詩。

這裡，至少有些細節的用語，加强了對比。第一段：幽深的：黑暗／顯得注目：光。第二段：蹲立的姿態…捕手／球…暮靄（在此暮靄暗示著一個反襯「蹲立」和「球」的廣漠）第三段：沈默／言語；大地／靜止的軀體（又一次由整體轉變爲局部的透視法）；孤寂／閃光的言語。讀者可以把這些對比看成織布中的交織點，或是結的扭結點。不管是那一種看法，對比、疊接和對照產生了一個既張緊又簡潔的結構；從場所到宇宙，從內心到外部的前後關聯，能夠在其關係領域中彈性地變動。

第三次閱讀可能造成更多相反的看法和比喻，而使全詩成詩。詩人將「雙手慣性的張開」，成爲一個捕手（棒球在臺灣很蓬勃），同時也是椅子的「蹲立的姿態」，如一個等著球而蹲著的捕手。誰躍來？是詩人衝進房中嗎？或是詩人以平常的速度進入室內時，加速腳步感覺椅子正從黑暗中向他躍來？在最後的幾行中，是否同樣也有著說話者和主體的結合，因此，依照此詩的邏輯關係，椅子自身的形象將它的孤寂轉化爲一句閃光的言語，（此刻）靜靜地立在那裏（就如此詩）成爲合理的？

我們不可避他想泛關於莊子的謎：到底是莊周夢蝶，或是蝶夢莊周？

意志正等待「轟馳而來的星球撞擊」、「赤裸地」是以荒誕的光芒來暗喻這張椅子正等著那將要坐進它的身體的衝擊，就如詩人敏於接受的想像力同時等著椅子和有關於椅子的語言之間的衝擊，而詩人在創作時是靜止的。「閃光的言語」便是那時隨著星球衝擊而來的火花——閃亮而活躍的想像衝力形成了像在行間交錯的語言分子。

如果讀者對這字謎還不完全相信，那可再把關於星球在衝擊前的環行，不管它的廣漠裏有多麼神秘，做爲一個詩人和椅子間環行的暗喻，重新再讀一次。在這空大幽深的宇宙屋子裏，因斜光而顯得注目（斜光最後依序地和「閃光的言語」結合於主題中）我認爲，不管翻譯是否減弱了原詩，依據Mandelstam在「談但丁」（註二）中所說的「多項比較」的探溯，此詩的和諧一致是精鍊的。

同時，若非譯文某些微妙的音調變化，我們便不會再三閱讀此詩；我們必須感謝譯者：從貫穿全詩的低沈的母音逐漸向最後兩行昇爲高音。是這清晰的響亮魔化了結構，跨過了文化和語言的鴻溝，使讀者能馬上接受形成此詩優良脈絡的結構──正面的或反面的語言衡力循著其移動的脈絡。在這正反相交的影象中和中國傳統詩的感性完全相同的東西。令人想起古代的絲織，想起用竹竿交錯所造成的籬笆、門或屋頂，或竹窗的格子。

作者簡介：Christopher Middleton，英國詩人，現任教於兩所美國大學德語系。

附註

註一：此詩爲馬莊穆教授所譯，刊載於中國現代文學選集（臺灣：民國三十八年至六十四年。第一卷─詩、散文，由齊邦媛等編輯，中華民國國立編譯館發行）；民國六十四年初版，六十六年再版。白荻生於民國二十六年，出版詩集：「蛾之死」（四十六年）、「風的薔薇」（五十四年）、「天空象徵」（五十八年）、「香頌」（六十一年）。

註二：見「散文選集」第三十七頁，德州大學於一九七七年發行，由Clarence Brown及Robert Hughes翻譯。

眞摯的詩情

——序曾貴海詩集「鯨魚的祭典」

鄭烱明

與貴海兄相識大約是在民國五十七、八年左右，那時他尙在高雄醫學院就讀，且與同學創辦「阿米巴」詩社，開始詩的活動。在這之前，他曾以林閃的筆名，於五十六年在「笠」詩刊發表一系列的「詩的纖維」，頗受注目，可惜自學校畢業赴臺北榮民總院研究胸腔醫學後，即停止了創作。不再提筆的原因，除了個人醫學研究工作的繁重之外，我想當時詩壇的混亂、令人失望也是因素之一。

曾貴海的重新出發是近三年來的事，也許在成家立業之後，有較多的時間與精力再從事心靈的探索，當然，他與以「文學界」爲中心的南部詩人、作家的交往，也多少刺激他的創作。「鯨魚的祭典」便是收集了早期的「詩的纖維」和最近的「動植物的世界」、「高雄」等三輯作品的第一本詩集。雖然，就創作量而言有點嫌少，但從他對詩的執著與認眞追求的精神，可顯示他是一位很有自覺的詩人。

以目前的眼光來看，也許不會覺得有什麼特殊之處，但若是在六十年代末期，當你讀到這樣的詩句，你會爲它詩想的深刻和雋永所吸引。

（詩的纖維・燈）

這黑夜
隔絕人們心與心的
比空洞的語彙還暗

我們不慣於妝扮
只想把地面默默的覆蓋
靜靜的覆蓋
覆蓋，但不是爲了人類
而是爲了大地

毫無疑問的，曾貴海在經過十年的生活體驗與成果，再出發時所寫的作品，已經向詩的世界跨前了一大步，而令人刮目相看。我以為「鯨魚的祭典」這本詩集，主要的作品是收在第二輯的「動植物的世界」。在這一輯裏，他藉一些動物（像小鳥、螞蟻、猴子、老鼠、鯨魚、狗、雞）、植物（像向日葵、曇花、含羞草）等，來表達他的世界觀和人生觀，這點和另一位詩人陳坤崙有著類似的情況。不過，陳坤崙是從悲劇意識和破滅感出發，而固執地去尋找他的理想；曾貴海則用另一種角度去探討、表達他的理念，曾貴海也從那些動植物的身上洞悉它們無奈的命運，但他不給它們加上任何的價值判斷，只是以一種敬愛生命的虔誠態度，客觀地審視詩人眼中的世界。

像他看到被捕捉在籠內的老鼠，想著牠們被殺戮的命運，「一些不相干的罪行／常被嫁禍於無從辯解的族類／是那隻看不見的手在點燃仇恨的野火」，是的，看不見的手常是悲慘事件的原兇，可是誰能揭露眞相？又像在「鯨魚的祭典」一詩裏所表現的對「集體自棄」的聯想、沉思，「當某首歌完全佔據了心靈／就大聲梵唱走前去／不管那裡是山是海是火／或是血」，都是詩人獨特的思考。

在「小島」一詩中，曾貴海傳遞了他對現實的態度，就是所謂「逃離不明的天候」或「飛向傳說中的天堂」是不得已的做法，因為「我們不是候鳥」，為了生活，快去飛翔覓食是最重要的，在這塊土地，在這片天空，它就是我們最佳的家園。

另外，在「向日葵」這首詩，我們可以看出詩人深刻詩想的一面。

從戰後的土地伸出來
不成比例的莖
扇開偌大的花朵
一眼望去
滿田的頭
齊一膜拜向太陽

太陽
白日唯一的神
重覆著無比權威的啓示
信我愛我並追隨我
否則凋謝枯萎

而當夕陽燃成古國的暮色
燃成黑夜的藍霧
溫柔純淨的謎音
自灣洋山川湧現
沉落的花臉
該朝向那個方位

「從戰後的土地伸出來」的向日葵意味著什麼呢？為了膜拜、追隨權威，以為這樣方可保護自己，方能免除凋謝、枯萎，其實眞的如此嗎？有沒有想到，當無比的權威的太陽有一天變成夕陽，然後「燃成古國的暮色，燃成黑夜的藍霧」時的情景，那時「沈落的花臉」該朝向那個方位」。「向日葵」是一首優秀的詩作，它冷靜地對無主見，只會向權威頂禮膜拜者提出質疑。

另一首「老農」的描述，似更令人心痛。

有隻喜鵲，停在憩息的牛背上
對日落時仍未歸去的老農
焦急地喊叫
這麼晚了，別再傻啦
土地一直在誘騙你

老農不理會牠
繼續低頭插播秧苗
天色逐漸黑透
喜鵲悄悄地飛走
田地仍展露泥香味的肉體
誘惑往下挖掘的鋤頭

歸途，仰望夜空的星星
幾十年了
其實是自己矇騙自己

明知道是自己欺騙自己，仍不得不「繼續低頭插播種苗」，不理會喜鵲的忠告，當然老農有不得已的苦衷，而這點正是老農悲劇性格的所在。

曾貴海對於戰爭的批判，在「健忘症患者」、「子彈」、「劇終」等詩裏表現出來。「總有那種持槍的人／放飛白色的鴿子／迷惑衆人仰望的天空／然後，偷偷地舉槍／瞄準捕鴿網內的目標／把牠射殺」。「健忘症患者」雖是以比金爲諷刺的對象，然而施放假和平的煙幕者豈止比金一人？「子彈」詩中的「隨藏於背後的臉」和「捕鼠籠」的「看不見的手」，都是摧殘生命的惡的源頭。

收在第三輯「高雄」的作品，大部份是一些抒情小品，也是對生活在工業都市的感觸。工業的發展使社會環境的結構也隨著改變，表面上人們獲得了生產的利益，可是隨伴而來的公害問題也給人們帶來了不同程度的傷害。像「愛河」詩裏所寫的「從清白／變成不清白 從散步的情侶／變成路攤女郎 從幽香／變成體臭 把不愛的都流給妳／我們感激地改稱祢爲—仁愛河」，頗能透露那種鬱悶、無奈的感情。

「鎖匙」一詩是以病人遺忘的鎖匙爲發想而寫成的，詩人把鎖匙想像成外科醫生手中的斷肢，同時聯想那個病人爲生活而奔波的情形，語言冷靜、平淡，但別有一股氣氛。

綜觀「鯨魚的祭典」，雖係處女詩集，但已有水準以上的演出，沒有語言的夢囈，也沒有自我逃避，書中充滿著清新的詩的質素，我們希望曾貴海一面以精湛的醫術救世，一面再接再厲，多創造出一些優秀的詩作，撫慰受創的心靈，忝爲同行之一的筆者，願與之共勉。

一九八三年三月八日

溫情之歌
—試析論曾貴海的詩

陳明台

1.

在疾馳的新幹線子彈列車，舒適的坐椅上，對於我提出的詩人的追求和詩的價值的詢問，曾貴海以斬釘截鐵的口吻，曾經做過如下的答覆：

> 詩人如果不曾懷有關切人間，悲憫的胸襟，詩如果不能表達詩人的愛與心情，那是沒有任何意義的……

當時，他激動的表情，至今仍時時搖幌在我的眼前。曾貴海是作爲醫生與詩人双重的存在，促使他深深地體驗了人間充滿的痛苦，由此而產生上述的詩觀吧！

一九四六年，光復後翌年出生的他，在一九六六年登場詩壇。當時，他不過是一位醫學生，在衆多同世代的詩人中，雖然不是耀眼的旗手，却始終保持穩健的步法，從自我的摸索中努力建立自己的風格。一九七〇年以後，將近十年的時間，他中止了詩的創作，有一段相當長的空白時期。一九八〇年他又復出詩壇。經過嚴格的自我凝視，不斷地實驗，他形成了獨特的新的風貌。而以愼重的態度，選擇、推出他的第一本創作集「鯨魚的祭典」。

「鯨魚的祭典」一共收入四十餘首作品，分爲「詩的纖維」「動植物的世界」「高雄」三輯。收羅了一九六六至一九七〇，以及一九八〇至一九八二兩個時期重要的詩作。

從「鯨魚的祭典」詩集中，可以看出曾貴海的詩是人間之詩，曾貴海的詩的世界是有情的世界。他擁著熱烈的氣息，注覗他的外在世界，在日常生活中，發揮敏銳的觸覺，而抓住超越日常感覺的詩。他始終保有一份淡淡的溫情、誠摯地，對於這個存在的人間，自己周遭的生物，以及活者的環境表示深切的關懷。他的詩有如騰著煙的暖暖的茶，令人再三品茗。

以下，擬以收集在「鯨魚的祭典」詩集中的作品，作為對象，加以考察，試圖從其表現，剖析他的詩的風貌和特色。

2.

曾貴海在他早期的創作裡，就已經顯示了，向多方面伸張詩的觸鬚的努力。一般詩人往往顯示的「為了自己而寫」「或從自我的追尋而出發」的情況，對他而言，反而不太明確。在「鯨魚的祭典」詩集的第一輯中，三個重要的部份，思考的纖維、茶花女的悲歌、戀的纖維已經可以看出這一傾向。思考的纖維中，如「燈」一首：

燈
在煩擾的中心
搖幌
像疲倦的眼光
垂散著一些言語
欲吐無力

借「燈」這一物品，顯示了人的思考的、感覺的狀況，具有哲理的或形而上的性格。而且，並不是潛向自己內裏的世界去發展，反而顯示著對於外在的物、或聯結物與存在的「現象」的嗜好。如「生命與微笑」：「溺於蓮池底的青年／伸出注滿了生命的／十指／在黑夜的水面撈抓／一尊者／面對著活生生的／死／微笑」以「死」為主題，如「另一個曾是我」：「千面的困惱／這一代所專利的／比黑夜還深／這黑夜／隔絕人們心與心的／比空洞的語彙還暗……」以顯示黑暗的感覺為焦點，如「無題」：「死亡／大自然底父親／來到我的身邊／你有一切／又沒有一切／而無限溫慈／我知道／你底兒子就叫生命」探究「生」與「死」的輪迴，同樣地也都可以看出思考的，形而上的傾向，而却不沈溺於自我的內裡的習慣。這也可以說是曾貴海的詩的一個基本的性格—思考性或哲理性呈現的特點。

曾貴海的詩的另一個基本的性格—抒情性，可以從「茶花女的悲歌」及「戀的悲歌」兩組作品中來舉例說明。茶花女的悲歌是奠基於對周圍或人生的現實的考察—仍然是以脫出自我內部的外在世界為主體—具備了悲憫的胸懷而抒發的，詩人的同情，或說人類愛的呈示。在「A」中：

誰把妳擺在這兒
這塊雨時廳堂前的門踏
一大陣鞋子以不同酸度的泥淳
踩著妳不被人稍加憐愛的
却被造物者擁吻過的屬性
妳翻身在命運的前後左右
喊著那只床說是妳底母親

茶花女成為被泥淳踩著的存在的比喻，在「D」中：「……尖銳如刃的舌刑／日以繼夜的等加上去……而人們的色盲本是故意的」都是詩人以傍觀者帶有關愛的心情而呈現。「B」則含有以自己與茶花女對立比較的設定：「……突然，你的手把門砰一聲／我使傻楞楞的回望壁鏡／笑看鏡中人為何流淚／我的影子呵／漸漸漸漸的縮小／成為一隻何其卑微的雌獸」類似於「E」的男孩與茶花女的對立：「……他顫抖的双手抱住我的腳／要我替他懺悔／因為他的心走向那邊／他的脚却帶他來這兒…／孩子／我們的肉體即是我們的悲劇。」通過逆說而肯定茶花女的存在的價值，投射詩人的愛惜的心情。

戀的纖維則是以戀愛爲主題而抒發的，詩人的愛情，男女連帶感的追尋，其中含有昇華於精神的愛的癖性，如「葉子」一首：

我
睜大了眼睛
注視著另一個不同的生命
在輕微的觸摸中
妳每一鮮葉子
都在我手中
閃光

生命、閃光的比喻，可以說是對於經由愛而產生的新的感覺，活生生的脈動的期待與憧憬。

可以說，曾貴海的詩中的抒情的性格，很少顯示由自我感傷而產生的抒情，反而慣於通過聯帶的對象而抒發情緒或感動。

而不管如何，在早期的作品中，已經呈現他詩的兩個性格，思考性或哲理性的偏好，以及抒情性的發揮，這些在他後來的作品中，依然存在著，而且逐漸地脫離了僅僅凝視外部的世界的方式，傾向於聯結了詩人的內裡與外部的形態，通過詩的表達，從事詩人的情緒的呈示或現實的物象，周遭環境的描述。

3.

曾貴海所以能夠達到從單純的物或存在的凝視，而轉向外部與自我內部的重疊、投合，主要是由於，他持有漸漸向日常的生活中，也就是從契合於現實的生活中，尋找題材，進而發現詩的自覺的態度。秉持此種態度，使他能够脫離純粹感覺的，或形而上的概念，而造就更爲寬濶，更密接於現實的象徵世界。在「澎」一首中：

一波接一波
自遙遠的海平線
一路上顛簸地奔逐過來的
波浪
碰上了岸邊
而驚叫起來
化爲細碎的
夢的白花

已經可以見出，脫離了早期「思考的纖維」的作品中經常顯示的概念或理念的狀況，而著重於形象的描繪，「波浪」、「海平線」、「夢的白花」的組合顯得十分恰當而自然，「接」「碰」「顛簸地奔逐過來」「驚叫」等動作的聯結與表現也令人感到生動。在「五瓦特的燈」一首中：

夜漸深的時候
黑暗愈來愈厚
五瓦特的燈
橘紅色的微光
默默而孤寂的醒著
溫暖
雜草叢生的夢壙
床上疲憊散置的軀體

黎明即將到來的時候
晨曦滲入室內
窗外由微明漸成白濁
燈光逐漸暗淡

拉開窗帘
陽光激射到臉上
五瓩特的燈
期望愛人的手把它按滅

更是直接聯結了生活，而脫出了如「澎」一詩的從生活中捕捉詩的閃光的方式，敍述了生的疲憊、聯帶的要求的更深刻的主題。(床上疲憊散置的軀體：期望愛人的手把它按滅。)當然，這首詩的成功，還是在於透過從夜到黎明的過程去表現，題材本身就具備有脫離了日常性的鮮烈的感覺，不平凡的發現。而黑夜與亮著燈的溫暖，熄燈與黎明與期望愛人「干涉」的連帶的企求，也顯示不同于一般逆說的處理方式，值得注目。

同時，在近期的創作中，他不只對於生活或周遭的物、存在感到親切，從其中尋找題材，去發現詩，尤其有對于生存的環境，以及共通於人的更本質的東西的關懷和追尋。在第三輯作品「高雄」中，顯示了許多如此傾向的創作。如「愛河」一詩：

從清白
變成不清白
從散步的情侶
變成路攤女郎
從幽香
變成體臭
把不愛的都流給妳
我們感激地改稱妳爲
仁愛河

對於受到污染的生存環境，藉反諷的方式，作一控訴，其中含有一種憂慮與焦灼的心情，可以窺見。「捉迷藏」一詩中，也對於大都會的危機與幻滅有所敏感：

你們眞的能躲得掉嗎
在這個城市封閉的公寓
地下室
或任何角落
污染的空氣這麼問
噪音這麼問
陰濕的文化這麼問
竊盜和暴力也這麼問

經由日趨嚴重的都市的犯罪，墮落以及公害的觀察與痛心，可以看出詩人對于存在的環境抱有的深深的鄉愁，那也正是現代人的鄉愁。

這種鄉愁有時是重疊於都市與鄉村的對比，如「表弟的房子」：「來高雄闖了十幾年／表弟把一甲多的祖田賣了／終于擁有一間自己的房子：／一甲地就是縮成這間四十坪的空間哪／歐洲風味的裝璜／吸塵器音響健身房和閉路電視／牆上掛了幾幅鄉土畫家的作品。」有時是透過故鄉或母親的依歸：如「風箏」：

遠遠地離開這個城市
奮力往上爬
爬得越高
才能更清楚地看到
童年遙遠的故鄉啊

如「公園」：

不想遺棄城市的母親

孤獨地守在一隅
誤迷失的孩子
需要愛時　靜靜地
走進她的懷抱

顯示了詩人更深入地挖掘「本質」的努力與擴大詩的世界的企求。都有十分成功的地方。

4.

曾貴海在表現的方法上，似乎對自己也有刻意的要求。對於語言及詩的形式的選擇，也有其不同於流行的平舖直敘、或理念的陳示的方式。

他的表現的方法的一大特色，應是强調「感覺的呈示」的語言，如「春」：

少女的肢體喃咕著成熟的暗語
生命體內不明的密碼
應和著神秘的動盪

既沒有直接的提示語言的意義，也沒有組合、按排語言而造成象徵的企求，具有將感覺浮現而曖昧的陳述的傾向，如

室內的蒼蠅圍繞在壁上
裂著嘴看床上的一枝花
在青春的曙色中黑萎
旁邊　擺著一隻烏鴉的標本

（茶花女C）

像著名的祭典儀式
在時間的輪帶上重複上演
當某首歌完全佔據了心靈
就大聲梵唱走前去
不管那裡是山是海是火
或是血

（鯨魚的祭典）

人子的訊息
千古孤寂
現世的紛擾因緣
逐漸沈澱於無涯無色

（夜雨）

這樣的趨向，或許是根源於他習慣地，刻意顯示詩的氣氛的心情，而且，時時確實令人會感受到他詩的特有氣氛，但是，過度的渲染也會造成意味的模糊，偏向情緒化而缺乏文字的節制。

此外，他在形式上往往趨向於「追求完整」的要求，大抵上，他的作品都呈示了十分完整的形式。如「荒村夜吠」：

寒冬的夜晚
冷飛禁錮著整個僻靜的荒村
看不見人影
抖縮在屋角的
狗
無可選擇地
向四周深遠的幽暗
反擊
此刻　廻盪著我心中
生於人世的冷冷的吠聲

一節一節的詩句往往不能成為獨立的單位而具備意義，必

須透過層層推進的方式，達成意義的呈示，這種完整的形式的要求，使他的詩具有安定的面貌，也造成了在穩定的形式中，淡淡的敍述的特性。

當然，我們也不能忽略，較早期中，他具有的小巧而簡潔的小品式的短詩的形式。他的詩往往可以看出，以小品詩的形式，構成而加以擴大的痕跡，保持了其特色。

5.

曾貴海在最近發表的作品中，往往顯示了强烈的現實意識，如「老農」一首：

有隻喜鵲，停在憩息的牛背上
對日落時仍未歸去的老農
焦急地喊叫
這麼晚了，別再傻啦
土地一直在誘騙你

老農不理會牠
繼續低頭插播秧苗
天色逐漸黑透
喜鵲悄悄地飛走
田地仍展露泥香味的肉體
誘惑往下挖掘的鋤頭

歸途　仰望夜空的星星
幾十年了
其實是自己矇騙自己

這兒，詩人借一則故事來寫出充斥於現代社會中的「愚人的神話」。喜鵲是傍觀而清醒自由自在的存在，老農却是無法不附着于土地的無奈的存在，透過双方的對比，相互間的「對話」，老農雖然發現了自己的悲哀：「其實是自己欺騙自己。」却仍然淒涼的籠罩于夜色，仰望星空而步上歸途。

類似如此，以省視生存的「土地」爲其描述現實的依據的作品，在「高雄」一輯中也可以發現。同時，在以主觀的立場去討論時，他往往呈示一種附者於現實，無法也不願脫出現實的心情，如「……田地仍展露泥香味的肉體／誘惑往下挖掘的鋤頭。」如「鎖匙」詩中：「失去了伽鎖／能够在這水泥木板和鋼鐵的城市／活下去嗎／休診後／把它掛在鐵柵門外／或許／他正奔馳在秋末冷清無聲的街道／門等著他。」門等著他，詢問活下去的心情都强烈地襯托了他的現實意識。但是，在居于客觀的立場去討論時，却往往顯示出他的無限關愛、憐憫、同情的心情，如「某病人」：

剛被診斷出來
依約到達的那個肺癌病人
山東籍的教師
高瘦的身子不願表情的臉
倦態加上病容
黑板上寫了三十多年的白粉筆字
暗示他
家在那裡
太太怎麼沒來
朋友呢
他只是默默的搖搖頭
漸漸地搖垂了頭
突然，一顆淚水噹的滴在
臺灣的地圖上

蔓延

這兒，是以鄉愁的情緒，藉醫生與病人，日常生活中，相互交流的情景爲描曲而造成詩人現實意識的呈示，顯然以居於悲憫的旁觀者的立場而敍述。只是，在最後：「突然／一顆淚水噹的滴在／臺灣的地圖上／蔓延。」顯示了回歸於現實的土地的肯定，以及現實土地，存在環境優位的思考。可以看出，詩人的現實意識中，會蘊有濃烈的本土意識。

6.

愛的追求，對曾貴海而言，也是以對周遭的物的關懷爲優位，在「動植物的世界」中，在「螞蟻」：「早上起床／側目見到／一大群螞蟻／圍在昨夜剩餘的菜餚旁／埋首搬著發酸的美食／不知是某種毫無理由的不快／或者是被侵犯的憤怒：／一揮手／蟻屍滿桌／如果／用水沖走牠們呢／用晨報撣走牠們呢／乾脆讓牠們搬個精光呢／其實這些都是情緒的決定。」螞蟻這種微不足道的小生命的存在，和屬於絕對有利的立場、人的舉止，兩者構成這首詩，作者似乎有意提出類似佛家的「不殺生」的思考，以及經由此而產生的疑問。事實上，浪費在大吃大喝之餘，任其發酸發臭的食物，在都市的角隅到處都可以看見，假如以這些食物去救濟「小小的生命」又如何呢？似乎作者心中存在著，此種基于悲憫而產生的樸實的問題是這首詩背後最大的動機吧！如「捕鼠籠」一首則同樣地以悲憫的心情，注視老鼠被活生生的殺戮的過程：

興奮的臉上滲透出神秘的喜悅
注視著籠內窸動發抖的小鼠
如何被切斷生息
……這都是人類思考後的決定嗎

在詩中仍然藉描述人類殘酷的潛在意識而提出疑問，肯定「熱愛生命」的悲憫心情。「鯨魚的祭典」一首，則是以鯨魚的自棄爲題材，對生與死從事思考。其中也含有對於生命的愛憐的心情。

事實上，曾貴海的關愛與憐憫，透過詩來表達時，往往給人淡淡的感覺，而其中卻具備了可以再三回味的溫馨的摯情，值得吟味。同時，不管在題材或表現內容方面，可以看出仍然具備了無限的可能性，當然，他的職業會形成他的豐富的素材，以及銳敏的感覺，不宜忽略。

7.

「鯨魚的祭典」這本詩集，已經可以看出詩人曾貴海，在長期的追求中，樹立了獨特的自己的風貌。

曾貴海與其同一世代的詩人比較，顯然有許多不同的地方，例如他不追隨流行而默默耕耘的習性，在形式上，表現方法上刻意經營的嗜好，題材的特色，以及淡淡溫暖值得再三吟味的筆觸。尤其，他不拘泥於狹窄視界的自我要求，顯示了對于外在的一切，無限的興趣與好奇，會使他的詩的觸鬚更加延伸，開拓更廣遠，遼濶的詩的世界。他的詩中本來就帶有思考的、抒情的性格，以愛與悲憫的精神爲底流，最近又配合上强烈的現實意識，而努力於深入探究本質與意味，尋求更具象徵性、共通性的表現。以「鯨魚的祭典」爲出發，我們相信，在他秉持回顧省視自己的創作，謙虛的心情之餘，必然有一番更大的飛躍。

敬愛生命

耿白

曾貴海醫師開業的時候，陳永興醫師和幾位校友送他一方賀匾，上面題的是「敬愛生命」四個大字，這和一般習見的「華陀在世」，「仁心仁術」或「妙手回春」一類的應景之作大異其趣。所以在認識他之後初次到他的診所看他，對這塊匾文的印像特別深刻，同時也對他不同於流俗的器識抱負增多一層的認識。

往後我們見面談話的次數多了，便成了熟識的好友。自然而然的，我們家的家庭醫師除了鄭烱明醫師，又添加了他一位，孩子們看病都要我找他們的烱明叔叔或阿海叔叔了，巧的是他們兩位醫師都頗有孩子緣，也都是相當傑出的詩人醫師。

身為一個懸壺濟世的醫生，貴海兄無異比一般人更能深入體認敬愛生命的真諦。他是一個不折不扣的史懷哲信仰者，不僅對求診的病患給予最佳的服務，而且深具恫瘝在抱的襟懷，關切着這塊土地的苦難，這份愛心，這份理想，絕不是一般醫師所能比擬的。

他擁抱世居的這塊土地。他的理念是：我們的生命在這塊土地上成長、繁衍，並被賦予存在的意義，所以我們沒有理由自暴自棄，更沒有理由斷絕與它親蜜的血緣關係，只有秉承這份反哺之心和情義，才能呼應它底歷史招喚。

基於對這塊土地的熱愛，使他連帶也發現到這塊土地上的文學莊稼，彷彿跟面臨社會轉型期的農村一樣，肯留下耕作的人愈來愈少。尤其目睹了許多文學新貴不是搖身一變而成為洋場買辦，就是投身豪門裝腔作勢，數典忘祖；越發使他感到本土文學的傳薪工作絕對不能掉以輕心。

因此，他和鄭烱明醫師，詩人陳坤崙等毅然地肩負起這個責任，在南部高雄創辦了「文學界」集刊，又成於「莊稼多，工人少」，他們就不斷的連絡南北各地同具這份熱忱的文學作家，共同來耕耘它，使它漸漸茁長。

熱愛鄉土，關心民瘼，支持社會進步，維護生命尊嚴，這就是曾貴海醫師的人格特色，也是他對敬愛生命的身體力行。

對這樣一位討朋友喜歡的詩人醫師，最近就要出版他的第一本詩集，我除了高興，反而筆拙得不知要寫點什麼來祝賀他了。還好烱明、明台兩兄分別在序文中對他的詩作已有最詳盡的介紹，讓讀者看到貴海醫師另一面的才華，我就此打住，不再跑野馬了。

國際頻道

法國鑄造里爾克紀念幣

法國出了兩枚里爾克紀念幣。

第一枚是由女藝術家 Hélène Guastalla 雕塑，正面是里爾克像，旁邊有里爾克的名字，背面是薔薇圖案，鑲嵌有里爾克的德文墓誌銘 Rose oh reiner Widerspruch Lust niemandes Schlaf zu sein unter soviel Lidern （薔薇，啊，純粹的矛盾喲，喜悅是無人的睡眠，在那麼多眼瞼下）。直徑是六點八公分，銅幣售九十八法郎，銀幣售一、五一九法郎（目前一法郎約合新臺幣六元）。

第二枚是Louisette-Jeanne Courroy所設計。正面是里爾克側影，旁邊有里爾克名字。背面企圖描繪詩人的焦慮與煩惱。銅鑄，約十一公分大，限鑄一五〇枚，每枚均編號，售價九六〇法郎。（李魁賢）

正面　　背面

第一枚

第二枚

法國詩人阿哈貢去逝

法國超現實主義詩人路易•阿哈貢(Louis Aragon, 1897—1982),於去年聖誕節前夕去逝。據莫渝自法國來信稱,報紙、廣播、電視均報導其生平及十二月二十八日的出殯情形,連密特朗總統也前往弔唁。

阿哈貢出身於富裕的中產社會,攻讀醫學,曾開業當醫師。二十出頭即與布魯東等人創立超現實主義的文學派別。到蘇聯旅行後,即由信奉超現實主義,改爲信奉共產主義。在西班牙內戰期間,他站在共和軍的一邊,第二次世界大戰時,他成爲法國反抗軍的領袖。戰後,他仍是巴黎活躍的共黨份子,此番去逝,法國共黨還在中央黨部爲他舉行隆重的葬禮,報紙曾加以詳細報導,並刊出大幅照片。(**李魁賢**)

里爾克學會活動近況

設在瑞士的里爾克學會,於一九八二年十月七日至十日在杜英諾古堡舉行第十二屆年會,出席人數有七十五人。使里爾克醞釀完成「杜英諾悲歌」的杜英諾古堡,位於義大利距特利斯特不遠的亞德里亞海濱, 爲里爾克膩友塔席斯夫人的叔父雷蒙多親王(Raimondo della Torre e Tasso)家產。

會議期間除了選舉會務人員,由雅各•史泰納博士(Dr. Jacob Steiner)繼任會長外,有幾場精彩演講會,例如史泰納博士講「里爾克與塔席斯夫人」、史托克博士(Dr. Joachim W. Storck)講「沉默的詩」、赫勒博士(Dr. Erich Heller)分析第一首杜英諾悲歌,富勒彭博士(Dr. Ulrich Füllebom)講「里爾克與埃及」,評論到第十首杜英諾悲歌中的神話,艾斯納博士(Dr. Richard Exner)講「女伴•情婦•邂逅——論晚期里爾克的半陰陽性創作過程」。(艾斯納博士是美國聖芭芭拉加州大學教授,杜國清的同事,也是一位傑出詩人,曾由杜國清轉贈詩集給筆者,筆者想翻譯他的詩,却一直沒有實現。今天校對時很高興看到杜國清已譯出,見本期。)

里爾克學會自從成立後,每年的年會都選一個里爾克住過的地方召開,所以,已在瑞士、德國、奧國、義大利等國舉行過,目前全世界會員已有二百三十九名。

里爾克學會另外也出會誌,由於經費支應短拙,到一九八二年才出第九期。第九期重要內容有「里爾克與高爾基」「詩與馬爾特手記」「里爾克的語言和本體論」「里爾克與比利時象徵主義詩人雷伯格」「論里爾克白衣公主的兩個版本」。另外書目部份有里爾克作品各種語文版本書目,里爾克逝世紀念文章篇目,和一九七九年度里爾克文獻(一年之內計得三百三十八種)。另外公開里爾克學會爲營救俄國學者、里爾克專家 Konstantin M. Azdovskij 被蘇俄官方逮捕,致有關機關要求釋放並發動輿論呼籲聲援的全部文件。(**李魁賢**)

臺灣文學長短波

北美洲臺灣人文藝協會在美成立

旅美臺灣人文學家，美術家、戲劇家、音樂家及愛好文藝人士，於一九八二年十二月二十日在洛山磯蒙特立公園市府會議室成立。

陳若曦、黃根深、黃炎、蕭泰然、陳清風、許鴻玉、陳錦芳等七人當選為協會理事，陳若曦為理事長，黃根深為副理事長兼秘書、黃炎負責財務。

協會宗旨為：

1. 保持，推動並發展臺灣傳統風土文學藝術。
2. 發掘，鼓勵並協助文學家、藝術家的創造和活動。
3. 協助北美洲臺灣民間團體文化活動。（本社）

旅居海外學人作家組成臺灣文學研究會

旅居海外學人與作家，組成「臺灣文學研究會」。「臺灣文學研究會」是一個純粹的學術團體。目前會員包括張良澤（旅日）、東方白、林鎮山（旅加拿大）、陳若曦、張富美、杜國清、黃昭陽、陳芳明、江百顯、鄭平、黃明川、林衡哲、林克明、許達然、王淑英、葉云云、謝里法、洪銘水（旅美）共十八人位，該會並邀去年訪美的作家楊逵為榮譽會員。

「臺灣文學研究會」召集人為許達然，秘書陳芳明，林克明負責財務，今年年會特邀作家參加年會及文學討論會。（本社）

「臺灣文藝」二十週年舉辦「臺灣文學的過去和未來」演講並頒發一九八二年吳濁流文學獎、巫永福評論獎

為紀念「臺灣文藝」創刊二十週年，臺灣文藝雜誌社

於四月三日下午，在臺北市耕莘文教院新大樓四樓舉辦「臺灣文學的過去和未來」演講會。包括：

A、詩部份（陳千武主持）

1.羊子喬主講「戰前的臺灣新詩」

2.趙天儀主講「戰後至『臺灣文藝』創刊的臺灣詩文學」

3.陳明台主講「『臺灣文藝』創刊後的臺灣現代詩」

B、小說部份（葉石濤先生主持）

1.高天生主講「開拓到迷惘：從賴和到戰前的吳濁流」

2.彭瑞金主講「迷惘到追尋：從戰後之吳濁流到鍾肇政」

3.林梵主講「追尋到覺醒：鍾肇政到宋澤萊」

本項演講活動由李喬及李魁賢策劃。（本社）

吳濁流文學獎（一九八三年）揭曉

•小說部份

正獎：施明正「喝尿者」

佳作：王幼華「歡樂人生」、林沉默「牛」

•詩部份

正獎：鄭烱明「傾訴」

佳作：宋澤萊「土」。（本社）

巫永福論評獎（一九八三年）揭曉

本年度巫永福評論獎由何欣及尉天聰共同獲獎。（本社）

前衛版「一九八二年臺灣詩選」爾雅版「七十一年詩選」二月間分別出版

前衛出版社及爾雅出版社分別出版去年度年度詩選集。提供喜愛、關心臺灣詩文學的朋友，兩冊精緻的精神養糧。

●前衛「一九八二年臺灣詩選」由李魁賢主編，編選委員包括羊子喬、吳晟、李敏勇、黃勁連、趙天儀、蔣勳。收錄五十五名詩人作品五十五首，並分別由編選委員撰寫解說。

負責主編的李魁賢並撰「詩人的步伐」一文為前言。本詩選運用資料包括詩刊、文學刊物、報紙副刊共四十四種，從四五五四首年度發表作品中選編。

●爾雅「七十一年詩選」由張默主編，編輯委員包括蕭蕭、張漢良、向明、李瑞騰、向陽。收錄九十餘位詩人一三〇首作品。

卷首刊有主編人長序，卷末附決選會議紀錢及七十一年詩壇大事記。（本社）

非馬選譯

希臘古詩選

獻鏡辭 柏拉圖作

我賴伊斯的冷笑響徹希臘，
我的門檻擠滿了年輕的情人，
我把我的鏡子獻給愛神：
因我將不會看到現在的自己，
也看不到我過去的模樣。

短秋 無名氏作

綠葡萄，而你拒絕我。
熟葡萄，而你遣我去包裝。
你定不讓我嚐一嚐你的葡萄乾？

赫邁奧尼 ASKLEPIADES作

愛與美的女神：
有一次我同可愛的赫邁奧尼玩耍，
在她腰際，呵！她戴了
一條腰帶上面刻着金字：　　愛我
並且別生氣如果我屬於另一個人

拳手阿匹斯 LUCILIUS作

給拳手阿匹斯
　他的對手們豎立
這雕像

紀念他
感激他從未失手打傷過一個人

情人卡　LUCILIUS作

親愛的，在美容院妳買
妳的（甲）頭髮
（乙）膚色
（丙）唇
（丁）酒渦，以及
（戊）牙齒。
化同樣的錢妳不如乾脆買一張臉。

⊙選自「POEMS FROM THE GREEK ANTHOLOGY」
英譯者爲DUDLEY FITTS

墓誌銘　無名氏作

尼西亞的伶人躺在這裡，他的笑
減輕了他同胞們的生活重擔；
所有同他躺在一起的生命，不斷
死去，當然，却從未有這般氣派。

尼爾恰士的墓志銘

泥土呵輕輕蓋在這可惡的尼爾恰士
這樣狗把他挖出來才不會太費力。

非馬選譯

希臘當代詩

輕舟

ANGELOS SIKELIANOS作

輕舟在風眼裡，
帆繃得緊緊，
舵柄擺進最後的方位
對着光禿禿的藍色山嶺。
而淹沒纜索，船尾繫塔，帆桁的
向天的狂吼
——海豚一路追逐——
在波上將她亂彈：一把豎立的七弦琴。
双頭的斧，鑿削龍骨。
而浪沫，盤成百合，
搖向跌落的水鈴。
然後以一個突然的「重負解除」
——日正當中——輕舟發現
薩羅納港就在月的西北方。

快活的插曲　GEORGE SEFERIS作

謝斐利士

那整個早晨我們充滿了快活，
我的天，多麼的快活。
首先，石子葉子及花朶耀眼
然後太陽
一個大太陽金光四射高懸空中。
一位女神收集我們的煩憂把它們掛在樹上
滿是猶大樹的森林。
年輕情人同半人半獸的林神在那裡嬉戲唱歌
你可以看到粉紅的臂膀在黑月桂樹叢中
小孩的身體。
整個早晨我們充滿了快活；
深淵是個關閉的井
被年輕牧神的嫩蹄輕踏。
你記否牠的笑聲——多快活啊！
接着雲下起雨，大地淋濕。
你停止了笑聲當你在草茅屋裡躺下
睜開你的大眼看
天使長在練他的火劍——
「不可解，」你說，「不可解。
我不懂人們；
不管他們玩過多少種顏色
到頭來都是一片黑。」

小小世界　YANNIS RITSOS作

女人站在桌前。她悲哀的手
開始切泡茶用的檸檬薄片
像小小馬車的黃色車輪
造來給小孩的神仙故事。年輕的軍官坐在對面
埋在舊靠臂椅裡。他沒看她。
他點他的香烟。他拿火柴的手顫抖，
把光擲在他的嫩頰及茶杯柄上。時鐘
的心跳停頓了片刻。有什麼事被延擱了。
那一刻已過去。現在太遲了。我們喝我們的茶吧。
那麼，可不可能，死神坐那種馬車來？
經過又離開？只這馬車留下，
同它小小的黃色檸檬車輪
停那麼多年在一條沒點燈的旁街上，
然後一支小歌，一抹輕霧，然後消逝無踪。

解剖　ODYSSEUS ELYTIS作

艾利提士

她們發現橄欖根的金黃色

滴入他心的凹處。

而因他多次清醒地躺在
燭光旁等待天亮，一種奇異的熱已
占據了他的內臟。

皮膚底下一點點，地平的藍線醒目地
著花。他的血裡有够多的憂鬱痕跡。

多少個孤獨的時辰裡記下的鳥叫顯然一下子
統統吐了出來，因此刀子無法深入。

或許無辜者的恐怖相滿足了他顯然碰到的惡鬼
他的眼睜着，傲岸，整個森林依然在
他無瑕的網膜上移動。

腦裡什麼都沒有除了天空死去的廻音。
只在他左邊耳穴裡有些微細砂，如在貝殼裡。
那表示他常獨自在海邊走動，帶着愛情的
苦惱與風的咆哮。

至于他大腿上那些火粒，它們表示他把時間撥快了
好幾個鐘頭每次他擁抱一個女人的時候。

我們今年將有早熟的果實。

愛奧尼亞　卡法非（C.P.CAVAFY）作

我們打破了他們的像，
我們把他們趕出他們的廟堂，
並不表示諸神已死。
啊愛奧尼亞的土地，他們仍愛着你，
他們的靈魂依然保有你的記憶。
當一個八月的清晨在你身邊蘇醒，
你的空氣便潛長着他們的生命，
而有時一個年輕的飄逸身影，
模糊，疾速地
掠過你的山丘。

⊙這裡介紹的五位希臘詩人，卡法非（一八六三—一九三三）的詩及其生平譯者曾在笠一〇五期上介紹過。Angelos Sikelianos（一八八四—一九五一）一生致力于寫詩。謝斐利士（一九〇〇—一九七一）是希臘第一個諾貝爾文學獎得主，在雅典及巴黎受教育，是個職業外交家。李魁賢曾在笠一〇五期上介紹過他的作品。Yannis Ritsos（一九〇九年生），早年是個演員及舞蹈家，爲當代希臘詩人裡最多產的詩人。他的作品被譯成多種語言，因信仰共產主義曾兩度被放逐到希臘內島。現住雅典。艾利提士（一九一一年生）是希臘第二個諾貝爾文學獎得主，他在雅典受教育，並在那裡定居。

雖然這五位詩人各有其獨特的聲音，這裡的五首詩卻有個共通點：一些無名的神祗在字裡行間閃耀着希臘三千年豐富的傳統，充滿了古典神祕的氣氛。

奧登詩選(二)

許達然譯

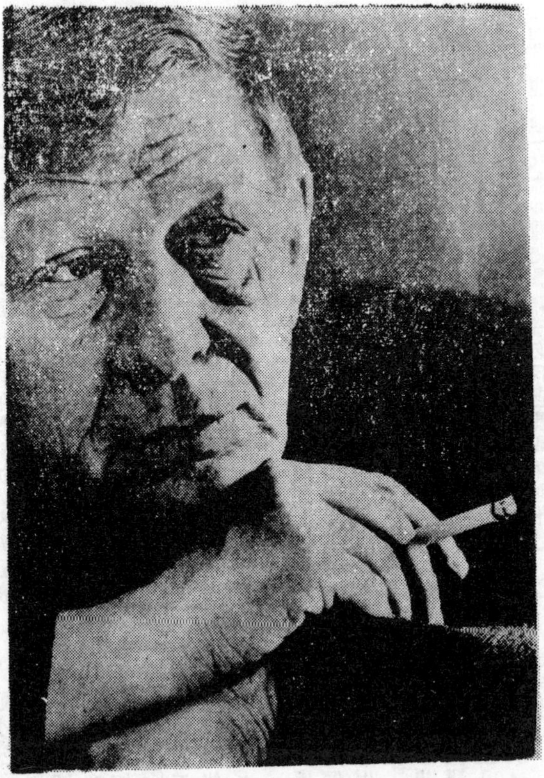

奧登一九〇七年生在英國東北部的約克城。父親是劍橋大學畢業的醫生；母親倫敦大學畢業，主修法文，當過護士。奧登祖父可能來自冰島。小時父親偶爾向他講些希臘及古斯堪地那維亞的故事。

奧登小學成績不錯，對算數尤其有一手，但他埋怨大多是背的：「負數乘負數等於正數／原因我們不必討論。」在中學，他對生物很有興趣。他回憶那時早熟，服裝不整，咬指甲，不誠實，多愁善感，愛讀哈代的詩，像一隻小兎子亂跳。十五歲那年有一次在田間閑逛，開始有寫詩的念頭。十七歲發表第一首詩。

一九二五年，他十八歲時進牛津大學，住在基督教會學院。雖然他對文學有興趣，但在牛津他最先想學生物。第一年他就發牢騷在牛津要成爲詩人不太可能，因爲大學與世隔絕了。讀了一學年後的暑假英國總罷工，他同情工人，就去倫敦爲工人發傳單，但這經驗對他的思想並無什麼特別的冲擊。

進入牛津第二年他對自然科學已漸失去興趣。曾想改念哲學、政治、與經濟，但自覺對他世事幾乎一無所知而作罷。他決定改念英國文學：「並不是想學術地研究，而是想念念。」

好不容易才在艾克斯特學院（Exeter College）找到一位叫Nevill Coghill的年輕導師。導師有一次問他以後要幹什麼，他説要當個詩人。導師說：「那是開始學英文的正確方法。……寫詩可以改進你的散文。」奧登聽了很不以爲然：「你根本不了解，我是要當一個大詩人！」

在詩的閱讀方面，他覺得很浪漫時期的英詩對他「無用」。他對喬塞以前的盎克魯•撒克遜與中古詩很有興趣，並承認那些詩對他的影響很大。他也迷上霍布金（Gerard Manley Hopkins, 1802-1887）及愛略特的詩。有一次他興冲冲向他的導師說：「我撕掉我所有的詩了。……因爲我覺得它們不好。你得念愛略特。我正讀愛略特。我現在知道要寫什麼了。」他也同意愛略特的看法：詩是「從感情的逃脫。」詩人須經歷一種「人格喪失（Depersonalization）的過程」以積蓄寫詩的資料。

在牛津他認識了些同輩詩人，尤其是 Cecil Day-Lewis, Louis MacNeice, Stephen Spender, John Betjeman，而成爲三十年代英國最有影響力的年輕詩人——所謂「奧登的一代」。

奧登是個同性戀者。在牛津念書的三年中，他對自己的同性戀非但不隱瞞，還向朋友詳述經過。他和從小學就認識的好友 Christopher Isherwood（念劍橋）就有顯明的同性戀關係。名史家 A. L. Rowse當年在牛津時就被奧登的同性戀嚇壞了。

一九二八年，他在牛津念書的最後一年，出第一本詩集，由好友 Stephen Spender手寫，共印了四十五本，大多送人。

畢業考考了第三等，他哭了。畢業後去德國，接觸德國民謠、里爾克的詩、及布希特的戲劇。一九三〇年他二十三歲時回到英國，在中學教英文與法文。教了兩年，他轉到另一所中學教，漸受左派思潮的影響，並由於對戲劇的興趣而寫劇本並與朋友在倫敦組織劇社。

一九三五年，他不教中學了，到電影廠編劇，結織作曲家Benjamin Britten。那年德國者名作家湯瑪斯•曼被納粹黨宣佈爲公敵，大女兒希望「嫁」英國佬以便拿個護照離開德國。奧登好友Isherwood寫信給他，希望他和湯瑪斯•曼的大女兒「結婚」，他答應了。在六月他們「結婚」，但並沒有住在一起。

翌年奧登在英國南部認識小說家佛斯特（E. M. Forster, 也是個同性戀者）。然後他去冰島住一段時期，寫了長詩「給拜倫的信」。

一、短章

(1)

爭吵，去戰，
把英雄留在酒店；
獵獅，爬山頭：
沒人猜想你是軟弱。

(2)

恐怕很多帶眼鏡的孩子
寧願看大英博物館而非上帝。

(3)

不思索的
在行動中毀滅：
不行動的
由於那個原因毀滅。

(4)

隱私的臉在公共的地方
比公共的臉在隱私的地方
更聰明美麗。

一九二九—一九三一

二、名人錄

一先令給你所有的眞情：
父親如何揍他，他如何逃出，
年青時有什麼奮鬥，什麼實行，

使他成爲那時最偉大的人物：
他如何打架，釣魚、打獵，工作整夜，
暈眩也爬新山，爲海命名：
近來一些學者甚至寫
愛使他哭過如你我。

雖有一切榮譽，他感喟
驚異的批評者說在家中：
很少靈活地做家務
只坐吹口哨，其他都無
或在花園閑擲時間，回覆
一些漂亮的信但沒保存一封。

一九三四

三、在一棵可憐的柳樹下

在一棵可憐的柳樹下，
愛人，別再惱怒：
應速採取思考性的行動。
否則思考是爲什麼呢？
你特殊的抑鬱地位
證明你冷酷：
站起來折疊
你孤寂的地圖。

鐘聲響過草地
從陰沈的塔頂
爲這些不愛的影而響起
愛不須的影。
所有活的都可以愛；
爲何要長久合手失敗？
攻擊，你就勝利。

群雁在你上面飛遊，
知道他們的方向，
在你下面結冰的溪水流，
向它們的海洋。
黑暗與沈悶是你的錯亂
那麼走走、來
別再在你的滿意裏
痳痺。

一九三六、三

四、學童

所有的俘虜都在這裏，牢獄是眞的，
但他們可不像我們認證的囚犯
憤怒或憔悴或機智地順從
或只希望全都消去。

很少抗議，所以幾乎滿意
狗單調的遊戲，舐着跳着；
愛的棒很强，陰謀
弱如醉漢的誓語。

其實他們的陌生難觀察：
被判者只看到想像中的謬假天使，
微笑毫不費力，
就怕神命的可怕人物。

但在我們形態與時間裡觀察他們
幾乎中性，些微笨拙的完美；
性還在的，斷的靴帶已斷：
教授的夢並非眞。

然而暴政是如此容易。一個不適宜的字
潦草寫在噴泉上，那就是反叛嗎？
淚如雨落在一角，這些
是新生命的種子嗎？

一九三七、五

五、牛津

自然侵入：老騙子在每個學院花園
仍說感情的語言，像活潑的小孩，
塔邊河仍向海岸流，
塔內那些石頭全然
滿意它們自己的重量。

礦物與生物，深戀自己
慵懶的罪排除一切別的。
用粗心的美麗挑戰
我們敏感的學生，
對着無數的過失
做出一個錯誤。

外邊，一些工廠，然後一片綠野
那裏一支烟安撫罪惡，聖歌安撫弱者，
那裏成千煩躁，管閑事，花錢。
愛神
在他的童貞床哭泣。

而爲這多嘴的城市一如別地
淡漠的天神哭泣。這裏死亡的知識
是消費的愛情，而自然的心拒絕
低沈純樸的聲音
睡到有人諦聽才醒。

一九三七、十二

RICHARD EXNER

艾斯納詩選(一)

杜國清譯

艾斯納（Richard Exner），一九二九年生於德國，一九五〇年到美國留學，進南加州大學，專攻德國文學與比較文學。一九五七年獲博士學位。一九六五年起任教於加州大學聖芭芭拉校園迄今。學術著作之外，詩集「試圖交談」（Fast ein Gespräch），出版於一九八〇年。「無煙的火焰」（Mit rauchloser Flamme），一九八二年，最近榮獲奧國柯寧格詩獎（Alma Johanna Koenig Prize），該詩獎爲紀念奧國詩人柯寧格而設，柯寧格於一九四二年，在維也納被納粹押解之後，迄今下落不明。該獎設於一九五七年，紀念詩人七十歲生日，每五年頒獎給一位以德文寫作的詩人。艾斯納於四百五十五名候選者中，榮獲此獎。

艾斯納的詩，文字精練，詩意清新，感情眞摯，意象準確，抒情中帶有現實諷刺，敍事中寓含人生哲理。主題大多關乎生命的愛與死，以及人生中人情、鄉愁、與現實的感受。譯者不諳德文，所譯係根據詩人所提供的英譯稿；疑難之處，曾經詩人提示說明，特此誌謝。

詩 (Poems)

字句
襲擊你如群狼
因此你伸出双手做爲犧牲
以保全身體。

詩行
像你脖子上的繩索
像你鼠蹊間的拳頭。

停頓
窒息你。

許 (Promise)

啞——

我將
把我自己　置於
哀然悽號的
死鬼之前
且將
吻妳眼睛
免得妳
看見他們
且將保持清醒
直到他們
誤認妳
爲我。

悟 (Understanding)

西西法斯
狡黠如昔
但較蒼老
覺得他應該
終於分辨出
滾動與阻礙
巨石的力量。

衆神
無聊如昔
鼓勵他，笑曰：
爲何　他

竟沒擁抱
巨岩？
猛撞下
甚至在彼此克勝之前
以震擊
他們合而爲一。
彼此
互爲
碑銘。

永恒（Eternity）

有一天
你的氣息又變成
風
而我們必須走
透過空氣
在我們的
話語上。
因此請
多留一天
說話。

以無煙的火焰（With Smokeless Flame）

燃燒
以無煙的火焰
乃是幸福：
煽燃以
飛吻
指尖在
側腹上眼睛在
那藍之上那天空的
核心那
臉那
光：
流
下你
無法抗拒的
双唇與性
如火絨
無法區別
而最後
沒多少
灰熱

氣燃起
成幻象：
一閃之中
肉體
皮所包的
心
爆裂

遺囑 (Testment)

I

國家
我遺留給你。
國旗不必
飄揚。

處置
類似的蜉蝣
大可不必。
至於書類
敬請收下。
不用客氣。

讚美與譭謗
可以一用再用；
譴責，我留下
當做我的旅費。
痛苦，
所負荷或承受的，
將被退回給
原主。
我所觸撫
所親吻的
將更悠然
老去且永不
因離別
消逝。
作爲報答，你讓我持有
水和陽光
直到死亡
瞬前。

II

我臨終的話
關於不滅的
價值：

眼淚，
成串，
彩色與
灰色的——
奇異的
最可貴的
珠寶。

此生
我毫不吝惜地
加以揮霍
我發現
它們使眼睛
燃燒
又使之
解除武裝。

任何嘲弄
或忘記弄乾眼淚者
都該死。

——
贈予在我手下
以極清醒之軀
全然疲憊的。

結婚 (Marriage)

I

一開始
(她敍述，
當我們吃飯時)
我們就睡在
不同的房間。

各自，
你知道的，
追求自己的自由。

至於孩子們，這，
我們相信，
頗爲適合他們。

自然地 相遇
在白天
而一枚照片
在床邊的桌上。
進一步的親密，
(這時她微笑)
誰對人生

做長久的安排
誰就避免。
她的聲音
微顫。
由於害怕，
我想，
由於對親密的
恐懼。

II

現在她變得
較不激動，
我說，
較少緊張，
——這是求之不得的，
或變得比以前更神經質
且令人難以忍受，
他這麼說，
對我
毫不猶疑地
在進城的路上。
總得有個決定；
我等着。

話：
或許
你能够
在你這方面：
硬在我的喉嚨。
在前一晚上
她以微笑論道：
基本上每個人
都是孤獨的。
可是我們從未談論
死。

III

旋轉木馬。
最後甚至
懶得伸手
去拉那個幸運環。
下一繞
事實上是自動的。
換馬
太麻煩了

因爲選擇有限
而大多有人騎着
或彼此差不多。

那種微暈
時常與
滿足混同。

無言，
且仍得娛樂。
過去一如現在
只有尖叫聲
沒被淹沒在
風琴的喧嘈中。

偶而手一揮，
我們可別忘了錢：
他們收錢
在每一繞之後。

手一揮，到底
只有許多意義。

凡是感到騎得太慢的人
莫不驅策
木馬。

赫塞的詩（二）

蕭翔文譯

春天

春天呀！
在微暗的，狹窄的場所
我長久地夢想：
你的樹林，青色的風
你的香味以及鳥的歌聲。

如今，你已在擴張
輝煌地、美麗地
充盈著光擴張
在我的面前，像奇蹟一般。

你再一次親近我
優柔地誘惑我
春天呀！
如今，你以淨福的姿態
在我身中顫抖著。

Nocturne「夜曲」

蕭邦的Nocturne Es-duy高高在上的弓形窗
照耀著滿滿的月光。
而你認眞的臉上
映著微微的光輪。

那天晚上，因爲靜靜的月光
接觸著我的心
所以在我內心深處
感覺到難以形容的甜美的歌的力量。

妳默默地，我也是如此。
無言的遠景溶化在月光裏。
還醒著的祇有湖泊的一對白鳥
和我們上空的星的運行而已。

妳走近高窗那邊。
月光在妳伸出來的手
和纖細的脖頸周圍
縷銀色的邊兒。

我的母園裏有……

我的母園裏
豎立一棵白樺樹
微微的風吹搖其樹背

聽不見似地　靜悄悄地

我的母親在路上彷徨
一面悲痛地躑躅
一面在心中尋找
但母親却不知道我在何處

一個暗色的罪
讓我在恥辱與苦惱裏徘徊
我的媽媽呀　請您忍耐
然而當做我已經死了就好。

平靜的森林

我在此處歇脚吧　在森林裏
風微微地搖動　但連樹梢也幾乎不動
從牧場吹來的靜悄悄的風
害羞地纒繞著樹叢或樹木

從躺在遠處的一切
祗傳來一個歎息
一個半音　和牧場的草一起
被風搖動者搬運到我的地方

從躺在遠處的一切
從我的青春的苦腦與幸福
被微微的風吹送過來
遺留下來的祗是平靜的疲勞而已

幽靜的雲

白白地　幽靜地　輕微的
好軟的　一朶雲
漂流過濃藍的天空
好可愛的人呀　閉著眼睛
浸沒在崇高的幸福裏吧
妳心裏的藍色的夢
潛過熱騰騰的暖流
化成那像船帆的白雲滑走呢

越過原野

飛過天空　雲在奔馳
吹過原野　風在呼嘯
越過原野　趕路的是

我母親的　飄泊的兒子呀。
病葉　在街頭飄過
鳥　在樹梢鳴叫
何處的　山那邊
有我遙遠的故鄉呢。

拂曉

閃耀著白銀色
原野熟睡著沒有一點聲音
獵夫舉起弓
森林沙沙作響，第一隻雲雀飛上了。
森林沙沙作響，飛走了的
第二隻雲雀應聲落地。
獵夫提起獵物。
如今世界的早晨將要來臨。

白樺

能產生各種各樣形狀的詩人之夢
也不能變成如此精妙的枝椏吧！
不能如此輕快地在風裏彎曲吧，
不能比現在更崇高地伸入於藍天裏吧！

情趣地　朝氣勃勃地，過分纖細
白樺呀，
一面抑制不安的心思，
一面你明亮的細長枝椏，
在任何微風裏也敏感地搖動着。

我覺得：
靜悄悄搖動
敏感地發抖的你的姿態，
像深情的、純潔的、
年輕日子的「愛之心」的象徵一般。

落葉

在我的面前　一片枯葉
被風吹動
有年歷與戀愛，極盛時期與終點
的行旅的姿態
葉子沒有一定的去向

隨風漂泊
而到了森林與池沼才停下來
且說　我的行旅也不知會到什麼地方呢

靜靜的宅邸

橫臥在靜夜裏的一幢宅邸，
那是農家的宅邸，
裏面也沒有醒著的人，
也沒有知曉醒著的夜晚的人

故鄉不可思議的魅力是來自你那裏，
你會向我心中吹進難以形容的寧靜

Valse brillante「華麗的華爾茲」

蕭邦的圓舞曲在大廳裏響鳴，
是激烈而奔放的舞曲。
閃電微明地照耀窗子
枯萎的花環一圈，裝飾著鋼琴。

妳彈鋼琴，我拉小提琴，
我們無止境地彈、拉，
而以不安的心情等待，
妳與我，究竟誰會先中絕音樂的魔力。

誰會先切斷拍子的腳步，
而遠離蠟燭呢？
誰會先講出問話，
絕對答不出來的那問話。

愛麗莎伯特I（註）

我的心　已無法沉著
每天每天　我在憧憬中
牽掛著　妳的豐姿
眞的　我的心被你囚住，

因爲你的眼神　在我的心
點上充滿著預感的火
火燄不斷地告訴我
我是屬於妳。

然而，清淨的妳，
覺不出我心的熱情

擱置我　在喜悅裏開花
高高地　像星一般彷徨。

（註）愛麗莎伯特—赫塞的女友

愛麗莎伯特Ⅱ

像白雲　高高地浮在天空一般
妳是那麼純白、美麗，而遙遠，
愛麗莎伯特。

雲飄流，彷徨，
也出現在妳的夜夢中，
但你的心却不放在雲。

因行雲的銀光過强
清醒後　妳不斷地
以典雅的鄉愁戀慕
那天空上的白雲。

雖是那樣，我的心也在想

我寫了許多壞事
也做了壞事
但不關這些
時而情況順利時，我的心想
還有愛我的人吧

他們愛我
因爲在我的心中
現在仍留駐青春的姿容
讓他們本身回想出
遙遠的往昔與新近的罪惡，

在北國

來談我在夢所看見的吧
被閑靜的午後太陽照耀的
小丘上的暗鬱的樹群
　黃色巖石　白色別墅
躺臥在山澗的一個城鎭
有白色大理石的
一個城鎭向這邊輝煌著
那個城鎭叫做弗羅倫斯

而在被狹窄的小巷圍繞的
一個古老的庭園裏
我遺留下來的
幸福現在一定還在等候着我。

轉換期

青春時代已像泡沫一般過去了
再也不回來地消逝了
一部分化在空想與夢，
一部分化在無爲與酒

僅有的屬於我本身的
詩與星的世界
在一夜之間 不可思議地
換成了鄉愁、夢以及藍色的遠景

越過阿爾卑斯山

初見的義大利的藍湖，
已劃分我的視界時，
阿爾卑斯諸山的白雪冽清地發亮着，
這才是眞正可稱爲旅遊。
紫色的杳遠芳香，
和充溢着南國陽光的海洋甜美的預感，
透過高原的風或峻切的大氣吹過來。

眼睛 更遠地，
憧憬弗羅倫斯明亮的大寺院，
夢見浮在起伏着的小丘遠方 輝耀着的羅馬。

當澄清的歡喜的海洋，
溫馨地發抖着露出藍色姿態時，
嘴唇已無意識地仿照
美麗的異國語言的音。

餘韻

飄流的雲與澄清的風
鎭定生病的我
像乖孩子一般
我夢見着休息而痊癒了。

祇有在心胸深奧處

留著我哀愁的愛的餘韻
抑制一切熱鬧的歡喜
平靜地　悲傷著留下來的

當風在樅梢響鳴時
我好多小時　好多日子
一聲不響地　傾耳諦聽
此種難以命名的餘韻

信

風强勁地從西方吹來
菩提樹呻吟著高響
月光從樹間
照進我的房間。

極長的一封信
我現在剛寫完
是寫給無情地離開我的人的
月光正在照著信紙上。
照耀寫好的字上流瀉的
寂靜的夜光
使我的心歔欷，歔欷得恍恍惚惚
而忘記睡眠　月亮　夜晚的禱告。

歸還

過了長久的時光，
我在異鄉彷徨者。
雖然如此　昔日古舊的沉重煩惱
還沒有痊癒。

尋求心靈的安息
到各處去旅遊，
如今，我的心已平靜，
但我却戀慕著煩惱。
來吧！昔日熟識的煩惱。
我已厭倦　安樂的日子
悲傷呀！我們再來
拚命地交鋒爭鬥吧。

冒險家

我心已疲倦，我心很沉重，

我憧憬著海洋。
憧憬：
在南義大利的海峽的海浪上
紅紅地燃燒著的
紫色的黃昏時分的
灼熱的光線。
我憧憬：
退潮的沙灘上的藍色星空；
過了時而落魄的水路；
威尼斯的俏麗的女郎們；
義大利人的船歌聲；
在搖動的小船上，
被暴風雨威脅下大膽地駛行的黑暗的航路。
又憧憬：
轟響海邊的海浪響聲，
像個德意志，都市的空氣沉重地
在我的周圍沉澱—哎呀　不知多少日子，
又多少年呢，　我沒有芳香，
沒有響聲，沒有色彩，祇在此地嘆息。
然而　時光流逝　又流逝—
過了好幾年，
輝煌的冒險的世界，
在遙遙的地方，
像遠處望樓的狼煙一般發光。
但它再也不回來，
沉入於悲哀、夢以及黑暗裏……
我的心已疲倦，我的心很沉重，
我憧憬著海洋。

在深夜的街上

街燈在夜裏
映照在沾濡的柏油鋪道上—
怎麼晚的深夜
祇有憂愁與惡漢還在醒著覺，
你們還沒有睡的人們呀，晚安！
躺臥在憂愁與悲傷裏的你們呀，
騷擾著，哄笑著的你們呀，
我的同胞的你們大家呀，晚安！

日本的傳統詩——

短歌（一）

蕭翔文

以５７５７７三十一個字組成的短歌和以５７５十七個字組成的俳句是日本的傳統詩，而現在在日本依然很流行、很普徧的詩型。在日本，初中時代的作文課，老師就會指導短歌、俳句的作法，學生當作文的一環，作短歌、俳句（有的，甚至從國小時代就開始），在中、小學的國語的課本裏也有介紹著名短歌、俳句作家的作品，高中、大學的入學考試的國文科的試題也常出現有關短歌、俳句的題目。日本各地方都有短歌、俳句愛好者組識的歌會、句會，辦月刊的同人歌誌、俳誌，發表會員的作品，或定期集會，在會長指導之下互相切磋作品。日本的雜誌、報紙大多都設有歌壇、俳壇讓讀者投稿，發表作品。所以短歌、俳句在日本很大衆化，簡直可以稱爲「國民文學」，尤其是短歌，每年年初在皇居隆重舉行「歌會始之儀」（新年歌會開始之典禮），天皇、皇后以及成人的皇族都要參加，在會上，用朗唱的方式發表由天皇親自命題的歌題所做的短歌。天皇命題的歌題在前一年就先公布（今年的歌題是「島」，明年的歌題是「綠」），公開從國民徵歌，而每年選出十首，入選作品的作者，會被邀請參加「歌會始之儀」，他們的作品在會上當場發表，所以短歌似乎變成日本的「國詩」。

我認爲作短歌、俳句，一種很好的抒情教育，日本有不少著名作家，祇受過義務教育，如寫「宮本武藏」、「豐臣秀吉」的吉川英治，推理小說的松本清張以及水上勉等；我想這與他們在義務教育階段接受過短歌、俳句教育有關。

我從本期起要寫有關日本傳統詩—短歌的文章，擬每期分兩部分，一部分是介紹「日本的短歌」，另一部分是介紹詮釋「我作的短歌」。

一、今年的「歌會始之儀」

新年慣例的日本皇室儀式「歌會始之儀」，一月十四日上午十點半在日本皇居的宮殿「松之間」（松廳）舉行。今年的歌題是「島」，從公開應徵的二萬六千五百七十首作品裡被選出的十首和天皇、皇后以及皇族們的短歌，照古式的悠閑而抑揚頓挫極巧妙的聲調被朗詠過。

天皇坐在「松之間」的正面中央，皇太子、浩宮、常陸宮排坐在左側，皇太子妃美智子、浩宮妃子排坐在右側。皇后因腰痛沒有參加。天皇的對面是主持人桑田忠親（歷史學者）或木俣修二等五位評選委員以及十位入選者等，穿禮服出席。另外最高法院院長寺田治郎、日本藝術院院長有光次郎等八十多人也列席傍聽。

歌會首先由主持人發表十首入選歌，依年齡的順序，從入選者中最年少的堀江春江的短歌開始披露。「講師」先讀作者的姓名和短歌，然後「發聲」，給歌詞配上譜，唱第一句，四位「講頌」，悠閑地和第二句以下。接著依序朗唱主持人的短歌、浩宮、皇太子妃美智子：皇太子的短歌，最後朗唱皇后的短歌兩遍，天皇的短歌三遍。

今年在「歌會始之儀」發表的天皇、皇后以及皇族們、主持人、評選委員、入選者的短歌分別列擧在左：

△天皇的短歌：

凪(な)ぎたる朝明(あけ)の海のかなたには
ほのぼのかすむ伊豆の大島

〔歌意〕**海浪平靜的黎明時的海那邊，在雲霞中朦朧地橫臥著伊豆大島。**

這一首，是去年春天，天皇到伊豆、下田的須崎別墅時作的，描寫黎明時在春海上朧朧地浮出的伊豆大島之情景。

△皇后的短歌：

島人のたつき支へし黃八丈の
染め草木をけふ見つるかな

〔歌意〕**今天終而在八丈島看到支撐島人生活的，可以做叫做「黃八丈染」的染料的草木。**

這一首是皇后描寫去年十一月陪天皇到八丈島去旅行時，看到可以做「黃八丈染」(一種布染料)的草木的印象。

△皇太子的短歌：

大空に打上げせまるロケットは
島の南の果(はて)に立ちたり

〔歌意〕**發射到太空的日期已接近的火箭，豎立在島嶼南端。**

這一首是皇太子去年八月參加在鹿兒島擧辦的全國高中綜合體育大會後，到種子島(在九州南方海上)的太空中心時，看到火箭發射的籌備情況而作的。

△皇太子妃美智子的短歌：

四方位(しほうい)を波に讀みつつ漕(こ)ぎて來(こ)し
ヤップの島の人忘らえず

〔歌意〕**在海浪中辨出四方位，划木船駛過來的，耶普的島人，給我很深的印象，久久不忘。**

皇太子妃美智子把在沖繩海洋博覽會時划獨木船表演的耶普島島人的印象，托在短歌上。

△浩宮的短歌：

雲間よりしののめの光さしくれば
瀬戸の島島浮き出でにけり

〔歌意〕**從雲縫間黎明的光線照射過來的話，瀨戶內海的諸島就淸楚地浮出來。**

浩宮描寫去年三月到瀨戶內海旅行時看到的早晨的瀨戶內海諸島的情景。

△常陸宮的短歌：

能登島にかかりし虹の消えしあと
たちまちにしてまた氷雨ふる

〔歌意〕**掛在能登島的彩虹消失了以後，很快地又下起冰雨來。**

描寫能登島善變的天氣。

△常陸宮妃華子的短歌：

水しぶきあげて紺碧(こんぺき)の海を行く
船のへさきに初島の見わ

〔歌意〕濺上水飛沫駛進蔚藍色的海的船，在其船首的地方已看到初島。

△秩父宮妃的短歌：

四季ありて海山の幸わたかなる
島に生き繼じ仕合(しあ)はせをおもふ

〔歌意〕在四季分明，有山明水秀的幽美風景，豐衣足食的島嶼一代接一代的活下來，一想到這一點就覺得無限的幸福。

△高松宮的短歌：

朝なぎのかすみ棚引く島の江に
浮ぶ釣船影もわるがず

〔歌意〕早晨風息海水平靜時，在雲霞靉靆的島灣上的釣魚船，靜靜地連船影也一點也不動。

△高松宮妃的短歌：

夫(つま)の艦(ふね)山の上より見送りて
九十九島をあかず眺めし

〔歌意〕從山上歡送丈夫登上的軍艦，軍艦駛向九十九島的方向，所以不厭地眺望九十九島。

△三笠宮的短歌：

四方(よも)の海いと高き島國に
ひたすら祈る世界平和を

〔歌意〕在四方海洋的海浪盪激的島國，一味地祈禱世界和平。

△三笠宮妃的短歌：

大いなる朱(あけ)の島居も近できて
宮島に今船着かむとす

〔歌意〕高大的紅色的鳥居（神社前的牌坊）也接近了，如今船將要到達宮島（註：宮島的神社在海中，神社的牌坊漆紅色，在日本是很特異的景觀）。

△三笠宮憲仁的短歌：

ウルフ島へ歸らむとする人なるか
凍れる湖(うみ)を車にて渡る

〔歌意〕是要回得撫島（千島群島的一小島，戰後被蘇俄占領）的人們吧，用車渡過凍結的湖泊。

△召集人桑田忠親的短歌：

滿開のやくざくらばな雲に映え
遠ざかりわく佐渡が島やま

〔歌意〕逐漸遠離的佐渡島上的山，在山上盛開的八重櫻花映照在雲上。

△評選委員木俣修二的短歌：

朝な夕(よ)に御詠歌のこゑたえまなし
三十番の札所の島は

〔歌意〕有第三十番札所（朝山者領護身符的名刹）的島嶼，朝曉不停地可以聽到朝山歌的聲音。

△評選委員窪田章一郎：

溫帶に位置する島國日本に
四季のめぐりて心わたけし

〔歌意〕位於溫帶的島國日本，四季依序而循環，住在此地，覺得心曠神怡。

△評選委員前田透的短歌：

南海の星湧き上る夜のはてに
島しづまれりわれの一生(ひとよ)を

〔歌意〕島靜靜地躺臥在南海的星星湧出來的盡頭處，那島像是我的一輩子一般。

△評選委員上田三四二的短歌：

衛星の眼となり觀をり洋上に
雲移り列島の孤の晴れわたる

〔歌意〕海洋上面的雲散開了，變成衛星的眼睛，發揮觀察功能的列島放晴了，其弧形能看得清清楚楚。

△評選委員岡野弘彦的短歌：

胸あつしなりて見てゐつ地震(ない)すぎて
大島の燈はわたなかに澄む

〔歌意〕地震過了以後，以虔誠的心情看在海中清澈地發亮著的大島的燈火。

△入選者北島六郎（長崎縣人）的入選歌：

夕映(わうばえ)の九十九島の島島に
禱りを告ぐるアンゼラスの鐘

〔歌意〕九十九島（在長崎北面海上的列島）籠罩著晚霞，忽然響起壯嚴的鐘聲，那是要告訴島民禱告時間到了的鐘聲。

△入選者三輪タマオ（三重縣）的入選歌：

立哨(りつしよう)の夫(つま)が浴(あ)みたる月光(つきかげ)を
祖國遙ける島にいま浴む

〔歌意〕我來到離開祖國遙遠的島上沐浴著，戰時站崗的丈夫沐浴過的月光。

△入選者小林類芳子（東京都人）的入選歌：

卒業生は一名なれど答辭讀む
聲は響きぬ島の校舍に

〔歌意〕雖然畢業生祗有一個，但他讀答謝辭的聲音，在離島上的校舍響起來。

△入選者原由太郎（愛知縣人）的入選歌：

島裏の村は日ぐせの雨晴れて
烏賊(いか)干すにほひただよひ始む

〔歌意〕在島上背陽坡的村落，每天會習慣地下的雨放晴了，曬烏賊的香味隨著風開始漂浮過來。

△入選者後藤寛子（住在新加坡）入選歌：

銀婚のくらしあらたし夫(つま)と住む
赤道近き島に降りわし

〔歌意〕為了過銀婚後的新生活，在接近赤道的和丈夫共住的島上降落下來。

△入選者養父峯子（福岡縣人）的入選歌：

島守りに出でたる夫（つま）が歸るべき
夕べやすけし波止（はと）に潮滿つ。

〔歌意〕碼頭的海潮漲滿了，出去守島的丈夫，傍晚歸來時，乘船一定會很安全地靠岸吧。

△入選者寺岡茂作（大分縣人）的入選歌：

寒寒と暮れわし沖の島かげに
備蓄タンカしも燈（ひ）を點（とも）しをり

〔歌意〕在冷冰冰地暗下去的海上的島後，儲備油船也已點上了燈。

△入選者森元輝彥（山口縣人）的入選歌：

クレーンに吊（つ）り上げられ船に運ばるる
島の犢（こうし）が聲たく鳴し

〔歌意〕島產的小牛，被起重機吊上來送進船上，可能也知道自己的命運吧，用粗的聲音悽慘地鳴叫。

△入選者金坂桂子（神奈川縣人）入選歌：

橫須賀の廣き通りは角ごとに
海見えて海た猿島がある

〔歌意〕在橫須賀的廣寬的街道，從任何一個拐角看，都可以看到海，而海上有猿島。

△入選者堀江春美（京都府人）的入選歌：

英虞（あご）灣に浮ぶいかだも八十島（やそしま）も
茜（あかね）に染めて陽は昇り來つ

〔歌意〕太陽把浮在英虞灣（日本著名的養殖珍珠的產地）的養殖珍珠用的筏子和八十島都染成橘黃色，冉冉地上升。

二、短歌與我

我在中學時代，上國文（日文）課時學過短歌，在作文課時也作過不像樣的硬裝在三十一個字裏面的短歌。當時讀過的短歌裏印象最深的若山牧水作的下面一首：

幾山河越えさり行かば寂しさの
經（は）てなむ國ぞ今日も旅わし

〔歌意〕越過幾座山，涉過幾條河才會到達寂寞的止境－沒有寂寞的地方呢？今天我依然為了找到寂寞的止境，繼續趕路。

我自動作短歌是民國三十四年三月～五月間（十九歲時），在日本九州南端鹿兒島的知覽高台時。當時我是日本陸軍特別幹部候補生的航空兵，知覽高台是陸軍的特攻基地，我的戰隊是掩護特攻機到沖繩島的戰鬥機部隊。當時在死的影子濃厚地籠罩在心上的情況下，我害怕、寂寞、悲痛。在嚴格的日本軍隊裏，當然不能把心的叫喚寫在日記上，又當時那一種深刻而複雜的苦惱也無法用文章表達，所以我就透過三十一個字的短歌來發洩，寫給臺灣的家人以及朋友的明信片都被短歌所塗滿。雖然當時寫短歌的筆訊簿，戰後在日本遺失了，幸虧回臺灣後，在一位朋友處找到幾首曾經我寫在明信片上寄給他的，雖然仍幼稚，但保留十八歲的純眞，是值得紀念的短歌。

月待つと戰友(とも)に言ひてぞ君在はす
南の方の空ながめけり

〔歌意〕告訴戰友說：要出去等月亮出來，其實自己走到山頂，眺望妳所住的南方的天空。

くれてわく空眺むれば雁一つ
連にはぐれて飛びゆく哀れ

〔歌意〕眺望逐漸暗下去的天空時，看見一隻飛雁，跟同伴的鳥群離散了，悽慘地叫了兩三聲飛過去，使漂泊的遊子勾起滿腔愁情，而好像在那一隻孤雁上看到我自己。

草とりて心を笛の音口吹かん
北風寒し身に沁む宵は

〔歌意〕摘草葉想把心聲吹成笛聲，當朔風冷冰冰地滲透於身中的晚上。

淋しさを月にささげて一人なし
谷間の底の白百合の花

〔歌意〕向月亮告訴寂寞，咽泣在山谷的白百合花，你是多麼可憐呀，你很像我，我們簡直是同病相憐呀。

大空をよぎる白雲仰ぎつつ
海遠し來し身を思でつつ

〔歌意〕一面仰望漂過天空的白雲，一面想到越過海，從遠方來的我自己，白雲呀，我像你像極了，我不就是你嗎？白雲。

寂しさに堪えてあらめと春陽(はるび)照る
野邊にまろびて山の風賞づ

〔歌意〕想抑制心中的寂寞，躺在春陽照射的原野，欣賞山風，這種小小的幸福，也不能維持多久吧。

僚鷲(ともわし)の日に日に減りぬ我が散るは
何時の日ならむじつと空を見る

〔歌意〕戰友一天一天減少，凝視著水平線那邊的天空，想究竟我何時會戰死，想著想着水平線陸續地浮上戰死的戰友的臉。

翌(あけ)の日は生きて歸らぬ若鷲の
草邊に優して野花賞で居り

〔歌意〕明天要當特攻隊員出擊而不再回來的年輕航空兵，臥在草地無心地玩賞野花。

軍服の草の實とりつ僚鷲と
たそがる野邊に秋風をきし

〔歌意〕和戰友坐在黃昏的荒野裏，一面檢附在軍服的野草的種子，一面傾耳聽含著死之聲的秋風。

草枕漂泊の身はいと淋し
松が枝わたる風にもなかるる

〔歌意〕用草做枕頭似的漂泊者是多麼寂寞呢，祗聽見松濤聲就會流出眼淚。

露と見る浮きせを夢のままならば

いづこも草の枕ならまし
〔歌意〕既然將浮世看做露水，人的一輩子就是
一場夢，所以到處都可以去漂泊，可以
去露宿。

自づから新たな望み湧き出でぬ
草萌わる野に一人生れば
〔歌意〕當一個人坐在萌著嫩芽的草地上時，不
知何故，自然滾滾地湧出新的希望。

光復後回到臺灣，在民國三十六、七年間，參加銀鈴會，從事寫作活動，但主要寫小說和自由詩，所以在銀鈴會的油印會誌「潮流」祇發表過一次短歌，題目為「白色的球」，因當時的我，為了克制或忘却精神上的苦惱，拚命地打排球，就描寫打排球的情景。而用口語體寫。

青春の躍る感情を純白の
ボールに托して思ひ切りはじく
〔歌意〕把年青的躍動著的情感托在白色的球上
，用力地彈回去。

こころよい感情を空に躍らせて
白いボールがまぶしく光る
〔歌意〕把我愉快的情感帶到空中躍動著的白球
，晃眼地在空中發亮。

青春の躍る感情が雲雀なし
運動場にみち溢れている
〔歌意〕青春的躍動著的充沛情感，洋溢在雲雀
婉囀的操場。

椰子林の青い光線て女子の
はじくボールが全し美しい
〔歌意〕從椰子林透過來的青色光線，在少女們
彈出去的白球上晃動，美麗極了。

とで上る白いボールに觸れている
鳳凰木の葉の生きてる青さ！
〔歌意〕與飛上去的白球接觸的鳳凰木的葉子活
生生的綠色，多麼新鮮而活潑的美呀，
「動」的白球和「靜」的綠葉構成一幅
美麗的圖案。

現在も過去、將來もない樣な
淡い心でボールを眺める
〔歌意〕以沒有現在，也沒有過去、將來一般淡
淡的心情，眺望著在空中飛躍。此時我
已跳出於現實的時間，在永遠裏拓開一
個新天地。

乙女らの生の律動とつながりて
青空高くボールは躍る
〔歌意〕聯結於少女們「生」的節奏，球高高地
在藍天裏飛躍。

青い空綠の芝生白いボール
乙女らの笑ひ希望に滿ちてる！
〔歌意〕藍色的天，綠色的草坪，白色的球，少
女們的笑充滿着無限的希望。

以後約三十五年，我一直沒有作過短歌，也和文學疏

遠了一直到去年四月間，我執教的省立嘉義女子高級中學迎接建校六十週年的校慶時，從日本回來五十多名，光復前畢業的日籍校友。我一連作了幾首表示歡迎的短歌。

高らかに且嚴そかに舊校歌
場内壓し響き渡れる

〔歌意〕**校友們合唱的舊校歌，高高地且嚴肅地壓倒會場響起來。**

校友ら感極まりて嗚咽する
聲混り居て校歌はつづく

〔歌意〕**混著校友因感極而嗚咽的聲音，校歌繼續被唱下去。**

永遠の彼方ゆ響く聚(じひり)歌か
聽し人人の心淨むる

〔歌意〕**彷彿從永遠的地方響起來的聖歌，會淨化每一個聽衆的心。**

照明に浮ぶ校友の眼に光る
涙と涙貰ひ泣きを呼ぶ

〔歌意〕**浮在照明裏的校友的眼睛含著眼淚閃光，不由地引起了臺下聽衆共鳴的眼淚。**

なが年の感慨こめて唱ふ校歌
在校生の心搖さぶる

〔歌意〕**集中長年的感慨唱的校歌，激烈地搖動在學生的心。**

母校愛の心のたけを高らかに
唱ひつくして心滿ちたる

〔歌意〕**傾瀉愛母校的心情，高聲唱了校歌後，覺得心滿意足。**

去年九月間，張彥勳、林亨泰兩兄來嘉義看我時，善於作短歌的張彥勳兄，看了我上述的一連短歌後，極力鼓勵我繼續作短歌，而介紹我加入吳建堂先生主持的「臺北歌壇」。以後我像著了魔一般熱中於短歌，除了投稿於「臺北歌壇」外，也透過吳建堂先生的介紹，每月在日本的月刊歌誌「山之邊」發表作品，也投稿於世界日報的「世日歌壇」和「オール讀物」的短歌欄，被採用了好幾首。

短歌能孤住一剎那間的抒情以及風景等，把它表達出來。根據我的感覺，短歌比其他的詩型更能直接地表達「愛」與「死」等單純、樸素，最能和人性的最根本接觸的情感。也許由於這種緣故，我作的短歌我自己覺得比較滿意的都是和「愛」與「死」有關的。茲從最近半年內我所做的短歌中選出十首與「愛」有關的，列在後面，請大家指教！

燃ゆる葉の生命の極み花となり
いかだかづらの今日も咲き競ふ

〔歌意〕**燃燒著的葉子的生命，燃燒到極點變成花，九重葛今天也競爭似地開著花。**

咲き競ふいかだかづらの前に立ち
君を戀ふると焰を燃やす

〔歌意〕**站在競開的九重葛的前面，燃燒著愛妳的火焰。**

ただ一人愛する愛を確めて
庭に燦めく芝露を踏む

〔歌意〕確認祇愛一個人的愛情，踏著在庭院燦爛地發亮的草露。

君戀ひて觀音山にま向へば
寢觀音の顔君にと似て來

〔歌意〕戀慕妳，面對觀音山的話，臥觀音的臉變得和妳相像。

通學の驛前に菜花咲く頃は
戀も教練も苦しかりにき

〔歌意〕通學的火車站前面菜花盛開時，爲了戀愛和軍訓心身兩方面都受了折磨。

別れしゆ君戀ひしくて一歩づつ
枕木踏みて君の名を呼ぶ

〔歌意〕剛剛分手就又迫切地想念妳，每踏了一步枕木就叫妳的名字一聲。

君とわたる吊橋の搖ぎ快よき
リズムとなりて心に傳はる

〔歌意〕和妳一起來過去的吊橋的搖幌，變成快樂的韻律傳到心上。

手をつなぎ頰よせ合ふ若人の
羣の中に居て深く君戀う

〔歌意〕混在手拉著手，臉挨著臉的年青人裡面，深深地想念妳。

溪頭の神木仰ぎ高高と
愛の誓ひを心に叫ぶ

〔歌意〕瞻仰溪頭的神木，在心裏高聲呼著「愛的誓言」。

しづごころ保ち難かる日の暮れを
穗すすきわけて丘登りゆし

〔歌意〕不能保持心情平靜的日子，到了傍晚，推開蘆葦的白花，單獨一個人爬到小山上。

編輯手記

李敏勇

● 「亞洲現代詩集」第二集，在臺灣的編輯委員陳千武、白萩努力策劃推動下，已經出版了。依據中、日、韓三國六名編輯委員輪流策劃主編的計劃，第三集將輪到韓國，由具常及金光林主持編務。我們除預祝韓國兩位編委繼日本，臺灣之後，順利完全這一個促進亞洲詩文化交流的光榮任務；並謝謝陳千武，白萩兩位的努力。

● 配合「亞洲現代詩」第二集的出版，本期推出「亞洲詩文化的交流」特輯，選刋亞洲各國詩人作品，刋出本集編輯委員感言，並由陳明台就亞洲現代詩的交流評論其意義，以供喜愛、關心本國現代詩的朋友參攷，並擴大詩文化交流的視野。

● 本期詩作品，多采多姿。前輩詩人，中堅詩人，年輕詩人各種世代作品相互爭輝，許多新進作者也踴躍登場。相信一定會在讀者心目中留下難忘的經驗。這些作品，在本質論的追求方面，均各具特色；在方法論的追求方面，也各有所長。我們相信、詩的世界充滿了各種可能，詩人必須經歷不斷的探觸。追求善美與眞實的主題，給出感動。在語言上，千錘百鍊但不爲文字奴僕，追求意義性之外，更要在音樂性，繪畫性方面調劑補充。不要脫離時代的現場，不要逃避實存的環境。

● 海外詩方面，除連載奧登詩選、赫塞的詩之外，本期杜國清翻譯的艾斯納詩選也開始連載。非馬介紹給國內的希臘詩，也提供了我們熟悉的傳統與現代的詩經驗。

● 特別介紹蕭翔文一系列日本傳統詩——短歌的世界，從日本歌人的短歌以及蕭翔文自撰短歌，我們會發現到詩的意象的世界。在喜愛搬弄意象這一名詞，事實又對意象一知半解的我們詩壇，短歌所實現的情境，具有相當程度的示範性。有心的詩人朋友當可從中得到營養，喜愛詩文學的朋友，也可以從中得到許多教養性的感動。

● 本期評論除錦連譯「詩人的備忘錄」繼續連載外，一個德裔美國教授評白萩 Arm Chair 的文章，使我們對白萩詩有一個溫省的機會，另外鄭烱明、陳明台、耿白爲曾貴海詩集「鯨魚的祭典」所撰寫的一些論評，提供了我們對曾貴海的更多的了解。

● 日據時代臺灣新詩的回顧，介紹吳坤煌、林美、霜草等人的作品，另卷頭推介的詩，都値得我們體會，也能使我們對臺灣詩文學的寶貴遺產，再三緬懷。

● 國際頻道和臺灣文學長短波爲大家開啓海內外詩壇及臺灣文學的窗扉，透過它，我們會看到我們的、別人的文學的、詩的點滴。

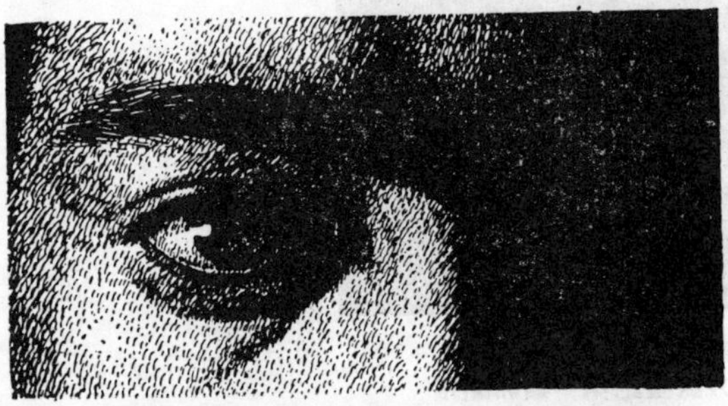

詩文學的再發現

笠是活生生的我們情感歷史的脈博，我們心靈的跳動之音；笠是活生生的我們土地綻放的花朵，我們心靈彰顯之姿。

■創刊於民國53年6月15日，每逢双月十五日出版。十餘年持續不輟。爲本土詩文學提供最完整的見證。

■網羅本國最重要的詩人群，是當代最璀燦的詩舞台，爲本土詩文學提供最根源的形象。

■對海外各國詩人與詩的介紹旣廣且深，是透視世界詩壇的最亮麗之窗，爲本土詩文學提供最建設性的滋養。

中華民國行政院局版台誌1267號
中華郵政台字2007號登記第一類新聞紙

笠 詩双月刊
LI POETRY MAGAZINE 114

華民國53年 6 月15日創刊
中華民國72年 4 月15日出版

發行人：黃騰輝
社　長：陳秀喜

笠詩刊社
臺北市忠孝東路三段217巷 4 弄12號
電　話：(02) 711—5429

編輯部：
臺北市北投區懷德街75巷 4 號 3 F
電　話：(02) 832—5238

經理部：
臺中市三民路三段307巷16號
電　話：(042) 217358

資料室：
【北部】臺北市浦城街24巷 1 號 3 F
【中部】彰化市延平里建寶莊51～12號
【南部】高雄縣鳳山市武慶二路70號

內售價：每期60元
訂閱全年 6 期300元，半年 3 期150元
外售價：每本定價（包括航空郵資）美金3.5元
迎利用郵政劃撥21976號陳武雄帳戶訂閱

印：華松印刷廠　中市ＴＥＬ（042）263799